우리 몫의 밤2

NUESTRA
PARTE
DE
NOCHE

우리 몫의 밤 2

마리아나 엔리케스 지음 | 김정아 옮김

NUESTRA
PARTE
DE
NOCHE

MARIANA
ENRIQUEZ

orangeD

1권

살아 있는 신의 손아귀
1981년 1월

9

왼손 — 브래드퍼드가 어둠에 들다
아르헨티나 미시오네스, 1983년 1월

241

외딴집의 악한 것
부에노스아이레스, 1985-1986년

259

차례

2권

분필로 그린 원

1960-1976년

7

사냐르투의 구덩이

올가 가야르도 씀, 1993년

215

하늘에서 피어나는 검은 꽃

1987-1997년

265

감사의 말

499

분필로 그린 원

1960-1976년

신은 언제나 자신을 만든 이들처럼 행동한다.

_조라 닐 허스턴, 『내 말에게 전하라Tell My Horse』

NUESTRA
PARTE
DE
NOCHE

1

우리 엄마는 희고 가는 머리카락을 가졌다. 듬성듬성한 머리숱 사이로 두피가 훤히 보일 정도였다. 이마는 거의 벗겨져 있었고, 최근 들어서는 앞머리로 가리려는 노력도 딱히 기울이지 않았다. 엄마 쪽 친척들은 어려서부터 탈모에 시달렸고, 심지어는 조기 노화가 온 것처럼 젊어서부터 머리가 하얗게 세는 사람들이 많았다. 나는 그걸 피해 갔고 아빠는 자신의 크리오요 핏줄 덕분이라고 자랑하곤 했다. 이 이야기를 할 때면 주먹을 불끈 쥔 한쪽 손을 위로 치켜들곤 했지만, 눈길은 아래를 향했다.

나는 부에노스아이레스의 리베르타도르 대로변에 있는 가문 소유의 집에서 태어났다. 우리 세 가족—나는 형제가 없었다—에게는 사 층이 배정됐다. 이모는 오 층을, 외삼촌은 삼 층을 각각 물려받았다. 일 층과 이 층은 파티나 만찬 등 일상적이지 않은 다양한 사교 모임이 열리는 장소였다. 윤기가 흐르는 바닥, 번쩍번쩍한 장식장이 있는 빈틈없이 멋진 곳이었지만 대부분의 시간은 비어 있었다. 중후하고 무거운 색채의 가구들로 장식된 웅장한 이 건물이 마음에 든 적은 없었다. 나무 바닥에는 상상을 초월할 가격의 자재가 쓰였기에 구두를 신고 다니면 안 됐으며, 아빠가 수집하는 미술품은 벽의 흰색이 보이지 않을 정도로 빼곡히 걸려 있었다.

차스코무스의 별장은 이곳보다 좀 더 나았다. 더 안락하거나 멋진 곳으로 놀러 가는 일도 많지 않았다. 엄마는 소박한 이 농장을 다른 어느 장소보다 훨씬 좋아했다. 이백 년 전, 외가 사람들이 영국을 떠나 아르헨티나에 도착해 처음 정착한 곳이 바로 그 별장이었다. 집 근처에는 마을 사람들이 '영국 사람들의 것'이라 부르는 한 공동묘지가 있었다. 하지만 무덤의 조악함은 스코틀랜드인들의 것임을 짐작하게 했다. 작지만 잘 보존된 곳이었다. 우리 할머니도 그곳에 묻혔다. 젊어서 일찍 돌아가신 할머니를 검은 원피스와 에나멜 구두를 신고 보러 가는 게 좋았다. 어떤 면에서는 그 묘지도 우리 것이었다. 늘 비어 있던 작은 예배당의 유지비와 청소비를 우리 가족이 충당하고 있었다. 아주 가끔씩 관광객들이 팜파스 지역에 켈트식 십자가가 있다는 사실과 옷에 달라붙어 스며들곤 하는 짙은 녹색 이끼에 호기심을 느껴 방문하기도 했다.

어린 시절, 플로렌스 매터스는 여행의 피로를 푸는 동안만 리베르타도르 대로의 아파트에 머물다가 차스코무스 별장에 가자는 제안에 응하곤 했다. 그녀가 팜파스 지역에 얼마나 많은 부동산을 소유했었는지는 다 알지 못했다. 말과 소 떼를 기르던 걸로 보아 꽤 많을 거라고만 짐작할 뿐이었다. 그녀는 아르헨티나의 평원을 좋아했다. 초저녁께의 공허와 우울, 가을이 오면 이파리를 태우는 끝없는 내음, 밤낮으로 이어지는 바비큐 냄새를 마음에 들어 했다.

우리의 가문들은 수백 년을 내려온 역사와 의리로 이어져왔지만, 플로렌스의 가문은 기사단을 이끌고 있었다. 어쩌다 그들이 이런 호사를 누리게 된 거냐고 할아버지에게 몇 번을 캐물었다. 할아버지의 말에 따르면, 유럽에서는 그들이 우리보다 훨씬 더 '그림자 숭배'에 헌신했기 때문이라고 했다. 뿐만 아니라 아르헨티나는 아주 멀리 떨어진 곳이라고도 덧붙였다. 어디로부터 멀리 있다는 말이에요? 나는 물어보곤 했다. 세상의 똥구멍이지, 할아버지는 이렇게 답하곤 했다. 우리는 그들처럼 조직에 깊숙이 관여할 수 없었다. 하지만 중요한 순간마다 브래드퍼드가의 사람 한 명은 반드시 참여하곤 했다. 이따금 밀려나긴 했어도, 우리도 그 안에서 중요한 위치를 차지하고 있었다. 모든 도시가 다 부유하긴 하지만, 돈이야말로 세상에서 가장 풍요로운 도시들을 가진 나라란다, 할아버지가 말하곤 했다.

몇 년이 지나 내가 배운 건, 다름 아니라 돈으로 만들어진 조국은 단조롭다는 사실이었다. 부동산, 들판, 남들이 우리를 위해 경영하는 사업체들, 낡고 우중충한 집들, 새로 지어 반짝이는 집들, 프랑스나 스페인이나 이탈리아 남부지방에서 여름을 보내느라 거칠어진 여자들의 피부, 귀금속, 태피스트리, 회화, 미술품, 정원, 누군지도 모르는 우리 집에서 시종 드는 사람들. 그곳에서는 부에노스아이레스든 런던이든 차이가 없었다. 그리고 우리 가문이 기사단을 세운 창립 가문이라는 점도 차이가 없었다. 부자였기 때문에 다른 부자들과 다를 게 없었다. 하지만 우리가 기사단의 창립 가문이라는 사실은 나머지 세상과 우리를 달리 만들어주었다.

내게 기사단의 역사를 알려주는 건 할아버지의 몫이었다. 창립 가문의 후손들은 피의 자식들이라 불렸고, 우리 모두는 나이 많은 이들의 이야기를 통해 우리의 역사를 배웠다. 나의 할아버지 산티아고 브래드퍼드는 푸에르토레예스의 안뜰에서 자신의 두 손녀, 사촌 베아트리스와 나를 무릎에 앉혀놓고 이야기를 들려주곤 했다. 그곳은 우리 집안이 소유한 여러 사유지 중 내가 가장 좋아하는 곳이었다. 미시오네스에 위치한, 불편하고 덥지만 아름다운 나의 사랑하는 집. 아름다운 것은 무엇이든 파괴하고 싶어 하는 우리 엄마가 증오하는 집. 파괴는 엄마가 진심으로 믿는 신념이었고, 천성이었다.

첫 이야기는 난꽃 정원 근처에서 들었다. 그곳에 비추던 빛줄기 하나가 할아버지의 어두침침한 눈에 반사되어 누런빛을 띠게 했다. 나의 할아버지 산티아고 브래드퍼드는 아르헨티나에서 태어나 많은 들판과 마테차밭, 제재소들, 가족 소유의 선박을 물려받았고 19세기를 지나며 엄청난 부를 쌓을 수 있었다. 어떻게 부자가 된 것일까? 항상 그래왔듯 약탈, 권력자들과의 친교, 이름난 정치인과의 동맹, 내전 중 자신에게 더 유리한 쪽의 선택 등의 방법을 사용했다. 초기 브래드퍼드 가문은 1830년 또는 1835년에 부에노스아이레스에 당도했다. 사실 두 개의 가설이 존재하긴 했으나 그리 중요한 것은 아니었다. 나의 고조부 윌리엄 브래드퍼드는 책 장사를 하는 인쇄소 주인이었고, 그의 절친한 친구였던 토머스 매터스는 지주였다. 두 사람 사이의 사회적 지위에는 상당한 간극이 있었지만―어떻게 보면 이때의 차이가 지금까지 이어져 우리 가문들의 지위에도 반영된 듯하다―, 민간전승과 신비주의에 대한 열정을 공유했기에 깊은 우정을 나눌 수 있었다. 시간이 남을 때면 함께 전국을 돌아다니며 책을 사들였고, 관심 있는 이야기들을 따로 모으기도 했다. 재능 있는 (혹은 저주받은) 사람들에 대한 증언과 목격담을 수집하고 연구하여 그 주제에 통달한 사람들이었다.

그들은 스코틀랜드에서 첫 메디움과 어둠을 맞닥뜨렸다. 우연은 아니었다. 무작정 찾아간 것도 아니었다. 비공식 문헌에서 검은 빛으로 모습을 드러내며 예측과 예언을 한다는 영에 대해 읽었던 것이다. 아주 짧게 쓰인 그 기록들은 특정인들만 그 영과 접촉하고 말하게 할 수 있다고 주장했다. 그들의 말에는 지식이 충만할 것이고, 접촉할 수만 있다면 능히 도움을 얻을 수 있을 거라고도 했다. 할아버지의 말을 빌리자면, 그 당시만 해도 그들은 콕 집어 어둠을 찾고 있지는 않았다. 하지만 어떤 이유에서인지 그 기록이 두 사람의 눈길을 사로잡았다. 어쩌면 그 영과 접촉할 수 있는 사람들은 몸의 여러 부위, 특히 혀와 손이 변한다는 말에 이끌렸는지도 모른다.

메디움은 한 농부의 아들이었다. 양의 견갑골을 이용해 미래를 예측하고 있었다고 하는데, 많은 뼈 중 하필 그 뼈를 선택한 세심함을 떠올릴 때마다 나도 모르게 웃음을 터뜨리고 만다. 소년은 자신의 공동체에 유용한 정보들을 제공하고 있었다. 가축을 돌보는 방법, 다음 수확 철에 벌거나 잃게 될 돈의 액수, 폭풍우가 몰려올지 여부, 정치적 폭력이 횡행하던 당시에 위험한 일을 겪게 될지 여부 등이 그것이었다. 나는 그 행위를 일컫는 단어인 '실리네나스'*와 할아버지가 그 단어를 발음하는 방식을 몹시 좋아했다.

스코틀랜드 어느 지방이요? 베아트리스는 항상 이 질문을 던지곤 했다. 인버네스 근처란다, 라고 할아버지는 대답했다. 아주 북쪽에 있지. 그 동네는 타라데일이라고 불렸는데, 지금 지도를 찾아보면 뮤어오브오르드라는 지명으로 되어 있을 거야. 나중에 이름이 바뀌었거든. 두 개의 강 사이에 고립된 마을이었어. 거기까지 가느라 고생깨나 했는데, 어찌 됐든 다행히도 도착할 수 있었다고 해. 두 사람은 그 점술가를 꼭 만나고 싶어 했거든.

두 사람의 등장에 허약하고 비실한 그 소년은 꽤나 놀랐다. 기록에 따르면 소년의 두 눈은 '마치 동태 눈깔' 같았다고 한다. 그들은 런던에 같이 가자고 소년을 회유하는 데 어렵지 않게 성공했다. 그 당시 스코틀랜드에서는 폭동이 일어나고 있었는데, 체질상으로 보나 병약함으로 보나 분쟁 상황에 휩쓸리게 되면 목숨을 부지하기 어려울 거라고 설득한 것이었다. 보호자를 자청했다. 마을에서 데리고 나오는 것도 어렵지 않았다. 부모들은 교양 있어 보이는 잉글랜드 신사들을 신뢰했다. 이웃들 역시 그의 예언에 귀 기울이긴 했지만 한편으로는 두려움도 갖고 있었다. 종교인들은 그의 재능이

---

*　'어깨뼈 점'을 뜻하는 게일어.

악마에게서 비롯된 것이라고 믿었다.

그렇게 소년은 토머스 매터스의 집에 머물게 되었고, 첫 번째 현현이 있기까지는 오랜 시간이 걸리지 않았다. 소년은 집 가까이 있는 한 들판에서 검은 빛을 그들에게 보여주었다. 당시에는 제례가 사뭇 다른 방식으로 이뤄졌다. 그 소년은 검은 빛을 소환하기에 앞서 땅바닥에 누워 있었다. 그때까지만 해도 사람을 해치는 빛은 아니었다. 덜 야생적이라 할 수도, 혹은 잠들어 있었다고 할 수도 있을 것이다. '우리가 그걸 만졌더니 비와 같이 차갑고 습한 느낌이 들었다'라고 토머스 매터스가 자신의 일기장에 기록했다. '그 젊은 이는 디*의 검은 크리스털이며, 켈리와 같은 메디움이다.'

이 기록으로 인해 우리는 어둠을 소환하는 존재들을 메디움이라 부르기 시작했다. 하지만 좀 더 정확하게는 사제나 주술사 따위로 불렀어야 했지 않나 싶다. 그 소년은 후안과 마찬가지로 손이 변하는 증상을 겪었다. 토머스 매터스는 그걸 보고 고양이 손톱이라고 기록했다. 무아지경에 이르러서는 어둠이 하는 말들을 쏟아냈다고 한다. 그 대목도 지금과는 다른 모습이다. 어둠은 말하기는 하지만, 이제 메디움의 목소리를 입지는 않는다.

언젠가 할아버지가 우리에게 이야기를 들려주시던 중—그는 우리가 잘 잊어버린다며 했던 이야기를 하고 또 하곤 했고, 세세한 부분까지 확인하려 들었다—, 내가 그의 이름이 뭐였냐고 물었다. 아마 여덟 살 정도 됐던 것 같다. 그의 이름은 기록되지 않았다고

---

*   영국 스코틀랜드의 남서부에 있는 강.

할아버지가 고백했다. 일기장에는 그저 "스코틀랜드의 젊은이"라고 남아 있을 뿐이었다. 이게 부자로 산다는 거겠지, 나는 생각했다. 이름이라는 기본적인 존엄조차 지켜주지 않는, 소중한 것을 하찮게 여기는 태도.

그 스코틀랜드 젊은이는 거의 매일 들판 위에서 무아지경에 빠지곤 했다. 어두운 광채 속에서 둥둥 떠다녔고, 두 눈을 감은 채 말을 했다. 이 개월이 지나자, 당시 그를 진찰하던 주치의는 그때의 표현을 빌리자면 중풍이라는 진단을 내렸다. 요즘 말로는 뇌출혈이었다. 살아남긴 했지만, 며칠 후 위험한 고비를 한 번 더 겪으면서 결국 깨어나지 못했고 혼수상태에서 숨을 거뒀다. 거의 매일 소환을 감행하도록 강요받았는데, 어떤 날은 두 차례 이상이기도 했다. 그렇게 수많은 무아지경의 나날들을 보내던 중 하루는 방을 뛰쳐나와 토머스 매터스의 목에 이를 박았다고 한다. 심한 상처를 남기진 못했다. 하지만 항생제가 발명되기 전인 당시에는 치아의 오물에 오염이라도 되면 심각한 결과로 이어질 수 있었다. 그 소년은 결박당하고 말았다. 아마 움직이지 못하게 된 것이 혈전으로 이어져 그를 죽이고 말았을 것이다. 일기장의 기록처럼 소년은 미쳐버린 게 아니었다. 그들이 그를 미치게 만든 것이었다. 그가 내뱉은 말 중에는 메디움 없이 어둠을 소환하는 무척 어려운 지침이 들어 있었다. 그리고 어둠에게 도움을 요청하는, 잔인하고도 위험한 방법들도 있었다.

윌리엄 브래드퍼드의 자식들은 더 나은 사업 기회를 모색하러 아메리카로 향했다. 미국에 정착한 아들은 부친처럼 인쇄소를 차렸다가 일찍 죽었다. 아르헨티나로 온 아들은 사막 정복 전쟁에 참전한 무공을 인정받아 정부로부터 토지를 수여받았다. 전 세계에서 가장 비옥한 땅이었다. 그는 원주민을 학살하는 실력이 탁월했을 뿐 아니라, 신비주의를 연구하는 사람으로서 팜파스 지역에서 어둠을 찾기 위해 늘 노력했다. 가차 없이 잔인한 방식들을 동원했지만 어둠을 만나지도, 소환해내지도 못했다. 오늘 우리가 휴양과 승마로 시간을 보내는 차스코무스의 농장에서, 그는 자신의 실패를 한탄하다 숨을 거뒀다.

이 이야기들 때문에 인류학을 전공하게 되었다. 내 공책과 글, 음성 기록 모두 어릴 적 기억에서 비롯됐다. 본격적인 연구를 시작하기 전에는 단편소설이나 전래동화 같은 이야기들을 모으는 것부터 시작했다. 나는 무녀의 집이나 기적 체험을 하다 죽은 사람의 묘비명을 짚는 손가락을 따라갈 수 있고, 그게 어디인지 묻거나 들을 줄도 안다. 십자성호를 긋는 이들의 눈에 서린 두려움을 알아볼 줄도 알고, 무덤가를 휘젓는 도깨비불을 보기 위해 밤을 기다리는 것도 좋아한다. 나는 우리 가문의 일원으로 태어났다는 사실에 만족한다. 단, 결코 그들을 우상화하려 하진 않는다. 세상의 모든 부는 타인의 고통 위에 쌓아 올린 것이다. 우리의 것 역시, 비록 독특하고 특이한 형태이긴 해도 예외가 아닐 수 없다.

‡

나는 아빠를 닮아 짙은 색 머리카락과 눈동자를 가졌다. 하지만 그의 기품이나 날씬한 체형, 아름다움은 물려받지 못했다. 아주 어린 내게 아빠는 아름다운 여인이 되려면 노력이 필요하다고 말하곤 했다. 그 말이 날 울게도 했지만, 또 한편으로는 고맙기도 했다. 부자라는 사실이 아름다움을 어느 정도 보완해주기는 했지만, 완전하게는 아니었다. 나는 강압적인 외면에서 권위를 찾으려 하는 우리 엄마 같은 사람이 아니다. 나는 내 피부를 더욱 빛내주는 색깔이 무엇인지 힘들이지 않고도 배울 수 있었다. 내 다리에 잘 어울리는 양말이 어떤 것인지, 그리고 액세서리를 활용하는 방법은 무엇인지도 잘 알았다. 목이 더 길어 보이려면 긴 목걸이를 해야했다. 갈색 머리와 대비를 이루려 에메랄드 귀걸이를 착용했고, 강단 있어 보이기 위해 여러 손가락에 반지를 끼웠다. 내 사촌 베아트리스 역시도 그리 예쁜 얼굴은 아니었다. 영국 출신 가문 특유의 큰 코와 얇은 입술 등 고양이상의 특징을 갖고 있던 그녀의 얼굴은 늘 딱딱했고, 표정은 섬찟했다. 표범과 새가 섞인 듯한 얼굴이었다. 우리 집의 계단이 문득 떠오른다. 우리 부모님과 호르헤 삼촌은 엘리베이터만을 이용했기에, 계단은 집 안의 가정부들, 운전기사들을 비롯한 일꾼만이 오가던 공간이었다. 부에노스아이레스에서는 정전이 잦았지만 발전기가 따로 있던 우리 집에서는 아무런 문제가 되지 않았다. 공책에 처음으로 기록한 전설 이야기는 우리 동네에 떠돌던 도시 전설이었다. 인근의 한 사유지에 살던 어느 가족이 유럽으로 휴가를 떠나려던 중, 마지막 사람이 차에 오르기 직전 전기를 차단했다고 한다. 하지만 마침 그때, 집 안을 관리하고 있던 가정부 한 명이 엘리베이터에 타고 있다는 걸 모두가 깜빡하고 말았다. 아무도 그녀의 비명 소리를 들을 수 없었고, 그녀는 그곳에 갇혀 아사한 채로 발견됐다고 한다. 엘리베이터는 철창 형태로 되어 있어 산소 공급은 원활했다고 하니, 그녀의 고통은 더욱 연장되었을 것이다.

한동안 베아트리스와 나는 엘리베이터를 타지 못했고, 종종 계단에서 만나며 그곳을 우리만의 비밀 공간으로 활용했다. 어느 날 밤, 저녁 식사 전 계단에서 나와 맞닥뜨린 그녀는 할아버지가 하는 이야기와 기사단을 믿느냐고 물었다. 작은 치아와 큰 코를 가진, 내 면상에 아픈 진실 하나를 내던질 만반의 준비가 되어 있던 그녀의 표정이 아직도 생생하다. 다 흰소리야, 우리 아빠가 그랬어. 그런 말도 안 되는 헛소리는 듣지도 말래. 눈물이 두 눈을 뜨겁게 달구는 게 느껴졌다. 그녀를 한 대 치고 싶었지만, 그러는 대신 어른들이 왜 우리에게 거짓말을 하겠냐고 되물었다. 영국 여자가 모두를 조종하는 거야, 라는 답이 돌아왔다. 그녀가 무슨 말을 더 했는지는 잘 기억나지 않는다. 아마 가문끼리 공유하는 사업에 관한 이야기였을 것이다. 바로 그날 밤, 베아트리스는 산이시드로에 있는 자기 아빠의 집으로 이사 가겠다고 선언했다. 이 사기극에 동참하지 않겠어, 라며 아빠에게 들은 표현을 복사기로 복사한 듯 그대로 이야기했다. 베티는 이런 식으로 말을 하는 아이가 아니었다. 허락은 받을 수 있고? 내가 물었다. 왜 안 되겠어? 그 아이가 당돌하게 대답했다. 당시만 해도 기사단은 탈퇴를 원하는 회원들을 굳이 막지 않았고, 나 역시도 그 사실을 잘 알고 있었다. 엄마는 도망치고 싶은 사람들은 그냥 가게 내버려두라고 했다. 그렇게 뛰쳐나간 자들은 백이면 백 모두 돌아온다고, 꼬리를 다리 사이에 말고선 질질 짜는 모습으로 돌아올 거라고, 어둠은 냄새를 잘 맡는 억센 손아귀를 가진 신이며 네가 어디 있든 찾아낸다고, 어둠은 네가 잠시 장난치는 걸 가만히 보고 있기도 한다고, 그건 마치 사냥을 마친 고양이가 먹잇감이 어디까지 장난치고 까부는지 지켜보는 것과도 같다고 말하곤 했다.

베아트리스를 계속 만날 순 있었지만 학교에서뿐이었다. 그녀는 학교와 더 가까운 곳으로 이사했지만, 부에노스아이레스의 중심부에 살던 나는 여전히 운전기사의 도움을 받아 집과 학교를 오가고 있었다. 베아트리스가 온 가족과 함께 우리 집에서 나간 바로 그해, 호르헤 삼촌이 후안을 데려와 함께 살기 시작했다. 아무도 내게 그 무엇도 알려주지 않았지만, 나는 너무나 호기심이 동한 나머지 끊임없는 질문 세례를 퍼부어댔고 진실의 일부분을 들을 수 있었다. 네 삼촌의 환자야, 삼촌이 그 아이를 수술했어. 심각한 심장 기형이 있는데 부모가 너무 가난해서 더 이상 그 아이를 돌볼 수 없게 되었단다. 이제 그 아이는 삼촌과 함께 살 거다. 나는 어린 소녀였지만 그래도 우리 가족과 삼촌에게 그 정도의 너그러운 마음이 없다는 것 정도는 잘 알고 있었다. 할아버지가 덧붙였다. 호르헤의 커리어를 바꿀 수 있는 기회이기도 하단다. 전 세계에서 그 누구도 저 아이가 받아야 하는 수술에 성공한 전례가 없거든.

가끔은 호르헤도 자식을 갖고 싶었던 게 아닌가 궁금해지곤 한다. 여자를 곁에 둔 걸 한 번도 본 적이 없었지만, 그렇다고 동성애자도 아니었다. 생식 기능에 문제가 있는 게 분명했다. 기사단의 가문들은 많은 자녀를 두지 못했다. 내 생각엔 일종의 형벌이거나, 징표가 아닐까 하는 생각이 든다. 기사단에는 젊은이들이 많지 않았기 때문에, 그들을 어떻게 대해야 하는지는 언제나 어려운 숙제였다. 어린 세대를 훈련시키는 게 우선순위에 있어야 했지만 그건 위험천만한 일이기도 했다. 즉, 미래를 위해 현재의 위험을 감수하지 않는 것이었다.

나는 그 아이를 보게 해달라고 졸랐고, 며칠이 지나자 허락이 떨어졌다. 그 아이에게는 큰 방 중 하나가 주어졌다. 가정부들이 쓰는 방 중 하나를 배정받았을 거라 생각했는데, 의외였다. 까치발을 하고 들어간 걸로 기억한다. 깜짝 놀라게 만들면 그 아이가 죽을 수도 있으니 조심하라는 말을 들은 터였다. 하지만 그 아이를 보자마자, 죽이려 해도 쉽지 않을 거라는 직감이 들었다. 마치 들판에서 일하는 소년들처럼 경직된 눈빛을 하고 있었지만 어딘가 도도해 보였다. 인사를 건넸던 것 같다. 하지만 돌아온 답변은 기억나지 않는다. 말하고 싶을 때만 말한다고, 쉬운 게 하나도 없는 아이라고 호르헤 삼촌이 일러주었다. 입술은 짙은 푸른색을 띠고 있었다. 흰 홑이불 위에 올려둔 손끝도 그러했다. 짙은 다크서클이 창백한 얼굴에 얼룩을 만들고 있었고, 눈부시게 빛나는 금발 머리는 어찌 보면 새치처럼 보이기도 했다. 너 유령 같아 보여, 내가 그에게 말하자 날카로운 눈빛이 나를 관통했고, 나도 모르게 웃음을 터뜨리고 말았다. 같은 날 밤, 나는 그 아이를 다시 보러 갔다. 간호사는 아무도 들이지 말라는 지시를 받았지만, 아무리 그래도 메르세데스 브래드퍼드의 딸을 막을 수는 없었다. 우리 엄마는 모두에게 비교할 수 없는 공포심을 심어두었다.

"날 비웃지 마."

방에 들어서는 나를 보고 후안이 말했다.

"난 유령이 아냐. 유령들은 따로 있어. 난 걔네를 보고 싶을 때 볼 수 있고, 보고 싶지 않으면 안 볼 수도 있어."

매일 밤 이야기를 나누는 우리만의 일과는 그렇게 시작되었다. 후안은 베티와의 우정을 대체해줬을 뿐 아니라, 나의 형제이자 심복이 되어주었다. 학교에서 있었던 일이나 엄마의 학대 또는 친구와의 불화 때문에 진창 욕을 늘어놓을 때면, 그 아이는 비록 공감은 못할지언정 나를 도와주려고 부단히 노력했다. 가끔은 후안과 함께 잠을 자기도 했다. 그 아이는 누워 있으면 숨이 찰 때가 많았기 때문에, 널찍한 침대를 두고도 베개에 기대어 잠을 청하곤 했다. 나는 처음부터 그를 몹시 좋아했다. 늘 보호해주고 싶었고, 또 한편으로는 항상 존중했다. 어떤 면에서는 두려움도 느꼈기에 거리를 두어달라는 후안의 요청에도 쉽게 수긍했다. 후안은 학교에 가지 않았고, 난 홈스쿨링을 받는 그 아이의 숙제를 즐거이 도와주며 시를 읽어주었다. 후안이 어릴 때부터 좋아했다던 시나 신화를 읽어주는 한편, 이따금은 음악을 감상하는 법을 알려주기도 했지만 끝내 감상의 즐거움을 제대로 알려주지는 못했다. 뛰거나 과격한 장난을 치는 건 금지되어 있었다. 하지만 어느 날 밤, 그 아이는 침대 위를 비추는 달빛 아래에서 자신의 몸에 난 상처를 보여주었다. 너 프랑켄슈타인이구나, 내가 말했다. 무슨 말인지 알아듣지 못한 그 아이에게 나는 소설책을 읽어주겠다는 약속을 했다.

그 일을 몇 개월 동안 이어갔다.

후안은 나나 형 루이스가 방문하지 않는 날엔 호르헤 삼촌의 집 안 어둠 속에서 혼자 있곤 했다. 그의 엄마도 가끔 방문했지만 일 찍 숨을 거뒀다. 그녀에 대한 기억은 생생하다. 공장 유니폼을 입 고 있었고, 손톱 밑이 까맣게 더러울 때도 있었다. 심지어는 이 집 에서 일을 하게 해달라고, 아들과 가까이 있고 싶다고 애원하기도 했다. 짧은 머리는 단정했다. 그 아이의 엄마는 물론 아빠를 볼 때 마다 체격에 깜짝깜짝 놀라곤 했다. 스웨덴 출신 이민자로서 미시 오네스 지방에서 살던 그들은 마테차밭에서 일하던 중, 후안처럼 위중한 질병을 앓는 이들을 치료할 수 있는 곳을 찾아 살던 마을 을 떠나온 것이었다. 아이의 아빠는 삼촌이 건넨 막대한 액수의 돈 에 만족하고는 후안을 넘겨주고 편하게 살아갔다. 하지만 엄마는 포기하지 않았고, 매번 방문할 때마다 언제쯤 아들과 함께 살 수 있게 해주실 거냐고 빌곤 했다. 나는 그녀가 우는 소리를 들으며 안타깝다는 생각을 했지만, 후안을 데려가지 않기를 바라기도 했 다. 삼촌에게 제발 그 애를 보내지 말아달라고 조를 때마다, 삼촌 은 걱정 말라고 나를 안심시켰다.

어쨌든, 그때만 해도 난 우리 엄마인 메르세데스가 어떤 계획을 세웠는지 전혀 알지 못했다. 저년도 이제 지겹네, 하루는 엄마가 이런 말을 했고, 얼마 지나지 않아 우리 모두는 후안의 엄마가 심 각한 질병에 걸린 걸 알게 되었다. 그로부터 몇 주가 채 지나지 않 아 그녀는 급성 암으로 죽었다. 우리에게 그녀의 발병과 죽음에 대 해 알린 건 후안의 형 루이스였다. 그 당시 두 형제의 아빠는 진작에 후안에 대한 관심을 꺼놓고 있었다. 그 사람은 병든 자기 아들을 비싼 값에 주고 팔아 치운 이상 더는 신경 쓰고 싶어 하지 않았다. 하지만 루이스는 주말마다 방문해 자기 힘닿는 대로 후안을 여기저기 데리고 다니면서 수영도 시키고, 후안이 해도 되는 것과 하면 안 되는 것들에 대해 우리 삼촌이 알려주는 이야기들을 귀담아 듣곤 했다. 우리 엄마는 걸핏하면 루이스를 층계참에서 기다리게 했고, 비가 오는 날이면 문지기에게 그 아이를 절대 집 안으로 들여보내지 말라고 명령하기도 했다. 어느 날, 루이스는 여러 세대에 걸쳐 묵은 뿌리 깊은 증오심과 살기 어린 눈빛을 우리 엄마를 향해 쏘아댔다. 그때부터 난 그를 사랑하지 않을 수 없었다. 내가 너희들을 도와줄게, 라고 약속했다. 루이스가 후안을 데리고 돌아온 그날, 우리 엄마가 너희를 떼어놓지 못하도록 할 거라고 그들 앞에서 다짐했다. 하지만 그건 그저 말뿐이었다. 난 지금까지 단 한 번도 엄마에게 영향력을 행사해본 적이 없었고 앞으로도 그러할 것이었다. 엄마가 루이스를 죽이지 않은 건 단지 그러고 싶지 않았거나, 그럴 만한 가치가 없다고 느꼈거나, 위험인물이라고 간주하지 않았기 때문이었을 것이다.

후안은 엄마의 사망 이후 달라졌다. 창문 옆의 나무 바닥에 털썩 주저앉아 시간을 보내곤 했다. 나는 그런 그를 지켜보며, 우리가 참으로 쓸쓸한 공간에 있다는 생각을 했다. 발코니에서는 대로변의 자카란다* 나무들을 볼 수 있었다. 우울에 빠진 후안은 내게

---

*   중남미가 원산지로, 늦봄에 길쭉한 종처럼 생긴 보라색 꽃이 핀다.

멀게만 느껴졌다. 나는 하루 종일 그의 기분을 북돋울 방법을 궁리하는 한편, 이 젊은 라자*의 마음을 흡족하게 해줄 이야기들이 무엇이 있을지 골몰하곤 했다. 우리 가족이 후안을 소유하기 위해 그의 부모를 차례차례 제거했다는 사실을 깨닫게 된 나는 그 내막을 알고 싶어졌다. 분명 호르헤 삼촌의 커리어 그 이상의 의미가 있으리라 짐작했다. 할아버지에게 가서 직접 부딪혔다. 저도 알 권리가 있어요, 라고 말하면서. 할아버지는 내 생각보다 훨씬 순순히 이야기해 주었다. 우리는 그 아이가 지금껏 기사단이 찾아온 메디움이 될 거라고 생각한단다. 네 삼촌이 그 아이를 수술하는 도중에 모습을 드러냈다고 하는데, 그 일이 다시 일어나지는 않았다고 하더구나. 그래서 우리가 가끔 그 아이를 병원에 데려가는 거야. 혹여라도 다시 모습을 드러낼까 싶어 수술실에 줄곧 데려가는 거지. 하지만 여태껏 나타나지 않았어. 어쩌면 저 아이에게 시간이 더 필요한 걸지도 몰라. 아직 너무 어리잖니.

할아버지가 이 이야기를 해준 건 내게 행운이었다. 그렇지 않았다면 후안이 처음으로 모습을 드러냈을 때 위험을 겪었을지 모르는 일이다. 그날 오후, 우리 할아버지는 나를 어둠으로부터 구해주었다.

‡

그해, 내 의붓동생 탈리가 부에노스아이레스로 유학을 왔다. 아

---

*   과거 인도의 국왕 또는 왕자를 가리키던 말.

주 격렬하고도 힘든 시기였다. 탈리는 도시가 싫다며 매일 울며 제 엄마를 찾았고, 머리를 쥐어뜯곤 했다. 우리 엄마는 그런 탈리에게 손찌검을 했다. 만류하는 내게도 체벌이 가해졌다. 하루는 후안과 함께 도망칠 계획을 세우기도 했다. 하지만 우리의 계획이 알려지면서 수포로 돌아갔고, 한 달 동안 저녁을 먹지 못했다.

엄마가 탈리를 싫어했던 건, 탈리의 엄마인 레안드라를 증오했기 때문이었다. 사실 엄마는 아빠가 다른 어떤 여자를 만나도 상관하지 않았을뿐더러, 우리 기사단에서는 소유욕에서 기인한 질투를 부끄러운 것으로 간주하기도 했다. 그런데 아빠는 탈리의 엄마에게서 성적인 이끌림 그 이상을 느꼈던 것 같다. 그녀는 코리엔테스에 자신만의 산라무에르테 신당을 가지고 있던 무녀였는데, 그 모습은 아름다움의 사전적 정의 그 자체라고 할 만했다. 나는 살면서 그녀만큼 자연스럽게 화려하고 멋진 여성을 본 적이 없었다. 우리 아빠는 북부에서 레안드라와 많은 시간을 보냈고, 가능할 때면 항상 나를 데리고 갔다. 탈리와 나는 진흙 도로를 뛰어다니며 레몬나무를 흔들어 흰 꽃비를 내리게 하곤 했다. 레안드라는 자신의 신당에서 신도들을 영접했는데, 탈리와 나는 눈물범벅이 되어 신앙의 서약을 하는 이들의 목소리를 들으며 산라무에르테를 닦아주기도 했다. 지독한 더위가 이어지는 나날들이었다. 탈리는 항상 머리를 풀고 다녔는데, 땀을 흠뻑 흘리기라도 하면 강물에 곧바로 뛰어들곤 했다. 그때 그녀에게서 수영하는 법을 배웠어야 했다. 하지만 파라나강에는 소용돌이가 일곤 했다. 물속에 사는 망자들이 동료를 구하려고 이런 물기둥을 만들어내는 거라고, 그곳에서 수영하는 사람들을 익사시키기 위해 노리는 거라는 이야기를 들었다. 레안드라는 강변에 앉아 아빠에게 입을 맞추며 우리에게 그걸 피하는 방법을 알려주었다. 난 탈리가 부에노스아이레스에 있기 싫어하는 마음에 공감이 갔다. 나라도 부에노스아이레스에 있지 않았을 것이었다. 도시, 특히 우리가 사는 아파트 건물 자체는 일종의 아편과도 같았다. 유일하게 나쁜 점은 삼촌이 후안의 여행을 절대 허락하지 않는다는 사실이었다. 어디든 멀리 가면 안 된다는 게 이유였다. 하지만 후안은 우리의 모험 이야기를 늘 흥미롭게 들어주었다.

레안드라가 암에 걸렸다는 소식이 들려왔을 때, 엄마는 손뼉을 치며 좋아했고 황홀한 기분에 빠질 때면 추던 특유의 춤을 추며 기분을 만끽했다. 손 하나는 배 위에 얹고 다른 손은 공중에 띄우는, 마치 탱고 같은 춤이었다. 그리고 나서는 소파 위에 털썩 주저앉아 우리―나와 아빠―에게 말했다. 겁쟁이들, 앞길을 막는 방해물을 제거할 줄도 모르고 말이야. 난 호르헤가 홀딱 빠져 있는 그 아이의 엄마도 제거했다고.

레안드라가 대체 당신에게 무슨 해를 끼쳤소? 아빠가 물었다.

내 입장에서야 그 인디오 여자는 아무런 해가 안 되지, 엄마가 대답했다. 아빠는 내게 방으로 들어가라고 했지만, 엄마는 로사리오도 듣고 배워야 한다고, 당신들은 별 쓸데없는 우화나 헛소리만 가르친다고 말했다. 아돌포, 당신의 그 인디오 여자 친구 말이야, 내게는 아무 상관이 없어. 하지만 문제는 당신이 그 여자를 중요하게 여겼다는 거야. 뭐, 나야 당신이 전국의 창녀와 잠자리를 가진다 해도 아무 상관 없어. 하지만 그중에 한 명이라도 중요하게 여기는 건 참을 수 없어. 애야, 내가 어떻게 레안드라를 병들게 했는지 알고 싶지 않니? 네 죽어가는 친구 놈의 엄마를 병들게 만든 방법은 또 어떻고? 오늘 밤 나를 찾아오렴, 내가 알려줄 테니. 어쨌든 너도 이제 네가 어떤 존재인지 알 때가 되었어. 이 인간들은 널 너무 과보호해, 호모들마냥.

나는 엄마의 방을 찾아가지 않았고, 레안드라를 어떻게 병들게 만들었는지도 알려 하지 않았다. 엄마는 나를 기다리다 지쳐 집 밖으로 나갔다. 입술을 빨갛게 칠하고 웨지힐 구두를 신고는, 그녀가 가장 좋아하던 호텔의 베이커리에 가서 샴페인 잔을 들고 마음껏 자축의 시간을 가졌다. 나는 코리엔테스에 있는 탈리를 만나러 가는 걸 금지당했고, 탈리 역시도 더는 부에노스아이레스로 오지 않았다. 탈리를 좋은 곳에서 교육시키려는 욕심을 거둬들인 아빠는 그 아이를 보러 가자는 내 애원에는 이렇게 에둘러 대답하곤 했다. 네 엄마가 질투하기 시작하면, 그리고 그 질투가 탈리를 향하게 되면, 어떤 일이 펼쳐질지 너도 예상할 수 있잖니.

그해 여름, 엄마는 내 등을 떠밀어 차스코무스의 별장에 혼자 가게 만들었다. 그 자체가 일종의 체벌이라는 건 알 수 있었으나, 구체적인 계획까지는 예상하지 못했다. 나는 들판을, 말들을, 강아지들과 함께 뜀박질하는 것을, 모닥불 주변에 둘러앉아 밤을 보내는 것을, 노트에 기록할 수 있는 모든 이야기들을, 연기 냄새가 나는 노을을 바라보는 것을 모두 좋아했다. 엄마에게 누구라도 동행을 붙여달라고 애원하기도 했다. 후안이든 탈리든, 아니면 학교 친구 누구라도, 그게 베티라도 좋았다. 하지만 엄마는 거절했을 뿐 아니라 빼곡하게 반지를 낀 손으로 피가 철철 날 때까지 뺨을 올려붙였다. 거기 일하는 깜둥이들이랑 사귀렴, 엄마가 말했다. 이 멍청한 년, 넌 그런 애들이랑 잘 어울리잖아.

엄마는 나를 차스코무스까지 직접 차로 데려다주고는 내가 할일을 일러주었다. 바로 철창 안에 갇힌 자들이 먹을 음식을 매일나르는 것이었다. 기사단 내에서도 메디움을 찾거나 어둠을 소환하려 독자적으로 행동하는 사람들은 우리 엄마 외에도 많았다. 하지만 적어도 내가 아는 한, 이런 방식을 쓰는 건 엄마가 유일했다. 엄마는 나를 철창이 있는 우리에 밀어 넣고는 그냥 가버렸다. 역겨운 냄새에 토악질이 절로 났고, 내가 가장 좋아하던 빨간색 메리제인 구두는 손쓸 수 없이 더러워지고 말았다. 그날은 그곳을 뛰쳐나왔지만, 날이 밝자 돌아갈 수밖에 없었다. 엄마가 시킨 일을 잘하는지 감시하라는 명령을 받은 일꾼 한 명이 내 방문 앞에 음식을 가져다 놓은 걸 보며 깨달았다. 시키는 대로 하지 않으면 엄마는 돌아올 것이었다. 그건 그 우리 안에 들어가는 것보다 더 끔찍한 일이었다. 문이란 문은 모조리 자물쇠로 잠긴 내부에는 완벽한어둠만이 깃들어 있었다. 나는 철창 안으로 음식이 담긴 쟁반을 밀어 넣었다. 대소변과 피가 섞인 냄새는 매번 구토로 이어졌다. 나는 여름 내내 대부분 상한 상태였던 음식을 갇힌 자들에게 갖다주었다. 팔을 뻗어 유난히 조용한 녀석들을 손으로 더듬어보며 죽었는지 살았는지 확인하기도 했다. 죽어 있는 경우 사체를 끌고 가는일도 내가 직접 해야만 했다. 엄마가 수화기 너머에서 일러준 대로 두 명을 배나무 밑에 묻었다. 사람 같지 않아 보이던 그들 중 한 어린아이에게는 두 눈이 없었다. 어느 날 오후, 한쪽 구석에서 극도로 강렬한 비명 소리가 들려왔고 나는 허락되지 않은 일임을 알면서도 랜턴을 찾으러 갔다. 빛을 비추자 모두가 비명을 질러댔다. 그 잠깐 동안, 나는 날개 달린 악마들에 둘러싸여 있는 게 아닌가 하는 생각에 몸이 굳어졌다. 하지만 이내 심호흡을 하고서 마음을 다잡았다. 나는 어떤 상황에서도 마음을 다잡을 줄 알았다. 처음에 비명을 지르던 녀석의 얼굴이 낯익었다. 마을 여기저기에 걸린 포스터의 몽타주와 일치했다. 서툰 실력으로 그린 실종자 포스터가 슈퍼마켓에, 가로등에, 경찰서에 붙어 있었다. 누군가가 그가 돌아오길 원하고 있었다. 사랑받는 아이였던 것이다. 아이의 두 눈을 가리고 있던 천은 벌레가 들끓을 정도로 더럽기 그지없었다. 며칠 동안 끊임없이 이어진 고통과 더러움을 보다 못해 눈을 가린 천을 걷어주었다. 할 수 있는 한 깨끗이 닦아주었지만, 그곳의 수많은 존재들처럼 그 아이 역시 아무짝에도 쓸모없다며 엄마에게 버림받으면서 두 눈도 잃은 것 같았다. 프란시스코란 이름의 네 살짜리 아이였다. 포스터에는 짙은 색 머리카락이라고 쓰여 있었지만, 엄마의 감옥에서 본 그 아이는 완전한 대머리였다.

엄마는 자기가 가는 길에서 후안의 엄마와 레안드라를 제거했던 의식을 치르러 그곳에 가곤 했다. 어둠을 끼지 않고도 적을 제거할 수 있는 여러 방법이 있었다. 기사단 소속의 모두가 더 고전적이면서도 덜 소모적인 방법들을 알고 있었지만, 엄마만은 유독 이런 방식을 고집했다. 갇힌 자들, 혹은 그들 중 일부는 극도의 고통 속에서 신을 불러내는 데 성공하기도 했다. 바로 그때가 소원을 빌어야 하는 순간이었다. 현현은 찰나의 순간에 일어났지만, 원하는 걸 요구할 만큼은 되었다. 물론 그들을 가둬두기만 한다고 되는 일이 아니었다. 그들이 구사하는 소환술을 나는 애초에 배우길 거부했는데, 그러자 가혹한 체벌이 잇따랐다. 지금도 머리로는 방법을 알지만 직접 행하지는 않는다. 할아버지나 나이 든 기사단원들은 그들이 소환하는 무언가가 절대 어둠일 수 없다고, 비록 온 방을 어둠에 휩싸이게 하더라도 단지 비슷한 모습을 띤 허상 혹은 그림자일 뿐이라고 치부하곤 했다. 메디움이 소환하는 어둠은 길들일 수 없다. 말하고 베고 채 가는 존재. 엄마의 그것들은 거울 뒤편에 있는 복제품이며, 가짜일 뿐이다. 아빠가 미시오네스에서 운영하던 마테 사업체와 경쟁하던 업체가 하나 있었다. 그 집안 역시 대대로 찻잎 농사를 지어왔다. 하지만 두 업체가 공존하기에는 시장이 너무 작았다. 어느 날 팔을 걷어붙인 엄마는 어둠에게 그 업체를 없애달라고 요구했다. 그 마테왕의 가문은 호숫가에 네오클래식 양식의 기둥이 즐비한 멋진 집을 소유하고 있었다. 그들이 완전히 몰락한 뒤 우리는 함께 그 집을 보러 갔다. 하늘은 분홍빛을 띠고 있었고, 야자나무들은 물 위로 흐느적거리는 그림자를 드리우고 있었다. 우리는 그 집을 차지하지 않았다. 그런 유의 저주가 닿은 장소는 버려두는 게 상책이었다. 모든 걸 물려받은 장남은 자기 소유의 화려한 숲속 궁전 앞에 있는 호수에서 익사했다.

차스코무스의 내 방 창가에서 내려다보니 후안이 들어오는 모습이 보였다. 삼촌과 할아버지가 그 아이를 데려온 것이었다. 부에노스아이레스에서 가까운 곳이었기에 여행을 허락받았다고 했다. 그해 여름, 난 열한 살이었고 그는 여덟 살이었다. 차에서 내려 계단을 천천히 올라온 후안은 당시만 해도 모든 움직임이 느릿느릿했다. 이 부분에서만큼은 지금과 완전히 바뀌었다고 할 수 있다. 침대에 걸터앉아서 그를 기다렸다. 그는 문가에서 내게 말을 건넸다. 널 혼자 있게 하지 않을게. 걷잡을 수 없이 울음이 터졌다. 손을 내밀며 들어오라고 말했다. 그는 자기 머리를 쓰다듬으라는 듯 내 헐벗은 무릎에 자기 머리를 기댔다. 그렇게 우리는 함께 울었다. 갇힌 자들에 대한 이야기를 후안은 이미 알고 있었다. 엄마는 아무이유 없이, 그저 겁을 주려고 그들에 대한 이야기를 늘어놓았던 것이었다. 후안이 오고 나서 우리는 엄마가 시킨 일을 함께했다. 삼촌은 후안을 보살피기 위해 줄곧 머물러 있었고, 후안은 그 우리에 매일 나와 함께 들어가주었다. 어둠 속에서 길을 찾아주기도, 철창 사이사이를 지날 때마다 내 손을 꼭 붙잡아주기도 했다. 덕분에 난 전보다 훨씬 더 수월하게 일할 수 있었다. 후안이 그곳에 있는 동안에는 죽어나가는 아이도 없었다.

사실 철창 안 아이들과는 별개로 우리는 함께 있어 즐거웠다. 어쨌든 우리는 아직 어린아이였으니까. 오후 무렵에는 입구 쪽 창가에서 색유리를 보며 놀기도 했다. 한쪽 손은 파란색, 한쪽 눈은 초록색, 한쪽 발은 노란색. 이리저리 움직이며 우리 몸을 빛으로 물들였다. 여러 해가 지나, LSD가 손가락 사이에 무지개를 만들어내는 걸 보면서 나는 당시 우리 둘이 하던 놀이를 기억했다.

부에노스아이레스에 도착하자 엄마가 고함을 질렀다. 이 망할 쓰레기 같은 자식을 도대체 언제 써먹을 수 있는 거냐고, 그냥 길

분필로 그린 원

거리로 내쫓아버리겠다고. 나는 그럴 거면 나도 함께 버리라고 소리쳤고, 엄마는 지팡이로 등짝을 후려갈기는 걸로 대답을 갈음했다. 그 일 이후 며칠간 나는 숨을 제대로 쉬지 못했다. 갈비뼈가 부러졌던 것일지도 몰랐지만, 엄마는 삼촌이 엑스레이를 찍지 못하게 막았다. 같은 날 밤, 나는 계단을 내려가 그날부터 후안과 같은 지붕 아래서 살기 시작했다. 중간에 몇 년간 헤어져 있던 기간도 있었지만, 사실 그때부터 우리는 한 번도 서로의 곁을 떠난 적이 없었다.

‡

난 어린 시절부터, 그 어떤 남자보다 후안을 먼저 사랑했다고 말하고 싶지만 사실 내 첫사랑은 메디움 올라나를 찾아낸 남자, 조지 매터스였다. 심지어 그 사람의 사진을 아동용 지갑에 소중히 간직하고 다니기도 했다. 런던에 있는 플로렌스에게 요청하자 우편으로 보내준 사본이었다. 사진 속의 조지 매터스는 낭만주의적 영웅의 얼굴을 하고 있었다. 양 볼은 툭 불거져 있었고 동그란 두 눈의 눈빛은 순수했다. 초기 인류의 것같이 단단한 턱은 그를 강인하고 남성적으로 보이게 해주었다. 완벽한 남자였다.

조지 매터스는 기사단의 현 리더인 플로렌스의 큰아버지였다. 그는 근무 중이던 내셔널 아프리카 컴퍼니*가 향후 나이지리아로

---

*   19세기에 영국이 인가한 상업 회사로, 나이지리아 식민지화에 영향을 끼쳤다.

알려지게 될 영국의 보호령, 이바단에 둥지를 틀게 되었을 무렵 올라나와 만났다. 그의 이야기는 일기장에 상세히 기록되어 있다. 원본은 런던을 방문했을 때 처음 보게 되었는데, 그가 직접 연필로 그린 멋진 삽화도 있는 판본이었다. 하지만 어린 시절에는 기사단의 모든 초심자들과 마찬가지로 나도 팩시밀리로 전송된 사본으로 읽을 수밖에 없었다. 내가 가장 좋아하는 책이었다. 조지는 그 지역을 사랑했고, 키가 크고 늘씬한 원주민들의 아름다움, 흰옷, 숲뿐만 아니라 웬만한 영국인들은 모두 치를 떨던 현지 음식마저도 무척 좋아했다. 현지인들과 가장 활발하게, 또 제대로 소통할 수 있는 사람이었던지라 일찌감치 지역 우두머리들과의 교섭을 맡게 되었다. 그는 정착한 지 몇 개월이 안 되어 만찬에 초대받기 시작했고, 현지 전통무용을 관람하기도 했다. 그는 원주민들의 종교와 제례에 관심이 많았고, 그들의 품격 있는 단순함에서 심오한 무언가를 관찰해냈다. 튜닉을 입고 검과 유리종*을 든 기사단원들이 모이는 영국의 살롱에선 상상할 수도 없는 무언가였다.

제례에 참석한 어느 날, 그에게 느리 왕국 제사장 겸 왕의 먼 사촌인 올라나를 볼 수 있는 기회가 주어졌다. 사람들은 왕족이 하늘에서 내려온 존재의 후손이라고 믿고 있었다. 당시 왕국은 이미 사라지고 없었다. 1911년 영국의 군대가 왕의 모든 종교적, 정치적 권한을 강제로 앗아 갔기 때문이었다. 올라나는 사제들의 도움을 받아 이바단으로 피신해 있었다. 열다섯 살, 가녀리기만 한 그녀의

---

* 성물로 모시는 인형을 넣은 종 모양의 유리병.

이마에는 상처가 가득했다. 영원히 지워지지 않을 염증의 흔적이 미로처럼 어지러이 얽혀 있었다. 조지 매터스는 그녀에게 첫눈에 반했지만, 말을 섞는 것은 물론 어떤 식으로든 그녀와 소통하는 것은 금지되어 있었다. 게다가 고귀한 핏줄이자 사제인 그녀는 백인 남자의 털끝 하나도 건드리지 않으려 할 게 뻔했다. 조지가 그린 올라나의 초상화에서는 극도로 섬세한 터치는 물론, 여러 차례 수정을 거친 흔적 또한 엿볼 수 있다. 불규칙한 선을 여러 차례 그렸다가 신중하게 지운 흔적이 여기저기 발견된다. 그 초상화는 오직 피로감만 남은 눈빛을 한 십대 소녀를 담고 있다.

　그녀는 '밤을 몰고 오는 자'란 이름으로 불렸다. '달의 뱀'이라는 이름도 있었다. 조지 매터스는 가이드들이나 친분을 쌓은 우두머리들이 구사하는 짧은 영어, 또 그가 조금이나마 알아듣게 된 원주민 언어와 지역방언 몇 마디 등을 통해 그녀가 단순히 영에 빙의된 사제가 아니라는 사실을 알게 됐다. 그녀는 흐르는 강물이나 별들 사이, 혹은 땅속에 잠들어 있는 어둠의 신과 소통할 수 있는 사람이었다. 즉 기사단, 자신의 가문이 흔히 메디움이라 부르는 바로 그 존재였던 것이다. 처음으로 참석한 제례는 한밤중 숲속 공터에서 이루어졌다. 야자 와인에 취해 있던 그는 올라나의 몸이 사제의 두 손 아래에서 일반인으로는 도저히 상상할 수 없을 정도로 흐느적거리며 움직이고 피를 흘리는 모습을 목격했다. 그날 그 자리에 함께하고 있던, 올라나와는 반대로 옷을 갖춰 입고 있던 여자들 모두가 한 번에 하혈을 했다. 금속성의 피비린내가 숲을 가득 채우자 그는 현기증과 더불어 흥분을 느꼈다. 의식이 끝난 후 올라나는 지역 치료사들의 도움을 받아 널찍한 오두막으로 옮겨졌다. 열이 펄펄 끓어오르고 있었지만 그 무엇도 마시지 않겠다며 거부하는 바람에 상태는 악화일로를 치달았다. 다만 회복 기간 동안 자신의 손을 잡고 있던 조지를 뿌리치지는 않았다. 그녀는 그에게 더 많은 신들과 비밀의 숲에 대한 이야기를 해주었다. 조지 매터스는 부지런히 적고 배웠으며, 이따금은 자신의 하룻밤 파트너로 지정된 여성까지도 물리치면서 흰색 모기장 안의 침대 위에서 글쓰기에만 몰두했다. 사제들은 그에게 '참파나'라는 신에 대해 이야기해 주기도 했다. 질병으로 형태가 뒤틀린 신으로 모기나 파리의 모습을 하고 나타난다고 했는데, 조지가 참파나로부터 살아남은 것을 몹시도 신기해했다. 그의 많은 동료들이 어떤 형태로든 질병을 얻었고, 그중에서도 또 많은 이들이 말라리아로 목숨을 잃었다. 하지만 그는 런던을 떠나올 때보다 약간 더 야위고 가무잡잡해졌을 뿐이었다. 내셔널 아프리카 컴퍼니의 사업에는 애초부터 큰 관심을 두고 있지 않았지만, 그에게 출근을 강요하는 사람도 없었다. 하지만 그는 아무리 피곤해도 꼬박꼬박 출근 도장을 찍었고, 동료들이 니제르강, 유럽에서 죽어간 가족과 친지들, 제1차 세계대전 등에 대해 이야기하는 걸 들었다.

1919년이었다. 9월의 어느 밤, 숲속에서 조지는 마침내 올라나가 어둠을 불러내는 장면을 목도했다. 땀범벅이 된 그녀의 피부에 달빛이 반사되어 은빛 광명을 내뿜었고, 그녀의 땀구멍 하나하나에서 발산되기 시작한 어둠은 그 빛을 조금씩 잠식해나갔다. 여자들과 사제들은 그저 울부짖을 뿐이었다. 북이 울리는 소리가 밤을 질식시켰고, 조지 매터스는 올라나의 입 안에 매달린 두 갈래의 혓바닥, 그리고 검은 빛이 닿을 때마다 힘없이 바닥에 떨어지는 불나방들을 보았다.

그 어느 때보다 강렬했던 이날의 의식이 끝난 후, 조지 매터스는 집 앞에 작은 석고상 하나를 배달받았다. 길게 쭉 뻗은 음경이 눈길을 끄는, 앉아서 양 무릎에 손을 올린 벌거벗은 남자의 모습이었다. 문득 한 가지 생각이 떠올랐다. 아프리카 숲속에 산다는 이바단의 위대한 신, 판일까? 덜컥 겁이 난 그는 영국으로 돌아가기로 마음먹었다. 올라나를 데려가 기사단에 메디움으로 바칠 생각도 굳혔다. 그녀가 자신을 위해, 자신에게로 온 것이었다. 의심의 여지가 없었다.

그의 사회적 지위를 이용하자 올라나를 데려가는 일은 수월했다. 사실 우리는 원하는 건 무엇이든 쉽게 얻을 수 있다.

지속적인 관심과 감시의 대상이 되어 육로와 해로로 이동하는 여정은 젊은 올라나에게도 쉽지 않았다. 조지 매터스는 그녀의 연약함이 제례의 부작용만은 아님을 눈치챘다. 그녀는 병들어 있던 것이었다. 자주 정신을 잃고 쓰러지곤 하던 그녀는 흔들리는 배 안에서 뱃멀미를 했고, 침대 밖을 나서지도 못했다. 두통을 완화하기 위해 객실의 불은 늘 희미하게 켜놓았는데, 그 와중에도 영어는 기막힐 정도로 빠르게 습득해나갔다. 조지는 런던에 대해, 자신의 부인 릴리에 대해, 그리고 아이를 기다리는 심정—비록 자신은 일 년 넘게 해외에 있었지만—에 대해 이야기해 주었다. 얼음장같이 차가운 바다와 눈에 대한 이야기도 빼놓지 않았다. 올라나는 자못 심각한 표정으로 그가 하는 말들에 귀 기울이곤 했다. 조지는 그녀가 무언가를 배우고 있다는 사실을 알아차렸지만, 대수로이 여기진 않았다. 그저 그녀가 알고 있던 것들과 다른 내용이기에 호기심이 동한 것으로 생각했다. 한편 그녀는 이따금씩 말하기를 시도했는데, 조지가 자신의 말을 이해하지 못하는 것 같으면 허공에 손으로 그림을 그리곤 했다. 악마 수천 마리가 살고 있는 숲에 대한 이야기도 꺼냈다. 그중 우두머리는 단 하나로, 자신이 걷는 방향을 누구도 알 수 없도록 발이 뒤틀려 있고 나무에 매달려 있곤 한다고 했다. 삼촌이 만들곤 하던 목조 형상들과, 자기 부친의 부와 명성에 대해서도 이야기하며 그가 가진 보석들이 그립다고 했다. 배가 가볍게 흔들리던 어느 날 밤, 어떤 존재들은 꽃과 와인에 만족하기도 하지만 사실 진정한 신들은 피를 원한다고 말해주었다.

런던에 도착했을 때의 그녀는 비쩍 말라 눈 밑이 퀭한 모습이었다. 반면 그는 몇 개월간의 항해가 믿기지 않을 정도로 건강했다. 느리 왕국의 올라나는 영어로 말하고 있었고 조지 매터스는 그런 그녀를 사랑했지만, 손을 대는 것만큼은 삼가고 있었다. 런던에서 그들을 기다리고 있던 기사단은 복스홀 자동차에서 내리는 그녀를 보고는 실망스러운 기색을 감추지 않았다. 나중에 조지 매터스가 밝힌 바에 따르면, 그들은 사진에서 보았던 서부 아프리카 여성들과 비슷한 모습, 즉 키가 크고 긴 목을 가진 여성을 기대했다. 상처가 뒤범벅된 얼굴에 동그란 머리통을 가진 작은 몸집의 소녀를 예상하진 못했던 것이다. 그럼에도 불구하고 그들은 예를 갖춰 그녀를 맞았다. 올라나는 도시를 보고 짐짓 놀란 눈치였는데, 어떤 면에서는 위협을 받은 듯해 보였다. 땅속을 오간다는 기차를 보고 싶어요, 하루는 그녀가 조지에게 말했다. 그는 그녀를 지하철에 데려가주었고, 하이드파크에서 함께 산책하기도 했으며 켄싱턴을 구경하기도 했다. 궁에 도착했을 때 올라나는 추위에 떨고 있었다. 조지는 입고 있던 재킷으로 그녀를 감싸주었고, 순간 세인트존스우드의 아버지 집까지 그녀를 두 팔로 번쩍 안아 데려가고 싶다는 충동에 휩싸였다.

당시 기사단을 이끌고 있던 리더이자 조지의 아버지인 크리스토퍼 매터스와 주요 구성원들이 집의 메인 회랑의 촛대 아래, 붉은 소파에 앉아 그들을 기다리고 있었다. 올라나는 눈을 깜빡이며 장식들을 둘러보았고, 조지는 완고한 표정을 한 어머니의 얼굴을 유심히 살펴보았다. 여자들과 남동생의 두 눈엔 질투가 서려 있었다. 올라나를 구하는 건 불가능하다는 것을, 그리고 기사단이 그 무엇보다 최우선이라는 사실을 그때 깨달았다. 수년간 거듭된 실망이 겹겹이 쌓여 있었고, 자신들의 종교적 관습을 통해 부와 권력을 손에 쥐었음에도 그들은 그 이상을 추구하고 있었다. 내 아버지는 언제나 기사단과 각종 제례가 자신들의 부를 유지하는 데 도움이 된다고 믿으면서도 한편으로는 유산이나 유망한 사업을 버팀목 삼아야 한다고도 생각했다. 옳은 생각이다. 나는 한참 라몬 룰*의 글을 읽고 다니던 때가 있었는데, 연금술을 두고 그 역시도 똑같은 주장을 펼쳤다. 금을 만들기 위해선 먼저 금을 가지고 있어야 한

---

*   13세기에 활동한 마요르카 왕국의 철학자이자 작가.

다. 무에선 아무것도 창조할 수 없다. 당시 그들은 획득한 부에 만족하지 못하고 있었다. 그들은 죽음을 피하고 싶어 했으며, 어둠이 그러한 은총을 내려줄 것이라 기대했다. 물론 우리가 지금껏 가진 믿음이 바로 그것이기도 하다. 크리스토퍼 매터스는 믿음을 쌓아 올리려면 무량한 약속이 필요하다는 걸 잘 알고 있었다.

조지의 모친은 의식을 감행하기로 결정했다. 그의 기록에 의하면 그녀 또한 매우 완고한 사람이었다. 아무 의미 없고 어리석기 짝이 없다고 생각했던 세계대전에 의해 가장 사랑했던 아들을 잃게 되자, 분노에 못 이겨 벽난로 앞에서 몇 시간을 오열하곤 했다고 한다. 그녀의 사랑스러운 아들은 어머니와 기사단의 명령을 거역하고 이 대학살극에 자원하여 참전했는데, 참호 안에서 티푸스로 죽어버리고 말았다. 가족 중에 유일하게 재능을 지닌 사람이기도 했다. 그다지 탁월하다고 볼 순 없었지만, 재능이 아예 없던 조지나 찰스보다는 훨씬 나았다. 젊고 야심가였던 찰스는 하루 여덟 시간을 공부에 매진했고, 세피로트*의 의미에 대해서 몇 시간이고 설명할 수 있었다. 하지만 그런 그조차도 마법에는 털끝만큼도 재능을 보이지 못했다. 여행을 다니고 기록하기를 좋아하던 조지 역시도 그런 면에 있어선 무능했다. 늘 남들이 부리는 마법에 마음을 빼앗기는 수동적인 역할만 할 뿐이었다.

의식은 1919년 10월 31일로 계획됐다. 세인트존스우드의 집에서도 특별히 이 의식을 위해 마련된 공간에서 진행될 예정이었다.

---

* 유대교 신비주의 종파인 카발라에서 우주의 원리를 설명하는 열 가지 속성.

그곳은 지금까지도 같은 목적으로 사용되고 있다. 나도 그곳에서 분필로 원을 그렸고, 내가 만든 봉인을 개선하는 데에 필요한 멋진 글씨체를 배우기도 했다. 조지 매터스는 참석하겠노라고 다짐한 뒤 부인 릴리가 기다리고 있던 집으로 돌아갔다. 그녀는 황금빛 머리띠로 머리카락을 장식하고 몇 시간째 정원을 돌보던 중이었다. 격렬하고도 낭만적인 시를 쓰곤 하던 바로 그 릴리. 철문을 등지고 선 그녀를 안고는 아들을, 자신이 자리를 비울 때 환한 미소를 지으며 그녀 곁을 지켜줄 작은 꼬마 아이를 안겨주지 못하는 자신을 자책했다. 다른 사람들, 그의 부모는 물론이고 의사들마저도 불임의 원인이 릴리에게 있다고 생각했지만 사실 그는 진실을 알고 있었다. 욕구를 채우기 위해서라기보다 일종의 시험으로 수많은 여성들과 잠자리를 해보았는데, 그중 누구도 임신을 하지 않았던 것이다. 매터스는 멸족의 길을 걷고 있었고, 이제 남은 건 젊은 찰스밖에 없었다.

릴리를 위해 준비한 선물 꾸러미를 풀었다. 조각으로 장식된 가면, 동아프리카 특산품 직물, 파리에서 구입한 향수─그녀는 특이한 색깔의 향수병을 좋아했다─, 당시에는 이미 한물간 작가로 여겨졌지만 릴리는 여전히 좋아해 마지않았던 알폰스 무하의 석판화가 있었다. 그 꾸러미 안에는 조지가 지내던 이바단의 집 문 앞에 누군가가 두고 간 석고상도 있었다. 어쩌면 경고의 의미였을지도 몰랐다. 릴리가 그 석고상을 두 손으로 들어 올리자 조지는 빠르게 그것을 낚아챘다. 위대한 신 판이 그렇게 먼 곳에도 사네요, 그녀가 말했다. 릴리는 다소 흐리멍덩한 신도였다. 별자리의 이름을 대거나 봉인을 그릴 줄 몰랐지만, 믿음은 있었다. 곧 그녀를 보게 될 거야, 조지가 말하며 마지막 선물인 목걸이를 내보이자 릴리는 미소를 지었다. 그때 바람이 창문 하나를 열어젖혔고 릴리가 바로 달려가 닫았지만, 거실 안이 마른 낙엽으로 뒤덮이는 것까지는 막지 못했다.

그 석고상은 이제 런던에 있는 기사단 소유 도서관에 몇 겹의 유리에 둘러싸여 보관되고 있다. 음경을 제외하면 그 모습은 내게 산라무에르테를 연상케 한다. 앉아 있는 그 모습에는 독특한 지점이 있는데, 무언가를 기다리고 있는 듯한 모습에 우리가 인내의 수호신이라고 부르기도 하는 성스러운 해골과 유사하다. 그러한 공통점과 친숙함을 찾는 연구를 계속하고 있지만, 소름 끼치는 듯한 기분을 종종 느끼곤 한다. 그 작은 석고상은 마치 지켜보는 사람의 눈을 따라다니는 듯한 기분이 들게 하는 한편, 설명할 수 없는 불쾌감도 불러일으킨다.

초심자들은 약속된 시간에 맞춰 속속 도착했다. 많은 이들이 가면 착용을 선택했다. 대부분이 베네치아 스타일이었고, 일부는 동물의 모습이기도 했다. 기사단의 간부들 외의 사람들은 자신을 드러내는 걸 꺼렸다.

올라나는 알몸으로 제단 위에 엎드린 채 그들을 기다리고 있었다. 그곳을 비추는 유일한 빛은 촛불이었다. 모든 일이 매우 빠르게 진행됐다. 노래가 시작되었고, 이내 여성들의 다리 사이에서 피가 솟구쳐 나오기 시작했다. 일부는 비명을 질러댔고, 다른 일부는 익사한 듯한 표정을 짓고 있었다. 올라나는 뱀처럼 탁자 사이를 오가기 시작했다. 정액과 피의 향기에 코를 벌름거리더니, 별안간 바닥에 몸을 내던졌다. 이제 그 뱀은 걷잡을 수 없었다. 검은 빛으로 빛나는 상태에선 그 몸을 결코 만져서는 안 됐지만, 사람들은 그렇게 하지 않았다.

저 소리가 들리는가? 기사단의 리더 크리스토퍼 매터스가 소리쳤다. 그녀의 목소리가 들리는가? 많은 이들이 고개를 끄덕였고, 매터스는 모든 규범과 관례를 깨뜨리고 '보호의 원'을 뛰쳐나왔다. 종이와 연필을 가져와 목소리가 들린다는 사람들에게 나눠주었다. 뱀은 말을 하고 있었고, 사람들은 뱀이 별들 사이의 공간에서, 삶과 죽음 사이에서 읊조리는 말을 들리는 대로 적어 내려갔다. 각자가 자신이 선호하는 언어 체계로, 들려오는 언어에 따라 써 내려갔다. 오늘까지도 이 전통은 내려오고 있지만 의식의 형태는 당시와 사뭇 다른 모습이 되었다. 그 누구도 월경혈 외에는 피를 흘리는 사람이 없다. 이젠 더 이상 의식이 성적인 의미를 가지지 않을뿐더러, 메디움이 자리를 떠나고 나서도 새벽까지 이어지기 때문이다. 기록 내용은 지금과 마찬가지로 제각기 달랐으며 일부는 이해하기조차 어려웠다. 하지만 크리스토퍼 매터스는 이렇게 말하곤했다. 일관성 따원 중요하지 않아. 무엇보다 어둠의 뱀이 우리에게 말을 하고 있다는 사실만이 중요하다. 우리의 이해가 닿는 범위 밖의 말들이 쏟아져 나올 때, 그중 무엇이라도 우리가 배울 만한 작은 지푸라기라도 있다면 붙잡아야 한다.

크리스토퍼 매터스는 이걸 '신탁의 단계'라 불렀다. 모든 게 다 끝난 후 올라나는 자기가 흘린 피에 흠뻑 젖은 채 의식을 잃었다.

양 갈래로 갈라진 혀가 벌어진 입술 사이에 붙어 있었다. 그 자리에 있던 많은 여자들과 남자들은 옷을 벗은 채 서로를 껴안고 있었다. 어떤 이들은 그녀와 눈도 마주치지 못했다. 또 넋이 빠져 가면이 떨어진 줄도 모르고 있는 이들도 있었다. 조지만이 정신을 차리고 상황에 반응하고 있었다. 마침내 검은 빛이 올라나를 떠나가자, 그는 다가가 그녀를 품에 안았다. 모든 절차를 설명해주었음에도 그녀를 위한 방은 여태껏 준비되지 않았다. 눈에 들어온 첫 번째 침대에 그녀를 눕히니 홑이불 여러 채가 금방 피에 흠뻑 젖어들어갔다. 그녀의 온몸이 고열에 들썩였다. 죽을 운명을 직감했다. 당장 그날 밤은 아니었지만, 머지않았다. 어떤 육체도 어둠이 찾아올 때의 강렬함을 이겨낼 수는 없었다. 게다가 자신의 아버지는 그걸 끊임없이 강요할 것이 불 보듯 뻔했다. 그는 욕망을 숨기지 않았고, 모두가 그를 지지할 것이 너무도 당연했다. 올라나는 메디움이기도 하나 야만인이기도 했다. 초심자들 중 그 누구도 그녀를 온전한 인간으로 보지 않았다.

릴리가 방에 들이닥치더니 올라나를 감싸주고는 얼음과 시원한 물, 재스민을 갖고 오게 시켰다. 다른 방에서는 크리스토퍼 매터스가 남자 초심자들에게 정액을 억눌러야 할 필요성을 역설하면서, 참지 못하고 사정하고 만 이들에게 주먹질을 해대는 소리가 들려왔다. 그러고는 그들이 무아지경 속에서 어떤 것을 보았는지도 물었다. 올라나는 몇 날 며칠을 고열에 달뜬 채로 보냈다. 크리스토퍼 매터스는 의사를 부르지 않으려 했다. 약물의 화학 성분이 에너지의 흐름을 방해할 수 있다며, 아팡가*와 빈두**, 체액의 순수함 따위를 주장했다. 하지만 그 역시도 그녀의 안위를 걱정했다. 셋째 날, 올라나는 절반의 혼수상태에서 벗어나 릴리가 하인들에게 주문한 수프 한 그릇을 받아 들었다. 바로 그날 밤 또 한 번의 의식이 이루어졌다.

올라나는 그로부터 두 달을 더 살았다. 마지막 제례는 다른 날들과 거의 다르지 않았다. 단 한 가지만 빼고는. 조지의 일기장에는 그 외에는 그날 있었던 일을 달리 표현할 말이 없다고 적혀 있는데, 바로 올라나 주위를 맴돌던 어둠이 갑자기 뛰어오른 것이었다. 그러고는 얼굴을 가리고 있던 여자 초심자 한 명에게 달려들더니 왼쪽 팔에 깊은 상처를 만들었다. 황홀경에 빠져 있던 그녀는 상처 입은 사실조차 알아차리지 못했는데, 나중에는 팔이 떨어질 지경에 이르렀고 여러 차례의 수술을 받아야만 했다. 그렇게 어둠이 뛰쳐나온 이후 올라나는 언제나처럼 붉게, 은빛으로 물든 채로 우두커니 서 있었다. 다만 이번에는 몸이 극도로 깡마른 채였다. 치아는 툭 불거져 나와 있었고, 얇은 두피 아래로 완벽한 형태의 두개골이 보일 듯했으며 두 눈은 깊게 패어 있었다. 혓바닥도 내보이지 않았다. 그녀를 품에 안아 올린 조지는 흠칫 놀랄 수밖에 없었다. 열이 나기는커녕 온몸이 얼음장같이 차가웠다. 좋지 않은 신호였다. 마지막 환상 속에서 올라나는 울고 있었고, 릴리가 그녀의 눈물을 닦아주었다. 그녀의 시아버지는 올라나가 흘리는 눈물을 시

---

*   산스크리트어로 '불구'를 뜻하는 단어.

**   힌두교에서 말하는 '창조가 시작되는 점'을 뜻한다.

험관 같은 기구에 담아두라고 명령했다. 하지만 한 번 그렇게 하고 난 그녀는 남편에게 자신은 이 잔인한 노인네의 명령을 따르지 않겠다고, 피골이 상접하다 못해 갈비뼈가 피부를 찌르고 나올 기세인 게 보이지 않냐고, 저 아름다운 유색 피부가 잿빛이 되는 모습을 보지 못했냐고, 얼굴에 난 상처들 때문에 얼굴이 창백해 보이질 않느냐고 따지듯 이야기했다. 짧은 머리를 고정시키기 위해 착용한 헤어밴드를 제외하고는 실오라기 하나 걸치지 않은 올라나에게 릴리는 "올라나, 네겐 아무런 의무도 없어"라고 이야기해 주었다. 그로부터 한 시간도 채 되지 않아, 느리 왕국의 공주이자 어둠의 메디움이던 그녀가 숨쉬기를 멈추었다. 릴리는 얼음이 가득한 양동이에 양손을 넣은 채 한없이 눈물을 쏟아냈다.

릴리와 조지는 올라나의 장례를 도맡아 진행했다. 그때쯤 이미 명성에 금이 가기 시작하긴 했어도, 여전히 런던에서 가장 아름다운 공동묘지로 유명했던 하이게이트에 그녀를 묻었다. 릴리는 스핑크스 석상을 주문했고, 무덤이 상수리나무 아래에 위치할 수 있게 조치했다. 이름도, 날짜도 없었다. 영양실조 상태로 사망한 아프리카 출신 소녀 하나가 그런 곳에 묻혔다는 사실이 정부 당국의 호기심을 자아냈지만, 매터스 가문의 돈이라면 어떤 스캔들도 잠재울 수 있었다. 크리스토퍼는 그녀의 시신을 보존하거나 화장 후 남은 유골을 제례에 쓰고 싶어 했지만 조지가 반대했다. 적어도 그녀의 존엄성은 지켜주시죠, 라고 요청한 것이었다. 우리에게 많은 걸 주었잖아요. 그의 아버지는 결국 무덤의 조성을 허락했다.

하지만 그 무덤은 몇 년이 지난 후 모독당하고 만다. 보석으로 장식된 올라나의 두개골은 비밀회의와 무도회, 소환의식 등에서 여자 기사단원들에 의해 사용되고 있고, 그 사실을 아는 사람은 소수에 불과하다. 나는 그런 유의 의식을 런던에서 적어도 두 번 직접 목격했다. 적어도, 라고 말하는 이유는 특정 제례 중에 플로렌스가 환각제를 쓸 수 있게 했고, 가끔은 꿈속에서 이마가 붉게 빛나는—루비가 박혀 있었다—해골을 본 기억, 그리고 치마를 들어올려 다리 사이로 긴 꼬리 같은 걸 보여주는 여자를 본 기억이 떠오르곤 하기 때문이다.

남편 조지를 따라 아프리카로 가기로 마음먹은 건 다름 아닌 릴리였다. 조지는 가문의 사업을 관리하기 위해 돌아가야만 했다. 이번에는 니제르강의 교역소 차례였다. 긴 시간 동안의 행복한 여정 속에 릴리는 임신에 성공했다. 하지만 영국으로 돌아가진 않았다. 아이는 열기가 펄펄 끓어오르는 땅 위에서 태어날 것이었고, 운이 좋다면 힘 있고 인자한, 위대한 스승이 될 것이었다. 기사단의 변혁을 이끌고 메디움에 대한 학대를 멈추기 위해 온 아이였다.

아프리카에서 단 한 번도 병에 걸리지 않았던, 심지어 소화불량도 겪지 않았던 조지 매터스는 니제르강 유역에 자리 잡은 첫 주에 말라리아의 공격을 받았고, 제정신을 차리지도 못한 채 그길로 숨을 거두었다. 릴리는 아들을 잃었을뿐더러 자신도 열병에 시달렸다. 서양의 의사들은 질병의 정체를 알아내지 못했다. 말라리아와 유사하긴 했지만, 사실 그 외에도 많은 가능성이 있었다. 살아남긴 했지만 그것도 몇 달뿐이었다.

그 소식은 머지않아 런던에 전해졌다. 크리스토퍼 매터스는 기사단의 주도권을 막내아들 찰스에게 넘겨주었다. 두 아들을 잃은 그는 지치고 늙어 있었다.

이제껏 기사단이 만나본 메디움 중에서도 가장 강력한 자의 등장은 찰스 매터스의 딸, 플로렌스가 확인했다. 1962년 겨울, 아르헨티나에서였다. 허약한 금발 머리 소년은 다른 순혈 가문인 브래드퍼드의 집에서 어둠을 불러왔다. 무더운 밀림이 또다시 등장한 것이었다. 그의 등장을 확인한 건 플로렌스였지만 찾아낸 건 다름 아닌 나였다. 메디움은 내 앞에서, 나를 위해 자신을 드러냈다.

‡

어둠이 기사단에 내리는 계시는 의식의 생존을 추구하는 방법이었다. 그걸 '계시'라고 하는 건 어찌 보면 부적절할 수도 있겠지만, 이해를 돕기에 그보다 적절한 단어 또한 없다. 어둠은 메디움을 통해 말하고 소통하는 동안 그 같은 전이에 필요한 단계들을 일러준다. 올라나를 통해 내려오던 어둠이 알려준 것도, 스코틀랜드 출신 젊은이의 무아지경 속에서 내려온 것도 모두 동일했다. 다만 초기 제례들을 통해 받아 적은 내용의 경우 해석이 불가능한 부분이 많았다. 어둠은 그 모든 방식들을 매우 느리고 모호하게, 띄엄띄엄 이야기해 주곤 했다. 그 모든 건 '책'에 기록된다. 우리가 믿는 것, 그리고 어둠—즉, 기사단—이 베푸는 것은 현 차원에서 우리의 존재를 영속적으로 유지할 수 있을 것이라는 가능성이다. 하지만 어둠은 변덕스럽다. 이따금은 그가 내뱉는 말 속에서 의미를 찾아내는 것이 불가능할 때가 있다. 또 어떨 때는 단어들을 산발적으로 던지고 가기만 한다. 우리 생각과는 다른 목적으로 지침을 내릴 때도 있다. 그런 신은 잔인할 수밖에 없기 때문에, 대부분의 경우 해로운 방식을 제시한다. 텅 빈 사막 위 외로운 존재인 자기 자신에 대한 토막 일화들을 이야기하면서 우리에게 방문을 권하기도 하지만, 변덕스러운 천성을 가졌으므로 구체적인 방법은 알려주지 않는다.

우리를 영원히 살 수 있게, 또 신처럼 걸을 수 있게 도와주며 우리에게 말을 건네는 어둠은 메디움만이 불러올 수 있다. 필멸의 인간이라는 수식어는 과거의 유산이야, 어느 날은 플로렌스가 이런 말을 하기도 했다. 어둠이 말하는 생존 방식은 매우 오랜 시간이 지난 뒤에야 가까스로 밝혀졌는데, 너무나 당연하게도 혐오스럽기 그지없었다. 첨언하자면, 현재까지 그 방식은 혐오스러울 뿐만 아니라 완전한 실패인 것으로 드러나기도 했다. 하지만 믿음이란 것은 논란의 대상이 아니다. 그리고 어둠이 내려온 모습을 보고도 믿지 않기란 불가능했다. 그렇기에 우리는 믿고 또 따른다. 적어도 우리 중 많은 이들이 그런 식으로 행동하고 있다. 그들 밖의 우리는 의심으로 병들어 있다.

‡

1962년 이전, 나는 삼촌의 아파트에서 후안과 함께 이 년간 생활했다. 하루의 절반은 학교에서 보냈고, 그곳에서 나는 베티와 스스럼없이 만나고 시간을 보냈다. 당시만 해도 우리 가문과 그녀 가족 간의 결별은 최종적이라고, 혹은 적어도 상상할 수 없을 정도로 긴 세월 동안 이어질 것이라고 여겼지만 우리는 개의치 않았다. 비록 그립긴 했어도, 차스코무스의 들판을 다시 밟는 일도 없었다. 팽나무로 뒤덮인 산, 아카시아나무들, 꽃기린, 그리고 무엇보다 그곳의 개들이 그리웠다. 기사단은 지식을 얻기 위해 극단을 추구할 수밖에 없다. 그로 인해 온정 어린 마음은 내버리고 광기를 수용했을 뿐 아니라, 심지어는 초심자들에게도 이해할 수 없는 잔인한 행각을 이어오고 있다. 나는 그 사실을 스럼없이 받아들여 왔으며, 지금까지도 이해하고 있다. 하지만 난 결정적으로 철창 속에 갇힌 아이들에게 배식을 하던 그 순간, 거기까지가 내 한계라고, 혹은 한계 중 하나라고 생각하게 되었다.

우리 할아버지는 내게 분필로 원을 그리는 방법을 가르쳐주었다. 실력이 출중하다고 치켜세우면서. 하지만 막상 소환은 못 하게 막곤 했다. 그 당시 기사단은 어린아이들을 청소년기까지는 보호하려 애썼다. (플로렌스는 막내아들에게 한 짓으로 이 규칙을 어겼지만, 그 폐해가 손쓸 수 없을 정도가 되어 외부로 드러나고 말았을 때까지 그 누구도 알지 못했다.) 그러나 할아버지는 사소하다고 여기는 지식들은 내게 거리낌 없이 알려주었다. 타로나 그림이 그랬다. 또 탈리와 내가 재미있어하면서도 이따금은 역겹게 느끼기도 했던 토속신앙의 제례들도 있었다. 예를 들면 폭풍우를 면하기 위해 소금으로 원을 그린 뒤 중앙에 십자가를 세워 개구리를 박는 것 따위의 풍습이다. 또한 후안을 돕는 일도 내게 허락된 일 중 하나였다. 이따금 몸 상태가 극도로 악화될 때면 유령들의 출현을 막는 수호체계도 잃어버리곤 했기 때문에, 나는 그의 방문 옆에 표식을 그려놓거나 베개 밑에 부적을 심는 등의 일을 해주곤 했다. 후안은 대부분의 침입을 홀로 물리칠 능력을 충분히 갖고 있었지만, 그래도 인생의 몇몇 순간에 서는 내 도움을 필요로 했다. 하루는 그가 내게 이런 설명을 해준 적이 있었다. 삼촌이 알려준 방법을 완전히 자유롭게 사용할 수 있게 되자, 밤중에 침대에 소변을 보지 않는 것이 자연스러운 것처럼 완벽하게 일상에 적용하게 되었다고.

그때의 이 년간은 내 성장기 중 가장 평화로운 시기였다. 그 이후로 단 한 번도 엄마라고 부르지 않게 된 메르세데스라는 사람으로부터도 멀리 떨어져 지낼 수 있었다. 난 그녀와 거리를 둔 채 우리 집안의 남자들하고만 가까이 지냈다. 실패한 알코올중독자이자 수집가이며 사냥꾼인 그들은 내게 이 기사단을 창설한 남자들, 그리고 나의 첫사랑인 조지 매터스를 떠올리게 했다.

푸에르토레예스에서 목록 하나를 만들기 시작했다. 늘 기록하는 걸 좋아했다. 처방전과 지침, 카탈로그와 표시, 사전, 목차 등. 후안이 모습을 드러낸 그날, 나는 푸에르토레예스 인근에 살고 있는 모든 생명체에 대한 기초사전을 만들고 있었다. 사람들과 대화를 나누며 증언을 수집하는 한편 늘 공책 한 권을 손에 들고 다녔다. 우리 할아버지는 내가 원한다면 종교와 문화를 공부해도 좋다고 말하기도 했다. 옥스퍼드나 케임브리지, 또는 가고 싶은 대학에서 인류학을 전공하면 되겠다고 덧붙이면서. 기사단 내부에는 언제나 학구적인 분위기가 있었다. 어둠을 맹목적으로 추종하는 게 아니라 연구와 해석이 필요했다. 연구자들에게 있어 균형을 유지하는 것은 어렵기 그지없는 일이었지만, 그들은 외부의 비교적祕敎的 전통과 마법체계를 도입함으로써 연구 목표를 달성해나가고 있었다. 카발라와 유대교 신비주의적 종파, 수피즘, 강신술, 강령술, 연금술 전문가들이 기사단에 참여하고 있는 이유가 여기에 있다. 기사단은 권위 있는 밀의종교 연구자들은 물론 의사들까지도 다수 포섭했다. 그중에서도 신경과 전문의가 많았는데, 간질이나 정신분열증, 과대망상증, 신비적 황홀경 등의 모든 증상을 고민하고 연구했기 때문이다. 나 또한 그 전통의 일부가 되길 희망했고, 그러기 위해서는 실천이 수반되어야만 했다. 아는 것, 행동하는 것, 원하는 것 그리고 침묵하는 것. 엘리파스 레비의 정의와 다를 바 없었다. 우리 할아버지는 그를 허풍선이라고 깎아내리곤 했다. 허풍선이지만, 글 하나는 끝내주게 잘 쓰던 놈이었지.

계시의 그날을 나는 완벽하게 기억한다. 몇 년 동안 여러 초심자들에게 같은 이야기를 수없이 반복했기 때문이기도 하다. 수영과 일광욕이 지겨워지고, 뱃놀이도 시들해졌을 시기였다. 탈리는 그날로부터 며칠 전 일사병에 걸리는 바람에, 우리와 집안 전체를 돌보던 하녀 마르셀리나와 함께 지내고 있었다. 탈리가 그날 밤에 우리와 함께하지 못한 건 단지 그 우연한 사고 때문이었다. 아버지가 계시를 본격적으로 시작하기로 결정할 때까지 난 그날 목격한 사실을 탈리에게 숨겼다. 탈리는 우리 핏줄이 아니었고, 시간 또한 그녀에게만은 다르게 흘러갔다. 그녀는 이런 나를 끝끝내 완전히 이해하지 못했다.

그해 겨울, 삼촌은 처음으로 후안의 북부 여행을 허락했고 그 아이를 직접 비행기 편으로 데려왔다. 하루 온종일을 그와 함께 보낸 나는 저녁이 되어 그의 방에 함께 들어갔다. 하루 종일 배를 탔는데도 피곤한 기색이 없었다. 어쩌면 새로운 환경이 자극이 되어 잠을 이루지 못한 걸지도 모른다. 나는 그에게 장난은 그만하고 얼른 눈을 감으라고 말했다. 누군가가 잠은 자지 않고 노닥거리는 우리를 발견한다면 끝장날 거라고 하면서.

내 방으로 올라와 선풍기를 켠 뒤 푸른색 공책과, 할아버지가 파리에서 선물로 사다 주신 예쁜 캐미솔 잠옷—비단 재질로, 어깨끈에 섬세한 장식이 있었다—을 입고 자리에 누웠다. 뚜껑이 금도금된 파커 만년필로 무언가를 써 내려갔던 게 기억난다. 만년필 또한 할아버지의 선물이었지만, 언젠가 잃어버리고 말았다. 아빠도 멋진 선물들을 가져다주곤 했다. 예를 들면, 매해 새로운 보석으로 장식한 장신구가 있었다. 그해에는 프랑스의 고급 브랜드 라리크의 반지를 선물받았다. 학교 친구들이 가장 선망하던 반지는 방돔이었지만, 사실 나는 아빠가 골라주는 것들이 더 좋았다. 그런 장신구는 무엇과도 비교할 수 없이 비싸고 특이한, 박물관에서나 볼 법한 것들이었다.

공책을 펼치고 두 가지의 새로운 존재를 기록했다. 과라니족 전통 신화에 등장하는 '구아추 자 에테'란 이름 옆에 기록을 이어나갔다. 휘파람 부는 '사슴들의 주인'이라 불리는 그는 도둑질을 일삼는 자들을 사슴으로 바꿔버린다. 마르셀리나가 말해준 내용이었지만, 이 존재가 어떤 형태를 띠는지에 대해선 알 수 없었다. 휘파람을 부는 자들이나 큰 소리로 외치는 존재들은 셀 수 없이 많았다. 가장 인상 깊은 건 '음보구아'로, 아일랜드의 요정 밴시와 동일하다. 그의 외침은 비극을 뜻하는데, 비극의 당사자 외에는 그가 외치는 소리를 듣지 못한다. 화살표로 밴시 그리고 울부짖음을 뜻하는 '키닝keening'과의 일치를 표시했다. 마르셀리나는 내게 과라니어를 가르쳐주었다. 나는 영어로 읽었던 영국 섬들을 떠도는 존재들에 대해 쓰인 책처럼 이곳의 전설과 관련된 책을 쓰고 싶다는 목표를 품고 있었다.

잠이 오지 않아 공책을 덮고 물 한 잔을 마시러 방을 나섰다. 온 집 안이 고요했다. 할아버지와 아빠는 일찍 잠자리에 들어 곤히 자고 있었다. 삼촌도 마찬가지였다. 내 방에서 화장실까지 가려면 일층에 있는 후안의 방문을 지나야 했기에, 그를 깨우지 않으려 까치발을 하고 그 앞을 지나가던 기억이 난다. 푸에르토레예스의 밤은 아름다웠다. 메르세데스는 그곳에 절대 발을 들이지 않았기 때문에 내게는 일종의 성역이기도 했다. 푸에르토레예스에 있으면 그녀의 분노가 미치지 못했다. 그땐 이미 함께 살고 있지 않았는데도 손찌검은 여전히 이어졌다. 저녁을 함께하자며 불러들이고선 내가 무언가 듣기 불편한 소리를 하면—나는 항상 그녀가 싫어할 만한 말을 골라서 했다—표정이 돌변하는 식이었다. 메르세데스의 따귀 세례에도 난 울지 않았다. 혹시라도 내 눈이 젖어 들었다면 그건 통증이 아닌 분노 때문이었을 것이고, 누구에게도 우는 모습을 보이지 않았다. 후안 외에는.

계단엔 융단이 깔려 있어 소리를 내지 않고도 내려갈 수 있었다.

하지만 복도는 삐걱거리는 나무 바닥이었다. 아빠는 그 무더위에 나무 바닥을 쓰는 게 환장할 짓이라며 대리석이나 판석을 깔았어야 했다고 투덜거렸지만, 목재가 훨씬 멋스럽다는 건 부정할 수 없는 사실이었다. 입고 있던 캐미솔을 아래쪽으로 잡아당겼다. 그렇게까지 짧진 않았지만, 혹시라도 남자를 마주치게 될까 봐, 누군가 내 다리를 훔쳐볼까 봐 지레 겁이 났다. 내 몸매는 임신 후에 급격히 달라졌다. 하지만 그 당시만 해도 내 다리는 길진 않아도 꽤 예쁜 축에 속했다. 강변에서 햇빛 아래 일광욕을 하고 나면 마치 에나멜처럼 부드러운 구릿빛으로 물들곤 했다.

까치발로 후안의 방 앞에 다다르자, 방문이 열려 있는 게 보였다. 흔치 않은 상황은 아니었다. 삼촌은 방문을 늘 열어놓게 시키곤 했으니까. 하지만 무언가를 직감한 나는 방 안을 훔쳐보았다. 침대에는 아무도 없었다. 화장실에 간 거라 생각하곤 기다렸다. 십분 후, 십오 분 후. 걱정이 되기 시작했다. 지금 몸 상태가 좋지 않다면? 화장실에 가보았지만, 아무도 없었다. 정원으로 뛰쳐나가 이름을 불렀다. 야행성 새들만이 내 부름에 응답하며 지저귀다 잠잠해졌고, 개들이 내게 다가왔을 뿐이었다. 너무도 무거운 적막만이 감돌고 있어 불길한 예감이 들었다. 원래 밀림은 어지러울 정도로 소란스럽다. 우리 집 개들 중 막내 오스만의 등줄기를 쓰다듬었다. 아주 마음이 여린 셰퍼드로, 괜찮다는 신호를 주지 않으면 긴장의 끈을 놓지 않는 녀석이었다.

아마 내 기억엔 그의 실종이 내 잘못으로 여겨지지 않길 바랐던 것 같다. 신발을 신지 않은 채로 집 안에 들어가 삼촌의 방문을 두

드렸다. 그는 벌떡 일어나 상의의 단추를 채우지 않은 채 헐렁한 바지 위에 걸치고는 급하게 방문을 나섰다.

후안이 도망갔어요, 내가 알렸다. 물론 도망간 건지 아닌지는 아직 알 수 없었지만, 적어도 갑자기 나가버린 것만은 분명했다. 방문을 두드리는 소리에 아빠도 잠에서 깨어났다. 망할 놈, 대체 뭔 일이냐? 아빠의 물음에 상황을 설명했다. 삼촌은 두 손을 꺾었고, 나는 온몸에 소름이 돋는 걸 느꼈다.

남자들은 수색을 떠나기 위한 채비를 하며 내게는 집에 머물러 있으라고 지시했다. 하지만 나는 그 말에 따르지 않았다. 어차피 술주정뱅이들의 말은 귓전으로도 듣지 않았다. 반나체의 세 사람은 길을 떠났다. 할아버지는 등유 램프를 들었고, 다른 두 사람은 랜턴을 손에 쥐고 있었다. 짖어대는 개들도 대동했다. 후안의 이름을 부르며 나아가는 그들의 뒤를 나는 캐미솔과 부츠 차림으로 따라갔다.

후안이 집 안에 숨어 있을지도 모른다는 생각을 아무도 하지 않았다는 게 지금 와서는 이상하긴 하지만, 당시의 우리는 누구도 그 직감에 의문을 가지지 않았다. 오스만은 남자들을 앞으로 보내곤 뒤로 돌아와서 내 곁을 지켰다. 그 아이의 머리를 쓰다듬은 뒤 랜턴을 내 얼굴 높이로 치켜들었다. 후안이 강에 빠진 모습을 상상했다. 어느 우물 속, 손이 닿지 않는 곳에 빠져버린 후안. 야생동물의 습격을 받은 후안도 상상했다. 그러다가 땅에 널브러져 있던 옷을 보았다. 아니, 밟았다는 게 더 정확하다. 랜턴을 비춰보자 그가 잠 자기 전에 입고 있던 흰색 바탕에 파란색 줄무늬가 있는 반팔 잠옷이 보였다. 밀림 속에 맨몸으로 있는 건가? 그의 이름을 불렀고 이렇게 소리쳤다. 나야, 로사리오, 대체 어디 있는 거야! 큰 소리로 외치며 나무 사이를 뛰어가자 높게 자란 풀들이 다리를 할퀴어댔다. 그러다 영화에서 본 장면을 따라해보았다. 오스만에게 후안의 옷 냄새를 맡게 시켜본 것이었다. 하지만 녀석은 무슨 뜻인지 알아차리지 못하고 컹컹 짖기만 할 뿐이었다.

밀림 깊숙한 곳까지 무작정 뛰어가던 중, 빽빽하게 우거진 나무 사이로 공터 하나를 맞닥뜨렸다. 랜턴의 불빛이 희미해졌지만 내가 마구 흔들자 다시 정상 밝기로 되돌아왔다. 그곳에선 집이 보이지 않았다. 여기서 더 들어가면 이제 길을 잃을 수밖에 없다는 사실을 깨달았다. 나무들을 하나하나 비춰보던 중, 별안간 후안이 시야에 들어왔다. 내 곁에 있던 오스만은 마치 고문을 당하는 듯 온몸을 비틀고 있었다. 하지만 난 놀라움에 말문이 막혔기에 오스만을 다독여주지 못했다. 후안은 실오라기 하나 걸치지 않은 몸으로 나무 사이를 몽유병 환자처럼 오가고 있었다. 우리가 거기 있다는 사실이나 랜턴 불빛도 눈치채지 못한 채 비틀거리고 있을 뿐이었다. 두 눈은 마치 동물들의 휘막처럼 노란색 필름이 덧입혀진 듯 보였고, 몹시 지친 기색이 역력했다. 그는 나무줄기에 얼굴을 정통으로 부딪혔고, 쓰러지지는 않았지만 호흡이 거칠어지며 땀을 비오듯이 흘렸다. 랜턴을 그의 두 손에 조준해보았다. 과도하게 커져 있던 두 손에는 황동으로 된 동물처럼 아주 긴 황금색 손톱이 자라나 있었다. 의심이 싹트기 시작했다. 저 아이는 후안이 아니라고 생각했다. 하지만 그 순간 가슴팍에 있는 수술 자국이 눈에 들어왔다. 그는 원형을 그리며 네발로 기어다니기 시작했다. 그 거대한 두 손은 땅바닥의 흙을, 나무들을, 자기 피부를 파내고 있었다. 필사적으로 무언가를 찾고 있는 게 틀림없었고, 내가 그의 이름을 부르는 소리에도 아무 대답을 하지 않았다. 그제야 무슨 일이 일어나고 있는지 알 수 있었다. 검은 빛을 기다렸다. 자부심에 두 다리가 축 늘어지는 게 느껴졌다. 두려움도 엄습했다. 오, 신이시여, 라는 말을 읊조렸다. 난생처음으로 일종의 감탄사나 상투적 문구가 아닌, 진정한 고백으로 그 말을 내뱉은 것이었다.

그가 몸을 일으켰다. 너무 깡마르고 너무 큰 키의 후안이 벌레 같은 것들에 둘러싸여 있었다. 검은 딱정벌레나 나비 같았다. 윙윙 거리는 그것들은 숲속의 어둠보다 더 어두워 보였다. 검은 덩어리가 그를 감싸기 시작한 순간의 몸짓은 아주 단순했다. 팔을 뻗어 가슴께에서 양 손바닥이 마주 보도록 손을 맞잡았는데, 마치 물속에 잠수할 것만 같은 모습이었다. 절대적인 고요가 감돌았다. 오스만은 꿀 먹은 벙어리가 되었다. 벌레도, 이파리도, 바람도, 멀리서 흐르는 강도, 그 어떤 소리도 들리지 않았다. 고요와 후안을 가로 지르는 그 어두운 윤곽선, 그의 주변을 맴도는 한 줄기 그림자, 그 모든 것이 무언가 확고한 변화가 일어나고 있음을 알게 했다. 그 변화는 끔찍하고도 아름다웠다.

그의 몸은 검정 속을 떠다녔고, 나는 그 어둠이 언제든 뛰쳐나와 무엇이든 벨 수 있다는 걸 알기에 뒷걸음질 쳤다.

그때 뜨거운 입김을 뿜어대는 남자들이 랜턴을 밝게 비추며 도착했다. 할아버지가 등유 램프를 치켜올리자, 어둠이 무거운 커튼처럼, 그 무엇도 통과할 수 없다는 듯이 모든 나무들을 뒤덮고 있는 모습이 보였다. 할아버지는 가톨릭 순례자처럼 무릎을 털썩 꿇고는 뒷걸음질 쳤다. 적막을 깬 것은 어둠의 소리였다. 바다에서 온 듯한, 게걸스러운 소리였다. 물소리 같기도 했는데, 냄새는 나지 않았다. 그 이후로도 어둠의 냄새는 맡을 수 없었다. 어떤 이들은 썩는 냄새를 맡는 한편, 또 어떤 이들은 상쾌한 냄새라고 증언한다. 즉, 제각기 다른 걸 감각하는 것이다. 아빠는 바보처럼 입을 쩍 벌리고 있었는데, 삼촌이 갑자기 눈물을 흘리며 후안에게 빠르게 다가갔다. 두 팔을 쫙 펼치고는 무언가를 외치며 그를 향해 몸을 던지는 그를 할아버지가 와락 안으며 저지했지만, 왼손이 개방된 어둠의 틈 사이로 들어가는 것까지는 막지 못했다. 삼촌은 손에 피 칠갑을 한 채로 바닥에 쓰러졌다. 손가락 여러 개가 사라져 있었다. 그가 비명을 질러댔지만 우리는 그 소리에 귀 기울이지 않았다. 고개를 떨군 채 얼굴에는 머리카락을 드리우고 있는 시체 같은 모습의 후안을 바라볼 뿐이었다. 그렇게 얼마간 몸이 둥둥 떠 있더니 어둠이 다시 그의 몸 안으로 빨려 들어가는 게 보였다. (나는 여전히 그렇게 믿고 있다. 그가 어둠을 몸 밖으로 꺼냈다가 다시 집어넣는 것이라고.) 고개를 들었을 때, 난 그의 두 눈을 알아보지 못했다. 그때까지도 자신의 눈이 아니었다. 후안은 몸을 곧게 세우고는 안정적인 걸음걸이로 움직였다. 그는 적당한 간격을 두고 나무 사이에 서 있었고, 그림자는 여전히 연기처럼 그를 감싸고 있었다. 그가 천천히 삼촌 옆에 다가와 몸을 굽히자 삼촌은 흐느낌을 멈추고 그를 바라보았다. 후안이 그 큰 손을 내밀어 삼촌의 다친 손을 훑자, 상처가 아물었다. 그전까지 삼촌이 흘린 피는 후안의 온몸을 흠뻑 적셨다.

　그때 할아버지의 등유 램프가 꺼졌고, 남자들은 삼촌 주위를 에워쌌다. 이제 그들은 알몸을 한 채 그들에게서 네발로 기어 멀어져가는 후안을 신경 쓰지 않고 있었다. 왜 그를 보지도, 따르지도 않았는지는 모르겠다. 어쩌면 어둠은 그와 나, 단둘이 남기를 바랐을지도 모른다. 후안은 멀리 갈 수 있는 상태가 아니었다. 땀을 뚝뚝 흘리며, 고통스러운 통증에 가슴을 손으로 쥐어짜고 있었다. 땀에 흠뻑 젖은 몸만 큰 신생아가 숨을 몰아쉬고 있는 것 같았다. 잔디밭에 주저앉아 개를 부르듯 그를 불렀다. 그게 아닌 다른 어떤 말도 귀에 들어오지 않을 게 뻔했기 때문이었다. 몸을 질질 끌며 내게 다가온 그를 힘껏 안아주었다. 두 팔로 그를 안아 올렸다. 잔뜩 젖은 몸 때문에 팔에서 연신 미끄러지긴 했지만, 두 눈만은 나를 똑바로 응시하고 있었다. 나는 안심하라고, 내가 함께 있다고 말해주었다. 그리고 입을 맞췄다. 입술을 꾹 닫은 유치한 입맞춤이었지만, 또 한편으로는 길고 부적절했다. 왜 그런 짓을 했을까? 아직도 자문하곤 한다. 미쳤던 게 분명하다. 그는 두 팔로 내 목을 감싸 안았고, 그제야 나는 울음을 터뜨렸다. 그저 땀범벅이 된 몸에 맞닿아 흠뻑 젖은 캐미솔, 뜨거운 그의 두 손, 불어오는 숨에 불타오르는 볼, 그리고 불규칙한 심장의 두근거림을 느낄 뿐이었다.

　남자들이 그를 찾으러 왔고, 나는 저항했다. 그를 넘기고 싶지 않았지만, 나 혼자서 그들을 상대하기는 당연히 역부족이었다. 그 순간 월경이 시작됐다. 피가 캐미솔에 얼룩을 퍼뜨리며 잔디밭을 적시고 있음을 느꼈다. 그들은 후안을 보살피기 위해 그의 몸을 번쩍 들고 집을 향해 뛰어갔다. 피로 물든 다리를 이끌고 그들을 따라가는 동안 내 머릿속엔 한 가지 생각밖에는 떠오르지 않았다. 내가 찾아낸 거야. 내 거야. 그 누구도 내게서 빼앗을 수 없어.

어둠의 손길을 타고 난 직후여서인지, 그 후로 몇 분간 정신이 나가 있었던 것 같다. 집에 도착하자마자 아빠가 뺨을 그토록 찰지게 후려치지 않았다면 히스테리 상태를 벗어날 수 없었을 것이다. 아빠는 늘 말했다. 기사단 사람들은 언제가 되었든 미쳐버리고 만다고. 그 말을 이제야 이해하게 되었다. 언젠가 의식이 끝나고 난 다음 날, 위스키 한 잔을 손에 들고 내 방에 들른 아빠에게 이런 질문을 던졌다. 어떻게 이런 일 이후에도 계속 살아갈 수 있는 거냐고, 당신들은 어떻게 그렇게 할 수 있냐고, 온 세상이 그저 얼빠진 머저리들의 세계 같아 보인다고, 이런 걸 무시하는 세상 사람들은 하등 쓸모없는 인간들 아니냐고. 그에 대한 아빠의 대답은 너무도 맞는 말이라, 나는 아직까지도 가끔 큰 소리로 그 말을 토씨 하나 빼먹지 않고 그대로 되뇌곤 한다. 얘야, 그 이후에는 아무 일도 일어나지 않기 때문이란다. 다음 날이 오면 우리는 여느 때처럼 배고픔을 느끼고 밥을 먹지. 일광욕과 수영을 즐기기도 하고, 면도도 빼먹지 않아. 사무실을 방문한 회계사를 맞이하고, 작물을 살펴보러 나가면서 계속 돈도 벌고 싶어 한단다. 우리 눈앞에 벌어진 그 모든 일이 실재하는 건 맞지만, 인생 또한 그렇단다.

‡

처음 며칠간 어른들은 내게서 그를 떼어놓으려 안간힘을 썼다. 그러는 동안 집 안에는 분주한 발걸음 소리가 요란했고, 자동차들이 전속력으로 새빨간 흙먼지를 일으키며 오갔다. 메르세데스도 빠지지 않았다. 감시가 소홀한 틈을 타 후안의 방에 들어가보려 했는데, 그녀가 내 머리채를 낚아채는 바람에 땅바닥에 나뒹굴고 말았다. 장미 향수 냄새가 진동하고 있었다. 구역질이 나는 싸구려 향이었다. 세상의 어떤 향수도 살 수 있는 사람이었지만, 냄새를 풍기는 걸 좋아했던지라 그 향수를 유독 즐겨 썼다. 탈리는 코리엔테스로 끌려가 그 아이의 이모에게 맡겨졌다.

나는 잠을 잘 수도, 생각을 하거나 글을 쓸 수도 없었다. 어른들은 내 눈앞에서 문을 쾅쾅 닫았지만 소리를 들을 수는 있었다. 삼촌은 잃어버린 손가락 이야기를 하곤 했다. 후안의 손 안에서 한기를 느꼈다고 했다. 또 다시는 수술을 할 수 없게 된 데에 대한 아쉬움을 토로하기도 했다. 나는 할아버지와 마찬가지로, 안타까움과 동시에 만족스러운 감정을 동시에 느꼈다. 부동의 태도를 보인 건 메르세데스뿐이었다. 그녀는 흰색 셔츠와 하이웨이스트 베이지 바지를 입은 채 집과 정원을 배회했다. 어깨 길이의 머리카락 위로 머리의 상처를 가리기 위한 모자를 쓰는 한편 집 안팎을 가리지 않고 선글라스를 착용하는 그녀가 만일 다른 여자였다면, 아름답다고 생각했을 수도 있을 것 같았다. 그녀는 그 같은 혼란과 소란 속에서도 적당한 우아함을 잃지 않을 수 있는 사람이었다. 하지만

　　　　　　　　　　　　　　　　　　　分筆로 그린 원

내 눈에는 오로지 자아도취와 교만이 보일 뿐이었다. 우월감에 가득 찬 걸음걸이로 이곳저곳을 돌아다니면서 남자들을, 또 나를 비웃어댔다. 그리고 외쳤다. 이런 일을 감당할 만한 배짱을 가진 사람이 있으면 어디 나와 보시지, 머저리 같은 불깐 놈들! 불깐 놈들. 농장의 거세된 수소들을 우리는 불깐 소라고 불렀다.

후안 없이 이틀을 더 보내던 중, 견디다 못해 할아버지에게 달려갔다. 철제 의자 하나에 앉아 담배를 피우고 있던 할아버지의 팔은 온통 울긋불긋해져 있었다. 그는 나를 보더니 곁에 와서 앉으라는 손짓을 했다. 멀리 강가 아래쪽에서는 잔뜩 녹슬어 있는 모터보트 곁에서 한 남자와 여자가 흰 꽃을 물 위로 던지고 있었다. 나는 후안을 볼 수 있게 해달라고 졸랐다. 내가 그 아이를 발견한 거예요, 라고 말했다. 저에게도 권리가 있고요, 그 아이도 날 필요로 해요.

할아버지는 고개를 가로젓더니 말을 이어갔다. 내일이면 플로렌스 매터스가 도착한단다. 그녀가 우리에게 할 일을 일러줄 거야. 그 아이를 보살펴야 하는 네게도 지침이 내려오겠지. 네가 그 아이의 수호자니까. 조지가 올라나를 보살폈던 것처럼 말이야. 일차적인 책임은 네게 있단다.

플로렌스가 그 아이를 데려간대요? 나는 물어보았고, 할아버지의 반응은 놀라웠다. 내 어깨를 두 손으로 잡았는데, 두 눈은 심하게 요동치고 있었다. 마치 누군가가 자신을 잡으러 올 것을 예감하기라도 한 것 같았다. 할아버지는 말했다. 아니, 아무도 저 아이를 데려가진 않을 거야. 스스로 우리를 찾아온 거니까. 우리를 찾아낸 거란다. 어린 시절 죽을 고비를 넘기면서까지 견뎌낸 거야. 우리가 기다렸더니 약속이 이뤄졌어. 그러고는 횡설수설이 이어졌다. 이런 영광이 있을 수가, 문이 바로 여기에 있었어, 여기에, 대체 어디로 데려가겠니? 그런 할아버지와 더 이상 말을 섞고 싶지 않았던 나는 곧장 부둣가로 달려갔다. 나는 그만큼의 확신은 없었다. 만일 그 아이를 데려가버린다 해도 내가 같이 가면 돼, 라고 생각했다. 할아버지가 방금 이야기하지 않았는가, 그 누구도 우리를 떼어놓을 수 없다고. 남자 어른들은 그 아이를 찾아내지 못했을 것이다. 내가 없었다면 메디움도 나타나지 않았을 거라고 나는 생각했다.

2

비행의 시작부터 끝까지 나는 구토에 시달렸다. 승무원들은 내가 긴장했거나 멀미 중인 것이라 생각한 듯 끊임없이 내게 멀미용 봉투와 냅킨, 수건을 날라주었다. 옆자리 승객을 역겹게 하며 민폐를 끼치는 나를 다른 자리로 옮겨주기도 했다. 어차피 일등석에는 빈자리가 널려 있었다. 유난히 난기류가 끊이지 않았고 비행기도 흔들거리기 일쑤였다. 하지만 사실 난 그런 일에는 아무렇지도 않았다. 다른 승객들처럼 두려움에 몸서리치고 있지도 않았다. 영국으로 유학을 떠나겠다며 후안과 몇 년 동안 떨어져 있기로 한 일은 내 생애 가장 큰 결단이었다. 확신으로 가득 차 있긴 했지만, 그 결정을 내리기까지 오랜 시간이 걸렸을 뿐 아니라 절망적인 분노로 가득한 이별의 시간들을 마음에 오롯이 담아두기가 쉽지 않았다.

후안은 날 붙잡아두기 위해 갖은 일을 다 했다. 자신을 버리면 목숨을 끊겠다고, 의식과 소환도 더는 하지 않겠다고 협박하는가 하면 나와 다시는 말하지 않겠다고도 했다. 나는 그가 삼촌 집 거실 한가운데서 팔짱을 끼고 내뱉는 말들을 매번 들어주었고, 매일 밤 눈물로 범벅이 된 그의 얼굴에 입을 맞췄다. 그러면서도 나는 같은 말을 끊임없이 반복했다. 난 그와 멀리 떨어질 필요가 있었고, 그가 없이도 존재하는 온전한 사람이 되고 싶었다. 오랫동안 품어온 생각이었다. 의식을 위해서는 그를 도와줄 플로렌스의 맏아들, 스티븐도 있었다. 제례 중 내가 맡아온 역할도 한동안은 누군가가 대신 해줄 수 있었다. 나는 그토록 집착적이고 헌신적인 연결고리가 없이도 내가 살아 있을 수 있다는 일말의 가능성을 확인하고 싶었다. 그렇지 않고서는 오직 후안만을 위해 헌신하는 위치에 뛰어들 수 없었다. 그와 나는 앞으로 영원히 함께할 것이었고 그렇게 부부가, 상속자가 될 것이었다. 난 그 사실을 알아차릴수록 덜컥 겁이 났고, 가능한 모든 방식으로 피로감에 빠져 있었다. 그 당시의 나는 그 확신으로부터 도망치고 싶은 마음뿐이었다. 시간을 최대한으로 활용하지 않는다면, 내 삶은 오로지 그와 함께하는 것 이상의 의미를 갖지 못할 거란 예감이 들었다. 이런 생각은 그를 더욱 격노하게 만들었다. 대체 뭐가 문제냐고, 자신에겐 나라는 동반자가 필요하다고, 내가 필요했기 때문에 내게 자신의 본래 모습을 드러낸 거라고, 우리 두 사람은 서로 사랑에 빠진 게 맞지 않느냐고 수없이 반복하고 또 반복했다. 하지만 사실은 그도 자기가 무슨 말을 하는지 모르고 쏟아내는 말들이었다. 그때 우리 두 사람은 만 열다섯 살에 불과했고, 심지어 그는 나 외에 다른 여자아이를 만나본 적도, 좋아해본 적도 없었다. 그 사실이 후안은 물론 내게도 그다지 좋을 게 없다고 생각했다. 내가 떠난다고 과연 해결될 문제인지 알 수는 없었지만, 나의 존재가 도움이 되지 않는 건 분명했다. 날 보러 와도 돼, 라고 말했다. 이건 잔인한 말이기도 했다. 그 당시만 해도, 그가 비행기를 타는 일을 어른들이 허락해줄 리 만무했기 때문이다. 심장이 제 기능을 발휘하지 못하고 있던 후안은 조만간 재수술을 받을 예정이었다. 말다툼 도중에 그는 병의 재발을 내 탓으로 돌리기도 했다. 어떤 면에서는 그가 옳았다. 의식이 일 년에 네 번꼴로 꽤 자주 열렸고, 심부전의 증상 중 하나인 불안이 두드러지기 시작했다. 비록 병세가 악화하고 체력도 쇠약해진 상태였지만, 그런 격정적인 말다툼 속에 주먹질이 한두 번은 오가리라고 생각하기도 했다. 압도적으로 큰 그의 덩치에 비해 나는 작고 보잘것없었다. 그는 청소년기의 손쓸 수 없는 포악함은 물론, 반신半神의 거만함으로 나를 원하고 있었다. 딱 한 번, 우리가 입을 맞추고 서로를 포옹한 뒤였는데도 그가 내 몸에서 떨어지지 않고 버틴 적이 있었다. 그를 강제로 밀쳐야만 했던 나는 있는 힘을 다해 그의 품에서 빠져나온 다음 폭력적이고 멍청한 남자 새끼라고 쏘아붙였다. 네 힘을 누구에게 남용하든 상관없지만 나한테는 안 돼, 라고 소리치면서. 그는 밤새 내 방 문 앞에 앉아 미안하다고 사과했다. 난 그렇게 사과로 얼버무리고 넘어가는 건 폭력적인 남자들이 하는 전형적인 행동이라고 말했다. 우리의 끔찍하기 그지없던 작별 기간 도중 그나마 유용했던 단 하나의 사건이었다.

내가 첫 경험을 한 상대는 후안이 아니었다. 그걸 알게 된 후안은 내가 떠나기 전, 할아버지의 장총을 꺼내 들고 메르세데스의 크리스털 잔과 프랑스 접시 세트에 총질을 해댔다. 이웃집이 발포 소리에 신고를 했다며 경찰들도 왔다. 크리스마스가 며칠 남지 않은 시기였고, 우리는 파티를 위해 준비해두었던 폭죽이 더위에 터지고 말았다고 변명했다. 그들은 반신반의했다. 내 첫 애인은 요트 클럽에서 만난 한 장거리 마라톤 선수였다. 내가 가진 조바심, 시간이 얼마 남지 않았다는 느낌에 그만은 공감해주리라 생각했기에 이끌렸다. 그는 자신이 운동선수이기 때문에 일반인과는 다른 시간관념을 가졌다고 했다. 그 마라톤 선수는 그다지 매력적이진 않았고 그 이후로 다시 볼 일도 없었다. 하지만 내게 일 분 일 초의 소중함을 이야기해준 그를 나는 꽤나 자주 떠올리곤 한다. 초 단위의 싸움은 그 어떤 것보다도 어렵다고, 이 초 내지 삼 초가 큰 차이를 만들어내곤 한다고 했다. 하지만 한편으로는 매일을 수천 분의일 초 단위에 집착하는 일이 참으로 바보 같고 무의미하게 느껴진다고, 시계조차도 제대로 기록하지 못하며 그 누구도 제대로 알아차리지도 못하는 걸 놓고 투쟁해야 하는 자신의 신세를 한탄하기도 했다.

우리 할아버지는 젠장, 요놈의 후안이 이제 총질도 제법 하는구나, 이건 나도 예상하지 못했는걸, 이라고 말했고 그게 끝이었다. 그 당시만 해도 심각한 우울증을 앓고 있던 할아버지는 몇 년 후 스스로 목숨을 끊었다. 이것이 기사단원들에게 예정된 운명이고 우리는 그걸 받아들이도록 무던히 교육받았지만, 그럼에도 불구하고 나는 매일 우리 할아버지를 그리워한다. 몇 주가 지나도록 우리 집 안에는 탄약 냄새가 진동했고, 그동안 후안은 방 안에 갇혀 지 냈다. 방에서 나온 그날 나는 후안에게 너도 다른 사람을 찾아보라 고 말했다. 그러자 그는 어느 누가 나 같은 인간을 원하겠냐고 고 함을 질러댔다. 아, 누구든 널 원할 텐데. 넌 고르기만 하면 되는 일이야. 그는 패배의 몸짓을 하며 내 말을 묵살했다. 자신이 타인 에게 일으키는 혼란과 황홀감을 그는 단 한 번도 제대로 이해하지 못했다. 나는 진실을 말하고 있었다. 열다섯의 후안은 청소년답지 않은 모습이었다. 창백하고 쇠약해져 있긴 했지만, 떡 벌어진 어깨 와 핏줄이 툭 불거진 양 팔, 우수에 찬 표정과 거만함이 들어찬 눈 빛이 누가 봐도 다 큰 남자 같은 모습이었다.

울고 있던 그를 뒤로한 채 한밤중에 집을 나섰다. 운전기사가 나 를 기다리고 있었고, 모든 짐은 트렁크에 실려 있었다. 에세이사 공항으로 향하던 길은 멀었지만 최면 상태처럼 몽롱하기도 했다. 비행기에 오르는 순간까지도 전혀 힘든 줄 몰랐다. 얼마나 그를 그 리워하게 될지, 그의 부재가 얼마나 견디기 힘들지는 알 수 없었지 만, 적어도 그에게서 멀리 떨어져 있다는 사실이 내게 자유와 외로 움을 동시에 가져다주었다. 그것이야말로 바로 내가 원하던 것이 었다. 비행 내내 구토를 한 건 일종의 세척이었다.

공항에서 날 기다리고 있던 건 스티븐이었다. 바람에 흩날린 흰 머리카락이 그의 눈을 뒤덮었다. 그의 은발 머리는 의식에 처음으 로 참여한 직후 생겨났다. 후안이 그의 등을 황금빛 손톱으로 각인 시킨 것도 그때였다. 잊지 못할 날이었다. 플로렌스의 아들인 스티븐은 아주 어렸고, 견갑골에서 허리까지 이어진 상처는 깊고 컸다. 그곳에 있던 모두가 비명을 질렀다. 그가 죽은 줄로만 알았던 것이다. 그를 치유하던 모습은 우리 삼촌의 손을 아물게 했던 그날과 마찬가지로 단호하고 즉각적이며 완벽했다. 스티븐의 등 뒤에 남은 우아한—지금에서야 이런 수식어를 떠올릴 수 있게 됐다—두 줄의 상처는 그가 하늘에서 추락한 천사임을 증명했고, 그의 애인들 사이에서 큰 인기를 끌었다. 하지만 그 상처가 만들어졌을 때의 스티븐은 큰 충격으로 실어증에 걸렸고, 머리카락이 갑자기 하얗게 셌다. 그 징표는 본인이 원한다면 메디움의 파트너가 될 수 있다는 뜻이기도 했다. 단 한 번도 질투를 느끼지 않았다. 오히려, 그 책무를 나눠 가질 수 있는 누군가가 생겼다는 사실이 큰 위로가 되었다.

우리는 연인처럼 서로를 포옹했다. 여행객들, 짐꾼들, 다음 비행편을 안내하는 방송 사이에서 그는 나를 번쩍 들어 안고는 그 자리에서 한 바퀴 빙글 돌았다. 나는 스티븐을 몹시 좋아했다. 적어도 그 당시 내게 없었던 명랑함과 반골 기질을 그는 갖고 있었다. 그는 내 가방을 들고 앞서가서 우리를 세인트존스우드의 기사단 본진이자 자신의 엄마 집으로 데려다줄 자동차에 실었다. 물론 우리 가족 역시도 런던에 집 몇 채를 소유하고 있었고 그중 하나를 빌려 쓸 수도 있었지만, 플로렌스는 내가 자기 집에 손님으로 와주기를 바라고 있었다. 이에 대해 스티븐은 네가 왜 후안을 버리고 도망 왔는지 알고 싶어 해, 라고 말해주었다. 하지만 난 그를 버린 게 아니었다. 그렇게 이해하기가 어려운 일이었을까? 내가 그를 위해 헌신한 시간이 벌써 육 년이 다 되어갔다. 그를 그리워하고 싶었고, 진실된 욕망으로 다시 원하고 싶었다. 그가 진정한 남자로 변하길 바랐다. 친구야, 난 네가 무슨 말을 하는지 너무 잘 알겠어. 후안도 네 생각을 이해해주면 좋겠다. 분명 이해하게 될 테지만, 설사 그렇지 않더라도 내가 걜 붙잡고 하나하나 다 설명해줄게. 나는 웃으며 스티븐의 볼에 입을 맞췄다. 그 역시 후안을 사랑했지만 우리의 관계에 단 한 번도 개입하지 않았다. 반면 나는 스티븐을 두 번째 남편이자 중재자처럼 항상 내 곁에 두고자 했다.

세인트존스우드의 저택은 벽돌로 쌓은 벽에 둘러싸여 있어 길거리에서 넘어다볼 수 없는 위치에 있었다. 나는 이전에도 그 집을 방문한 적이 있었다. 몇 년 전, 아주 짧았던 여행 중에 잠시 들렀다. 석재 분수, 빨간 장미와 노란 장미, 자갈길 등으로 꾸며진 아름다우면서도 우울한 정원이 있었다. 그곳을 지나려면 잔디의 진한 초록에 두 눈을 가늘게 떠야만 했다. 그 집 안에는 기사단의 중앙 도서관도 있었다. 전문가들이 삼천 권이 넘는 장서를 정성스레 관리하는 그곳 외에도 현대의 출판물을 보관하는 장소가 두 곳 더 있었다. 그리고 가장 경계가 삼엄한 곳에는 어둠의 말을 기록한 책이자 기사단의 경전이 있었다. 그 책에서 가장 중요한 위치에 가장 길게 기록된 말들은 후안의 입에서 나온 것들이었다. 이렇게 본질적인 기여를 한 그였기에, 기사단은 그에게 정상적인 삶에 준하는 혜택을 제공할 수밖에 없었다. 의식의 간격이 길어졌고, 전임자들과는 달리 빈사 상태에 이르기까지 이용되지 않았다. 플로렌스는 이런 결심을 한 데에 대해 자부심을 느꼈다. 성과도 뚜렷했다. 비록 이따금은 변덕스럽고 혼란스럽긴 했지만, 그래도 어둠이 그 어느 때보다도 많은 정보를 제공했기 때문이었다. 이제 그 정보를 해석하는 건 우리의 임무야, 그녀는 자주 그렇게 말하곤 했다. 우리는 인내하는 법을 배워야 해.

그녀는 우리를 포옹으로 맞이했다. 일꾼들과 막내아들 에디를 제외하면 홀로 지내고 있었다. 에디를 다룰 만한 교육기관은 세상 그 어디에도 존재하지 않았기에, 그녀는 막내아들과 함께 살 수밖에 없었다. 첫 질문은 뭐라도 먹기 전에 목욕을 하겠냐는 물음이었다. 밤 비행기를 탔으니 피곤할 거라는 게 이유였다. 이제 어지럼증이나 구역감이 어느 정도 가신 상태였지만, 실제로 나는 몹시 피곤하고 굶주려 있었기에 플로렌스를 따라 손님방으로 올라갔다. 일꾼들 중 한 명이 내 짐을 가방을 두는 공간에 미리 가져다 둔 상태였다. 벽지에는 정원에 있는 것과 같은 가시 돋친 장미가 가득했다. 창문을 바라보니 축축하게 젖은 길거리와, 2월의 추위에 몸을 웅크리고 잰걸음으로 걸음을 독촉하는 사람들의 모습이 보였다. 놀랍게도 욕조에는 물이 채워져 있었다. 플로렌스는 이런 소소한 배려를 할 줄 알았다. 살면서 단 한 번도 정리하는 법을 배워보지 못한 엄마 때문에 우리 집에서는 이런 모습을 찾아볼 수 없었다. 한기가 파고들기 시작할 때쯤 욕조를 나온 나는 소박한 디자인에 라인이 딱 떨어지는 검은색 롱드레스를 입은 뒤 버튼 달린 모카신을 신고 방을 나섰다. 온기가 감도는 그 집 안에선 카디건을 걸칠 필요가 없었다.

그날의 점심 식사는 우리 세 사람 모두에게 다소 불편한 자리였다. 플로렌스는 바르부르크 연구소와 케임브리지에서 공부하고자 하는 내 유학 계획을 들었다. 다 이야기가 되어 있으니 이 주 후부터 수업에 참여하면 된다고, 그리고 적당한 때가 되면 정식 과정에 합류하면 된다고 간단히 언급했다. 우리 두 사람 다 후안의 이름을 입에 올리지 않았지만, 에디에 대한 이야기는 오갔다. 우리가 식사를 하던 그 시간에도 에디는 자기 방 안 침대에 묶여 있었다. 스스로를 물어뜯는 자해를 시도 때도 없이 하던 에디가 최근에는 손목에 자기 이를 박았다고 했다. 플로렌스는 자신이 막내아들에게 자행한 일들의 구체적인 사정은 여태껏 숨겨왔지만, 기본적인 내용은 공유하고 있었다. 후안의 등장이 자신의 교만을 일깨우는 일종의 경종이었다고, 자신을 비롯한 그 누구도 어둠의 결정을 막을 수 없다는 사실을 증명한다고 믿었기 때문이다. 에디를 메디움으로 훈련시키는 동안 그의 영혼은 파괴됐다. 실성한 에디는 자기 자신은 물론 타인들에게도 위험한 존재가 되었다. 그녀의 뼈저린 후회와 진실된 고통은 사력을 다해 에디를 사랑한 데에서 기인했다.

점심 식사 후에도 스티븐은 나를 가만 쉬게 두지 않았다. 그릇들이 치워지고 플로렌스가 차를 내오라고 주문했을 때쯤, 함께 밖으로 나가 이 멋진 도시를 만나러 가자고 말했다. 이 나라의 다른 곳은 아무짝에도 쓸모가 없지만, 런던만큼은 세상의 중심이야.

플로렌스는 우리를 굳이 말리지 않았다. 그녀는 젊은이들과 함께 자리하는 걸 불편해했다. 우리의 모습은 그녀가 기사단의 리더 자리를 맡음과 동시에 잃어버린 청소년기를 떠올리게 했던 것이다. 그녀가 보기에 우리는 아무런 책임감이 없었다. 현관문 앞에서 함께 우산을 쓰고 있을 때, 스티븐은 내게 입을 맞추더니 혀끝으로 입천장에 LSD를 붙였다. 사분의 일밖에 안 되는 거야, 라고 말하면서. 좀 나쁜 기분이 몰려올 수도 있거든, 언제나 처음엔 낮게 날아오르는 편이 나으니까. 그 후 우리는 그의 이끼색 로터스 엘란에 올라탔다. 컨버터블이었는데, 스티븐은 이 망할 놈의 섬나라에서는 뚜껑을 일 년에 세 번 정도밖에 열지 못한다고 투덜거렸다. 부풀려 말하는 것이긴 했지만 어느 정도는 맞는 말이기도 했다.

‡

플로렌스 이전에 기사단을 이끌던 사람은 스티븐이 한 번도 만나보지 못한 할아버지, 찰스 매터스였다. 찰스는 형 조지가 올라나를 찾아냈던 것처럼, 자신 또한 그가 속한 세대를 위해 메디움을 찾아내겠다는 사명감에 불타던 사람이었다. 하지만 그토록 광적으로 찾아다녔음에도 불구하고 실패를 거듭했다. 그는 어둠이 내린 약속을 담보로 기사단의 영향력을 전 세계로 확산시켰다. 그 약속이란, 기사단원들은 스스로의 의식을 영속할 수 있을 것이라는 하나의 가능성이었다. 다시 말해, 지상에서 영생을 구현할 수 있는 한 가지 방법을 찾았다는 주장을 펼친 것이었다. 사실 세계 각지에서 많은 메디움을 만나기도 했지만 그들의 목숨을 오랫동안 부지하지도, 유의미한 성과를 거두지도 못했던 그들이었다. 그 과정은 모두 책에 기록되어 있다. 의식 도중 사망한 젊은 여성. 기사단의 메디움으로 살기 시작한 지 한 달 만에 스스로 목숨을 끊은 소년. 뇌출혈로 죽기 직전 여러 명의 초심자를 교살하려 했던 미국의 젊은 남성. 찰스는 음침하기 짝이 없던 그 어린아이들의 생명과 제정신을 유지하는 게 얼마나 힘든지 몸소 체험했지만, 막을 수 있는 방법은 끝내 알아내지 못했다. 플로렌스는 그걸 이해한 첫 번째 사람이었다.

스페인 카탈루냐 지방의 피게라스란 동네에서 찾아낸 한 소녀, 엔카르나시온에 대한 소식은 1939년의 폭격이 끝난 후에 당도했다. 찰스는 그 당시 극심한 유혈 충돌로 몸살을 앓고 있던 스페인을 직접 방문하는 일도 마다하지 않았다. 프랑스 쪽 국경을 통해 스페인으로 잠입해 들어갈 수 있었다. 프랑코 군대의 공격으로 온 가족을 다 잃은 그 소녀는 트라우마로 고통받으며 가족을 잃은 슬픔과 공포에 실성한 상태였다. 소녀는 기사단의 귀족 가문 중 하나인 마르가랄가의 도움으로 프랑스로 옮겨졌다. 선택된 도시는 프랑스의 페르피냥이었다.

소녀는 여러 차례 강간당했다. 기사단에선 그 행위를 성적 마법이라고 돌려 말하긴 하지만, 나는 강간이라는 말 외에는 달리 표현할 수 없다. 의식엔 어떤 성적 마법도 필요하지 않았고, 찰스 또한 그 사실을 잘 알고 있었다. 그는 야망에 사로잡혀 권력을 다투던 기사단원들의 타락에 굴복했을뿐더러 전쟁의 광기에도 휩싸여 있었다. 수개월간 갇혀 지내던 엔카르나시온은 어느 날 일 층 창문을 통해 밖을 나선 뒤, 인근의 한 농장에서 장총을 훔쳐 모두가 잠들어 있던 집에 돌아왔다. 그곳에 있던 모두가 죽어나갔다. 찰스는 아들들, 즉 플로렌스의 형제들과 함께 있었다. 플로렌스는 부친의 명령으로 런던에 가 있던 덕분에 목숨을 건질 수 있었다. 마르가랄가를 포함하여, 기사단의 주요 가문 중 유럽을 횡단할 강단을 가진 사람들 모두가 그 자리에 있었다. 엔카르나시온은 기사단의 모든 남자들을 죽였을 뿐 아니라 칼로 생식기를 도려내기까지 했다. 열네 살의 소녀는 임신한 상태였다. 스티븐이 그녀의 사진을 보여준 적이 있다. 검은 머리가 흘러내리지 않도록 머리띠를 한 깡마른 여자아이였다. 스티븐은 우리가 그 반복을 끊어야 한다고, 쳇바퀴를 멈춰야만 한다고 했다. 그리고 메디움 한 사람 한 사람이 각자가 속한 세대를 대변한다고 주장했다. 산업혁명 시기의 농민, 탈식민 운동이 시작되기 전 영국 식민지의 흑인 여성, 전 세계적인 살육의 도가니 속에 누구도 눈길을 주지 않던 학살 전쟁으로 고통받던 가난한 소녀. 그게 우리야, 그는 말을 이어갔다. 그리고 어둠이 이 같은 고통과 학대에서 양분을 얻고 있는 걸지도 몰라. 나도 그렇게 되지 않길 바란다는 말을 했더니, 내가 주도권을 쥔다면 언제든 변화를 시도할 기회가 찾아올 거라는 대답이 돌아왔다. 하지만 그도 그 말을 믿지는 않는다는 걸 난 잘 알고 있었다.

모두를 죽이고 도륙한 뒤, 엔카르나시온은 그 집에서 가장 높은 층으로 올라가 창밖에 몸을 던졌다. 즉사였다.

스티븐의 부친 페드로 마르가랄이 그녀의 시신을 발견했다. 그는 엉뚱한 이유로 집 밖에 나와 있었다. 날이 추워 벽난로와 등불을 계속 피운 탓에 연료가 동난 상태였고, 또 그 당시엔 일상적이던 정전에 대비해 양초도 구비해두어야 했다. 전쟁으로 전력 공급이 들쭉날쭉하던 시기였다. 이따금은 의식 중에 발산된 힘에 의해 끊기는 일도 있었다. 집으로 돌아온 그는 자갈 돌밭 위에 죽어 있는 메디움과 미쳐 날뛰는 개들, 살해당한 기사단의 목격자가 되었다. 당시의 페드로 마르가랄은 스무 살이었다. 후작의 아들로, 철학과 종교학을 전공하고 있었다. 즉, 아무것도 스스로 해결할 줄 모르는 사람이었다. 그래서 가방을 싸고, 자신의 말에 신빙성을 더할 목적으로 몇 장의 사진을 찍은 뒤 경찰이 들이닥치기 전에 재빨리 국경을 넘어갔다. 서기들의 기록을 들고 런던에 도착한 그는 이 비극이 일어나기 전까지는 열성적인 초심자였다. 그런 그에게 플로렌스와 그녀의 모친은 자신들과 함께 있어달라고 부탁했다.

페드로와 플로렌스는 전후 기사단 재건에 힘을 쏟았다. 그녀는 열 명도 채 되지 않는 초심자들을 모아놓은 회의에서 자신이 기사단의 새 리더임을 천명했다. 많은 이들이 그녀를 업신여겼지만, 그녀의 용기를 높이 사는 단원들도 일부 있었다. 그녀는 자신의 아버지는 어둠이 아닌 스스로의 야망을 따랐기 때문에 숙청된 것이라고, 불필요한 타락적 행위에까지 이르렀다고 주장했다. 모든 것은 플로렌스가 도맡아 했다. 페드로도 일관된 자세로 그녀를 도왔지만, 미약했다. 결국 플로렌스는 영국과 아르헨티나, 남아프리카에 이어 호주에 이르기까지 모든 사업을 스스로 챙기기에 이르렀다. 스티븐은 자신의 아버지가 플로렌스와는 정반대의 성정을 가진 유하고 섬세한 학자로서 플로렌스의 결단력에 빠져들었던 것 같다고 분석했다. 한편 플로렌스는 참살극의 유일한 목격자였을 뿐만 아니라, 기사단 내에서 가장 지적인 배경이 뛰어난 사람이었기 때문에 그를 선택했다. 페드로 마르가랄은 아직 살아 있다. 카다케스의 저택에 은둔하며 지내며, 스티븐과 플로렌스 외에는 어떤 방문객도 받지 않고 고독하게 홀로 지내고 있다. 에디에게 범한 실수로 스스로를 용서하지 못하고 있는 것이다. 그를 매료시켰던 바로 그 결단력이, 끝내는 그를 파괴하고 말았다.

‡

1967년이 내게는 원년이다. 벵골 사람들이 길거리에서 파는 마법 기호가 그려진 원피스, 길거리 악사들이 입은 엘리자베스풍 의상, 비바*의 플라스틱 팔찌, 한 번도 내게 잘 어울린 적 없는 인도 사리까지. 나는 그런 것들을 탈리에게 소포로 보내주곤 했다. 그당시 그녀는 후안과 연애하고 있었고 나는 거기에 대해 크게 신경 쓰지 않았다. 물론 약간의 질투가 들긴 했지만 이해는 할 수 있었다. 우리가 다시 만나기 위해선 각자가 스스로의 인생을 살아낼 필요가 있었다. 월턴가衡의 패션 부티크. 미니스커트와 허벅지까지 올라오는 부츠―아주 얇은 다리에만 어울렸기 때문에 내가 착용하기엔 무리가 많았다―. 카나비가衡의 한 디자이너가 내 체형과 스타일에 들어맞는 소품들을 추천해주었다. 롱스커트 또는 나팔바지에 하이힐, 보아 털 스카프, 황동 링 귀걸이. 습기 때문에 생머리를 유지하기가 힘들다면 스프레이로 헤어를 고정시키라는 조언까지 해주었다. 그날 난 어느 소녀에게서 제법 큰 사이즈의 펜타그램

---

*   1960-1970년대의 반항 정신을 상징하던 영국 런던의 패션 브랜드.

모양 검은색 링 귀걸이를 샀다. 나는 『솔로몬의 열쇠Clavicula Salomonis』
에 나오는 봉인들을 완벽하게 그릴 줄 알았다. 아주 어릴 때부터
그리기 시작한 문양들을 런던의 기사단에서 완벽히 숙달할 수 있
었다. 전통적인 소재가 아닌, 분필을 사용하는 방식이었다. 이따금
은 피를 쓰기도 했다. 시간이 무한한 것처럼 느껴졌다. 머스탱을
타고 케임브리지에 가서 수업을 들었다. 바르부르크에서의 연구와
수업을 병행하는 한편 마법 수행과 몸치장, 나들이를 할 시간도 빼
먹지 않았다. 그러던 어느 날, 시간이 갑작스레 쪼그라들기 시작했
다. 언젠가 그렇게 될 줄은 알고 있었다. 내가 떠나온 이유가 다름
아닌 이것이기도 했다. 참을 수 없이 배가 고픈 바로 그 순간에 알
바로 식당에서 먹던 파스타. 모두가 대놓고 하시시를 피우며 마캄
의 노래를 듣곤 하던 바그다드 하우스. 스티븐의 단골 의상실로 향
하며 함께 거닐던 킹스로드. 지미 헨드릭스를 보았던 세븐앤드어
하프 클럽. 연기가 자욱해 가슴을 답답하게 짓누르던 어느 다락방
에서, 내 목을 짓누르며 나를 울게 한 LSD. 마퀴에서 관람하던 멋
진 공연들. 우리는 LSD 여행을 계획했고, 목적지는 뻔했다. 버크셔
의 화이트 호스 언덕에 가서는 멀리서 그 모습을 몇 시간 동안 바
라만 보았다. 분필로 그린 듯한 그 그림엔 형용할 수 없는 단순함
의 미학이 드러나 있었다. 에이브버리의 선사시대 유적지에도 갔
다. 글래스톤베리와 스톤헨지라 불리는 그곳에는 히피들과 관광객
들은 물론, 영국 전역에 퍼져 있던 신이교주의자들과 신비주의자
들로 넘쳐났다. 한번은 동료들과 함께 의기투합해 '드루이드식' 의
식을 하기로 했다가, 술에 잔뜩 취해 환각에 빠져 있던 동기 라우

라가 심하게 웃어대는 바람에 그곳에서 쫓겨나기도 했다. 당신들은 아무것도 몰라. 끌려가는 와중에 그녀가 소리쳤다. 만일, 이라며 말을 이어가던 그녀의 입을 스티븐이 다급하게 막았다. 우리의 비밀을 흘리며 돌아다닌다는 사실을 플로렌스가 알게 된다면 무거운 처벌에 처해질 수 있기 때문이었다. 나는 스톤헨지에 가는 게 좋았다. 많은 음악가들이 돌기둥이 원형으로 늘어선 그곳을 방문했고, 나는 음악보다 더 좋아하는 게 없었다. 어떤 이들은 기타를 들고 나타났는데, 아프가니스탄 가죽 외투를 입은 채 하시시를 피우면서 둘러앉아 노래를 부르는 일은 아름답기 그지없었다. 그런 짧은 여행 중에는 늘 웨스트서식스의 에드워드 제임스 저택 방문도 포함되어 있었다. 숲과 사냥터가 있던, 초현실주의자들의 저택이었다. 수년이 지난 뒤 탈리는 내게 마약쟁이들을 어떻게 데리고 다녔냐고 물었다. 그런 여건에서 어떻게 공부를 할 수 있었냐고. 사실 약의 영향 가운데서 사람은 생각보다 더 많은 일들을 할 수 있다. 당시의 난 몹시 젊었으므로 하루 종일 LSD를 하다가도 다음 날이면 멀쩡하게 몇 시간 동안 수업을 듣고 공부할 수 있었다. 그 당시의 우리는 지금으로서는 샘이 날 정도로 체력이 좋았다.

내가 말하는 '우리'에는 스티븐과 나, 그리고 우리의 친구들이 포함된다. 케임브리지에서 중동사를 전공하던 샌디, 스티븐의 가장 고정적인 애인이자 선박 기업의 상속녀였던 타라, 우리를 도시에서 열리는 가장 멋진 콘서트에 데리고 다녔으며 음악 페스티벌 조직에도 참여하던 로버트, 사진작가를 꿈꾸다 모델의 길에 접어든 페넬로페 트리를 미친 듯이 질투했던 루시 등 대부분이 기사단원의 자녀들이었다. 하지만 내가 '우리'라고 할 때는 스티븐과 라우라 그리고 나로 구성된 삼총사일 때가 많다. 필수요건이 아니었긴 하나, 기사단은 우리에게 마법적 양성성의 전제를 따르도록 권장하고 있었다. 다시 말해, 우리는 제례는 물론 일상을 위한 동성의 애인을 선택하여 그 에너지가 우리를 감싸게 했을 뿐 아니라, 신비적 활동에도 도움을 받고 있었다. 스티븐은 열아홉 살이었고 나는 열여덟 살, 라우라는 스물두 살이었다. 어렸기에 우리는 무모했다. 사실 그 당시 우리가 속한 사회 반경의 모든 또래들은 다 그렇게 살고 있었기에 기사단의 권고 역시 아무 저항 없이 수용할 수 있었다. LSD는 매우 성적인 마약이고, 환각 상태에서는 이성간의 관계를 고집하는 게 전혀 말도 안 되는 멍청한 짓이라고 여기게 된다.

스티븐은 종종 이 세상은 기사단과 다를 바가 없다고 주장하곤했다. 당연히 그가 말하는 세상이란 현실 세계 전부를 의미하진 않았다. 단지 1970년대의 런던이라는 장면을 만들어낸, 자유와 권력을 손에 쥔 우리 같은 상속자들의 보헤미안적인 젊은 시절에 한정하는 것이었다. 극단적인 정치적 입장, 쾌락주의, 성적 문란, 이상한 옷차림, 과하게 돈이 많은 젊은이들. 이 모든 게 기사단과 '유사했다'. 하지만 당대의 정신, 히피적 규범은 정확하게 일치했다. 플로렌스는 그처럼 속이 편했던 시기도 없다고 늘상 말하곤 했다. 그랬기 때문에 젊은 초심자들이 밀교적 환경주의에 참여하는 것도 어느 정도 허용되었다. 파티에서는 사상경찰, 윌리엄 블레이크, 횔덜린 등에 대한 대화가 오갔다. 카스타네다와 블라바츠키의 책을 읽었고, 환각 여행을 장려하기 위해 에서의 그림을 감상하곤 했다. UFO와 들판의 요정들에 대해 토론하는 일은 덤이었다. 하시시를 피우는 건 일상이었고, 귈련을 돌리는 중에 『성당의 신비Le Mystère des Cathédrales』를 뒤적거리거나 최고의 타로가 크롤리냐, 웨이트냐 (혹은 나와 라우라가 고집하듯 프리다 해리스냐, 패멀라 콜먼의 타로냐*) 하는 열띤 논쟁을 펼치기도 했다. 『역경』을 참고하기도 했다. 위자 심령술 점판을 쓰는 날도 있었다. 고립된 거석이 있는 섬의 마법 경계 지도, 레이 라인**이 시작되는 프림로즈힐에 가보는 한편 블레이크가 목격했다는 영적 태양을 찾아다니기도 했다. 어느 날 아침, 샌디는 타워힐에서 켈트족 신 브랜의 까마귀들과 검은 빛을 보았다고 했다. 막대한 부를 가진 타라는 그녀가 세상에서 가장 좋아하는 장소인 모로코에서 카펫과 옷 등을 가져다가 우리에게 나눠주곤 했다. 난 그곳에 한 번도 가보지 못했다.

우리의 집결지는 첼시 체인워크에 위치한 강변가의 스티븐네 집이었다. 스티븐은 에드윈 루티엔스 경이 1930년대에 설계한 계단이 있어 그 집을 선택했다고 했다. 환상적으로 멋진 철제 손잡이가 있었고, 뱀의 똬리 같은 코너를 지나면 그 아래쪽에 신비스러운 분위기를 풍기는 아르데코 양식의 모자이크 탁자가 있었다. 나는 런던에 도착한 지 두 달이 지난 후부터 그와 함께 살기 시작했다. 세

---

*   알레이스터 크롤리와 에드워드 웨이트는 타로 제작자이며, 프리다 해리스와 패멀라 콜먼은 각각의 타로카드를 디자인한 디자이너이다.

**   고대 지구에 분포되어 있었다는 풍수지리적 에너지 선. 일각에서는 고대의 거석들이 이 레이 라인Ley lines을 따라 배치되었다는 주장이 있다.

인트존스우드의 집과 플로렌스로부터 적당한 거리를 유지하는 한편 도시를 더욱 가까이서 경험할 수 있기에 좋았다. 내 방 침대는 알고 지내던 모든 친구들의 것과 마찬가지로 늘 책과 음반으로 뒤덮여 있었다. 그곳은 우리의 모임 장소였다. 메타콸론에서 하시시로 넘어가던 시기, 느릿느릿 흐느적거리게 된 사람들 사이에선 흔한 일이었다. 이따금 우리는 로버트가 하는 말을 알아듣지 못했고, 그 역시 혓바닥이 굳어 말을 할 수 없었기에 공연의 날짜와 시간을 종이에 써서 보여줘야만 했다. 향 피우는 냄새, 호랑이 연고, 졸음.

라우라는 이런 생활에 휩쓸리지 않은 유일한 아이였다. 그저 내 곁에 누워 담배를 피우며, 남성적인 일자 청바지를 벗어 던질 따름이었다. 나는 그녀의 단단하고 얇은 다리를 부러워했고, 그녀는 내게 후안에 대해 질문하곤 했다. 의식에 참여한 적은 한 번도 없었기에 그를 본 적도 없던 라우라는 플로렌스의 이모, 앤 클라크의 입양딸이었다. 왼쪽 눈이 없었고, 체형을 짐작하기 어려운 옷차림을 고수했다. 남자 같은 옷일 뿐 아니라 사이즈도 훨씬 컸다. 긴 머리는 늘 떡이 져 있었고, 무서운 기세로 말술을 마시다 정신을 잃기 일쑤여서 스티븐은 종종 그녀를 찾아 도시를 헤집고 다녀야만 했다. 라우라는 우리 중에서도 망자들—기사단 내부적으로는 '무육의 존재'라 부른다—과의 소통을 가장 깊이 연구했다. 그렇다 보니 공원이나 공동묘지에서 발견되는 게 대부분이었다. 그녀의 손은 흙냄새, 또 이따금은 피 냄새를 풍기곤 했다. 목욕을 하지 않는 날에는 썩는 내가 진동하기도 했다. 나는 그녀를 씻겨주는 당번이기도 했다. 피부를 스펀지로 박박 밀어주기도 하고, 술을 너무 많이 마실 때면 자해하던 상처를 닦아줄 때도 있었다. 목욕물이 식도록 『하얀 여신The White Goddess』을 함께 읽고, 물기를 닦고 나서는 서로 간지럼을 피우다가 그녀가 내 엉덩이를 깨물면서 목욕이 끝나곤 했다. 눈꺼풀이 남아 있긴 했어도, 의안 삽입은 한사코 거부하며 가죽 눈가리개를 고집했다. 나는 라우라가 무척 아름답다고 생각했다. 우리는 어느 날 플로렌스의 집에서 열린 제례에서 처음으로 만났는데, 그녀의 야성미가 나를 사로잡았다. 자기 팔에 상처를 내기 위해 칼을 쓴 방식이나, 그녀를 뒤따라 팔에 상처를 입을 차례였던 여자가 그르렁거리며 울부짖던 걸 뚝 그치게 만들던 모습, 주저 없이 위엄 있게 말하던 모습, 나의 분필로 그린 원이 뚜렷한 무언가가 되도록 성적 에너지를 이끌어내 주었던 방법, 놀랍도록 익숙한 방식으로 자신이 소환한 존재를 대하던 모습 등 모든 것이 그러했다. 라우라는 실패를 몰랐고 모두에게 존경받았다. 모든 제례에 나오지도 않았던 그녀는 사소한 일은 쿨하게 거절했다. 우리는 하이게이트를 함께 돌아다니다가 무덤 위에서 서로를 끌어안곤 했다. 그녀에게 조지 매터스가 나의 첫사랑임을 고백했더니, 그녀는 기사단이 나이지리아에 묻혀 있는 그의 유해를 돌려받지 못했음을 한탄했다.

체인워크의 침대 위에서 라우라는 후안에 대해 알고 싶어 했다. 어둠이 하는 말에 대해 후안은 어떻게 생각해? 너는 알고 있니? 그녀가 하루는 이렇게 물었다. 후안은 서기들이 받아 적는 내용이란 그저 상상의 산물일 거라고 말하곤 했다. 그게 아니라고 해도, 적어도 어둠이 하는 말을 현재의 차원에서 해석하는 건 불가능하다고 주장했다. 라우라는 침대 위를 뒹굴거리더니 버튼 풀린 흰 셔츠를 입은 채로 문신이 가득한 가슴을 내놓았다. 그녀는 할 수 있다면 스스로, 아니면 내가 잘 모르는 친구에게 부탁하여 가슴에 문신을 새기곤 했다. 그 친구는 여우를 키우며 여우의 내장을 점술 시스템에 사용하는 사람이었는데, 라우라의 유일한 애인이 되고 싶은 마음에 나를 극도로 증오하고 있었다.

그의 말이 맞아. 라우라가 말을 꺼내며 내 얼굴을 향해 뿜은 담배 연기는 위태로운 냄새를 풍겼다. 그 한마디는 '책'에 대한 의심을 의미했다. 그건 기사단의 근간을 흔드는 것과 다름없었다. 술에 취한 그녀의 술주정은 계속됐고, 난 바깥에 우리의 대화가 들리지 못하도록 오디오에 음반을 꽂았다. '책'에는 아무 가치도 없는 구절들이 있어, 그녀가 말을 이어갔다. 어둠이 말한 걸 받아 적은 걸로 알려진 구절들이 있는데, 그중 일부는 기사단 도서관이 소장한 마법서들의 구절과 정확히 일치한다. 심지어는 우리 세대의 오컬트주의자들이 쓴, 좀 더 현대적인 텍스트를 비슷하게 따라 하는 부분도 있다. 『솔로몬의 열쇠』의 3권 「아르스 파울리나Ars Paulina」는 아예 모든 글이 통째로 수록되어 있다. 졸렬하다. 과연 플로렌스가 이 사실을 모르는 걸까? 한번은 직접 물어보기도 했다. 그녀는 같은 말을 반복했다. 플로렌스는 사실 그녀가 원할 때만이긴 하나 분명 서기의 역할도 겸하는 사람이었다. 대단한 여자이긴 했지만, 스스로를 기만한 게 처음은 아니었다. 그리고 그것이 기만이라는 걸 인정하는 순간 우리의 의식을 보존하게 해주겠다는 어둠의 약속과 방법이 모두 가짜라는 걸 인정하는 꼴이 된다. 그런 일은 받아들일 수 없을 것이다. 그녀 자신이 쥔 권력을 스스로 위태롭게 만들 테니까.

라우라의 말이 이어지는 동안 나는 불안에 시달렸다. 목구멍이 턱 막혔고, 가슴이 조여왔다. 모두 거짓말이었다. 영생의 가능성, 아니, 적어도 오래 살 수 있을 거란 희망, 그 모든 게 새빨간 거짓말이었다. 그녀는 내 입에 입을 맞췄다. 그녀의 치아가 내 것에 와 닿는 동안 "내가 틀렸을 수 있어, 자기야"라고 말하면서. 영속적으로, 혹은 적어도 아주 오랜 시간 동안 모종의 은혜를 내려주지 못하는 신앙은 믿음을 구축하지 못한다. 그리고 믿음은 논란의 대상이 아니다. 그것이 플로렌스의 믿음이었다. 자신의 권력을 유지하기 위해서였기도 했지만, 무엇보다 그 과정 속에서 자신의 아들을 파괴했기에 더욱이 믿을 수밖에 없었다. 헤르메스는 기록의 신이기도 하지만 한편으로는 변설의 신이기도 하지, 나는 생각했다. 그걸 라우라에게 곧이곧대로 말하진 않았다. 그저 브릭스턴의 앤틸리스제도 출신 사람들처럼 레게 머리가 되기 직전이었던 그녀의 머리를 헝클어뜨릴 뿐이었다.

내 방과 책, 음반들 그리고 나의 파트너 너머에 있는 스티븐의 방은 비할 바 없이 호화로웠다. 타라는 실오라기 하나 걸치지 않은 채 옷, 신문과 잡지, 소파, 카펫 사이를 헤집고 다녔다. 우리는 대부분의 시간을 바닥에 앉아 보냈다. 식사도 바닥에서 했다. 샌디는 프랑스의 상송 가수 쥘리에트 그레코와 닮고 싶다며 입술을 희게 칠했고, 나는 카뮈의 책을 읽으며 상송을 들었다. 루시는 그런 우리를 기습 촬영하곤 했다. 체인워크는 벨벳과 윌리엄 모리스, 스티븐이 수집하던 외설적인 회화 같은 빅토리아풍 광기, 등의 밝기를 억누르기 위해 전등 위에 두르는 히피 특유의 파시미나 장식과 모로코 탬버린, 아프리카의 가면, 랭보의 사진, 건축 서적 등이 묘하게 뒤섞여 있는 공간이었다. 스티븐은 당대의 '재단'이야말로 영국 왕정복고 이후 최고의 세련미를 자랑한다고 극찬하곤 했다. 나는 그의 말에 수긍할 수밖에 없었는데, 특히 루시의 음악가 친구인 데이비드 보위가 올 때면 더욱 그러했다. 긴 금발 머리를 치렁거리며 마이클 피시가 디자인한 여성용 블라우스를 입고 나타나곤 하던 그를 나는 동경했다. 치열이 비뚤어진 인형과도 같은 그를 얼마간은 두려워하기도 했다. 그와 섹스를 하면 손쓸 겨를 없이 사랑에 빠질 것 같아 무서웠다. 한번은 그의 척추뼈 바로 위에 그의 이름을 재로 쓴 적이 있다. 데이비드는 어딘가 파충류 같은 면이 있었다. 가히 국가적 재앙이라 할 만한, 영국인 특유의 치열을 가진 입이 특히 그랬다. 그즈음 그는 거울에 대해, 자신이 거울을 얼마나 무서워하는지에 대해 이야기하기 시작했다. 나는 보르헤스의 거울 전쟁과 관련된 일화를 알려주었다. 언젠가 수은이 반란을 일으켜 우리를 비추는 일을 거부하고, 우리의 움직임을 모방하는 일을 멈출 것이라고. 그때가 오면 우리는 다만 겁에 질려, 죽을 것 같은 두려움으로 그 모습을 바라만 보고 있을 거라는 이야기였다. 그때 거울 속에서 처음 나타나는 이미지는 우리가 한 번도 보지 못한 색상을 띨 것이며, 그 후에는 무기와 정복의 풍문이 들려올 것이다. 데이비드는 거울 앞에 앉더니 그 색깔을 찾기 시작했다. 짐작하건대 그는 그 색깔을 찾아냈던 것 같다. 언제나처럼, 세상 모든 사람들처럼 그도 LSD에 취해 있었다. 겁을 먹은 그에게 난 세상과 만나고, 모험하고 갈망하되, 다만 그 입은 닥치라고, 그를 진정시키기 위해 말했다. 그는 조용해지더니 후안을 위해 준비된 망토이기도 했던 타라의 황금빛 망토에 몸을 뉘었다. 우리는 궁전을 준비하고 있어. 스티븐이 말했다. 황금 신의 궁전. 그가 런던에 도착하면 이 복숭아 향기가 물씬 풍기는 망토로 그를 감싸주고 싶단 생각을 했다. 후안이 죽도록 그리웠지만 그런 말은 입 밖에 내지 않았다. 난 그를 비밀스럽게 '나의 페르세포네'라고 부르곤 했다. 널 어떻게 지옥에서 빼낼 수 있을까? 난 그건 못 해. 나는 그 지옥의 주인 중 하나인걸. 하지만 그 지옥 속에도 모퉁이는 있어. 우리는 그 모퉁이에서 왕 노릇을 하면 돼. 왕 노릇을 하며 굴복하지 않는 거지. 할아버지는 난꽃 정원에서 우리에게 존 밀턴의 책을 읽어주곤 했지만 후안은 블레이크를 더 좋아했다. 그가 런던에 오거든 테이트 브리튼의 블레이크를 보여주고, 그가 좋아하는 시인들의 집에도 데려가줄 생각이었다.

1967년의 봄, 그 당시 우리는 서식스에서 마약을 하다 잡힌 롤링스톤스의 믹 재거, 키스 리처즈와 친구들의 재판을 신문과 TV 뉴스를 통해 지켜보곤 했다. 그리고 난 후안과의 통화를 다시 시작했다. 우리는 다시 매일 시도 때도 없이 연락했다. 그는 대부분의 시간을 리베르타도르 대로의 아파트에서 보냈고, 푸에르토레예스에 갈 일이 생기면 내게 미리 알려주었다. 이따금은 지직거리곤 하던 전화선의 소음에도 그의 벅찬 숨소리를 느낄 수 있었다. 그와 이야기를 나누는 내내 나는 해저를 통과하는 케이블이 대양 저 깊은 바닥에 닿는 모습을, 눈이 먼 심해어들이 뾰족한 이빨로 그것을 깨무는 장면을 상상하곤 했다. 호르헤 삼촌은 런던에서 수술을 진행할 거라고 했다. 후안은 죽을지도 모른다며 두려워했다. 탈리도 그의 곁에서 한밤중의 악몽을 물리치며 돕고 있었지만, 나만큼 할 수 있는 사람은 없었다. 한번은 메디움들은 죽음 이후 어둠에게 불려 가고 만다는 것, 그리고—결국 기독교 전승에서 말하는 것처럼—그곳에서 영원을 보내야 한다는 사실을 플로렌스로부터 전해 듣고서 끝없는 절망에 빠지기도 했다. 그는 아침이 오기까지 울음을 그치지 않았고, 나는 동이 틀 때까지 수화기를 붙들고 있었다. 그러다가 아마도 삼촌이 까무룩 잠든 그의 손에서 수화기를 내려놓고 간 것 같다. 그는 이런 이야기를 탈리와는 나누지 않았고, 그 사실이 나를 묘한 우월감에 휩싸이게 만들었다.

지랄맞은 사람들이야, 하루는 스티븐에게 투덜거렸다. 어째서 그렇게 겁을 주는 걸까? 신들과 영원을 보내야 한다는 따위의 이야기를 대체 왜 해야 하는 거냐고. 그러자 스티븐은 이렇게 대답했다. 그 아이가 자신들을 떠나는 걸 막기 위해 혈안이 된 사람들이잖아. 바르부르크의 한 교수는 내게 이런 이야기를 해주었다. 연금술은 부를 축적하기 위한 목적으로 쓰인 적이 없고, 과거는 물론 지금도 그저 신비주의적인 행위일 뿐이며 금에 대한 추구는 영생의 물질을 찾기 위한 여정이었을 뿐이었다고 말이다. 기사단에게 있어 후안은 바로 이 물질을 향한 길을 열어주는 존재였다. 따라서 그들은 절대 후안을 가만히 내버려두지 않을뿐더러 이제 네 몸이 더는 못 버틸 듯하니 그만하자, 라는 말도 하지 않을 것이었다.

‡

아직도 내 방의 벽지가 거미와 무희들로 변하는 꿈을 꾼다. 태양을 향해 손을 뻗으면 무지개가 와서 온몸을 휘감는 느낌을 여전히 기억한다. 또 우리의 몸이 산란하는 빛처럼 터져버릴 때까지 춤을 추곤 하던 수많은 제례들과, 플로렌스의 집에서 나는 분필로 원을 그리고 라우라는 그 안에서 암토끼의 배를 가르던 모습도 생생하다. 후안은 나와의 통화 중에 탈리만큼이나 할아버지 이야기를 자주 했다. 술에 잔뜩 취해 벌거벗은 채 겁에 질려 숨은 그를 숲속을 뒤져 찾아내는 일이 잦아졌다고 했다. 그는 결국 숲속의 어느 나무 아래에서 스스로에게 총구를 겨눴다. 런던에 머물고 있던 난 장례식에도 가지 않았다. 어느 날 밤, 후안은 문득 자신이 열 수 있는 어떤 문들, 그리고 외관은 평범하지만 안으로 들어가면 완전히 다른 세상이 펼쳐지는 집에 대한 이야기를 했다. 도대체 뭘 하고 다니는 거야? 내가 속삭였다. 그러자 후안은 내가 하는 건 아무것도 없어, 그냥 그런 일들이 일어날 뿐이야, 라고 대답했다. 이상하게 생긴 어떤 집 하나를 지나쳐 가다가 문이 보이길래 열어보았어. 그런데 들어갔더니 내부가 보통의 집과는 완전히 다른 거야. 나는 라우라에게 문 이야기를 꺼냈다. 내가 떠올린 건 경계 공간이었는데, 그녀는 내게 앞으로 후안과 통화할 때만큼은 그 주제를 건드리지 않는 게 좋겠다고 조언했다. 그들이 통화를 감청할 것이라는 건 거의 확실했으므로, 그 내용이 누구의 귀에도 들어가지 않아야 한다는 이유였다. 새로운 길이 열린다면, 후안은 보호받아야 했다. 유난히도 끔찍했던 런던의 어느 아침이었다. 하늘은 마치 젖은 설탕 같았고, 대부분의 사람들은 익숙한 듯 우산을 든 채로 빠르게 달리며 얼음장 같은 빗물을 피해 다녔다. 그를 지켜줘야 해, 라우라가 말했다. 좋지 않은 예감이 들어. 그리고 난 틀린 적이 없어.

우리는 소호에 있는 콜메나*라는 클럽에 자주 가곤 했다. 그곳은 런던 대공습으로 폐허가 된 채 재건되지 않은 한 건물 옆에 자리 잡고 있었다. 그 클럽은 퀴어들을 위한 공간이었고, 1969년 초반에 문을 닫았다. 데이비드를 포함한 우리의 많은 음악가 친구들이 그곳에서 공연을 했다. 클럽에 들어가려면 막다른 좁은 골목 끝, 초록색 표시가 된 작은 문을 두드려야 했다. 그러면 반대편에서 누군가가 우리를 외시경으로 확인하며 회원이냐고 묻곤 했다. 그 클럽은 회원제가 아닌데도 그랬다. 콜메나는 화이트클럽**이 아니었기에, 경찰의 눈을 피하기 위해 그런 자구책을 마련해야만 했다. 벽에 붙은 지저분한 거울, 깃털 머플러, 싸구려 하이힐, 통굽 신발을 신은 거구의 남자들, 그리고 런던 최고의 음악. 한동안 나는 바 근처의 작은 탁자에서 타로점을 치기도 했다. 어느 날 밤, 술에 취한 내게 한 푸른 눈의 소년이 다가와 점을 봐달라고 요청했다. 결핵에 걸린 게 아닌가 싶을 정도로 깡마른 그 아이는 카나비가를 누비는 여자들처럼 꽤나 예쁘장한 모습이었다. 실제로 나는 그가 남자인지 여자인지 분간하기 위해 한참을 고민해야 했다. 결국 나

* 스페인어로 '벌통'이라는 뜻.
** 1693년 설립된 런던에서 가장 오래된 사교클럽.

분필로 그린 원

는 참지 못하고 마법적 양성성에 대한 이론을 그에게 설명해주었다. '솔베 에트 코아굴라Solve et Coagula'*를 비롯해 바포메트가 남자의 상체에 여성의 가슴을 가진 것, 또 이중 성기를 의미하는 한편 동성애적 마법의 숫자인 11에 대한 설명을 장황하게 늘어놓았다. 그에게 모든 마법도구는 이중적이어야 한다고, 그래서 검도, 지팡이도, 잔도, 펜타그램도 한 쌍이 있어야 한다는 점과 모든 오컬티스트가 결국엔 동성애자여야 한다는 사실도 알려주었다. 그는 웃기만 했다. 내가 하는 이야기에 관심이 없었던 것이다. 그저 나를 미친 여자쯤으로 생각했던 것 같다. 그 소년은 폴라리**를 놀랍도록 자유자재로 구사했고, 나는 스티븐에게 제발 저 아이와 만나보라고, 두 사람이 함께 있는 모습을 꼭 보고 싶다고 사정했다. 하지만 스티븐은 남성적인 남자를 선호했기에 난 그 소년이 자리를 뜰 때까지 지켜보는 것에만 만족해야 했다. 스티븐은 기분 나쁜 표정을 짓고는 추파 좀 그만 던지라고 쏘아붙였다.

콜메나에서 스티븐은 묵직하면서도 저급한 농담을 던지며 다녔고, 거의 대부분의 사람들과 알고 지냈다. 절반의 사람들과는 잠자리를 가졌고, 또 나머지 절반과는 학교를 같이 다녔기 때문이었다. 어느 날, 나와 라우라는 손을 맞잡고 화장실에 들어갔다가 나는 세면대를 잡고, 라우라는 바닥에 무릎을 꿇은 상태로 고래고래 소리를 지른 적도 있었다. 우리는 정말 많은 소동을 일으키며 다녔

---

*   라틴어로 '용해와 응고'를 뜻하는 말. 연금술의 기초 원리 중 하나.
**   당시 주로 영국에서 쓰이던 성소수자 은어.

기에, 구석에서 약을 하던 드래그 퀸들이 박수를 치며 앙코르를 요청하기가 부지기수였다. 스티븐과 타라는 하룻밤 애인과 함께 리젠트클럽에 가거나 체인워크의 집으로 돌아가곤 했기 때문에 중간에 놓치는 일이 잦았다. 하지만 라우라와 나는 아침이 밝을 때까지 매번 다른 길을 걸어 다니곤 했다. 우리는 잭 더 리퍼의 범죄가 펼쳐졌던 현장인 스피털필즈의 혹스무어 교회를 방문하기도 했다. 후안과 처음 만난 날, 라우라는 그에게 혹스무어 교회를 열정적으로 소개했고, 후안은 형 루이스를 위해 찍은 그곳의 사진을 긴 편지글과 함께 우편으로 보냈다. 라우라는 대안 지도를 제작하기도 했다. 지도의 모든 선이 계시와 예언을 담은, 지하세계의 텍스트로 구성된 것이었다. 이 대안적 길들을 아무 생각 없이 걸어 다니며 발로 봉인을 그리면 계시를 받을 수 있었다. 마치 연금술처럼. 나는 그녀에게 이 산책과도 같은 일이 사실은 하나의 과정이라고 말해주었다. 의미는 이 과정의 결과가 아니라 여기에 투입되는 시간에 있다고, 그리고 이건 반복의 규율이라고. 그러자 그녀는 내게 **"바로 그거야, 계몽의 권태"**라고 대답했다. 어느 날 밤, 나는 메르세데스가 철창 안에 가둬둔 어린아이들에게 음식을 갖다주는 일을 내게 시킨 것, 그때 후안이 내 짐을 나눠진 일, 후안을 발견한 게 나였어도 모든 건 메르세데스 자신이 주도한다는 사실을 상기시키기 위해 나를 죽도록 팼던 나날들, 그런 학대가 있는 날이면 후안이 자신의 곁을 내어주곤 했던 것과 그의 곁에서 엄마를 죽이고 싶다고 다짐했어도 실제로 실천에 옮기지 못한 회한 등을 고백했다. 사실 내가 스스로를 보호하기 위해 한 일들이기도 했지만, 하루는 후안이 메르세데스에게 최후통첩을 날린 적도 있었다. 다시 한번 내 털끝 하나라도 건드리면, 그땐 자신에게 처방된 약의 치사량을 혈관에 쏘아 넣을 거라는 협박이었다. 그러면서 소리쳤다. 내게 죽는 일은 너무나 쉽고, 당신은 결국 모든 걸 다 잃어버리고 말 거라고. 그 이후로 메르세데스는 내게 손찌검을 하지 않았다.

정말 믿을 만한 사람이다, 라우라가 말했다. 나는 그 사람을 정말 사랑해, 너무 보고 싶어. 내가 대답했다. 우리 두 사람은 잔디밭에 앉아 다람쥐가 나무 몸통을 오르내리는 소리를 가만히 듣고 있었다. 라우라는 콜메나에서 구입한 와인병을 내게 건네주었다. 네 눈을 뽑은 건 누구야? 그녀의 귓가에 속삭이며 물었다. 그녀의 떡진 머리카락 냄새와 색깔이 좋았다. 오염이 심하면 심할수록 빛이 났다. 너네 엄마, 그녀가 대답했다. 플로렌스의 집에서였어. 고통이 아무리 심했어도 기절하진 않았어. 넌 참 강한 사람이야, 내가 말했다. 아니, 난 그저 놀랐을 뿐이야.

언젠가 그 여자를 없애버릴 거야, 나는 장담했다. 후안이 아니더라도 다른 누군가가 분명히.

‡

후안이 런던에 도착한 건 1969년 겨울이었다. 그해의 의식이 끝난 직후부터 후안의 건강은 급속도로 악화되었다. 하지만 어쨌든 수술은—어린 시절 받은 건 일시적으로 완화하는 성격의 수술이었거나, 그게 아니라도 성장과정에서 악화된 듯해 보였다—국립

심장병원에서 7월에 하기로 모두 계획되어 있었다. 삼촌은 자신이 의학을 공부했던 그곳의 방문 교수로 부임해 있었다. 그런 유의 초청을 잘 받아들이지 않는 사람이었지만, 후안과 멀리 떨어지는 게 극도로 불안한 듯했다. 어둠이 그의 손가락을 앗아갔기 때문에 당연히 수술에는 참여할 수 없었다. 하지만 공개적으로는 사냥 중의 사고로 위장된 그 일 이후 그는 더욱 전설적인 존재가 되어 있었다. 어쩌면 그 사고 덕분이라고 할 수도 있었다. 위험이 상당한 그 수술에는 오랜 시간이 걸릴 예정이었다.

도착 게이트의 문이 열리자 난 평정심을 유지하기가 힘들었다. 가방은 하나도 들지 않은 채 피로에 절은 쇠약한 모습의 후안이, 그날 이후로 그를 전적으로 도맡게 될 그라시엘라 비에드마 박사의 어깨에 기대어 나오고 있었다. 삼촌은 수술팀을 꾸리기 위해 먼저 런던에 와 있었다. 갈색 옥스퍼드 구두와 흰 셔츠, 어깨 길이의 금발. 키는 벌써 이 미터에 근접해 있었지만 키만 크고 야물지 못한 멀대 같은 남자들과는 전혀 달랐다. 우아하고 느렸다. 영국인들은 그런 그에게 '제왕'이란 수식어를 붙일 것이다. 거대한 고양이 같은 느낌이 그에게 있었다. 서로의 눈길이 교차하자, 의사를 떨쳐내고 다가온 그가 나를 얼싸안았다. 내 얼굴이 그의 한 손 안에 들어갔다. 머리카락은 손가락 사이로 흘러내렸고 손바닥은 뺨에, 손목은 턱에 닿았다. 툭 불거진 광대뼈, 다치기라도 한 듯 갈라진 턱, 한층 더 어두워진 눈빛 등 사춘기의 흔적은 온데간데없이 사라져 있었다. 재회의 미소 역시 예전과 같지 않았다. 예전의 후안은 수줍은 듯한 미소를 짓곤 했으나, 지금은 단지 건조하고도 삐딱한 몸짓만을 보일 뿐이었다. 그 속에서 기쁨과 안도의 의미를 찾아낼 수 있는 건 그를 속속들이 잘 아는 나밖에 없었다. 그의 가슴에 얼굴을 파묻고 땀범벅이 된 티셔츠 냄새를 들이켰다. 열이 났었는지 어쨌는지 잘 기억나지는 않지만, 그랬던 것 같기도 하다. 힘겨운 호흡이 느껴졌다. 심장은 빠르고 불규칙하게 뛰고 있었다. 수많은 밤을 그 몸 곁에서 잠들었기에 익숙한 리듬이었다. 그가 내게 입을 맞추기 위해 몸을 굽혔고, 나는 그런 그의 목에 두 팔을 휘감고 오랜 시간 동안의 감금과 비행에 질려버린 묵직한 입김을 들이마셨다. 입술은 부드러웠지만, 억센 수염은 이미 다 큰 남자의 것 같았다. 열여덟 살 생일을 앞두고 있었지만, 겉보기로는 최소 스물다섯 살은 되어 보였다. 눈썹을 그만 찡그리라는 뜻에서 미간을 엄지손가락으로 부드럽게 쓸어주었다. 두통에 시달리고 있는 것이었다. 그가 내 셔츠 안에 손을 넣어 등을 쓰다듬자 나는 눈을 감았다. 등 뒤에 닿은 후안의 손은 짐승의 손아귀를 떠올리게 했다. 이내 나는 그의 품에서 억지로 떨어져 나왔다. 그렇게 하지 않으면, 그를 초조하게 손꼽아 기다리고 있는 삼촌이나 플로렌스가 우리를 강제로 떼어낼 것이기 때문이었다.

우리는 차를 타고 세인트존스우드의 저택으로 향했다. 후안은 거기서 수술 일정을 기다리며 지내고, 수술 후 회복 역시도 그곳에서 진행될 예정이었다. 의사들이 방 안에서 그를 진료하는 동안 나는 바깥쪽에서 기다렸다. 삼촌은 손을 비비며 다소 불만스러운 표정을 지으며 방을 나왔다.

"저 아이를 수술할 담당 의사가 독감에 걸렸다는구나. 그 사람이 복귀할 때까지 기다리게 생겼어. 최악의 소식이야."

"얼마나요?"

"글쎄. 아무튼 후안은 이번 주 내내 아침마다 병원에 가서 검사를 받아야 해. 스트레스를 받으면 안 되니까 입원은 안 할 거다. 비행이 힘들었던 것 같아. 잠을 좀 자두는 게 좋을 텐데, 굳이 널 보겠다고 하는구나. 진정제가 효력을 발휘하기 전에 들어가봐라. 이후에는 공항에서 네가 보인 행동에 대해 이야기를 좀 해야겠어. 영역 표시를 하러 갔더구나. 고양이처럼, 창녀처럼."

갑작스레 쏟아진 모욕과 경멸에 눈물이 차올랐지만, 나는 아무 대꾸도 하지 않았다. 우리 사이엔 귀머거리 전쟁이 치열하게 벌어지고 있었다. 바깥에선 폭우가 갑작스레 쏟아지는 바람에 하늘이 짙은 잿빛으로 변해 있었고, 정오라고는 믿기지 않을 정도로 어두웠다. 나무 한 그루가 창문을 계속해서 내리쳤다. 훈훈한 난방의 온기가 감도는 방 안에서 후안은 초록색 담요 한 장을 다리에 덮고 있었다. 흰색 티셔츠 한 장만을 걸치고 있던 그의 얼굴은 창백했고 눈꺼풀은 묵직했지만, 그럼에도 베개에 기댄 몸에서는 권위가 풍겨 나왔다. 그는 단지 병에 걸렸기 때문에 연약했던 것이었다. 고대의 유물이나 유적, 또는 신성한 가치가 있는 뼛조각이 연약하게 여겨지는 것과 같았다. 그런 것들의 가치는 헤아릴 수 없기에, 파괴될 경우 돌이킬 수 없게 되기 때문에, 신경 써서 관리되고 보호받아야만 한다.

‡

회복은 매우 느리게 진행되었다. 난 병원에 문병을 가도 된다는 허락을 받긴 했지만, 내 존재마저도 그리 큰 도움은 되지 못했다. 의식이 없는 상태에서 기구들의 도움을 받아 숨을 쉬는 그의 모습은 알아보는 것마저도 쉽지 않았다. 몸무게는 계속해서 줄어들고 있었고, 나중에는 팔이 너무 얇아진 나머지 주삿바늘을 꽂을 자리도 없게 되었다. 후안은 퇴원 이후 플로렌스의 집에서 요양하며 나와 함께 보낼 예정이었다. 스티븐은 후안을 동생 에디와 같은 지붕 아래서 회복하게 하는 건 잘못된 일이라며 자신의 어머니와 크게 다투기도 했다. 하루는 스티븐이 그녀에게 이렇게 말하는 걸 들었다. 그 아이는 후안을 증오해요. 자기 자리를 빼앗아 갔다고 생각하니까요. 무슨 짓이든 할 거예요. 그리고 그 아이는 도망치는 능력이 있잖아요. 잊으셨어요? 어릴 때 한밤중에 남의 집에 마구 들어가서 물건들을 멋대로 재배치하고, 침대를 더럽히고, 잠자는 사람들의 다리를 깨물어서 깨우고 다녔잖아요? 얼마 전엔 뱀장어처럼 기어다니는 그 애를 앤이 발견하기도 했어요. 후안의 방에도 원한다면 얼마든지 들어갈 수 있다고요.

그녀는 동의하지 않았다. 후안을 만나본 적도 없고, 존재 자체를 알지 못하는걸. 그녀의 대답이었다. 엄마, 에디가 비록 아무 말도 하진 않지만 멍청이는 아니라고요. 우리 중 누구보다도 귀가 밝고, 이해력도 뛰어날 뿐 아니라 상황 파악도 잘한다고요. 그리고 그 아이가 뭘 원하는지는 엄마 스스로가 너무도 잘 알 거예요. 자기 목숨은 스스로 버리고, 자기 자리를 빼앗은 자의 목숨은 자신이 빼앗는 거요. 플로렌스는 고개를 흔들며 그 가능성을 부인했고, 후안은 철통처럼 안전하게 보호받을 것이라는 말만을 되풀이했다. 집의 서쪽 건물에 살고 있었던 에디는 작은 군대 하나의 감시를 받고 있었다. 논쟁을 포기한 스티븐은 나를 찾아왔다. 완전 눈이 멀어 있어, 라는 말로 포문을 열었다. 동생이 정신병원에서 어떻게 도망쳤는지 알아? 남자 간호사들을 말로 설득해서 그들이 직접 안정제를 치사량까지 주사하게 만들었다고. 그 아이를 훈련시킨 게 다름 아닌 우리 엄마잖아. 그 아이의 능력을 그렇게 잘 알고 있으면서 자기가 아직도 그 아이를 어떻게 해볼 수 있다고 생각하는 게 말도 안 돼. 런던에 수십 채의 집을 갖고 있잖아. 후안을 그중 하나로 보내면 되는 거 아니냐고. 와, 말도 안 되는 이 전능함을 좀 봐봐. 그 두 사람을 한집에 묶어놓으려 하다니, 대체 무슨 생각인 거야?

나는 몇 달 동안 에디와 마주치지 못했다. 마지막으로 봤을 땐 새끼손가락 하나가 없어진 게 눈에 들어왔다. 자기 이로 직접 물어뜯은 게 분명했다. 에디는 점진적인 자해를 하고 있었다. 스티븐의 말에 따르면 통증이 그에게는 위안으로 작용했다. 엄마를 닮아 붉은 머리와 투명한 회색빛의 눈을 가진 에디. 그 아이는 색맹이기도 했다. 가끔 정원을 걷다 보면 그가 유리 창문 너머로 미소 지으며 내게 손을 흔들어 인사하기도 했다. 그럴 때면 그 아이의 치아를 볼 수 있었는데, 나는 놀라지 않을 수 없었다. 샛노란 치아 하나하나가 줄질한 듯 날카롭게 깎여 있었기 때문이었다.

‡

중요한 대화가 있는 날엔 좋은 옷을 골라 입는 습관이 있다. 마음에 드는 옷을 입으면 내가 가진 모든 불안도 사라지는 느낌이 든다. 쇼핑을 하러 가자며 샌디와 루시를 불러냈다. 후안은 추가적인 합병증만 없다면 조만간 퇴원 판정을 받게 될 것이었다. 여러 날 동안 그의 곁, 병원 침대에서 잠을 청하다 보니 늘 등 통증에 시달렸다. 후안은 이제 혼자서도 걸을 수 있었다. 두 다리는 더 이상 떨리지 않았고, 통증도 없다고 했다. 강도가 약한 진통제만 처방받을 수 있었기 때문에 통증 관리가 가장 어려운 점 중 하나였다. 병원을 벗어나고 싶은 이유는 그뿐만이 아니었다. 며칠 동안 병실의 녹색 벽 너머에서 비명과 통곡 소리가 끊이지 않았다.

샌디는 몇 년 동안 패션 디자이너 오시 클라크의 시폰 바지에 완전히 꽂혀 있었다. 하지만 내 스타일은 절대 아니었기에, 그녀가 옷을 입어보는 동안 난 밖에서 기다리기만 했다. 그녀는 무얼 입어도 잘 어울렸지만, 나는 좀 더 신중하게 골라야 하는 편이었다. 그녀는 스티븐과 내가 무작정 떠난 로마 여행에서 만났던 디자이너, 켄 스콧의 원단에 열광했다. 루시는 그가 만든 내 옷장 속 프린트 원피스 몇 벌의 사진을 찍어 갔다. 부엉이 얼굴 프린트가 상당히 사이키델릭했고, 강한 약을 할 때면 친구들은 내게 그 옷을 입고 춤춰달라고 요청하곤 했다. 한번은 우리 집 근처의 풀럼로드 의상실에서 정말 환상적인 옷을 발견한 적이 있었다. 넓고 긴 기장의 검은색 드레스였다. 실크와 울 소재로, V자 네크라인 아래에 빨간색, 노란색, 녹색 구슬이 매달려 있었다. 튜닉 같기도 하면서 의식에 입는 의상 같기도 했고, 아프리카의 느낌이 들기도 했다. 초록색 스웨이드 가죽으로 된 비바의 하이힐을 신으면 딱일 것 같았다. 그 외에는 아무것도 필요 없었다. 켄싱턴의 비바 매장에 가는 일은 언제나 나를 행복감으로 들뜨게 만들곤 했다. 따스한 금빛 조명 하나만이 어스름하게 빛나는 으슥한 분위기 속, 사방에 거울과 칠면조 깃털이 붙은 곳이었다. 모델들은 그 살롱 안을 빙글빙글 돌아다녔다. 비바는 그녀들이 전쟁을 거치며 영양실조에 걸렸다며, 그 덕분에 지금처럼 아름답고 마른 모습이 되었다고 말하기도 했다. 남미의 백만장자로 자란 나는 단백질과 유제품에 파묻혀 살아왔고, 가게 안을 배회하고 다니던 그 남자아이들과는 전혀 다른 모습이었다. 그 모델들은 이따금 배우나 셀럽들과 대화를 나누기도 했다. 당시의 화젯거리는 키스 리처즈의 부인—현재로선 그랬다. 예전에는 브라이언 존스와 연애했었는데, 너무 아름다운 나머지 역겨움을 자아냈다—인 아니타 팔렌베르크가 영광의 손을 갖고 있다는 소문이었다. 이런 소문을 퍼뜨리는 여자아이들은 도대체 무슨 생각이었던 걸까? 흑마법과 관련 있다는 짐작을 하는 것일 뿐이었다. 나는 그걸 죽도록 갖고 싶었고, 라우라에게 여러 차례 조르기도 했다. 기사단은 소장 중인 영광의 손을 도서관 안, 조지 매터스가 가져온 아프리카 신 석고상 옆에 진열해두었다. 귀한 보물이긴 했지만 사용되는 빈도도 잦았다. 목매달아 죽은 사람이 교수대에 매달려 있을 동안 잘라낸 왼손이 그것이었다. 그렇게 얻어낸 손은 양초의 형태로 만들기 위해 왁스 처리가 된다. 어떻게 아니타가

　　　　　　　　　　　　　　　　　　　분필로 그린 원

그걸 가질 수 있는 거지? 그녀는 런던의 모든 젊은 부자들이 그러하듯 오컬티스트들과 자주 접촉하긴 했지만, 기사단과는 그 어떤 연결고리도 없었다. 영광의 손은 제대로 쓰기만 한다면 많은 것들을 얻을 수 있게 해준다. 나는 무엇보다 문을 열 수 있는 능력이 가장 탐났다. 우리와 후안은 그가 아르헨티나에서 어떤 문들을 열 수 있었다는 사실에 대해 많은 대화를 나눴다. 들어가진 않았어. 그가 우리에게 말해주었다. 복도의 공기가 몹시 중독적이었고, 몸을 나쁘게 만들었거든. 나중에 내 건강이 회복되면 그 길들을 탐험하러 함께 가자. 그가 부탁했고, 나는 입을 맞췄다. 입술의 상처는 다 아물어 있었지만 코에서는 여전히 피가 나고 있었다. 카테터를 삽입할 때마다 연약한 콧속 점막이 플라스틱 소재에 긁히고 상처 입었기 때문이었다. 그는 생일을 병실 안에서, 반의식을 헤매고 통증으로 고통받으며 보내기도 했다. 그 당시 내가 하고 있던 다짐은 단 한 가지였다. 그가 나와, 우리와 함께하며 삶을 공유할 수 있게 하는 것. 그게 가능할 거란 확신을 갖고 있었다.

플로렌스를 설득해야만 했다. 그 당시는 물론이고 지금까지도, 그녀가 기사단의 다른 단원들이 자신에게서 후안을 빼앗아 가기 위해—혹은 우리에게서 빼앗으려 했다고 말해야 할까?—음모를 꾸미고 있다는 소문을 믿지 않을 거라 확신했기 때문에, 종종 그 사실을 잊곤 했다. 그림자 숭배 또는 왼손의 길에 대한 숭배 등의 이름으로 불리곤 했던 다른 비밀 숭배도 마찬가지였다. 그녀는 음모를 꾸미는 자들에 의해 납치가 자행되거나, 메디움이 다치거나 도망치는 일—일어날 가능성이 지극히 낮다—을 방지하기 위해 풀타임으로 가동되는 경비대를 운영해야만 했다.

비가 오지 않았기에 샌디와는 바르부르크에서, 루시와는 비바에서 헤어진 뒤 플로렌스의 저택까지 걸어갔다. 도시는 점점 더 잿빛으로 변해갔지만, 한편으로는 부촌에 진입할수록 초록색이 더욱 짙어졌다. 하지만 나는 자카란다 나무의 보라색 꽃이 그리웠다. 체인워크의 우리 집 옆을 무성하게 뒤덮은 등나무꽃도 아름답긴 했지만 결코 대체가 되어주진 못했다. 플로렌스에게 모든 사실을 털어놓은 뒤 최대한 단순한 계획을 내놓을 생각이었다. 후안과 나는 서로 사랑에 빠져 있었고, 함께하고 있었다. 그녀도 인지하고 있지만 인정하지는 않는 사실이었다. 그녀에게 사랑이란 불순물에 지나지 않았다. 하지만 나는 반대로 사랑에 늘 목말랐고, 마치 깨지기 쉬운 섬세한 보석처럼 다뤘다. 또 혹시라도 잃게 될까 봐 극도의 불안감에 휩싸이기도 했다. 하룻밤의 섹스나 땀으로 흠뻑 젖은 춤판 가운데 링 귀걸이를 잃어버리는 것처럼 놓치게 되는 것도 무서웠지만, 무엇보다 알코올처럼 기화되어 흔적도 없이 사라지게 되는 게 가장 두려웠다.

벽난로 앞에 놓인 라운지 체어에 반쯤 기대어 플로렌스를 기다렸다. 누군가가 차 한 잔을 내왔다. 기다리는 내내 혼자 있었는데도 어지러운 발소리를 들을 수 있었다. 이 집의 소리들은 일종의 속임수였고, 구석구석에서 차가운 기류가 흘렀다. 플로렌스가 도착했고, 난 허리를 곧게 세우며 머리를 매만졌다. 그녀는 내 말을 주의 깊게 들었다. 요구는 일견 타당해 보였다. 후안이 퇴원하면 며칠 동안은 여기서 보내게 할게요. 하지만 플로렌스, 그 이후에 곧바로 아르헨티나로 가게 하지는 말아주세요. 도시를 여행해보는 것도 좋지 않겠어요? 특히 혼자만의 시간, 저와 단둘이 보내는 시간도 필요할 거고요.

그녀는 그 아이디어를 썩 마음에 들어 하진 않았지만, 단칼에 거절할 정도까지는 아니었다. 우선 네 삼촌과 이야기를 나눠보자. 후안 말도 들어봐야 하고. 혹시 날 못 믿는 거니?

당연히 믿어요. 하지만 후안은 너무 지쳐 있어요. 플로렌스, 우리는 함께 있고 싶어요. 감시를 붙여도 좋고요, 필요하면 바로 옆방에 병원을 하나 차려도 괜찮아요. 일단 지금으로선 저를 통해 외부와 소통하고 싶어 해요. 전 그 아이를 이용하고 있지 않아요. 어떻게 감히 그러겠어요? 후안 같은 메디움은 전무후무하잖아요. 그럴 수 있었던 이유 중 하나는 압박이 덜했기 때문이에요. 더도 덜도 말고, 잠시 숨 돌릴 틈만 허락해달라고 부탁드리는 거예요.

그 말을 마쳤을 때 나를 바라보던 플로렌스의 눈빛은 내 기억 속에 영원히 각인되었다. 그리고 처음으로 그녀가 두렵다고 느꼈다. 그녀의 권력은 점차 희석되어 가고 있었다. 나는 평온하고 확신에 차 있었고, 내 말투에는 감춰진 위협이 깔려 있었다. 물론 나 역시도 위험에 노출되어 있었다. 나는 방해물이 될 수 없는 운명이었다. 그렇게 되기 전에 제거될 가능성이 높았다.

후안이 퇴원하거든 다시 이야기하자.

그거면 되었다. 그 이상의 것은 바라지도 않았다.

‡

스티븐은 지금껏 한 번도 보지 못한 쾌활한 모습으로 침대에 앉더니, 후안을 껴안으며 두 사람만이 공유하는 특유의 온정을 주고받았다. 갑작스레 목구멍으로 질투의 파도가 치고 올라왔지만, 가까스로 억눌렀다. 어쨌든 난 두 사람이 어떤 수치심도 갖지 않고 서로에게 입을 맞추는 게 좋았고, 그 장면을 보며 흥분하기도 했다. 남자들 간의 키스에서만 느낄 수 있는 특유의 불편함이 있다. 처음에는 마치 싸우는 것같이 서로에게 덤벼들다가, 나중에는 잃어버렸다 다시 찾은 형제간의 사랑과 같은 감정—나로선 이해할 수 없는—이 소용돌이친다.

너 차가워, 후안이 그에게 말했다. 이 도시는 납골당처럼 추우니까, 스티븐이 무엇에 빗대어 그 말을 한 건지 나는 알고 있었다. 피부에 찰싹 달라붙어 절대 떨어지지 않는 습한 추위. 뼛속까지 파고드는 추위란 말은 사실 뭘 모르고 하는 소리다. 더 큰 문제는, 이런 추위 속에선 마치 더운 바다로 나서는 동물처럼 피부가 두 겹이 된다는 사실이다. 스티븐은 자신이 갖고 온 음반을 꺼내기 위해 몸을 일으켰다. 내가 요청한 미국 가수들인 더 버즈, 레너드 코언 그리고 벨벳 언더그라운드였다. 그나 후안이나 음악에는 거의 문외한이었다. 그중에서도 더 모르는 쪽은 후안이었다. 시에만 푹 빠져 있었기 때문이었다. 스티븐은 구조물, 건축물, 밤 따위를 더 좋아했다.

그는 찻잔에 설탕을 쏟아부었다. 늘 자신은 차가 차인 것을 잊기 위해 설탕을 들이붓는다고 말하곤 했다. 이 나라에는 왜 커피가 없는지 그게 늘 궁금해. 난 아마 무덤에 들어갈 때까지도 이 의문을 품고 있을걸. 동생의 비명 소리를 듣지 않으려면 한밤중에도 노래를 계속 틀어놔야 할 거야. 웬만하면 듣지 않는 편이 좋아. 오디오 말고도 그 아이로부터 보호받을 무언가가 있으면 좋을 텐데.

개, 네 동생 말이야. 소리 지를 때마다 손 어쩌고 그러던데. 후안이 갑자기 입을 열었다. 스티븐과 나는 놀람의 시선을 교환했다. 후안은 세인트존스우드의 집에서 지낸 지 단 하루밖에 되지 않았다. 잠을 안 잔 거야? 잤지, 라고 말하는 그의 고개는 한쪽으로 살짝 기울어져 있었다. 마치 바로 그 순간 무슨 소리가 들려온다는 듯이. 그 비명 소리가 날 깨웠어. 손들이 갤 더듬는대. 도와주면 안 돼? 내가 도와줄 수 있어. 나도 같은 걸 수도 없이 겪었는걸. 그걸 없어지게 하는 방법을 내가 알아.

저 아이는 손이나 강간에 대해 떠들어대곤 해, 스티븐이 고개를 숙이며 말했다. 너는 물론, 세상 그 누구도 그 아이를 도와줄 수 없어. 젠장, 저 아이 생각 따위는 하지 말라고.

후안은 고집을 피웠다. 에디도 감옥 같은 곳에 갇혔었냐고 물었고, 스티븐은 동생이 정확히 어떤 일을 겪었는지는 자신도 자세하게 알지 못한다고 대답했다. 아버지가 어떤 교육을 했는지 띄엄띄엄 이야기해 주긴 했어도 전부를 털어놓진 않았어. 자신이 저지른 짓을 더러운 비밀로 간직하고 있는 거야. 부끄러운 거지. 그들이 에디에게 원했던 건 '하이퍼리아 상태'였어. 신경계의 뉴런을 과도하게 연결시키는 거래. 후안이 우리를 빤히 바라보더니 입을 열었다. 토막 난 시체로 강간당했다고 들었어. 누가 그래? 내가 몸서리치며 물어보았다. 메르세데스, 후안이 답했고 스티븐이 마른침을 꼴깍 삼켰다. 뭐, 나는 잘 모르지만 메르세데스가 한 말이라면 사실일 수도 있겠네. 그런데 대체 왜 요양 중이던 너에게 그런 말을 했을까? 그 아줌마는 원래 지랄맞으니까, 내가 끼어들었다. 아무튼, 그들은 내 동생을 하이퍼리아 상태에 도달하게 하는 데 성공했고, 그래서 저렇게 미친 거야. 영구적인 혜안이란 것도 한번 가져보면 광기에 지나지 않게 돼.

후안은 더는 에디에 관해 캐묻지 않았다. 스티븐은 거대한 쇼핑백 안에서 스웨이드와 염소 가죽으로 된 긴 아프간 코트를 꺼냈다. 후안이 입을 수 있을 정도로 큰 사이즈였다. 이걸 입으면 그래도 보온이 될 거야, 그는 장담했다. 그날 오후 우리는 큐 왕립식물원을 방문했고, 비가 추적추적 내리던 이후의 며칠 동안은 박물관들을 찾아다녔다. 테이트 모던에는 후안이 가장 좋아하는 존 윌리엄 워터하우스와 윌리엄 터너의 작품들이 있었다. 나는 그에게 워터하우스의 그림 〈더 매직 서클〉에 나오는 여자처럼 사진을 찍고 싶다고 했다. 들판에 나가 까마귀와 큰 솥, 마녀의 관능적인 드레스 등이 등장하는 그 장면을 따라 하고 싶었다. 그 그림의 주인공은 다른 곳을 응시하며 막대기로 원형을 그리고 있는데, 꼭 막대기에 기대고 있는 듯한 모습이다. 루시가 나를 도와줄 수 있을 것이었다. 후안은 자신이 가장 좋아하는 윌리엄 블레이크의 그림인 〈벼룩의 유령〉 속 노란 괴물 앞에 삼십 분을 멈춰 서 있었다. 그곳을 지나던 미대생 소녀들이 그를 빤히 쳐다보다가 신경질적인 웃음을 터뜨리기도 했다. 하지만 진실을 알았더라면 두려움에 벌벌

분필로 그린 원

떨었을 것이다.

세인트존스우드에 돌아온 스티븐은 콜메나로 가겠다고 했다. 그에 따르면 라우라가 사흘 동안이나 술에 취해 있었다. 날 만나는 게 무서운 거야, 후안이 알겠다는 듯 말했다. 괜찮아지면 언제든지 오겠지, 스티븐이 대수롭지 않다는 듯 말했다. 바깥에 완벽한 바람이 불고 있어 후안이 내 방의 창문을 열어젖혔고, 나는 그를 등 뒤에서 끌어안았다. 그는 내게 에디에 대한 진실을 알고 싶느냐고 물어보았다. 나는 너무 궁금하다고 털어놨다. 우리가 그 애에게 다가갈 수 있다면, 내가 알아낼 수 있어. 그 층 전체가 감시받고 있는 걸. 네가 그 아이에게 접근하지 못하게 하려는 거야. 나도 그게 맞다고 생각하니까 그들의 말에 따를 거고. 플로렌스의 아들은 날 어떻게 할 수 없을 거야. 하지만 경비원들은 할 수 있지. 후안이 내 품에서 벗어나 한숨을 푹 내쉬고는 속삭였다. 그 아이의 물건을 내게 가져다줘. 아무거나. 예를 들면, 머리카락 같은 거. 설마 그들이 너도 못 들어가게 막는 거야? 대체 왜 갇혀 있는 거지? 네가 나보다 더 궁금한 것 같은데, 라고 내가 응수하자 그는 이렇게 중얼거렸다. 과연 어디까지 갈 수 있는 놈들인지 알고 싶어서 그래.

그날 밤은 물론, 그 이후 며칠 동안은 에디가 머무는 쪽에 다가가지 못했다. 하지만 그동안 나는 경비원들의 움직임을 파악하는 데 집중했다. 그러던 어느 날, 에디가 그를 돌봐주는 사람들과 함께 정원에 산책하러 나간 틈을 타 그의 방에 들어갈 수 있었다. 그들이 뒤꽁무니를 쫓아다니는 동안 에디는 태양을 향해 고개를 치켜들고 햇빛을 쬐곤 했다. 그가 정원에 내려가 있는 동안 왼쪽 건물의 경비태세는 다소 허술해지는데, 경비원들의 주요 임무는 에디의 탈출을 막는 것이기 때문이었다. 내가 그의 방에 몰래 들어갈 수 있던 것도 그 때문이었다. 한동안 방 안을 둘러보았다. 일꾼들이 방 안을 깨끗이 정리해두긴 했지만, 홑이불과 창문틀에 흩뿌려진 마른 핏자국과 벽에 에디가 그린 그림들을 보지 않을 순 없었다. 연필과 물감이 여기저기 흐트러져 있었다. 침대 머리맡 쪽 벽에는 검은색으로 칠한 이름 없는 거대한 비석 같은 게 그려져 있었다. 일종의 게시판 같기도 했다. 다른 쪽에는 타로 아르카나들이 그려져 있었는데, 그중에서도 무엇보다 매달린 남자가 매우 억압적으로 그려져 있었다. 미친 사람이라기보다는 신비주의에 푹 빠진 사람의 방 같아 보였다. 악마와 싸우는 승려. 베개 위에서 거의 한 움큼이나 되는 머리카락을 주웠다. 마지막으로 그를 가까이에서 목격했던 몇 달 전부터 머리카락이 빠지고 있다는 사실을 눈치채고 있었다. 어쩌면 스스로 쥐어뜯는 것일지도 몰랐다. 아무와도 마주치지 않고 그 머리카락들을 후안에게 가져다주었다. 그때의 나는 그 집에서 끊임없이 들려오는 삐걱거림과 신음 소리에 더 많은 신경을 쓰고 있었다.

후안의 손 위에 머리카락을 올려주자 그가 몸을 일으켰다. 방이 전보다 더 커진 것 같은 느낌에 현기증이 일었다. 후안이 내 팔을 강하게 붙잡자 무언가가 범람하는 것 같은 느낌이 들기 시작했다. 사실 그 이후로도 몇 번이고 같은 일이 반복됐지만 나는 아직도 그 느낌을 제대로 형용할 수 없다. 어쩌면 범람이라는 말 자체가 틀린 것일 수도 있다. 수혈이라고 해야 할까. 피가 이미지가 되어 내게로 침범해오는 느낌. 잘려 나간 신체, 황금빛 손톱에 엉겨붙은 피, 파라나강을 떠다니는 부표처럼 검은 호수 위에 둥둥 떠 있는 손 하나, 지평선의 큰 바위들, 거대한 모빌처럼 벌거벗은 남자들이 매달려 있는 전등, 바싹 마르고 아름다운 한 구의 시체와 그걸 쓰다듬고 있는, 어두운 손수건으로 얼굴을 가린 깡마른 여자, 갈대밭에 둘러싸인 저수지, 웅덩이, 무언가를 잡기 위해 미친 듯이 안간힘을 쓰는 손들이 솟아나 있는 늪지, 나뭇가지에 목이 매달려 허공을 휘젓다가 이내 잠잠해진 사람. 그러던 중, 몹시도 또렷한 충격이 닥쳐와 나는 바닥에 쓰러지고 말았고, 잠시 후 들려온 목소리 하나가 내게 이야기를 들려주기 시작했다.

다른 아들. 그녀가 말했고 나뭇가지는 사막 위에서 불타올랐다. 남은 것은 추위와 하늘을 뒤덮은 어둠뿐이었다. 타오르는 불이 별빛을 가리고 있었다. 바로 지금, 먼지의 악마가 와주기를. 우리를 위해 문을 열어줄 아들. 하시시와 연기의 냄새가 피어올랐다. 플로렌스가 준비된 주문을 읊는 동안 페드로는 그녀의 옷을 벗겼다. 누군가가 불타오르는 나뭇가지를 이용해 그들을 두르는 보호의 원을 그리고 있었지만, 충분치는 않아 보였다. 그녀는 상관없다고, 달의 피가 사라지는 것 따윈 상관없다고, 불의 머리카락과 무색의 눈을 가진 사막의 아들이 아니라면 그 어떤 것도 필요 없다고 소리쳤다.

집을 분필로 그린 원 안에 한번 가두고 나면, 제례가 끝나기까지 그곳을 떠나선 안 된다. 그 제례가 이어지는 시간 내내 그래야만 한다. 어떨 땐 수개월이 걸리기도 했다. '책'에는 명확하게 규정되어 있는 게 한 가지 있다. 어린아이가 쓴 글이나 뱉은 말을 믿어서는 안 되며 그들을 이용해서도 안 된다는 것이었다. 하지만 플로렌스는 그 아이가 특별하다고 믿었다. 한번은 공원에서 두 눈을 감고 양팔을 벌린 채 웃으면서 장난치는 모습을 보았다고 했다. 그 아이는 주어진 모든 말을 잘 습득했고, 자기 것처럼 말하기도 했다. 자기 언어야, 플로렌스는 늘 그렇게 말했다. 정해진 때에, 정해진 방법에 따라 잉태된 아이였다. 페드로는 집을 폐쇄했다. 수개월간 이어질 것으로 예상된 작업이었다. 아이는 동이 트기 십오 분 전 목욕재계를 한 뒤, 헐렁한 사이즈의 흰 티셔츠를 입었다. 주근깨 가득한 얼굴은 태양이 떠오르는 쪽 창문을 향했다. 앞으로 여러 날 동안 아주 적은 양의 음식만이 주어질 것이었고, 아이는 매일 아침 그 방에 가 있어야 했다. 아이가 자신들이 도달한 지점보다 더 멀리 갈 수 있도록, 실험적 환각제 몇 방울도 먹일 예정이었다. 어린아이에게 그런 걸 먹이는 건 무모한 짓이었다. 하지만 왼손의 길은 무모함의 길이었기에, 그들 또한 무모해야만 했다. 여자들은 바닥에 분필로 기호를 그렸다. 에디는 사당 앞에서 페드로가 하는 말들을 따라 했다. 여섯 개의 달. 그의 부친은 재로 소년의 머리카락을 덮었다. 여섯 개의 달.

단어 하나라도 잘못 발음되는 날엔 유령들이 그 사람을 공격할 수 있다. 그 사람이 악의나 경멸의 의미를 담아 말을 할 때 역시 그러하다. 에디는 모든 단어를 올바르게 발음했지만, 그럼에도 불구하고 그 자리에 있던 모두는 다수의 그림자가 아이의 손을 잡아당겨 방에서 쫓아내는 모습을 목도하고 말았다. 문들이 빠른 속도로 열리고 닫히기를 반복했다. 잠긴 문 중 하나의 뒤편에서 엄마를 부르는 에디의 외침이 들리자마자, 바로 위층에서 그 아이의 작은 발이 내는 게 분명한 발소리가 들려왔다. 플로렌스조차도 어느 잠긴 문 뒤에 갇혔다. 두 무릎은 다 까진 채였다. 집 안에서 잃어버린 아들, 어둠이 데려간 에디의 두 눈이 보였다는 이유로 가구들 밑을 기어다녔기 때문이었다. 아이의 이모할 머니인 앤이 지금 당장 신당으로 가서 등불을 수호하자고, 제례를 끝 까지 마치고 나면 아이가 돌아올 거라고 아무리 소리쳐도 소용없었다. 페드로와 앤이 신당으로 돌아갔고, 제례는 두 사람이 끝까지 마무리 지었다. 플로렌스는 그림자들의 손아귀에 떨어진 아들을 포기하지 못 하고 있었다. 앤은 등불을 켜며 말했다. 그 아이를 너무 사랑해, 사랑 은 불순물인데.

돌아온 플로렌스는 자신을 씻겨달라고 주문했다. 앤이 그녀의 옷을 벗긴 뒤 찬물로 씻겨주었다. 아이는 새벽이 되어서야 돌아왔다. 눈이 멀었다고 말하며 울고 있던 그의 두 눈에서는 흰자위만 보였다.

소년은 소환되는 영혼들의 형태를 직접 선택할 수 있었고, 그건 바로 입이었다. 동쪽을 보며 기도를 올리고 서쪽을 바라보며 소환하는 그에게는 누구의 도움도 필요 없었다.

유령들을 내쫓기 위해 수일간의 배고픔과 추위를 견뎌야만 했던 에 디는 정작 그 혼령들을 떠나보내지 않았다. 그 의지의 싸움이 페드로를 병들게 만들었고, 수개월간 침대 신세를 지게 했다. 그를 잠들지 못하 게 괴롭히던 울분이 그의 몸을 잠식하는 동안 수백 개의 작은 입은 피 를 빨아 먹었다. 페드로는 온몸이 갉아먹힌 채 불타오르는 중이었다.

그 아이는 상징을 보존하지 못했다. 기억해내지도 못했고, 따라서 베개나 침대 밑, 문지방이나 문 등 상징이 꼭 필요한 자리에 아무것도 갖다 두지 못했다. 오직 밤만을 느끼도록 해야 해, 플로렌스가 들은 말이었다. 그 아이가 상징을 기억해낼 수 있을 유일한 방법이었다. 그녀는 에디를 작은 다락방에 가두었다. 허공에 상징을 그린 후 외우라고 명령한 직후였다. 그 아이와 함께하는 건 물 한 바가지가 전부였다. 밤낮을 울부짖어도 그냥 내버려두었다. 두려움이 아닌, 배고픔과 분노에 찬 비명이었다. 그 아이는 앞을 보지 못하는 것도, 양손이 묶인 채로 걸음을 옮기는 것도 두려워하지 않았다. 남자들과 망자들의 즐거움을 위해 제물로 바쳐지는 일조차도 무서워하지 않았다. 나중에는 눈물을 보이기도 했지만, 그건 제사 중에 몸이 상해서 고통스러웠기 때문일 뿐이었다. 죽음 가까이 내몰린 상황에서도 그는 결코 두려워하지 않았다. 오히려 두려움에 떤 것은 플로렌스였다. 그녀의 이모는 사랑이 불순물이라고 말하곤 했지만, 플로렌스는 사랑이란 불가피한 것이며 대의를 위해서라면 희생될 수 있다고도 생각하는 사람이었다. 이것이야말로 그녀의 진정한 강인함이었다. 사랑을 제쳐두는 것. 더럽고 굶주린 어둠을 떨치고 나오는 바로 그날, 아이는 상징을 기억해낼 것이다. 그러면 결국 그녀는 그 아이가 홀로 남겨진 동안 손톱으로 자해했다 하더라도, 이를 빠득빠득 갈고 양 볼을 씹어댄 탓에 입술에 피가 흥건한 모습으로 아침을 맞이했다 하더라도 그런 나날을 없던 일로 치부할 수 있을 것이었다. 그래서 그 아이와 대화를 시도하기 시작했다. 너는 문이자 밤을 가져오는 피, 즉, 메디움이 될 것이라고. 모두가 네 앞에 무릎을 꿇을 거라고. 지금은 비록 아프지만 그날이 오면 네 손길이 닿는 모든 것이 다 가치 있게 될 거라고, 그 누구도 널 대체할 수 없을 거라고. 어둠이 널 선택했으니 넌 세상에 단 하나밖에 없는 존재라고. 이 사실을 절대 의심하지 말라고. 넌 신처럼 될 거라고. 최종 제물이라고.

몸을 움직여보았다. 더는 보고 싶지 않았다. 후안이 내 손을 놓자 나는 두 눈을 떴다. 사실 내내 눈을 뜨고 있었지만, 나는 제정신을 차리기 위해 지금의 현실을 향한 눈꺼풀을 다시 한번 들어올려야 했다.

더는 안 되겠어, 그에게 말했다. 내가 본 것과 들은 것을 처리할 시간이 필요했다.

후안은 에디의 머리카락을 돌돌 말아 외투의 주머니 속에 넣었다. 그러고는 손을 뻗어 나를 도왔다. 나는 바닥에 주저앉아 있었다. 지금 뭘 한 거야? 예전엔 이런 거 못 했잖아. 내가 물어보았다. 후안이 등을 돌렸다. 최근 몇 년 동안 많은 것들을 배웠어. 몇 가지는 통화할 때 이야기해 주고 싶었는데, 이런 얘기는 전화로 하지 말라고 했었으니까 그 말을 따른 것뿐이야. 또 어떤 몇 가지는 내가 숨겼고. 이런 방법을 가르쳐준 사람은 없어. 탈리를 데리고 시험해봤지. 그 아이는 이런 걸 엄청 싫어해. 처음 몇 번은 지치기도 했지만 지금은 그다지 힘들지 않아. 하지만 이게 좋은 건진 잘 모르겠어. 특히 다른 사람들에게. 이건 내가 보관할게. 그가 손가락으로 외투 주머니를 가리켰다. 에디에 대해 더 알고 싶은 내용이 있다면 언제든지 말해.

나는 다리를 꼰 채 바닥에 앉아, 후안의 얼굴에 걱정 한 줄기가 스쳐 지나가는 걸 보았다. 혹시 내가 무서워? 전혀, 내가 대답했다. 그저 놀랐을 뿐이야. 춥기도 하고.

그건 자연스러운 일이야, 그가 말했다.

플로렌스는 작별의 의미로 우리를 점심 식사에 초대했다. 그날 수업이 있긴 했지만, 중요한 점심인 것 같은 느낌이 들어 취소했다. 후안이 런던에 온 지 삼 주째였고, 회복의 결정적인 단계는 이미 지나 있었다. 사실 그는 내가 공부하는 동안 라우라와 도시를 돌아다니며 지내고 있었다. 그녀가 그를 만나기 전 갖고 있던 심리적 저항감, 그에 대해 느끼던 신성한 존경심을 이겨내자 두 사람은 금방 친구가 되었다. 이따금은 집에 늦게 돌아오기도 했고, 그게 플로렌스의 심기를 불편하게 할 때가 많았다.

　　식사를 하고 맥주를 마신 뒤, 플로렌스는 책과 진보에 대한 이야기를 했다. 그러고는 내가 존경하는 인류학자의 책 두 권,『야자열매술꾼』과『내 말에게 전하라Tell My Horse』를 선물해주었다. 그녀는 후안이 미시오네스로 돌아가 의식을 이어가주기를 그 누구보다 바라 마지않았지만, 그런 불안에도 불구하고 우리에게 매우 친절했다. 우리에게 일종의 휴가를 준다고 생각했던 것이다. 계시가 머지않았어. 그것 때문에 나도 마음이 급해지는 건데, 잠깐의 휴식도 좋을 거라는 생각이 든다. 그녀의 말이었다.

　　취기가 살짝 올라 있었기에, 어둠이 그런 계시를 줄 거라는 걸 어떻게 믿느냐고 물어보았다. 그 대가로 뭘 주기로 했느냐고. 교환의 계약 내용이 뭐냐고. 나는 말을 이어갔다. 의식에선 우리가 그에게 먹을 걸 주잖아요. 모든 문화의 모든 신들은 제물을 요구하고 받아요. 그런데 그게 영생의 대가로 삼을 만한 건가요? 제 생각엔 우리의 제물이 성에 안 찰 것 같아요.

그녀는 불편한 기색을 숨기지 않았고, 지금은 그런 이야기를 할 때가 아니라며 선을 그었다. 질문으로부터는 도망치고, 설명은 가급적 피할 거란 내 예상이 틀리지 않았다. 어쨌든, 이 모든 이야기를 후안의 앞에서 한다는 사실 자체가 민망한 것이었다. 기사단이 계시를 받으려면 그의 병든 몸이 전적으로 필요했기 때문에 사람들은 늘 그에 대한 이야기를 떠벌리고 다녔다. 그는 도망칠 수 없었다. 혹시 탈주하기라도 한다면, 그들은 메르세데스가 지지하는 전통적인 방식으로 회귀할 수도 있다. 즉, 그를 더 자주 이용해 먹는 한편 일종의 메신저나 노예에 지나지 않는 대우를 하면서 그 몸이 견딜 수 있을 때까지 생명을 부지하게 만드는 것이다. 그리 긴 시간은 아닐 것이다.

후안, 행복해야만 해. 그녀가 갑작스레 이런 말을 꺼내자 후안은 짐짓 놀란 눈치였지만 그것도 단 일 초가량뿐이었다. 원할 때면 동상처럼 아무 표정도 짓지 않을 수 있는 능력이 그에게 있었다. 플로렌스가 그의 두 손을 꽉 잡았다. 이 모든 게 다 네 거야. 네 도움이 없으면 아무것도 가능하지 않아. 우리가 다툴 때도 있고, 이따금은 감옥에 갇혀 있다는 생각이 들 때도 있겠지만, 이 모든 게 다 정상적인 반응이야. 네가 처한 상황은 정말 특별해. 온 세계가 영원히 우리의 것이 될 거야, 후안. 필멸의 존재는 과거의 이야기가 될 거라고 내가 늘 얘기하잖아. 난 정말 그렇게 믿어. 네게 어떤 말로 고마움을 표현해야 할지도 모르겠어. 그렇게 많은 고통을 받다 간 네 전임자들에게도 그렇고. 네 인생만은 달랐으면 좋겠어. 메디움이 그렇게 고통받는 걸 난 절대 두고 보지 않을 거야. 나 자신이 그 함정에 빠졌었지. 내 아들을 데리고 그 고난의 함정에 뛰어 들어갔었고. 후안, 네 인생이 마음에 드니? 내가 네게 해줄 수 있는 게 그런 것밖에는 없구나.

후안은 그녀의 손을 뿌리치지도, 고개를 숙이지도 않았다. 그러곤 평생 내가 본 두 사람 간의 대화를 모두 합친 것보다 더 많은 말을 했다. 내가 원하는 게 무엇인지 말해주지, 그가 입을 열었다. 난 로사리오와 바닷가에서 살고 싶어. 여기든, 다른 어느 곳이든. 물이 따뜻하면 더 좋겠지. 그래야 수영을 할 수 있을 테니까. 로사리오가 공부든 일이든 하고 오는 걸 기다리고 싶고, 요리를 배우고 싶어. 노인이 되는 날이 오길 바라고. 이 사람이 나와 함께해주기만 한다면 자식도 낳고 싶어. 그 무엇도 소유하지 못한다는 게 어떤 건지, 아마 당신은 잘 모르겠지. 그래도 자식만은 내 것, 내가 스스로 소유한 유일한 무언가가 되어줄 거야. 그리고 어둠도 내가 원할 때만 불러오고 싶어. 지정된 날짜 없이, 그 누구도 강요하지 않은 상태에서, 매번 죽을 것 같은 두려움을 느끼지 않으면서. 보디가드도, 경비원도 없었으면 좋겠어. 물론 이런 것들을 모두 허용할 수 없다는 건 나도 잘 알아. 하지만 적어도 제발, 인생이 마음에 드냐는 둥 행복하냐는 둥, 이런 질문은 하지 말아야지. 난 가난한 병자일 뿐이야. 교육을 받지도 못했고, 가족도 없는 무일푼이야. 일을 할 능력도 없지. 그쪽이 내게 제공하는 도움이 난 필요해. 난 그저 종일 뿐이니까.

그는 이 말을 마치자마자 플로렌스의 손을 뿌리쳤다.

116

난 순간 무슨 말을 해야 할지 몰라 멍하게 있을 뿐이었다. 후안이 몸을 일으키더니 방을 나서기 전, 미안하다는 인사를 했다. 나도 플로렌스에게 죄송하다는 말을 남기고 그를 따라나섰다.

방에서는 스티븐과 라우라가 우릴 기다리고 있었다. 돌아오는 길에 복도에서 제네시스와 크림슨과 마주쳤다. 무성無性의 이름을 쓰는 두 사람은 마법적 양성성의 개념을 더욱 극한으로 끌고 가겠다며 성전환수술 절차에 돌입한 상태였다. 한번은 스티븐이 내게 이런 말을 했다. 크림슨이 벌써 가슴이 생겼어, 방금 전에 보여주더라. 그것도 없앴대. 꽤 괜찮게 됐어.

그 수술은 후안과 같은 병원에서 진행 중이었다. 영국 국민들이 국립심장병원을 비롯한 수많은 공공보건기관에 기사단이 침입해 있다는 걸 알게 된다면, 온 나라를 뒤흔들 스캔들이 될 것이었다.

엄마가 뭐라고 했어? 스티븐은 질문을 던지곤 음반 하나를 꽂았다. 롤링스톤스의 〈거지의 연회Beggar's Banquet〉. 대체 무슨 말을 씨불이든? 우리가 미래고 필멸은 과거의 말이라는 개소리? 뭐, 뻔하지. 프랑켄슈타인의 괴물이 생각이란 걸 할 줄 알았더라면 했을 법한 말들이겠지.

뭐, 대충 비슷했어. 후안이 대답하더니 침대로 향하며 스티븐을 한쪽으로 밀쳤다. 한동안은 너네 집에서 지낼 수 있게 해준대.

라우라가 갑자기 한껏 흥분하며 끼어들었다. 나, 영원히 살았던 한 여자의 이야기를 알아. 그녀는 마치 연극의 한 장면처럼 침대 위에 우뚝 서서 양팔을 벌리고는 연설을 시작했다. 어떤 아가씨가 신나게 먹고 마시며 살고 있었대. 마음이 원하는 건 모두 가졌던 그녀는 영원히 살고 싶어 했다고 해. 첫 백 년간은 아무 문제 없이 잘 살았는데, 그 이후에는 몸이 쪼그라들고 쭈글쭈글해져서 나중에는 걷지도, 서지도, 먹고 마시지도 못하게 되었대. 그런데 죽지도 못했다는 거야. 처음엔 그녀에게 이유식 같은 걸 먹였대. 그러다가 너무 작아지자 유리병에 넣고 어느 성당 한구석에 매달아놓았다는 거야. 그녀는 아직도 거기 있어. 쥐 한 마리 정도의 크기에, 움직이는 건 일 년에 한 번 정도래.

웃기기보다 끔찍하다는 말이 더 어울리는 그 이야기에 스티븐이 미친 듯이 웃었다. 약을 한 게 분명했다. 일 년에 한 번밖에 안 움직인대, 라는 말만 수없이 되뇌던 그는 들고 있던 대마초 궐련에 불을 붙였다. 그들이 웃고 떠드는 동안, 난 불멸이라는 게 정말 존재한다면 그들과 나누고 싶다고 생각했다. 늙은이들과는 아니었다. 후안이 어둠을 다스리는 날이 오길, 그래서 나머지를 모두 쓸어버려 주길.

‡

첫 몇 주간은 환상적이었다. 스티븐은 둘만의 시간을 보내라며 자리를 떴다. 후안과 나는 아침 식사 시간까지도 붙어 있었고, 절대 떨어지지 않았다. 침대에서도, 욕조에서도, 아름다운 겨울의 정원에서도 함께하며 낮은 소리로 대화를 나눴다. 과일과 초콜릿을 샀고, 그가 기침을 하며 잠에서 깨는 일 없이 통잠을 잘 수 있다는 놀라운 사실도 알아냈다. 수술이 정말 큰 도움이 되었는데, 특히 무호흡증이 많이 완화되어 청색증이 사라졌다. 손가락도 새파래지지 않았다. 그는 신기하다는 듯 자신의 손가락을 바라보았고, 매일 아침 거울 속 자신의 입술 색을 관찰하며 시간을 보냈다. 마치 그 죽음의 색깔이 돌아오기를 기다리기라도 한다는 듯. 나는 섹스와 짠 내가 진동하던 우리 방 안에서 이불을 다리에 칭칭 감고 잠들어 있는 그의 모습을 관찰하곤 했다. 우리는 하루 종일 침대에서 함께 보냈고, 나는 말없이 그를 매만지며 놀았다. 다리의 황금빛 솜털, 갖은 학대를 당한 넓은 가슴, 쑥 들어간 배, 상처, 투명한 피부 아래의 진회색빛 혈관들. 무성하게 자란 머리카락은 히피나 로커보다는 야성적이고 우수에 찬 현생의 방문자를 방불케 했다.

의사 그라시엘라와 경비원 두 명, 그리고 보조 몇 명도 옆집으로 이사해 함께 지냈다. 그 집을 임대했던 이웃집 사람들은 입이 떡 벌어지는 액수의 금액을 받고서 바로 짐을 옮겼다. 우리는 그들이 가까이 있다는 사실을 어렵지 않게 무시했다. 삼촌도 이따금 우리 집을 찾아오곤 했다. 친구들은 별도로 우리의 초대를 받지 않는 이상 방문을 삼갔다. 그 어떤 것도 우리의 산책과 독서, 냉장고의 불빛으로 밝힌 주방에서 알몸으로 추는 춤, 엿듣는 사람이 없기에 터놓을 수 있던 비밀들을 방해할 수 없었다. 그 몇 주 동안 나는 임신했다는 느낌이 들기도 했고, 어느 날은 이불에 묻은 혈흔을 발견하고 많은 눈물을 쏟기도 했다. 후안이 매트리스를 뒤집자 반대편에도 핏자국이 선명하게 남아 있었다.

이 주가 흐르고 나자, 미묘한 변화들이 일어나기 시작했다. 스티븐이 돌아오기 전이었다. 그가 가장 좋아하는 곳, 아테네에 갔었을 거라고 짐작한다. 마치 사람의 품에 안긴 강아지처럼, 그는 그곳의 따스함을 찾아 떠나곤 했다. 첫 신호는 한밤중에 일어났다. 잠을 자던 후안이 방을 나선 뒤 다시 돌아오지 않은 것이었다. 내가 잠에 빠져들기 전이었다. 스탠드를 켜고 책을 읽던 중, 나는 그가 화장실에 간 거라 생각하고는 돌아올 때까지 기다렸다. 마침내 그가 돌아왔을 때, 내게는 푸에르토레예스에서의 현현이 데자뷔처럼 떠올랐다. 처음엔 몸이 좋지 않을 뿐이라는 약한 희망을 가지기도 했다. 지속적인 투약에도 불구하고 부정맥이 오랜 시간 지속될 때가 있었는데, 그걸 의료진에게 이야기하지는 않았다. 그의 요청이었다. 물론 나도 그의 몸이 여태껏 시달려온 검사와 각종 처치로부터 잠시나마 자유를 얻을 필요가 있다는 사실에 공감했기에 그 말에 따르는 중이었다. 이 층 복도에 그가 있었다. 주변을 둘러보더니 계단으로 눈길을 돌렸다. 스티븐이 사랑해 마지않던 바로 그 철제 계단이었다. 무슨 소리가 들려? 내가 물어보았다. 그와 나는 이 집에 침입자가 있을 가능성이 낮다는 걸 잘 알고 있었다. 경비원들이 한 명씩 돌아가며 밤새 당직을 섰고, 그 집에는 정문과 비상 출입구 외에 그 어떤 출입구도 없었다. 그는 두 눈을 빛내며 고갯짓으로 내 말에 긍정했다. 저 문, 열 수 있을까? 그가 문 하나를 가리켰다. 여러 작은 방 중 하나였다. 손잡이를 잡은 내 손이 벌벌 떨렸지만, 막상 문을 열어보니 달빛이 비치는 침대 하나, 작은 안락의자, 그리고 스티븐이 뉴욕의 갤러리에서 구입한 포레스트 베스의 그림 두 점이 있을 뿐이었다.

아무 말 없이 침대로 돌아왔다. 아르헨티나에서 열어봤다던 것과 같은 문인 줄 알았어? 그는 나를 끌어안은 채 고갯짓으로 그렇다고 대답하고는 까무룩 잠들었고, 다음 날 아침까지 깨어나지 않았다. 아침이 밝은 후 식사를 하던 우리는 아무 말도 나누지 않았다. 먹지 않은 토스트 몇 조각을 만지작거리며 갖고 놀던 그는 한참이 지나서야 거기 뭔가가 있어, 라며 입을 열었다. 유령도, 무육의 존재도 아닌, 그보다 훨씬 더 강력한 거야. 나 혼자서는 거길 탐색할 수 없어. 우린 두 사람이잖아. 충분하지 않아. 스티븐은 왜 이 집을 선택한 거야? 너희들은 아무것도 느낀 적 없어? 라우라조차도?

후안은 늘 의심이 많았다. 나보다 훨씬 더.

들어가보자, 내가 말했다.

아니. 그러려면 라우라와 스티븐이 필요해. 너만 있어서는 충분치 않아.

나는 실망한 채 혼자 산책을 나섰다. 이런 일에서도 그의 파트너가 되고 싶었다. 미지를 향한 여정에 함께하고 싶었다. 두려움 따윈 없었다. 하지만 내 도움이란 아주 작은 부분에 국한될 뿐이었다. 가령 내가 해주는 하찮은 보호구 같은 게 그랬다. 그는 나를 사랑하고 존중했기에 내가 하찮다고 말하는 걸 싫어했지만, 부인할 수 없는 사실이었다. 그와 같은 사람에 비하면 이 세상의 모든 사소한 주술은 피에 묻은 흙이었다. 아니, 먼지였다. 아니, 그 무엇도 아니었다.

산책에서 돌아온 뒤 나는 라우라에게 전화를 걸었고, 그녀는 삼십 분 만에 도착했다. 문을 열었을 때 보인 그녀의 표정으로 보건대, 하룻밤 저녁 식사나 체인워크의 집에서 가졌던 즐거운 저녁 시간을 상상하고 온 것이 분명해 보였다. 하지만 후안을 본 그녀의 얼굴에서 웃음기가 금세 사라졌다. 두 사람은 카펫에 앉았고, 후안이 자신이 느낀 것을 이야기하기 시작했다. 그녀는 문과 관련해서 그 어떤 것도 느껴본 적이 없다고 했다―나는 그때 그랬던 것처럼 지금도 그녀의 말을 믿는다―. 그리고 놀랍게도 후안과 함께 들어가는 것을 거부했다. 너무 놀라면 숨을 못 쉰다는 변명과 함께.

'책'에서는 문을 여는 일에 대해 아무 언급도 없던걸, 그녀가 낮게 중얼거렸다. 그게 무슨 상관이야? 후안이 반문했다. 그는 대화를 나누던 방바닥에서 일어서더니, 손깍지를 낀 채 그녀에게 침착하게 다가갔다. 몹시도 작아 보이는 그녀는 머리가 후안의 무릎 높이에 있었다. 지금 왜 '책' 이야기를 꺼내는 거지? 그때 라우라가몸을 조금 떨었던 것 같다. 나는 그녀의 어깨를 조심스레 감싸 안았다. 기록된 내용엔 문이나 집 이야기 따윈 없었어, 라는 말만 반복할 뿐이었다. 후안이 결국 짜증을 내며 말했다. 저 문 뒤에 뭔가 중요하면서도 고약한 게 있는 게 분명해. 난 '책' 따윈 믿지 않아. 너도 믿지 않잖아. 왜 그렇게 두려워하는 건데? 말을 마친 그가 라우라의 눈을 바라보았다. 그녀의 눈은 진녹색빛을 띠고 있었다.

너를 따른다는 건 불복종을 의미하니까, 그녀가 말했다.

후안은 검지손가락을 펼쳐 라우라의 눈가리개를 툭툭 쳤다.

네 눈을 누가 뽑은 거지? 로사리오에게 아무것도 듣지 못했어. 이런 끔찍한 비밀 같은 건 숨기려고 하더군. 기사단에선 네 아빠가 뽑은 거라고, 그래서 앤이 너를 입양했다고 둘러대곤 하지만 이런 거짓말이 그들을 버티게 하지. 딸이 제2의 눈을 가질까 봐 두려워서 눈구멍을 깨끗하게 비운 아비라. 집시였어? 유랑민? 그게 정말 맞는 말이니? 뻔하지, 메르세데스가 자기 손으로 한 짓이야. 물론 플로렌스도 충분히 그럴 만한 위인이긴 하지만 말이야. 그 어떤 것보다 고통을 최우선으로 믿는 사람들이면서도, 이런 방식이 더는 통하지 않는다는 새빨간 거짓말을 하지. 로사리오가 항상 하는 말처럼 신들이 자신의 신봉자들과 같은 모습을 한다면 말이야, 그 잔인한 신은 너를 해치고 싶어 하고 또 남들이 그렇게 하길 원할 거야. 그들이 나나 에디, 또는 다른 모두에게 자행한 짓들을 굳이 하나하나 열거하진 않을게. 너도 나처럼 네 아비의 손에 팔린 거니? 우리는 이 인간들의 종일 뿐이야. 그들의 고문에 속수무책인 고깃덩어리일 뿐이라고. 인도에 있었다면 아가씨를 받들고 섬기는 가마꾼이었겠지. 지금의 나는 농장주의 딸을 범하는 나무꾼에 불과하고. 저 문 뒤에 무언가가 있는 게 분명해. 그리고 난 네가 필요해. 겁쟁이 짓은 하지 마.

라우라는 우리 둘 사이를 도망치듯 지나쳐 사라졌다. 집 밖으로 나갔지만, 현관 쪽 계단에 털썩 주저앉아 있었다. 그녀는 울고 있었다.

후안은 계단을 올라갔다. 나는 화를 내며 그의 뒤를 쫓았다. 왜 그녀를 그렇게 막 대하냐고 쏘아붙였다. 하지만 그는 분노가 아닌, 황망함에 휩싸여 있었다. 몸이 안 좋으냐는 물음에 고개를 가로젓긴 했지만, 맥박이 몹시 빠르게 뛰고 있었기에 다급히 그 자리에 강제로 눕게 했다. 그는 내 손을 자기 가슴 위에 얹어 나와 함께 심장의 두근거림을 가라앉히기 시작했다. 나도 저 애한테 그런 식으로 말하고 싶진 않았어. 저 아이가 반드시 필요하거든. 하지만 날 따르려면 가슴에 비밀을 품고서 그들과 대적해야겠지. 너는 늘 나와 함께할 뿐 아니라 그들을 배반하는 것도 개의치 않아. 하지만 저 애는 다르잖아.

그는 자신의 머리 밑에 베개를 밀어 넣고는 바지의 단추를 풀었다. 그해 여름 그는 어두운색 바지를 즐겨 입었고, 그 때문에 키가 더 커 보였다. 이리 와, 라는 그의 말에 나는 그 위에 올라탔다. 왜 라우라한테 그런 냄새가 나는 거야? 그가 물어보았다. 자기 일을 하다가 피가 튀어도 제대로 씻어내지를 않아서 그래, 내가 설명해주었다. 정육점 냄새가 진동하던걸, 그가 날 보며 미소 지었고 나는 어떨 땐 죽도록 구린내가 나, 라고 덧붙였다. 그가 내 안에 들어온 순간 현기증이 느껴졌다. 자궁에 느껴지는 감각에 두려움이 엄습했다. 하지만 베개 위에 기댄 그의 영광스러운 얼굴을 바라보자 입을 다물 수밖에 없었다. 그의 몸, 연기된 냉정함, 화학약품의 냄새를 풍기는 땀. 그의 모든 것이 영광스러울 뿐이었다. 나는 라우라를 파괴하지 말아줘, 라고 부탁했고 그는 자신이 극단의 대립 항을 찾고 있다고 말했다. 나는 두 눈을 감고 분필로 그린 원 안의 우리 셋을 상상했다. 그는 그토록 작고 여린 라우라를 두 쪽으로 쪼갤 수도 있었다. 나는 공공연히 연약한 남자가 이상형이라는 말을 입에 달고 살았다. 이 주 전 참석했던 '기독교의 전체주의와 초남성성'이란 수업의 토론 중 남근중심주의와 서구중심주의에 신물이 난다고 목소리를 높이기도 했다. 하지만 후안이 나를 지배하고 이끌 때에는 그에게 복종하는 애완동물처럼 숨을 헐떡이기만 할 뿐이었다. 그는 앉아서 내 링 귀걸이를 만지작거리며 노닥거리곤 했다. 거대하고 가벼운 검은 펜타그램 모양이었는데, 난 그게 부서질 때마다 새로운 걸로 갈아 끼웠다.

후안은 이 집을 사고 싶다고 말했다. 나는 그의 손을 잡고 내가 좋아하는 방식으로 날 매만지게 이끌었다. 약을 할까도 생각해보았다. 스티븐은 상당한 양의 약을 내 방 서랍 안에 두고 떠났다. 그에게 이 집은 네 집이 될 거라고, 그뿐 아니라 우리가 결혼하게 되면 이 모든 게 다 네 것이 될 거라고 말했다. 나는 우리가 플로렌스와 나눈 마지막 대화를 떠올렸다. 네가 어떻게 아무것도 가진 게 없어. 기사단은 모든 걸 다 네게 빚졌는데. 내 배를 깨물어달라고 하고 그의 목을 손으로 감싸 쥐며 그 불규칙한 두근거림을 손끝으로 감각했다. 죽음을 두려워하지 않는, 아니, 더 정확히는 최소한 나와 함께 죽어도 괜찮다고 말하는 듯한 눈빛을 보는 게 언제나 기분 좋았다.

‡

후안이 잠에 빠져든 후 나는 라우라를 찾아 나섰다. 그녀는 강을 바라보며 앉아 있었다. 날이 더웠고, 셔츠의 단추는 풀어 헤쳐져 있었다. 문신들이 마치 피부 위를 기어다니는 벌레 같아 보였다.

지금이 밤이었으면 좋았을걸, 그럼 옷을 훌러덩 벗고 하늘의 별을 바라봤어도 좋았을 텐데. 내가 먼저 입을 열었다. 원한다면 얼마든지 할 수 있지, 그녀가 답했다. 겨울이면 더 좋고. 아프도록 강바람을 맞을 수 있으니까. 눈가리개는 벗은 모습이었다. 푹 꺼져서 너덜거리는 눈꺼풀이 떨리고 있었다. 그녀가 입을 열 때마다 알코올 냄새가 공기 중에 퍼져나갔다. 후안이 하는 말이 정말 맞는다면 그가 묘사하는 게 일종의 통로일지도 몰라, 내가 말했다. 자기가 문지방을 넘을 수 있게 도와달라고, 그러면서도 기사단한테는 아무것도 말하지 말라는 거지. 내게 너무 무리한 요구를 하는 거야. 나는 왜 그렇게 너한테 못되게 굴었는지 모르겠어, 라고 말했다. 알아, 그녀가 대답했다. 내가 얼마나 엉망진창인지 알고 싶은 거지. 그를 돕기는 할 거야. 하지만 무서워. 그들이 알게 된다면 가차 없을 거거든. 난 후안도 너무 두려워. 그녀에게 후안을 두려워할 이유가 전혀 없다고 말했지만, 그녀는 박장대소를 터뜨렸다. 너무 심하게 웃은 나머지 강으로 굴러떨어지는 건 아닐까 싶었다. 주변의 가정집 몇 곳의 불빛이 켜지는 게 보였다. 항의의 의미였다.

목소리를 낮춰 물어보았다. 우리가 다른 몸으로 의식을 이동할 수 있다면, 그에 상응하는 대가는 무엇이겠냐고. 그녀는 다리를 꼬고 잠시 생각하더니, 내게 담배를 요청했다. 땅거미가 지기 직전의 태양 빛이 쏟아졌지만, 우리 둘 다 신경 쓰지 않았다. 모르겠어, 마침내 그녀가 입을 열었다. 하지만 분명 음침한 무언가일 거야. 난 그걸 바라지 않겠다고 다짐했어. 그녀의 말은 나를 흠칫 놀라게 했다. 자기 의식을 영원히 살게 하는 일에 어느 누가 관심이 없단 말인가? 그녀에게 다시 한번 질문했다. 옛날 중국 사람들은 화약의 진정한 용도를 발견하기 전에는 그걸 영생의 묘약이라고 생각했었대. 알고 있었어? 그럼 어떻게 그게 틀린 줄 알았던 건데? 그녀가 되물었다. 너무도 논리적인 방식이었어. 어느 날 갑자기 그들의 눈앞에서 펑! 하고 터져버린 거지. 그날부터 그 물건은 불꽃놀이에 쓰이기 시작했대. 사실, 나는 불꽃놀이가 세상에서 가장 아름다운 것 중 하나라고 생각해. 그리고 볼 때마다 내가 영생의 존재가 되었다는 느낌을 받아. 너와 난 참 달라, 그녀가 대답했다.

그녀가 담뱃불을 껐고, 우리는 왔던 길을 함께 되돌아갔다.

‡

우리는 문 안쪽으로 들어서기에 앞서 스티븐에게 이야기했다. 그는 타라나 샌디는 물론, 친구들 중 어느 누구도 이 사실을 알아선 안 된다고 했다. 적어도 지금 당장은 그랬다. 후안은 내게 했던 것처럼 스티븐에게도 문을 열어달라고 요청했다. 스티븐이 그의 말에 따르자, 우리의 눈엔 별다를 게 없는 평범한 방이 다시 한번 펼쳐졌다. 침대, 터키옥색 커튼, 두 점의 그림. 작은 화장실과 이어지는, 창가에 달린 작은 세면대. 영국 놈들은 정말 또라이야, 세상 그 누가 화장실 바닥에 천으로 된 카펫을 깔아놓느냐고. 물론 그걸 직접 쓰는 건 아니겠지만. 내가 거짓말하는 거 같아? 스티븐이 늘어놓는 푸념을 들으며 후안은 옅은 미소를 짓더니 나가자, 라는 말과 함께 방문을 닫았다. 그런데 후안이 문을 다시 한번 열었을 때, 그곳은 더 이상 방이 아니었다. 침대나 그림, 세면대도 없었다. 다만 기차역마다 흔히 있는 지하도와 비슷한 어두운 터널이 하나 있을 뿐이었다. 무언가가 그 안을 비추고 있었지만, 전깃불은 아닌 것 같았다. 나는 즉시 아르놀드 방주네프*와 빅터 터너**, 문턱 공간, 문지방, 내부와 외부 세계 따위의 것들을 떠올렸다. 교차점, 다리, 변두리. 아무 말도 하진 않았다. 라우라는 무릎을 꿇고 있었다.

문 안쪽으로 들어서자마자 공기의 희박함이 느껴졌다. 숨이 막히는 느낌에 본능적으로 후안에게 팔을 뻗었다. 일단 그가 안쪽으로 못 들어서게 막고 가슴에 손을 대보았다. 심장이 굉장히 힘차고 빠르게 뛰고 있었지만, 규칙적이었다. 반면 라우라는 숨이 차서 헐떡대고 있었다. 높은 산 위에 오른 것과 비슷한 느낌이야. 마치 고산병 같아. 그녀가 말했고, 나도 동의했다. 그 느낌은 볼리비아의 라파스를 떠오르게 했다. 아빠와 그곳을 방문했을 때, 한 걸음도 내디딜 수 없는 느낌에 깜짝 놀랐다. 후안은 매 순간 이런 느낌을 안고 살고 있던 것이었다. 갑작스레 뇌리를 스친 깨달음에 오줌 지린내가 진동하는 길거리 한 귀퉁이에 멈춰 서서 하염없이 눈물을 흘렸다. 진작에 앞서간 아빠가 저 멀리서, 대사와의 약속에 늦겠다며 고함을 지르고 있는 동안.

그 배수로 혹은 지하도는 꽤나 널찍한 산길 하나로 이어졌다. 근처에는 물이 흐르고 있었다. 유량이 그렇게 풍부하지는 않은 강이었다. 아직 완전한 어둠에 뒤덮이기 전이었지만, 문 너머는 이미

---

*   독일 태생의 프랑스 민속학자로, 종교의례를 연구했으며 '통과의례'라는 개념을 고안했다.

**   영국의 사회인류학자로, 종교의례와 상징을 연구했다.

밤이었다. 우리가 들고 간 랜턴을 쓸 필요까지는 없었다. 라우라와 나는 삼백 미터를 채 못 가 탈진하고 말았지만 후안은 멀쩡한 모습이었다. 강변에 다가가는 그를 따라간 우리는 그 장소가 낭떠러지로 이어지는 절벽이 아니라는 걸 알 수 있었다. 나무들 사이에는 길이 있었고, 큰 어려움이나 위험 없이 내려갈 수 있을 것 같았다. 저 멀리 아래쪽에는 강 하나가 반짝이는 은빛을 반사하며 흐르고 있었다.

위압적이면서도 끔찍한 고요였다. 강이 흐르는 숲이 있는 그런 공간이 그렇게 조용해선 안 됐다. 동물들과 새들, 그리고 이파리가 바스락거리는 소리들은 어디로 간 걸까? 어쩌면 고도 때문에 우리의 고막이 막혔을지도 모를 일이었다. 덥거나 춥지도 않았다. 그 장소는 모든 면에서 고요했다. 라우라는 웨일스의 산속이 떠오르긴 하지만, 좀 더 어설픈 복제품 혹은 스케치에 가깝다고 말했다. 산꼭대기는 춥고 눈도 내리지만 여긴 그렇지 않아. 색깔도 뭔가 잘못됐어.

모든 게 다 어긋나 있는 장소야, 후안이 말했다. 일종의 무대 배경이지. 그는 앞으로 나아갔다. 코너를 돌아 이어진 길은 다시 넓어졌다가, 나무들 사이에 놓인 구름다리로 이어졌다. 라우라가 어느 나뭇가지를 가리키자 후안이 다가갔다. 나뭇가지와 바닥은 뼈로 가득했다. 깨끗하고 오래된 뼈들 대부분은 갉아먹힌 것처럼 보였다. 나무에는 이상한 장식이 달려 있었다. 손가락뼈와 허벅지뼈가 얇은 나뭇가지에 얽히고설키며 식인적 기하학무늬를 만들어내고 있었다. 후안이 그중 몇 개에 손을 대며 기억 속에 새겨 넣는 모습을 보았다. 일종의 글 같기도 해, 라우라가 후안에게 말했다. 바닥에는 많은 뼈들이 분명한 이유 없이 여기저기 널브러져 있었다. 저런 펜던트 따위를 만들며 시간을 보내는 누군가가 있는 걸까? 후안이 손을 대자, 그 장식 중 하나가 마치 잘 익은 과일이라도 된 듯 갑자기 툭 떨어지더니 그의 손 안에 들어왔다. 우리는 그 모습을 가만히 지켜보았다. 일종의 기호이자 봉인이었다. 후안이 손을 벌리자 세 개가 더 떨어졌다. 그는 감사의 인사를 하고는 그것들을 주머니 속에 넣었다.

길은 우리 눈이 닿는 곳까지 뼈로 빼곡히 뒤덮여 있었다. 인체의 모든 부위의 뼛조각이 있었고, 크기도 다양했다. 세기의 만찬 후 남은 잔해일까? 생사람을 끌고 와서 여기서 죽게 하는 것일까? 아니면 이 죽음의 길을 만들 목적으로 밖에서 죽은 시체들을 가져오는 걸까? 냄새는 나지 않았다. 무척 오랜 시간이 지났거나, 살점 하나 없이 끝까지 맛보고 내다 버린 것 같았다.

강가로 내려가는 건 생각보다 훨씬 쉬웠다. 습한 곳을 향해 가고 있었지만 공기는 점점 더 메말라갔다. 물을 만져보러 다가갔는데, 후안은 마치 최면 상태에서 깨어나게 하려는 듯 꽤나 과격한 몸짓으로 나를 막아섰다. 그가 옳았다. 우리는 요정의 땅에서 무언가를 훔칠 경우 어떤 일이 일어나는지 너무나도 잘 알고 있었다. 이곳은 동화 속 세계가 아니긴 했지만, 그 규칙만은 다를 이유가 없었다. 규칙이 다른 경우는 거의 없었다. 형태는 다를 수 있어도, 규칙은 그렇지 않다.

누군가가 '다른 곳'에 잠들어 있어. 후안은 이곳을 그렇게 불렀다. 그래서 이렇게 조용한 거야. 그 잠을 보호하려고. 이 뼈들은 말하자면 신당인 셈이지. 심호흡을 했다. 이곳엔 완벽하게도 아무것도 없어. 강에는 물고기가 없을 뿐 아니라 벌레 한 마리도 없어. 무언가와 맞닥뜨리려면 도대체 얼마나 걸어가야 하는 걸까?

라우라가 그에게 침착함을 주문했다. 우리, 여기 처음 온 거잖아.

그가 자신의 두 손을 바라보더니 말을 이어갔다. 비밀 이야기를 털어놓는 듯한 어조에 우리는 본능적으로 그에게 귀를 기울였다. 내가 어둠을 소환하거나 어둠이 내 몸을 차지할 때면─너희들이 편한 대로 생각해─주변에서 일어나는 일들을 볼 수 없는 상태가 돼. 트랜스 상태에선 눈이 멀거든. 어둠이 사람들을 베고 초심자들을 데리고 간다는 사실은 들어서 아는 거야. 한번은 플로렌스가 의식을 찍은 영상을 보여준 적이 있어. 나중에 그 필름은 불타버렸지. 내가 돌아와서 상처들을 태워 치유할 때까지, 그리고 그때그때 지정된 사람들에게 상처를 입혀 표식을 남길 때까지 난 아무것도 몰라. 하지만 트랜스 중에 의식을 잃는 건 아냐. 어떤 장소로 이동하게 돼. 아니, 더 정확히 말하면 장면들을 보는 거야. 처음에는 혼수상태에 빠지거나 심장마비를 겪는 사람들이 보는 환각 같은 건줄 알았어.

그 장면들이 이곳과 비슷해? 라우라가 질문을 던졌다.

그렇기도, 아니기도 하지. 내가 감히 걸을 생각을 하지 않는 복도 하나를 마주하곤 하거든. 등불처럼 매달려 있는 사람들과 존재들이 보여. 피아노 한 대와 숲 하나가 보이는 창문도 있어. 그래, 그 숲은 이곳과 비슷해.

숲이라는 게 원래 다 비슷비슷하잖아, 내가 끼어들었다.

그것도 맞아, 하지만 정확하게 일치해. 이 창문은 정말 여러 번 봤었어. 거의 모든 의식에서. 어떨 땐 보다 더 가까이서 볼 수 있지. 그리고 이 장소를 나는 수천 개의 비슷한 이미지 속에서도 정확하게 찾아낼 수 있어.

라우라가 그에게 손을 내밀었고, 후안은 그 손을 잡았다. 두 사람은 깍지를 꼈다. 더 걸어가보자, 그가 말했다.

강가 너머에는 더 많은 숲과, 어둠 속에서 잘 보이지 않는 완만한 언덕 하나가 보였다. 우리는 뼈와 장식의 길로 돌아왔다. 복잡한 모양으로 빚어진 대퇴골들. 조용히 화염병처럼 매달려 있는 두개골들. 섬세한 보석처럼 세공된 손과 발의 뼈들. 바닥은 짓밟혀 으스러진 뼈로 가득했다. 몇 미터나 되는 걸까? 얼마나 시간이 지나야 뼈가 흙이 되어 사라지는 걸까? 그중 일부는 경계석처럼 길가를 두르고 있었고, 세워진 갈비뼈들도 있었다. 척추뼈를 섬세하게 이어서 만든 길도 있었다. 그중 일부는 수생동물의 꼬리 부위로 이루어져 있기도 했다.

그때 내게 이상한 현상이 일어났다. 속이 메슥거리기 시작한 것이었다. 입 안에 온통 쓴맛이 차오르면서 구역질이 났다. 우리가 이곳을 모독하고 있어, 후안에게 말하자 그는 내가 그곳의 뼈 무더기 위에 구토하지 않도록 내 배에 손을 대고 진정시켰다. 나는 구역질을 하느라 남아 있던 숨을 모조리 뱉어내고 말았고, 결국 우리는 출구를 찾아 나서야만 했다.

‡

반대편에 다다르자 라우라와 나는 바깥으로 몸을 던지며 숨을 돌렸다. 바깥에서 기다리던 스티븐은 후안만 바라볼 뿐이었다. 엄청난 편두통이 몰려와 후안의 두 눈을 압박하는 중이었다. 극심한 두통은 후안이 아무것도 보지 못하게 만들었다. 스티븐이 그를 침대로 데려가는 동안 나는 뒤를 따랐다. 하지만 얼음과 물을 가져다달라는 스티븐의 주문에 다시 문밖을 나서야 했다. 적어도 지금 이순간만큼은 너희의 모험 이야기를 듣고 싶지 않아. 지금은 후안을챙겨줄 때야. 스티븐의 말에 나는 두 주먹을 꽉 쥔 채 계단을 내려갔다. 머리맡의 협탁에 물과 얼음을 내려놓은 나는 라우라와 함께방을 나섰다. 그녀는 형용할 수 없을 정도로 흐리멍덩한 상태였다. 그녀와 나는 쉬지도, 잠들지도 못할 것이었다. 우리 모두 극도의흥분 상태에 빠져 있었다. 입술이 다 부르트는 바람에 기름을 발라주어야 했다. 그 장소는 피부를 메마르게 했다. 공기가 코를 에어댔기에, 조금만 더 오래 머물렀더라면 피를 철철 흘리며 나왔을 것이었다. 우리는 문을 바로 다시 여는 게 좋을지, 조금 더 기다려보는 게 나을지 토론했다. 나는 그녀에게 산라무에르테와 과라니족의 뼈들에 대한 이야기, 그리고 여기까지 왔다는 건 분명 후안을찾고 있는 거라는 이야기를 했다. 라우라는 바닥에 경로를 그렸다. 믿을 수 없을 정도로 세세한 부분까지 기억해냈다. 나는 생각보다훨씬 더 정신이 나가 있었던 모양이었다. 가령 나는 하늘을 바라볼 생각조차 하지 않았다. 하지만 라우라는 하늘을 쳐다보았고, 별이나 달 없이 그저 어둡기만 한 광경을 목격했다. 이건 금기를 멋대로 까발리는 것 같은 느낌이야, 금지된 땅의 지도를 그리는 거잖아, 그녀가 말했다. 우린 모든 걸 기록해두어야 해, 내가 대답했다. 그녀는 바닥에 그린 도면을 가져온 종이 위에 베꼈다. 대체 세계의 지도와 도면을 그리는 게 취미인 그녀였다. 다행인 건, 지도 자체만으로는 나쁜 쪽으로 오해를 살 일이 없다는 것이었다. 그녀는 웃으며 이렇게 말했다. 이 지도만 보면 그냥 중간계인 줄 알겠어.

이 첫 번째 탐험으로 난 스스로를 위대하다고 느꼈다. 그 장소는 이제 우리 것이었다. 이걸로 우리가 주도권을 가져올 수 있을 거야, 라고 생각했다. 후안이 잘 있는지 확인하러 우리 방으로 돌아갔다. 그는 스티븐의 품 안에서 침착하고도 아주 편안하게 쉬고 있었다.

‡

후안이 그곳에 제물을 바치고 대가를 얻어내야겠다고 결심하면서 우리의 두 번째 탐험이 시작되었다. 그 대가가 뭔데? 나만의 비밀을 갖는 것, 그가 답했다. 의아했다. 왜 병을 낫게 해달라고 빌지는 않는 건데? 내가 궁금해하자, 그가 문을 가리키며 말했다. 내가 죽음에 맞닿아 있기 때문에, 날 찾아낼 수 있는 거야.

이번 탐험에는 더 많은 뼈들이 보였다. 전보다 훨씬 많은 양이었다. 나뭇가지에 걸린 장식물의 숫자도 늘어나 있었다. 후안은 티셔츠를 벗고 뼈 무더기 앞에 무릎을 꿇더니 그 잔해 속에 양손을 파묻었다. 벌거벗은 그의 등이 크기를 더해갔다. 그의 무릎이 오래되어 폭 삭은 뼈의 잔해를 짓이기는 소리가 들렸다. 강물이 불어나는 소리가 들려왔다. 먹었기에 불어난 것이었다. 후안은 입이었고, 신들은 늘 배고파했다.

문 뒤편에서 오랜 시간을 보내다 보면, 시간 가는 줄 모르고 만화경을 바라본 것과 같은 상태가 된다. 별들을 너무 오랫동안 바라보다 보면 자신이 이 세상 사람이 아닌 것같이 느껴지고, 결국 헤매게 되는 것과 같은 이치. 우주의 관점에서는 한 인간의 생명이 아무런 의미도 갖지 못한다. 이 공간이 바로 그러했다. 후안은 손가락으로 뼛조각을 잘게 부서뜨렸다. 흘러내리는 피를 제물로 바치는 것이었다. 라우라는 후안의 왼쪽 귀 위편의 두피를 조금 긁어 냈다. 나는 눈을 돌려 그 장면을 피했다. '다른 곳'에 쇠붙이를 가져가선 안 된다는 게 내 주장이었지만, 아무도 내 말에 귀를 기울이지 않았다. 후안은 자신의 두피에 그림을 그리기 위해 날카로운 뼈 하나를 집어 들었다. 통증이 심한 듯했지만 그저 입술을 꽉 깨물 뿐이었다. 거울을 보지 않고 어떻게 해낼 수 있는 건지 알 수 없었지만, 그림은 완벽했다.

이 위험한 공동체는 우리에게 꼭 필요했다. 장식물에 새겨진 기호를 해독하려면 라우라가 반드시 있어야 했다. 이 모든 경로, 이 장소, 이 모든 것이 비밀에 부쳐져야 했고, 그러려면 후안이 무언가를 바쳐야만 했다. 두피에 그림을 완성한 뒤 뼛조각을 나머지 뼈들 사이로 내버리자, 긴 나뭇가지 하나에 걸려 있던 장식물이 그의 발 앞에 툭, 하고 떨어졌다. 그는 주변을 둘러보았다. 그의 두 눈에 감사함이 서려 있던 게 기억난다.

뼈의 길 옆에는 새로운 길 하나가 나 있었다. 밤의 잿빛과, 나무의 이끼와 지의류 같은 기이한 식물 특유의 청록색을 띠고 있었다. 바닥은 소나무 숲과 비슷했다. 멀리서 소리가 들려오기 전, 난 이미 이 적막이 깨질 것을 알고 있었다. 음악이라고 할 수 없는 무언가였다. 음정이 모두 뒤틀린 투박한 관악기 소리가 마치 숨을 헐떡이는 플루트 연주자가 연주하는 것처럼 산발적으로 들려왔다. 그 소리는 일 분도 안 되어 끊겼다. 누군가가 그곳에 있었지만, 우리로부터 아주 먼 곳이었다.

정말 악기이긴 한 건지도 잘 모르겠어, 후안이 말했다. 동물일 수도 있어. 무언가 혹은 누군가의 입일 수도 있지. 노래일 수도 있고. 나는 그의 어깨에 기댔고, 그는 피로 범벅이 된 엄지손가락으로 내 입술을 쓸어내렸다. 그의 피는 달콤했다. 우리가 여기, 달 없는 하늘 아래에서 섹스를 한다면 어떻게 될까? 어떤 아이가 잉태될까?

우리는 계속 걸어갔다. 산소가 더 풍부해졌다는 게 느껴졌다. 나무들의 몸통은 보다 가늘어진 모습이었다. 우리 중 가장 먼저 나무 몸통을 살펴본 건 라우라였다. 거기 붙어 있는 것들을 육안으로 판별하기는 쉽지 않았다. 나무를 감싸고 있는 건 서로 다닥다닥 달라붙어 있는 수많은 손들이었다. 잘린 손들이 나무 기둥을 겹겹이 둘러싸고 있었다. 손바닥 전체가 접혀 있기도 했고, 손가락이 휘어 있기도 했다. 사람의 손이 갈고리 같은 형태로 경직된 모습이었다. 숲의 그 구간은 모두 그런 식이었다. 죽은 사람의 손이 붙어 있는 몸통들, 나무 몸통들. 사후경직이 시작될 때쯤 누군가가 갖다 붙인 것이었다. 우리가 처음 본 나무에는 손이 열두 개 정도 붙어 있었다. 더 많은 손이 붙어 있는 나무도 있었고, 어떤 건 딱 하나만 있기도 했다. 내가 그토록 열망하던 영광의 손을 떠올렸다.

수집가네, 내가 말했다. 한 명 혹은 여러 명의 예술가. 손의 숲— 우리가 이 장소에 붙인 이름이었다—오른편에는 후안이 나중에 '토르소의 계곡'이란 이름을 지도에 써넣게 될 장소가 나타났다. 똑바로 세운 돌들, 어쩌면 비석일지도 모를 것들이 있었다. 완벽한 대칭 때문에 군인들의 무덤처럼 보였다. 하지만 그것들은 모두 인간의 상체였다. 피부가 얼룩진 나이 든 남자의 상체. 젊은 여성의 아름다운 가슴이 달린 상체. 어린이, 뚱뚱한 남자, 마른 남자의 상체. 어두운 피부, 창백한 피부의 상체. 푹 꺼진 배, 비만이었던 누군가의 부풀어 오른 배, 모유 수유를 한 여자의 상체. 그들의 등 뒤에 후안이 의식 중에 남겨놓는 것과 같은 표식이, 스티븐의 등에 있는 것과 같은 표식이 보였다.

제발, 이곳에 우리만 버려두지 말아줘, 라우라가 말했다. 너와 멀어지면 우린 살아남지 못해. 여긴 입이야. 본체가 지금만 다른 곳에 있는 걸지도 몰라. 아니면 먹는 것만큼은 다른 장소에서 할지도 모르지. 어쨌든 지금은 우리가 너와 함께 있기 때문에 존중받는 것일 뿐이야.

바로 그때, 후안은 이걸로 충분하다며 돌아가자고 말했다. 그의 머리가 다시 아프기 시작한 것이었다. 붉게 충혈된 그의 두 눈에서 금방이라도 눈물이 흘러내릴 것 같았다.

‡

라우라는 바로 다음 날 장식물의 의미를 해독해냈다. 의외야, 그녀는 제일 뻔한 가능성, 어쩌면 가장 가까이 있던 해답을 미처 생각하지 못하고 먼 길을 돌아왔다고 말했다. 정말 다양한 기호와 봉인을 살펴보았지만 명확한 답을 찾지 못하고 제자리를 맴돌기만 했던 것이었다. 그게 알고 보니 글씨였더라고. 좀 더 자세히 살펴보다 보니까 그 장식물의 결함 같아 보였던 게 음각 형태의 조각이었어. 아주 정확하고 세밀한 소통을 원하는 것 같아 보였어. 단어 하나와 숫자 하나야.

라우라는 해독 과정을 그려둔 자신의 그림들을 탁자 위에 펼쳐 놓았다. 복잡한 의미를 찾아내려는 시도의 오답 노트였다.

배고프다HUNGRY, 그녀가 말했다.

후안은 주방 문가에 몸을 기대고 서서 내게 손을 뻗어 담배 한 개비를 요청했다.

배고프다고? 숫자는 뭔데?

4, 라우라가 답했다. 뜻은 몰라. 어쩌면 경비원들과 의사가 살고 있는 옆집을 말하는 걸지도 모르지.

나는 두 눈을 질끈 감은 후안의 얼굴을 바라보았다.

난 권능의 장소를 구별할 줄 알아. 내 건 미시오네스에 남았어.

아닐 이유는 없잖아, 라우라가 고집을 부렸다. 교리에서는 권능의 장소가 메디움에게 항상 확실히 드러나는 건 아니라고 했어. 네가 찾아 나서야 할 때도 있을 거야. 여자들은 늘 자기 안에 권능의 장소를 품고 다니면서 필요할 때마다 소환할 수 있잖아. 남자들은 그걸 찾아내야 하는 거고.

내가 아직 알아차리지 못한 거야?

꼭 그렇진 않아. 옆집에 가본 적은 있어?

한 번도 안 가봤어, 후안이 답했다. 의사도 직접 오거나 보조를 보내서 갈 일이 없었어.

그럼 한번 가봐도 되겠네.

‡

4번지의 집은 그야말로 굉장했다. 우리가 사는 집보다 훨씬 넓고 고풍스러웠다. 그라시엘라는 대부분의 가구를 그대로 두었을 뿐 아니라, 우리처럼 히피도 아니었다. 그녀의 유일한 관심사는 호르헤 브래드퍼드의 제자 중 최고가 되는 것, 그뿐이었다. 후안은 그녀에게 폐를 끼치고 싶지 않아 했고, 우리는 그녀가 강의를 하거나 병원에서 일하는 시간대를 택해 탐색을 해보기로 했다. 그녀와 나는 말을 섞지 않았기에 정확히 런던에서 어떤 일을 하고 있는지 알지 못했다. 체인워크가 4번지에는 경비원들을 비롯해 늘 우리에게 진심 어린 미소로 인사하곤 하던 젊은 의대생, 그라시엘라의 보조가 있었다. 그는 우리에게 무얼 마실지 물어보고는 그라시엘라 박사가 자리에 안 계시다며 사과했다. 후안은 그에게 잠시 집을 둘러봐도 되겠냐고 허락을 구했다. 한 번도 와본 적이 없거든요, 그가 변명했다. 이름이 기억나지 않는 그 보조는 이 집이 참 아름답다고 말했다. 후안이 그 말에 수긍하며, 결의에 찬 발걸음으로 집 안에 들어섰다. 경비원들은 밖에 남았다.

어떻게 여태껏 모르고 지냈는지, 며칠 동안 이토록 알아차리지 못한 채로 지낼 수가 있는 건지 궁금할 정도로 수색은 빠르게 끝났다. 후안이 거실의 중앙에 들어서자, 우리는 그가 심호흡을 한 뒤 낮은 목소리로 매우 빠르게 인정의 말들을 내뱉고는 안심하는 모습을 보았다. 그는 우리에게 등을 돌리고 서 있었다. 곧게 뻗은 두 팔이 의미하는 바는 분명했다. 그 이상 다가오지 말라는 것이었다. 나는 그의 손이 변신하는 모습을 다른 그 누구보다 먼저 보았다. 나는 참지 못하고 비명을 질렀다. 그 비명 소리가 너무도 높고 신경질적이었기에 경비원 중 한 명이 문을 벌컥 열고 거실에 발을 들였다. 스티븐이 반응했다. 그에게 들어와서 동료를 불러달라고 말했다. 그때 깨달았다. 후안이 어둠을 열 것이고, 어둠은 먹기 위해 그 자리에 올 것이다. 그라시엘라의 보조가 무슨 일이냐고 물었지만, 아무도 그에게 관심을 주지 않았다.

후안이 옷을 벗었다. 어둠 앞에선 늘 벌거벗어야만 했다. 제례의 일부이자 꼭 필요한 일이었다. 제례는 보존의 대상일 뿐, 의문을 제기할 수 없었다. 아마 경비원들은 어둠이 집 안으로 쳐들어오기 직전의 그 몇 초간, 우리가 난교 파티를 할 예정이며 자신들은 거기에 초대받았다고 생각했을 것이다. 그 이상 상상의 나래를 펼칠 시간은 없었을 거라 짐작한다. 후안은 지정된 장소에 멈춰 서더니 그 야수의 손을 바닥에 내려놓았다. 무언가가 그에게 응답했다는 걸 우리 모두가 느낄 수 있었다. 그가 두 발을 딛고 서자 어두컴컴한 실선 하나가 그의 몸을 두르기 시작했고, 마치 그에게서 발산되기라도 한 듯이 점점 두께를 더해갔다. 실내에서, 지붕 아래에서 열리는 어둠의 모습은 사뭇 다르다. 갇힌 상태에서 어둠은 포효한다. 지속적인 낮은 진동에서 오는 굉음이었다. 나는 최대한 멀리 떨어지려 안간힘을 썼지만, 이쯤 되어서는 피하기가 쉽지 않았다.

어둠 속에서 후안의 몸은 몇 센티미터 정도밖에 떠오르지 않았고, 공간이 충분치 않은 상태에서 점점 크기를 키워가는 검은 얼룩에 매달려 있었다. 라우라가 몇 걸음 앞으로 나아가자, 스티븐이 그녀를 막으려 황급하게 뛰어가서는 등을 밀치며 바닥에 냅다 내리꽂았다. 바닥에 그녀의 얼굴이 부딪히는 소리가 울려 퍼졌다.

이쯤 되자 어둠은 이미 벽이나 계단은 물론, 그 무엇도 보이지 않을 정도로 거대해져 불끈거리고 있었다. 굶주려 있다는 사실이 온몸으로 느껴졌다. 경비원들을 안내한 건 스티븐이었다. 후안과 몹시 가까운 곳에, 어리둥절한 상태로 멀뚱히 서 있던 그들에게 스티븐은 어서 가, 라고 말했고, 그들은 그 말에 따를 수밖에 없었다. 당연했다. 그때쯤 그들은 이미 이 세상 사람들이 아니었고, 도망칠 수 있는 가능성도 없었기 때문이었다. 일격이 가해졌다. 어둠은 채찍으로 변하여 제물을 마음껏 취했다. 소리를 지를 틈도 없었다. 단 한 번의 입질에 사라져버렸고, 삼켜졌다. 의대생은 도망칠 수 없는 힘에 이끌리며 어둠의 품속으로 홀로 걸어 들어갔다. 후안의 표정은 그 어떤 변화도 보이지 않았다. 나는 제발 이게 끝이기를 빌고 또 빌었다. 어둠이 무언가를 더 원하기 시작한다면, 그 누구도 멈출 수 없을뿐더러 도망칠 수조차 없을 것이기 때문이었다.

이제 바깥으로 이어지는 문조차도 보이지 않았다. 어둠은 미끼에 만족했다. 몇 분 간의 의심의 순간이 지난 뒤, 어둠은 다시 후안의 주변을 두르는 실선으로 축소되며 그를 바닥에 내려놓았다. 하지만 두 발로 선 후안의 주위에는 검은색 후광이 여전했다. 스티븐은 나보다 앞서 그에게 다가가 조심스럽고 섬세하게 그를 바닥에 눕혔다. 왜인지는 모르겠지만, 후안은 수년 동안 자신의 표식과 신뢰를 스티븐에게 주어왔다. 그는 자기 옷으로 후안의 가슴과 목에 흥건한 땀을 닦아준 뒤, 곁에 털썩 주저앉았다. 후안이 금방 깨어나지 못한다면 급히 그라시엘라를 부르러 가야만 했다. 맥박을 재본 나는 깜짝 놀랐다. 몹시 빠르게 뛰긴 했지만 이처럼 규칙적일 수도 없었다. 숨소리에 불안감은 있었으나 절망은 없었다. 라우라가 마침내 다가갈 용기를 냈을 때쯤에는 후안도 거의 정상으로 돌아와 있었지만, 의식은 여전히 없는 상태였다. 열이 나지도 않았다. 병원에 데려가거나 의사를 부를 필요까지는 없었다. 우리 세 사람은 그를 그 자리에서 끌어낸 뒤 집으로 향했다.

나중에 라우라가 우리에게 말하길, 어둠의 목소리가 들려왔다고 했다. 그녀는 위스키 한 병을 따서 들이켠 다음, 아무 말도 이해할 수 없었다며 말을 이어갔다. 이 세상의 언어가 아닌, 알려지지 않은 미지의 언어인 듯했어. 그러자 두 눈을 감고 있지만 또렷한 정신으로 휴식을 취하고 있던 후안이 응수했다. 라우라, 세상의 그 누구도 그 말을 이해할 순 없어. 문제는 이해할 수 있느냐, 없느냐가 아냐. 그 말이 우리를 향하는 건지, 아니면 지옥 속에서 중얼거리는 혼잣말인지 알지 못한다는 게 진짜 문제지. 공허 속의 배고픔을 절규하고 있는 것에 지나지 않는다면 어떨까? 부들부들 떨면서 지진과 해일을 일으킬 수는 있지만, 과연 그 이상의 지적 능력을 갖고 있기는 한 걸까? 눈이 먼 암흑의 존재, 그 이상의 무언가이기는 한 걸까? 우리는 알지 못하기에, 그 안에서 빛을 보았다고 착각하는 것일 수 있어.

같은 날, 우리는 플로렌스의 전화를 받았고 에디가 도망쳤다는 사실을 알게 되었다. 에디의 탈주와 '권능의 자리'의 발견에 모종의 연결고리가 있다는 건 부인할 수 없는 사실이었다. 하지만 그게 과연 무엇일지 우리는 감히 상상조차 하지 못했다.

‡

그날 아침, 눈을 뜬 나는 침대 위에 혼자였다. 후안은 창밖을 바라보며 안락의자에 앉아 있었다. 바깥으로 보이는 하늘은 청명했고, 앞쪽 인도에 즐비한 가로수에는 새들이 앉아 있었다. 나는 그의 다리 위에 앉았다. 눈물을 흘린 흔적이 보였고, 그가 잘 우는 성격이 아니라는 걸 잘 아는 나는 걱정되기 시작했다. 그의 티셔츠를 벗긴 뒤 내 옷도 벗어 그의 몸 위에 기댔다. 그가 내 몸을 느낄 수 있게 해주어야만 했다.

"정말 미안해."

내가 말했다.

"이곳이 다른 곳과는 다르기를 바랐는데. 내가 어떤 것들을 꿈꾸었는지, 너는 전부 알지 못할 거야. 가령 기차를 타고 브라이턴으로 가는 거 말이야. 거기서 파는 생선 요리가 얼마나 맛있는지 몰라. 물론 고약한 새들이 그 생선을 먼저 차지하는 게 일상이긴 하지만. 그 동네에서는 우리가 추로스를 먹듯이 해변가에서 생선 요리를 먹어. 아빠한테 해변가에 집 한 채만 사달라고 부탁할까도 생각해봤어. 그러면 거기서 마음껏 시끄러운 음악을 틀고 파티를 열어도 아무도 뭐라 하지 않을 텐데. 이 방을 각종 LP판과 책으로 가득 채우고 너를 보살펴주면서 늑장을 부리는 방법도 있지. 그 사람들도 우리를 재촉하지 않았을 거고. 그런데 이 일이 일어나버리고 말았어. 문 하나에서 시작되어서는, 결국 '다른 곳'까지 가게 되었으니 말이야. 처음엔 솔직히 재미있었어. 우리가 모험가가 된 듯한 느낌이었지. 너도 잘 알잖아, 내가 얼마나 모험에 열광하는지. 나는 피라미드를 열어본 여자들이 그렇게 부러울 수가 없더라. 질투가 치밀어 올라. 하지만 어째선지 그곳에서 돌아올 때마다 난 불공평하다는 생각밖에 들지 않아. 불공평해. 그들이 너를 잠시도 가만두지 않는다는 사실이. 나는 우리에게 다른 삶이 있기를 바랐어. 아니, 단 한 번만이라도 편하게 숨 쉴 수 있는 찰나의 시간이라도 주어지기를 바랐어. 그런데 이렇게 됐네. 몇 미터 떨어진 곳에 있는 권능의 장소. 내가 널 함정에 빠지게 했어."

"함정들이 날 찾아다니는 거지. 그래서 네가 내 곁을 떠났던 거고. 그렇지 않아?"

그가 내 얼굴에 부드럽게 입을 맞추며 물었다. 그의 입술이 몹시 거칠었다.

"사실 그런 삶을 나와 함께하는 게 불가능하단 걸 네 마음 깊은 곳에서 깨달았던 거잖아. 그래서 혼자 살아보고 싶었던 거겠지. 나와 함께한다면 신들이 무엇보다 최우선이 된다는 걸 너도 알고 있었으니까."

"그럼 날 용서해줄 거야?"

"애초부터 용서할 건 아무것도 없었어. 네가 그렇게 해서 정말 다행이야."

나는 그에게 파고들었다. 그의 양손을 내 손에 감싸 쥐고 내 목과 배에 올려놓았다. 그가 내 복부와 호흡의 움직임을 느끼길 바랐다. 그의 두 눈은 심하게 죽어 있었다.

"내 사랑, 내게서 도망가. 나를 놓아줘. 나는 떠날 수 없지만 당신은 갈 수 있어. 그래, 나에게서, 그리고 그들에게서 도망쳐. 로사리오, 아무것도 없어. 그저 죽음과 광기의 들판만이 끝없이 펼쳐져 있을 뿐. 나는 이 무의미로 통하는 문이야. 내 스스로는 이 문을 절대 닫을 수 없어. 그 안엔 찾을 것도, 이해할 것도 아무것도 없어."

"널 절대 두고 가지 않아. 부탁을 하려거든 다른 걸 해."

"떠나지 않겠다면, 그럼 날 혼자 두지도 마. 죽어서라도. 나를 유령처럼 쫓아다녀, 헌트 미_{haunt me}."

"당연하지. 널 위해서라면 무엇이든 할 거야."

내가 대답했다.

‡

플로렌스는 하루빨리 의식을 치르고 싶어 했고, 후안도 동의했다. 믿기 위해선 먼저 두 눈으로 보아야 한다는 사실을 이해한 것이었다. 우리가 체인워크에 '권능의 자리'가 있다고 말하자 그녀는 거의 졸도하기 직전까지 갔다. 말도 안 돼, 이 말만 반복할 뿐이었다. 첼시에 있다고? 그랬다면 진작에 느꼈을 텐데. 후안이 직접 찾아다녀서 발견한 거예요, 내가 거들었다. 하지만 단 한 번도 그가 어떻게, 그리고 왜 그것을 찾아낸 건지 언급하진 않았다. 우리는 '다른 곳'에 대한 언급을 서로 간에 금지하고 있었다. 그곳은 우리 것이었다. 무엇 때문인지 알지는 못했지만, 아무튼 그 장소는 우리에게 속해 있었다.

초심자들이 촛불을 켰다. 기독교의 철야 집회와 비슷한 어둑하고 불길한 분위기가 감돌았다. 황색 등불이 길거리를 비추는 모습이나, 교회의 내부와 신도들의 낮은 대화 소리도 유사했다. 런던에선 위험하니까 모두들 파티에 오는 것처럼 입고 와달라고 했어, 플로렌스가 변명했다. 참석자들은 가면을 쓰고 비단옷을 입고 있었다. 넥타이에선 고급스러움이 물씬 풍겼고, 하이힐의 높은 굽은 아찔할 정도였다. 옷을 그대로 입고 있는 이들도 있었고, 스티븐을 비롯한 일부는 알몸으로 대기했다. 그의 등 뒤에 난 상처를 보자 불쑥 시샘이 들었다. 나도 그 상처를 원해 마지않았지만, 그날 밤만은 불가능했다. 후안은 내게 오지 말라는 부탁을 한 터였다. 서기들은 언제나처럼 측면에 가서 도열했다. 초심자들이 들어올 자리가 많지 않았다. 그라시엘라는 인근의 다른 집으로 옮겨갔다. 메디움을 치료하는 의사였으므로 의식에 참여할 권한이 주어지지 않았던 것이었다. 삼촌은 의사들을 한 명도 잃지 않으려 했다. 경

분필로 그린 원

거망동으로 여겨질 수도 있는 행동이었지만, 어차피 그는 혈통이
었다.

우리가 사전 준비를 위해 마련한 방 안에서 후안이 두 손을 치
켜들었다. 이제 계단을 내려가 의식을 주재할 것이었다. 나는 라우
라를 생각하며 부탁했다. 오늘 그 아이의 등에 상처를, 훈장을 남
겨줘. 그 아이에겐 그럴 만한 자격이 있어. 그에게 옷을 입혀주었
다. 그리고 얼굴 전체를 덮으며 가슴팍까지 떨어지는 아름다운 검
은 레이스 튜닉을 머리에 씌웠다. 엄마 역시 초심자들 사이에 자
리하고 있었다. 거의 대머리나 다름없는, 흰머리 몇 가닥만이 남아
있는 그녀의 두피와, 지방들이 잘못 배치된 끔찍한 몸이 멀리서도
두드러져 보였다. 후안의 목을 두 팔로 거칠게 둘렀다. 조심스러울
필요는 없었다. 두 손에서 그의 맥박을 느꼈다. 그에게 명령했다.
오늘은 죽지 마. 그리고 노란빛이 감도는 그의 초록색 두 눈을 바
라보았다. 오늘은 절대 죽지 마. 그리고 가능하면 우리 엄마 좀 데
려가줘.

준비가 다 된 그는 자신의 팔에 난 상처, 불타오른 표식이자 어
둠의 왼손인 그곳 위에 내 손을 끌어당겼다. 그에게 내 말이 더 이
상 들리지 않는 듯했지만, 나는 계속 반복해서 말했다. 오늘은 죽
으면 안 돼. 나는 그가 통로를, 그리고 계단을 빠져나가는 모습
을 지켜보며 후안이 자리를 뜨기 전 내게 주고 간 부엉이의 깃털
을 쓰다듬었다. 언젠가 오래전, 내가 그에게 주었던 작은 부적이었
다. 의식에서는 이 세상의 사소한 마법 따위가 통하지 않았기 때문
에 후안은 그걸 내게 맡겨두곤 했다. 방에 홀로 남아, 도륙되고 먹

히며 냉혹한 어둠에 잡혀가는 초심자들의 비명 소리가 들려올 때마다, 비밀의 능력에 한 발짝 더 가까이 다가간다는 느낌이 들었다. 군중에 휩쓸리지 않고 그들 사이를 그저 묵묵히 걷는 누군가가 있다. 플로렌스일지 모르는 그 누군가는 군중의 머리 꼭대기를 밟고 나아간다는 느낌을 가질지 모른다. 하지만 난 아니다. 내가 걷는 길은 그 누구도 한 번도 가보지 못한, 형형색색의 산책로 같다는 생각이 든다. 다른 이들에게는 흐리멍덩한 등잔불 정도가 비출 뿐이지만 나에게만은 휘황찬란한 광채가 비추는 것처럼 느껴진다. 평생 동안 나는 우리가 어둠을 위해 존재한다고 교육받았다. 하지만 희한하게도 내게는 빛의 이미지가 떠오른다.

‡

플로렌스의 기준에는 매우 성공적이었던 의식이 끝난 후, 후안은 앞으로 몇 개월간은 다른 곳에 가지 않기로 결심했다. 그리고 나는 가을 동안 논문 집필에 집중하기로 했다. 제목은 정해져 있었다. 「음비아족의 유체숭배, 도시 이주의 기원과 재구성: 해안가 크리오요 문화의 표상으로서의 산라무에르테」. 하지만 지극히 당연하게도 연구의 대부분을 차지하는 현장 답사, 인터뷰, 지적 조사 등은 시작도 하지 않은 상황이었다. 증언 수집을 위해 미시오네스에 방문할 계획도 세웠다. 탈리는 흔쾌히 도와주기로 약속했고, 과라니 종교에 대해 그 누구보다 박식한 어느 파라과이 인류학자와 연결해주기도 했다. 후안은 라우라와 함께 연구하고자 했으며, 라우라는 거기에 완전히 매료되었다. 집 안은 각종 원형 도면으로 가득 찼고, 그들은 마치 어린아이들처럼 집 안에 틀어박혀 있거나 런던의 공동묘지를 산책하며 영혼을 다루는 일을 장난처럼 여기는 모습도 보였다. 스티븐과 후안은 완벽한 한 쌍의 마법적 양성애였다. 제례를 위한 성적 접촉을 일컫는 우리 식의 용어인 소위 이중 사슬이 그들 사이에선 완벽하게 작동했다. 그들을 보고 있자면 숨이 턱 막혀오곤 했다. 두 사람은 단 하루 만에 수없이 많은 존재들을 소환하곤 했는데, 그 방식이 너무도 무모하고 고삐 풀린 듯한 모습인 나머지 때로는 내 안의 양심이 그들과 함께하는 걸 거부할 때도 있었다. 나는 책과 목록을 좋아하는 소녀였다. 물론 이따금 위험을 감수하는 모험을 할 때도 있었지만, 기본적으로는 질서 정연함을 좋아했다. 하루는 원을 그려달라는 그들의 요구를 거부한 적도 있었다. 너희가 만든 이 난장판에 난 신물이 나, 라고 하면서. 그러자 후안은 두 팔로 날 들어 올리며, 혹시라도 자살한 사람을 맞닥뜨리게 되거든 네가 그토록 원하는 영광의 손을 가져다줄게, 라고 웃으면서 말하기도 했다. 그러면서 내게 그렇게 심각할 필요 없다고 덧붙였다. 그 누구도 아닌 바로 후안이 그랬다.

그뿐만이 아니었다. 라우라와 스티븐과 후안이 비밀리에 서로 소통하는 방법을 알아낸 것도 이 당시였다. 라우라는 그걸 '피쇼그 pishogue'라 불렀다. 자주 쓸 수 있는 건 아니었고, 후안이 반드시 함께 있어야만 했다. 그에게서 발산되는 능력이었기 때문이다. 언젠가 '다른 곳'을 방문했을 당시, 비밀의 능력을 빌기 위해 후안이 두 피에 새긴 문양이 가져온 효과였다. 정확히는 다른 이들의 인식을 바꿀 수 있는 능력으로, 그들이 원하는 걸 보고 듣게 하는 것이었다. 현실에 잠시 눈을 감는 것과 같은 이치였다. 자신들끼리 어떤 대화를 나누든, 주변의 다른 사람들은 전혀 다른 내용으로 이해하게 된다. 세 사람은 내 기분은 고려하지 않고 그 능력을 내 앞에서 거리낌 없이 사용하곤 했고, 나는 절망스러운 기분에 휩싸여야 했다. 후안은 그 방법을 내게 정말 자세히 하나하나 일러주며 노력했지만, 몇 시간이 지나도록 아무 일도 일어나지 않을 뿐이었다. 급기야 지쳐 포기하고만 나는 화장실에 틀어박혀 울음을 터뜨리고 말았다. 나는 그 능력을 쓸 줄도 모르고, 임신으로 혈통의 존속을 보장하지도 못하는 하찮은 존재였다. 스티븐은 자식을 가질 수 없는 몸이었고, 에디는 여전히 실종 상태에 있었다. 한편 나는 분필로 그린 원과 같은 기계적인 자질 외에는 그 어떤 능력도 획득하거나 발견하지 못했다. 연구에 흥미를 잃어갔다. 그저 지금 당장이라도 '다른 곳'에 가서 나무 몸통을 붙들고 있는 죽은 손 중 하나를 떼어 오고 싶었다. 하지만 후안은 늘 이런 내 생각을 거부했다. 나는 절망과 분노에 빠진 나머지 그에게 이런 말을 하기에 이르렀다. 자식을 가질 수 없는 게 너 때문이면 어쩔 건데? 하지만 그는 전혀 상처받지 않았다. 그럴 수도 있지, 라고 답할 뿐이었다. 호르헤에게 검사해달라고 해보자.

사랑하는 친구야, 이건 자전거 타는 법을 배우는 일과는 차원이 다른 일이야. 스티븐이 말했다. 뭐랄까, 피아노를 치는 법에 좀 더 가깝다고 할 수 있지. 후안을 너무 몰아붙이지 마. 쟤는 우리랑 다르잖아. 어릴 때 배우지 못하면 높은 수준에 이르는 게 근본적으로 불가능한 것들이 있어. 라우라랑 나 같은 경우 어릴 때부터 교육을 받아왔어. 너 역시 그렇지만, 방식이 좀 달랐던 거고. 넌 네 아버지에게 고마워해야 해. 이런 식으로 아이들을 이용하는 건 옳지 않잖아. 메르세데스는 늘 애도 못 가질 쓸모없는 년이라고 내게 폭언하곤 했어. 너네 엄마가 맞는 말을 한 적이 있니? 넌 후안의 아이의 엄마가 될 거야, 로사리오. 그리고 그 아이는 널 사랑해. 물론 나는 상처를 가지긴 했지만, 그 이상은 아무것도 없어.

스티븐은 내 기분을 풀어주려 여행을 제안했다. 타라를 비롯한 친구들을 모두 불러서 스페인과 이탈리아, 그리스를 다녀오자. 경비원들하고 그라시엘라를 포함해 아예 사절단을 하나 꾸리는 거야. 좀 거창하긴 하지만 요즘 젊은 백만장자들이 다 그렇잖아. 어쨌든 게티의 상속자들이나 롤링스톤스도 모두 그렇게 다녔고. 그러면 우리는 어둠뿐만 아니라 이 섬에서도, 에디를 찾으려 모두가 혈안이 되어 있는 이 상황—플로렌스는 거의 미쳐가고 있었다—에서도 잠시 벗어날 수 있을 거야. 그 당시, 플로렌스의 막내아들을 수색하기 위한 탐정들이 영국 전역에 흩어져 있었다. 그리고 너무나 당연하게도, 경찰들 역시 그를 찾는 일에 발 벗고 나섰다. 나는 바다 위에 떠 있을 태양과 카다케스의 하얀 지붕들을 떠올리고는 바로 그러자고 말했다. 얼마나 들떴는지, 나는 거의 당장 가방을 꾸리기 시작할 뻔했다. 우선 비키니와 예쁜 선글라스, 로마를 걸어 다니는 데 필요할 샌들을 구입해야 했다. 책들도 가져갈 것이었다. 케임브리지를 졸업한 아르헨티나의 첫 여성 인류학 박사가 될 예정이라는 사실이 내게 터무니없는 자신감을 불어넣고 있었다. 사실 그러한 감정을 느끼는 누군가가 우리에게는 필요했다. 후안을 제외하면 그 누구도 자기 자신을 중요하게 여기지 않았기 때문이다. 메리 더글러스의 『순수와 위험』, 그리고 레비스트로스의 『친족의 기본구조Les Structures élémentaires de la parenté』를 검토해야 했다. 한 달 정도 소요될 일이었다. 라우라도 여행에 함께하기로 했다. 그녀는 영국을 벗어나본 적이 없었다. 후안을 설득하는 건 힘들긴 했지만, 생각보다는 아니었다. 그의 걱정은 에디였다. 고삐 풀린 망아지나 다름없는 상태인 그가 행방불명된 동안에는 누구도 우리의 안전을 담보할 수 없다고 확신하고 있었다.

에디의 탈주 과정은 굉장히 거칠었다. 아침 일찍 도망쳤는데, 그를 지키던 경비원들이 공격당하는 소리를 아무도 듣지 못했다. 하지만 그들이 비명을 질렀던 건 분명했다. 에디가 어린 시절 당한 줄질로 뾰족해진 이를 그들의 눈에 박고, 뽑아먹었기 때문이다. 그들을 마비시키거나 잠들게 만든 건 확실했으나, 자세한 내막을 아는 사람은 없었다. 아무 일도 기억하지 못하는 경비원들은 눈이 먼 채로 트랜스 상태에서 깨어나 극심한 고통에 실성한 상태였다. 에디는 옷과 돈을 챙겨 달아났다. 이로써 그가 모두의 생각만큼 정신이 나가 있었던 건 아니라는 게 증명되었다. 나는 그와 제대로 대화를 나눠보지 못한 것을 아쉬워했지만, 스티븐은 에디와 어떤 식으로든 관계를 맺은 사람들은 안 좋은 귀결을 맞고 말았다면서 그가 학대한 동물들, 자살에 이르게 한 학교 동급생들, 죽거나 도륙당한 그의 보모들을 열거했다. 후안은 그 이야기를 가만히 듣고 있다가 그 아이를 찾아야 해, 라는 말만 반복했다. 왜 살려둔 거지?

널 살려둔 것과 같은 이유겠지, 한번은 스티븐이 이렇게 대답했다. 그것도 잘못된 선택일지 몰라, 후안이 낮은 목소리로 중얼거렸다.

여행을 떠나기 전날 밤, 타라와 샌디가 우리 집을 찾아왔다. 다른 친구들도 동행하고 있었다. 모두가 기사단의 일원이자, 고위급 초심자들의 자녀들이었다. 샌디의 애인, 나비드. 앤의 아들 중 한 명이자 라우라의 입양 형제인 루시안―늘 양복 차림에 잔뜩 왁스 칠한 구두를 신고 다니는 그는 누가 봐도 뼛속부터 이튼 출신이었고, 의회의 최연소 의원이 되기를 꿈꿨다―. 스코틀랜드에 살면서 우리를 포토벨로 해변가의 집으로 초대하던 수지. 이번에도 자신의 카메라를 대동한 루시. 쌍둥이 형제, 크림슨과 제네시스. 모두가 그곳에 모여들었고, 후안이 오기 직전까지는 체인워크에서의 생활이 재현되는 듯하기도 했다. 우리는 밥 딜런의 〈블론드 온 블론드_Blonde on Blond〉와 오티스 레딩, 벨벳 언더그라운드 등을 들으며 약을 했고, 우리 몸이 반짝이는 입자가 되어 부서지는 걸 보기까지 쉬지 않고 춤을 추었다. 라우라는 그 누구도 집을 나서면 안 된다고, 이 환각 여행이 중단되어선 안 된다고, 그리고 우리 그룹이 끈끈히 뭉친 지금의 모습을 유지해야 한다고 소리쳤다. 사실 환각 체험 도중 누군가가 사라진다는 건 지극히 이상한 상황으로, 소동을 의미했다. 샌디가 춤을 추지 않던 후안에게 별안간 다가가 그의 무릎에 앉고선 입을 맞췄다. 나는 그녀의 행동을 저지하지 않았다. 마치 가짜 피가 솟구치는 것 같아 보이는, 붉은빛으로 반짝이는 털 스카프를 두르고 있던 모습을 기억한다. 순간 끔찍한 예감이 몰려오자 난 두려움을 몰아내려 데이비드가 새로 발표한 음반을 오디오에 올려놓고 스피커 옆에 몸을 뉘었다. 첫 노래는 날 울고 웃게 만들었다. 달에 간 우주인에 대한 이야기였는데, 그제야 난 우리가 몇 달 전 있었던 달 착륙을 놓쳤다는 걸 깨달았다. 더 최악인 건, 우리 모두가 그 사실을 완전히 잊고 있었다는 것이었다! 우리는 한동안 TV를 전혀 틀지 않았다. 그날 오후 우리는 어디에 가 있던 걸까? 상체를 보고 있었던 걸까? 아니면 손들? 그것도 아니면 뼈 무더기 위를 걷고 있었을까?

잠깐 잠에 빠져들었던 것 같다. 내가 깨어나자, 모두가 원형으로 모여 앉은 모습이 보였다. 그들이 '다른 곳'을 수채화로 묘사한 그림을 보고 있다고 생각했던 것 같다. 하마터면 큰 소동을 일으킬 뻔했다. 라우라와 스티븐, 이 미친 것들이 약에 취해 친구들에게 절대 공유해서는 안 되는 비밀을 이야기하는 줄 알았던 것이다. 하지만 그런 일이 일어나는 걸 누구보다 원치 않을 사람인 후안이 그 말을 굉장히 집중해서 듣고 있는 걸 발견하자, 생각과는 다른 이야기가 오가고 있다는 걸 눈치챘다.

타라는 편지 한 통을 읽고 있었다. 그 편지가 문 아래쪽 틈으로 들어왔지만, 정확히 언제 도착했는지는 아무도 알지 못한다고 샌디가 알려주었다. 약에 취해 있을 때는 시간의 경계가 모호해지기 마련이다. 편지는 내가 잠시 그들로부터 떨어져 쉬기 시작했을 때 발견되었다. 그리고 정확히 얼마만큼의 시간 동안 그곳에서 누군가의 손길을 기다리고 있었는지는 불분명했다.

에디의 편지였다.

그게 정말이야? 내가 소리치자 스티븐이 맞는다고, 자신은 동생의 글씨체를 알아볼 수 있다고 대꾸했다.

그때 나는 에디가 침대 머리맡에 그려두었던 묘비들과 목매달아 죽은 사람들을 떠올렸고, 스티븐과 라우라를 바라보았다. 두 사람의 얼굴은 겁에 질려 창백했다. 나는 편지를 읽어 내려가기 시작한 타라의 목소리에 집중했다. **갇혀 지내는 건 이제 그만. 어둠엔 손들이 있고 날 가만두지 않아. 엄마, 당신은 내가 아파도 신경 쓰지 않잖아. 그 늙은 여자는 더더욱 그러겠지. 그년이 내 이를 갈아냈어. 내가 자신을 물어주길 바라지. 아무도 도와주질 않아.**

늙은 여자는 메르세데스겠네, 내가 말했다. 철창에 갇힌 아이들역시 날카로운 이를 하고 있었다. 엄마는 늘 내게 경고하곤 했다. 그들에게 물리면 광견병에 걸려 고통 속에 울부짖다 죽게 될 거라고, 그러면 그 병에 걸린 개들한테 그러하듯 나 역시도 총을 쏴서 죽일 거라고. 그래서 난 그들에게 물릴까 봐 극도로 조심했다. 그 아이가 플로렌스에게도 편지를 남겼을까? 글쎄, 스티븐이 대답했다. 우리 엄마는 지금 영국에 있지 않아. 어제 출국했어. 아빠를 보러 갔거든.

아무도 도와주질 않아. 산속으로 가고 싶어. 그곳에서 내 몸을 내던지면, 바위들이 내 몸에 와서 부딪히며 멍을 남기겠지. 그리고 난 그것들을 만지며 고통을 느낄 수 있을 거고. 나는 어둠과 고통 속에 있어. 그 찬탈자도 똑같을까? 그는 메디움이 아냐. 임신한 여자가 그랬어. 당신들은 아니라고 생각하겠지만, 난 그를 보았어. 사자 같더라. 하지만 나는 여우야. 그놈보다 더 잽싸게 움직일 수 있지.

LSD의 편집증적인 명료함이 더 이상은 휘황찬란한 평온이 아니라 온몸을 휘감는 경고 신호가 되었다. 몸털들이 마치 철사에 얽히고설킨 듯 올올이 일어섰고, 나는 그 원을 박차고 뛰어나가 스티븐의 어깨를 감싸 쥘 수밖에 없었다. 그의 동생이 후안을 찾아다니고 있었고, 우리는 당장 도망쳐야만 했다.

눈알 빠진 여자도 그 사자 놈과 마찬가지로 찬탈자야. 그놈들은 아무것도 누릴 자격이 없어. 혈통도 아니잖아. 엄마, 당신은 그 여자의 눈을 이로 뜯어냈지. 아니면 그 늙은 여자든가. 그 여자도 어둠에 들어갔다 나온 거야? 실재하는 게 누구인지, 그렇지 않은 사람은 또 누구인지, 누구도 알 수 없지. 모든 것이 다 실재하기 때문에 구분 지으려는 시도도 무의미한 거야. 그 손들이 나를 잠 못 들게 하는데도 난 그것들이 실재인지 아닌지도 몰라. 엄마, 당신도 나를 잠 못 들게 했잖아요. 계속 깨어 있게 해야 해, 그렇게 말했죠. 전 다 듣고 있었어요. 일어나 있었다고요. 다들 내가 말을 안 한다고 해서 듣지도 못하는 줄 알더라고. 손쉽게 남을 다치게 하는 게 똑똑한 거라면, 당신들은 똑똑하기 그지없는 사람들이야. 나 역시도 똑똑하지.

스티븐은 후안에게 에디와 한 번이라도 마주친 적이 있는지 물어보았다. 모르겠어, 후안이 대답했다. 회복 기간 동안 너네 집에서 요양했잖아, 이 애는 거기 살았고. 밤 시간은 로사리오와 보냈지만 낮에는 혼자 있었어. 로사리오는 바깥에 나가 있었으니까. 방 안에서 누군가의 존재를 느껴본 적은 없어. 하지만 진통제가 워낙 세다 보니까 잠들어 있는 시간도 많았지.

내가 왜 이 질문을 했는지 너도 잘 알 거야. 이 아이는 어릴 때부터 이렇게 한밤중에 남의 방이나 집에 몰래 들어가서는 물건들의 배치를 바꾸는 장난을 하곤 했어. 벽에 표식이나 그림을 남기는 더어이없는 말썽도 피웠지. 정원이 있는 곳이라면 꽃밭을 짓밟았어. 아침이 오면 집주인은 위치가 바뀐 물건들과 소소한 파괴 행위를 알아차리게 되지만, 도대체 무엇 때문인지는 짐작하지 못하지. 그런 것들은 '크리피 크롤러Creepy crawler'라는 이름으로 불리곤 해. 우리 엄마가 그 아이를 가둬두기 전, 녀석이 메이페어에서 데려온 미치광이 친구들에게 뭔가 이상한 짓을 했는데 지금 그놈들은 캘리포니아를 돌아다니고 있어. 내 생각엔 걔가 널 본 게 확실해. 어떤식으로든 널 마주쳤다고.

나는 후안을 바라보았다. 우리는 에디의 이야기를 알아보기 위해 그의 머리카락 한 움큼을 훔쳤다. 어쩌면 알아차렸는지도 몰랐다. 후안은 내 눈빛을 알아차렸고, 아무것도 말하지 말라는, 그의 눈에 떠오른 명령 같은 부탁을 읽을 수 있었다. 침착해지려 애쓰던 나는, 이 집의 문들을 열쇠로 잠그지 않았다는 사실을 떠올리지 않을 수 없었다.

그래서, 그 아이에게 정확히 어떤 능력이 있는데? 마지막으로 타라가 물었다. 에디는 그 누구에게도 어떤 능력도 쓸 수 없잖아, 자기 행동을 제어할 수도 없고. 그건 사실이 아냐, 후안이 말했다.

날 찾아내지 못할 거야. 사람이 느끼는 감정을 조작할 수 있는 방법은 늘 있어. 적합한 주문을 찾기만 하면 끝이지. 나는 그 말들을 피부에 새길 수도 있고. 그 사자도 상처가 있을까? 모든 자식들에게는 상처가 있어. 어차피 삶과 죽음은 아무 차이도 없잖아. 그래서 난 죽고 싶지 않아. 엄마, 당신은 이 집 안에서 그걸 내게 가르쳐줬어요. 또 어떤 이들

은 내게 구덩이를 보여줬지. 그 안에서는 무언가가 산 채로 죽어가고 있었는데, 내 삶과 크게 다르지 않아 보였어. 임신한 여자는 그걸 알아서 날 찾아오는 거야. 그 여자에게 잘못 가르쳐줬더군. 당신들은 제대로 가르쳐주질 않아. 우리를 그렇게 두 손으로, 밤과 고통 속에서 가르치는 걸 멈춰야 해.

임신한 여자는 엔카르나시온이야, 라우라가 말했지만 아무도 그녀의 말에 귀 기울이지 않았다. 많은 초심자들은 그 메디움이 자살했을 당시 임신 중이었다는 사실을 잘 모르고 있었다. 그저 자살과 학살, 두 가지 사건만을 기억할 뿐이었다. 샌디가 자리에서 일어났다. 그녀는 내 불안에 전염된 나머지, 이 집을 뒤져봐야 해, 라고 주장했다. 모두가 동의했다. 에디가 숨어 있을 것에 대비해 집 안을 살펴봐야 했다. 후안은 내 허리를 감싸더니 낮은 목소리로 귓가에 속삭였다. 저들이 문을 열더라도 걱정하진 마. 아마 평범한 방 하나가 보일 뿐일 거야. '다른 곳'으로 갈 수 있는 열쇠는 내게 있어.

이 집은 더 이상 안전하지 않아, 스티븐이 말했다. 가능한 한 빠른 시간 안에 집 밖으로 나가야 해. 차도 있고, 여권도 있잖아. 경비원들도 있지. 그때, 턴테이블의 바늘이 디스크 판에서 튕겨 나가는 바람에 모두가 적막에 휩싸였다. 우리는 삼삼오오 짝을 지어 집 안을 뒤져보기로 했다. 주방에서는 찬장과 서랍장을 뒤졌다. 누군가가 못이 빠져 있던 계단의 디딤판을 들춰보는 소리가 들렸다. 이 결함을 알고 있던 유일한 사람, 라우라였다. 약에 취해 놀란 채로 집 구석구석을 뒤지느라 얼마나 오랜 시간을 허비했는지 나는 알지 못한다. 박장대소를 터뜨리다가, 서랍 안에서 유령 손이 우리를 잡아당기는 감각을 느끼곤 기겁해서 소리를 지르기도 했다. 우리는 그를 찾기 위한 제례를 시도하기도 했지만, 아무도 온전히 집중하지 못했고 라우라는 포기를 선언했다. 이 부분 역시 명확하게 기억나지 않는다. 나는 그저 언제나처럼 분필로 원을 그렸을 뿐이었다.

우리는 발견한 열쇠들을 한데 모아 그 집의 문이란 문은 모두 잠갔다. 집 안에 아무도 없다는 사실을 확신하면서도 두려움은 여전했다. 왜 그때 도망치지 않았는지 아직도 잘 모르겠다. 올바른 결정을 내리기에는 우리 모두 약에 몹시 취해 있었다. 한 침대에 친구 다섯 명이 따닥따닥 붙어서 잤던 게 기억난다. 스티븐은 새벽녘에 플로렌스와 통화하는 데 성공했다. 그녀는 이미 카다케스에 도착해 있었다. 그녀에게 편지를 읽어주자, 당장 그곳을 떠나라는 호령이 떨어졌다. 에디는 영국을 떠날 수 없었다. 여권도 없었고, 수배 영장 때문에 국경을 넘어갈 수도 없었다. 우리는 플로렌스의 말을 귀담아듣지 않았다.

‡

몇 번을 되뇌어봐도, 우리가 그다음 날 바로 그곳을 벗어나지 않은 이유를 정확히 재구성할 수가 없다. 약이 핑계가 될 순 있지만, 충분한 이유는 되지 않는다. 샌디가 숙취에 녹초가 되어 있었던 것만은 확실했다. 그녀는 술에 약을 섞어 먹을 때마다 상태가 안 좋아지곤 했는데, 하필 그때의 우리가 밤새 그 짓을 하고 놀았던 것이다. 하지만 샌디는 크게 개의치 않았다. 급하게 출국해야 할 사람들은 다름 아닌 후안, 스티븐, 라우라 그리고 나였다. 우리는 생각보다 꽤 오랜 시간 동안 집 안을 이 잡듯이 수색했다. 심지어 후안마저도 정오가 넘어서야 잠에서 깨어났다. 짐 싸는 일은 시작도 하기 전이었다. 경비원들이 우리를 안심시켰다. 이 부지에는 개미 한 마리도 없고, 따라서 위험도 없다고 했다. 그 거리는 런던에서 가장 고급진 부촌 중 하나였고, 우리는 부자와 유명인 이웃들에 둘러싸여 있었다. 집집마다 개별 경호 시스템이 있는 건 물론이었다. 다시 말해, 침입자가 있었다면 알아차리지 못했을 리 없었다. 그러다 문득 찾아온 허기짐에, 수지와 타라가 스파게티를 만들면서 분위기가 조금 나아지기도 했다. 우리는 젊었다. 전날 밤은 썩 유쾌하지 않았던 환각 파티로 기억될 것이었다. 우리가 늘 피해오던, 기사단의 타락한 자식들이란 망령이 되었던 것이다. 하지만 에디는 편지에 분명히 이렇게 적었다. 모든 자식들은 자기만의 상처를 지니고 있다고.

오후 시간은 언제나처럼 카펫과 안락의자 위에서 보냈다. 진정해보겠다며 와인을 마시기 시작했는데, 대마초는 우리를 다시 편집증적인 상태로 이끌 수 있었기 때문이었다. 우리는 집 안에서 폭풍우 소리를 들으며 쉬는 것 외에는 아무 일도 하지 않았다. 이따금 천둥소리가 우리를 기절초풍하게 만들기도 했다. 그리고 비정상적일 정도로 느릿느릿 가방을 쌌다. 적어도 내가 기억하는 바는 그렇다. 나는 사리를 잘 입지 않는데도, 가방에 사리를 한 벌 넣을지 두 벌 넣을지를 놓고 여러 시간 동안 고민했다. 제네시스가 차를 끓였고, 우리는 요리사가 만들어준 레드커런트 디저트를 먹었다. 폭풍우가 점점 거세지자 우리는 이 상태로 고속도로를 타는 건 불가능하다는 결론에 다다랐다. 이 상황에서는 페리가 운항하지 않을 거라는 확신도 있었다. 그때까지도 친구들 중 아무도 집으로 돌아가지 않았다. 마치 누군가가 그들을 막고 있는 듯했다.

제네시스와 크림슨이 서로를 껴안고 담요를 덮은 뒤 가장 먼저 잠에 들었다. 나머지도 천천히 자리를 떴다. 하품을 하고, 기지개를 켜며 광란의 어젯밤에 많은 스트레스를 받았다는 말이 오갔다. 스티븐은 친구들은 여기 놔두고 우리 네 명만 가도 될 거라는 얘기를 했지만, 그다지 적극적이진 않았다. 최후통첩을 남긴 건 나였다. 비가 그치면 바로 나가자. 내일 아침에. 그래, 일찍. 스티븐이 응수했다. 아주 일찍, 내가 답했다. 알람 시계를 6시에 맞춰놓을게.

손과 입에서 풍기는 와인과 흙냄새도 후안이 날 끌어안는 걸 막지 못했다. 그에게 입을 맞추긴 했지만, 잠자리까지 이어지지는 않았다. 아직도 꿈속에서 보곤 하는, 잊지 못할 그 흰색 아프간 담요 아래에서 우리는 함께 잠에 들었다.

‡

총소리가 밤을 갈랐다. 잠을 달아나게 한 천둥소리, 돌로 유리창을 깨는 소리, 얼어붙은 호수가 쩍 하고 갈라지는 소리. 후안은 침대에 걸터앉았고, 나는 벌떡 일어났다. 폭풍우도, 가구의 쓰러짐도, 마법적 혹은 초자연적 현상도 아니었다. 총성이었다. 할아버지와 아빠에게 총 쏘는 법을 배운 나였기에, 그 메마르게 갈라지는 소리를 쉽게 알아차릴 수 있었다. 제법 큰 사냥용 총 같았다. 난 이것도 쉽게 눈치챘는데, 우리 아버지가 평생 사냥을 하며 살아왔고 취기가 잔뜩 오른 날이면 푸에르토레예스 안에서도 총을 쏴댔기 때문이었다.

두 번째 격발은 알아듣지 못할 남성의 고함 소리에 섞여 들려왔다. 후안도 맨발로 침대를 나왔다. 다른 때와는 달리, 조용하고 빠르게 바지를 입었다. 복도를 염탐하려 고개를 내밀려 하자, 후안이 내 팔을 힘주어 잡았다. 하지만 나는 그 손길을 뿌리치고 눈길을 창문 쪽으로 돌렸다. 보통 우리 방의 창문 너머로 늘 경비원들이 보이곤 했다. 그날은 아무도 없었다. 제네시스의 목소리가 들려왔다. 그는 절대 헷갈릴 수 없는 목소리와 스코틀랜드 억양으로 누군가에게 제발, 이라며 빌고 있었다. 에디의 이름이 들려왔다. 한바탕 사람들이 이리저리 뛰어다니는 소리가 들렸다. 바닥에 몸이 쿵하고 쓰러지는 소리들. 더 많은 비명 소리들. 몇 분이 채 지나지 않아 문이 스르륵 열렸다. 나는 참지 못하고 비명을 질렀다. 스티븐이었다. 반라의 모습으로 들어온 그는 두려움을 느낄 때면 늘 그러하듯 창백하고 분노에 차 있었다. 동생이야, 그가 말했다. 널 쫓아온 거야.

또 다른 여성의 비명 소리와 격발음이 들려왔다. 라우라였다. 비명 소리와 가구가 쓰러지는 소리가 추가되었다. 세 발의 총성. 연발 속도는 느렸다. 에디가 총을 장전하는 데에는 시간이 걸리는 듯했지만, 그래도 모두를 죽이기엔 충분했다. 총성이 잦아들자 끙끙

　　　　　　　　　　　　　　　　　　　　　　분필로 그린 원

대는 신음 소리가 들려왔다.

결국 여기 있었던 거네, 후안이 말했다.

아니, 온 사방을 이 잡듯이 뒤져가면서 찾았잖아! 내가 소리쳤다.

로사리오, 저 아이는 '다른 곳'에 있었던 거야. 후안이 중얼거렸다.

그제야 정신이 들었지만, 이미 늦어버렸다. 후안 역시 그 사실을 너무 늦게 알아차렸다. 나는 여우야, 그놈보다 더 잽싸게 움직일 수 있지. 에디의 말이 떠올랐다.

뛰어선 안 돼, 스티븐이 속삭였다. 알몸이었던 나는 흰색 담요 하나만을 걸치고 있었다. 통로 끝의 일꾼용 계단으로 뛰어가 주방 으로 내려가는 게 우리의 목표였다. 총이 격발되고 문이 닫히는 소 리가 끊임없이 들려왔다. 줄행랑을 쳐봤자 멀리 가지 못할 게 뻔했 다. 우리 역시 얼마 못 갈 것이었다. 두 발의 총성이 더 들리더니, 코너에서 에디가 모습을 드러냈다. 그가 몸을 돌려 우리를 보았다. 그의 얼굴과 옷은 피로 흠뻑 젖어 있었다. 통로의 전등은 꺼져 있 었지만 얼굴만은 또렷하게 볼 수 있었다. 두 눈은 창백했고 머리 카락은 자기 엄마를 닮아 몹시 붉었다. 주근깨가 가득한, 무척 앳 된 그의 얼굴에 안도감이 드리웠다. 찾고 있던 사람을 드디어 맞닥 뜨린 것이었다. 조준했다. 믿기 힘들게도 그는 후안을 맞추지 못했 다. 간발의 차이였다. 한 손가락이 없었지, 나는 생각했다. 총을 제 대로 쓰지 못하는 모습이 보였다. 총알이 내 어깨를 스쳐 지나갔 고, 흘러내린 피로 담요가 붉게 물들었다. 큰 의미 없는 상처였어 도, 후안을 격분시키기에는 충분했다. 에디가 총을 장전하려 했지 만 꽤나 서툴렀다. 보통 사냥용 장총에는 탄창이 두 개씩 들어가기 때문이었다. 바로 그때, 후안이 그의 위로 몸을 날려 단 한 번의 몸짓으로 총을 빼앗아 계단 손잡이 쪽으로 던져버렸다. 총은 아래층 바닥에 떨어졌다. 어떻게 그렇게 대담하게 움직일 수 있었는지 모르겠다. 동물적인 반사신경이 있어야만 가능한 움직임이었다. 다만 기억나는 건, 나는 그를 걱정하지 않고 있었다는 사실이다. 그가 절대 이 싸움에서 지지 않을 것이라 직감했다. 도와주고 싶은 마음이 들었던 것도 기억나지만, 어떻게 해야 할지는 몰랐다. 지금 생각해보면 그 장면의 주인공은 내가 아니라고 여겼던 것 같다. 두 사람 사이에는 반드시 해결해야 할 문제가 있었다. 후안은 에디의 목을 끌어안더니 그를 '다른 곳'으로 향하는 문 앞까지 이끌었다. 문이 열렸고, 나도 그를 따라갔다. 내 어깨가 불타오르는 듯 후끈했다. 후안은 에디를 걷어차서 '다른 곳'에 밀어 넣은 뒤, 길목 끝까지 질질 끌고 갔다. 나는 그들 뒤를 조용히 따라갈 뿐이었다. 후안은 자신이 무얼 하고 있는지 똑똑히 인지하고 있었다. 걸음걸이에 포식동물의 자신감이 가득 차 있었다.

나중에 안 사실이지만, 문을 닫아준 건 스티븐이었다. 그는 동생의 운명을 직접 보고 싶지 않았던 것이다.

에디는 일어나려 했지만, 후안이 그의 가슴팍을 발로 짓눌렀다. 분명 같은 나이일 텐데도 에디의 얼굴이 훨씬 앳되어 보였다. 청소년조차 아닌, 어린아이 같아 보였다. 저항하려고도 해보았지만 너무 말랐고, 게다가 후안에게는 극복 불가능한 강점이 있었다. 바로 '다른 곳'이 그의 편이라는 점이었다.

언제부터 여기 처박혀 있었던 거냐, 후안이 고함을 질렀다. 에디가 대답 대신 그의 발목을 물자 후안이 얼굴에 발차기를 날렸다. 그러자 에디는 코뼈가 부러져 얼굴이 피범벅이 되었다. '다른 곳'의 온도가 급격히 상승하기 시작했다. 내쉬는 호흡의 답답한 온기와 비슷한 더위였다. 이제야 왜 라우라가 그곳을 입이라고 했는지 이해가 되었다. 후안은 에디를 놓아주었다. 그는 다시 몸을 일으키려 안간힘을 썼지만, 고통에 몸서리치면서 계속 앞으로 고꾸라지기만 할 뿐이었다. 후안이 차분하게 그의 곁에 다가가 구루병으로 뒤틀린 그의 골반 위에 앉았다. 플로렌스의 아들. 사람들은 그를 메디움으로 훈련시키려 했다. 그게 마치 가능하기라도 한 듯이. 하지만 오랜 세월 동안 시도된 각종 실험의 결과는 어둠이 메디움을 찾아 나선다는 단 하나의 명제를 차고 넘치도록 뒷받침할 뿐이었다. 그 역은 성립할 수 없었다. 왜 나를 죽이려 하지? 후안이 에디의 입 앞으로 다가가서 물었다. 마치 사랑을 나누고 있는 듯한 장면이었다. 차오르는 눈물에 그 둘을 제대로 볼 수조차 없었다. '다른 곳'의 무거운 호흡에 둘러싸여, 별 없는 하늘 아래 싸우는 두 사람의 모습이 아름다웠다.

"네가 맨 앞에 있다고 했는데, 틀렸어. 멍청해, 멍청한 년."

그는 아래층의 첫 번째 방을 이야기하는 것이었다. 총격도 그곳에서 시작됐다.

"누가 그랬는데?"

"임신한 여자애. 제대로 못 봐! 사람들이 눈에 불을 붙였거든."

"여기 와본 적은 있나?"

"이 문은 처음 봐. 하지만 와본 적 있어. 다른 쪽으로. 한계는 없

어. 열어선 안 돼. 그 여자애가 문을 알려줬어. 임신한 여자애. 열면
안 돼."

두 사람이 무슨 언어로 대화를 주고받는 건지 알 수는 없었지만,
말소리는 분명하게 들려왔다. 에디는 힘겹게 몸을 일으켜 입을 열
고 있었다. 여우 소년에게는 자신의 치아만이 후안에게 대항할 수
있는 유일한 남은 무기였다. **다 끝나야 해**, 어느 순간 이 말이 귓가
를 파고들었다. 이 말을 한 건 에디였다. 침착하고 확신에 찬 목소
리였다.

"너희들 말이 맞아."

후안이 답했다.

"그 문을 열어선 안 돼. 끝내야 해. 하지만 난 그럴 수 없어, 여긴
내 땅이니까."

에디는 반항을 이어가며 허공에 입질을 해댔다. 자신이 어디에
있는지 잘 알고 있었기에, 두려움도 없는 것 같았다. '다른 곳'은 에
디가 입질을 할 때마다 악취 나는 헐떡임으로 반응했다. 온 사방에
서 배고픔에 절은 입에서 나는 악취가 풍겼다. 후안은 그에게 한차
례 주먹을 휘둘렀고, 고요한 계곡에 광대뼈가 으스러지는 소리가
울려 퍼졌다. 에디는 싸움에는 젬병이었다. 그저 끈질기고, 고통을
느끼지 못할 뿐이었다.

"대체 왜!"

후안이 소리쳤다. 그의 한 방에 에디의 어깨가 쑥 하고 빠졌다.
'다른 곳'은 그의 관절이 절꺼덕하는 소리에 맞춰 환호를 보내는
듯했다.

분필로 그린 원

에디가 마침내 입을 열었다. 네 놈은 협잡꾼이잖아. 이 모든 게 다 내 것이었어야 해. 그들이 내게 약속했고, 그 누구도 차지해선 안 되었다고. 그러면서 임신한 소녀가 자신에게 이 혈통을 끊어버려야 한다고, 그들이 더는 자식을 갖지 못하게 만들어야 하며 모든 문을 닫아버려야 한다고 말했다고도 덧붙였다.

에디는 저항할 힘조차 잃어가고 있었다. 그저 소리 높여 불평할 뿐이었다. 통증이 거슬리는 건 아니라고 주장했다. 내겐 통증 따윈 중요하지 않아. 난 그저 이 패배가, 패배가, 패배가 너무 아파.

"도와줘."

후안이 내게 눈길을 주지 않은 채 말했다.

내가 다가가 곁에 서자, 후안은 몸을 일으키더니 에디를 있는 힘껏 발로 차서 흉골을 부러뜨렸다. 소년은 비명을 지르고는 기절했다. 왜 그렇게까지 쇠약해져 있던 걸까? 물론 끊임없이 저항하며 힘을 쓰는 한편, '다른 곳'의 묵직한 공기에 숨을 제대로 쉬지 못하고 있긴 했다. 하지만 그 저항이 한계점까지 이어지진 않았다는 느낌이 들었다. 바깥쪽에선 사람을 그렇게 죽이고 다녔으면서 이 안쪽에선 항복하고 있는 꼴이라니. 에디는 피를 토하더니, 콧구멍으로도 피를 쏟아냈다. 반사적으로, 내가 덮고 있던 흰색 담요를 후안에게 건네주었다. '다른 곳'에서 헐벗고 있다는 사실이 새삼 자신의 나약함을 새롭고도 음침한 방식으로 자각하게 만들었다. 움켜쥘 손아귀를, 내 두 다리 사이로 비집고 들어올 손을 나도 모르게 기다렸다. 누군가가 나를 토르소의 계곡으로 끌고 가 장식물 중 하나로 만들어버릴 것만 같았다. 하지만 나는 후안과 함께 있었다.

나의 수호신이 나를 지켜줄 것이었다.

후안은 에디를 담요 위에 올려놓고는 내게 발 쪽을 들라고 신호했다. 그는 반대편 끝을 들었다. 우리는 전장에서 전사한 병사를 급조한 간이침대 위에 실어 나르는 것처럼 에디를 운반했다. 아무것도 신지 않은 발이 뼛조각에 베였고, 피부에는 '다른 곳'의 숨결이 적나라하게 와닿았다. 에디는 아주 가벼웠지만, 나는 숨을 쉬기가 어려웠다. 후안은 내가 끝까지 해낼 수 있는지를 확인하고자 딱한 번 고개를 돌렸고 나는 할 수 있다는 신호를 보냈다.

우리가 향하는 곳이 어디인지 나는 알 수 없었다. 하지만 분명한건, 우리가 줄곧 걷고 있던 뼈의 길이 점점 넓어진다는 사실이었다. 이윽고 대로가 눈앞에 펼쳐졌다. 우리는 토르소의 계곡으로 향하는 방향의 반대쪽에 좁은 통로 하나가 있는 걸 보았다. 숲속 빈터 같은 곳에 도착하기까지 우리는 갖은 애를 쓰며 내려가야만 했다. 언뜻 보통의 빈터와 다를 바 없어 보이는 장소였다. 하지만 넓게 퍼져 있는 나무들을 자세히 보니 모양이 제각각이었다. 몸통만덩그러니 남아 있는 나무들과 높은 수관을 자랑하고 있는 나무들이 들쭉날쭉했다. 후안은 잠시 쉬었다 가자는 내 요청을 수락했다. 에디는 가는 신음만을 흘리고 있었다. 빈터와 나무를 좀 더 자세히 보자 나뭇가지에 그림 같은 것이 걸려 있었다. 가까이 다가가보니 사람들이었다. 후안은 에디를 담요에서 끌어 내린 뒤 언덕 아래로 밀어 굴려 보냈다. 그러자 우리 둘만 언덕을 내려갈 수 있어 훨씬 수월해졌다. 한 손에는 담요를 든 후안이 나머지 한 손을 내게 내밀었다. 후끈거리며 불타오르고 있던 내 손과는 달리 얼음장처

럼 차가웠다. 넌 살아 있잖아, 그의 말에 나는 대답하지 않았다. 후
안은 에디를 다른 이들과 함께 매달아둘 생각이었다. 기계적인 행
위였다. 오래전부터 반복적으로 이어져온 일. 그곳엔 빈 나무가 여
러 그루 있었다. 우리는 수관이 상대적으로 낮은 높이에 있어 가지
에 손이 닿는 나무를 골랐다.

하지만 산 채로 매달 순 없는 일이었다. 후안은 나무 밑에서 에
디의 목을 양손으로 힘껏 감싸 쥔 다음 옥죄었다. 나는 황홀감에
젖은 눈빛으로 그를 쳐다볼 수밖에 없었다. 후안은 진지하고도 안
정적인 태도로 살인을 저지르는 중이었다. 마치 수도 없이 반복해
온 일인 것처럼. 그것은 '다른 곳'이 원하는 희생이었다. 그 희생을
맛보는 소리가 귓전을 울리는 듯했다. 우지끈거리는 소리가 계곡
의 곳곳에서 들려왔다. 하지만 그건 나뭇가지 소리가 아닌, 거대한
혓바닥이 흡족함에 겨워하는 소리였다. 에디에게 안타까움을 느낀
것도 사실이지만, 그의 죽음을 바라보는 일은 경이로웠다. 선택받
은 존재라는 굳은 믿음이 부정당한 것보다 끔찍한 악몽은 없으리
라. 에디는 그날, 자신의 종말을 순순히 받아들였을 것이라고 나는
아직까지도 믿고 있다. 어쩌면 스스로 종말을 찾아다녔던 것일지
도 모른다. 에디의 두 눈은 충혈됐고, 입은 푸르렀으며, 입술과 목,
찌그러진 흉골에는 피가 맺혀 있었다. 완전한 파멸이었다. 혓바닥
도 치아 사이에서 잘려 나갔다. 후안은 우두커니 서 있을 뿐이었
다. '다른 곳'의 공기는 질병의 냄새를 뿜고 있었다. 나는 절단된 인
체로 장식된 공간이 그토록 무취할 수 있는지 몇 번이고 자문했다.
그리고 그제야 그 이유를 알 수 있었다. 단지 인식의 문제, 혹은 영

토 인정의 문제였던 것이다. 그 장소는 자신을 서서히 내주고 있었다. 어두컴컴한 구석에 빛을 비출수록 새로운 배경이, 숨겨진 문이, 지금까지는 그림일 뿐인 것 같았던 새 지평선이 조금씩 모습을 드러내고 있었다.

나무마다 측면에 밧줄이 매달려 있었다. 모든 건 다 준비되어 있었다. 후안은 매듭을 지을 줄 몰랐지만 나는 잘 알았다. 아빠가 뱃놀이를 하며 알려준 기술이었다. 그에게 매듭을 묶는 방법을 몸소 보여주었다. 에디를 매달아야 하는 사람은 후안이었지만, 어쨌든 나는 곁에서 조언을 해줄 수 있었다. 그에 앞서 나는 절차를 파악하기 위해 주변에 매달린 것들에 다가갔다. 방법은 아주 간단했다. 모두가 머리를 아래로 향하게 거꾸로 매달려 있었다. 후안이 할 일은 에디의 오른발을 묶어 나뭇가지에 매다는 일뿐이었다.

후안은 에디를 들어 올려 보았지만, 줄을 끌어당기는 데에는 애를 먹고 있었다. 피로가 겹겹이 쌓여 있었다. 하지만 그 노력으로 얻을 수 있는 대가는 가늠조차 할 수 없는 것이었다. 에디가 떨어지지 않게 몸으로 지탱하려 해봤지만, 두어 번 바닥에 떨어뜨리고 말았다. 그 모습을 보다 못한 내가 도움의 손길을 내밀기도 했으나 그는 손을 내밀어 저지할 뿐이었다. 그 희생을 내가 오염시켜서는 안 된다는 의미였다. 두 눈을 부릅뜬 채로 하늘을 향해 바닥에 누워 있는 에디는 마치 별이 하나도 없는 하늘을 말없이 바라보고 있는 듯했다. 세 번째 시도 끝에 드디어 에디가 나무에 매달렸다. 에디의 왼 다리를 접어 묶여 있는 오른쪽 다리 뒤편에 있게 했다. 나무 몸통과 에디의 허리를 묶은 뒤, 남은 밧줄은 손을 나무 몸통

뒤에 고정시키는 데 썼다. 몇몇 버전의 타로에서는 양손이 풀린 모습으로 표현되기도 했지만, 그곳, '다른 곳'은 전통적인 버전에 더 충실한 듯했다.

모든 게 다 끝이 났고, 나는 그의 작품을 한동안 감상했다. 열두 번째 아르카나*. 에디가 방 안에 그렸던 그 그림이었다. 오래된 이야기였다. 우리는 그 주변에 매달린 다른 사람들을 관찰하려 에디에게서 멀어졌다. 전문적으로 깔끔하게 묶은 매듭이 있는가 하면 리본 같은 매듭도 있었다. 사실 그들을 지탱하고 있는 건 밧줄이 아니었다. 남자와 여자가 골고루 있었고, 그들의 몸은 보존 처리가 되어 있었다. 부패의 흔적도, 폭력의 흔적도 보이지 않았다. 물론, 너무 당연하게도 그곳에 오기까지 어떤 형식으로든 살해되는 과정을 거쳤을 것임이 분명했지만. 그런데 이제 더 이상 우리에게 할 일이 남아 있지 않았는데도 무언가가 발목을 붙잡고 있었다. 후안은 금세 그 이유를 알아차렸다. 희생제물을 바친 우리였기에, 그곳에서 무언가를 가져갈 자격이 생긴 것이었다. 그 장소는 우리에게 보상을 하려 했다. 나는 검은 휘광에 휩싸인 후안의 손을 바라보았다. 고마워, 후안이 큰 소리로 외치더니 정확한 일격으로 에디의 한 손을 잘라냈다. 그 순간만큼은 그의 손이 실톱이자 총기였다. 내 아내를 위해, 이 사람이 그토록 원하던 영광의 손을 가져갈게. 그가 말했다. 그걸 받아 든 나는 망연자실한 채 감사의 눈물을 쏟을 수밖에 없었다.

---

*   타로 카드 순서 중 열두 번째에 해당하는 '매달린 남자' 그림을 말한다.

집으로 돌아오자 스티븐이 우리를 기다리고 있었다. 경찰을 부르진 않을 것이었다. 비극에 대한 처리는 기사단의 몫이었다. 그의 동생이 쓰던 총기는 아래층 바닥에 그대로 놓여 있었다. 이제 에디는 이 세상에서 발견될 리 없었기에, 그것이 있어야만 우리가 범죄를 뒤집어쓰지 않을 수 있었다.

죽은 이들은 죽어 있었다. 관점에 따라 선택되었다고도, 낙인찍혔다고도 할 수 있는 삶의 결과물이었다. 에디의 희생과 정화의 과정은 필연이었다. 나와 후안과 스티븐, 우리 세 사람만이 살아남았다. 하지만 후안은 그렇게 생각하지 않았고, 그 모든 게 자신의 탓이라고 생각하며 암울한 절망에 빠져 있었다. 난 그게 과장된 생각이라 여겼기에 탐탁지 않았다. 괴물은 미로 속에 웅크리고 숨어 있기 마련이다. 그 괴물이 방금 지나친 코너에서 나타나지 않았다면, 그다음 코너에 도사리고 있을 게 뻔하다. 한편 실을 길게 늘어뜨리며 들어가 끝끝내 탈출하는 사람들도 간혹 있기 마련이다. 그 안으로 깊숙이 들어가는 사람은 그에 상응하는 대가를 치러야 함을 안다. 후안은 내가 에디의 총격에 당할 수도 있었다고 생각하며 스스로를 탓하고 있었다. 하지만 나는 그가 날 보호해주길 바란 적이 단 한 번도 없었다. 지옥에서 살 운명을 가진 사람이 어떻게 남을 도와줄 수 있겠느냐고, 수도 없이 말해온 나였다.

우리는 예정대로 카다케스를 향해 출발했다. 마르가랄 가문의 아름다운 저택에서 지내는 동안, 1969년의 끔찍한 연쇄 살인 사건과 뒤섞여 보도되곤 하던 체인워크 학살 관련 소식을 들었다. 에디 매터스, 찰스 맨슨, 지옥의 천사들, 폰타나 광장 테러 사건, 미라이 학살 관련 보도 등. 에디가 주요 용의자였다. 총은 물론, 온 집 안이 그의 지문으로 뒤덮여 있었던 것이다. 우리는 경찰에 그가 도 주했다고 증언했다. 다친 나는 그를 쫓아가는 게 불가능했고, 후안 은 건강 상태로 인해 추격을 포기했으며, 스티븐은 조금 더 따라붙 긴 했지만 결국 놓치고 말았다고 말했다. 우리는 플로렌스와 페드 로에게도 같은 말을 반복했다. 두 사람은 그 말을 믿었다. 사실 그 둘의 만남 역시 그와 같은 정화 과정을 통해 이뤄졌기에 우리 말 을 믿지 않을 수 없었다. 플로렌스는 에디가 자살하지 않았다는 사 실에 짐짓 놀라워했다. 그녀의 마음속엔 뭐라 딱히 꼬집어 말할 수 없는 의심이 싹터 있었다. 에디를 찾기 위해 강에서도 수색이 이어 졌지만 당연하게도 별 소득 없이 끝났다. 살아남은 또 한 명의 목 격자는 의사, 그라시엘라였다. 그녀는 총성을 듣자마자 경찰에 신 고하려 했으나, 전화가 먹통이었다고 증언했다. 에디가 전화선을 모두 끊어놓았기 때문이었다.

그 집의 테라스에서 나는 새파란 바다, 흔들리는 배들, 흰색 집 들을 조망하며 생각을 정리할 수 있는 시간을 가졌다. 임신한 상태 로 죽은 엔카르나시온. 기사단 남자들에게 강간당하고, 스스로 목 숨을 끊은 그녀. 그리고 망가진 아들 에디. 두 사람 모두 혈통을 끊 으려 했고, 각자의 방식대로 기사단을 멸망의 문턱까지 가게 만들 었다. 엔카르나시온은 늙은이들을 없앴고, 에디는 자식들을 없앴 다. 당연하게도, 두 사람 다 기사단 전체를 없애지는 못했다. 그들 이 옳았긴 하지만, 이제 난 그 어느 때보다 아이가 갖고 싶어졌어. 후안이 말했다. 내 아이는 그들에게 바쳐지지도, 학대당하지도 않을 것이다. 그리고 최초로 메디움의 아이가 될 것이다. 나는 후안과 가정을 이룰 것이고, 내가 기사단을 이끌게 되는 순간이 오거나 산 채로 의식을 유지할 수 있게 해줄 올바른 해석에 도달하게 된다면 그때는 플로렌스나 메르세데스, 앤의 명령을 받지 않게 될 것이다. 그게 아니라 해도 그들은 최소한 모든 결정을 하기 전 나와 상의를 해야 할 것이다.

가장 힘들었던 건 후안의 우울을 견디는 것이었다. 카다케스에 머무는 동안 그는 방 안에만 틀어박혀 지냈다. 그는 에디의 부모와 한 지붕 아래 있는 걸 견디기 힘들어했고, 언제라도 자신의 범행을 자백할 준비가 되어 있었다. 스스로 목숨을 끊지 않았던 건 단지 내가 지켜보고 있었기 때문이었다. 그는 내게 아무런 관심도 주지 않았을뿐더러 스티븐마저도 피했다. 지금은 기다려줄 때라는 걸, 그리고 임신 소식을 듣는다면 즉시 기운을 차릴 거란 걸 나는 알고 있었다. 그에게는 온전히 자신의 것인, 무해한 존재를 보살필 필요가 있었다. 자신을 상실하는 일이 필요했다.

후안의 우울은 애써 스스로의 탓으로 돌리고 있는 이번 살인 사건 때문만은 아니었다. 에디의 희생 역시 큰 영향이 없었다. 그날의 학살 사건 이후 어느 날, 우리가 하루 종일 참고인 조사를 받아야 하던 때가 있었다. 그 이튿날에는 플로렌스의 집에서 같은 일이 반복됐다. 이후 우리는 체인워크의 집에 돌아갈 일이 없었다. 옷이나 서류 등이 필요하면 일꾼 중 한 명을 보내면 되었다. 하지만 후안은 뜬금없는 억측에 사로잡히더니, 스티븐의 동행하에 그곳을 다시 방문했다. '다른 곳'으로 이어지는 통로는 닫혀 있었다. 이제 후안이 아무리 문을 열어도 그 안에는 침대와 그림 두 점, 그리고 창문 하나밖에 보이지 않았다. 그는 여러 번 고집을 피우더니, 나무 문에 기대어 제발 열어달라며 아이처럼 빌기도 했다. '다른 곳'은 희생제물을 받자마자 모습을 감추고 말았다. 아르헨티나 속담처럼, 먹이를 먹은 새는 날아가기 마련이다. 에디는 그 죽음의 세계에서 실종되었다. '권능의 자리' 역시 증발해버린 게 당연한 수순이었다. 플로렌스는 그 소식을 비명 소리로 맞이했다. 그 사실을 어떻게 해석해야 할지 몰라 난감해하는 모습이었다. 런던에서 의식을 단 한 번밖에 못 했다니, 이 얼마나 큰 낭비냐. 그녀가 내게 한 말이다.

후안은 능력의 원천이 사라져버렸다는 사실에 해방감과 절망감을 동시에 느꼈다. 도망가버릴까도 생각했어. 가장 가까운 기차역에서 아무 기차나 잡아타고 작은 도시에 내리는 거지. 펍에 들어가서 맥주 한 잔을 마신 뒤, 도로변에 있는 무너진 성곽 아래에서 죽음을 맞이하는 거야.

왜 실행하지 않았어? 내가 물어보았다. 뭐, 항상 네가 어디에 있든 찾아낼 수 있다고들 말하긴 하지만, 혹시 네가 '풀린 매듭'일 수도 있잖아. 도망칠 수 있는 존재 말이야. 우리는 카다케스 저택의 방 안의 어스름 속에 있었고, 나는 내 가슴에 맞닿은 심장의 불규칙하고 걷잡을 수 없는 두근거림을 느끼는 중이었다.

난 시골 구석의 이름 모를 호텔에서 폐에 체액이 가득 찬 채 절반은 마비된 몸으로 최후의 순간을 맞이하고 싶진 않아. 할 줄 아는 일도 없고, 지도를 보고 방향을 찾아갈 수조차 없지. 포기하거나 내려놓겠다고, 죽겠다고, 바꿔버리겠다는 말들은 누구나 할 수 있어. 하지만 모든 걸 내려놓는다는 건 결국 아무것도 의미하지 않아. 온몸을 감싸는 힘의 흐름을 느끼는 것, 타인의 등을 갈기갈기 찢어발기는 것, 밤의 주관자와 동행하는 자로서 주어진 내 몫, 그것들만이 온전히 내 것이야.

그리고 나도 네 것이야, 내가 나지막이 말했다.

그리고 너도 내 것이야, 그가 답했다.

‡

아르헨티나로의 귀환이 후안에겐 실패를 의미하긴 했어도, 내게는 되찾은 언어, 자유로워진 양손, 마약으로부터 정화된 혀, 집에서 연구 완성하기, 준비된 때와 장소에서 만나게 될 나의 아들을 의미했다. 푸에르토레예스, 여름의 폭풍, 아버지의 요트 위에서 마시는 술, 탈리와 함께 누비는 숲과 저수지, 배꼽이 빠지도록 깔깔 웃으며 떠나는 파라과이로의 여행. 부르주아식 결혼식, 테라스에서 시집을 읽으며 날 기다리는 연약하고도 아름다운 남편. 후계자를 기다리는 젊은 백만장자들의 일상이었다. 하지만 학살 사건 이후로 우리는 더 이상 젊은이가 아니게 되었다. 나는 아르헨티나로 떠나기 직전에야 라우라의 무덤에 가볼 용기를 낼 수 있었다. 런던을 떠나오려 한 건, 그녀를 잊고 싶었기 때문이기도 했다. 온 도시가 그녀를 떠올리게 했다. 그녀의 대안 지도에서는 런던의 골목길 하나하나가 저마다 특별한 의미를 갖고 있었다. 우리는 모든 공원과 공동묘지를 있는 대로 다 누비고 다녔다. 그녀는 하이게이트 묘지의 한 귀퉁이, 메디움 올라나와 가까운 곳에 묻혀 있었다. 봉분 위에서는 딸기나무가 자라고 있었다. 스티븐은 그녀를 처음으로 찾아간 날, 여우 한 마리를 보았다고 말했다. 그녀의 무덤 위에 누워 문신으로 가득했던 그녀의 악취 풍기는 몸을 떠올리던 나는 잘 있으라고, 널 잊지 않겠다고 다짐했다. 몸을 일으키자 어깨가 덜덜 떨려왔다. 무해한 충격이 남긴 묵직한 통증이 이따금 나를 아프게 했다. 바로 그 순간, 이제야말로 후안과 내가 모든 죽음은 과거 속에 묻어두고 앞으로 나아가야 할 때라는 생각이 들었다. 플로렌스가 자신을 둘러싼 많은 죽음을 어느 순간 과거에 묻어버렸던 것처럼.

'다른 곳'은 나 또한 예전과는 다른 사람으로 변하게 만들었다. 우선 알몸으로 그곳을 오가며 그 숨결이 피부 위를 적나라하게 훑게 두었던 탓에 피부가 철갑처럼 변해버렸다. 그리고, 물론 쉽지 않은 과정을 지나긴 했지만, 후안과 나는 다시 친밀감을 회복했다. 이제 우리 사이에 비밀이 자리하게 됐고, 둘 다 낙인을 가지게 되었다. 우리는 격렬함과 다정함 사이의 균형을 유지하며 그 어느 때보다도 많은 섹스를 했다. 자연유산도 여러 차례 겪었지만, 굳이 그에게 털어놓지는 않았다. 나는 변기나 욕조의 물 위를 둥둥 떠다니는 진한 색의 핏덩어리를 몇 시간이고 가만히 지켜보곤 했다. 우리의 때가 올 것이었다. 내 아들은 푸에르토레예스에서 잉태될 것이었다. 그리고 그곳에서 우리는 후안의 음침한 우울을 물리치고, 끝없는 분노가 그 자리를 대신하게 되는 걸 보게 될 것이었다. 내가 끝내 없애지 못한 그 분노. 그는 우리 아이를 걱정했다. 그 아이를 보호할 능력이 없거나 방법을 알아내지 못할까 봐 두려워했다. 아이를 보기도 전에 죽게 될까 봐, 너무 사랑하거나 혹은 방관하게 될까 봐 노심초사했다. 하루는 내게 무슨 감정을 느끼게 될지 모르겠어, 라고 털어놓기도 했다.

　무엇이 되었든 그 순간에 꼭 필요한 무언가를 느끼게 될 거야, 내가 답했다.

3

"마르셀리나가 칼을 또 숨겨놨나 봐. 어휴, 이 정도면 집착 아냐? 못 살아 정말."

　탈리는 긴 머리를 손으로 쓸어내렸다. 날씨가 후덥지근했지만, 비를 예고하며 불어대는 바람이 나무들을 흔들며 푸에르토레예스의 안뜰을 상쾌하게 식히고 있었다. 정원을 마주하는 안뜰 너머로 공원과 손님용 별채, 그리고 밀림과 뒤섞인 저택의 나머지 부지가 보였다. 소파에 자리를 잡은 탈리는 마테차를 한 모금 들이켜고는 내게도 한 입을 권했다. 우리는 아무리 더운 여름이라도 마테차를 차게 마시지 않았다. 후안은 종합병원의 축소판과도 같은 방에서 의식 후 회복에 집중하고 있었다. 우리는 그의 곁을 지키고 있긴 했지만, 그것도 방 밖에서일 뿐이었다. 의사들과 시끄러운 기계들, 기다림으로 점철된 그 방 안에 머무는 건 견디기 쉽지 않은 일

　　　　　　　　　　　　　　　　　　　　분필로 그린 원

이었다. 대부분의 초심자들은 원래 자신이 있던 자리로 돌아갔고, 푸에르토레예스에 남은 건 가족뿐이었다. 우리 아빠는 해변가에서 줄곧 술판을 벌이고 있었다. 세 명의 여자들은 서기들과 함께 틀어박힌 채 나오지 않은 지 며칠째였다. 심복이라 할 수 있는 스티븐만이 후안의 곁을 계속 지키고 있었다. 그는 에디의 죽음 이후 전보다 더 후안에게 충성했다. 내 발 아래에는 네 발로 엉금엉금 기어가며 이파리와 꽃, 벌레 따위를 입으로 가져가는 가스파르가 있었다.

"애를 데려가봤어? 그럼 좋아할 텐데."

"좋아는 하겠지. 그렇지만 애한테 좋지 않아. 오늘은 후안이 힘들어하는 걸 알아차리는 바람에 몇 시간을 달래줘야만 했어."

"딱해라, 나한텐 한 번도 그런 말 안 했잖아."

"오늘 아침에 일어난 일이야."

탈리는 가스파르의 입에서 자카란다 꽃을 빼냈다. 아이는 그 꽃을 열광적으로 좋아했고, 마치 사탕이라도 되는 듯 열심히 뜯어먹었다.

"그 칼 말이야, 내가 얼마나 좋아했는데."

"어디 있냐고 물어보면 가져다줄 거야. 과라니 사람들은 뭐든 파묻는 걸 좋아하잖니. 마르셀리나도 할머니가 하시던 걸 그대로 배웠어."

"아이 아빠가 괜찮아지면 아순시온에 돌아가봐야 할 텐데. 얘도 데려갈까? 우리 넷이 함께 가도 되고."

우리는 아순시온 지역박물관의 수공예실 조성에 협력하고 있었고, 관장으로부터 산라무에르테의 신상 컬렉션을 전시할 수 있는 전시실 하나를 통째로 받아내는 데 성공한 바 있었다. 아빠가 불평하긴 했지만, 그의 말엔 아무런 권위가 없었다. 대부분의 시간을 술에 찌든 상태로 보내던 아빠는 자신이 원하는 게 무엇인지 떠올리는 것조차 힘겨워했다. 당연히 거저 주는 건 아니었다. 우리는 그 컬렉션을 무기한 임대 형식으로 제공했다. 그리고 가장 중요한 의미를 가진 신상들은 여전히 코리엔테스에 위치한 탈리의 신당 안에 모셔놓고 있었다. 그녀는 강력한 힘을 가진 신상들과는 절대 헤어지지 않을 것이었다.

나는 푸에르토레예스에서 논문을 마무리한 뒤, 케임브리지로 날아가 심사를 받았다. 영국에서 보낸 단 일주일 동안 매일 라우라의 무덤을 찾아갔다. 내가 쓴 논문은 여러 국가의 인류학 학술지에 게재되었다. 얼마 후 부에노스아이레스대학에서 강의를 시작할 예정이었던 나는 우리 가족 소유의 그 아파트로 들어가고 싶지 않았기에 새로운 집을 물색하기 시작했다. 그동안 후안은 가스파르를 돌보며 책과 공부에 열중하는 한편, 스티븐과 함께 '다른 곳'으로 이어지는 통로를 찾는 일에도 몰두하고 있었다. 아직 그 어떤 단초도 찾아내지 못한 상태였다. 후안은 푸에르토레예스 어딘가에 포털이 있을 거라고 짐작하기는 했지만, 문제는 짐작만 할 수 있을 뿐 손이 닿는 곳 어디서도 찾아내지 못했다는 사실이었다. 그러면 어디를 더 뒤져보아야 할까? 스티븐이 아이디어를 냈다. 호르헤가 그를 수술했던 병원 근처와 처음으로 어둠이 후안에게 내려왔던 장소. 두 사람은 갖가지 변명을 대며 부에노스아이레스로 다녀오곤 했다. 사실 그쯤 해서는 아무도 꼬치꼬치 캐묻는 사람이 없기도 했다. 에디의 실종과 학살 사건 이후 새 전기를 맞은 기사단은 여러 가지 측면에서 예전과 다른 모습을 보이고 있었다.

다른 변화는 없었다. 플로렌스와 우리는 많은 토론을 거쳤고, 결과적으로는 내가 제안한 대로 간단하고 효과적인 제례를 상호 협의한 뒤 가스파르를 지켜보기로 했다. 아이는 매년 두 번씩 후안의 '권능의 자리'에 가게 될 것이고, 여자들이 그 아이의 주위에 피로원을 그릴 것이었다. 라우라가 내게 가르쳐준 대로, 무언가를 쫓고 또 찾는 속성이 있는 동맥혈―초심자들이 스스로 바치곤 한다― 이 사용될 것이다. 뿐만 아니라 그들은 루비가 박힌 올라나의 해골을 사용할 것이었다. 가스파르는 이미 두 살 때 여러 번 원 안에 들어가야 했다. 그리고 매번 그 안에서 네 발로 기며 기사단의 관찰자들을 흥미 반, 걱정 반이 섞인 눈빛으로 바라보곤 했다. 다만 두려워하는 내색은 전혀 보이지 않았다. 무슨 일이 일어나고 있는지 이해하거나, '권능의 자리'에서 뿜어져 나오는 에너지와 접촉하는 징후 역시도 단 한 번도 보이지 않았다. 그때마다 후안과 나도 아이의 곁에 함께 있었다. 가스파르는 보통의 아이였고, 남다른 면이 있다면 다른 또래 아이들보다 유독 아빠를 따른다는 것뿐이었다. 많이 잤고, 가끔 울었으며 이따금은 벌레 한 마리나 TV 프로그램을 과도하리만치 한참 동안 집중해서 보고 있기도 했다.

후안과 나는 가스파르를 놓고 여러 번 다툼을 벌였다. 매일, 여러 번이었다.

"그 아이가 계시를 받게 된다면, 내게 막을 방법이 있어. 세상엔 그걸 백지화시킬 방법이 여러 가지 있어. 당신도 잘 알 거야."

그가 말했다.

이런 말들은 나를 불편하게 했다.

"가스파르에게는 자신이 원한다면 기사단에 들어갈 수 있는 권리가 있어. 내게도 권한이 있고. 우리 아이에게 나쁜 짓을 하진 않을 거야."

"난 당신을 믿어. 하지만 저들은 아냐. 나도 내가 원한다면 저 아이가 기사단에 들어가지 못하게 막을 수 있어."

나는 말다툼을 하고 싶진 않았지만, 후안이 아니고서는 그 누구와도 우리 아들에 대해, 그리고 그 아이의 미래에 대해 이야기를 나눌 수 없었다. 가스파르가 태어나기 전, 나는 불가능한 소원을 빌었다. 아빠의 능력을 물려받기를. 난 진심으로 그 일이 가능할 것이라 믿었고, 가스파르는 남다른 메디움이 될 수 있다고도 생각했다. 나는 지정된 날짜에, 지정된 표식을 사용한 날에 그 아이를 잉태했다. 임신 과정도 상상하기 어려울 정도로 수월했다. 입덧이나 불편감은 첫 달에만 잠깐 반짝했다 사라졌다. 나머지 임신기간은 그저 내 배 속에 빛이 한 줄기 있는 것 같은 느낌으로 보냈다. 매일 일을 했고, 에너지가 넘쳤다. 아이디어, 글쓰기, 숲속에서의 인터뷰, 아빠와 마테차 재배지를 놓고 벌인 다툼들까지. 탈리, 그리고 당시 거의 정치 활동에만 전념하며 우리 집은 가끔씩만 방문하던 베티―그녀의 파트너인 에두아르도는 좌파 군인으로 우리 가문을 극도로 혐오했다―와 함께 우리 가문의 회사가 재배지에서 일하고 있던 모든 일꾼과 합법적 근로계약을 맺도록 밀어붙였다. 비록 쥐꼬리만큼도 못한 금액이긴 했지만, 적어도 무언가를 받을 수는 있게 되었다. 그런 일들이 그때부터 매일매일 꼬리를 물며 이어졌다. 잠도 오지 않았다. 그저 괴물 같은 허기만 느낄 뿐이었다. 내 몸이 점점 불어갔고, 살찐 모습을 보며 울었다. 후안은 그런 내 모습을 보며 미소 짓곤 했다. 하지만 나는 그 과정 속에서 한 번도 불행하다 느끼지 않았다. 격앙된 상태가 다른 감정들을 짓누르고 있었다.

후안은 이제 담배를 피웠다. 그 사실은 우리 삼촌을 절망에 빠지게 만들었지만, 누구도 그에게 습관을 고치라고 말할 수도, 강제할 수도 없었다. 우리가 서로에게 소리를 높이며 말다툼을 할 때면 줄 담배를 피워대기도 했다. 어둠은 우리에게 의식을 영속시키는 법을 알려주었다. 의식을 한 몸에서 다른 몸으로 이동시키는 것이었다. 다른 전통에서는 윤회라는 용어를 사용할 것이다. 나는 차지한다는 표현을 썼다. 그것밖에는 달리 표현할 말이 없었다. 남의 몸을 훔치는 것. 고약한 일이 아닐 수 없었다. 다른 사람의 삶과 정체성을 빼앗아 차지하는 것이기 때문이다. 다만 구체적인 방법은 아직 밝혀내지 못했다. 그 의식을 받는 사람을 과연 고를 수 있는지, 표식을 받은 사람이어야 하는지, 아니면 어둠이 지정한 사람이어야 하는지 등 의식의 수용체를 결정하는 게 문제였다. 어둠이 다음 단계를 알려줘야 했지만, 언제나 그렇듯 어둠은 비밀스럽고 변덕스러운 존재였다. 후안에 따르면 그가 내뱉는 말들엔 진실된 것이 없었다. 해석을 잘못하거나, 단지 머릿속에서 지어냈거나 암시된 말들을 믿을 수도 있기 때문에 결코 의식의 전이에 성공하지 못할 것이라고 했다. 하지만 나는 그 말에 동의하지 않았고, 거기서 말다툼이 시작되곤 했다. 나는 후안이나 라우라가 주장하는 것처럼 그 말들에 의문을 제기할 필요성을 느끼지 못했다. 내겐 믿음이 있었다. 살육하는 어둠은 다름 아닌 바로 후안에게서 발산되는 것 아닌가? 짐승의 손아귀로 변신하는 손 또한 맨정신으로는 일어날 수 없는 일 아닌가? 비록 우리에게 이 같은 의견 차이가 있긴 했지만, 그것이 우리 사이를 멀어지게 하지는 않았다. 여러 날 밤을 뜬눈으로 지새우며 많은 말들을 주고받긴 했어도, 그러다 결국 문을 세차게 닫는 소리, 고함 소리로 끝나는 경우가 대부분이었어도, 그 어떤 싸움도 적대적인 감정으로 끝나지는 않았다. 확신을 갖는 게 불가능했을 뿐이었다. 믿음을 철회하는 것 역시 불가능했다. 물리적인 증거가 바로 눈앞에 있었기 때문이었다. 모든 게 안개가 낀 듯 뿌옇게 보이는 상황에서 신뢰를 주고받기란 힘든 일이었다. 그렇게 우리가 덩그러니 함께 있었다. 비밀과 의문으로 가득 찬, 세상의 끝과도 같은 그곳에.

"탈리, 그 칼이 왜 필요한데?"

"식물들을 관리하려면 필요해. 물론 정원사가 있는 줄 나도 뻔히 아니까, 잔소리는 접어둬. 얘네들은 내 거야. 난 얘네들을 돌보는 게 그냥 좋아."

예고된 폭풍이 숨통을 조여왔다. 가스파르도 담요 위에 누워 하늘을 바라보고 있었다. 이게 정상일까? 나는 자문했다. 이 아이가 사물에 보이는 관심이 과연 평범한 걸까? 내가 관심을 돌리려 하자, 웬만해선 짜증을 내지 않는 가스파르가 금방이라도 울음을 터뜨리려 했다. 늙은 개 오스만이 숨을 헐떡거리며 우리 곁으로 다가 왔다. 그 녀석의 말년을 미시오네스의 더위 속에서 보내게 한 것은 잔인하기 짝이 없는 일이었다.

스티븐이 집에서 나오는 모습이 보였다. 몹시 수척한 얼굴로 조 그만 정원에 들어오는 그의 모습에 나는 적잖이 놀랐다. 후안은 잘 있어, 깨어나서 의식도 차렸고, 라는 그의 말에 나는 어깨의 힘을 풀었다. 우리 엄마 때문에 그래. 너랑 얘길 좀 해야겠대.

"그런 표정이면 좋은 일은 아니겠는데?"

가스파르가 다리를 감싸 안자, 스티븐이 아이를 번쩍 들어 올렸다.

"이리 온, 나랑 네 아빠를 보러 가자."

스티븐이 말을 이었다.

"산소 줄도 뗐어. 이제 가스파르가 놀랄 일은 없을 거야."

그들은 이 층의 회랑에서 날 기다리고 있었다. 늘 모임이 열리는 곳이었다. 나무 계단은 삐걱거렸고, 카펫은 흠뻑 젖어 있었다. 과 하게 긴장한 모습을 보이고 싶진 않았기에, 아빠의 그림들을 보며 잠시 숨을 돌렸다. 아름답기 그지없는 칸디도 로페스의 그림은 금 이 가기 직전이었다. 언젠가 그 그림을 들고 달아나서 박물관에 기 증하고 말겠다고 생각했다. 어차피 아빠는 알아차리지도 못할 것 이었다. 플로렌스, 앤 그리고 엄마가 기다리고 있던 방 안에 의심 한 줄기를 품고 들어섰다. 세 사람이 함께 있을 땐 의심의 끈을 놓 쳐선 안 됐다. 후안이 며칠 전 읽어준 시구가 뭐였지? '한 여자는 창녀, 다른 여자는 어린 소녀. 한 번도 남자를 욕망해본 적이 없는 이들. 남은 한 여자는 여왕이리라.'

플로렌스는 내 볼에 입을 맞추며 인사하고는 내 머리카락을 쓰다듬었다. 그녀의 손에선 호랑이 연고 냄새가 났고, 손목의 팔찌가 짤랑거리는 소리를 냈다. 메르세데스는 나를 위에서부터 밑으로 훑어보았다. 조롱이 뒤섞인 소유욕이었다. 그 여자는 태초부터 지금까지 나를 줄곧 그렇게 바라봐왔다.

"애야, 정말 아름다운 날이 아닐 수 없구나."

플로렌스는 이 말을 내뱉으며 와인병을 땄다. 르루아 와인이었다. 부르고뉴의 향이 거실 안을 가득 메웠다. 플로렌스의 주체 못할 행복감은 종종 나쁜 소식의 전조이기도 했다. 특히 아래층에선 후안이 의식이 몸에 남긴 후유증을 극복하려 애를 쓰고 있는 지금 이 순간, 그 이유가 무엇이든 간에 자기들끼리 자축하고 있다는 사실이 몹시도 거북했다.

"기다리고만 있을 수가 없었단다, 애야. 그래, 후안도 여기 있었어야 해. 나도 잘 알지. 하지만 지금 그 아이의 상태가 이 소식을 듣기에는 적합하지 않아. 그를 화나게 할지도 모르거든. 건강을 되찾을 때까지 기다리려고 해. 우리가 얼마나 많은 빚을 졌는지 몰라. 이 모든 게 다 그 아이 덕분이지. 내 딸아, 우리는 이제 의식을 살게 하는 방법을 알아냈어. 그 말은 아주 명확했단다. 나도 그걸 들었지. 신들이 메디움과 수용체를 위한 제례의 방법을 직접 일러주셨단다. 메디움은 자기 의식을 자식에게 이전시킬 수 있어. 연장된 생명은 우선 그들에게 주어질 거야. 그 후엔 우리 차례가 될 거고. 다시 정리하자면, 난 지금 너무 설렌단다, 적당한 말이 뭐가 있을까? 그래, 이제 제례는 완성된 거야. 구체적인 실행 방안도 우리에게 주어졌고. 우선 그 두 사람이 먼저고, 나머지 사람들은 그다음이 될 거야. 가서 한번 얘기해봐."

나는 창문 옆의 탁자에 펼쳐진 책에 가까이 다가갔다. 어지러워서 제대로 읽을 순 없었지만, 그래도 읽는 척했다. 당연하게도 런던에 원본이 보관되어 있는 '책'과는 다른 내용이었다. 기사단 내부의 어느 누구도, 심지어 나조차도 그 위치를 알지 못하는 별도의 사본들이 존재했다. 앤이 기품 있는 손으로 써 내려간 기호들을 읽었다.

페이지를 다 들춰본 뒤 그 여자들을 향해 몸을 돌리자, 세 사람이 함께 건배하고 있었다. 내 몫의 잔이 탁자 위에 놓여 있었고, 나는 억지로 그걸 마셨다. 피가 내 머릿속을 파고들어 오는 한편 온몸이 차갑게 식는 게 느껴졌다. 현기증이 돌았고, 걸음은 비틀거렸다. 이게 전부인 걸까? 결국 이렇게 될 운명이었을까? 천둥번개라든지, 하늘에서 내려오는 신호 따위는 없어도 되는 걸까? 밀림 한가운데 초심자들을 모아놓고, 연단에 서서 연설을 하는 일도 하지 않는 걸까? 런던이나, 팜파스의 어느 농장이나, 지중해 연안에서 몇 날 며칠 동안 파티를 열어야 할 정도의 일 아닌가? 그저 후덥지근한 이런 방 안에서 늙은 여자들끼리 자축하는 걸로 끝나도 되는 건가? 정말 이 여자들과 영생을 나누어야 하는 걸까?

내가 원하는 게 그걸까?

"아하, 너도 놀랐구나."

플로렌스가 말했다. 그러고는 마치 삼대독자의 출생을 기뻐하는 남자처럼 담뱃불을 붙였다.

붉게 달아오른 그녀들의 저속한 얼굴에는 주체 못 할 기쁨이 서려 있었다. 볼 때마다 숱이 초라해져 가는 백발의 엄마가 내게 말했다.

"가스파르가 제 아비의 가업을 이어갈 메디움이 설사 아니었다 해도, 이젠 상관없게 됐어. 그 재능을 이어받았든 아니든, 신경 쓸 필요가 없게 된 거지. 이제 어떤 방식으로든 제 아비를 물려받게 됐으니까! 어둠이 우리에게 말씀하셨어. 의식을 보존하려면, 타인에게 그걸 이전하기만 하면 된다고 말이야. 물론 그건 우리도 익히 알던 얘기지. 하지만 이번에는 우리에게 메디움이 무한대로 영속할 수 있는 방법을 알려주신 거야. 어둠이 원하시는 바가 이것이라는 게 너무나 당연하지 않니? 네 아들은 수용체가 될 거야."

"알았어요, 메르세데스."

나는 한껏 불편한 티를 내려고 애쓰면서도, 한편으로는 메르세데스가 굴욕감을 느끼지 않기를 바랐다. 항상 플로렌스의 설명을 되풀이하면서, 자기가 아주 중요한 설명을 한다는 듯 의기양양해하는 게 늘 꼴 보기 싫었다. 수용체라니. 양동이 같은 존재란 말인가? 후안의 의식을 이어받게 될 몸은 다름 아닌 가스파르의 몸이 될 것이었다. 그들은 이 절차를 실행할 방법까지도 모두 다 계획해 놓고 있었다. 난 적어도 그녀들 앞에서만큼은 눈물을 보이지 않으려 애를 썼다. 목소리를 떨지는 않으며 겨우 입을 뗐다.

"그럼 그 이전이라는 거, 언제 할 수 있는 거예요? 우리 아들의 몸으로 들어오기 위해 후안이 자기 몸을 떠나야 하는 날이 언제인 거죠?"

플로렌스가 미간을 찌푸렸다. 내가 '후안과 우리 아들'이란 표현을 쓴 게 못마땅했던 것이었다. 그녀는 의심을 품기 시작했다. 설마, 내가 아무런 반발도 하지 않길 바랐던 걸까? 나는 생각했다. 내아기를 그렇게 쉽게 보내주고, 내 남편마저도 속수무책으로 잃어버리고 말 거라고 생각했던 걸까? 내 아들의 몸을 차지하는 게 설사 후안이라 해도, 그런 파트너와 함께할 순 없을 것이었다. 하지만 그녀들은 내가 이런 단어를 꺼낸 것 자체를 못마땅해할 게 뻔했다. 이런 형식적인 자리에서는 적당한 거리감과 적확한 용어 사용이 무엇보다도 중요했다. 그들이 내게서 원했던 용어가 "메디움과 수용체"였다는 걸 난 너무도 잘 알고 있었다. 하지만 그들이 이런 불편한 마음을 알아차리더라도 상관없었다. 사랑은 불순해, 앤의 두 눈이 말하고 있었다. 그리고 그건 사실이기도 했다. 전염성이 강한 사랑은 나를 소유적이고, 야만적이며 파괴적인 존재로 만들어갔다. 어느 날 플로렌스가 내게 이런 말을 했다. 우리는 자녀들과 파트너들을 사랑해야 해. 단, 그들을 보내야 하는 바로 그날까지만. 대의를 위한 희생이 있으려면 내려놓을 줄도 알아야 해.

"지금 당장은 아냐. **우린 기다려야만 해.** 아이가 열두 살은 되어야해. 어둠이 그 나이를 지정해주셨어."

"다른 사람들을 시험해보진 않을 거예요?"

"시험이 금지되진 않았지."

"후보자가 부족하진 않잖아요." 내가 말했다.

연속성은 네 아들에게 있어, 그들이 반복했다. 그 시간이 올 때까지, 너희들은 우리가 약속한 대로 평범한 삶을 영위할 수 있을 거야. 제례는 십 년 후에 열린다. 메디움과 수용체는 십 년간 생명을 부지해야 해.

"그럼 메디움을 과도하게 이용하는 일을 제발 멈춰주세요. 그가 십 년 동안 살아 있길 바란다면 의식의 주기를 지금보다 더 늘려야 할 거예요. 어제는 심폐소생술을 해야만 했다고요. 호르헤 삼촌은 수술을 추가로 더 해야 한다고 하고요. 이 속도대로라면 몇 년 못 버틸 거예요. 사실 수도 없이 했던 이야기잖아요."

"난 메디움과 계약을 맺었지만, 언제든 다시 논의해볼 수 있어. 이미 의식은 그 아이가 원할 때에만 하고 있기도 하고. 이렇게 좋은 소식이 있을 때 싸우고 싶진 않아. 우리 모두 좀 흥분된 상태잖니. 무엇보다 중요한 건 우리가 앞으로 계속 나아갈 수 있다는 사실이야. 딸아, 네 가문이 미래를 가져다줄 거야."

와인을 여러 모금에 걸쳐 마신 뒤, 나가서 생각할 시간을 달라고 요청했다. 당연하지, 플로렌스가 대답했다. 우린 모든 걸 다 이해해. 얼마나 큰 책임감이니! 이 세상 그 누구도 오늘의 너만큼 중요한 결단을 내리진 않을 거야. 당연히 혼자 생각할 시간도 필요하겠지.

그녀가 문을 닫았고, 나는 그들이 내 소리를 듣지 못한다는 확신이 들 때까지 최대한 느리게 걸어갔다. 그리고 강가로 뛰어갔다. 계단을 얼마나 빠르게 뛰어 내려갔는지, 강가에 도착했을 땐 심장이 터질 듯 뛰고 있었다. 앉아서 치맛자락으로 땀을 식힌 뒤, 엄지발가락으로 모래밭에 구멍을 만들었다. 잠깐 사이에 이 집의 반대편 끝, 입구로부터 이쪽 끝자락인 강변가까지 내달린 것이었다. 아직은 가스파르와 후안은 물론, 탈리와 스티븐을 보러 갈 엄두가 나지 않았다. 우선 마음을 가다듬은 뒤, 최초의 반응 이후 무엇이 떠올랐는지를 되짚어보아야 했다.

나는 후안의 몸을 대신할 아이를 낳은 것이었다. 어쩌면 그것이야말로 내가 의도한 결과였는지 모른다.

갈색 물결을 바라보았다. 군데군데 배의 기름이 둥둥 떠다니며 무지갯빛을 만들어내고 있었다. 이 절차의 순환성이 나를 유혹했다. 종결이었다. 나는 밀림 속에서 메디움이 처음으로 어둠을 소환하던 모습을 목격했다. 그를 찾아낸 건 바로 나였다. 우리는 서로 사랑에 빠졌고, 피할 수 없는 일이었다. 그리고 나는 그가 내게 모습을 드러낸 바로 그곳에서 아들을 안겨주었다. 영생할 수 있게 해줄 몸을 그에게 바친 셈이었다. 어둠이 이 모든 과정을 손수 안내했다. 나야말로 진정한 제사장이었다. 그 세 늙은 여자들이 아니라.

하지만 후안은 절대 그걸 받아들이지 못할 사람이었다. 나를 죽이고 또 스스로 목숨을 끊을 만한 사람이기도 했다. 그리고 그가 옳았다. 나는 그의 주장을 받아들이고 있었다. 절대 어둠에게 자식을 바쳐선 안 돼, 그가 반복해서 말하곤 했다. 노예 착취를 이어가지 말자. 난 강 앞에 선 채로, 이 생각에 격렬히 저항했다. 그럴 필요가 없었다. 가스파르는 이미 혈통이었다. 가스파르는 노예가 아니었다. 내 아들을 떠올렸다. 낳자마자 바로 사랑에 빠지진 않았다. 여자들이 흔히 말하는 것처럼 주체할 수 없는 사랑이 샘솟지도 않았다. 나는 후안 외에 누구의 도움도 받지 않고서 아이를 먹여키우고, 지켜왔다. 유모를 들일 생각은 전혀 하지 않았다. 매일 밤마다 아이가 자는 모습을 지켜보며 사랑에 빠지기 위해 무던히 애를 쓰기도 했다. 하지만 그저 내 마음을 뭉클하게 만드는, 잔잔한 파도 같은 온기를 느낄 뿐이었다. 그때는 그게 사랑인 줄 몰랐다. 그러던 어느 날 새벽, 감기에 걸린 아이를 돌보던 중 갑자기 아이가 숨을 쉬지 않은 적이 있었다. 복도의 어스름한 불빛 때문에 아이의 움직임이 멈춘 듯해 보였다. 그 순간, 나는 아이가 제 아빠의 병을 물려받은 게 아닌가 하는 생각에 이르렀다. 그리고 갑자기 아이의 연약한 심장박동이 멈춘 것처럼 느껴졌다.

아기 침대로 있는 힘을 다해 달려갔다. 그 짧은 거리를 달려 가스파르를 품에 안은 찰나의 순간에 오줌을 지렸다. 헐벗은 다리 사이가 온통 축축하게 젖었고, 나무 바닥에는 웅덩이가 그려졌다. 자식이 죽었을지 모른다는 생각이 가져다주는 두려움이란 이런 것이었다. 그때 나는 깨달았다. 자식의 죽음 이후에는 죽음밖엔 없다는 사실을. 출구 없는 어둠만이 남게 된다는 사실을.

모래밭을 이리저리 헤집으며 장난치다, 젖은 흙 속에 나무 손잡이 하나가 있는 게 보였다. 파보았더니 작은 칼 한 자루가 나왔다. 탈리의 것임이 분명했다. 그 칼을 치마 주머니 속에 넣어 무장한 채로 계단을 올라갔다. 강변과 집 사이는 이백 미터가 채 되지 않았지만, 체감은 수 킬로미터를 걸어온 것 같았다. 끝없는 싸움이 막 시작되었기 때문이었고, 지금의 나에겐 그 누구도 아닌 나 자신이 최대의 적이기 때문이기도 했다. 나는 잔인한 신들에게 내 아들이 제물로 바쳐질 수도 있다는 가능성을 교만함과 오만함, 그리고 기쁨으로 변질시켰다. 가스파르가 혈통이라는 이유 하나만으로. 그리고 능력 있는 아들 덕택에 내가 누리게 될 고귀한 지위와 통치권을 가스파르도 함께 누릴 자격이 있다고 생각했다. 올라나나 라우라, 심지어는 탈리마저도 질투했던 재능 없던 나는, 아들 덕분에 그림자의 왕관을 쓴 기분을 한껏 만끽해왔던 것이었다.

나는 다시 그런 생각을 품을 수 있는 위인이다. 배반은 내게 어려운 일이 아니었다. 하지만 내가 머뭇거릴 때마다 그날 밤의 기억이 내 발목을 잡고 놔주지 않았다. 내 아들이 죽은 줄만 알았던 그날 밤. 그리고 그 아이가 다시 울기 시작했을 때 느낀 헤아릴 수 없는 행복이 그것이었다.

최악의 싸움이었다. 끝일지도 모른다는 생각에 나는 지레 겁을 먹기도 했다. 후안은 처음으로 나를 의심했다. 그 눈빛, 실망이 가득한 깊고 어두운 두 눈을 예전에도 본 적이 있었지만, 그것이 나를 향한 건 이때가 처음이었다.

"그 여자들이 그걸 알아냈다고? 언제부터 내게 숨긴 거지? 도대체 왜 우리 아들을 두고 벌이는 그딴 말도 안 되는 작당 모의에 당신이 엮여 있는 거지? 애를 죽이려고 키우는 건 아니지 않아?"

나는 미리 탈리에게 가스파르를 푸에르토레예스에서 데리고 떠나달라고 부탁했고, 아이는 코리엔테스에 가 있었다. 분노에 휩싸인 후안이 우리 두 사람을 죽이고도 남을 거라고 생각했다. 게다가 '권능의 자리'와 무척 가까운 이곳, 푸에르토레예스에서는 그가 마음만 먹으면 식은 죽 먹기일 게 뻔했다. 시작의 자리에서 모든 것을 끝내는 것. 마지막에 걸맞는 장면이었다.

"날 협박하려거든 마음대로 하라고 해. 나도 몰라. 그래, 당신이든 탈리든, 스티븐이든 모두를 고문하고 죽여버리라지, 뭐. 그래도 난 절대로 가스파르의 몸을 차지하지 않을 거야."

그를 논리적으로 설득해보려고 했지만, 아무 소용 없었다. 아들의 몸을 차지할 수도 있다는 가정에 대한 거부감, 그 이상이었다. 후안은 에디나 엔카르나시온, 스코틀랜드의 소년, 올라나와 같이 자신의 의지에 반해 이용당했던 메디움의 계보 속에서 자신을 보았다. 그들의 계보는 착취자인 기사단으로 이어지지 않았다. 하지만 후안의 숭배단 내 지위는 달라져 있었다. 가스파르를 낳은 후, 가문의 일원이 된 것이다. 내가 그 제례를 심각하게 고려하지 않는다는 생각을 그에게 전달하려 애썼다. 진심이었지만, 사실 후안도 바보는 아니었다. 제례가 완성되지 못하도록 막겠다는 나의 다짐을 그는 믿으려 들지 않았다. 완전히 틀린 생각도 아니었다. 거듭되는 회의감이 나를 옥죄어왔고, 내 안의 모순이 나를 잠 못 이루게 하고 있었다. 우리 둘 다 절망에 허우적대고 있던 그때, 그는 떠나버렸다. 스티븐만을 대동하고는 며칠 동안 모습을 드러내지 않았다. 두 사람은 함께 도망치고도 남았다. 우리 엄마는 날 욕했고, 어릴 때처럼 나를 쥐 잡듯이 때렸다. 최소한의 일도 제대로 못 하는 년, 메디움을 붙잡고 있으라 했더니 그거 하나를 못 하는 거냐? 가스파르를 찾아오라는 명령을 내리고는, 그 아이를 자기 허락 없이 다른 사람에게 넘기기라도 하는 날엔 대가를 치르게 될 거라는 으름장도 잊지 않았다. 메디움의 몸이야, 고귀하지. 너 같은 것보다 훨씬 가치 있어. 그녀의 말이었다. 플로렌스는 그보다는 훨씬 자비로웠다. 찾아내는 건 어렵지 않아. 도망친 것도 아닐 거고. 필요하다면 투입할 인력도 있어. 경찰도 우리를 도울 거야. 그러나

나를 보는 그녀의 눈길에는 경멸이 서려 있었다. 나는 일회용이었다. 상속자를 낳았지만, 그들은 나를 얼마든지 떼어내 버릴 수 있었다. 다들 후안의 성격을 잘 알고 있었기에, 그 제례에 반발할 것이라 예상하면서도 결국에는 뜻을 꺾게 될 것이라는 확신이 있었다. 그들에겐 내가 필요하지 않았다. 나는 혼자였다. 몇 날 밤을 오스만과 함께 보냈다. 죽을 날이 얼마 남지 않은 노령의 강아지였지만, 늘 내 곁을 지켜주었다. 녀석은 후안이 돌아오기 전의 어느 날 새벽에 숨을 거뒀고, 나는 우리 사이의 거리, 아들의 불확실한 미래, 스스로에게 가진 의문 등 모든 걱정이 한꺼번에 밀려오는 걸 느끼며 눈물을 쏟았다.

후안은 섹스와 담배의 냄새를 풍기며 스티븐 없이 돌아왔다. 그때부터 매번 그가 자리를 비웠다 돌아올 때마다 그의 셔츠 버튼을 풀어 벗긴 뒤 티셔츠를 들추는 버릇이 생겼다. 그의 피부를 만져야만 했다. 그가 없던 날들은 내게 신체적인 고통을 안겨주었다. 그의 부재로부터 회복하던 그 시간 동안 나는 처음으로 불안을 느꼈다. 그 역시 나를 필요로 하지 않았고, 언제든지 나를 버릴 수 있었다. 예전의 나는 그럴 수도 있다는 생각을 전혀 하지 못했다. 나의 전능감이란 게 그랬다. 돌아온 후안은 내가 보고 싶었다고 했다. 네가 필요해, 너를 용서할게, 널 죽일 수도 있었지만 너에게서도, 가스파르에게서도 떨어질 수 없어. 난 그의 사랑과 요구가 더욱 단단해졌음을 느꼈다.

그날 밤, 즉 귀환의 밤, 우리는 가스파르를 사이에 두고 잠을 잤다. 아니, 정확히 말하자면 가스파르가 잠들어 있는 동안 우리는 소리가 들리지 않을 정도로 노랫소리를 키워놓았다. 그 널찍한 방에서 우리 두 사람과 탈리, 스티븐은 곧잘 춤판을 벌이기도 했고 가스파르는 손뼉을 치며 그 모습을 즐겁게 감상하기도 했다. 나는 브라질에 가서 음반을 사들이거나 스티븐을 통해 유럽에서 공수해 오기도 했다. 세 사람은 비밀 대화를 나눌 수 있었지만 내 앞에서는 하지 않았다. 나는 끝까지 배우지 못한 능력이었다. 어떻게 한 번도 훈련받지 못한 탈리와도 그 능력을 공유할 수 있었던 걸까? 나는 외로움을 점점 키워갔고, 실제로도 외로웠다.

후안은 부드럽게 가스파르의 팔을 가져가 손목에 검지손가락으로 가상의 선을 그렸다. 팔의 바깥쪽에서 팔꿈치까지 이어지는 긴 선이었다. 그러고는 자기 머리카락 아래 있는 상처를 만지작거렸다.

"가스파르가 열두 살이 되면 이 아이를 기사단으로부터 숨겨줄 표식이 필요해. 그들이 가스파르를 찾지 못하게 해줄 표식이지. 어둠에게 부탁해야만 해. 우리가 지금 알고 있는 것만으로는 충분치 않아."

"무슨 생각을 하고 있는 거야?"

"나는 십 년 이상 살아남을 수 없을 테니, 그 전에 가스파르를 기사단에서 빼낼 거야. 그들이 가스파르를 찾지 못하게 방해할 표식을 새겨 넣을 수만 있다면, 직접 그렇게 할 거고. 많은 것들이 잘 맞물려야 해. 우선 '다른 곳'을 찾아내서 내게 그 표식을 내려달라고 부탁해야겠지. 분명 다른 희생을 요구할 거야. 그럼 나는 그 희생을 바칠 거고. 모두를 헷갈리게 만들 확연한 표식을 팔에 새기게 되겠지. 그러고 나면 누구든지 아이를 찾으려 할수록 헤매게 될 거야. 어디 있는지 찾아볼 생각조차 못 할 거고, 만일 시도한다 해도 찾아낼 수 없을 거야. 이 아이를 숨겨줄 표식, 징표인 거지."

"그럼 나는 어떻게 되는데? 내가 아이와 떨어지지 않으려 하면, 억지로라도 숨길 거야?"

그는 가스파르의 팔에 계속해서 가상의 표식을 그리고 있었다. 폭력적인 방식을 쓸 수밖에 없을 것이었다. 깊고 고통스러운, 잊히지 않는 표식이어야 한다고 말했다. 아이에게 손수 상처를 입히는 것 외엔 다른 방법이 없었다.

"그래, 아무리 당신이 기사단에서 나온다고 해도 찾아갈 수 없을 거야. 하지만 난 그 표식이 단 하나의 방식으로만 작용하게 할 거야. 가스파르에게서 기사단을 멀어지게 하는 것. 이게 핵심이야. 오로지 이것뿐이야. 가스파르는 본인이 원할 경우에만 기사단에 접근할 수 있을 거야. 물론 당신을 다시 만나고 싶어 한다면, 그렇게 할 수 있고. 이 아이는 그처럼 지독한 자유를 누릴 권리가 있어. 당신도 그렇다고 생각해. 가스파르가 돌아오려고 할 때쯤이면 난 더 이상 살아 있지 않겠지. 그 표식은 이 아이를 내게서도, 당신에게서도 멀어지게 만들 거야. 난 이 희생을 받아들일 준비가 되어 있어. 당신도 이 아이의 생명을 구하고 싶다면 그렇게 해야 하고. 아이는 우리 형과 함께 살게 될 거야. 오염되지 않은 유일한 사람이니까. 로사리오, 난 모든 결심을 다 마쳤어. 당신조차도 날 막을 순 없어. 나와 함께하지 않겠다면, 결단을 내려야 할 거야."

"우리 아들을 우리 곁에서 떼어놓으려는 계획이 사랑이라고?"

"당연하지. 그럼 그 아이의 몸을 훔치는 게 사랑일까?"

이 대화에서 가장 신기한 점은 바로 우리가 언성을 높이지 않고 말을 주고받고 있다는 것이었다. 더욱이 그 말들이 음악 소리를 뚫고 나가선 안 됐기에, 나지막한 목소리로 대화를 이어나갔다.

"후안, 그러면 제례는? 표식은 그 전에 새길 거야? 가스파르는 당신 의식의 수용체인데……."

"가스파르는 그 어떤 것도 수용하지 않을 거야. 나는 봉인을 받자마자 표식을 남길 거고. 그 제례를 망하게 만들거나, 내가 할 수 없는 것처럼 연기할 수도 있어. 당신이 그 규칙을 알아내기만 하면 돼. 당신이나 스티븐이. 그러면 나는 실패를 연기하기 위한 계획을 짤게."

가스파르가 꿈을 꾸다 몸을 뒤척이더니 후안의 가슴팍에 자기 손을 올렸다. 자는 동안 버릇처럼 하는 행동이었다. 질투가 내 눈물샘을 자극했다. 결정을 내리기가 두려웠지만, 결단을 피할 수 없었기 때문에도 울었다. 실링 팬이 전등의 불빛을 정확한 주기로 분배했다. 후안의 노란빛 두 눈을 바라보았다. 그 역시 나를 뒷전으로 내몰 것이다. 나는 바로 답하지 않았다.

"어떻게 우리 아들을 넘길 생각을 한 거야?" 그가 내게 물었다.

"난 순종을 위한 교육을 받아왔어." 내가 말했다.

"그런 편리함은 이제 끝났어. 가스파르를 나 혼자 구해야 할까? 어쩌면 당신에게 내 계획을 모두 알리면 안 됐을지도 모르지. 내가 당신의 마음을 바꿀 순 없을까?"

"아니." 내가 답했다. "아니, 바꿀 수 있어. 바꿀게."

강변은 아직 깨끗했다. 하지만 검붉은색 물결 속에는 나뭇가지들, 죽은 꽃, 길을 잃고 둥둥 떠다니는 식물의 잔해들, 심지어 동물들까지도 드러났다. 강이 범람할 때마다 항상 같은 일이 되풀이되곤 했다. 강은 훔치고, 빠뜨리고, 더럽히고, 퍼뜨린다. 물가에서 놀고 있던 가스파르를 보았다. 신체적으로는 제 아빠와 많이 달랐다. 어두운 색의 머리카락, 푸른 눈, 그리고 압도적인 에너지. 만 세 살이 채 되지 않았는데도 벌써부터 성격이 드러나고 있었다. 떼를 부리는 일은 흔치 않았다. 아이의 눈에 불안이 깃드는 경우는 내가 하루 종일 탈리와 아순시온에서 일할 때, 또는 부에노스아이레스에서 강의를 할 때 정도밖에 없었다. 하지만 집에 돌아오고 나면 나는 후안과 아이, 두 사람이 서로 공유하는 고요의 세계 속에서 하루 종일 편안한 시간을 보냈다는 걸 알 수 있었다.

제례에 관한 정보를 알게 된 직후, 후안과 스티븐, 나와 탈리는 단단하게 뭉쳤다. 우리는 가스파르를 구해내고 이 사슬을 끊자는 데에 의견을 모았다. 논쟁은 이미 끝나 있었다. 나는 더 이상 이것이 옳은 결정인지 아닌지를 고민하지 않았다. 하지만 가끔은 영속의 가능성, 그러니까 후안이 가스파르의 안에서 살아남을 수 있다는 사실이 한 번쯤 시도해볼 만한 극악무도한 경이로움이라고 생각하기도 했다.

후안은 새로운 포털을 발견하고 나자 부에노스아이레스에 머무르기 시작했다. 스티븐이 항상 그와 함께했다. 이번 여행은 그 문이 계속해서 열려 있을지를 확인하기 위한 것이었다. 실제로 '다른 곳'으로 이어지는 게 확실했고, 그를 위해 열릴 것이라는 점도 확인됐다. 몇 년이 지난 이제야 마침내 '다른 곳'이 나타난 것이었다.

그 외에 전혀 예상치 못한 일이 또 한 가지 일어났다. 기사단도 어쩔 줄 몰라 우왕좌왕했을뿐더러, 내게도 일정 부분 책임이 있었으므로 내가 해결해야 할 일이었다.

새로운 문제는 다름 아닌 베티였다. 내 사촌이자, 수년 전에 기사단으로부터 배척당한 아이였다. 난 왜 그녀를 안쓰럽게 생각했을까? 며칠 전 우리는 함께 라디오를 통해 흘러나오는 쿠데타 소식을 들었다. 베티는 눈물을 흘렸다. 다행히 우리 부모님이 계신 방은 멀리 있었다. 그들은 분명히 자축하고 있을 것이었다. 하지만 아빠는 권력을 잡았다고 자신하는 자들을 조심해야 한다고 말하기도 했다. 내가 파라과이에 갈 때마다 스트로에스네르 대통령에 대해 같은 이야기를 하곤 했다. 우리 아빠는 그들의 생각에 이념적으로는 동의했지만, 그래도 그들이 괴물이라는 사실을 늘 상기했다. 나는 스스로를 지킬 줄 알았다. 기사단에서 보낸 세월이 몇 년인데, 얼빠진 군인들 몇 명으로부터 자신을 보호하는 법조차 배우지 못했더라면 그 얼마나 쓸모없는 세월이겠는가. 내가 '영광의 손'의 주인이었단 사실은 말할 것도 없다. 내게는 정말 아무 일도 일어나지 않았고, 그들은 내게 눈길조차 주지 않았다. 국경을 지날 때마다 군인들은 내게 절도 있게 경례하곤 했다.

베티는 딸과 함께 강변으로 내려와 가스파르의 곁에 앉았다. 아이들은 함께 노는 걸 좋아했다. 가스파르는 아델라의 한쪽 팔이 없다는 사실을 알아차리지 못한 듯했다. 당연하게도 가스파르는 후안이 그 팔을 잘라냈다는 사실을 몰랐다. 물론 아이와 아이의 엄마가 원했던 것도 아니었다. 사실 정확히는 후안이 자른 것도 아니었다. 어둠이 한 일이었고, 아이는 선택받은 것이었다. 베티는 의식 기간 동안 집 밖을 나오지 말라는 내 경고를 무시했다. 그렇게 어둠은 작디작은, 가스파르보다 더 어리고 조그마한 아기 아델라를 보았다. 그 작은 몸을 베는 장면은 사무치게 강렬했다.

베티가 돌아온 날, 나는 그녀를 받아들이지 않을 이유를 찾지 못했다. 사촌이자 어린 시절의 친구였던 그녀였다. 기사단도 그녀를 다시 받아들이길 원했다. 한밤중에, 벌레 물린 자국과 나뭇가지에 긁힌 자국이 가득한 모습으로 딸을 안고 나타난 그녀는 공포에 질려 탈수 증세를 보이고 있었다. 아이를 품에 안고 밀림을 달려 도망쳐 왔다고 했다. 그녀는 자신이 속한 조직과 함께 밀림에서 생활하며 이 근방에 머물고 있었다. 나는 그 사실을 알고 있었고, 이 계획은 좋지 않게 끝날 것 같다고 항상 경고했다. 하지만 자신감이 넘쳤던 그녀는 내 말을 한 귀로 흘리곤 했다. 훈련을 받은 그녀와 동료들은 병기 창고 하나를 통째로 보유하고 있기도 했다. 완전히 패배한 채 홀로 푸에르토레예스에 당도해 경비원들과 맞닥뜨린 그녀에게 나는 쉴 곳을 마련해주었다. 플로렌스와 엄마, 아빠와도 이야기를 나눴다. 당연히 잘 맞이해야지, 그들이 말했다. 우리 식구잖니, 저 아이도 브래드퍼드야. 의식이 며칠 앞으로 다가와 있었다. 베티는 아직 초심자가 아니었기에, 의식이 전부 끝날 때까지 갇혀 있어야만 했다. 모든 게 다 끝난 뒤에는 그토록 고대해온 그녀의 귀환에 대해 논의가 있을 예정이었다.

하지만 베티는 내 부탁과 지시에도 불구하고 감금된 장소를 벗어났다. 그녀는 순종적이진 않았어도 반항적인 것 또한 아니었다. 용기 있다는 수식어가 더 정확할지 모른다. 그건 논란의 여지가 없지만, 문제는 자신의 한계를 인식하지 못한다는 것이었다. 대체 왜 밖을 나간 것일까? 나는 왜 그 문을 열쇠로 잠가두지 않았을까? 내 잘못이었다. 그녀가 호기심을 발동시킨 까닭에 후안은 베티와 그녀의 딸이라는 또 하나의 짐을 짊어지게 되었다. 의도치 않게 그 의식을 본 베티를 진정시키기는 쉽지 않았다. 자신이 무얼 본 것인지 전혀 가늠하지도, 이해하지도 못했다. 그녀는 몇 주 동안 충격에서 헤어나지 못한 채 딸을 가져가버린 검은 빛과—사실 팔을 베어버렸을 뿐이기에 정확한 묘사는 아니었다—한 남자—이 대목에선 비명을 질렀다—, 두 손으로 상처를 아물게 해준 한 남자 이야기를 끊임없이 되풀이했다. 두 손으로, 두 손으로! 검은 빛과 그 두 손! 그녀는 그렇게 밤새 울부짖었다. 실성해가던 것이었다. 나는 그녀의 딸을 돌봐주긴 했지만, 하루 종일은 아니었다. 다행히도 마르셀리나와 탈리가 함께 있었다. 나는 신경질적이고 울보였던 아델라 때문에 인내심이 바닥나는 일이 잦았다. 뿐만 아니라 나는 아이를 그닥 좋아하는 편이 아니었다. 내가 좋아하는 유일한 어린 아이인 가스파르조차도 하루 종일은 아니었다. 베티는 내가 아무리 그 손이 후안의 손이라고 말해주어도 도통 믿으려 들지 않았다. 그게 나를 몹시 언짢게 했다.

메르세데스와 플로렌스, 앤은 얼마나 기뻐했는지 모른다. 이 일을 검은 기적이라고 부르며 신의 선물로 여겼다. 어둠이 건드린 이들 중 가장 어린아이가 우리 가문에서 나왔다니! 기사단에게 베티는 선물이었다. 그 여자들을 강물에 던져버리자, 한번은 스티븐이 내게 이런 말을 하기도 했다. 나도 흔쾌히 그렇게 하고 싶었지만, 상응하는 대가가 반드시 있을 것이었다. 그리고 무엇보다 나는 일회용으로써 위험에 처해 있었고, 그 사실을 메르세데스의 눈빛을 통해 감지할 수 있었다. 그녀는 늘 내게 말하곤 했다. 너는 이 아이를 낳는 영광을 누릴 자격이 없었는데. 나의 푸에르토레예스의 사랑 이야기도 이쯤 해서 끝나가고 있었다. 박물관 일도 끝나가고 있었기에 부에노스아이레스로 돌아가 도시 생활을 시작하고 싶었다. 대학뿐 아니라 부에노스아이레스에 지부를 가진 해외 연구기관에서도 제안을 받고 있었다.

"후안은 어디 있어?"

베티가 물었다. 그녀의 옆모습이 눈에 들어왔다. 브래드퍼드가 특유의 긴 코, 그리고 넓은 미간.

"내일 돌아와." 내가 대답했다.

구체적인 답은 해줄 수 없었다. 베티는 후안이 하는 일을 알 수 있는 자격이 없었다. 언젠가는 허락을 받을지도 모른다. 그녀의 성정은 여러모로 좋은 초심자가 될 재목이었다. 그 어떤 준비도 없이, 주의나 설명을 듣지도 않은 채로 의식에 참여한 그녀였다. 가장 극단적이고 폭력적인 방식이었긴 하지만. 그리고 결국 실성하는 단계에 이르지는 않았다. 그녀의 소속은 유전자에 새겨져 있었다. 또 한 명의 브래드퍼드 가문 사람이자 그녀의 엄마인 마르타 역시 몇 년 전 조심스레 기사단에 돌아왔다. 자기 딸이 혁명 투사가 되었다는 사실에 극도로 불안해하면서. 과연 그게 기사단보다 나쁜 일이었을까? 적어도 그녀에겐 그랬다. 변절자도 언젠간 돌아올 거라는 기사단의 확신은 근거 없지 않았다. 역사상 가장 스펙터클한 귀환을 보여줬던 베티가 좋은 예시였다. 부르주아 개척자 집안으로부터 멀리 도망치려 갖은 노력을 다했건만, 우연과 폭력, 밤과 공포가 그녀를 기사단의 심장으로 안내했다.

아델라, 검은 기적. 바로 지금, 가스파르가 그 아이에게 음식을 먹여주는 흉내를 내며 흙투성이 손가락을 입 속에 밀어 넣고 있었다. 베티는 그 모습을 보며 미소 지었다. 누군가가 파라나강에서부터 우리를 지켜보고 있었다면, 마음이 따뜻해지는 장면이라고 생각했을 것이었다. 아이들을 데리고 놀러 나온 두 명의 젊은 엄마들. 늘 그렇듯, 비가 오려 하고 있었다.

"우리도 여기 오래 있게 될까? 아마 그렇겠지?"

"그게 모두를 위해 안전해." 내가 답했다.

베티가 머리카락을 귀 뒤로 쓸어 넘겼다.

"내 동료들이 모두 학살된 게 바로 이 근방이야. 너희 쪽에선 안전하다고 하겠지만, 그걸 정말 믿어도 될지 아직 확신이 안 서."

"널 보호해줄 거야. 모두들 아델라 일에 완전히 홀려 있기도 하고. 우리가 부에노스아이레스에 집을 구하면 너도 그 근처에 살게 될 거야."

"우리가 평범하게 살 수 있게 해줄까?"

"그게 후안의 요구였어. 기사단은 아델라가 후안과 가까이 있길

바라니까. 늘 그렇듯이 뭐, 감시야 받게 되겠지만 너는 그쪽으로는
이골이 나 있잖아."

베티가 쓸쓸하면서도 비꼬는 듯한 투로 웃어대며 나를 짜증 나
게 했다.

"우리의 보호가 필요 없으면 도망가도 돼, 베티." 내가 말했다.

"내가 바라는 게 그건지 잘 모르겠어. 시간을 거슬러 갈 수 있으
면 좋겠어. 에두아르도와 함께 있고 싶고, 모든 걸 잊고 싶어."
그녀가 대답했다.

그녀가 딸을 들어 품 안에 안았고, 가스파르는 마음에 안 드는
일이 일어날 때마다 늘 그렇듯 칭얼거렸다. 그런 투정은 금방 지나
가기 마련이었다. 재스민 향기를 실은 산들바람이 강가에 불어왔
고, 마르셀리나가 테레레와 얼음, 오렌지를 가져오는 게 보였다.

"이보다 더 괴로운 감옥도 많아." 나는 베티에게 말했다.

그녀는 내게 대답하지 않은 채, 컵과 보온병, 과일이 담긴 비닐
봉투를 한 번에 들고 위태롭게 다가오고 있던 마르셀리나를 도우
려고 달려갔다. 마르셀리나의 뒤편에는 후안이 보였다. 부에노스
아이레스에서 예상보다 일찍 온 것이었다. 혼자 있지 않았는데, 그
와 함께한 건 스티븐이 아니었다. 후안 같은 금발에 살짝 작은 키
였지만, 역시 위풍당당했다. 청소년기 이후로는 다시 만난 적이 없
었는데도 단번에 알아볼 수 있었다. 대담한 방문이 그저 놀라울 따
름이었다. 후안의 형, 루이스였다. 무척 지친 듯, 터키옥색 두 눈이
푹 꺼져 있었다. 두 사람은 부에노스아이레스에서 만나 여기까지
함께 왔다고 했다.

"마르셀리나, 음료를 저 안으로 가져가줄 수 있을까? 괜찮다면 저기 스테인드글라스 방으로 부탁할게. 긴 여행에서 방금 돌아왔 거든."

후안이 말했다.

나는 후안에게 다가갔고, 입맞춤과 함께 가솔린과 땀 냄새를 덤으로 얻었다. 흠뻑 젖은 그의 등을 어루만졌다. 베티는 마르셀리나를 따라갔다. 자신과 딸을 타인에게 노출시키고 싶지 않았던 것이다. 절단된 팔을 적나라한 눈길로 바라보곤 하는 무례한 타인들의 시선으로부터 딸을, 그리고 자기 자신을 보호하려고 무척이나 노력하던 그녀였다. 조심해서 나쁠 건 없다고 생각하는 베티에게 있어, 후안과 함께 온 그 남자는 낯선 존재였다.

우리 세 사람은 본채를 향해 올라갔다. 후안은 품 안에 가스파르를 안았다. 들어가기 전, 루이스는 잠시 걸음을 멈췄다.

"멋지군."

그가 말했다. 우리가 서 있던 구름다리에서는 저택 부지 전체를 조망할 수 있었다. 루이스가 건축가라는 사실을 그때 떠올렸다.

"폰 플레센이 설계했대. 그런데 너무 더워. 이 기후에는 전혀 맞지 않아. 가장 아름다운 건 정원이야."

"블랑샤르의 작품일 거야."

후안은 우리에게 관심을 주지 않으며 집 안으로 들어섰고, 나는 루이스의 곁을 지켰다. 길쭉한 손가락과 큰 손. 절대 깜빡이지 않을 듯한 인상적인 두 눈과 눈가에 진 주름. 가히 인공적이라 할 만큼 조밀한 눈동자의 색깔은 가스파르의 눈과 닮아 있었다. 바지 품은 아래로 내려갈수록 조금씩 넓어졌다. 후안이 스무 살이라고 한다면, 형은 서른 살 혹은 그 이상으로 나이 들어 보였다. 다소 굳어 있긴 했지만, 기품이 있었다.

후안은 색유리 창문과 난꽃 정원을 마주 보는 안락의자에 앉았다. 마르셀리나는 모두에게 시원한 물과 얼음을 내준 뒤, 탁자 중앙에 오렌지를 내려놓고는 시원한 차를 가지러 갔다. 집 안에 들어온 후안은 티셔츠를 벗고 가스파르를 한쪽 다리에 앉혔다.

"루이스는 브라질에 가야 해. 그래서 여기 온 거야. 혼자 하긴 힘든 일이라, 당신의 도움이 꼭 필요해."

"폐를 끼치는 건 아닌지 모르겠어." 루이스가 말했다.

"몇 번이나 빙빙 돌려 말할 건데?"

"빙빙 돌리는 건 아니고."

루이스가 말을 이어갔다.

"하지만 정중하게 부탁해야지. 내가 직접 말할게."

후안은 마치 항복한다는 듯 두 손을 들어 올렸다.

"침착해."

나는 후안에게 말한 뒤, 루이스를 향했다.

"저이가 피곤하면 좀 그래. 건강 상태가 바닥을 친 게 하루 이틀이 아니잖아."

루이스가 자신의 손을 내려다보았다. 큰 금반지를 끼고 있었는데, 결혼반지는 아니었다.

"부에노스아이레스에서 여기로 올 때까지 서로 한마디도 하지 않은 것 같은데."

내가 넘겨짚었다.

"번갈아 가면서 잠을 잤지."

후안을 빤히 보며 대답하는 루이스의 눈길에 약간의 꾸지람이 실려 있었다.

"그래. 지금 심장 기능이 많이 떨어져 있을 거야. 형을 찾으러 부에노스아이레스까지 갈 정도였다면, 정말 중요한 일이었을 텐데."

"형을 찾으러 간 건 아냐. 난 그저 할 일을 하기 위해 갔을 뿐이고, 우리는 어쩌다 만났어. 도망쳐야 한다고 하더라고. 그래서 도와주기로 한 거지."

후안이 말했다.

가스파르는 아빠의 벌거벗은 가슴에 몸을 기대더니 하품을 했다. 후안의 다크서클이 마치 멍 같아 보였다. 자동차 여행이 그를 파괴하다시피 했다. 그의 까칠함이 날 얼마간은 불편하게 했다. 하지만 또 한편으로 나는 그를 너무도 잘 알았다. 그에게 있어 애정의 표현이란, 세상이 고슴도치의 등 위에 있고 본인은 앉을 구석 하나를 찾지 못해 서성거리고 있는 것처럼 예민하게 행동하는 것이었다.

루이스는 물을 한 모금 마시더니 설명을 이어갔다. 아주 간결한 설명이었다. 그가 나를 낮잡아 보지 않아 고마웠다.

"건축가로 일하고 있어. 작년까지는 제도공장에서 직책 하나를 맡기도 했지. 예전에도 그랬고 지금도 나는 정치적인 직무를 수행하고 있어. 토지 관련 업무도 했고. 그런데 작년부터 문제가 터지기 시작했어. 나와는 막역한 사이던 노조의 사무장이 살해된 거야. 교통사고로 위장되었는데, 어쨌든 난 건축사무실을 계속 나가고 있었어. 그런데 이 주 전, 어떤 괴한이 문 앞에서 날 막아서더니 아픈 아들이 있는 것만 아니었으면 당장 날 죽였을 거라고 하더군. 헷갈린 거지. 건강에 문제가 있는 꼬맹이는 나와 동업하는 사람의 아들이거든. 내 위치를 파악하는 데 그리 오랜 시간이 걸리지 않을 거야. 내 파트너는 이미 리우데자네이루에 도착했어. 나도 그곳에 가서 그녀와 만나고 싶어. 누군가가 내 꽁무니를 쫓고 있어. 24일 이후 나는 안전하지 않은 몸이 되었어."

"네 아내와 같이 갈 순 없었어?"

"그녀는 내가 무장투쟁을 하지 않는다는 이유로 겁쟁이라고 비난하고 있어. 혼자 가버린 거야. 다시 만나서 결론을 내야지. 나를 받아줄지는 모르겠지만, 그래주길 바랄 뿐이야."

"너도 스스로가 비겁하다고 생각해?"

"지금 사람들이 죽어나가고 있는 마당에 그건 중요한 문제가 아냐. 그녀는 나를 겁쟁이라고 생각하지만, 나는 여전히 그녀의 생각이 틀리다고 믿고 있어."

"루이스, 자식은 없어?"

"내 파트너에게 딸 둘이 있어. 난 그 아이들을 내 자식처럼 키웠고. 내 애는 아직 없어."

"그래서, 앞으로 우리가 어떻게 할 건지에 대해 이야기하자니까."

후안이 말했지만, 나는 무시했다.

"루이스, 잠시 더위를 식히는 건 어때? 이 집의 뜨거운 물이 아주 골칫거리긴 하지만, 미지근한 물도 괜찮다면 샤워를 하거나 욕조 목욕을 해도 돼. 무엇이든 편한 대로. 그러고 나서 어떻게 할지 자세히 생각해보자. 나는 일주일에 한 번씩 일하러 파라과이에 가곤 해. 가끔은 내 동생도 함께 가지. 국경 지역에 굉장히 예쁜 술집이 하나 있어서 브라질 쪽으로 자주 넘어가곤 해. 오늘 당장 그렇게 해볼 수 있을 것 같아. 아니면 내일 아침 일찍도 괜찮고. 군바리들이 내 얼굴을 알아보거든."

"상황이 많이 바뀌었어." 루이스가 말했다.

"그렇게까지 많이 바뀌진 않았을 거라, 큰 문제 없이 지나갈 수 있게 해줄 거야. 국경에 가본 적은 있어? 그쪽은 굉장히 열악해. 게다가 이 동네를 주름잡는 가문들이 몇 군데 있거든. 우리 집이 그중 하나야."

루이스는 감사 인사를 하기 위해 자리에서 일어서더니, 진심을 담아 나를 안았다.

"고마워. 서로 만난 적도 별로 없었는데, 한 번은 나를 꼭 도와주겠다고 약속했었지. 단 한 번도 잊은 적 없어."

그가 내 귀에 속삭였다.

"나도 기억해."

내가 말했다. 그건 사실이었다. 후안은 그 남자를 사랑했고, 나역시도 마찬가지였다. 기사단이 동생을 협박과 거짓말을 앞세워 숨기고 있을 때조차도 그는 조건 없는 사랑을 보여주었다. 그가 없었다면 후안은 진실함과 따뜻함을 모르는 사람이 되었을 것이다. 여러 해 전, 메르세데스의 잔인함으로 인해 아파트에 발을 들여놓지 못할 때에도 고집스레 공원 앞에서 동생을 기다리던 그의 모습이 떠올랐다. 그는 단 한 번도 후안을 포기한 적 없었다. 후안 역시도 그러했다. 영국에서 지내는 동안, 이름은 정확히 기억나진 않지만 마흔 살에 요절한, 빅벤을 설계한 한 건축가의 아름다운 책을 우편으로 형에게 보내주었다. 그 건축가의 일생이 내겐 너무도 야만적으로 보였다. 그 위대한 랜드마크들, 신의 곁에 조금이라도 더 다가가고 싶다는 열망과 고집이 만들어낸 산물인 성당들. 그러다가 결국엔 정신착란을 앓게 되었다. 너무도 당연한 귀결 아닌가?

루이스는 땀범벅으로 포옹한 걸 사과하더니, 샤워를 하겠다고 말했다. 짧은 여행처럼 보여야만 했기 때문에 가방도 쌀 수 없어서 옷 몇 벌이 짐의 전부였다. 마르셀리나를 불러 깨끗한 셔츠 하나를 가져다 달라고 요청했다. 루이스가 방에서 나가자, 나는 방문을 닫고 후안에게 다가갔다. 그 역시 목욕이 필요했다. 가스파르를 두 팔로 안은 뒤 바닥에 내려놓았다. 아이 바로 앞에 머지않아 유리창을 향해 날아갈 작은 자동차 장난감이 하나 있었다.

"어떻게 경비들을 따돌리고 자동차로 올 수 있었어?"

후안은 표식을 기억해내려 옆머리를 매만졌다.

"몇 시간 동안 비밀을 지키느라 신경을 많이 썼겠네. 그러니까 이렇게 녹초가 되어 있지."

손가락 몇 개를 물에 적신 뒤 그의 이마를 식혀주었다. 내 남편이 또 한 번 무리를 하고 있었다. 분명 원하는 걸 얻을 것이고, 다음번에는 이보다 더 큰 무리를 할 것이었다.

"말해봐."

"포털이 계속 열려 있어. 내게 복종해. 나는 마음대로 출입할 수 있어. 분명히 또 한 번 '다른 곳'이 찾아온 거야. 스티븐이 우리를 위해 인근에 집을 얻어줄 거야. 지금은 '다른 곳' 이야기를 할 수 없어. 당신과는 비밀 대화를 할 수가 없으니까. 그렇다고 우리의 비밀 장소로 가기엔 솔직히 너무 힘들어. 지금 이 의자에서 일어날 수조차 없거든. 정말 형을 데려다줄 거야? 우리 둘이 함께 오고 있다는 연락을 하기가 불가능했어."

나는 그의 얼굴을 잘 보기 위해 몸을 잠시 떼어냈다. 포털에 대한 이야기는 모두 사실이었다. 기운을 회복하고 나면 우리가 비밀 대화를 함께 나누는 장소인 강변가의 비밀 장소로 가야만 했다. 나는 순간 극도의 흥분 상태에 빠져들었다. '다른 곳'이 돌아온 것이다. 그곳은 우리의 소유였다. 우리가 빌 수 있는 소원은 많았다. 후안의 건강, 기사단을 정치적으로 이끌 수 있는 지혜, 마침내 메르세데스가 죽고 내가 '최종 3인'의 권력에 동참하게 되는 일. 물론, 우리는 아들을 운명에서 구할 표식을 부탁할 수도 있었다.

"그럼, 당연히 내가 데려가야지."

나는 그렇게 말하며 눈물을 닦았다.

"군바리들은 내 얼굴을 알아. 하지만 루이스에게는 동료들에게 이번 일을 말하지 말라고 해야 할 거야. 우리가 망명 브로커가 되어서도, 이곳을 위험에 처하게 해서도 안 되니까. 내 생각엔 베티 때문에 어느 정도 위험에 놓인 것 같아. 베티한테도 말을 아껴야 해. 자신도 도망칠 수 있게 해달라고 할 게 뻔하지만, 그건 불가능하거든. 기사단이 아델라를 위한 계획을 이미 다 세워놨어. 스티븐은 이 사실을 알고 있어?"

"베티가 살 집도 구하고 있어."

후안이 관자놀이를 마사지했다. 편두통의 징후였다. 붉게 충혈된 두 눈, 약간 마비된 오른쪽 얼굴. 맥박을 재보았다. 약했지만 위험할 정도로 빠르게 뛰고 있었다. 심각한 부정맥이었다.

"나도 같이 갈게. 모든 게 다 준비되고 나면 우리 주소를 형에게 전달해줘야 해. 연락이 끊겨선 안 되니까. 당신 부모님은 우리가 왜 그 동네에 살고 싶어 하는지 궁금해할 텐데, 난 의심을 사고 싶진 않아. 우리 생각대로 리베르타도르 대로와는 최대한 멀면서 병원과는 가까운 곳이야."

"그냥 우리가 반항심에 그런다고 생각하고 말 거야. 베아트리스와 아델라를 우리 가까이 살게 하려는 게 왜인지 알지? 그 아이가 당신이나 가스파르의 곁에 있다 보면 언젠가 능력을 꽃피우게 될 거라는 생각에 사로잡혀 있어. 부에노스아이레스로 이사하기엔 지금이 최적의 시기가 아닐지도 몰라. 그래도 더 수월한 상황을 기다리고만 있진 않을 거야. 난 이 집을 더는 못 버티겠어. 일을 하고 싶어."

탁자 밑에서 놀던 가스파르가 다치지 않도록 밖으로 끌어냈다. 두 눈엔 졸음기가 서려 있었다.

"함께 가지 않아도 돼. 어쨌든 군바리들은 당신과 루이스를 헷갈려 할 거야. 사실 구분해낼 만큼 당신을 잘 알지도 못하고. 내 남편이 키 큰 금발이라는 정도밖에 몰라. 그 정도면 충분하지. 당신은 그동안 좀 쉬어."

"알았어." 그가 답했다.

아래층에서는 정원사가 식물에 물을 뿌릴 준비를 하고 있었다. 집을 나서려면 다음 날이 더 좋을 것 같았다. 경비원들은 내가 가스파르를 데리고 가지 않는 이상 국경까지 나를 따라오진 않았다. 우리에겐 시간이 있었다. 매주 그랬던 것처럼 아순시온으로 향할 것이다. 다만 그에 앞서 포스두이구아수로 방향을 틀 것이다. 그곳의 군인들은 우리를 지나가게 해줄 것이므로. 마테 남작의 딸. 권력자의 딸. 국경 수비대원들은 우리 아빠와 일종의 협정을 맺고 있었다. 포스두이구아수에 도착하기만 하면 루이스는 대중교통을 타거나 차를 빌려 이동할 수 있을 것이다. 브라질에 도착하기만 하면 안전했다. 리우데자네이루에는 이틀이면 당도할 수 있다.

우리 모두는 살아남을 것이었다. 나는 그걸 직감했다. 후안, 루이스, 베티, 아델라. 최소한 한동안은 그럴 것이었다. 어둠의 문은 활짝 열려 있었고, 짙은 밤은 닫히기 전이었다.

사냐르투의 구덩이

올가 가야르도 씀, 1993년

NUESTRA
PARTE
DE
NOCHE

"우린 여기라고 알고 있네."

백내장으로 황폐해진 두 눈과 백 살이 다 되었다고는 믿기지 않을 정도로 매끈한 피부를 가진 그녀가 말한다.

"조그만 시체들을 저기다 갖다 버렸지."

마치 눈이 멀지 않았다는 듯, 구덩이의 위치를 정확히 가리킨다.

"하지만 아가씨, 우리가 무슨 말을 하겠나? 우리 언니는 밤마다 통곡 소리를 들었다더라고."

"누가 통곡을 했다는 거예요?"

"혼령들. 딱하기도 하지. 수백 명은 돼!"

그녀, 마르가리타 고메스는 과라니족 사람으로, 금방이라도 스러질 것 같은 나무토막과 진흙으로 지은 집에서 살고 있다. 열 명의 자녀 중 다섯 명이 죽었고, 다섯 명의 손주들을 '배불뚝이'라고 부른다. 은빛 머리카락을 여전히 양 갈래로 땋고 다니는 그녀는 머리를 다 땋은 다음에는 귀 뒤에 꽃 한 송이를 꽂는 것으로 마무리하는데, 붉은색 꽃송이의 빛깔이 하얀 머리카락에 은은한 색깔을 더한다. 그녀는 전쟁을 기억한다. 그 일을 그렇게 부르는 것은 멀쩡한 백주 대낮에 기관총에 사살된 어린아이들을 기억하는 그녀만의 방식이다. 안타까운 일이지만 공포스럽진 않았다고 한다. 마르가리타 고메스는 이미 산전수전을 다 겪었기 때문이다. 자식들이 죽는 꼴을 보았다. 살아남은 아이들은 배고픔에 울부짖었고, 매 맞는 이웃들의 등에는 대지주의 십장들이 남긴 채찍질 자국이 선명했다. 아이들이 불쌍하긴 했지만, 그것도 결국 마을에 일어난 여러 가지 비극 중 하나였을 뿐이다. 처음 일어난 일도, 유일한 일도 아니었다. 그렇기에 그녀는 나와 대화를 이어가기에 앞서 식물에 물을 주고, 테레레 한 잔을 내오겠다는 여유를 보인다.

힘든 여정은 아니었는데도 피곤하다. 포사다스를 출발하여 이 마을에 오기까지는 두 시간이 채 걸리지 않았다. 무더위, 무성한 초목, 아가미라도 자라나게 할 것 같은 습한 공기 등 이곳의 모든 것이 몸을 나른하게 한다. 미시오네스 푸에르토이구아수에서 십오 킬로미터 떨어진 이곳, 사냐르투 마을에서 마르가리타와 첫 인터뷰를 한 뒤 잠에 취한 나는 여러 명의 기자들과 함께 묵고 있는 이 소박한 숙박시설의 침대 속으로 빨려 들어가고 만다. 우리는 동일한 목적을 가지고 이곳을 방문했다. 구청이 비밀 구금 시설로 사용했던 사냐르투 가옥 인근 부지의 발굴 작업을 법원이 마침내 허가한 것이었다. 사실 그곳은 이타티 작전이 전개된 이후 작전 통제소로도 사용되었고, 1976년 3월 쿠데타가 발생하기 전까지 있었던 다수의 대량 학살 사건 중에서도 가장 반향이 적었던 곳이었다. 그런데 발굴 작업 중, 새로운 집단매장지가 발견됐다. 깊이 이십오 미터가량의 구덩이로, 현재까지 십 미터 정도 깊이밖에 내려가지 않는데도 그 구간에서만 서른 구가 넘는 시신이 발굴된 것이다. 신원미상자들의 신원확인 절차는 복잡했다. 미시오네스주의 범죄수사 인류학자들의 기술력은 충분치 않았기에 발견된 유해는 코리엔테스주로 보내졌다. 작업은 의과대학의 지원과 함께 코리엔테스 중앙병원의 영안실에서 이뤄졌다. 이 첫 번째 구간에서의 작업 진행 상황을 확인하는 일에 여러 명의 기자들이 초청된 것이다. 사실, 발견의 규모에 비하면 초청된 언론인들의 수는 극히 적다 할 수 있었다. 이 숙소에서 나는 가히 초자연적이라 할 만한 크기의 벌레들과 함께 잠들 수밖에 없다는 사실을 받아들인 뒤, 미시오네스 주정부의 초대를 수락한 언론사들을 나열해보다가 대부분이 독립 언론사라는 사실에 깜짝 놀라고 만다. 사냐르투의 구덩이는 아직 신문 판매 부수에 영향을 줄 만한 사건이 아니었던 것이다.

대규모 학살의 전조였던 다른 작전들—특히 투쿠만 독립선언*—과는 다르게, 해방군과 정부군 사이의 분쟁 소식은 이 지역 밖에서는 큰 관심을 끌지 못했다. 이유는 다양했다. 무엇보다 양측의 활동이 이뤄진 기간이 짧았다. 해방군은 사냐르투와 근방에 자리 잡은 뒤 다른 지역들을 점차 포섭해나갈 계획을 세우고 있었다. 한

---

*   1816년 7월 9일, 아르헨티나는 투쿠만시에서 스페인으로부터 독립을 선언했다.

편으로는 역사적으로 착취와 학대를 당해온 마테차밭 노동자들의 의식 재고에 힘쓰면서, 또 다른 한편으로는 음비야-과라니족 토착민들의 생활 여건을 개선하는 데 집중했다. 그들은 코리엔테스의 마테차밭 노동자들 일부를 포섭하는 데 성공했다(이 기사를 작성하는 현재, 그들 중 약 칠십 퍼센트가 거의 노예 노동에 준하는 비정규 노동으로 생계를 꾸려가고 있다. 주거는 열악하고, 기초 서비스를 제공받지 못하고 있으며 아동 노동 비율도 매우 높다). 그들 대부분은 권력가로 유명한 레예스 브래드퍼드 가문 소유의 기업, 이손두에 소속되어 있었고 나머지 소수는 라라쿠이 가문의 오베레냐에서 일하고 있었다. 극단적인 토지 집중 현상은 국경지대를 장악하며 해당 기업들과 유착하고 있던 정부군―밀접한 관계를 유지했을 뿐 아니라, 필요할 때면 안전 보장 서비스도 제공했다―이 게릴라를 빠르게 소탕할 수 있게 해주었다. 그러나 효율적이라고 할 수는 없었다. 높은 수준으로 훈련받은 젊은이들은 군인들을 놀라게 하기에 충분했고, 무려 일주일 가까이 밀림에 숨어 저항하기까지 했다. 하지만 결국 게릴라는 일망타진되다시피 했고, 아구스틴 페레스 로시(22세, 부에노스아이레스 베카르 출신)와 모니카 린치(23세, 부에노스아이레스 마르티네스 출신. 이들 중 그 누구도 북부지역 출신이 아니었다) 단 두 사람만이 살아남았다. 나머지는 모두 실종 상태이다. 내게 망명에 대해 이야기해준 로시와 린치는 ―현재 파리에 살면서 우정을 이어오고 있다―최근 발견됐다는 그 집단매장지 안에 동료들이 잠들어 있을 것을 확신했다. 둘 다 아르헨티나로 돌아오고 싶어 하지는 않았다. 단, 그 시신들의 신원이 밝혀진다면 잠시 방문하는 형식으로 돌아올 수는 있다고 했다.

로시도, 린치도 그리고 나조차도 입에 올리지 않는 한 가지 사실은, 밀림 속에 머무르던 해방군의 수가 스물다섯 명이었다는 사실이다. 비극은 입에 올리는 것만으로도 고역일 때가 있다. 게다가 현재까지 서른 구가 넘는 시신이 발굴되었다고 한다면, 정부군이 국경 지역에서 벌인 여러 불법 작전과 관련된 공동묘지로 그곳을 이용했다는 의미였다. 즉, 이타티 작전 외에도 많은 사람들이 살해되어 그곳에 던져졌다고 볼 수 있다.

밀림의 뼈들

이타티 성모 성당은 리토랄 지역에서 가장 영향력이 큰 곳이다. 위치는 코리엔테스이지만, 이타티 성녀 신앙은 인근 지역 전반에 넓게 퍼져 있는 한편 다른 토속신앙과도 얽혀 있다. 구덩이 발굴 작업을 위해 법원이 지정한 격리 범위 바깥쪽에 있는 라파초 나무 한 그루 밑에 누군가가 성녀의 성상을 두고 가는 일도 있었다. 마을에서 가장 큰 선술집—칠백 명 정도의 주민이 살고 있는 이 동네에 단 두 곳뿐인 술집이다—에서는 사람들이 운향을 넣은 독한 아구아르디엔테를 마시며 누가 보다 더 강력한 파예(부적)를 만들 수 있는지 논쟁하곤 한다. 그들은 뼈를 두려워한다. 물론 누구나 다 그런 것은 아니다. 선술집 주인 세군도 씨는 자기 집안이 대대로 산라무에르테를 숭배해왔으며, 뼈 역시도 그리 놀랄 게 아니라고 말한다.

"정말 놀라운 게 뭐였냐면."

그가 이야기를 풀어놓기 시작했다.

"부에노스아이레스에서 온 녀석들이 이곳에 자리 잡고 만족해하는 걸 보는 일이었소. 이 지역 사람들을 자기네 편으로 끌어들일 수 있을 거란 생각을 어쩌다 하게 된 건지, 원. 이쪽 사람들은 머리 숙이는 걸 잘한다오. 그러곤 금세 그냥 아무 일 없었다는 듯 흘려버리지." 나는 그들을 변호하려 하다가, 이내 세군도 씨가 그들을 비난하고 있는 게 아니란 사실을 깨닫는다. 그저 이십 년 전에 일어난 일을 다소 경악스럽게 기억할 뿐이다. 그리고 그들이 비록 순진하긴 했지만, 군사훈련은 잘 되어 있었다고도 덧붙인다. 그들은 작은 집 몇 채를 빌렸다. 가구를 짊어지고 다녔고, 한 커플은 애도 딸려 있었다. 그는 어린아이(그 누구도 '아기'라고 하지는 않았다)에 대해 처음으로 이야기한 사람이 아니다. 아마도 실종된 릴리아나 팔코의 딸이었을 것이다. 작전 중에 사냥당했을 가능성이 높았다. 모녀가 저 집단매장지 안에 함께 있는 걸까? 아직 유해의 신원이 밝혀지기 전이지만, 적어도 지금까지 발견된 건 성인들뿐이다.

로시와 린치는 몇 달 전 내게 한 여자아이의 이야기를 해주었다. 둘 중 그 누구도 그 아이가 살해되었는지, 혹은 누군가가 어머니의 품에서 빼앗아 간 뒤 다른 집에 넘겼는지 알지 못했다. "그 애는 금발이었어요." 모니카 린치가 말했다. "돈 주고 사든, 공짜로 넘겨받든 좋은 조건이죠." 로시는 그 아이의 엄마 릴리아나 팔코를 떠올렸다. "그녀도 우리처럼 북부지방 토박이였어요. 왜 예전에는 만나보지 못했을까 싶을 정도였는데, 우리와는 다른 서클에서 놀았었다고 하더라고요. 가출했다고 했어요. 남부 출신의 자기 파트너 에 두아르도와 함께 들어왔어요. 그때쯤 두 사람은 이미 동거 중이었 고, 릴리아나는 임신한 상태였어요. 임신부를 미시오네스까지 데 리고 간다는 게 지금이야 미친 짓 같아 보이지만, 그때만 해도 우 리는 스스로를 투사로 여겼고, 부르주아가 만든 가부장적 규범에 얽매여선 안 된다는 의무감 같은 게 있었죠. 사실 애초에 그녀를 버리고 갈 수도 없었어요. 릴리아나는 사냐르투에 가고 싶어 했고, 우리에게 안전 문제는 그리 커 보이지 않았으니까요. 우리는 어린 이 혁명 투사를 키우고 싶었어요." 그들은 푸에르토이구아수 병원 에서 태어난 그 아이가 이타티 작전으로 조직원들이 집에서 끌려 나와 짓밟히고 총격당하던 당시, 한 살 남짓 정도의 나이였던 걸로 기억했다. 로시와 린치는 아이의 엄마가 살아남았을 거라고 생각 하지 않았다. 다만 아빠는 죽은 게 확실하다고 입을 모았다. 밀림 에서 레지스탕스 생활을 시작한 지 이틀째 되던 날, 등에 기관총으 로 총격을 받는 걸 두 눈으로 보았기 때문이었다.

생존자들은 왜 자신들이 살아남았는지 이해하지 못한다. 그들은 잡기 쉬운 상대였다. 둘 다 총탄이 바닥나 있었고, 할 수 있는 것이 라곤 더 이상 뛸 수 없을 때까지 뛰는 것뿐이었다. 페레스 로시는 오베라의 제2교도소에서 육 년 동안 수감 생활을 했다. 초반 몇 년 동안에는 다른 동료 수감자들이 고문당하고 끌려다니는 걸 보기 도 했다. 어디서 왔는지 알 수 없는 사람들이었다. 모니카 린치는 코리엔테스의 로사리오 성녀 여성 교도소로 이감됐고, 유복한 가 문 덕택에 일 년 후 보석금을 내고 풀려날 수 있었다. 두 사람 모두

죄책감을 극복하지 못했고, 늘 "왜?"라는 질문을 달고 살아왔다고 말한다. 왜 모두가 살해당하고 실종되는 와중에 자신들은 생존이라는 혜택을 누릴 수 있었는가. "세련된 방식의 고문이라고 생각해요." 로시는 그 말을 뱉은 걸 금방 후회한다. "사실 비교할 수조차 없는 일이긴 하죠. 저희는 아무런 고통도 겪지 않은 셈이에요."

유해 발굴 작업은 느리다기보다 꼼꼼하게 진행된다. 둘째 날이 되자 언론의 현장 출입이 가능해진다. 구덩이 위로는 짚으로 엮은 천막 같은 게 둘러쳐져 있다. 구덩이 밑으로 들어가는 인부들을 강렬한 더위로부터 막아주기 위한 것이다. 바깥쪽은 후덥지근하다. 인류학자들은 그 구덩이를 지옥이라 표현한다. 흰옷을 입고 엘리베이터 역할을 하는 널찍한 승강기에 올라타 십 미터가량을 내려간다. 승강기가 고장 날 경우를 대비해 벽 쪽에 간이계단이 설치되어 있다. 손으로 뼈들을 뽑아낸다. 그들 말에 따르면 유해들은 뒤섞여 있다. 마치 쓰레기차에서 한 번에 쏟아진 것처럼. 어쩌면 실제로도 그와 같은 일이 벌어졌을지 모른다. 이 마을 사람들은 어떤 차량이 오고 갔는지 알지 못한다. 그 지역은 군인 초소 안쪽의 통제구역에 위치하고 있었다. 하지만 그 가옥의 불빛이 밤새 켜져 있었다는 것, 그리고 고속도로 양쪽에서 트럭들이 들어오곤 했다는 사실은 기억한다.

세군도 씨는 교전이 있던 날 밤, 아이를 찾는 데 집착(그가 직접 '집착'이란 표현을 사용했다)하고 있었다. "그 사람들, 릴리아나와 에두아르도가 바로 저쪽에 살고 있었소. 마을 안쪽이지. 릴리아나는 우아하긴 했지만 조금 못생긴 편에 가까웠소. 가엾기도 하지. 그들이

사냐르투의 구덩이

하려는 게 굉장히 기특한 일이라고 생각했소. 사람들을 교육하고 뭐 그런 일이었는데, 이쪽 사람들은 다들 까막눈이거든. 그런데 무장단체라는 걸 알게 된 순간 흥미를 잃게 되더군. 그래도 애는 구해주고 싶어서 그 집으로 달려갔지 뭐요. 그런데 총알이 빗발처럼 날리고 있어서 가까이 다가가지도 못했소."

대부분의 뼈들은 종류별로 분류된다. 대퇴골은 대퇴골끼리, 골반뼈는 골반뼈끼리, 척추뼈는 척추뼈끼리. 같은 몸에서 나온 뼈들이 한데 분류되는 경우는 드물다. 이런 경우는 뼈들의 위치가 몸의 주인을 밀고하는 셈이다. 나머지는 확인이 불가능하다. 그곳에 있는 인류학자 중 한 명에게 물어본다. 묻힌 지 십 년 남짓 된 시신들이 이처럼 살 한 점 남아 있지 않을 수 있냐고. 그는 습기 때문이라는 설명을 한다. 자세한 설명은 허락되지 않는다. 그들은 중요도가 낮은 기술적인 질문에만 답할 수 있는데, 그럼에도 불구하고 병적인 매혹을 불러일으킨다. 비밀 구금 시설의 수 미터 밑을 파고 내려갔더니 구덩이가 하나가 나온다. 여태껏 그래왔듯 앞으로도 이 일로 잡혀 들어가는 사람은 없을 것이다. 우리나라에는 군인에 대한 사면법이 존재한다. 피해자들의 신원은 밝혀지겠지만, 정의를 선물받진 못할 것이다.

이 사건의 담당 검사 헤르만 리오스 박사는 집단매장지에서 수 미터 떨어진 곳에서 기자회견을 연다. 흰 천막이 불안하게 드리워진 그곳은 유골의 발굴과 신원확인에 대한 내용을 보고하는 장소라기보다 칵테일파티에 어울리는 장소 같아 보인다. 리오스는 서른두 구의 시신이 발견되었으며 모두 성인이라고 발표한다. 인류학 연구팀은 현재 신원확인 작업을 진행 중에 있는데, 부에노스아이레스의 데이터베이스와는 달리 북부지역 사람들은 DNA 검사에 필요한 유전자 정보에 소극적이라고 한다. 이 절차에 대해 잘 알려진 바가 없어 이해도가 낮은 까닭이다. 인권 관련 기구들이 자체 캠페인을 시작했고, 결과를 기다리고 있는 중이다. 일반적으로 그들이 진행하는 캠페인은 좋은 성과를 얻곤 한다.

"그런데 여기 묻힌 많은 조직원들이 부에노스아이레스 출신일 텐데요."

내가 끼어든다.

"맞는 말씀입니다."

검사가 말한다.

"저희는 이 매장지에 코리엔테스, 미시오네스, 포르모사 등지의 실종자들도 함께 묻혀 있을 거라고 판단했습니다. 노동 쟁의에 연루되었던 담배농장과 마테차밭 일꾼들도 섞여 있을 가능성이 있습니다. 지금까지 많은 신고들을 수집했습니다. 비록 그들의 시신과 관련된 내용은 없었지만, 잡혀간 장소와 날짜들에 대한 정보는 들어와 있습니다. 육십 킬로미터 반경 내에 세 곳의 불법 구금 시설이 있는 것도 확인되었습니다. 이 세 곳에서 발생한 사망자들이 이곳에 매장된 걸로 저희는 추측합니다."

밀림엔 적막이 감돈다. 문득, 그 당시 이 밀림 속은 내가 예상했던 것보다 더 조용했다는 사실을 깨닫는다. 새들과 각종 야생동물의 대소동을 상상했다. 풀들이 자라는 소리마저 시끄러울 거라고도 생각했다. 실제로 수풀은 하루에도 수 센티미터씩 쑥쑥 자라는 듯하다. 정상적이지 않은, 인위적인 생동이다. 온 사방에 생명이 넘쳐 나는 이곳에 짙게 깔린 고요가 눈길을 끈다. 밤이면 숙소의 전깃불이 나가기 일쑤이고, 그럴 때면 일부 동료들은 잔뜩 예민해진다. 벽을 통과해 들어오는 더위와 습기, 매트리스에서 풍기는 악취 때문이기도 하고, 또 모두가 이곳이 학살과 비밀의 구역이라는 걸 인지하고 있기 때문이기도 하다. 밀림이 고요하듯 사냐르투의 주민들도 그러하다. 처음 며칠 동안은 선술집에서 자신들의 기억을 읊어주기도 했지만, 생업으로 복귀한 후로는 더 이상 누구도 밤중의 트럭 불빛이나 잡혀간 마테차밭 일꾼들에 대해 언급하지 않는다. 그들 대부분은 같은 교구민이자 마을 이웃이다.

구덩이 옆에서 한 번의 오후를 더 보내는 게 의미 없게 느껴진다. 뼈들의 꿈을 꾼다. 내가 할 수 있는 게 더 있는지도 알 수 없다. 어쩌면 신원확인이 진행되고 있는 코리엔테스로 가야 할지도 모른다. 부에노스아이레스에서 해당 절차를 확인해본 적이 있다. 우울하고도 면밀하게 이뤄지는 일이다. 잡혀가고 실종된 일꾼들의 일생을 알아보고 싶다. 해방군 젊은이들의 침입에 대해 이웃들이 무엇을 기억하는지 알아보고 싶다. 하지만 증언을 끌어내는 게 쉽지 않다. 마르가리타 고메스의 딸은 그녀가 피로하고 지쳐 있어 더는 증언할 수 없다고 말하지만, 그 순간 그녀의 엄마가 조금 딱딱한 치파 빵 하나와 오렌지 하나를 들고 주방에서 모습을 드러낸다. 내게 먹겠냐고 물어와서 우리는 정원에 함께 앉는다. 어쩌면 손녀일지도 모르는 한 소녀가 야자나무 잎사귀로 만든 빗자루로 바닥을 쓸고 있다. 마르가리타는 이곳 사람들은 다들 그렇게 말수가 없으며, 어쩌면 그게 맞는 건지 모르겠다고, 큰 소리로 외칠 자격을 가진 건 오직 신뿐이라고 말한다. 마테차밭 일꾼이었던 그녀의 아들 역시 그 구덩이에 있을지 모른다. 그녀는 이 사실을 직접적으로 언급하진 않는다.

"그 애는 자존심이 참 강했다네. 그 자존심이 그 아이를 갉아먹은 거지. 술도 그렇고. 하지만 난 내 아들을 사랑했어. 내 모든 자식들을 사랑했다오."

"그는 주동자 중 한 명이었어요. 여사님께 그런 말도 하던가요?"

"처우가 아주 나쁘다며 연일 불평을 해댔어. 먹을 것도, 애들 입힐 것도 없다고 했었지. 매번 같은 이야기였네."

매번 같은 이야기. 마르가리타의 말이 맞다. 그 구덩이의 기형적 잔인함은 파라과이에서 수입된 시끄러운 소음을 내는 냉장고와 탄산음료 브랜드들과 마찬가지로, 시간의 흐름을 쫓지 못한 채 멈춰 있던 이 마을의 체념적인 일상을 파괴한다. 인류학자들이 조심스레 뼛조각에 묻은 흙을 쓸어낸다. 진흙을 제거해야 하지만, 한편으로는 증거가 될 수도 있으므로 훼손이나 파손을 최대한 피해야만 한다. 예를 들면, 총격 유무를 파악할 수도 있다. 내 안의 저항감에도 불구하고, 나는 두 번째 방문 시간대인 오후 시간에 그 구덩이를 부득불 찾아간다. 인류학자 한 명이 우리에게 턱뼈가 사라진 두개골 하나를 들어 보인다. 왼쪽 두정골에 무언가로 뚫린 흔적이 선명하다. 우리는 그에게 총격이냐고 물어보았고, 그는 훌륭한 전문가답게 단언할 수는 없다고, 하지만 육안으로 보았을 땐 화기로 인한 부상과 일치한다고 대답해주었다.

그날 저녁, 우리는 적막 속에서 식사한다. 이튿날이 되어서는 서둘러 그곳을 떠난다. 패배감에 휩싸인다. 구덩이가 있다. 범죄가 있다. 책임자를 밝히기 위한 조사는 없다. 이 같은 재앙을 마주한 나는 부에노스아이레스로 바로 돌아가지 않고, 짧은 취재 여행을 하기로 결심한다. 토토라라는 이름의 한 호수 주변에 관광지구가 조성되어 있고, 마을도 인접해 있다. 많은 사람들이 호수보다는 호젓한 낚시와 들판의 해 질 녘을 더 좋아한다. 호수는 예측 불허하기 때문이다. 호수에는 모터보트가 금지되어 있고, 피라냐와 비슷하지만 무시무시함은 덜한 이 지역의 어류 팔로메타도 없다. 글을 조금 쓸 수는 있겠지만 내가 찾고자 하는 건 호젓함이 아니다. 그곳엔 적어도 이곳의 숙소보다 나은 호텔들이 있을 것이다. 사실 이 숙소는 하룻밤 또는 몇 시간 이상 지내라고 설계된 곳이 아니었다. 더욱이 그곳에는 구덩이 속에 가족의 시신이 있을지도 모르는 사람들이 모여 있다는 이야기가 들려온다. 그들 가까이에 함께 있고 싶다는 듯, 지켜주고 싶다는 듯 말이다. 왜 이 마을엔 오지 않는 걸까? 나는 자문해본다. 이내 이 질문은 그들에게 직접 해야 한다는 걸 깨닫는다. 애도의 시간 속에 멈춘 채로 그들이 그 호숫가 마을을 점령하고 있다는 게 사실이라면.

어둑한 해 질 녘

토토라 호숫가의 마을은 산코스메 델 팔마르라는 이름으로 불린다. 현지인들이 몹시 존경하는 성인의 이름이자, 호숫가 너머 멀리 어슴푸레하게 보이는 인근 야자수 숲의 이름이기도 했다. 그곳은 내 편견을 깨부수는 놀라운 장소였다. 호텔 중 하나는 소박하지만 진정한 안락함과 아름다움을 지녔다. 환기가 잘 된 객실들, 목재와 오렌지나무 향기를 풍기는 등나무 가구들. 주인이 지배인을 겸하고 있다. 예순 살 정도 되어 보이는 여성으로, 1980년대부터 이곳을 소유했다고 한다. 상당히 휑한 상태였던 이곳은 돈 많은 지역 유지 가문의 주말 별장으로 이용되곤 했지만, 그 집안사람들은 수차례 이어진 연속적인 비극으로 인해 가난의 구렁텅이에 빠지고 말았다고 한다. 하지만 그 비극이 어떤 것인지 구체적으로 나열하지는 않는데, 마치 그렇게 하면 자신의 사랑스러운 호텔이 지닌 순수한 분위기가 오염될 거라고 여기는 듯한 행동이다. 그녀는 조식 시간, 호수욕장의 위치, 선크림을 가져오지 않았을 경우 구입할 수 있는 곳, 몇 곳 되지는 않지만 훌륭하다고 자신하는 식당들("이곳의 파쿠 요리는 꼭 드셔봐야 해요. 마테차를 이용해 튀기는데, 보기에는 좀 그럴지 몰라도 정말 맛있어요. 후회하지 않으실 거예요.")등 몇 가지 안내 사항을 일러주고는 딱 하나 남아 있던 공실로 나를 안내한다. 문 앞에서 열쇠에 약간의 결함이 있다는 그녀의 설명("하지만 문은 아주 잘 잠기니까 걱정은 말아요. 게다가 이곳은 정말 안전해요.")을 들은 뒤, 나는 그녀에게 사냐르투 구덩이에 묻힌 피해자들의 유가족이 이 호텔에 묵고 있느냐고 묻는다. 내 질문은 그렇게, 완곡하지 못하게 불쑥 튀어나오고 만다. 수일간의 침묵이 나를 억누르고 마비시킨 탓이다. 여자는 허리를 곧게 세우더니 진솔한 태도로 말한다. 투숙객들에게 왜

이곳에 왔는지 질문하지도 않을뿐더러, 알더라도 당신에게 말해
줄 자격이 자신에게 있는 것 같지 않다고. 호텔 주인들이나 바텐더
들은 직업적으로 많은 고백을 들을 수밖에 없기 때문에 어느 순간
심리상담사 같은 수준이 되곤 한다며, 고객들과 암묵적인 비밀을
공유한다고 덧붙인다. "직접 물어보는 건 어때세요?" 그녀가 불을
밝히며 말한다. 하지만 방의 채광은 훌륭했기에 불필요한 일이었
다. 창문 밖으로 레몬나무와 갓 정리한 잔디가 보였다.

　마테차로 튀긴 파쿠 요리는 실제로 훌륭하다. 그리고 그 식당이
빈자리 없이 꽉 들어차 있다는 사실이 나를 놀라게 한다. 걸으며
지나치는 한 작은 부둣가에는 정박된 배들이 즐비해 있다. 정오를
조금 지난 이 시각에는 어부들이 없다. 새벽 어스름이 되어야 들어
오기 때문이다. 호텔 근처에는 좁은 산책로 하나와 자카란다 나무
가 우거진 구름다리가 있다. 그곳에서는 호수의 이쪽 부근을 차지
하고 있던 주말 주택의 잔해를 볼 수 있다. 나는 그 지역의 어느 부
잣집이 그 집을 소유했는지 궁금해진다. 그곳에는 마을 역사를 알
아볼 수 있는—호텔 주인이 과장되게 설명을 해주었다—지역박
물관이 하나 있지만, 작은 마을들이 으레 그러하듯 직원이 아예 없
거나 한 명밖에 없어, 아주 가끔씩 밀린 서류 작업을 해치우기 위
해서만 출근하는 듯하다.

　많은 사람들이 식사 후 낮잠을 자러 간다. 내겐 영 적응되지 않
는 일이다. 무거운 습기와 마취된 듯한 마을의 공기가 여러 시간
동안 꿈 없는 잠을 자고 싶게 만들곤 하던 사냐르투에서조차도 그
런 시간을 가지지 않았다. 나는 호텔에서 마테차를 위한 물을 채운

뒤, 산책로의 나무 한 그루 밑에 자리를 잡는다. 그곳의 등나무 의자가 생각보다 훨씬 안락하다. 노트 하나를 꺼내 들고 기록을 시작한다. 쓰다 읽고, 또 쓰다 읽기를 반복한다. 호숫가에 앉아 있는 사람들도 있고, 산책로를 택한 사람들도 있다. 내가 있는 자리 근처엔 육십대쯤 되어 보이는 한 부부와, 긴 원피스 차림에 창백한 팔을 가진 한 젊은 여자가 있다. 나는 그 부부에게 다가가 단도직입적으로 궁금한 걸 물어보았다. 그들은 즉시 내 물음에 답한다. 말을 하고 싶었던 것이다. 꽤나 자주 있는 일이지만, 그래도 나는 놀란다. 사람들은 늘 이야기하고 싶어 하고, 타인에게 자기 이야기를 들려주고 싶어 한다. 그 타인이 자신의 이야기를 세상에 공개할 것이고, 우리 일이 태생적으로 늘 그렇듯 얼마간의 왜곡은 피할 수 없으리란 걸 뻔히 알면서도 말이다.

부부는 리토랄대학교의 학생회장이었던 한 코리엔테스 출신 청년의 부모이다. 쿠데타 직후인 1976년 4월 잡혀갔다. 코리엔테스주에서 흔히 볼 수 있는 대저택에서 부모와 함께 살고 있었다. 그런 건축물은 보통 온 집안 식구들을 위한 기능들이 점차 추가되는 특징이 있다. 도로와 맞닿은 곳에는 상점이 있다. 안채는 부모가 사용하고, 철쭉이 핀 정원을 지나면 자녀들이 지내던 별채가 있다. 재갈 물린 채 손발이 묶인 아들을 그들은 지켜줄 수 없었다. 여자친구도 있었지만 마침 집에 없었고, 아들은 혼자 끌려갔다.

"자기가 잡혀갈 거라곤 생각조차 못 했어요. 그런 일은 부에노스아이레스에서나 일어난다고도 했었고요. 아시겠나요? 우리도 그렇게 생각했었죠. 브라질로 간 친구들도 있었고, 몰래 숨어 지내는 애들도 있었어요. 기자님도 무슨 말인지 아실 거예요. 물론 솔직히, 언젠가 들이닥칠 수도 있겠다는 생각을 하긴 했죠……. 그런데 우리 애는 학교에서만 활동했거든요. 그건 장담해요. 자기가 하는 일들을 다 우리에게 털어놓으면서 걱정하지 말라고 했어요. 전그 사람들이 무장투쟁을 선택한 사람들에게 한 몹쓸 짓을 합리화하는 게 아녜요. 그래도 구스타보는 그런 경우가 아니었어요.”

그녀는 코리엔테스의 소규모 실종자 부모 협회에 가입되어 있다. 표현 방식만 봐도 알아차릴 수 있는 사실이다. 남자는 그저 침묵을 지킬 뿐이다. 피해자의 아버지들은 대부분 침묵하는 동료가 되곤 한다. 최근 몇 년간 많은 이들이 아내를 뒤에서 보필하다가 죽었다. 무능과 사랑 때문에 그들은 무방비 상태로 숨을 거둔다. 여자들은 그런 감정을 보다 잘 관리하곤 한다.

그들은 나를 다른 부모들에게 소개시켜 주겠다고 제안하며, 아내들도 몇 명 있다고 말한다. 많은 수는 아니라고, 한 여덟 명 정도 되는데 그중 몇 명은 아예 입을 열지 않거나 부끄러워할 수도 있다고 덧붙인다. 나는 그들이 왜 토토라 호수 주변에 모여들었는지 궁금해진다. 밤이 되자 우리 모두는 마테차로 튀긴 파쿠 요리 식당에 모인다―음식을 먹는 건 나뿐이다―. 모두가 서로 다르지만 대체로 비슷한 설명을 내놓는다. 자신들을 구덩이 주변에 있지 못하게 하고, 사냐르투에는 모두가 한 번에 투숙할 만한 곳이 없다. 마을 주민들은 가깝고 훨씬 쾌적하다는 이유로 이곳을 추천해주었다. 오래 머무르진 않을 생각이다. 구덩이가 발견됐다는 소식이 들려온 두 달 전부터 이곳에 와 있었다. 모두가 하루 한 번씩 사냐르투를 방문한다. 운이 좋다면 들여보내 줄 수도 있지 않을까, 누군가 자기 말을 들어줄 수도 있지 않을까 하는 희망을 가지고. 자신들이 할 수 있는 게 많지 않다는 사실을 잘 알고 있다.

"신원확인이 진행 중인 코리엔테스로 가보는 건 어떠세요?"

"그게 좀 더 말이 되긴 하죠."

부에노스아이레스주 카스텔라르에서 온 한 어머니가 말한다. 그녀의 아들 기예르모 블랑코는 코드네임 '피루'로 불리던 해방군 대원이었다. 해방군 대원의 어머니로는 유일하게 그 자리에 있다. 앞서 인터뷰한 생존자들이 해준 이야기를 내가 털어놓자, 두 눈에는 눈물이 차오르는 한편 표정은 굳어진다. 동료들의 이름을 한 번도 들어보지 못했던 것이다. 아들은 동료들의 이름을 입에 올리는 걸 극히 꺼렸다. 그녀는 살아남은 이들의 소식을 듣고 싶지 않아 한다. 분노가 치밀어 오르는 걸 참을 수 없다.

"어쨌든 신원확인 결과는 공개하게 되어 있으니까요. DNA 샘플도 제공했고, 확인되면 우리 집에 전화가 올 거예요. 남편이 연락을 기다리고 있어요. 그 사람은 몸이 안 좋아서 여기까지 오진 못했어요. 기예르모가 여기로 끌려오기 직전에 둘이 한판 했었어요. 저는 그 애가 북부에 와 있는지조차도 모르고 있었고요. 나중에 모든 일이 다 일어나고 난 뒤에야 다른 아들 녀석, 그 애 동생이 제게 얘기하더라고요."

"여기 있는 건 일종의 장례식 같은 느낌이에요."

코리엔테스 출신의 학도병, 구스타보의 엄마 소니아가 말한다.

"가까이에 있으면서 유해들을 위해 향을 피워주고 싶어요. 수 킬로미터 먼 곳에 있는 게 사실이지만, 그 아이가 절 느낄 거라고 확신해요. 그 아이들을 위해 여기 이 호수나 그 구덩이 근처, 나무 위 같은 곳에 꽃을 놓으며 다니죠. 이타티는 가보셨어요? 우리는 가까이 가지 못하게 막더라고요. 갈 수 있게 해줘야 되잖아요, 안 그런가요? 이건 모욕이나 다름없어요."

"피해자를 모욕하는 나라가 따로 없지."

파업 시도에 동참했던 마테차밭 십장 중 한 명의 부인, 마리아 에우헤니아가 말을 꺼낸다. 쉰 살가량 되어 보인다. 남편이 살해당하기 직전(그녀의 표현이다. 비록 시신을 되찾진 못했지만, 살해당했다는 건 똑똑히 알고 있었다), 그녀는 남편의 뜻에 반대했었다.

"'어떻게 당신이 일을 안 할 건데. 그러다가 사장님이 당신을 내쫓으면 애들한테는 뭘 먹일 건데.' 저는 밤낮을 가리지 않고 이렇게 소리쳤어요. 그는 사람들이 고통받고 있다는 말뿐이었어요. 이제야 무슨 말인지 알겠어요. 얼마나 후회되는지 몰라요."

"어디에서 일하셨는데요?"

"레예스 가문의 회사요. 이 동네 사람들 절반이 그곳에서 일해요. 저는 그곳 사장인 아돌포 레예스도 만나본 적 있어요. 좋은 사람이라고 생각한 적도 있죠. 그런데 막상 남편이 실종되고 나자 절 문전박대하더라고요."

마리아 에우헤니아가 오열하기 시작하고, 웨이터가 카차마이 허브차를 가져다준다. 밖에서는 달과 호수가 입을 맞추고, 안에서는 날벌레들이 전등 불빛에 마구잡이로 달려들고 있다. 딱정벌레들이 있다. 나는 딱정벌레가 무섭다고 생각하면서도, 그중 하나가 내 머리 위로 떨어진다면 머리끈이라도 되는 듯 무심히 들어 올려서 내던져버릴 것이라고 마음먹는다. 공포는 변하고, 재구성된다. 여기에 익숙해지고 싶지 않다. 밤이 되자 더 이상 뼈들이 나오는 꿈을 꾸지 않는다. 그 대신 호수 위에 드리운 거대한 어둠, 몰아치는 폭풍우, 쏟아지는 우박의 꿈을 꾼다.

깡마른 여인

아침 식사 중 유가족 몇 명과 작별을 고한다. 꽃을 헌화하며 자신의 운을 시험하러 사냐르투로 향하는 사람들도 있고, 집으로 돌아가는 사람들도 있다. 일부는 코리엔테스로, 다른 일부는 포사다스로 간다. 마리아 에우헤니아와 카스텔라르에서 온 기예르모의 모친은 며칠 더 머무르기로 한다. 한밤중에 호숫가에서 함께 촛불을 밝히는 두 사람의 모습을 본 적이 있다. 그 집안 고유의 내밀한 의식으로, 물과 더위의 수호를 받으며 매우 섬세하게 이뤄진다. 새로 온 투숙객들과도 인사를 나눈다. 몇 명은 체크인을 하면서 자신들이 사냐르투에서 왔다고 말한다. 그곳에 마땅한 숙소가 없어서 산코스메로 가보라는 추천을 받았다는, 똑같은 이야기이다. 어떤 사람들은 처음부터 아예 이쪽으로 오기도 한다. 마리아 에우헤니아는 이 지역 출신이라면 그렇게 한다고 덧붙인다.

여자 한 명이 있다. 나는 그녀를 깡마른 여인이라 부른다. 그녀는 전날 밤 저녁 식사에 모습을 드러내지 않았다. 늘 혼자 아침 식사를 하며, 안뜰의 탁자 앞에 앉아 담배를 피우곤 한다. 남다른 외모를 갖고 있는데, 내게는 꽤나 익숙한 모습이기도 하다. 어쩌면 용모의 특징적인 면과 관련 있을 수 있다. 그녀의 앞모습은 굉장히 아름답지만, 옆모습의 특정 각도에 빛이 비칠 때면 피카소의 〈아비뇽의 처녀들〉에 나오는 여인 같아 보일 정도로 각진 얼굴이다. 그녀 역시 유골 때문에 와 있다는 건 나도 알고 있다. 그녀의 거리 두기를 존중하고 싶지만, 내 마음을 사로잡는 무언가가 있다. 흰머리가 전혀 없는 긴 머리와 발치까지 덮을 정도로 긴 길이의 남다른 원피스.

아침 식사 후 그녀와 대화를 나눌 기회를 포착한다. 그녀가 내게 먼저 다가온다. 내게 담뱃불을 요청하고 나는 그 부탁에 응한다. 그녀는 줄담배를 피운다. 나 역시 마찬가지이다. 이제야 그녀를 정오의 온화한 태양 빛 아래에서 똑바로 응시하며 그 모습을 눈에 담는다. 하지만 난 눈에 보이는 것을 전부 믿을 수도 없고, 믿고 싶지도 않다. 약 십 년 전, 부에노스아이레스의 카바이토동과 파르케 차카부코동의 경계 사이에서 열두 살 소녀가 납치되는 일이 있었다. 그 소녀에겐 팔 하나가 없었기 때문에 세간의 이목이 쏠렸다. 누구도 그게 선천적인 장애인지, 후천적인 사고인지 알지 못했다. 사건은 어린아이들의 장난에서 시작됐지만, 무시무시한 귀결로 이어지고 말았다. 소녀와 친구들이 동네의 한 폐가에 들어간 것이었다. 아이답게 말썽을 피운 것뿐이었다. 그런데 그 집 안에서 사건이 일어났다. 아이들이 제대로 기억하지 못하는 어떤 일이 일어나고 말았고, 소녀는 두 번 다시 그 집에서 나오지 못했다. 신기하게도, 납치로 기록된 그 실종 사건은 언론의 관심에서 급속도로 멀어 졌다. 방송국 카메라를 피하지 않고 정면으로 마주하던 모친의 모습이 연일 보도되던 열기를 생각하면 의아할 정도였다. 가설은 이랬다. 소녀는 어느 미스터리한 남자에 의해 납치되었으며 범인은 지금까지 잡히지 않은 것이다. 경찰은 집안 내부에서 피범벅이 된 한 성인 남성의 옷가지를 발견했으나, 그 옷의 흔적들과 일치하는 사람을 찾아내지 못했다. 그리고 소녀는 다시 나타나지 않았다. 그때의 난 그 아이의 엄마를 인터뷰하고자 했으나, 내 사수는 아무런 관심을 갖지 않았다. 나는 편집장에게 달려갔다. 그는 사람들이 이런 끔찍한 이야기에 더는 관심을 갖지 않는다며, 좀 더 긍정적인 뉴스에 집중하자고 말했다. 하지만 난 그의 말을 절대 믿지 않았다. 그 말을 하는 그의 모습이 마치 로봇 같았다. 다른 상황이었다면 이런 이야기에 사활을 걸고 덤벼들었을 사람이었다. 1987년은 끔찍한 한 해였긴 했다. 카라핀타다들의 반란*이나, 페론 대통령의 시신 훼손 등이 바로 그해에 일어났다. 그 누구도, 이 국가에서 가장 삼엄한 경계로 둘러싸인 무덤이 파헤쳐져 손이 잘려 나갈 줄은 상상조차 못했을 것이다. 팔 없는 소녀의 실종 사건은 침울하기 그지없는 사건임이 분명하긴 했고, 그래서 잊힌 것일 수도 있었다. 언론계에서는 이런 일들이 일어난다. 대중의 상상력은 약간의 공포가 가미되었을 때에 끓어오르며, 타인에 대해서는 퍽 무관심하다. 우리 회사가 아닌 다른 언론사를 통해 보도할 수도 있겠지 싶어 어떻게든 그 엄마를 만나려 백방으로 노력했지만, 그때쯤에는 그녀가 집도, 동네도 모두 버리고 떠난 상황이었다. 이후 그녀의 행방은 미스터리로 남았다.

"제 파트너 때문에 와 있어요."

깡마른 여자가 입을 열어 이야기를 시작하자 일말의 의심의 여지가 사라졌다. 목소리는 기억의 쐐기처럼 작용한다. 만일 그녀가 실종된 소녀의 엄마가 아니라면, 적어도 쌍둥이 자매일 것임이 분명했다. 아니면 초자연적인 이유로 똑 닮은 사람이든지. 한낮의 무더위가 하늘을 나는 새도 지쳐 떨어지게 만들 듯했지만, 나는 온몸에 소름이 돋는 걸 느꼈다. 두려움이 엄습했다. 공포소설에서나 나올 만한 우연이었다.

그녀도 알아차렸다는 듯, 다음 말을 이어가기에 앞서 뜸을 들였다.

"우리 남편과 저는 레닌-마오주의 해방군의 일원이었어요. 역사책이나 언론 보도에는 모두 해방군이라고 기록되고 있지만, 이게 풀 네임이에요. 전 살아남았죠."

놀라웠다. 이름을 묻자 그녀가 내게 답했다. 베아트리스 브래드퍼드. 그녀를 빤히 바라보았다. 나는 이타티 작전 전부를 재구성해보았지만, 그런 이름을 가진 대원을 본 적이 없었다. 사라진 아이 역시 다른 성을 갖고 있었다. 아델라 알바레스. 수년간 그 아이를 기억하지도 않았는데, 퍼뜩 머릿속에 그 이름이 떠올랐다.

"의심하실 만해요."

그녀가 말했다. 목소리가 걸걸했고, 목과 손목에 자해의 흔적이

---

* 아르헨티나에서 민주정권이 수립된 후, 독재정권하에 벌어진 범죄의 사법재판에 항의하기 위해 일어난 군사 봉기. '카라핀타다'는 얼굴에 페인트칠을 한 특전부대 요원들을 말한다.

보였다. 표면에 얇게 새겨진 작은 상처들이었다. 마치 긴 손톱으로 오랜 시간 긁다 생긴 상처 같기도 했다.

"내가 게릴라에서 썼던 이름은 릴리아나 팔코예요. 제 정체는 파트너와 우리 작전 대장, 두 사람만이 알고 있었죠. 사실 우리 가문 사람 중 한 명을 납치해서 자금줄을 확보하려는 계획을 세우고 있었거든요. 기자님도 아시잖아요. 우리 가문은 어마어마하게 돈이 많아요. 게다가 믿기 힘들 정도로 쌍놈들이기도 하죠. 독재자의 공범들. 자기네들이 가진 수단과 영향력을 이용해서 시체들을 사라지게 만든 거예요. 그래서 전 이곳에 오는 사람들과 가깝게 지내지 않아요. 그들이 사랑하는 사람들을 상대로 자행된 범죄에 우리 가문도 공모했으니까요. 에두아르도는 절 그들로부터 구해주고 싶어 했지만, 자기가 어떤 사람들을 상대하고 있는지 전혀 몰랐어요. 사실 저도 완전히 알진 못했죠."

어지럼증 같은 게 물밀듯이 밀려왔다. 그녀가 정말 릴리아나 팔코라는 게릴라명을 사용했었다면, 살해되었거나 누군가에게 잡혀갔을 그 소녀의 엄마라는 것도 분명하다. 그리고 그녀가 브래드퍼드 가문 사람이라는 것도 확실하다면, 지금 내 앞에는 어마어마한 스토리가 그려지고 있는 것이었다. 그리고 충분히 그럴싸했다. 그 전설적인 브래드퍼드가의 대저택은 강 위쪽으로 십 킬로미터밖에 떨어지지 않은 곳에 있었다. 대체 어떻게 그녀가 카바이토에서 실종된 팔 없는 소녀의 엄마가 된 것일까?

정곡을 찌를 질문을 쥐어짜내 보았다. 그녀가 도망가버릴까 봐 두려웠다. 그녀에게는 야생마 같은 기운이 있었다. 지금 첫 마디를 주고받은 것만으로도 그녀의 혼란을 느낄 수 있었다. 그녀의 가문과 인생 여정이 그녀의 영혼을 파괴했다는 것도.

"동료분들이, 여사님이 딸아이와 함께 사냐르투에서 지냈다는 말을 해주었어요. 그 아이의 운명이 어떻게 되었을지 궁금해하더라고요."

"아델라는 그 구덩이에 있지 않아요. 에두아르도는 아마 그곳에 있겠지만요. 신원확인이 왜 이렇게 더딘지 모르겠어요. 에두아르도의 어머니도 혈액을 넘겼다고 했어요. 절 그다지 좋아하진 않지만, 그렇게 했다는 사실은 알려주더라고요. 매일 밤마다 저는 에두아르도에게 말을 걸어요. 아이를 살리려 노력했다고. 여기 오는 사람들은 지형을 공부하지 않기 때문에 그 구덩이 가까이에 못 가는 거예요. 지형을 공부해야 해요."

나는 말없이 녹음기 전원을 켰다. 녹음기는 내가 읽던 책과 손바닥 사이에서 진동 소리를 내며 돌아갔다. 그녀가 말했다.

"숨길 필요 없어요. 녹음하고 싶으면 그렇게 하세요. 전 잃을 게 없는 사람이에요. 게다가 그 사람들이 이 대화 내용의 공개를 원치 않는다면, 그 뜻대로 될 거예요. 그들의 규칙은 다르니까요. 그 사람들은 긴장 따윈 하지 않아요. 기자님은 이곳 가까이에 우리 이모 메르세데스 브래드퍼드의 집이 있단 거 알고 계시지 않나요? 제가 정확히 짚어드릴게요. 그 사람은 우리 이모예요. 전 그 괴물 같은 사람의 딸로 오해받고 싶지 않아요. 저희 엄마와 아빠는 어쨌든 간에 그 인간이랑은 전혀 다른 사람들이에요."

"여사님은 그들과 어떤 관계예요?"

"이모요? 아니면 부모님?"

"모두 다요."

"이모 얘긴 하지 않을게요. 할 수 없으니까요. 부모님에 대해서는 전 할 만큼 하고 있어요. 그분들도 물론이고요."

여기부터 나는 대화 내용을 그대로 옮긴다. 풀어서 써 내려가기에는 쉽지 않을 것이기 때문이다. 그날 오후의 대화는 매우 짧았다. 저녁의 대화 역시 그러했으나, 나에게는 그 두 번의 대화가 길게만 느껴졌다. 혹시라도 녹음테이프가 끝까지 돌아간 건 아닌지 노심초사하며 녹음기를 수시로 확인했던 게 기억난다.

"작전을 기억하세요?"

"총소리에 잠에서 깼어요. 우리는 그 사람들인 줄 바로 알아차렸고, 냅다 뛰기 시작했어요. 아니, 더 정확히 말하자면 제가 딸을 안고 뛴 거예요. 밀림 속에서 어느 길로 가야만 우리가 살 수 있는지 전 잘 알고 있었거든요. 계획이 있었어요. 우리를 도와주던 한 아주머니가 있었거든요. 마테차밭 일꾼의 부인이었죠. 전 그곳에 도착해야만 했어요. 그 여자는 그 망할 놈의 동네에서 우리를 도와준 유일한 사람이었어요. 당시엔 그 사람들을 망할 인간들이라고 부르지 않았지만, 이제는 계급의식이니 모순이니 하는 얘기들을 입에 담질 못하겠어요. 그럴 만한 인내심도 다 바닥났고요. 이제 더이상 중요하지 않게 된 거죠. 너무 혼란스러운 나머지 그 집도 찾아가질 못했어요. 그러다 보니 이모네 집에 어떻게든 흘러들어 가게 된 거예요. 딸을 살려야만 했어요. 우선 아이 먼저 그 집에 두고 에두아르도를 다시 찾으러 가려고 했어요. 전 지치고 겁에 질려 있었거든요. 반면 우리 가문 사람들은 사설 경비대를 두고 있죠. 그냥 애랑 그곳에 눌러앉기로 결정했어요. 그날 밤에 애하고 같이 죽었어야 했는데. 살다 보니, 죽음을 속이려 들면 결국 최악의 귀결을 맞이하게 되더라고요."

베아트리스의 목소리는 흡연자답게 허스키했지만, 한 번도 갈라지거나 어긋나진 않았다. 죽는 것 따윈 두렵지 않은 사람, 혹은 죽고 싶지만 그 전에 해결할 일이 두세 개 정도 남은 사람의 냉정함을 지니고 말을 이어갔다.

"그들과 함께 생활했어요. 사촌 로사리오를 포함해서요. 제 인생사를 줄줄이 늘어놓진 않을게요. 다만, 생각하신 게 맞다는 얘기를 하고 싶었어요. 제 딸아이의 이름은 아델라 알바레스, 사라진 아이죠. 전 한 번도 제 이름을 숨긴 적이 없어요. 카메라 앞에서 제 이름이 베아트리스 알바레스라고 당당하게 밝히기도 했고요. 에두아르도와 결혼한 적은 없었지만, 그의 성을 따랐어요. 아델라는 그게 실명이에요. 출생신고도 그렇게 들어갔고, 밀림 속에서 죽지도 않았어요. 그 작전 도중에 살해되지 않았다고요. 그 아이를 살리려고 전 최대한 노력했어요. 에두아르도한테도 늘 하는 얘기고요. 전 노력했지만, 제 아이를 위한 계획은 따로 있었더라고요."

"그럼 여사님이 그 부에노스아이레스에서 사라진 소녀의 엄마세요?"

"제가 방금 말했잖아요. 친구들과 함께 카스텔리 공원 근처, 비야레알가의 폐가에 들어간 아이가 제 딸이에요."

"텔레비전에서 봤어요. 여사님의 가족이 매우 부유하다는 사실도 봐서 알고 있고요. 제가 기억하기로는, 카바이토에서 따님과 함께 사시던 그 집은 생각보다 굉장히 소박했었어요."

"그 집은 괜찮았어요. 딱 제가 원하던 집이었거든요. 그들과 함께도, 그들처럼도 살지 않을 수 있었어요. 궁금해하시던 게 이건지는 모르겠지만."

"따님은 그날 진압 과정에서 팔을 잃은 건가요?"

"제 딸아이는 그날 밤 밀림에서 털끝 하나도 다치지 않고 나왔어요. 이모 집에서 그렇게 된 거예요."

"사고였나요?"

"기자님은 이 밀림 속에 어떤 게 있는지 아시나요? 저도 잘 몰라요. 지금까지 제대로 이해할 순 없었어요. 거대하고 끔찍한 무언가예요. 굶주려 있죠. 우리 가문은 그걸 수백 년 동안 숭배해왔어요. 이 밀림에 살고 있는 그것은 지금은 잠들어 있지만, 당시에는 제 딸의 팔을 앗아가 놓고는 자기 거라는 표식을 남겼어요. 그날 이후로 아이는 제 것이 아니게 되었어요. 전 늘 브래드퍼드가로부터 도망치고 싶었고, 에두아르도와 사랑에 빠지고 나서는 그와 동일한 믿음을 공유하기로 결심하기도 했어요. 그게 제가 그들로부터 멀어질 수 있는 하나의 방법이었을 뿐 아니라 일견 숭고한 길이기도 했으니까요. 하지만 그들은 결국 제가 돌아갈 수밖에 없게 만든 다음, 제 딸아이를 가져가버렸어요."

"무슨 말씀이신지 모르겠어요."

"그게 그쪽한테는 좋은 일이에요."

난 그녀가 정신이 온전치 못하다고 느끼기에 이르렀다. 하지만 그녀가 자리를 뜨자, 나는 동물들이 호숫가에서 철벅이는 소리만이 간간이 들려오는 적막 속에 혼자 남겨졌고, 순간 밀림과 그 아름답고도 호전적인 풍경이 비이성적으로 두렵게 느껴지기 시작했다. 그 안에 그토록 많은 죽음과 고통이 담겨 있었다. 그녀는 자기 가문이 그 언덕들 사이의 끔찍한 무언가를 '숭배'해왔다고 했다. 과연 비유였을까, 아니면 문자 그대로의 의미였을까? 우리의 첫 대화는 이렇게 끝이 났다. 나는 그 만남 이후 혼란에 휩싸였다. 우연 때문에, 그리고 불안하게 흔들리던 두 눈, 가까이서 보면 확연히 드러나는 얇고 뚝뚝 끊어진 머리카락, 그리고 전혀 관리되지 않은 손톱에서 뚜렷이 드러나는 그녀의 불안정한 모습 때문에. 우아하면서도 철저히 무너진 여인. 뿐만 아니라, 딸의 실종과 연관 지어 언급한 그 게걸스러운 괴물에 대한 암시도 나를 당황하게 만들었다. 그녀는 챙 모자를 쓰지 않은 채 햇빛을 그대로 받으면서 산책 중이었다. 그녀를 따라가지 않고 호텔로 돌아와서 녹음 내용을 받아 적었다. 그녀에게 더 많은 질문을 하고 싶었다. 이타티 작전의 대상자 목록에는 정말 에두아르도 알바레스(코드네임 모노 알베스)의 이름이 있었다. 실종자이자 (코드네임) 릴리아나 팔코의 파트너. 자기 인생에 점철된 비극을 설명하기 위해 그녀가 사용한 비유들은 날 두려움에 떨게 만들었다. 특히 밀림 속에 존재하는 힘에 대한 신비주의적 섬망이 그러했다. 차를 운전하며 미시오네스의 잡목림을 통과하는 누군가가 있다면, 그 밀림이 양쪽에 구멍이 뚫린 담벼락으로 둘러싸인 일종의 감옥 같다고 생각할 것이며, 검붉은 흙은 용암이 흐르는 강처럼 보일 것이다. 그곳, 호수 인근에서는 밀림이 좀 더 멀게 느껴진다. 어쩌면 그 개방감 때문에 유가족들이 그 마을을 선택했을지 모른다. 나는 트럭을 가득 채운 시신들이 진흙으로 뒤덮인 도로를 지나 구덩이 속에 던져지는 모습을 상상한다. 밤새들은 엔진의 소음에 지저귐을 멈췄으리라. 앞서 산라무에르테의 신당을 본 적이 있다. 우리가 포사다스를 출발해 이곳에 도착했던 첫날, 죽음으로써 숭배의 대상이 된 소년 산케시토의 성상도 보았다. 칠레에서는 그 아이를 '아니미타'라고 부른다. 뜨거운 열기에 바싹 말라버린 뼈들을 떠올렸다. 아무것도 남지 않을 때까지 뼈에 붙은 살을 먹어 치우는 열기.

그날 밤, 나는 호텔 복도에서 베아트리스 브래드퍼드와 다시 한번 마주쳤다. 그녀는 아침 식사를 하는 공간과 이어지는 복도의 맨 끝 방에 묵고 있었다. 술에 취해 있었다. 순간 나도 모르게 연민 혹은 동정심이 들어 그녀를 내 방으로 다짜고짜 밀어 넣었다. 나는 문을 열쇠로 잠갔고, 그녀는 침대 위에 대자로 몸을 던졌다. 구토하다가 기도가 막혀버릴까 봐 두려웠다. 그녀가 음식을 먹는 모습을 보진 못했지만 그리 많이 먹진 않았을 것이었다. 술을 마시긴 했어도 정신은 맑아 보였다. 그녀는 뭔가를 말하고 싶어 했다. 나는 녹음기를 켰다.

"아무도 제 아이를 기억하지 않아요. 하지만 기자님은 기억하시죠."

"절 올가라고 부르세요."

"올가. 이름이 참 못났네요. 베아트리스처럼요. 로사리오는 참 예쁜 이름인데, 그렇죠? 불쌍한 우리 로사리오. 피라냐 같은 여자였지만, 우리를 구해주고 스스로도 구하려고 했어요. 비록 피라냐를 닮았어도 사랑은 있었다고요. 올가, 무슨 말인지 알겠어요? 그 친구는 사랑이 있었어요."

"로사리오가 누구예요?"

"제 사촌이자, 메르세데스의 딸이죠. 그 친구가 그날 밤 저를 받아준 거예요. 그러고는 이렇게 말했죠. 베티, 나오지 마. 베티, 오늘 밤은 안 돼. 사람들이 올 거고, 의식이 열릴 거야. 너도 알지, 의식에는 아직 참가할 수 없다는 거. 아직 허락을 받지 못했잖아. 이 안에 머무르고 있어, 베티. 그런데 전 밖으로 나가버렸죠. 이런 멍청할 데가."

그러더니 그녀는 팔을 쥐어뜯다가 손톱으로 목을 긁어댔다. 상처들은 이렇게 생긴 것이었다. 그녀의 절망이 너무나 깊은 나머지 그 모습을 보고 있기조차 괴로웠다. 가까스로 그녀의 몸에서 손을 떼어낸 뒤 물을 마시겠냐고 물었지만, 그녀는 담배를 피우겠다고 했다. 담배를 피우기 전에 강제로 몸을 일으켜 앉혔다. 이불을 태울 수도 있었다.

"로사리오가 그렇게 부탁했는데도 전 나갔어요. 베티, 안 돼. 결국 그 행동 때문에 제 아이는 팔을 잃었고요. 그게 뭐냐고 묻지 말아요. 이름이 없으니까요. 후안을 이용해서 제 아이의 팔을 잘라버렸어요. 그때의 그는 더 이상 후안이 아니었어요. 검은 빛이 제 아이를 건드렸어요. 올가, 대체 전 왜 애를 데리고 그 방을 나섰던 거죠? 대체 왜 로사리오의 말을 듣지 않은 거죠? 그녀는 항상 현명했어요. 후안은 음침한 사람이었지만, 그 친구는 그를 사랑했어요.

로사리오의 사랑이 없었다면 그에게 무슨 일이 일어났을지 상상도 안 돼요. 내가 무슨 말을 하는 거지! 네, 저도 알아요. 그 사람이 제 딸을 넘겼어요. 절 속였어요. 딸아이를 살려주겠다고, 자기 아들과 제 딸을 함께 살려주겠다고 약속했어요. 하지만 그 약속을 지키지 않은 거죠. 알아차렸어야 하는데. 픽이나, 아무 말도 하지 않는데 무슨 재주로! 이제 전 그의 아들에게 가까이 갈 수도 없어요. 이름은 가스파르예요. 가스파르라고 해요. 후안 같은 아이지만, 정작 자기 자신은 모르고 있어요. 누군가가 이야기해 줘야 해요. 올가, 당신이 말해줄래요? 우리 이모는 그 아이가 스스로 깨닫기를 바라고 있어요. 이모를 본 지가 너무 오래됐어요. 그들로부터 한동안은 도망칠 수 있겠지만, 언젠간 돌아올 운명이라는 거라는 걸 너무나 잘 알고 있으니까요. 그들은 기다리죠. 아, 혹시 당신이 가스파르에게 접근할 수 있을지 모르겠어요. 후안이 그 아이에게 표식을 남겼거든요. 그걸로 그 아이는 우리 모두로부터 영영 멀어지게 됐죠. 아무도 그 아이를 찾아내지 못해요. 저 역시도 그 아이를 만날 수 없어요. 그 표식 때문에요. 그 표식이 멀어지게 만들어요. 보호받고 있는 거죠. 그 사람들은 후안을 증오해요. 올가, 그들은 후안이 자신들을 상대로 잠시나마 승리를 거뒀기 때문에 그 사람을 증오한다고요. 저를 기쁘게 해주는 유일한 일이에요. 그들이 후안을 증오하기 때문에, 그리고 에두아르도의 유해를 찾아서 묻어줄 그날, 뼈에다 대고 우리 딸을 내가 최대한 보살폈어, 하지만 우리 가족으로부터 멀리하는 데에는 실패했어, 라고 말해줘야 하기 때문에 죽지 않고 살아 있어요. 그 사람은 항상 내게 말했어요. 당신은 당신의 성씨가 아냐. 그들처럼 정복자가 될 저주를 받지 않았어. 그 말이 일견 맞긴 하지만, 저주를 받긴 했던 거예요. 그는 그걸 몰랐어요. 그 역시 사랑이 있었어요."

그녀는 담배 연기를 길게 들이마셨다. 그 소리도 녹음되었다. 담배 한 개비를 단번에 다 빨아들이는 듯했다. 그리고 나서는 침대 위에서 몸을 일으켰다.

"후안이 절 배신했어요. 제 딸을 넘기고 아들을 챙긴 거죠. 그 사람이 제 딸을 넘겼어요. 그 사람의 아들은 그 덕분에 살았어요. 제 딸을 넘긴 대가로요. 사실 이따금은 그가 제 딸을 구해준 게 맞을지도 모르겠다는 생각을 하기도 해요. 그 애가 집 안에서 길을 잃었을 때, 후안이 살려준 거라고요. 우리 집안 사람들은 이제 딸아이를 다시는 못 볼 것이고, 이용할 수도 없게 되었어요. 그 사람들은 이 일로도 후안을 미워하죠. 아델라를 위한 계획이 있었거든요. 하지만 지금 그 애는 대체 어디 있는 거죠! 그 사람 아들은 아무 일 없었다는 듯 조용히 살고 있는데. 너무 불공평해요, 올가. 올가, 제가 말해도 되나요? 이건 불공평해요."

"그럼 따님이 납치된 건가요?"

"올가, 알려 하지 말아요. 알려 하지 말아요! 저 때문에 이미 위험에 처했잖아요. 저는 건드리는 것마다 다 파괴하는 사람이에요. 그 아이를 지켜주는 방법을 몰랐어요. 하지만 에두아르도는 제가 그 아이를 구해내려 애썼다는 걸 꼭 알아줘야 해요. 전 실패했어요. 실패했지만, 잘못은 그 사람들과 그들을 이끄는 검은 신에게 있어요. 올가, 검은 신이에요. 그들은 황금빛 신이라고 말하지만,

검은 신이라고요. 후안은 그 신을 두려워했어요. 그래도 점잖은 사람이었죠. 저라도 제 딸아이를 위해서라면 그 애를 넘겨버렸을 거예요. 그래서 계획을 숨겼던 거겠죠. 제가 어떤 사람인지 그도 알았을 테니까요. 차라리 미친 척하는 편을 택한 거예요. 미친 척하다니, 그거참 좋은 전략이지 않아요? 자기가 예사로운 사람이 아닌 걸 알고 있었어요. 신은 그림자 속에 살아요. 조심해요. 잠들어 있을 순 있어도, 살아 있다고요."

내 방에서 뛰어나간 그녀는 자기 방까지 쉬지 않고 달려가더니 문을 잠가버렸다. 그녀가 소리 지르며 우는 소리, 잘못을 비는 소리, 그리고 무언가를 때리는 소리가 들려왔다. 머리가 벽에 부딪히는 건조한 타격음이 들려온 뒤 침묵이 이어졌다. 방에 들어가본 지배인은 베아트리스가 잠들어 있는 걸 확인했다. 술에 취해 쓰러져 있었다.

"처음이 아네요."

그녀가 말하며 혀를 찼다.

"불쌍하기도 하지. 술에 취하면 헤까닥하더라고요. 저 사람만 그런 것도 아네요. 여기 묵는 이들 중 많은 사람들이 그래요. 저 여자는 먹는 것도 새 모이 먹듯 해요."

"여기 투숙한 게 처음이 아닌가요?"

"두 번이요. 굳이 물어보진 않았지만, 이 근방에 사는 것 같아요. 한번은 그 구덩이 근처까지 갔다더라고요. 억지로 끌려왔는데, 어떻게 그 울타리를 넘어갔는지 모르겠어요. 경찰이 데리고 온 거예요. 그러고 나서 다신 안 올 줄 알았는데, 이렇게 와 있네요."

지배인에게 그 여자가 누구인지, 그녀에게 어떤 일이 일어났는지 얘기해주고 싶은 마음이 굴뚝같았지만 나는 입을 닫았다. 내게 함구해달라거나 비밀에 부쳐달라는 요구를 한 적은 없지만, 그녀의 이야기를 퍼뜨리고 싶지는 않았다. 다만 지금처럼 글로 풀어낼 수 있는 허락은 받았다고 생각했다.

쉽게 잠들지 못할 거라 생각했지만, 그날 밤 나는 악몽을 꾸지 않고 잤다. 그리고 땀에 흠뻑 젖은 채로 깨어났던 것 같다. 전기가 끊겨 있었고, 실링 팬도 멈춘 상태였다. 긴 목욕을 했다. 뜨거운 물이 바로 나오진 않았다. 찬물 세례에 놀란 것도 잠시, 기분 좋게 목욕을 마쳤다.

아침 식사 자리에는 늦게 도착했다. 베아트리스 브래드퍼드는 모습을 보이지 않았다. 지배인은 그녀가 새벽녘에 차를 운전해서 떠났다고 했다.

"이제 몇 개월 동안 돌아오지 않을 것 같아요. 이따금 술을 진탕 마시고는 그런 말썽을 피우거든요. 그럼 어김없이 체크아웃 시간 전에 떠나가죠. 부끄러워하는 거예요. 교양 있는 여자거든요."

그녀가 말했다.

나는 지배인과 함께 얼마간을 더 있었다. 베아트리스가 날 위해 무언가를 남겨놓았을 거란 생각을 왜 했는지 나도 잘 모르겠다. 그녀의 주소나 전화번호, 혹은 어느 무엇이라도. 하지만 그런 일은 없었다. 그날 나는 막 도착한 유가족들을 만나며 시간을 보냈고, 밤에는 포사다스에서 부에노스아이레스로 향하는 비행기 편을 예약했다. 사냐르투도, 구덩이도 다시는 방문하지 않았다.

잊힌 소녀

나는 부에노스아이레스에서 구덩이에 대한 기사와 이타티 작전에 대한 연재기사 마지막 편, 그리고 국경 지대 리토랄의 마테차밭에서 자행되는 강압적인 행위들에 대한 글을 썼다. 하지만 이 글의 성격은 다르다. 정보와 역사와는 거리가 있는, 좀 더 내밀한 글에 가깝다고 할 수 있겠다. 베아트리스 브래드퍼드와의 만남은 내게 큰 영향을 미쳤고, 기사를 송고한 뒤 그녀가 정말 아델라 알바레스의 엄마인지 확인하는 작업에 나섰다.

거짓말이 아니었다. 아델라 알바레스에 대해 취재한 기사가 많진 않았지만, 실종 사건이 일어난 지 두 달이 지난 뒤 잡지 『파노라마』에 실린 기예르모 트리우소의 기사로 독자들을 초대해본다 (파노라마, 제139호, 「아델라의 실종」, 1986년 11월 27일). 사건 파일이 언급된 유일한 문서이기도 하다. 당시 법원 지하에 보관되어 있던 서류들은 1987년 7월에 일어난 홍수로 인해 모두 유실됐는데, 조사 중인 사건이었다는 걸 생각해보면 이상한 일이었다. 단 두 개의 폴더로, 그리 많은 분량도 아니었다. 그 소녀와 여러 정황들은 큰 관심을 끌지 못했다. 당시 소녀와 함께 있던 친구들인 파블로 폰시, 빅토리아 페이라노, 가스파르 피터슨의 진술 역시도 그러했다. 일관성은 있으나 상당 부분이 공상적이었다. 가스파르 피터슨의 진술이 기록된 법정 문서는 비록 더 이상 존재하지 않지만, 그가 경찰에 진술한 내용은 산호세데플로레스 제5경찰서에 보관되어 있고 실명과 가족관계도 기록되어 있다. 베아트리스 브래드퍼드는 내게 거짓말을 하지 않았다. 부모의 이름은 후안 피터슨과 로사리오 레예스 브래드퍼드였다. 두 사람 다 이 세상 사람이 아니었고, 아이는 법적으로 큰아빠, 루이스 피터슨에게 입양된 상태였다. 진술서에는 실종 사건이 일어난 그날 밤에 대한 묘사가 기록되어 있다. 아이들의 주장에 따르면, 그들은 그 집에서 한 시간 반 정도 머물렀다. 아델라는 그 집 안에 들어선 지 약 사십 분이 된 시점에 여러 방들 중 한 곳으로 들어갔다. 그 방의 문이 단단히 밀폐되는 바람에, 아이들은 남은 시간 동안 아델라가 사라진 방의 문을 여느라 애를 썼다. 한 시간이 넘게 지난 어느 시점에 다다르자 결국 포기할 수밖에 없었다. 밖으로 나온 아이들은 빅토리아 페이라노의 부모에게 도움을 요청했고, 그들이 경찰에 신고했다.

세 아이의 진술을 요약해보면, 그 집 안에는 거대한 불빛이 하나 있었고, 인체의 일부가 마치 장식처럼 선반 위에 올려져 있었다. 치아, 뼈, 손톱 따위였다. 아델라는 방 하나에 들어가서 스스로 문을 닫았는데, 나머지 아이들이 열어보려 해도 열 수가 없었다. 경찰에 따르면 빅토리아는 그 집 안에 있던 누군가가 방문을 열쇠로 잠가버린 거라고 확신하고 있었다. 경찰들은 다섯 시간이 지나서야 그 집을 방문했다. 새벽녘이었다. 말도 안 되는 일이 지금부터 시작된다. 카르멘 몰리나 판사는 사건 이후 며칠 동안 수색영장을 발부하여 아델라 알바레스의 집을 포함한 이웃집들의 수색을 명령했다. 하지만 가스파르 피터슨의 집에는 어떤 영장도 발부되지 않았다는 사실이 눈길을 끈다. 오늘날까지도 아델라 알바레스를 데려간 용의자도, 그에 대한 증거도 발견되지 않았다. 사실 누군가가 그 아이를 데려갔다는 것조차도 불확실하다. 범행에 대한 신고가 이루어지고 나서 경찰이 범행 장소에 당도하기까지 걸린 시간 동안 납치범들은 증거를 인멸할 수 있었을 것이다. 믿기 힘든 수준인 아이들의 진술은 『파노라마』에 동료 기자가 기고한 기사에 언급되어 있다. 독자들에게 그의 글을 한번 읽어볼 것을 권한다. 아쉽게도 기예르모 트리우소는 1988년 초반 경제적인 이유로 아르헨티나를 떠나 현재 멕시코에서 언론인으로 활동하고 있다. 나는 그에게 전화해서 몇 가지 세부사항에 대한 확인을 요청했고, 친절히 응대해준 그는 그 사건을 종결된 것으로 보고 있었다. 수화기 너머 그가 지적한 건 다름 아닌 집의 크기에 대한 소년들의 진술에서 느낀 당혹감이었다. 시청 문서고에 보관되어 있는 설계도면 원본에 따르면 비야레알가 525번지의 면적은 사십 제곱미터, 더 정확히는 사십사 제곱미터였고, 입구의 작은 정원과 소박한 차고 하나가 있는 안뜰을 포함하면 십 제곱미터가 더 추가되는 정도였다. 그리고 내부 공간의 분배도 매우 단순했다. 입구의 다용도실, 일상적인 식사 공간이 포함된 주방, 방 하나와 화장실 하나 정도였다. 소년들은 굉장히 넓은 공간과 통로, 그리고 많은 수의 방을 이야기했다. 그리고 다른 집이 아닌, 바로 그 집에 들어갔다며 확신하고 있었다. 다시 말해, 그 집이 밖에서 보이는 것보다 훨씬 넓은 내부 공간을 보유하고 있다는, 물리적으로 불가능한 주장을 펼치고 있었던 것이다. 그뿐 아니라, 그 집에 들어간 경찰들은 부엌과 방을 연결하는 벽이 무너져 있음을 확인했다. 화장실의 벽도 다 무너져 내부가 드러나 있었다. 건축물의 파편들이 안쪽에 여전히 남아 있었고, 그중 일부만이 외부로 운반되어 작은 안뜰에 쌓여 있을 뿐이었다. 붕괴되다시피 한 그 집은 부지와 함께 매물로 나와 있었다. 아이들은 불빛을 보았다고 주장했지만 전기는 끊긴 지 오래였다. 그리고 아무 문짝도 발견되지 않았다. 화장실과 방문은 이미 철거된 지 오래였다. 그 집에는 문패가 없었지만, 그래도 매물로 나와 있긴 했다. 한 부동산이 고객과 직거래를 하고 있었고, 그 집의 소유주는 오르도녜스 가문인 것으로 나타났다. 집주인의 아들 또한 진술을 했지만 사건을 밝히는 데에는 그리 도움이 되지 않았다. 부에노스아이레스에 다녀간 지도 몇 년이 넘었던 그와 여동생은 사업상의 이유로 코르도바로 이주했고, 모친의 사망 이후 집을 매물로 내놓은 상태였다. 그 진술에는 의심의 여지가 없었고, 반박 불가한 알리바이도 있었다.

트리우소가 『파노라마』에 기고한 기사에 따르면 판사는 이 정보를 가지고 아이들과 대질신문을 했는데, 아이들은 놀란 눈치이긴 했어도 자신들의 진술을 번복하지 않았다.

표식받은 아이

범죄학자들에게 미제로 남는 사건은 언론인들에게는 낡은 주제가 된다. 나는 잠시 베아트리스 브래드퍼드를 찾는 일을 중단할 수밖에 없었다. 회사 일과 개인적인 일들이 나를 부에노스아이레스에 묶어두고 있었다. 에두아르도 알바레스의 모친과는 한 번 만나서 이야기할 기회를 가졌는데, 그녀는 비밀을 요청했다. 아들의 신원확인을 위해 DNA 샘플을 제공하긴 했어도 인권단체에서 활동하고 있지는 않았다. 며느리와 아들에게 단단히 화가 나 있던 그녀는 아주 가끔 만나곤 하던 손녀의 실종("베아트리스 탓이야, 나쁜 년.")이 아들의 무장단체 활동과 연관되어 있을 거라고 생각하고 있었다. 그녀에게선 기약 없는 추가 인터뷰 약속 외에 아무것도 얻어낼 수 없었다.

베아트리스의 가족과는 접촉할 수 없었다. 사무실에 전화를 한 통 걸어보았더니, 바로 변호사라는 사람이 연락을 해왔다. 계속 연락할 경우 스토킹 혐의로 고소하겠다는 것이었다. 베아트리스가 친정 엄마와 살고 있다는 게 사실일까? 브래드퍼드가에 대한 소문을 접할 수 있는 소식통 몇 명은 친정 엄마가 그녀를 돌보고 있다고 했다. 다른 경로로도 계속 시도해보았지만, 브래드퍼드 가문 사람들과 접촉하는 일은 극도로 복잡했다. 매번 시도할 때마다 변호사들의 응대가 되돌아왔다. 통화를 시도해봐도, 비서들의 사무적인 어조만 들을 수 있을 뿐이었다. 그들이 소유한 토지들은 삼엄한 경비로 둘러싸여 있었다. 그 가문은 국가 안의 또 하나의 국가였다.

그러던 중, 아델라와 함께 그 집에 들어갔었다는 아이들과 이야기를 나누어야겠다는 생각이 들었다. 사실 이제는 아이들이 아니었다. 그리 쉽지는 않다. 빅토리아 페이라노의 부모들은 내 방문을 원치 않았고, 그녀의 모친은 전화로 내게 어떻게 몇 년이 지난 지금, 당신의 알량한 욕심을 채우겠다고 그렇게 고통받은 아이를, 이제야 겨우 제정신을 차려가는 아이를 또 괴롭히려 하느냐고 퍼부어댔다. 나는 내 욕심과는 전혀 상관없는 일이라고 항변하려 했지만 그녀는 일방적으로 전화를 끊어버렸다. 폰시가에 전화했을 때도 비슷한 상황이었다. 하지만 그 과정에서 예기치 않게 세 번째 아이, 가스파르 피터슨의 주소를 얻어내는 성과가 있었다. 다소 무관심한 태도로, 자신들은 아무 상관 없다는 듯이 툭 던지듯 말해준 것이다. 전화번호를 알려주진 않았다. 전화번호부에서도 찾을 수 없었다. 직접 찾아가보기로 결심했다. 라플라타 인근의 중산층 거주 지역인 비야엘리사에서 살고 있었다.

비야엘리사는 작은 동네였고, 그 속에서 길을 잃기란 불가능했다. 각 도로에는 번호가 매겨져 있었다. 북에서 남으로 31번가부터 1번가까지 이어졌고, 동에서 서쪽으로 32번가부터 60번가가 있었다. 흥미롭게도 대로나 폭이 더 넓은 도로들은 403번에서 426번까지 숫자가 매겨져 있었다. 하지만 이런 드러난 어려움조차도 지도에 명확히 표시되어 있었기에 문제될 건 없었다. 더군다나 시청에서 매우 효율적으로 일을 한 덕택에 모든 블록의 코너마다 도로명 표지판이 세워져 있었다. 루이스 피터슨의 집은 기차역 인근, 6번가와 43번가가 만나는 곳에 있었다. 차를 운전해서 간 나는 올바른 방향을 따라갔다.

여기서부터 내가 끝끝내 이해하지 못한 일이 시작된다. 결국엔 이 일 때문에 취재도 포기하게 되었다. 이번 사건은 물론 저널리스트의 동물적 감각까지도 포기하게 만든 일이자, 절대 알고 싶지 않은 어떤 이야기의 시작점에 내가 올라와 있다는 생각을 하게 만든 일이기도 하다. 그날 오후와 이튿날 벌어진 모든 일은 그저 불가능한 것이었다는 말밖에 할 수 없다.

나는 그 집을 발견하지 못했다. 내가 길을 잃어버렸다는 이야기가 아니다. 우선 나는 6번가와 43번가가 만나는 곳을 향했다. 6번가의 코너를 돌아 147번지를 찾아갔다. 주소는 6번가 147번지였다. 의심의 여지가 없었다. 이웃 주민들에게도 물어보았다. 모두가 루이스 피터슨 씨를 알았다. 건축가라고도 말해주었다. 그들은 가스파르도 알고 있었다. 사랑스러운 아이라는 묘사가 이어졌다. 모두가 같은 길을 가리켰다. 이보다 단순할 수 없었다. 하지만 내가 6번가에 들어서자 번지수가 일치하지 않았다. 451, 453, 455……. 그래서 뒤를 돌아서니, 내가 다른 길에 들어서 있었고 이 일이 계속 반복되었다. 대부분의 경우 7번가에 있었다. 8번가나 43번가, 44번가일 때도 있었다. 택시 기사와 함께 가보기도 했지만, 그는 길에 들어서자마자 멀미를 하더니 운전대 앞에서 구토하기까지 했다. 처음엔 술에 취한 줄 알고 화를 냈지만, 그는 일할 때는 절대 술을 마시지 않는다고 항변하며 그 도로에 들어섰을 때 갑작스러운 두통이 찾아왔고, 마치 '뇌출혈'이 일어난 느낌을 받아 크게 놀랐다고 말했다.

그날 오후의 탐문은 거기서 끝이 났다. 공기 중, 혹은 내 머릿속에 무언가 이상한 기운이 있는 것 같았다. 늪지에 빠진 듯 소리치지도 걷지도 못하는 악몽, 혹은 집 안에서 나오지 못하고 갇혀 있는데 그 안에 분명 무언가가 숨겨져 있다는 확신이 드는 꿈을 꾸는 듯했다.

이튿날 나는 두려움과 싸워가면서 그곳을 다시 찾았다.

두 번째 도전에는 이웃 사람 한 명의 도움을 받기로 했다. 그에게 주소에 있는 집을 찾아갈 수 없다는 사실을 고백했다. 그 남자는 흔쾌히 도움을 주기로 했고, 우리는 함께 길을 나섰다. 함께 길을 잃었다. 두 번이었다. 그 남자는 조금 짜증이 난 듯했고, 나중에는 혼란스러워했다. 내 생각에는 꿈속 같은 비현실적인 느낌을 받았던 것 같다. "이제 혼자 알아서 해보셔야 할 것 같네요. 하루 종일 이러고 있을 순 없어요." 몇 번을 더 시도해봤지만, 베아트리스 브래드퍼드의 말이 떠올랐다. 그 아이를 찾을 수 없을 거예요. 그가 그 아이에게 표식을 남겼어요. 성공하지 못할 거예요. 6번가와 43번지 집에 도달하는 일이 내겐 금지되었다는 그 비합리적인 사실이 너무도 명확했다. 이해할 수 없다. 코너에서 몇 시간 동안 한참을 서성였다. 시간이 충분하다면 그들을 여기서 만날 수도 있지 않을까 생각했다. 하지만 그런 일은 일어나지 않았고, 더욱이 나는 그들의 모습을 봐도 모를 것이었다. 주변 사람들에게도 물어봤지만, 누군가는 그냥 6번가와 43번지 사이의 집에 가면 된다고 말해주었고 또 다른 누군가는 전화번호를 알려주었다. 길가의 공중전화에서 전화를 걸었다. 처음에는 통화 중이었다. 그다음에는 자동응답기였다. 그 코너로 다시 돌아왔을 때, 나는 두려움과 무력감이 밀려오는 걸 느끼며 돌아가기로 결심했다. 다음엔 동료 사진기자를 데려와야지, 나는 혼자 중얼거렸다. 그 이상하기 짝이 없는 경로들을 기록할 수 있을 것이고, 운이 좋다면 도망 다니는 그 집을 찾아낼 수도 있을 것이다.

하지만 생각했던 세 번째 시도는 일어나지 않았다. 나는 비야엘리사까지 기차를 타고 갔었다. 로카 노선의 나쁜 평판은 이유가 있어 보였다. 유리가 없는 창틀, 부서진 의자들, 출몰하는 좀도둑들, 극도로 가난하고 낙후된 지역을 오가는 경로, 믿기지 않을 정도로 많은 수의 걸인과 길거리 예술가들. 이용객이 가장 뜸한 곳 중 하나인 허드슨역에 도착했을 때쯤, 나는 객실을 오가는 한 걸인을 보았다. 사실 걸인이 하도 많았기에 하필 그 사람에게 관심을 줄 이유도 딱히 없었지만, 나도 모르는 사이에 그에게 눈을 떼지 못하고 있었다. 그 남자는 한쪽 팔이 없었다. 역시 한쪽 팔이 없었던 아델라와의 공통점이 내 마음을 흔들었다. 침착하려 애썼다. 실제로 사지 중 하나가 절단된 노숙인은 흔했다. 아니, 많았다. 그런 사람들에게 두려움을 가져본 적은 한 번도 없었고, 따라서 지금도 놀랄 필요가 없었다. 가난한 와중에 팔다리가 절단된 사람들은 사회 부적응자라는 낙인이 찍히고 만다.

그 남자는 볼펜을 팔고 있었다. 시중에서 최고의 품질인 제품을 헐값에 판다고 광고하고 있었다. 많은 이들이 볼펜을 사주었다. 그에게는 사랑스럽고 친근한, 호감 가는 매력이 있었다. 내 반감은 커져만 갔다. 그리고 내 자리 근처에 다가왔을 때—마침 내 옆에 있던 사람이 페레이라역에서 내리면서 옆자리가 비게 되었다—, 그가 갑자기 걸음을 멈추었다. 팔고 있던 볼펜들은 어깨에 매단 작은 가방에 주섬주섬 넣으면서. 그때 나는 그가 좋은 옷을 입고 있다는 걸 깨달았다. 질 좋은 반팔 셔츠, 밑단이 가죽 처리가 되어 바닥에 끌리도 않고 오래 입을 수 있게 디자인된 바지, 새것 같은 디지털 손목시계, 깨끗하게 빗어 넘긴 헤어스타일. 가까이 본 그의 모습은 전혀 노점상 같지 않았다. 의수를 한다면 사무실에서 일하는 회사원으로도 보일 것 같았다.

"우리 모두가 그 아이를 보고 싶어 합니다. 하지만 그쪽은 성공하지 못할 거예요."

그가 말했다.

"뭐라고요?"

내가 대답했고, 아드레날린이 솟구쳐 오르는 바람에 그의 어깨를 잡고 말았다. 그가 떠나가지 않길 바랐다. 그는 가지 않았다.

"이해를 못 하겠어요."

우리는 서로의 눈을 빤히 바라보았다. 그의 큼직한 두 눈은 갈색빛을 띠었고, 은발은 잘 정돈되어 있었다.

"누구 얘기죠?" 내가 말했다.

"그쪽도 잘 아는 그 아이요. 그 아이에게 다가가지 못하실 겁니다. 그 아이를 내버려두세요."

그가 나를 뚫어지게 바라보았지만, 그의 얼굴에는 어떤 표정도 보이지 않았다. 수수께끼 같은 얼굴이었다. 별안간 그가 느리긴 해도 움직이고 있는 기차에서 뛰어내렸다. 나는 그가 플랫폼을 빠르게 벗어나는 모습을 보았다. 그를 쫓아갈 요량으로 기차에서 뛰어내리려 했다. 하지만 운동화 끈이 풀려 있던 걸 미처 확인하지 못했다. 나는 느리게 기차와 플랫폼 사이, 기찻길과 기차 바퀴가 코앞에 있는 그 끔찍한 공간으로 떨어지고 말았다. 금속성의 냄새가 금세 내 입안을 가득 채웠다. 나는 비명을 질렀고, 기차의 씩씩대는 소리에도 불구하고 비명 소리는 울려 펴졌다. 죽기 직전 일생이

파노라마처럼 눈앞에 펼쳐진다는 이야기는 거짓이었다. 내가 유일하게 느꼈던 것은 지독한 두려움과 안타까움뿐이었다. 하지 못한 일에 대한 안타까움, 자식들로 인한 안타까움, 스스로의 우둔함에 대한 안타까움, 낭비로 인한 안타까움, 하지만 그 모든 것을 덮는 두려움.

기차는 나를 해하기 바로 직전에 멈췄다. 일 센티미터도 채 되지 않는 거리였다. 역장은 구급차를 호출한 뒤 나를 그 함정에서 구출했다. 나는 기차가 다시 움직일 거란 걸 잘 알고 있었지만 그래도 일어나고 싶지 않았다. 조금이라도 움직이면 그 쇠바퀴가 내 배를 가르고 지나갈 것 같았기 때문이다. 그들은 마침내 날 꺼내는 데 성공했다. 성공했다는 표현을 쓰는 이유는, 내가 그들의 손길을 기이하리만치 뿌리쳤기 때문이다. 의사들이 도착하여 내 상태를 살펴보는 동안 나는 눈물을 흘리며 플랫폼에 앉아 있었다. 놀라긴 했어도 다친 데는 없었다. 뼈가 가득한 구덩이에서 시작된 이 취재를 이젠 포기하겠다고 맹세했다.

그 남자가 누구였는지 아직까지도 알지 못한다. 신고할까도 생각했지만, 대체 무엇으로 신고한단 말인가? 환각이었을 수도 있다. 그 집을 찾지 못했던 일과 그 남자와의 조우가 서로 이어지는 하나의 환각은 아니었을까 하고 생각해본 적도 있다. 아니면 반대로, 내가 알지 못하는 어떤 규칙을 가진 계획의 일부일 수도 있을 것이다. 이제 나는 어깨 너머를 돌아보지 않고는 집 밖을 나갈 수 없다. 게다가 아델라가 실종됐을 때의 나이가 된 내 딸을, 그 팔 없는 남자가 데려가버리는 건 아닐까 노심초사하며 산다. 이 일대기에 드디어 마침표를 찍는다. 이 글이 어딘가에 발표될지는 지금으로서는 알 수 없다.

하늘에서 피어나는 검은 꽃

1987-1997년

유령이 나타나는 데는 방이 꼭 필요하지 않다.

_에밀리 디킨슨

NUESTRA
PARTE
DE
NOCHE

루이스 피터슨은 브라질에서 벌어온 돈으로 상태가 썩 좋지만은 않은 단독주택 한 채를 구입하여 정착했다. 라플라타 근처의 비야 엘리사라는 곳에 위치한, 무너지기 일보 직전인 집이었다. 하지만 루이스는 그 집의 아름다움을 간파했고, 수리를 해보고 싶다는 마음을 품었다. 그렇게 그는 집의 재건과 가스파르의 회복을 위해 닥치는 대로 일하기 시작했다.

소년은 매 순간을 분노에 가득 찬 상태로 보내고 있었고, 분노하지 않을 때에는 우울에 빠져 있었다. 어른의 우울이 그를 침대로 거꾸러뜨리고 있었다. 학교에는 갈 엄두도 내지 못했고, 식사도 하는 둥 마는 둥 했다. 샌드위치만 줄창 만들어댔는데, 생햄을 넣은 샌드위치(생햄과 치즈를 곁들인 바게트빵, 이것만 먹으려 했다)를 갉아먹으며 굵은 눈물 줄기를 줄줄 쏟아내는 게 일상이었다. 그럴 때면 마치 굵게 퍼부어대는 여름비의 첫 줄기 같은 눈물이 나무 식탁 위에 떨어지며 크고 작은 웅덩이를 만들어냈다.

첫 심리상담사와의 상담은 그야말로 재앙이 따로 없었다. 그녀는 루이스에게 가스파르가 정신분열증을 앓는 것 같다고 말했다. 정신과에서도 그 진단을 반복하며 약을 처방해주었다. 가스파르는 그 알약들을 띄엄띄엄 먹었고, 토해낼 때도 있었다. 두통은 침대 위에서 몸을 배배 꼴 수밖에 없게 만들곤 했다. 정신과의사와 싸우고 온 어느 날, 가스파르는 더 이상 그 인간을 만나고 싶지 않다고, 결국은 날 입원시키고 말 거라고, 다들 나를 없애버리고 싶어 하는 게 분명하다고 루이스에게 고래고래 소리를 지르기도 했다. 왜 내가 현실과 상상을 구분하지 못한다고 하는 거죠? 어느 날 밤, 편두통을 삭이기 위해 수건으로 감싼 얼음주머니로 관자놀이를 마사지하며 부엌에 앉아 있던 가스파르가 외쳤다. 정신과의사는 법원조사관과의 인터뷰를 주선했지만, 가스파르는 제대로 된 검사를 받지 못했다. 하지만 의사는 별다른 의문을 제기하지 않고 그 진단을 수용했다. 인터뷰는 오 분 남짓밖에 걸리지 않았다. 그 집의 내부가 외부와 다른 모습이었다는 주장을 계속해서 고집하는 한, 2차 소견을 받을 가능성은 낮았다. 사실 다른 아이들은 이런 과정을 겪지 않았는데, 루이스는 그 이유를 짐작할 수 있었다. 가정 배경이 특이한 아이. 홀아비의 아들. 혼자 큰 소년. 이상한 아이. 다른 아이들은 가스파르를 따라갔을 뿐이었다는 판사의 언급을 떠올렸다.

루이스는 가스파르의 침대 매트리스 아래에서 칼 한 자루를 발견한 그날 오후, 의사들의 소견에 거의 동의할 뻔했고 또 한편으로는 두려움에 휩싸였다. 우선 가스파르를 불렀다. 칼을 탁자 위, 두 사람 사이에 올려놓고선 왜 이걸 숨기고 있냐고 캐물었다. 가스파르는 한숨을 쉬긴 했지만 울진 않았다. 죽으려고요. 아이가 말했다. 목에 꽂는 게 더 나을지―이 말을 하며 경동맥을 가리켰다―, 아니면 여기 가슴을 찌르는 편이 좋을지 고민하고 있었어요. 그런데 여긴 뼈 때문에 더 어려울 것 같아요. 루이스는 아직 가스파르를 속속들이 알지는 못했지만, 적어도 그 말만큼은 거짓말이 아니라는 걸 알아차렸다. 그 아이는 루이스를 비롯한 타인을 해칠 생각이 없었다. 같은 날 오후, 루이스는 그 칼을 숨겨둔 뒤 훌리에타와 만나 이야기를 나누었다. 루이스는 브라질에서 돌아온 지 얼마 안 되어 그녀를 만났다. 젊고 매력적인 루이스의 연인은 정신과의사 친구가 많았다. 후안의 집으로 들어가면서부터 여러 달 동안 만나지 못하고 있던 차였다. 그녀라면 가스파르를 이해해주겠지, 루이스는 생각했다. 가스파르는 네그로 산체스에게 맡겨두었다. 1970년대에 노동운동을 함께하던 동료였다. 함께 리더로 활동하던 그는 루이스가 망명을 떠나기 전까지 가장 친한 친구로 지냈다. 두 사람은 이제 가까운 곳에 살게 되었는데, 그 집을 싼값에 사들일 수 있게 도와준 사람도 바로 그였다. 루이스는 세상 그 누구보다 네그로 산체스를 신뢰했다.

라플라타의 한 선술집에서 루이스는 모든 걸 훌리에타에게 털어놓았다. 법원으로부터 가스파르의 양육권을 넘겨받은 일부터 시작했다. 이제 가스파르는 자신의 아들이나 다름없었다. 침대 밑에서 칼을 발견한 일, 가스파르가 죽고 싶다고 말한 일, 자신이 정말 미친 거라면 살고 싶지 않다고 말한 일들을 연이어 쏟아냈다. 정신분열증을 진단받았어, 자긴 미치지 않았다고 고집을 피우고 있고. 스스로의 환각 속에서 실재를 구분하지 못하고 있기 때문에 거부반응은 당연하다더군. 하지만 훌리에타, 왠진 모르겠지만 난 그 애를 믿어. 물론 엉뚱하긴 하지. 어린애잖아. 어떻게 의사들보다 더 논리적일 수가 있겠어. 그런데 그 애는 굉장히 이성적이야. 어른처럼 말을 해.

자기 동생의 말년이 어떠했는지에 대해서도 아는 한 모든 걸 그녀에게 털어놓았다. 로사리오의 죽음, 심리상담사, 처방약이 극심한 두통과 피로를 몰고 오는 바람에 학교에 갈 수 없는 가스파르. 올해로 열세 살인 소년은 그렇게 하루 종일 아무것도 하지 않고 내면으로만 침잠한 채, 친구 아델라에 대한 죄책감을 이기지 못하고 벽에 머리를 박으면서 살아가고 있다. 터무니없지. 루이스가 훌리에타에게 말했다. 이 나이의 어린아이에게는 너무도 터무니없는 상황이야.

내가 뭘 해줄 수 있을까? 그녀가 물었다.

그 아이를 만나봐 줘. 그리고 독한 약만 써대면서 입원시키자는 말만 앵무새처럼 해대는 그 빌어먹을 돌팔이 녀석 말고, 제대로 된 전문가를 추천해줬으면 좋겠어.

그럼 지금 가자, 그녀가 말했다. 나를 데려가줘. 다 함께 저녁을 먹자. 평범한 일상처럼. 어떻게 그 아이를 네그로와 단둘이 두고 나올 수 있어? 네그로는 세상에서 가장 믿을 만한 사람이야, 루이스가 대답했다. 물론 맞는 말이긴 해, 그래도 문제가 있는 아이를 보살필 줄은 모르잖아. 그걸 제대로 아는 사람은 아무도 없어, 루이스가 말했다.

가는 길에 두 사람은 정치 이야기를 하며 긴장을 풀었다. 사실 이것이 두 사람이 만나게 된 계기이기도 했다. 만남 초기, 루이스는 되도록 가족 이야기를 하지 않으려 애썼다. 루이스는 아직도 메넴이 경선에 승리한 걸 못마땅하게 생각하고 있었다. 알폰신은 선거를 앞당길 테고, 메넴이 결국 대통령이 되겠지. 우린 울며 겨자먹기로 받아들일 수밖에 없어, 그녀가 말했다. 훌리에타는 경선에서 리오하의 주지사에게 표를 던졌다. 우리가 받아들여야 하는 건 다름 아닌 몇 달째 이어지고 있는 이 재앙이야. 다행히도 난 달러를 조금이나마 갖고 있어. 가스파르도 연금을 달러로 받고 있고.

비야엘리사의 집, 그 붉은 지붕과 흰 벽은 한눈에도 황폐해 보였고, 실제로도 황폐했다. 경제적 여건이 나아지지 않는다면 보수공사는 한참 걸릴 것이었다. 그래도 루이스는 일단 주방까지는 손을 봐두었다. 가스파르의 방도 비록 나무 바닥을 교체하거나 그게 아니라도 몇 달 동안 왁스 칠과 사포질을 반복해야 할 필요는 있었지만, 결코 나쁜 상태는 아니었다. 가장 골치 아픈 건 습기와 누수였다. 그래도 당장 수중에 돈이 없었기에 적응하며 살 수밖에 없었다. 딱 한 번, 짭짤한 한 건을 올린 덕택에 집을 사기도 했지만 그 이후로는 한 번도 일을 못 한 상태였다. 수중에 남은 돈은 바닥을 보이기 시작했다. 그나마 브라질에 살고 있는 전 부인과의 재산분할이라는 복잡한 절차는 가까스로 끝이 났다. 1987년 3월, 일자리를 구하기란 불가능에 가까워 보였다. 훌륭한 정신과의사를 만나는 일 역시 그러했다. 이렇듯 많은 사람들이 두려움과 가난의 구렁 텅이에 빠진 채, 자기 자신에만 몰두하던 시기였다.

가스파르와 네그로 산체스는 주방에서 함께 피자 반죽을 펼치고 있었다. 루이스는 밀가루를 뿌리던 가스파르가 고개를 들어 자신을 바라보자 눈에 띄게 안도했다―어깨를 늘어뜨렸고, 늘 무의식적으로 주먹을 꽉 쥐는 습관이 있던 왼손에서도 힘을 뺐다―. 찰나의 평범함일 뿐이었고, 그건 루이스도 인지하고 있었다. 하지만 몹시 상쾌하고도 깨끗한 파도였다. 가스파르가 건강하다고, 혹은 덜 고통받고 있다고 느끼게 할 정도였다.

네그로 산체스는 훌리에타에게 인사를 건네며 두 사람을 호기심 어린 눈빛으로 쳐다보았다. 루이스는 그런 그에게 좀 참으라는, 또는 입을 닥치라는 의미의 표정을 지어 보였다. 진행 상황을 보여주기 위해 훌리에타와 정원으로 나섰다. 아마추어 조경사였지만, 실력은 좋았다.

당신 가족은 다들 참 잘생겼네, 그녀가 말했다. 저 꼬맹이는 백마 탄 왕자님 같아.

루이스의 얼굴을 두 손으로 잡고 입을 맞춘 훌리에타는 아무 말도 꺼내지 않았다. 그는 그녀가 토라져 있는 게 아님을 감지했다. 왜 그동안 자신을 만나러 오지 못했는지, 많은 문제들이 그를 얼마나 짓누르고 있었는지를 이제야 이해하게 된 것이었다. 주방에 모두 함께 둘러앉아 피자를 먹었다. 3월이었지만, 벌써부터 공기에 쌀쌀한 기운이 감돌았다. 가스파르는 한 조각 반을 삼키는 데 성공했고―루이스는 가스파르가 먹는 양을 집착하듯 세고 있었다―,

퉁명스러운 말투로 많은 질문을 던졌다. 그런 질문 세례는 이따금 침묵의 시기와 번갈아 가며 찾아오곤 했다.

"아줌마가 큰아빠 여자 친구예요?"

"우리는 서로 못 본 지 한참 됐어."

"무슨 일이 있었던 거예요? 저 때문이에요?"

"가스파르, 넌 아무 잘못이 없단다. 제발." 루이스가 말했다.

"큰아빠는 이제 절 책임져야 하니까, 아줌마가 떠나가는 건 당연하잖아요."

"난 너랑 루이스 사이에 어떤 일이 있었는지 잘 모르고 있었어."

훌리에타가 미소를 머금고 설명했다.

"큰아빠는 내게 아무 말도 없이 먼저 떠났어. 괜찮아, 남자들이란 두 가지 문제를 한꺼번에 다루지 못하는 종족이니까."

"아줌마는 무슨 일을 해요? 일은 해요?"

"난 변호사야. 그래도 나쁜 사람은 아냐."

"대부분의 변호사들은 나쁜 놈들이래요. 맞죠?"

"슬프게도 그렇단다."

그러자 가스파르는 TV를 켜더니 그들에게 관심을 끊었다. 훌리에타는 대화를 더 이어가 보려고 했지만, 간결한 단답만이 돌아왔다.

"뭘 보고 있니?"

"아무것도 안 봐요."

"텔레비전을 좋아하니?"

"좋아하는 게 없어요."

"누구나 좋아하는 게 하나쯤은 있어."

"전 아녜요."

"생각해봐, 무언가 좋아하는 게 있을 거야. 말해주지 않으면 계속 귀찮게 할 거야."

가스파르가 그녀를 빤히 쳐다보았다. 몇 년 안에, 급격한 성장과 사춘기가 이 아이를 과도하게 변형시키지만 않는다면, 그 눈빛에 많은 여자들을, 혹은 이 아이가 원한다면 남자든 누구든 홀리고 말 거라는 생각이 들었다.

"수영하는 걸 좋아해요. 달리기와 축구도요."

"큰아빠는 알고 계시니?"

"말씀드렸는지 잘 모르겠어요. 아마 아닌 것 같아요."

"좋아한다며. 왜 수영하러 가지 않니? 이 동네에 수영장이 있는 클럽이 많아."

"하루 종일 피곤하거든요."

대화는 여기서 끝이 났고, 가스파르는 TV의 음량을 한껏 키웠다. 훌리에타는 일손을 도우러 주방으로 갔다. 그날 밤, 그녀는 루이스와 함께 밤을 보내고 잠을 잤다. 루이스는 밤중에 여러 번 잠에서 깼고, 그때마다 마당으로 나가 담배를 피웠다. 그리고 방에 다시 들어올 때마다 몇 초 동안 가스파르의 방 문 앞에서 잠시 발걸음을 멈추었다.

‡

가스파르에게 다른 정신과의사를 만나보자고 설득하는 건 몹시

하늘에서 피어나는 검은 꽃

어려운 일이었다. 훌리에타의 추천에 따르면, 문제 있는 아이들에 특화된 전문가—특히 정신병자 전문이었지만, 굳이 이 표현을 언급하지는 않았다—였다. 라플라타 지역에서 명의로 소문난 소아과의사의 자매로, 매사에 적극적이고 무척 상냥한 좌파 여성이었다. 루이스는 조카와의 인터뷰에 앞서 그녀를 직접 찾아갔다. 모든 게 마음에 들었다. 나무 계단이 있는 집, 식탁 위에 놓인 검소한 장식품—수공예품, 가족사진—, 움직임을 감지할 때마다 실눈을 겨우 뜨는 고양이들. 하지만 무엇보다 마음에 들었던 건 바로 그녀였다. 예순이 넘는, 아담한 키에 허리가 굽은 그녀는 루이스를 보자마자 오랫동안 알고 지내던 사람처럼 포옹해주었고, 모든 사정을 단번에 알아차린 듯한 표정을 지었다. 첫 치료의 실패 후 겪어야 했던 후유증은 말할 필요도 없었다. 가스파르는 집 구석구석을 쏘다니며 침대 위 자신의 곁에 아빠가, 아델라가 보인다며 비명을 지르고 다녔다. 그 아이가 잠에서 깨어나는 방식이 그랬다. 눈을 뜨면 같은 베개를 베고 누워 있는 아빠가 있다고 했다. 죽어 있는 모습일 때도, 살아 있는 모습일 때도 있었다. 어쨌든 가스파르는 하루를 그런 비명과 함께 시작하곤 했는데, 어떨 땐 동공이 확장된 눈을 부릅뜬 채로 여러 시간을 침대 위에 누워 있기만 했다. 아무리 루이스가 말을 걸어도 소년은 아무 말도 하지 않고 아무것도 듣지 않은 채, 그저 눈을 깜빡이고 미간을 찌푸리기만 할 뿐이었다. 마치 제삼의 장소에 있는 것처럼.

"다른 정신과의사가 그러더라고요. 한번 트라우마를 겪고 나면 환각도 쉽게 나타난다고."

"그건 우리가 평가해볼 부분이고요. 계속 말해주세요. 친구가 실종된 순간을 직접 목격했다는 건 정말 충격적인 일이에요. 가스파르가 죽음에 대한 얘기도 하나요?"

"자기가 미친 거라면 살아 있을 의미도 없다고 합니다."

"방금 매트리스 밑에서 칼 한 자루를 발견했다고 하셨죠. 그 아이가 자살 이야기도 했다고요."

"열세 살짜리예요. 얼마만큼 심각하게 받아들여야 할지 모르겠네요."

"청소년 자살률이 생각보다 높아요."

두 사람은 치료를 어떻게 시작할지, 그리고 이전 정신과병원은 어떻게 그만둘지에 대해서도 이야기를 나눴다. 제가 알아서 할게요, 아는 분이거든요. 이 분야 사람들은 다 서로 알고 지낸답니다. 가스파르를 위해서도 주치의가 집과 가까운 곳에 있는 편이 나아요. 매주 여러 번 부에노스아이레스를 오가는 건 좋지 않을 거예요. 담당의와의 관계가 삐걱대기 시작하면 불필요한 위기의 원인이 될 수 있어요. 제가 책임질게요. 법적 문제는 없을 거예요. 저도 큰 기관에서 근무해본 적이 있고, 시스템을 잘 알거든요.

"약 처방은 어떻게 할까요? 가스파르 말로는 아무런 차도도 없고, 오히려 더 악화시킨다고 하더라고요."

정신과의사는 잠시 고심했다.

"우선 투약 용량을 줄입시다."

그녀가 말했다.

"첫 만남부터 진단을 내릴 수는 없지만, 다른 접근 방법을 생각해볼 수는 있을 거예요. 치료를 위해 억지로 오게 하고 싶지도 않고요. 물론 방문 진료가 필요하긴 하지만, 강요한다는 인상을 주지 않는 게 중요해요. 설득하세요. 그 아이를 걱정한다는 느낌을 주도록 노력하세요. 매일 설득하세요."

어찌나 열심히 설득했던지, 루이스는 가스파르의 울음에, 거친 포효에 지칠 대로 지치고 말았다. 게다가 가스파르는 날이 갈수록 끔찍하게 말라갔다. 만일 정전과 시위, 하이퍼인플레이션, 조기 선거 등으로 얼룩진 지옥 같은 국가가 아니었다면, 또 가정법원에서 예정대로 가정방문을 했더라면(파업 중이었을까?), 당장 사회보장국의 긴급 개입 절차가 시작되었을 정도로 심각한 상태였다. 하지만 최악은 따로 있었다. 어느 날 오후, 두 사람은 거의 말도 하지 않은 채 이상한 대치 상황을 이어가고 있었다. 그러던 중, 가스파르는 자기 방으로 돌아가겠다고 선언했다. 가스파르는 방 안 침대 또는 거실의 소파 위에 아주 오랫동안 누워 있곤 했다. 여느 날과 다를 바 없는 상황이었다. 그런데 방을 향해 발걸음을 옮긴 가스파르가 문 앞에 다다랐을 때 그대로 얼음이 되고 말았다. 복도에서 소년의 무릎이 사시나무처럼 부들거리는 걸 본 루이스는 그가 바닥에 쓰러지기 직전에 황급히 뛰어가 부축했다. 비록 정신을 잃은 건 아니었지만, 상당히 쌀쌀한 가을 오후였음에도 온몸이 땀으로 흠뻑 젖어 있었다. 그 아이의 몸을 품에 안아 든 루이스는 극심한 떨림을 온몸으로 느꼈다.

"아빠가 방에 있어요. 들어가지 마요." 소년이 말했다.

루이스는 그 아이를 품에 안았다. 의자보다 가볍잖아, 그가 생각했다. 그러고는 아이를 정원으로 데려갔다. 그 외에는 다른 생각이 들지 않았다. 하지만 열린 문틈 사이로 방 안을 슬쩍 훔쳐보고 싶은 마음을 억누르진 못했다. 순간, 막냇동생의 독보적이고 위협적인 큰 키가 눈에 들어왔다는 느낌을 받았다. 빛나는 금발과 넓은 어깨, 유별나게 긴 손가락, 몸의 양옆으로 늘어뜨린 두 팔. 놀란 채로 정원의 벤치에 앉아 조카를 다독여주었다. 괜찮을 거야, 그가 되뇌었다. 넌 괜찮을 거야. 그러다 소년이 불쑥 끼어들었다.

"이제 거짓말은 그만하세요."

"가스파르, 넌 괜찮을 거야. 내가 도와주마."

"아빠였어요. 그게 차라리 나아요. 밤엔 아델라가 와서 제게 손인사를 건네요. 그런데 얼굴은 다 먹혀 있어요."

"이 집엔 우리 둘 말곤 아무도 없잖니."

적막이 그의 말을 확인해주었다. 멀리서 이웃의 누군가가 잔디를 깎는 소리가 들려왔다. 웅얼거리는 TV 소리와 새 소리도 들려왔다. 땅거미가 지기 직전이었다. 멋진 날이었다. 노란 장미꽃은 산들바람에 부드럽게 흔들리고 있었다. 루이스가 정원의 장미 화단을 살려내는 데 성공한 덕분이었다. 그 아름다운 오후를 가스파르가 온전히 누리지 못하는 게 불공평하다고 루이스는 생각했다. 그리고 그 생각을 그대로 가스파르에게 내비쳤다. 가스파르를 보낼까 생각했던 학교에 대한 이야기, 이 집과 정원을 함께 고쳐나가려 했던 상상, 일을 하고 싶은 마음, 그리고 원한다면 어떤 운동이든 시작해볼 수 있을 가까운 거리에 있는 클럽에 대한 이야기를 늘어놓았다. 아이가 자신의 이야기를 듣고 있는지 아닌지도 모른 채 혼자서 말을 이어갔다. 문득 잠들어 있는 아이의 모습이 보였다. 거실의 소파에 아이를 눕히고 곁에 앉아 조용히 기다리다 자신도 언제인지 모르게 까무룩 잠에 빠져들고 말았다. 복도와 울타리와 바다가 나오는 꿈을 꿨다. 잠에서 깨니 가스파르가 절반의 어둠 속에서 자신을 바라보고 있었다. 정원의 불빛이 켜져 있었고, 집 안은 온통 그림자로 가득했다.

"그러고 있으면 불편하지 않아요?"

"내일이 되면 온몸이 다 쑤시겠는걸."

가스파르가 어깨에 담요를 두른 채로 곁에 와서 앉았다.

"내일 그 의사 선생님한테 가도 돼요?"

가스파르가 물었다.

‡

루이스는 가스파르가 정신과의사 이사벨의 진료실에 들어가는 모습을 바라보며 자신이 얼마나 그 아이를 사랑하는지를 깨달았다. 문이 닫히기 전 얼빠진 표정으로 손 인사를 했지만 가스파르는 화답하지 않았다. 그토록 의지할 데 없다는 느낌을 받아본 적이 없었다. 망명길에 올랐을 때에도, 브라질에 머물며 동료들과 친구들이 잡혀가고 살해당했다는 소식을 들었을 때조차도 그렇지 않았다. 물론 극도로 괴로운 일이었긴 하나, 가스파르의 눈빛만큼은 아니었다. 욕조에 죽어 있는 가스파르를 상상하는 일, 또 피로 흠뻑 물든 가스파르가 나오거나 잠든 상태에서 숨을 거둔 가스파르를 꿈꾼 밤들이 셀 수 없이 많았다.

방을 나선 가스파르의 어깨에 정신과의사가 한 팔을 걸치고 있었다. 상담은 거의 두 시간 가까이, 오랜 시간 동안 진행되었다.

"금요일에 다시 보는 거지? 가스파르와 전 일주일에 두 번 보기로 약속했어요. 필요하면 세 번으로 늘릴 거고요."

루이스는 의사가 자신을 안으로 들어오게 할 줄 알았지만, 그녀는 그저 두 사람의 뺨에 입 맞추며 수납은 다음 방문 때 하면 된다고 할 뿐이었다.

이게 다였다.

돌아가는 차 안에서 가스파르는 이런 말을 남겼다.

"이 사람이 다른 아저씨보다 낫네요."

‡

엄마가 드디어 가스파르가 큰아빠와 함께 살고 있는 집에 전화해도 좋다고 허락했다. 왜 그 애를 아무 말 없이 데려가버린 거예요? 얘야, 가스파르에게 문제가 있었잖아. 무슨 문제요? 문제는 우리 모두에게 있었잖아요. 아델라가 그 저주받은 폐가에서 사라졌든 죽었든, 뭔지는 모르지만 아무튼 그렇게 됐잖아요. 이제 가스파르도 사라져버렸어요.

빅토리아는 우느라 잠을 이루지 못했다. 그러자 엄마는 가스파르의 큰아빠에게 연락해 상황을 설명했고, 그 역시 자신이 처한 상황에 대해 털어놓았다. 그렇게 두 사람은 대화를 주고받았다.

"걔네 큰아빠가 연락을 이어가겠다고 약속했어. 내가 일주일에 한 번씩 전화를 걸 거야. 별문제는 없어. 가스파르는 치료받고 있대."

"무슨 치료를요?"

"비키, 너도 정신과에 다니고 있잖니. 같은 거야."

"제가 그 애를 볼 수 없는데 뭐가 같은 거예요?"

"가스파르는 너보다 더 힘든 상황이야."

"미치지 않았어요."

"머지않아 만날 수 있을 거야. 하지만 좀 더 회복할 시간이 필요해."

"왜 제가 그 애를 해치기라도 할 것처럼 말하는 거예요?"

엄마는 비키를 말없이 끌어안았지만, 더 이상의 설명은 없었다. 그리고 비키는 아델라를 일주일에 최소 한 번 이상 보고 있었다. 스쳐 지나가는 찰나의 순간, 등에 붙은 그림자같이 나타나곤 했는데 정작 몸을 돌려보면 아무도 없었다. 이 이야기를 파블로에게 털어놓자, 자기 집의 서늘한 거실에서 조용히―빅토리아는 이상하리만치 조용하다고 생각했다―듣기만 하던 파블로는 서재에서 녹색 표지의 얇은 책 한 권을 가져와 읽어주었다. "하이드비하인드 Hidebehind는 항상 무언가의 뒤에 숨어 있다. 몇 바퀴를 빙글빙글 돌더라도 등 뒤에 숨어 있을 수 있다. 따라서 그토록 많은 나무꾼을 죽이고 먹어 치웠음에도, 그 모습을 아는 사람이 없다."

"도대체 이 책을 나한테 읽어주는 이유가 뭔데?"

"갑자기 생각이 났어. 보르헤스야."

파블로가 책의 표지를 들어 보였다.

"단편소설이야?"

"아니, 단편소설이 아니라 일종의 전설이지. 여기 보면 미국의 전설이라고 되어 있어."

"파블로, 너 제정신이야? 지금 나한테 무슨 일이 일어났는지 털어놓고 있는데 보르헤스나 갖고 와서 읽어주다니. 집어치워."

비키는 파블로의 사과를 뿌리치고 화를 내며 그 집을 나섰다. 파블로도 단단히 미쳤다고, 하지만 가스파르는 분명 자신을 이해해줄 거라고 생각했다. 나중엔 엄마에게 물었다. 어떻게 제가 그 아이에게 해를 끼치겠어요, 말 좀 해줘요. 전 그 애와 가장 가까운 친구예요. 전화번호 좀 알려주세요. 우리 나쁜 년이 되지 말자고요.

"너, 또 한 번 욕지거리를 입에 올리면 가만 안 둘 줄 알아."

"엄만 항상 그러잖아요. 매번 뻔한 엿같은 소리. 가만 안 둘 줄 알라고요? 가만 안 두면 어쩔 건데요? 전화번호나 달라고요!"

"이 집구석에서는 욕을 안 쓰면 대화가 안 되나?"

부엌에서 모습을 드러낸 빅토리아의 아빠가 말했다. 손에는 커피 한 잔을 들고, 겨드랑이에는 신문을 끼고 있었다.

"우고, 참견하지 마요."

그는 주먹질을 하며 주방 문을 닫았다.

"전화번호를 알려줄게. 그래도 루이스가 가스파르를 바꿔주진 않을 거야. 일단 루이스와 이야기해 보거라."

비키는 엄마의 손에서 전화번호가 적힌 쪽지를 낚아채고는 바로 다이얼을 돌렸다. 손가락이 부들거리며 떨려왔다. 새 전화기의 다이얼을 돌리는 일은 쉽지 않았다. 루이스는 그녀에게 매우 친절했고, 가스파르가 아프다고, 시간이 필요하다고 설명해주었다.

"뭘 위한 시간인데요?"

"회복할 시간."

"전 아저씨가 가스파르와 함께 있는 모습을 본 적이 한 번도 없어요. 미친 사람같이 굴던, 되게 아프던 아저씨 동생 때문에 그 아이는 늘 외로웠다고요. 파블로와 저는 그 애를 찾아가려고 했어요. 그런데 아저씬 뭐예요? 아저씨가 뭔데 그래요? 잘 알지도 못하면서 무슨 짓을 한 거예요? 우린 친구예요. 전 그 애가 보고 싶어요. 그 애는 절 보고 싶어 해야 하고요."

수화기 반대편에서 침묵이 이어졌다. 멍청한 늙은이.

"네 말이 맞다."

어쭈, 빅토리아가 생각했다.

"그렇지만 이젠 내가 책임져야 할 일이야. 지금 그 아이를 보살피는 건 나고, 정신과의사는 내가 그 아이를 잘 보살피려면 너희들이 아니라, 과거를 떠올리게 하는 일들로부터 거리를 두어야 한다고 하더라."

"아저씨는 멍텅구리예요."

"얘야, 시간을 좀 주지 않겠니? 곧 괜찮아질 거야."

빅토리아는 전화를 끊어버리곤 방 안에 틀어박혔다. 다음 날엔 학교에 돌아가야만 했지만, 어떻게 해야 할지 전혀 갈피를 못 잡고 있었다. 이제 중학생이 되었다*. 예전과는 많은 것이 달라졌다. 다행히도 가톨릭 학교가 아닌 보통의 학교에 갈 수 있게 되었지만, 문제는 아는 사람이 아무도 없었다. 물론 자신이 아델라의 집에 들어갔던 여자애라는 걸 아는 애들이 있을 것이었다. 한 명이라도 알고 있다면, 모두가 알게 되는 건 시간문제였다. 파블로에게 전화를 걸었다. 용서해줄 테니까 당장 이쪽으로 와, 대신 이미 충분히 놀랐으니까 또 이상한 걸 갖고 와서 겁줄 생각은 집어치우고. 넌 무섭지 않나 본데, 대체 뭐야?

"내가 가서 얘기해줄게." 파블로가 말했다.

그가 말한 내용은 지극히 단순하면서도 기괴했기에, 빅토리아는 엄마를 불러 당장 뭐라도 해결해달라고 조르고 싶다는 생각을 했다. 엄마는 어른이니까, 상황을 좀 더 나은 방향으로 바꿀 수 있어야 했다. 파블로는 자신에게 두 번 정도 일어난 일에 대해 털어놓았다. 이제 파블로는 동이 트기 전에는 더 이상 방 밖을 나서지 않게 되었다. 소변이 마려우면 참았다. 혹시나 싶은 마음에 양동이를 방에 들고 간 적도 있었다. 밤에 밖을 나서는 일은 더더욱 하지 못했다. 그날 밤에는 소변을 보러 갔다고 했다. 너무도 평범한 일상이었다. 복도를 지나 화장실에 도착하려던 그 순간, 손 하나가 그를 붙잡았다. 부드러운 손길은 아니었다. 강하게 잡아당기는 그 손길에 하마터면 균형을 잃고 쓰러질 뻔했다. 그 손은 열이 나는 듯 뜨겁고도 거칠었다. 정말 누군가가 있는 줄 알고 비명을 질렀다. 집이 어두웠고, 도둑이 들어온 것일 수 있다고 생각했다. 잠에서 깨어난 아빠가 파블로를 방에 들어가게 한 뒤 온 집 안을 샅샅이

---

*   아르헨티나의 기초교육제도는 7년제 초등교육과 5년제 중등교육으로 이루어져 있다.

        하늘에서 피어나는 검은 꽃

뒤졌다. 엄마는 마초처럼 굴지 말라고, 아기를 생각하라며 경찰을 부르려 했지만 결국 아빠가 거절하면서 끝이 났다. 복잡한 조서 작성은 딱 질색이라고 했다. 파블로에게는 네가 어둠에 지레 겁을 먹은 거라고 말했다. 그리고 모두에게 잠이나 자라고 소리쳤다.

며칠 후, 같은 일이 또 일어났다. 아침까지 소변을 참으려 했지만 더는 참지 못할 순간이 왔다. 침대에서 몸을 일으켰다. 불은 켜두기로 마음먹었다. 아무 데도 부딪히지 않으려 양팔을 쭉 펴고 어둠 속을 걷고 있던 그때, 벽을 더듬으며 나아가던 파블로는 그 손에 또 한 번 붙들렸다. 이번에는 손이 어깨를 잡고는 거실의 어둠 속, 등 뒤에서 그를 바닥에 내동댕이쳤다. 아무것도 볼 수 없었다. 아무것도 없었거나, 손이 몹시 빠른 속도로 도망치고 있었기 때문이었다. 파블로 역시 빠른 속도로 방으로 도망쳤고, 그 이후론 밤에 절대 방을 나서지 않았다. 필요하면 양동이를 썼다. 이사를 가고 싶었다.

"너, 도망가면 죽여버린다. 아빠한텐 말씀 안 드렸어?"

빅토리아가 말했다.

"응. 아델라 일이 있던 날 나를 만졌던 바로 그 손이야. 그 집 안에서도 내 등 뒤에 손이 있었어."

"그래, 얘기했었지."

"똑같아. 같은 느낌이야. 아빠한테는 절대 아무 말도 하지 않을 거야. 내가 무섭다고 할 때마다 나보고 게이 같다고 그러셔. 게다가 그 말이 맞기도 해. 무서운 거랑은 상관없어."

빅토리아는 말을 잇지 못했다. 파블로가 그런 이야기를 하는 건 처음이었다.

"이런 얘기를 다른 사람한테도 한 적 있어?"

"미쳤어? 가스파르는 알아, 알아차렸어. 하지만 그래도 걘 신경 안 써."

"걔한텐 당연한 거야." 빅토리아가 말했다.

"그 애가 너무 보고 싶어. 무슨 일이라도 일어나는 건 아닐까 두려워."

"너, 걔 좋아해?"

"비키, 당연하잖아."

그녀는 한숨을 내쉬고는 말을 이어갔다. 잘 들어. 학교에서 애들이 널 게이라고 부르지 않게 할 계획을 세워야 해. 안 그러면 널 엄청 괴롭힐 테고 넌 싸움엔 젬병이니까. 다음에 같이 생각해보자.

그날 밤 두 사람은 빅토리아의 싱글 침대 위에서 서로를 부둥켜안고 함께 잠에 들었다. 잠들기 전에는 각자의 손가락을 바늘로 딴 뒤 피를 섞고는 절대, 다시는 헤어지지 않겠다는 맹세를 했다. 그러고는 꿈을 꾸지 않는 깊은 잠에 빠져들기 위해 빅토리아가 매주 아빠의 약국에서 훔쳐 오곤 하는 알약을 나눠 먹었다.

✠

가스파르는 진료 예약에 매번 늦지 않게 갔고, 이사벨에게는 거의 한 번도 화를 내지 않았다. 이젠 '의사 선생님'이나 '정신과의사'가 아닌, '이사벨'이라는 이름으로 그녀를 부르기 시작했다. 그녀는 점진적으로 향정신성 약물을 줄였고, 음식 섭취를 돕기 위한 항불안제와 항우울제만 남겨두었다. 하지만 동공이 확장된 채로 침대 위에 뻗어, 아무 소리도 듣지 못하고 만져도 반응 없는 마비 상태 혹은 결신 상태는 여전했다.

루이스는 정신과의사와 면담을 가졌다. 그녀는 가스파르가 받은 진단이 잘못됐다고 여기고 있었다. 루이스는 안도감에 주름살이 펴지는 느낌을 받았다. 가스파르가 겪곤 하는 결신 상태는 플래시백이라고 했다. 과거의 트라우마를 그 당시와 같은 감각과 감정으로 재경험하고 있다는 것이었다. 외상후 스트레스예요. 플래시백이나 불안장애가 특징적인 증상이죠. 뇌전증일 수도 있으니, 신경과에도 가보는 게 좋을 것 같아요.

"발작 같은 건 없었어요. 제가 볼 때는요."

"뇌전증이라고 해서 반드시 강직간대성 발작을 동반하지는 않아요. 결신 상태가 증상인 경우도 있거든요. 선생님께서 묘사하신 바에 따르면 가스파르는 그 상태를 기억해내지 못하죠. 야간 공포와 비슷한 삽화들이 있어요. 뇌전증도 복합적인 시각적 환각을 동반할 수 있어요. 환각은 매우 단순하고도 일반적인 증상이지만, 지금 우리가 예외를 마주하고 있을 가능성을 무시할 순 없죠."

"치료법은 있습니까?"

루이스가 궁금해했다.

"치료를 시도해볼 수는 있어요."

그녀가 말했다.

"가스파르가 머리를 부딪힌 사고에 대해 말해주더군요. 기억상

실증에 걸렸었다고요. 검사를 했다길래 결과지를 달라고 했어요. 제가 함께 일하는 친한 신경과의사가 하나 있어요. 대단한 사람이죠. 예전 의사들이 왜 그 결과지를 요청하지 않았는지 의아했지만, 가스파르가 앞서 만난 의사들에게는 머리를 부딪힌 일이나 기억상실에 대한 이야기를 하지 않았던 모양이더라고요. 선생님도 들어본 적 없으신가 보군요. 전 그 아이가 이해됩니다. 그걸 알릴 필요가 없었던 거죠. 일부 뇌전증의 경우, 외상에 의해 촉발될 수 있어요. 지금까지 받은 검사 결과에는 징후가 보이지 않았긴 하지만, 다시 한번 말씀드릴게요. 뇌전증 중에는 진단이 어려운 것들이 있고, 제각기 성질도 다릅니다."

"사실 동생에게 어떤 일이 있었는지 전 잘 모릅니다. 가스파르는 말을 많이 아꼈고, 교통사고 이야기를 하긴 했어도 심각하게 생각하지 않았죠."

"선생님께서 알 필요가 있다면 가스파르도 이야기할 거예요. 그 아이가 제게 하는 말이나 여기서 저희 둘 사이에 일어나는 일들은 직업적인 비밀이라고 할 수 있죠. 게다가, 선생님께서 저를 통해 들어야 할 이야기는 없을 거라고 생각해요. 그 아이가 과거를 회상할 때, 자전적인 기억들은 언어적 접근이 가능하더군요. 다시 말해, 말로 설명을 할 수 있는 무언가로 남았다는 의미입니다. 트라우마의 경우 각각이 분리되어 저장되는 한편 자의적으로 접근할 수는 없게 돼요. 그 때문에 가스파르는 악몽과 플래시백을 지속적으로 경험하고 있는 겁니다. 친구의 실종뿐만이 아녜요. 아빠의 죽음이 그 아이를 산산조각 냈습니다. 두 사람은 몹시 가까운 사이였어요. 제가 할 일은 이러한 기억들 중 일부를 자전적인 기억으로 만들어 그 아이가 받아들이게 하는 한편, 말로도 풀어낼 수 있게 하는 거예요."

"그게 가능은 한 겁니까?"

"불가능할 때도 있습니다. 수년 동안 학대를 받아온 환자들이 가벼운 우울증을 겪는 모습, 또는 완전히 무너져 내리는 경우를 모두 다 보아왔습니다. 가스파르는 몹시 취약한 상태로 지내왔어요. 어쨌든 시도는 해보죠."

그리고 그에게 규칙적인 일과—네 끼의 식사, 일과표, 외출, 영화 관람—, 약물 조절, 운동 등의 세 가지 지침을 내렸다. 루이스는 그 아이가 친구들을 다시 만나도 될지 물었다. 친구들이 전화를 걸어 물어 왔기 때문이었다. 아직 안 돼요, 정신과의사가 말했다. 그 아이들이 트리거가 되어선 안 되니까요. 가스파르가 스스로 요청하면 그때 한번 고려해봅시다.

"책 읽기를 좋아해요."

"그러면 도서관에 등록시켜 주세요. 집을 나서게 될 거고, 도서 반납 약속도 지켜야 할 테니까요. 매듭이 필요해요. 간단한 책임을 지게 만듭시다."

지난주 내내 TV에선 카라핀타다들이 캄포데마요 군사기지를 점령하는 모습이 방영되었다. 쿠데타 시도였는데, 이번에는 시민들이 민주정권을 수호하기 위해 길거리로 쏟아졌다. 루이스 역시 시위에 나가고 싶어 했지만, 가스파르와 집에 남는 편을 택했다. 네그로 산체스와 홀리에타는 부에노스아이레스로 갔고, 알폰신이 발코니에 나와 "즐거운 부활절 되십시오"라는 인사로 병영의 점령에 마침표를 찍을 때까지 광장에 머물렀다. 가스파르는 루이스에게 이렇게 말했다. 제가 정신병에 걸리는 바람에 나라가 시궁창에 빠져가는지도 몰랐네요. 루이스는 그 말을 걱정하기보다, 가스파르의 상태가 농담할 정도로 좋아졌다는 데에 희망을 가졌다. 카를로스 메넴의 대선 승리 소식은 비야엘리사의 집 안에서는 반향이 적었지만, 루이스는 다른 블록에 있던 페론주의자들의 회당에서 펼쳐진 불꽃놀이에 가스파르를 데려갔다. 그곳에서 만난 한 지인은 새로 선출된 대통령의 업적에 대해 열변을 토하고 있었다. 루이스는 순간 코카콜라 한 잔을 마시고 있던 가스파르를 놓치고 말았다. 하지만 아이는 이내 소시지를 곁들인 빵 하나를 입에 물고 모습을 드러냈다.

"네가 배고파하다니, 페론의 기적이구나."

"정말 맛있어요."

입 안을 빵으로 가득 채운 가스파르가 말했다. 그날 밤, 가스파르는 소시지 빵을 한 개 반 먹었다. 일주일 내내 먹은 것보다 많은 양이었다. 두 달이 흐르자, 루이스는 플래시백과 공포스러운 결신 상태의 빈도수가 예전만큼 호되게 자주 찾아오지 않는다는 걸 깨달았다. 연말에 가까워서는 훨씬 더 잦아들었고, 이윽고 가스파르가 큰 소리로, 과감하게 다음과 같이 말하기까지 이르렀다. 이제 삽화가 예전만큼 자주 오진 않아서 더 두렵게 느껴지는 것 같아요. 가스파르는 그것들을 '삽화'라고 부르기 시작했다. 분명 치료 과정에서 배운 용어였을 것이다. 루이스는 이제 사람들을 집으로 초대하기 시작했다. 자신의 친구들이자 훌리에타의 친구들이었다. 그들은 늦은 시간까지 머무르며 정치 이야기를 했고, 맥주를 마시며 담배를 피웠다. 가스파르는 못 미더운 표정을 숨기지 않았다. 이번엔 또 누굴 데려올 거예요? 라고 매번 질문하곤 했다. 하지만 결국은 방문객들의 존재를 받아들였을 뿐 아니라 신뢰를 주는 모습도 보였다. 그들과 함께 시간을 보냈고, 피자를 먹었으며 호기심 어린 질문을 던지기도 했다. 연말이 되자 가스파르는 거의 정상적으로 식사를 했을 뿐만 아니라, 다양한 맛의 피자를 주문하거나 소스가 타버리는 게 싫다는 이유로 훌리에타를 부르기도 했다. 또, 역겹기만 한 애호박 타르트는 이제 그만 달라는 요구도 하기에 이르렀다. 루이스가 뉴스나 정치 프로그램을 보며 TV에 욕지거리를 하고 있을 때면 큰아빠, 그게 웬 정신 나간 짓이에요, 열심히 따져봤자 저 사람들한테 들리지도 않잖아요, 라고 쏘아붙인 뒤 루이스와 함께 깔깔거리며 폭소를 터뜨리기도 했다. 수영과 달리기를 하기 위해 클럽에도 등록하겠다고 했다. 그제야 루이스는 가스파르가 축구에 젬병이라는 사실을 알게 되었다. 그 사실을 도무지 믿을 수 없었던 루이스는 가스파르에게 일대일 대결을 신청했고, 결국에는 함께 배를 부여잡고 바닥을 구르며 웃는 것으로 끝이 났다. 둘 다 너나 할 것 없이 어설프기 짝이 없는 실력이었기 때문이었다.

"그래서, 응원하는 팀은 어딘데? 이 어릿광대 같은 녀석. 어른을 보고 그렇게 비웃어서야 쓰겠니?"

"어릿광대라고 하지 마요. 전 정신병자라고요. 보살펴주셔야죠. 산로렌소요."

"어쭈, 나도 그 팀이야."

"아빠는 우리 가족 모두가 산로렌소를 응원한다고 했어요."

"그래 맞아, 네 할아버지도 그러셨단다."

두 사람은 침묵했다.

"그거 알아요, 큰아빠? 아빠가 저한테 늘 못되게 군 건 아녔어요. 한동안은 매일 저에게 책을 읽어주기도 했어요. 가끔은 제가 읽어 줄 때도 있었고요."

"아빠가 뭘 읽어줬니?"

"시요. 아무한테도 말하지는 말아요. 사람들이 절 게이라고 부를 게 뻔하니까요."

"시를 읽는 게 어째서 게이 같은 짓이냐."

"저도 알아요, 하지만 그냥 그런 문제에 휘말리고 싶지 않아서 그래요. 시를 읽는다 해도, 게이라고 해도 아무 문제 없다는 거 잘 알아요. 아빠가 제게 가르쳐준걸요. 뭐, 제가 하고 싶은 말은 그거 였어요. 저한테 늘 못해주기만 한 건 아니었다는 거요. 되게 잘해 준 적이 더 많아요."

"네 아빠는 많은 고통을 받았었지. 힘든 일을 많이 겪다 보면 사 람이 냉소적으로 변하기도 한단다."

가스파르는 팔꿈치 한쪽을 잔디밭에 기댄 채 손 위에 턱을 얹고 는, 양반다리를 하고 다리 사이에 축구공을 껴안고 있던 큰아빠를 빤히 쳐다보았다.

"그것도 맞아요. 하지만 그뿐만은 아녔어요. 이사벨한테도 한 이 야기예요. 전 정말 많은 것들을 기억할 수 있는데, 정작 중요한 건

잊어버린 것 같거든요. 예를 들면 아빠와 단둘이 미시오네스의 할아버지 할머니 댁으로 여행을 떠났던 일은 아주 조금밖에 기억나지 않아요. 엄마가 돌아가신 지 얼마 안 됐을 때였죠. 거기서 무슨 일이 일어났었는데."

"어떻게 간 건데?"

"차를 타고요."

"아빠가 운전해 간 거니? 세상에, 완전히 미친놈이잖아. 너네 둘 다 죽을 수도 있었어. 할아버지 할머니가 기억은 나니?"

"아주 조금은요. 그런데 아빠는 제가 그분들과 함께 있는 걸 싫어하셨어요. 엄마도 그랬다고 했고요. 그분들은 절 한 번도 찾지 않았어요."

"그건 맞는 말이야. 그래도 그렇지, 이런 망할 데가. 얼마나 외로웠니. 널 혼자 둬서 미안하다, 얘야."

"큰아빠는 절 혼자 두지 않으셨어요."

루이스가 안아주려 다가갔지만, 가스파르는 두 팔을 뻗어 그를 밀어냈다. 말을 이어가고 싶어 했다.

"집으로 돌아가게 되면, 아빠가 물건을 보관해두던 방에 들어가봐야 해요. 그곳에 책이 있을 텐데 그중 몇 권을 가져오고 싶거든요. 전 책 읽는 걸 좋아하니까요. 가끔은 아빠가 혼자 몇 날 며칠을 틀어박혀 있었는데 전 아빠를 귀찮게 할 수가 없었어요."

"그럼 누가 네게 먹을 걸 주었니?"

"전 요리를 할 줄 알아요. 우리를 위해 식사를 준비해주시던 이모님도 계셨어요. 아니면 파블로네나 비키네, 또는 공원의 바에 가서 밥을 먹기도 했죠. 아빠가 밖에 나갈 때도 있었어요. 가끔은 일주일 정도 집에 들어오지 않을 때도 있었고요. 어디로 가는지는 잘 몰랐어요. 저한테 말을 해주지 않았거든요. 아빠가 너무 보고 싶어요."

이제 바닥에 주저앉은 가스파르의 두 눈에 눈물이 가득 고이기 시작했다. 루이스는 공황이나 삽화 같은 증상이 시작될까 봐 불안해졌다. 하지만 가스파르는 단지 이렇게 말했을 뿐이었다.

"파블로와 비키, 그 아이들을 다시 보고 싶어요. 그런데 그래도 될지는 잘 모르겠어요."

"내년까지 기다려보면 어떨까?"

"좋아요. 전화가 온 적은 있어요?"

"얘야, 걔네들 때문에 전화통에 불이 나겠어. 네 친구 빅토리아는 나한테 욕지거리를 퍼붓더구나. 엄청 당돌한 친구야."

이제야 가스파르는 미소를 띠었다. 그 모습이 얼마나 달리 보였는지, 루이스는 순간 그를 못 알아보았다.

"조금만 기다려달라고 말해주세요. 이제 좀 나아진 것 같거든요."

"그렇지? 내가 뭐라고 했니."

‡

그해 연말, 루이스는 가스파르가 샴페인 한 잔을 마시는 걸 허락했다. 1988년 여름에는 훌리에타와 함께 마르델투유의 한 별장으로 놀러 갔다. 가스파르는 루이스의 낚시에 따라나섰다. 튀긴 생선을 함께 먹었고, 큰엄마와 함께 수영도 했으며, 해변가에서 다른 소년들과 달리기 시합을 하면서 그 아이들을 초주검 상태로 만들며 무릎을 꿇게 하기도 했다. 단 한 번도 이사벨에게 증상이 발생했다는 연락을 하지 않아도 되었다. 가스파르는 홀리에타에게 시집 몇 권을 부탁했다. 그녀는 놀라워했다. 가스파르는 그저 아빠에게 책이 많았고, 두 사람이 함께 책을 자주 읽었다고 말했을 뿐이었다. 그리고 집에 돌아가서 책을 찾아오고 싶다고, 큰아빠는 음반 몇 개만을 가지고 왔는데 물론 자신이 음악을 좋아하긴 하지만 그래도 책 읽는 걸 더 좋아한다고 덧붙였다. 어느 날 오후, 루이스와 네그로 산체스가 낮잠을 자는 동안 두 사람은 마테차를 마시고 있었다. 가스파르는 홀리에타에게 공부를 하고 싶다고 털어놓았다. 아픈 시간을 거치면서 바보가 된 것 같다고, 친구들과 함께 지낼 때 노래도 듣고 영화도 보곤 했던 시간들이 그립다고 말했다.

"네가 그러겠다고 했으니 한번 만남을 주선해볼게. 토스트 먹을 래?"

"둘세데레체를 발라 먹고 싶긴 한데요, 이 망할 놈의 모래가 여기저기 다 묻어버릴 것 같아요."

"추로스를 가져왔어. 가스파르, 늙은이들과 시간을 보내는 게 이젠 지겨운가 보구나?"

"지겹다기보다는요, 학교에 가야 할 것 같아서요."

가스파르는 라플라타의 야간학교에서 중학교 과정을 시작했다. 교사들은 성인들과 문제 학생들을 다루는 데 익숙했기 때문에 요구 수준이 낮고 덜 엄했으며, 더 포용적이기도 했다. 첫날, 가스파르를 차로 데리러 간 루이스는 일자리를 찾아보겠다고 약속했다. 제정신병을 고치는 것보다 힘들겠는데요, 아마도요. 가스파르가 말했다. 긍정적으로 생각해야 하지 않겠니, 루이스가 웃으며 말했다.

학교 앞에는 광장이 하나 있었다. 대부분 가스파르보다 나이가 많은 동급생들은 일찍부터 나와 수업에 들어가기 전까지 잔디밭에 죽치며 노래를 틀어놓고 대마초를 피우곤 했다. 그들은 처음 며칠간은 가스파르에게 큰 관심을 두지 않았다. 하지만 어느 금요일, 역사 선생님의 결석으로 등교 시간이 한 시간 늦춰지자 그들은 가스파르에게 맥주 한 잔을 제안했다. 가스파르는 수락하면서도 몇 모금을 채 들이켜지 않았고 대마초는 거절했다. 술이나 마약은 꿈도 꾸지 말아라, 최근 잘 닫히지 않던 화장실 문을 함께 고치며 큰아빠가 한 말이었다. 윤리적이냐 아니냐 하는 얘기가 아닌 거 너도 잘 알 거야. 나도 그런 면에서 성직자는 아냐. 사실 그런 거 환장할 정도로 좋아해. 어쨌든 넌 지금 약을 먹고 있잖니. 그리고 작년 한 해 얼마나 힘들었니. 일단은 큰아빠의 말을 듣기로 했다. 다른 동급생들은 딱히 비웃거나 궁시렁거리지 않았다. 그저 왜 야간학교를 다니느냐고 물었을 뿐이었다. 가스파르는 절반의 사실만을 이야기해 주었다. 일 년 내내 교통사고 후유증을 치료하는 중이라고 말이다. 팔에 커다랗고 확연하게 남은 상처가 그의 거짓말을 뒷받침해 주었다.

사람들이 자신을 알아볼 경우 어떻게 행동해야 할지, 이사벨과 많은 이야기를 나눴다. 아델라의 집에 들어갔던 소년 중 한 사람이

하늘에서 피어나는 검은 꽃

란 걸 누군가 눈치챘다면 어떻게 해야 하는가. 이사벨은 혹여 누군가 물어보더라도 굳이 대답할 필요는 없다며, 나는 그 일에 대해 이야기하고 싶지 않아, 라고 말해보면 어떻겠냐고 조언했다. 가스파르에겐 남의 말을 그렇게 단칼에 자른다는 게 쉬운 일은 아니었지만, 얼굴이 알려지지 않았다는 사실은 분명 그에게 유리했다. 방송국 카메라가 동네에 들이닥쳤을 때에도 그를 찍어 가진 못했다. 그 당시 가스파르는 아빠의 곁을 지키느라 하루 종일 병원에 머물러 있었다. 반면 빅토리아와 파블로, 베티의 얼굴은 많이 알려졌다. 아무짝에도 쓸모없는 수색 작업을 통해 사진이 배포된 아델라의 얼굴은 물론이었다. 사람들은 그의 존재와 이름을 알고는 있었지만, 실제로 얼굴을 본 사람은 없었기 때문에 다른 친구들에 비해 사람들의 입에 오르내리는 비중도 덜했다.

그 밖에도 사회에는 많은 일들이 벌어지고 있었다. 잇따른 슈퍼마켓 약탈 사건. 너무도 가난한 나머지 고양이를 잡아먹는 빈민가 사람들. 가축 운반 차량의 사고로 소들이 도로에 나뒹굴자, 얼굴에 철판을 깔고 도로로 뛰쳐나와 소들을 약탈하여 참아왔던 바비큐의 한을 푼 사람들. 아델라의 실종은 철 지난 뉴스였다. 하지만 가스파르에게는 아니었다. 그는 매일 밤 아델라의 꿈을 꾸다가 밀려오는 구역질에 잠에서 깨는가 하면 화장실에서 밤새도록 구토하기도 했다. 그럴 때면 큰아빠는 가스파르를 위해 베개 하나를 갖다주고 증상이 나아질 때까지 욕조 옆에 가만히 앉아 기다리곤 했다. 그래도 지금은 적어도 잠에서 깨어 있을 때만큼은 아델라를 보지 않았다.

이런 이야기를 친구들에게 할 순 없었다.

사실 고민할 필요도 없었다. 광장의 친구들은 그에게 잘해주었고, 축구를 하자며 먼저 다가오기도 했다. 가스파르는 자신이 젬병이라고, 누구도 한 팀이 되기를 바라지 않겠지만 그래도 괜찮다면 하겠다고 말했다. 근처의 조그마한 공터에서 하는 거야, 똥 볼 차는 인간들도 많고. 학교 광장 음향 장비의 주인이 말했다. 가스파르는 축구를 하러 갔고, 언제나처럼 똥 볼만 찼지만 굉장히 즐거운 시간을 보냈으며 동급생들의 놀림에도 기분 좋게 웃을 수 있었다. 공터는 학교와 럭비클럽 사이에 있었다. 가스파르는 수영장과 육상트랙이 같이 있는 이 럭비클럽에 가입하고 수영과 달리기를 다시 시작했다. 클럽 회원들과도 사이좋게 지냈다. 비만 오지 않으면 매일 달리거나 수영을 했다. 대부분 방과 후나 저녁 식사 전에 가곤 했는데, 그 시간대엔 클럽의 뷔페식당 불빛과 카운터 뒤에서 음악을 듣곤 하던 바의 주인만이 그와 함께했다. 오후에 클럽에 갈 때면 잔디밭에 앉아 담배를 태웠다. 달릴 때는 담뱃갑을 트랙 옆에 열쇠와 물병, 그리고 땀 흘린 뒤 몸에 걸치기 위해 가져온 겉옷과 함께 두었다. 큰아빠와 훌리에타는 그가 흡연자라는 사실을 몰랐지만 이사벨은 알고 있었다. 치료 시간마다 그가 담배를 피울 수 있게 해주던 그녀는 두 개비를 넘기지 못하게 막았다.

해가 지고 나면 담배를 피우며 유칼립투스 나무와 수영장, 테니스장, 럭비장을 잇는 흙길 사이에서 모습을 드러내는 반딧불이들을 보곤 했다. 반딧불이는 어스름한 불빛이 있을 때 더 아름다운 장관을 연출하곤 했다. 해 질 녘에는 마치 태양에서 불꽃이 튀기는 모습처럼 보이기도 했다. 하지만 밤이 될 때의 모습은 달랐다. 깜빡이는 눈 같기도 하다가, 어느 순간 갑자기 사라지거나 너무 가까이 다가오는 것 같은 느낌을 받았다. 가스파르는 좋아해야 할지 싫어해야 할지 혼란에 빠지곤 했다. 그렇지만 무성하게 자란 잔디밭과 나무 기둥 사이에 반딧불이들이 흐드러지게 피어나 서로 어우러지는 모습은 분명 의심의 여지 없이 아름다웠다.

‡

비야엘리사의 집은 아빠와 부대끼며 살던 그 집과는 많이 달랐다. 아무리 생각해도 이상한 곳이라는 느낌을 지울 수 없었다. 그러면서도 그곳을 좋아했고, 사면의 벽조차도 사려 깊은 사람, 즉 말을 하기에 앞서 깊이 있게 생각하는 누군가 같았기에 사랑했다. 적막이 흐른 적은 없었다. 큰아빠는 라디오를 크게 틀어놓는 습관이 있었다. 훌리에타가 집에 며칠 동안 머무느라─점점 두 사람은 같이 사는 수준에 가까워졌다─라디오를 틀지 않을 때면, 그녀는 따로 가져온 작은 오디오로 음악을 듣거나 TV 볼륨을 높이곤 했다. 손님이 있는 느낌이라고 했다. 두 사람은 일찍 일어났다. 밤을 새우는 날에도─사실 두 사람은 밤을 자주 새우곤 했고, 와인병들이 정원과 부엌의 탁자 위에 즐비하게 늘어선 모습은 마치 녹색 유리 장식처럼 보이곤 했다─아침 일찍 블라인드를 열어 햇빛을 집 안으로 들였다. 처음에 가스파르는 빛을 불편하게 여겼지만 나중에는 익숙해졌고, 날씨가 많이 춥지만 않으면 바깥의 정원 탁자에 앉아 아침을 먹게 되었다.

뿐만 아니라, 집 안에는 아무것도 없었다. 위험한 것도, 악한 것도 없이 온 집 안이 깨끗했다. 그가 보곤 하던 아빠나 아델라의 유령은 자신의 것이었지, 장소의 문제가 아니었다. 그것들은 어딜 가든 자신을 따라다닐 것이었다. 아빠가 자신을 다치게 한 그날로부터, 상처는 일종의 알람이 되어주고 있었다. 어떤 집들을 가까이 지날 때면 맥박이 뛰어오르듯 고동치곤 했는데, 언뜻 보기만 해도 위협적인 분위기를 풍기는 집들도 있었지만 겉으로 보기엔 무해해 보이는 집들도 있었다. 가스파르는 들어가선 안 되는 집, 아델라를 삼키고 만 것처럼 '다른 곳'이 있는 집을 알려주는 걸로 이해했다. 이것 역시 그 누구와도 공유할 수 없는 이야기였다. 비키와 파블로만이 들어줄 수 있을 테지만, 아직은 그들을 볼 용기가 나지 않았다.

특정 장소들이 유발하는 형언할 수 없는 공포감은 어쩌면 그동안 의사들이나 심리상담사들과 기 싸움을 해온 탓으로 돌릴 수도 있었다. 트라우마의 후유증. 사고가 유발한 뇌전증. 일종의 정신장애. 가스파르는 모르는 척했을 뿐, 사실 모든 걸 다 듣고 있었다. 그리고 어떤 부분에선 그들의 말이 맞을지 모른다고 생각했다. 아델라의 모습은 거의 사라져가고 있었지만, 아직도 방구석에 나타나 비난의 눈길을 쏘아대곤 했다. 난 널 사랑했어, 네가 날 배신한 거야, 아델라는 입술을 벌리지 않은 채 이렇게 말하곤 했다. 그래도 이런 감정과 죄책감은 끌어안고 살기에 충분했다. 비야엘리사의 집이 있는 한, 아침마다 라디오를 갖고 다투는 큰아빠와 여러 종류의 피자를 실험하는 네그로 산체스, 자신을 위해 시집을 날라주는 훌리에타가 있는 한 언젠가 친구들을 볼 수 있을 거란 확신을 가질 수 있었다. 그리고 불현듯 견디기 불가능한 기억이 피어올라 말문이 막히고 몸이 뻣뻣하게 굳어진다 해도, 어느 순간에는 자리를 박차고 일어나 햇빛 아래 자리 잡고선 큰아빠가 자신을 위해 냉장고에 늘 구비해두는 차가운 코코아를 마실 수 있다는 것도 잘 알고 있었다.

비야엘리사의 집에서 가장 먼저 정비된 곳은 안뜰이었다. 루이스가 그 일을 서둘러 마친 건 가스파르가 언급한 유일한 공간이기 때문이었다. 정원이 있으면 좋겠네요. 큰 감흥 없이 한 말이었고, 사실 요청 조도 아니었다. 처음 며칠 동안은 그 어떤 부탁도 하지 않았다. 루이스는 그의 요청에 깜짝 놀랐고, 좋은 병원에서 수술과 치료를 받겠다며 영국에 가 있던 동생이 보내온 엽서들을 떠올렸다. 늘 영국의 정원과 꽃, 녹음에 대한 언급이 있었고, 비밀 정원, 오래된 정원과 공원, 건축물과 성과 성당의 사진을 동봉하곤했다. 동생에게 신체적 제약이 많긴 했지만, 그럼에도 세계의 수도라고 불리는 곳에서 생활하며 즐기고 있을 젊은이가 그런 사진을 보낸다는 게 의아하게 느껴졌었다. 그 엽서들을 가스파르에게는 당분간 보여주지 않기로 했다. 대신 시멘트와 판석을 구했고, 흙과 잔디를 사 왔으며, 리우데자네이루에서 받았던 조경 수업을 떠올리며 몇 가지 아이디어를 발휘했다. 한동안은 오후 내내 온실 속에 머물면서 잘 자란 풀포기를 골라내는 일을 하기도 했다. 수영장을 추가할까도 생각했지만 문제는 돈이었다. 일단은 조립식 수영장으로도 충분할 것이었다. 사실은 가스파르가 클럽 수영장을 자주 가주길 바라기도 했다. 집을 나서는 게 훨씬 좋을 것이었고, 정신과 의사의 권고도 그러했다. 두 사람은 정원을 가꾸며 즐거운 시간을 보냈다. 가스파르는 주의 깊게 설명을 들었고 이해력도 빨랐으며, 반복 작업도 좋아했다. 루이스는 그런 일들이 그 아이의 습관 형성에 좋을 것이라 생각했다. 사실 자신과 닮은 모습이었기에 더욱 공감할 수 있었다.

가스파르의 상태가 점차 호전되면서 조율도 시작되었다. 루이스는 가스파르에게 돈이 필요하면 달라고 부탁해야 한다는 사실을 이해시키려 애썼다. 하지만 가스파르는 그걸 그저 일종의 조언 정도로 치부하고 말았다. 일주일 치 용돈이 떨어지면, 가스파르는 루이스의 방에 들어와 원하는 만큼의 돈을 서랍에서 가져갔다. 이따금은 그 액수가 과했다. 도움을 요청하는 경우는 많지 않았다. 원하는 게 높은 곳에 있으면 어떻게든 올라갔다. 단추가 떨어지면 알아서 솜씨 좋게 달아놓는가 하면 루이스 옷의 단추도 단단하게 달아주곤 했다. 그런 모습은 좋을뿐더러 감동적이기까지 했다. 하지만 라플라타 시내로 나가 늦게까지 시간을 보내거나, 피곤할 때면 택시를 잡아타고 돌아오곤 하는 모습은 그렇지 않았다. 거리가 상당했고 택시비는 비쌌기에 돈을 낼 수 없는 경우가 허다했다. 그보다 더 심각한 건, 이따금 너무 늦은 시간—새벽일 때도 있었다—에 들어오곤 하는 가스파르가, 잠들지 못하고 수심이 가득한 모습으로 그를 기다리는 루이스에게 무슨 일이 있느냐고 멀쩡한 표정으로 묻곤 한다는 것이었다. 정신질환을 앓고 있는 열네 살짜리가 밤이 다 가도록 거리를 활보하고 다니는데, 마치 세상에서 이보다 정상적인 일이 없다는 듯 구는 것이었다. 루이스가 혼을 내면 어깨를 으쓱하고 말았다. 반항이나 무시가 아니라, 정말 몰라서 하는 행동이었다. 왜 늦으면 안 되는지, 왜 그게 주변 사람들을 걱정시키는지 이해하지 못했다. 간단한 요리들도 할 줄 알았는데, 제법 그럴듯한 솜씨였다. 소스를 곁들인 파스타, 햄치즈 엠파나다 같은 것이었다. 가끔은 감자 타르트, 토르티야, 스펀지케이크, 오븐에 구워 치즈를 곁들인 대구 요리 같은 특식을 정성 들여 만들기도 했다. 하지만 주방을 치우는 법은 없었다. 주말이면 걸레질이라도 하는 도움을 줄 생각도 못 했다. 부잣집 도련님이야, 홀리에타는 루이스가 화를 낼 때면 곁에서 이렇게 속삭이곤 했다.

홀리에타는 몇 개월 전부터 가스파르 외가 쪽 변호사들과 교섭을 시작했다. 외조부모는 가스파르의 양육권도, 면접교섭권도 주장하지 않겠다고 했다. 사실 가스파르의 부친이 살아생전에 관련 절차를 마쳐두었기 때문에 설사 그들이 양육권을 가져가려 해도 할 수 있는 건 없었다. 하지만 홀리에타에게는 개인적이면서도 구체적인 의심 한 가지가 있었다. 후안이 아들을 루이스에게 넘기면서 그들과 담판을 지었다는 인상을 계속 받았던 것이었다. 그 사실이 그들을 몹시도 언짢게 하는 것 같았고, 그래서 뜬금없이 양육권이니 뭐니 하는 이야기도 언급하는 듯했다. 담판을 지었다고? 그게 무슨 말이야? 루이스가 질문했지만, 그녀도 왜 그런 말이 떠올랐는지는 알지 못했다. 일종의 촉이었다. 변호사들은 패색이 완연한 싸움에 덤벼들기 싫다는 듯, 소년이 조부모와 함께하지 못할 거라는 사실에 순순히 양보했다. 회의는 가스파르 외가 쪽 부동산 사무실에서 진행되곤 했다. 본사가 아닌, 작은 사무실이었다. 훌리에타는 그곳의 회의실이 굉장히 기괴하다는 인상을 받았다. 이미 유행이 지나도 한참 지난 가스식 벽난로의 아궁이에는 가짜 장작이 놓여 있었고, 꽤나 근사한 화목 난로와 러시아식 주전자인 사모바르도 있었다. 부에노스아이레스는 이렇게 난방에 많은 투자를 해야 할 만큼 추운 도시는 아니었다. 사방의 벽에는 사냥 트로피 같은 것들이 즐비하게 걸려 있었는데, 모두 동물의 뿔이었다. 수소와 사슴의 것이라는 설명을 들었다. 머리는 없었다. 떡갈나무로 만든 탁자의 크기는 거대했는데, 그들은 그녀를 늘 탁자 가장자리에 앉게 하곤 했다. 여자 하나와 남자 하나로 구성된 변호인단은 매우 친절하고 교양 있었지만, 가스파르가 물려받은 유산과 재산 목록을 공개하는 데에는 한없이 능청을 피웠다. 회의실을 나설 때마다 훌리에타는 그들을 다시는 보지 못할 것 같다는 느낌에 사로잡히곤 했다. 반면 가스파르가 매달 수령하는 막대한 금액은 은행에 꼬박꼬박 입금되고 있었다. 루이스는 그 돈에 손대고 싶지 않아 했고, 가스파르를 위한 저금으로만 여겼다. 훌리에타는 이 일을 놓고 논쟁을 벌이기도 했다. 두 사람이 침대맡에 기대앉아 맞담배를 피우던 어느 날, 가스파르가 듣지 못하게―정작 가스파르는 귀에 헤드폰을 쓰거나 라디오를 들으면서 잠들곤 했다―나지막한 목소리로 대화를 나누던 도중 루이스에게 말했다.

"철든 아이라는 거, 우리도 늘 하는 말이잖아. 자기 돈도 기꺼이 나누려 할 거야."

"나중에. 그 사람들 돈을 쓰고 싶지 않아. 아주 악독한 인간들이 악행을 저질렀다는 심증은 있지만 난 그걸 어떻게 캐내야 할지도 몰랐고, 용기도 없었어. 지금 내가 무슨 말을 하는 건지도 모르겠고. 의사라는 그 인간이 내 동생을 자신의 직업적 야심 때문에 납치해 간 거야. 아니면 그밖에 다른 목적이 있었을지도 모르지."

잠시 침묵이 흘렀고, 루이스는 담배 한 개비를 세 모금에 모두 빨아들였다.

"혹시 짐작 가는 게 있어?"

"짐작 가는 게 있지. 하지만 후안은 내게 아무것도 알려주지 않았어. 브래드퍼드는 대단한 사람이었어. 이 나라에서 가장 존경받는 의사 중 하나이기도 했지. 젠장, 지난번에는 라플라타에 갔더니 새로 지은 의대 건물에 그 인간의 이름이 떡하니 붙어 있더라니까. 원래부터 이상한 사람이었는데, 한 손을 잃은 후에 상태가 더 안좋아졌어. 나르시소 이바녜스 멘타랑 비슷하지만 좀 더 영국스럽다고 해야 할까. 토요 명화극장에 나오는 배우 있잖아, 왜."

"크리스토퍼 리."

"그 사람 말고."

"빈센트 프라이스. 루이스, 그 사람은 빈센트 프라이스랑 털끝만큼도 비슷하지 않았어. 체격 자체가 달랐다고."

"분위기를 말하는 거야. 타락한 것 같다고 해야 할까. 동생을 살려줬고, 손가락을 다 잃은 뒤에도 포기하지 않고 맡아서 치료해줬어. 죽음조차도 굉장히 수상했지. 그런 사람이 운전기사도 없이 직접 운전을 하고 있었다는 것도 모자라, 자동차에 불이 붙어 모든 게 잿더미가 되고 나서야 구조대가 도착했다는데, 난 잘 모르겠어."

"당신 부모가 실랑이를 하지 않고 순순히 넘겨준 게 이상해. 당신 동생 말이야."

"엄마는 애를 썼지. 아빠는 문제를 원하지 않았어. 부잣집에 가서 사는 게 더 나을 거라고 했지. 그자들이 후안에 대한 대가로 돈을 줬었다는 걸 알게 됐을 때 아빠랑 한바탕하고 연을 끊었어. 지금 살아 있는지 어떤지도 몰라."

"그들이 돈을 준 거네, 그럼."

"그 쌍놈들이 내 동생을 돈 주고 사 간 거지. 게다가 우리 아빠 그 돈으로 내 학비를 대줬어. 나도 그들한테 빚을 지고 만 거야. 당신은 내가 얼마나 분한지 모를 거야. 그래서 난 그들의 돈에 손대고 싶지 않아. 나도 가스파르가 흔쾌히 돈을 나눠 가질 거란 걸 잘 알고 있어. 그런데 문제는 그게 아냐. 그 아이는 제 엄마를 닮아 사랑스럽지. 믿을 수 없을 정도로 용감하고 좋은 여자였어. 그 집안에 훌륭하고 좋은 건 아무것도 없을 줄 알았는데, 그녀를 알게 된 건 어떻게 보면 충격이었어. 멋진 사람이었거든. 아마 내 동생이 그 집에 어떻게 흘러 들어갔는지 제수씨는 알지도 못했을 거야."

"가스파르는 자기 엄마가 당신의 망명을 도와준 것도 알고 있어?"

"어떻게 말해야 할지 아직 잘 모르겠어. 그 애가 다시 불안정해질까 봐 겁나."

"그래봤자 얼마나 안 좋아지겠어? 자기 엄마잖아. 가스파르도 알

권리가 있어. 뭐, 그건 당신과 그 아이 사이의 문제일 뿐이긴 하지만. 다른 이야기도 좀 할게. 나중에 재산 목록이 다 작성돼서 가스파르가 물려받을 재산을 알게 되면 당신, 놀라서 쓰러질지도 몰라. 비공식 조사를 좀 해봤거든. 상상도 못 할 걸. 게다가 그 사람들은 빚도 없는 것 같아. 가스파르는 부자라고."

"나한테 이런 일이 일어나다니."

"그렇게 나쁜 것만은 아냐."

루이스는 어둠 속에서 이를 갈았다.

"동생은 가스파르가 외조부모와 절대 연락을 주고받지 않기를 바랐어. 그 부분을 아주 명확히 해두었고. 보게 해달라고 한 적은 아직 없는 거야?"

"설사 요청한다 하더라도 이 애 아빠는 당신이야. 그들은 법적 자격이 없다고."

"돈은 있잖아."

"그거야 뭐, 넘치게 있지."

‡

그해 여름엔 휴가를 떠나지 않았다. 대신 브라질에 사는 루이스의 전 부인이 두 딸을 대동하고 그들을 방문했다. 한 명은 가스파르보다 나이가 많았고, 다른 하나는 어렸다. 소녀들은 가스파르를 약간 무시했다. 아니면 수줍었던 걸지 모른다. 어찌 되었든 두 소녀는 스페인어보다 포르투갈어로 대화하곤 했다. 자기 딸처럼 키운 그 아이들을 루이스가 몹시도 그리워했기에, 전 부인이 그를 방문하기로 결심한 것이었다. 일주일 동안 루이스는 소녀들을 여기저기 구경시켜 주었고, 가스파르는 큰아빠가 자신에게 같이 가자고 고집부리지 않은 데에 고마워했다.

가스파르는 이제 사람으로 북적거리는 이 집의 분위기에도 익숙해졌고, 대부분의 경우 거북스러운 느낌도 들지 않게 되었다. 대화에도 관심이 가기 시작했다. 남자들이 말하는 방식, 특히 네그로가 자주 사용하던 축구에 빗댄 표현들이 그랬다. "그 녀석이 한 말은 올림픽 골 같은 거야. 이기고 있는 줄 알았는데 이 분 만에 게임이 역전되는 상황이야말로 지옥이지." 그는 팀의 역량에 대한 판결을 내리곤 했다. "우리 팀이 보여준 탄탄한 경기력 앞에 상대 팀은 무척이나 힘겨운 방어를 펼쳤더군." 비난을 하기도 했다. "너, 언제 당구 선수가 된 거냐." 어떤 면에서는 우고 페이라노를 떠올리게도 했다. 그는 날이 갈수록 비키와 파블로가 그리웠다. 새로운 친구를 사귀지는 못했다. 그런 나날을 보내고 있는 와중에, 기타를 칠 줄 알던 네그로는 큰아빠의 전 부인 모니카에게 한 곡을 바쳤다. 아름다우면서도 끔찍한 것들을 노래하는 가사였다. "배신자는 그 값을 치르게 되리라." 그가 떨리는 목소리로 노래하자 모두가 눈물을 흘리며 이름 하나를 외쳤고, 그다음에는 "현재, 지금 그리고 영원"이라는 구절이 이어졌다. 큰아빠가 소녀들과 전 부인을 껴안아주는 모습, 그리고 눈물을 흘리는 훌리에타의 모습이 아름다웠다. 가스파르는 그들이 완벽한 사람들이라고 생각했다. 그들은 항상 어느 시점에 이르면 노래를 틀고 춤을 추곤 했다. 그리고 네그로가 사푸

카이*를 외치는 소리와 함께 파티가 시작되었다. 컵은 깨졌고, 남자들은 땀을 흘렸으며 여자들은 신발과 귀걸이를 잃어버렸다. 화장도 흘러내렸다―하지만 그 자리에 화장을 한 여자는 많지 않았다―. 모두가 서로를 껴안으며 얼마나 상대방을 사랑하는지, 예를 들면 이 죽일 놈의 네그로, 내가 사랑하는 거 알지, 라는 식으로 사랑 고백을 하곤 했다. 가스파르는 자신이 그 단계까지는 끝끝내 이르지 못할 거라고 생각했다. 이사벨에게도 그 생각을 털어놓았다. 함께 계단을 오르다가 어느 순간 "이제 여기까지예요"라고 말하게 되는 것 같은 느낌이에요. 더 위쪽에서 행복해하는 그들을 전 바라만 보게 되죠. 항상 그랬던 걸까? 남들이 생각하듯 수줍음이나 위축, 또는 사춘기 때문이 아니었다. 단순히 지나가는 일 또한 아니었다. 혼자 춤을 추거나 방 안에 혼자 틀어박혀 책을 보며 감동하는 일은 어렵지 않았다. 하지만 파티에만 가면 전원이 제멋대로 스르륵 꺼지는 듯했고, 그곳의 타인들은 마치 영화의 한 장면처럼, 지켜볼 수는 있어도 함께할 수는 없는 무언가로 변하곤 했다. 그래서 가스파르는 투명 인간처럼 행동했다. 모두가 술에 취하기 때문에 어려운 일도 아니었다. 그렇게 방까지 후퇴하고 나면, 세상에서 가장 순수한 안도감을 느꼈다.

　하루는 후퇴하는 도중에 네그로와 맞닥뜨렸다.

　"친구, 지금 몸이 좋지 않니?" 그가 물었다.

---

*　아르헨티나 코리엔테스 지역의 민속음악인 차마메의 추임새로, 흥겨움을 표현하기 위해 내지르는 소리이다.

가스파르는 아니라고 대답했고, 네그로는 큰아빠에게 "저 친구 너무 우울한 거 아니야?"라고 말했다. 가스파르는 큰아빠의 동의를 기다렸다. 실망스러운 표정으로 그래, 라고 말할 큰아빠. 하지만 그의 반응은 가스파르를 놀라게 했다. 아니, 그가 네그로에게 답했다. "우울한 게 아냐. 저 아이의 천성일 뿐이지. 그리고 우울하다 해도 그게 무슨 상관이야? 저 아이의 방식일 뿐이야. 세상 모든 사람들이 다 술을 퍼마시고 소리 지르며 살지 않아. 우리가 시끄럽게 소란을 떠는 건, 결핍을 채우려는 몸부림일 뿐이라고."

그날 밤, 가스파르는 헤드폰을 빼고 침대에 누우며 아빠와 함께 살던 집에 한번 가봐야겠다고 마음먹었다. 모든 걸 다시 되짚어보고 싶었다. 누군가 물건들을 가져가진 않았을까? 큰아빠는 아무도 손대지 않았다고 말했다. 왜 에스테반을 부르지 않는 걸까? 물론 더는 자기 인생에 참견하지 말아주길 바랐지만, 그래도 무슨 일이 일어난 건지 궁금하기는 했다. 그리고 탈리. 탈리도 자신에게 관심을 끊기로 작정한 걸까?

그날 밤, 가스파르는 비야엘리사에 온 이래 처음으로 두려움 없이—혹은 두려움을 조절하며—아델라와 그 집에 대해 생각했다. 그 아이를 떠올렸고, 거리를 떠올렸다. 어둠 속에서 옮기던 발걸음도 떠올렸다. 두 눈을 감으니 그 아이가 손 인사를 건넨 뒤 사라져버린 문이 눈앞에 나타났다. 아델라의 기억이 그의 몸을 떨게 했었다. 지금은 아니었다. 구역질도 없었다.

정오가 되어 잠에서 깨어나면, 큰아빠에게 전화기를 달라고 해서 비키에게 전화를 걸 생각이었다. 자정에 전화를 걸어서 온 집안

하늘에서 피어나는 검은 꽃

식구들을 놀라게 하고 싶지는 않았다. 그리고 혹시라도 상태가 악화될 수 있으니 큰아빠가 곁에 있어주길 바랐다.

하지만 상태가 나빠질 일은 없을 것이었다.

‡

집에서 많은 시간을 보내지는 않았다. 우선 남아 있는 물건이 많지 않았다. 큰아빠는 가스파르가 혹시라도 버려진 느낌을 받을까 싶어 책과 음반, 물건, 옷가지 등을 모두 정리하고 방들을 싹 청소해두었다. 집 안에 들어가려니 긴장이 몰려왔지만, 겁이 나진 않았다. 아빠의 방 문 앞을 지나치는 게 가장 어려운 일이긴 했다. 하지만 한번 집안에 발을 들이니 그저 과거의 기억 위에 먼지 냄새만이 소복이 덮일 뿐이었다.

다만 아델라가 사라진 그곳, 비야레알가의 집 앞을 지나는 일만은 애써 피했다. 그 일만은 준비가 되어 있지 않았다. 영영 할 수 없을 것도 같았다.

집 안에 들어서자 미신적인 충동이 몰려왔다. 여러 해 전 아빠가 엄마의 옷을 태운 걸 본 기억을 되살려, 마당에서 옷가지를 태웠다. 비키와 파블로가 책을 바구니에 담는 동안, 가스파르는 나뭇가지로 불꽃을 뒤적였다. 바지들, 소매를 접어 올린 셔츠, 수년 동안 방치된 바람에 좀먹은, 구멍이 숭숭 뚫린 흰색 티셔츠들이 익숙했다. 아빠는 화장되었다. 유해가 어디 있는지는 알지 못했다. 물어보고 싶지도 않았다. 아빠의 옷을 태우는 게 맞는다고 생각했다.

비키와 파블로가 이제 다시 자신의 삶에 합류해 있었다. 처음 얼마간은 비키와 전화만으로 연락을 주고받았다. 언제나처럼 호탕하고 직설적인 그녀와 말을 빙빙 돌리거나 조심스러움은 모두 제쳐두고 허심탄회한 대화를 나눴다. 비키가 먼저 말을 꺼냈다. 탐문이었다. 밤이면 오마이라의 머리가 느껴져서 몸을 초승달처럼 말고 잔다고 했다. 비야레알가의 집을 피해 다니진 않았지만, 모두들 자신이 그곳에 가지 못하게 막았기 때문에 굳이 가보려면 몰래 빠져나가야 한다고도 했다. 전학을 갔고, 친구들이 알아보긴 했지만 아무 이야기도 하지 않는다고 했다. 널 보고 싶어. 내가 너한테 악영향을 끼치진 않을 거야. 무슨 이유에서인지 우린 새로운 친구들을 사귈 수가 없는 것 같아. 혹시 넌 새로 사귄 친구가 있어? 가스파르는 아니라고 확인해주었다. 그녀는 비야엘리사의 집에 기쁘게, 그러나 걱정을 가득 안고 방문했다. 가스파르가 보기에 그녀는 매우 달라졌다. 키가 훨씬 더 컸고, 언제나처럼 숱 많고 묵직한 머리카락은 전보다 훨씬 더 길고 관리도 잘 되어 있었다. 얇은 피부는 볼을 지나는 미세한 푸른 혈관들을 투명하게 비추었다. 파블로의 복귀는 조금 더 조심스러웠다. 전화는 불편하고 긴장된 상태에서 주고받았지만, 첫 방문에서는 굉장한 안도감을 느끼는 듯했다. 담요를 두른 채 소파에 앉아 쌀쌀한 오후 시간을 보냈는데, 마치 강변에 도착하여 배를 정박시키고 악천후의 악몽에서 벗어난 뱃사람 같았다. 압축천연가스 사업으로 부자가 된 파블로의 아빠는 주정부의 생산부와 협약을 맺었고, 온 가족이 함께 라플라타로 이사올 예정이었다. 이미 시내에 아파트 하나를 얻어 사무실로 사용 중

하늘에서 피어나는 검은 꽃

이던 그는 곧 가족을 위한 집도 별도로 구할 계획이었다. 가스파르는 누군가가 자신들을 다시 뭉치게 하는 것 같다고 파블로에게 말했다. 그 말을 들은 파블로는 어둠 속에서 자신을 건드리곤 하던 손을 떠올렸지만, 아무 말도 하지 않았다. 비키도 중학교를 끝마치고 이 도시의 의과대학에 입학하기 위해 이사 오고 싶어 했다. 루이스는 그들의 재회에 일말의 불안감을 가졌다. 그가 봤을 땐 아이들의 만남이 과거의 기억을 극적으로 재구성하는 결과로 이어지는 것 같았다. 차라리 전화로 우정을 이어가며 가끔 생일 파티나 공연에 같이 가는 정도의 관계이길 바랐다. 그들이 서로에게 공감하는 방식이 그를 불안하게 했다. 이사벨에게 이 사실을 털어놓았더니, 놀랍게도 그녀 역시 이 방식이 좋은 것 같지는 않다는 의견을 내놓았다. 하지만 청소년들은 어쩔 수 없다. 서로를 떨어뜨리려고 해봤자 좋을 게 하나도 없었다. 게다가 수년 동안 떨어뜨려 놓았던 아이들을 다시 멀어지게 하는 건 역효과가 클 것이었다.

가스파르는 비키에게 아빠의 서랍을 살펴봐달라고 부탁했다. 자신은 도무지 용기가 나지 않았다. 많은 게 들어 있진 않았다. 몇 장 남짓한 엄마의 사진들이 있어 가스파르는 그것들을 가방에 챙겼다. 여러 개 있던 카드 묶음도 가져갔다. 날짜가 지난 약들은 모두 버렸다. 양초와 분필, 그리고 녹이나 커피 같은 갈색 얼룩이 진 알루미늄 냄비들도 있었다. 유럽의 풍경이 찍힌 엽서와 메모장도 챙겼다. 책들은 여행 가방으로 직행했다.

파블로는 화장실에서 손을 씻는 동안―루이스가 그동안 수도와 전기 요금을 납부하고 있었다―이 집에 들어오려는 시도를 몇 번

해봤다고 고백했다. 열쇠가 있는 건 아니었지만 창 덧문을 들어 올리는 게 어렵지 않아 보였어. 아니면 차고의 열린 천장으로 들어갈 수 있을 것도 같았고. 그런데 한 번도 성공하지 못했어. 마치 이 집이 날 원하지도, 허락하지도 않는 느낌이더라고. 나중엔 겁이 나더라. 게다가 내가 마지막으로 시도한 그날 밤, 나를 건드리곤 하던 그 손이 우리 집 화장실 앞에서 내 어깨를 낚아채지 뭐야. 그렇게 끝이 났어.

가스파르는 파블로에게 수건을 건네준 뒤, 팔짱을 낀 채로 화장실 벽에 기대섰다.

"그래, 집이 널 쫓아낸 게 분명해."

그 말을 내뱉자 팔의 상처가 불타오르는 게 느껴졌다. 그 위를 쓰다듬었다. 파블로의 앞에선 거리낄 필요가 없었다.

"그 손을 맞닥뜨리지 않은 지 몇 개월은 지났어. 한 일 년은 된 것 같아."

"가버린 걸까? 네 생각은 어때?"

파블로는 아니라는 고갯짓을 했다.

"기다리고 있는 것 같아. 나도 너를 다시 만나는 게 두려웠어. 얘기했었잖아. 널 만나면 그 손도 다시 보게 될 거라고. 그리고 다신 날 놓아주지 않을 거라고 생각했어. 그런데 그 반대의 일이 일어난 거야."

"가자."

가스파르가 말했다. 눈가가 가볍게 쑤셔오기 시작했다. 편두통의 전조였다. 본격적으로 시작되기 전에 얼른 약을 먹어야 했고,

하늘에서 피어나는 검은 꽃

마침 가방에 챙겨 온 약이 있었다. 파블로는 가스파르를 따라 텅 빈 복도를 걸어갔다. 두 사람은 언젠가 체벌의 장소로 쓰인 것 같 은 빈방 앞을 스쳐 지나갔다. 파티를, 웃고 떠드는 초대 손님들을 기다리고 있는 듯한 회랑도 보였다. 그 모든 게 이 집에선 일어난 적 없는 일이었다. 계단을 내려오면서 가스파르는 자신을 상처 입 힌 유리창이 새로 끼워져 있는 모습을 보았다. 지난번엔 미처 알아 차리지 못했다. 누가 고친 걸까? 가스파르가 떨기 시작하자 파블 로가 얼른 그의 허리를 감싸 안았다. 같이 내려가자, 그의 귀에 속 삭였다. 괜찮아.

조심하자, 조심하자. 끝이 없었다. 가스파르는 자신을 둘러싼 과 보호에 질려 있었다. 과도해 보일 뿐이었다. 아빠가 왜 그렇게 의 사들은 물론이고 자신이나 에스테반과도 부딪히고 거부했는지 이 제야 이해가 되었다. 하지만 파블로가 자신을 지켜주는 건 괜찮게 느껴졌다. 자신에게 공감해줄 수 있는 사람이었다. 비록 그동안 많 은 변화가 있었어도, 깊은 신뢰는 여전했다. 삼총사 모두가 많이 변했지만, 그중에서도 동성애자인 파블로의 변화가 두드러졌다(그 는 게이라고 불리길 바랐고, 훨씬 친절하게 느껴지는 그 단어에 모두들 익숙해지 는 중이었다). 그걸 애써 숨기지도 않았다. 학교에는 그 아이와 함께 놀러 다니고, 전화도 하고, 함께 시간을 보내면서 잔인한 마초들로 부터 지켜주는 여자 친구 무리가 있었다. 그뿐 아니었다. 파블로는 미술을 공부한 뒤 그라피티 아티스트가 되고 싶어 했다. 학교 애들 여러 명이랑 같이 침대에서 뒹굴었지, 파블로가 말하곤 했다. 조심 해, 우리 엄마가 병원에서 얼마나 많은 감염자들을 상대하고 있는지 넌 모를 거야, 비키가 경고했다. 야, 바보 같은 소리 마, 내가 알아서 해. 파블로가 대답했다. 게다가 그런 병에 걸리는 건 늙다리들이라고.

가스파르는 아빠의 방으로 되돌아왔다. 가방에 넣어 갈 공책을 고르려 책장을 뒤적거렸다. 무언가가 빠져 있다는 느낌을 지울 수 없었다. 아빠가 표식을 그리곤 하던 스케치북이 보이지 않았다. 아빠는 그 그림을 몇 번이고 살펴보면서 수정하곤 했다. 아무렇게나 그리는 스케치가 아니었다. 무언지 모를 기하학적 선들이었고, 그는 재미로 그리는 거라고 거짓말하곤 했다. 아빠, 그 거짓말들을 제가 다 믿는 줄 아셨죠? 가스파르는 가방을 열며 나지막이 중얼거렸다. 하지만 저도 아빠의 머릿속에 들어가 있었다고요. 깊이까지는 아니었지만. 항상 그 벽을 넘을 수는 없었어요. 아빠, 전 벽이 있다는 걸 알았다고요. 왜 그런 걸 세운 거예요? 전 그게 늘 궁금했어요.

모든 서랍을 뒤지며 스케치북을 찾아보았다. 주방을 헤집기도 했지만 찾을 수 없었다. 큰아빠에게 물어보아도 아무것도 건드리지 않았다는 대답만이 돌아왔다. 네 아빠 친구라는 사람에게 열쇠가 있었을지 모르겠구나. 그 사람이 뭘 가져갔을지도 모르겠어. 에스테반. 그가 특별한 물건들을 가져가는 모습이 상상되었다. 두 사람이 공유하던 것, 분명 숨기고 싶어 했을 비밀들. 하지만 오늘 가스파르가 챙겨 가는 공책에도 무서운 내용이 기록되어 있었다. 그중 하나에는 이렇게 쓰여 있었다. "악마가 요구하는 의식에 따라 소환이 이뤄지면 악마가 나타나며, 우리도 그를 볼 수 있게 된다.

하늘에서 피어나는 검은 꽃

그의 등장에 놀란 나머지 숨통이 끊어지지 않으려면, 미치지 않으려면, 미쳐 있어야만 한다. 레비." 아빠가 하던 게 이런 거였군요. 악마 소환. 그게 아니라면, 그의 아빠는 단지 무료함을 견디고자 이런 주제에 빠져든 것일 터였다. 함께 대화를 나눌 사람 없이 하루 종일 침대 위에 누워 있어야 하는 무료한 삶. 하지만 아니었다. 무언가가 더 있었지만 무료함은 아니었다. 아빠가 자신에게도, 또 본인에게도 남긴 그 상처. 함께 엄마의 유해를 강물에 떠내려 보낸 그날 밤. 많은 것을 알아맞힐 줄 알던 아빠. 아빠는 잃어버린 것을 찾아낼 줄 알았다. 또 아빠는 사람들이 언제 죽을지도 알고 있었다. 아빠는 바람과 함께 오는 망자들에 대해 이야기하곤 했다. **죽은 자들은 빠르게 움직인다.**

‡

중학교의 마지막 해, 가스파르는 학교에서 이백 미터 떨어진 곳에 위치한 프린세사 문화센터를 발견했다. 벽이 빨간색으로 칠해져 있었다. 피를 한 바가지 뒤집어쓴 모양새의 숨길 수 없이 쨍한 빨간색이, 칠 작업이 끝난 지 얼마 안 됐다는 걸 말해주고 있었다. 벽에는 이 장소의 이름이 그라피티로 그려져 있는 한편, 밤에도 잘 보이도록 네온사인도 걸려 있었다. 네온사인의 불이 들어와 있던 오후 7시, 가스파르는 그곳을 처음 방문했다. 열린 문틈으로 음악이 흘러나오던 그곳은 차들의 경적 소리를 무시하며 도로를 무작정 뛰어 건너게 할 만큼 유혹적이었다. 비가 조금 오고 있었고, 검은색 운동화가 젖었다.

바깥에, 이따금 천장 역할을 하던 베란다 캐노피 아래에서 한 소녀가 발을 벽에 대고 다리를 구부린 채 담배를 피우고 있었다. 찢어진 청 반바지, 가무잡잡한 피부, 경찰 부츠, 흰색 민소매 티, 그리고 양 손목을 가득 채운 팔찌들이 보였다. 꼬마 여자아이들이 좋아할 법한 반짝이가 가득한 팔찌들도 있었고, 또 어떤 것들은 검은색 플라스틱 재질이었다. 짙은 쇼트커트 헤어스타일. 가스파르는 그 모습이 지금까지 본 그 어떤 여자아이보다 예쁘다고 생각했다. 거리낌 없이 그녀에게 다가갔다. 무더위에 쓰러져 죽기 직전인 자신이, 녹아내리는 얼음인 그녀를 발견한 것이었다. 빨라야만 했다. 과감해야 했다.

"열린 거야?"

인사를 건넨 다음, 질문했다.

안쪽에서는 사방으로 날아다니는 살갗에 대한 노래가 흘러나오고 있었다. 해괴한 가사네, 가스파르는 생각했다. 게으른 기타 소리는 습하고 비 오는 그날 오후와 몹시도 잘 어울렸다.

"지금은 바에서 맥주 마시는 것만 가능하지만, 밤에는 시 낭송이 있어. 그 후엔 밴드 공연도 있고."

소녀는 호기심 어린 눈빛으로 가스파르를 쳐다보았다.

"이런 데가 있는지 몰랐어." 가스파르가 말했다.

"문을 연 지 일 년 정도 됐는데, 최근에야 눈길을 좀 끌어보려고 빨간 칠을 한 거야. 학교는 다녀?"

"여기서 두 블록 떨어진 곳에 있는 '노르말' 학교. 사실 지각이야.

나이는 열여덟 살인데 5학년이고."

"낙제했구나."

"아니."

가스파르가 말했지만, 설명을 하진 않았다.

그녀가 자신보다 나이가 더 많다는 사실을 눈치챘다. 하지만 차이가 그렇게 많이 나는 건 아닐 것이다. 몇 살 정도. 대학을 다니고 있을 것이었다. 여자아이들을 많이 만나본 적이 없다는 사실이 내심 부끄러워 숨겼다. 하루는 공원에서 학교 동급생이었던 벨렌의 배꼽에 입을 맞춘 적이 있었다. 그녀는 간지러워했고, 가스파르는 그녀가 다리를 움직이며 풍기는 팬티의 냄새를 맡았다. 갑작스러운 발기에 그곳이 욱신거렸다. 그녀의 위에 올라타 귀 뒤에 입을 맞춰봤지만, 벨렌이 겁먹은 모습에 계속하지는 않았다. 널 너무 좋아해. 벨렌이 말했다. 하지만 지금은 싫어. 그의 머리가 욱신거려 왔지만, 벨렌이 거의 울기 직전이었기 때문에 괜찮다고, 미안하다고, 네가 너무 예뻐서 그랬다고 얼버무렸다. 이리 와, 버스정류장까지 데려다줄게. 그래도 될까? 그녀는 고개를 끄덕였고 이내 두 사람은 다른 주제로 대화를 이어나갔다. 가스파르는 발기가 아팠던 이유가 기억나지 않았다. 버스를 기다리던 중, 잠시 소변을 보고 오겠다고 한 뒤 나무 뒤편으로 달려가 꾀죄죄한 흰색 고양이의 호기심 어린 눈길을 받으며 거칠고 빠르게 자위했다. 평정심을 되찾고 돌아가자 버스가 도착했고, 벨렌은 바예데라루나에서 보낸 휴가와 그곳의 풍경이 〈스타워즈〉를 떠올리게 했다는 이야기를 했다. 그 후로 그녀를 다시 보지 않았다. 나중엔 다른 여자아이들과 하룻밤을 보내기도 했다. 이따금은 기억에 남기도 했지만 대부분은 심각하게 불만족스러웠다. 그 이상의 무언가가 분명 있을 것이라고 믿었다. 다급함과 즐거움이 공존하는 혼란스러운 감정, 그것뿐일 리가 없었다. 상대방도 즐거웠는지, 자신이 잘한 건지, 콘돔을 제대로 끼우기는 한 건지, 끝난 뒤 곧바로 잠에 들면 안 좋은 건지, 이쯤 해서 끝내야 하는지 아니면 한 번 더 해도 괜찮은 건지, 요구를 해도 될 때와 안 될 때는 언제인지, 그런 무지로 인한 불편함 그 이상이길 바랐다. 비키에게 이런 것들을 물어봤을 때 그녀는 "가스파르, 너무 당연한 거야"라고 대답했다. 자신에겐 어렵기만 한 그 질문들이 어떻게 그렇게 당연한 것일까?

"담배 있니?" 소녀가 물었다.

가스파르는 겉옷 주머니에서 꺼낸 담뱃갑을 그녀에게 건넸지만, 불신의 눈빛이 되돌아왔다.

"르망 마일드?"

"돈이 없어서. 그건 우리 큰엄마 꺼야. 내가 훔쳐도 잘 모르거든. 큰아빠는 알아차리지만."

"큰아빠 건 조금 나아?"

"아니. 조키야."

소녀는 가스파르가 담뱃불을 붙이는 모습을 가만히 보았다. 가스파르는 그녀의 다리를 바라보았다. 근육이 탄탄했다. 푸른색으로 둘러싸인 라이터의 불빛이 짙은 두 눈을 비추었다. 펑키한 클레오파트라였다. 자신을 마리타라는 이름으로 소개한 그녀는 가스파르의 소개를 듣고는, 가스파르란 이름이 굉장히 멋지다고 했다. 동방박사의 이름이라고.

"우리 아빠랑 엄마가 이 이름을 고른 것도 그래서래. 동방박사 때문에."

마리타는 담배 연기 사이로 가스파르의 얼굴을 바라보았고, 가스파르는 불편한 질문을 좋아하지 않았기에 다급하게 설명했다.

"아빠도 엄마도 안 계셔. 오래전에 돌아가셨거든. 지금은 큰아빠랑 같이 살아."

그녀의 얼굴에는 안쓰러움이나 동정의 기색이 없었다. 그저 고개를 끄덕이고는 슬프네, 라고 중얼거렸을 뿐이었다. 담배를 입에 문 채로 몸을 숙여 부츠 끈을 고쳐 맸다. 그렇게, 아무렇지도 않은 듯이, 긴 부츠 끈을 고쳐 매는 것처럼 별일 아니라는 듯이. 그녀는 가끔 밤중에 가스파르가 버스정류장까지 뛰어가는 모습을 문화센터에서 지켜보곤 했다고 털어놓았다. 집이 멀어? 아니, 가스파르가 대답했다. 비야엘리사야. 이쪽에서 밤을 보낼 때도 있어.

"내키면 언제든 춤추러 와. 토요일이면 파티가 있어. 시를 좋아하진 않을 테니까."

마리타가 말했다.

"춤출 줄은 모르지만 시는 엄청 좋아해."

가스파르가 대답했다.

"되게 웃기다. 시 말이야. 춤추는 거야 뭐, 출 줄 아는 남자가 없긴 하지. 물론 게이들은 또 다르지만."

그녀가 말했다.

마리타는 피우던 담배의 마지막 한 모금을 가스파르에게 양보

했다. 필터가 그녀의 립글로스 때문에 끈적했지만, 가스파르는 신경 쓰지 않았다. 그는 완전히 이해할 순 없어도 소녀들과 여자들의 세계가 마음에 들었다. 소녀들이 숨어서 킥킥대며 웃는 모습, 옷과 운동화를 글씨로 장식하고 반짝이나 반질거리는 걸 좋아하는 모습, 색깔을 맞추는 데 공을 들이거나 좋아하는 가수의 포스터나 배우의 사진 위를 투명 테이프로 뒤덮어 코팅한 듯 투명하게 만들어 꾸미는 모습을 좋아했다. 여자아이들이 우는 모습, 그리고 좋은 향기와 나쁜 냄새에 신경 쓰는 모습, 그리고 향수를 너무 과하게 뿌린 건 아닌지 향기의 강도에도 고심하는 모습, 면세점에서 산 외제 향수가 신의 한 수인지 혹은 쓸데없는 과소비였는지 고민하는 모습, 남자들의 피부에서도 향기가 나는지, 젖은 팬티에서 정말로 복숭아나 생선 냄새가 나는지 궁금해하는 모습도 재미있었다. 홀리에타가 큰아빠보다 욕을 잘한다는 사실과 꽤나 많은 시간을 미용실에서 보내는 것도 흥미로웠다. 머리를 잘못 자른 일 때문에 왜 그렇게 속상해하고 우는 건지는 알 수 없었지만, 그 때문에 슬퍼하는 그녀를 보는 게 안쓰러울 뿐, 불편하지는 않았다(하지만 큰아빠는 너무도 당연하게 짜증을 냈고, 그런 바보 같은 짓을 이해하지 못하겠다며 투덜거렸다). 홀리에타가 겉옷의 매무새에서 뭔가 잘못된 걸 눈치채고 그걸 고쳐주는 것도 좋았다. 그녀가 재판에서 좋지 않은 결과를 받았을 때는 논쟁을 피해야 한다는 것도 알고 있었다. 비키가 자신에게 전화해서는 이렇게 말하는 것도 좋았다. "이제 학교 애들이 뒤꽁무니를 못 캐고 다니게 하려면 어떻게 해야 하는지 알았어. 잘생기거나 이상하거나. 그래서 널 걸고 넘어지지 않는 거야. 잘생긴 데다 이

　　　　　　　　　　　　　　하늘에서 피어나는 검은 꽃

상하잖아."

가스파르는 그날 밤을 프린세사에서 보내진 않았지만, 앞으로 아지트가 될 거란 사실만큼은 분명히 깨달았다. 곰팡이 자국을 숨기려 빨갛게 페인트칠한 벽, 삐걱거리는 무대, 한 번도 차가운 적 없는 맥주, 동호회지를 올려놓고 파는 탁자와 철제 다리, 쓰다 만 비닐, 책장이 다 떨어져 흩날리는 예술서적 등을 가스파르는 마주하기도 전에 좋아하게 되었다.

‡

비키는 얼굴을 운전대에 파묻고는 한숨을 내쉬었다. 그게, 너무 피곤해서 화낼 힘도 없거든. 비키가 말했다.

가스파르는 말없이 담뱃불을 붙였다.

"시동이 걸릴 때까지 차에 있으면 돼. 어차피 할 일도 없어."

라플라타로 이사하려는 계획이 꼬일 대로 꼬이고 있었다. 비키가 구한 아파트는 어둡고, 베란다도 없었으며 부엌은 두 사람이 채 들어가지 못할 정도로 비좁았다. 얼마 정도 크기의 냉장고를 사야 할지도 고민거리였다. 아빠가 주겠다고 한 건 낡았어도 잘 돌아갔지만, 너무 큰 게 문제였다. 그래도 그 집을 계약했다. 곤궁한 외관에 걸맞게 월세가 저렴했다. 부동산에서는 위치가 좋고 학교에서도 가깝다는 집주인의 말을 위로 삼아 전달했다.

그녀는 다른 것보다도 그 건물이나 동네에 정전이 잦느냐는 질문을 먼저 했다. 마침 방학을 맞아—루이스와 홀리에타는 브라질로 갔고, 가스파르는 집에 혼자 남아 있었다. 방학을 마리타와 함께 보내는 편을 택한 것이었다―비키가 집을 구하는 과정을 따라다니고 있던 가스파르는 질문을 던지는 비키의 목소리에서 떨림과 짙은 불안을 눈치채고는 한쪽 눈썹을 치켜올렸다. 우리 집은 정전이 한 번도 없었어요, 집주인이 말했다. 물론 알폰신이 일부러 전기를 끊었을 때는 빼고요.

차 안에서 담배를 피우며, 가스파르는 비키에게 왜 정전 이야기를 꺼냈냐고 물었다.

"그럼 네 말은 사실이 아니었네."

"내가 뭐라고 했었는데? 말해봐."

"아델라 일은 이제 다 극복했다며."

"극복했지. 하지만 후폭풍이란 게 있잖아. 나는 어둠이 무서워. 정전을 못 견디겠어. 전등이 흔들리기라도 하면 공황 상태에 빠지게 돼. 손쓸 수도 없는 상황이 되고 말아."

가스파르는 창밖으로 담뱃재를 떨고는 팔의 상처를 긁었다. 날씨가 더웠다.

"요즘도 잘 때 양말을 신어?"

"너는 아직도 방구석에 나타나는 아델라가 보이니?"

"전보다는 덜해. 마리타에게도 다 털어놨어."

"그래서?"

"나를 불쌍해하는 것 같아. 뭐, 상관없어. 적어도 날 두려워하지는 않으니까."

비키는 가스파르의 어깨에 기대었다.

"너랑 마리타, 정말 잘됐어. 그녀가 널 사랑하는 거 같아."

"오늘 밤에 프린세사에 가자. 집도 구했겠다, 이제 우리랑 놀아도 되잖아. 파블로가 자기 그림도 거기 걸어놨는데, 안드레스 시갈이란 사람이 보고 갔다고 마리타가 말하더라."

"그게 누군데?"

"모르는 척하지 마, 얼마나 유명한데. 사진작가야. 미술대학에서 사진 갤러리를 운영하고 있을 뿐 아니라 자기 이름을 건 갤러리도 있다고. 엄청 중요한 사람이야."

"야, 나는 의대에 갈 거거든? 아예 다른 분야라고. 어쨌든 좋아, 오늘 밤에 갈게."

드디어 차에 시동이 걸렸고, 가스파르는 이제 앞으로 비키를 어둠 속에 홀로 두는 일은 절대 없을 거라고 다짐했다. 정전이 되더라도 자신이나 파블로에게 바로 전화를 걸 수 있도록 전화선을 하루빨리 연결해야 했다. 여름에는 어쩔 수 없이 정전이 자주 일어나곤 했다. 집주인이 거짓말을 한 것이었다. 게다가 가스파르는 그 여자의 모습에서 마음에 걸리는 게 있었다. 예를 들자면 양말이 그랬다. 겉으로 보기엔 우아하기 그지없는 주름치마 밑으로 보이는 건 남성 양말이었는데, 한 짝은 카키색, 다른 한 짝은 짙은 푸른색이었다. 카키색 양말은 상처를 가리고 있는 듯했다. 고양이가 할퀴었거나 탁자 모서리에 찍힌 것처럼 그 나이대 여자에게 생길 법한 상처는 아닌 것 같았다. 동물의 앞발이 할퀴고 간 흔적. 파블로를 건드리곤 했다던 손이 떠올랐다. 유령의 손이라면 얼음장같이 차가울 것 같지만, 그 손은 그렇지 않았다. 열이 끓어오르는 손이자 불에 달군 칼이었다. 표식을 남기기 위한 도구. 여자는 마치 핏기 없는 얼굴을 가리려는 듯 과한 화장을 했다. 특히 특정 나이대가 되면 볼살이 처지기 시작하는 지점인 눈가 아래쪽이 그랬다. 그리고 그녀가 자신을 바라보는 눈길에서 가스파르는 끔찍한 욕망, 어떻게 보면 질투 같은 감정이 끓어오르는 걸 느꼈다. 그 여자가 자칫하면 자신을 물어버릴 것 같았다. 이사벨은 그런 감각이 대부분 뇌전증 발작의 전조거나 몹시 특정적인 환각일 수 있다고 여러 차례 언급했다. 가스파르는 이사벨을, 특히 그녀의 선의를 믿었지만 꽤 오래전부터 어느 순간 그녀가 증상에 대해 설명하는 걸 대충 흘려듣기 시작했다. 이제는 믿음이 가지 않았다. 집주인은 무언가를 직감했거나 숨기고 있는 것 같았다. 혹은 그녀 안에 잠들어 있던, 숨겨왔던 무언가가 가스파르 때문에 피어나고 있는 것도 같았다.

그렇기 때문에 비키를 절대 어둠 속에 혼자 두어선 안 되었다. 혼자 있게 된다면 붙들려 갈 수도 있었다. 아델라를 데려간 것처럼 그녀도 데려갈 수 있는 것이었다. 형언할 수 없는 직감이었다. 특정 집들과 코너들, 버려진 수풀들에 거부감이 드는 이유를 설명할 수 없는 것과 같았다. 아빠의 노트에 쓰여 있던 네루다의 시 한 구절이 무척 인상 깊었다. 훌리에타는 네루다를 좋아했다. 무척이나 그녀답게, 시인이 쓴 사랑과 정치에 관한 시를 흠모했다. 아주 노망난 노인네였어. 그녀는 가스파르에게 말하곤 했다. 여자들한테 정말 못 할 짓도 많이 했고. 하지만 시 하나는 말 그대로 예술이야. 가스파르는 아빠가 옮겨 적은, 날카롭지만 명확한 글씨로 또박또박 쓰여 있던 시구를 보여주었다. 그녀는 그 구절이 있는 시집을 찾아주었다. 이제 그 시집은 침대 머리맡의 거대한 책더미 꼭대기에 놓여 있었다. "그리고 나를 밀어붙인다, 구석으로, 축축한 집으로/창문으로 뼈다귀가 튀어나오는 병원으로/식초 냄새 풍기는 구둣방으로/갈라진 틈처럼 무시무시한 거리로/내가 증오하는 집들의 문에 걸린 소름 끼치는/창자들과 유황색 새들이 있다."*

내가 증오하는 집들. 비키가 계약한 방은 흉하긴 했어도 증오가 느껴지지는 않았다. 비록 집주인이 죽은 피부를 숨기고 있었지만, 위험할 거란 생각은 들지 않았다. 안전한 곳인지 몇 번이고 들러서 확인해볼 작정이었다. 이젠 그 누구도 잃어선 안 되었다.

‡

모레노 영화관은 멋들어진 이름과는 달리, 라플라타의 유일한 포르노 영화관이었다. 그리고 이 동네와 밤 문화를 잘 아는 사람이라면 그곳은 에로영화를 보러 가는 곳도, 소년들이 자위를 하거나 모험을 하러 가는 곳도 아니라는 걸 알았다. 얼마 전까지만 해도 그런 곳이긴 했다. 하지만 지금은 1992년이었다. 그런 영화를 보고 싶다면 비디오 대여점으로 향하면 그만이었다. 그 영화관은 이제 매춘의 장이 되어 있었다. 온 도시의 게이들이 이곳에 모여 시도 때도 없이 섹스를 하곤 했다. 하루 온종일, 매일 그런 사람들로 가득했다. 단, 월요일에는 문을 닫고 비밀스럽게 청소를 하곤 했는

---

*   파블로 네루다의 시 「배회」의 일부.

데, 그 증거로 싸구려 세제 냄새가 남았다.

"거기서 구더기가 옮았어."

프린세사 문화센터의 음향 전반을 담당하는 디제이인 막스가 손톱에 낀 기름때를 제거하며 말했다. 그는 형편없는 유지보수를 맡은 책임자이기도 했다.

"다신 발을 들이지 않을 거야. 감염자 소굴이라고."

"분위기가 어떤지 보러 가고 싶어요. 전 제가 알아서 할게요. 알잖아요, 콘돔을 한 번에 두 개씩 쓰는 거."

파블로가 말했다.

"야, 폴, 네가 죽고 싶은 거라면 그건 네 문제야. 어쨌든 난 널 데려가지 않을 테니까. 거기서 한 대 처맞고 온다고 해도 난 책임지지 않을 거야. 난 이제 더 이상 정신적으로든, 육체적으로든 경찰에 잡혀간 게이들을 꺼내줄 형편이 되지 않아. 미성년자 여자애들도 물론이고."

가스파르는 막스가 건넨 마테차를 거절했다.

"그냥 궁금해서 그래요. 그리고 난 미성년자도 아니라고요. 몇 개월 전에 열여덟 살 생일을 보냈잖아요. 늙어서 노망난 거예요?"

"용감하기도 하셔라. 네 맘대로 해. 누가 더위 먹은 미친놈을 막을 수 있겠니. 혼자는 가지 말고, 남자 친구 놈을 하나 구해서 가. 그래, 너."

그가 가스파르를 가리키며 말했다.

"너는 잠깐이라도 구경할 생각일랑 눈곱만큼도 하지 마라. 너같이 곱상한 녀석은 눈 깜짝할 사이에 집단으로 강간당할 테니까."

"때려죽여도 안 갈 거예요."

"이 꼬맹이, 제법 남자다운데? 그런 비극적인 얼굴을 하고선 말이야. 미치겠네, 이거."

막스는 며칠 전 밤중에 떨어진 화장실 문 한 짝을 제자리에 돌려놓고 있었다. 안드레스 시갈이 두 번이나 왔다 갔고, 그가 조금이라도 돈을 기부할까 싶어 멀쩡한 태를 내려 했다. 명망 있는 게이가 우리같이 가난하고 전위적인 게이들을 위해 적선해줄 수도 있잖아. 그의 말이었다. 파블로의 그림들은 이제 역 근처의 호텔 하나를 점령하고 동거하고 있는 여러 명의 트랜스젠더 젊은이를 담은 사진들에 자리를 내주고 있었다. 수집가이기도 한 안드레스는 그중 한 장을 샀다. 머랭으로 뒤덮인 케이크 주변에서 생일 파티를 하는 소녀들의 모습이 담겨 있었다. 모두가 행복해 보였다. 그중 유일하게 행복해 보이는 사진이기도 했다. 안드레스는 부자였다. 아르헨티나의 관광지를 다니며 찍은 그의 작품들은 책으로 만들어져 호텔과 공항, 기념품점에서 팔리고 있었다. 그런 상업적 사진 외에도, 안드레스는 독재 시절부터 1980년대 중반까지의 게이들과 트랜스젠더들의 삶을 기록하기 위해 전국을 돌아다녔다. 가장 최근에 이곳을 방문했을 때 그는 복합적인 회고를 하고 싶다고 했다. 아르헨티나의 사진, 게이들의 사진, 그리고 십오 년간 전국 곳곳에서 만난 사람들의 사진을 조금씩 다 섞어보고 싶다는 거였다.

프린세사 문화센터는 어느새 라플라타의 핫 플레이스가 되어 있었다. 절친한 친구 사이이자 학교 동창이기도 한 막스와 마리타는 이 문화센터를 굉장히 유연하게 운영해나갔다. 시 낭송회는 사람들로 가득 찼다. 지역 시인들은 자작시를 읽었고, 또 어떤 이들은 유명한 시인들의 작품을 낭송했다. 피사르니크와 플라트의 밤은 그야말로 성공적이었다. 그 당시로는 최초이자 마지막이었던 게이 프라이드 행사가 그곳에서 열렸다. 사람이 많지는 않았지만, 꽤나 강렬했다. 그 외에도 마리타는 에이즈에 걸린 막스의 친구들과 인터뷰를 진행했다. 그녀는 그들이 이웃과 가족들, 의사들과 어떤 관계를 맺고 있는지 궁금해했다. 치료제를 구하는 데 어떤 어려움이 있는지, 차별을 당하고 있는지, 부에노스아이레스의 활동가들이 자신들을 진정으로 대변한다고 느끼는지, 액트 업ACT UP*이 뭔지 알고 있는지 등을 질문하기도 했다. 파블로는 이따금 그 대화를 함께 들으려 자리에 남았고, 자신도 질문을 던지며 끼어들기도 했다. 마리타는 그의 참여를 기꺼이 받아들였다. 어느 날 마침내 적절한 약이나 백신이 발명된다면—충분히 가능할 거란 확신도 있었다—그 증언들로 책을 쓰거나 아예 인터뷰집을 발간할 생각도 있었다. 신문방송학과 전공이었다. 계획은 수도 없이 많았다. 어느 날 밤, 텅 빈 비야엘리사의 집에서 단둘이 소파에 앉아 서로를 쓰다듬고 있던 중 마리타가 가스파르에게 물었다. 어떻게 그 많은 게이들 사이에서 불편하지 않을 수 있냐고. 가스파르는 그녀의 해골 모양 귀걸이를 가지고 놀면서 별생각 없이 불쑥 대답했다. 우리 아빠도 게이였던 것 같아. 아니, 적어도 양성애자겠지. 우리 엄마를 사랑했던 건 확실해. 그리고 탈리, 그러니까 카탈리나 같은 애인도 있

---

*   1987년 뉴욕에서 결성된 에이즈와 에이즈 환자를 위해 활동하는 국제단체.

었고.

"정말? 대놓고 그랬다고?"

"우리 아빠가 대놓고 한 적은 없던 것 같은데. 아, 남자 친구도 있었어. 그런데 자주 만나진 않았어."

"그 사람을 또 보진 못했어?"

"사라졌어. 그런 겁쟁이가 어딨어? 나도 이젠 보고 싶지 않아. 문제는 그 사람이 우리 아빠 남자 친구였단 게 아냐. 오히려 그 반대였지. 난 그가 우리 아빠랑 같이 살아주길 바랐어."

"그래서 너도 편하게 느꼈던 거구나."

"불편할 이유를 잘 모르겠어."

거짓말이 아니었다. 가스파르는 5인 축구를 함께 하는 멤버들만큼이나 그들과 함께 있는 게 편안했다. 사실 가스파르는 그 누구에게도 완전히 다가갈 순 없을 거라고 생각하곤 했다. 그렇기 때문에 받아들이는 것도 더 쉬웠다. 프린세사에서도 마찬가지였다. 파티가 후끈 달아올라 사방의 벽이 땀으로 흥건해지고, 모두가 손에 맥주잔을 든 채로 소리 지르기 시작하면 밖으로 나오지 않을 수 없었다. 통제 불가능한 상황이 두려운 거야, 이사벨이 말하곤 했다. 수년간 혼돈 속에서 살아왔잖니. 통제를 해야만 했지. 경계를 늦출수도 없었고. 넌 지금 브레이크를 놓치면 균형이 깨져버릴 거라고 생각하는 거야. 나도 변하고 싶어요, 라는 말을 이사벨에게 털어놓은 적도 있었다. 하지만 그녀는 가스파르가 자신의 마음속 욕망을 표현할 때면 그저 말없이 웃기만 했다.

"가스파르, 부탁 하나만 할게."

막스가 오른쪽 손가락을 다 닦은 뒤 말했다.

"내가 말한 카드들, 갖고 왔지?"

주전자 담당이던 마리타—마테차를 우리는 물에 대한 집착이 남다른 그녀였다. 그녀는 누구도 자신보다 완벽하게 물 온도를 맞추지 못한다고 주장하곤 했다—가 말했다.

"그런 걸로 귀찮게 굴지 좀 마. 얘는 도박에 소질이 없다고."

"와, 과보호가 심한 거 아냐?"

"당연한 거 아냐? 남자 친구는 정신분열증에, 제일 친한 친구는 에이즈에 걸렸잖아. 그래, 나 과보호 심하다. 그러니까 알아서 잘 해."

"네가 미친놈들만 좋아하고 게이들이랑 다녀서 그러는 거 아냐. 이제 와서 플로렌스 나이팅게일인 척하지 말라고, 제발. 야, 어떻게 이런 애를 참아주냐? 예쁘긴 하지만, 애 같은 모로차*는 쌔고 쌨다고."

가스파르는 싸우지 말라며 두 사람을 말리곤 카드를 가지러 갔다. 카드를 섞고 나눠주는 건 막스의 몫이었다. 카드들은 꽤나 새 것 같았다. 단 한 장, '매달린 남자'는 예외였다. 손때가 워낙 많이 묻어 있던지라 다른 카드 덱에서 빠져나온 것 같아 보였다. 아빠는 가장 괴상하기도 하고, 가스파르가 제일 두려워하기도 한 이 카드를 손끝으로 쓸어내리며 무슨 생각을 했던 것일까?

탁자 위의 물기에 카드가 젖으면 안 됐기에 파블로는 탁자를 닦

---

*   검은 피부와 검은 머리를 가진 여성을 가리키는 말.

았다. 가스파르는 막스의 손에서 카드 덱을 받아든 뒤, 한 장을 뽑기에 앞서 그의 눈을 바라보았다. 막스는 몹시 심각했다. 열이 올라 있어서인지 그의 두 눈이 빛나고 있었다. 마리타는 쿠션 위에 몸을 눕혔고, 가스파르는 반지를 잔뜩 낀 그녀의 손이 자신의 등을 쓰다듬는 걸 느꼈다.

"네가 말해주는 거야? 아님 내가 질문할까?"

"네가 질문해봐."

"난 무거운 질문을 할 텐데."

가스파르는 왼쪽 눈썹을 치켜올렸다. 아빠에게서 물려받은 몸짓으로, 고치려는 노력도 해봤지만 수포로 돌아가기 일쑤였다.

"모든 질문들이 다 그렇지 뭐. 그러니까, 무겁다고. 카드를 뽑고 나서 멍청한 질문을 하는 사람은 한 사람도 없어. 그런 건 존재하지 않아."

그리고 스스로 생각했다. 타로는 오래된 언어라고. 아빠의 책에서 스치듯 보았지만 절대 잊지 않는 구절이 있었다. 바로, 카드는 잊혔을지 모를 무언가에 대한 비밀을 간직한다는 사실이었다. 카드는 곧 비밀이었다.

"내가 에이즈로 죽을지 물어봐줘."

"야, 막스."

마리타가 말했다. 그리고 마치 가스파르의 집중을 흐트러뜨리지 않겠다는 듯이, 그의 등을 쓰다듬던 손을 멈췄다.

가스파르는 이 질문을 예상하고 있었기에 크게 동요하지 않았다. 카드점을 그리 많이 보는 건 아니었지만, 볼 때마다 전문가처럼 침착한 모습을 보였다. 어릴 때 엄마가 가르쳐준 대로 간결한 손짓으로 카드를 뽑았다. 사실 너무 어릴 때여서 엄마가 무얼 가르치고자 했는지도 잘 기억나지 않았다. 카드를 탁자 위에 올려놓았다. 비밀스럽게 뜸을 들이는 등의 극적인 행동은 절대 하지 않는 성격이었다. 어차피 마음의 동요가 일어나기라도 하면 숨길 재주도 없었다.

"막시마, 넌 괜찮을 거야. 그래서 난 앞으로도 널 많이 참아주지 않을 거야. 여기 밑을 봐. 말하자면 이게 미래니까 우리한텐 제일 중요한 거야. 결론이야. 태양이 나왔어. 최고로 좋은 카드지. 네가 죽는다 해도 다른 걸로 죽을 거야."

막스는 목이 메어오는지 몇 초 동안 말을 잇지 못했다. 가스파르의 두 눈은 느리게 깜빡이는 듯했다. 마치 파충류의 눈 같기도 했는데, 이런 단호함에 다들 형용할 수 없는 서늘함을 느꼈다. 마치 어떤 혼종의 생명체가 앞에 있는 듯한 느낌이었다.

"거짓말이면 너 죽어버린다."

"관짝에 누워서 날 죽일 순 없잖아."

막스는 손끝으로 두 눈을 지그시 누르더니 말을 이어갔다.

"이번엔 채소가게 청년에 대해 물어볼게."

"그건 카드 없이도 말해줄 수 있어. 그 사람한테 덤벼들면 이가 다 나가버리고 말걸."

"그 청년을 너무 믿는 거 아냐, 너? 요놈의 귀염둥이."

가스파르는 카드를 하나씩 모아 쌓아 올린 뒤, 주변을 살펴보았다.

"너도 한번 볼래?"

파블로에게 물어보았다.

파블로가 가스파르를 매우 심각하게 쳐다보았다.

"오늘은 말고. 내일, 혹시라도 우리가 만난다면."

만나는 게 당연했다. 그들은 거의 매일같이 만나고 있었다. 예술 대학에 다니는 파블로는 1학년인데도 벌써부터 명예교수의 조교 제안도 받는 등 이미 상당한 경지에 올라 있었다. 가스파르도 그의 프로젝트나 그림 몇 점을 살펴본 적이 있었다. 과감하고도 빛이 났다. 안드레스 시갈이 조금만 밀어준다면, 그는 별이 될 자질이 충분했다.

‡

저녁 7시. 영화관에 가기에는 조금 이른 시간이라고 파블로는 생각했지만, 훌리안은 원래 그렇다고, 사람들은 경찰과 맞닥뜨리지 않기 위해 그 시간을 선호한다고 말했다. 영화관 주인들이 상납금 지급을 제때에 못 맞추기라도 하면 습격을 받기가 일쑤였다. 군바리들은 동성애자들에게 폭력적이고도 비열하게 행동했고, 조롱도 서슴지 않았다. 훌리안은 파블로가 프린세사에서 만난 소년으로, 두 사람은 예술성은 덜하면서 보다 유흥적인 다른 클럽에 함께 다니며 춤을 추곤 했다. 함께 정신 줄을 놓고 술에 취해 아무하고나 키스를 하러 다닐 수 있는 사람. 훌리안을 좋아했지만 그 이상은 아니었다. 하지만 그 영화관에 함께 동행하여 늙은 남자들을 만나고 사귀는 방법, 그리고 어둠 속에서 얼굴 없는 사람들과 욕정을 나누는 법을 배우기에는 그만한 친구가 없었다.

문 앞에는 아무도 없었다. 이상하다 생각했지만, 이내 문 안쪽으로 들어서자 매표소 뒤편에 반쯤 숨어 있던 한 사내가 그들을 맞이했다. 입장료를 거기서 치렀다. 그 이후, 상영실 방향으로 한 층을 내려갔다. 바닥과 벽에는 은실 같은 네온 튜브 등이 둘러져 있었다. 상영관들의 방향을 안내하는 유일한 불빛이었다. 훌리안은 흥분하여 얼간이처럼 실실 웃고 있었는데, 파블로는 갑작스레 분노가 치밀어 오르는 걸 느꼈다. 그의 뺨을 올려붙이곤 뛰쳐나가고 싶은 마음이 불쑥 솟아올랐다. 그러다 별안간 공포에 사로잡혔다. 설명하기 어려운 폐소공포증이었다. 그곳을 두른 인공조명은 아델라의 집에서 본 그 불빛과 몹시도 닮아 있었다.

상영관이 세 개 있었다. 훌리안은 먼저 와일드관에 갔다가 터널이라고 불리는 곳에 가자고 했다. 자신도 한 번도 가본 적은 없지만 그 터널이라는 데는 정말 돌아버리는 곳이라고 들었다고, 너한테 꽂히는 물건의 주인이 누군지도 모른 채 당한다고, 거기선 아무것도 모른다고 말했다. 그를 따라갔다. 와일드관은 상영 중인 영화의 불빛과 입구를 비추는 작은 두 개의 안내등 외에는 아무것도 보이지 않았다. 몇몇 남자들이 좌석에서 섹스를 하는 광경이 눈에 들어왔다. 또 어떤 이들은 중앙과 측면 통로를 오가며 다른 사람들을 슬쩍슬쩍 건드리거나, 담뱃불을 요청하거나 심지어는 대화를 나누기도 했다. 영화의 배경 음악 덕분에 어떤 면에서는 나이트클럽 같아 보이기도 했다. 이성애자 영화였다. 실리콘 가슴이 풍만한 금발 여자들의 눈에는 정액이 뿌려져 있었고, 폭력적인 남자 주인공들은 털이 덥수룩한 가슴, 인공 선탠을 한 피부, 균형이 틀어진 음경을 갖고 있었다. 훌리안을 그 안에서 놓쳤다. 청바지 지퍼를 내린 한 남자가 다가와 빨아달라고 귀에 속삭였고, 파블로는 무릎을 꿇고 명령에 복종했다. 그 굵은 목소리에 복종한다는 사실 자체에 흥분한 파블로는 자신의 머리카락에 파묻힌 남자의 손과 함께 그의 물건을 탐하는 동시에 바지 지퍼를 내려 자위했다. 오랜 시간이 흘러 그는 당시 자신의 입에 상처가 있었는지, 혹은 그 남자의 페니스에 상처가 있는지를 왜 미리 살펴보지 않았는지 스스로에게 되묻게 된다. 보호 조치를 미처 취하지 못할 때마다 겁이 났지만, 불안은 언제고 지나가고 욕정이 그 자리를 메우기 마련이었다. 길거리 모퉁이에서 맞닥뜨린 한 남자를 공원으로 데려간 다음, 자신들을 신고할 요량으로 누군가가 곁을 지나쳐 갈 때마다 시시덕거리고 웃고 싶은 욕망. 정액과 대변 냄새가 풍기는 차 안에 몸을 구겨 넣고 싶은 욕망. 자신을 덮친 육중한 가슴을 느끼는 일, 그리고 밤새도록 와인을 병째 마시며 접시나 등 위에 뿌려진 코카인을 코로 빨아들이고, 재떨이를 가득 채우고 싶은 욕망.

훌리안을 스크린 근처에서 다시 만났다. 달리다 온 것처럼 숨을 헐떡이고 있었고, 키스를 하자 코카인의 뒷맛이 느껴졌다. 파블로는 그의 귓가에 왜 자신을 부르지 않았냐고 속삭였지만, 훌리안은 그 말을 듣지 않은 채 이 남자 저 남자 얘기를 하면서 자신이 콘돔을 쓰게 만들었다고 자랑스럽게 떠들어댔다. 지금 그런 생각을 하기엔 적당하지 않다고 생각하면서도, 파블로는 어떻게 하면 나이가 많은 사람들이 콘돔을 쓰게 할 수 있는지 궁금했다. 그들은 곧 죽어도 자신이 감염될 수 있다는 생각을 하지 않았고, 콘돔 따위도 쓰지 않으려 했다. 하지만 또 생각해보면 예전엔 커밍아웃이 극히 드물었고, 심지어 버젓이 남들처럼 결혼해서 살기도 했다. 게이가 되는 게 갑자기 좋은 일이 된 건가? 몸을 돌렸더니 셔츠 단추를 푼 채 손에 담배를 쥔 안드레스 시갈의 흰머리를 문가에서 본 듯한 느낌이 들었다. 그를 목표로 삼아야 했지만, 훌리안은 다른 쪽으로 가자고 고집을 피웠다. 파블로는 안드레스를 다음 기회에 언제든지 만날 수 있을 거라 생각했다. 다들 그 사람은 젊은 애들에 미쳐 있다고 말하곤 했다.

터널로 갔다. 파블로는 그 이름이 썩 마음에 들지 않았지만, 혹여라도 폐소공포증이 또 도질 경우 그곳을 벗어나기만 하면 될 뿐이겠거니, 하고 생각했다. 지하실이었고, 계단을 하나하나 내려갈수록 소리가 파묻히는 느낌에 땅속으로 파고 들어간다는 실감이 났다. 사람들은 많지 않았다. 작은 층계를 하나 더 내려가야 했다. 하지만 중간쯤 내려가자 갑자기 아무것도 보이지 않았다. 훌리안은 손잡이와 사람들의 몸을 헤치며 그를 도와주었다. 아래쪽에는 불빛이 아예 없었다. 아니, 아무것도 없었다. 스크린도, 영화도 상영되지 않고 있는 그곳을 훔친 라이터로 비춰보니 과하게 창백한 몸들이 보였다. 너무 어두운 나머지 벽마저도 보이지 않아 지하실이 무한대로 펼쳐져 있다는 느낌을 주었다.

파블로가 뒷걸음질을 치자 누군가가 그의 팔을 잡아당겼다. 뚜렷하고 구체적인 공포로 아드레날린이 솟구쳐 오르는 느낌이었다. 그 후 다른 친구들에게 그날 있었던 일을 이야기할 때, 그곳은 정말 위험한 곳이라고, 사람들이 정말 죽어나가는 곳이라고, 비명을 가리기 위해 음악을 틀어놓는 거라고, 누군가 칼을 들고 가도 어차피 검문받지도 않으니 알아차릴 방법이 없는 거라고, 게이 연쇄 살인마나 게이 킬러, 또라이가 있어도 모르는 일이라고 말하게 된다. 그 아래쪽에서 사람을 죽이는 건 세상에서 가장 간단한 일처럼 보였다. 여긴 함정이야, 파블로는 생각했다. 하지만 그곳에 대한 진실은 가스파르와 비키 외에는 알지 못했다. 그런 이야기를 알아들을 수 있는 건 그 둘밖에 없었기 때문이었다. 그는 자신을 잡아당긴 게 유령의 손인 걸 알고 있었다. 한참을 통로의 어둠 속에서 기다려온 그 불타오르는 손은 파블로를 데려가고 싶어 했다. 그 손에 조금이라도 기대어 있다 보면 표식이 남고 말 것이라고 그는 생각했다. 지금까지는 다행히도 라플라타의 아파트에 안전하게 머무르고 있었다. 그의 엄마는 그곳을 "슬로바키아의 오크 바닥"이 깔려 있는 "합리적인 곳"이라며 만족스러워했다. 파블로는 그 공간을 혐오했고 당장이라도 이사하고 싶었지만 아직 수중의 돈이 충분치 않았다. 공기 중에 불행의 냄새를 흘리고 다니는 버릇없는 남동생도 증오했다. 하지만 적어도 그곳에는 복도에서 자신을 기다리던 손이 없다는 사실만은 인정할 수밖에 없었다.

그런데 지금 영화관의 어두운 지하실, '터널'에서 그 손이 돌아온 것이었다. 지금까지 사라졌다고 생각했던 바로 그 손―물론 훌리안의 손일 수도 있었지만, 그는 이 합리적인 가능성에 단 한 번도 설득되지 못했다―이었다. 그리고 이젠 털과 피부와 엉덩이 대신 다른 사람의 다리 사이에 머리통이 껴 있는 사람이 눈에 들어왔다. 그 다른 사람이란, 사실 미라였다. 죽음의 다리 사이에 머리가 낀 한 남자. 손에 깨진 병을 들고 있는 두 눈이 없는 어느 여자와, 목 주위에 끈이 둘린 채 팔 한쪽을 잃은 남자의 모습도 보였다. 더 이상은 보고 싶지 않았다. 그 터널은 망자들의 파티였고, 아델라를 데려간 집의 여러 방 중 하나였다. 비명을 질렀는지는 기억이 나지 않았다. 분명 그랬을 것이었지만, 음악 소리가 수치스러움을 덮어주었다. 층계를 뛰어서 올라가다 넘어졌을 땐 누군가가 자신의 발목을 붙잡고 끌어내리는 것 같았다. 어둠 속에서 모르는 사람의 육신을 마구 발로 차면서 복도에서 출구까지 쉬지 않고 달려갔다. 그 과정에서 자신을 이상하게 본 사람이 있었는지, 같이 겁을 먹은 사람이 있었는지, 혹은 자신에게 욕을 퍼붓거나 걱정스러운 표정을 지은 사람이 있었는지 전혀 기억나는 게 없었다. 출구와, 보리수가 심긴 2번가, 그리고 피곤한 얼굴을 하고 역을 오가는 사람들 외에는 눈에 보이는 게 없었다. 차가 오는지 마는지 신경 쓰지 않은 채 무작정 내달려 길을 건너갔다. 길모퉁이의 공중전화 부스에 도착해서는 주머니에 남아 있던 마지막 토큰을 써서 가스파르에게 전화했다. 본능적인 움직임이었다. 눈물을 닦으며 전화부스 안에 웅크린 채, 가스파르가 집에 있기만을 간절히 빌었다. 다리의 떨림과 빠른 심장박동을 가라앉혀 보려 했다. 이대로는 목소리를 내기조차 어려웠다.

"택시를 타. 돈은 내가 내줄게. 일단 여기서 지내. 이야기야 와서 하면 되니까. 지금 당장 택시를 잡아."

가스파르가 말했다.

파블로는 다시는 그 영화관에 가지 않았다. 육 개월 후, 훌리안이 감염되었고 문병 행렬이 이어졌다. 복도에서 파블로는 그 지하실을 떠올렸다. 팔 없는 남자, 발기된 미라. 훌리안의 병세는 빠르게 악화되었고, 몇 개월이 채 안 되어 죽었다. 마지막 며칠 동안은 소년처럼 가느다란 목소리로 어린 시절 좋아했던 장난감에 대해 말하던 그는 시내에서 유일하게 에이즈 환자를 받아주던 장례식장에서 이승과 작별했다. 프린세사의 디제이이자 마리타의 친구였던 막스는 그로부터 삼 주 후 죽었다. 가스파르의 침대 이불 아래에서 울고 또 울었던 마리타는 분노에 휩싸여 어쩔 줄 몰라 했다. 겁에 질린 탓에, 섹스도 거의 하고 싶지 않아 하거나 하더라도 과도한 안전 조치를 요구했다.

"거짓말했잖아."

어느 날 오후, 막스의 무덤에 꽃을 가져다 놓으러 가는 길에 마리타가 가스파르에게 말했다.

"에이즈로 죽지 않는다고 했잖아."

"그럼 뭐라고 말을 해."

"걘 자기가 살아남을 줄 알았어. 태양 얘기를 하면서. 그게 제일 좋은 카드라고 믿었던 거야. 설마 그것도 거짓말이었어?"

"그게 최고의 카드인 건 맞지만, 뒤집어져서 나왔어. 카드가 뒤집어져서 나오면 정반대의 의미가 돼."

마리타는 무덤 하나에 걸터앉고는 눈물을 닦았다.

"나한텐 거짓말하지 말아줘. 내겐 절대 거짓말하지 마."

가스파르는 알았다고 답한 뒤, 마스카라가 번지며 얼룩진 뺨에 입을 맞추었다. 하지만 생각했다. 지켜주기 위해선 거짓말을 해야 할 때도 있는 거야. 난 이미 너에게 거짓말을 하고 있어. 숨기는 게 있지. 거짓말은 앞으로도 계속될 거야.

막스의 장례식이 끝난 후, 파블로는 가스파르에게 카드점을 봐달라고 부탁했다. 자신의 검사 결과와 같은 점괘였다. 위험한 상황이 아니라고 했다. 스스로를 지키려 애쓰고 있는 게 사실이었고, 영화관 사건 이후로는 아슬아슬하고 위험한 만남은 아예 갖지 않았다. 하지만 그 병자들의 폭풍 속에서 홀로 건강하다는 사실이 그의 숨통을 조여왔다. 그해 겨울만 하더라도 문화센터에 함께 다니던 친구 두 명이 죽어버렸다. 한 사람은 스물일곱으로, 나이가 좀 있는 편이었다. 다른 한 명은 대학에 갓 입학한 신입생이었다. 막스가 죽기 전, 마리타와 함께 조직하던 퍼레이드에 참가한 일부는 몸이 약해질 대로 약해진 나머지 휠체어 신세를 져야만 했다. 그래도 모두 다 함께 목청 높여 노래하고, 보건부 앞에 마련된 무대 위에서 마이크를 들었다. 그들의 일장 연설은 늘 욕지거리로 끝나곤 했다. 그리고 떼창과 공중을 떠다니는 스팽글이 그 뒤를 이었다.

그해 겨울, 가스파르가 어린 시절을 보낸 집이 마침내 세입자를 찾았다. 자식들이 있는 젊은 부부였다. 월세는 꽤 높았다. 비싼 집이야, 루이스가 말했다. 호화로운 집이니까. 네 아빠는 그 집을 보존하기 위한 노력을 눈곱만큼도 기울이지 않았지만, 그래도 큰 문제는 없어. 습기 문제도 없고.

매우 우울하고 강렬한 몇 달간이었기에 가스파르는 훌리에타의 임신에도 큰 신경을 쓰지 않았다. 가히 사건이라 할 만했던 것이,

큰아빠와 한바탕 다투던 와중에 그 소식을 들었기 때문이었다. 가스파르가 질문했다. 아빠가 되기엔 너무 늦은 거 아녜요? 그리고 그 질문은 비난(미친 아들은 더 이상 못 참겠어서 정상인 아들을 가진 거죠?)과 조롱(축구장에 지팡이를 짚고 데려갈 거예요?)을 동반한 말다툼으로 이어졌다. 싸움은 걷잡을 수 없이 커졌고, 자신을 갉아먹던 분노발작이 터져 나오면서 병 하나를 벽에 던져버리고 말았다. 석류즙이 들어 있던 병이었기에 붉은 액체가 바닥과 식탁보를 온통 빨갛게 물들이고 말았다. 루이스는 닦으라고 지시했지만, 가스파르는 문을 쾅 닫으며 거절 의사를 표시했다.

홀리에타는 엄마가 되고 싶어 했다. 젊긴 했지만 충분히 젊지는 않았다. 자녀들을 갖고 싶다고, 지금이 적기라고 생각하고 있었다. 비록 이 정보를 접할 기회는 없었어도, 가스파르는 그걸 충분히 예상할 수 있었고 또 예상했어야만 했다. 분노는 다음 날 사그라들었다. 얼마나 사과를 했는지 루이스가 제발 좀 닥치라고 말했어야 했다. 최소한 축하한다는 말이라도 했어야 하는 거 아니냐, 젠장, 내가 널 얼마나 사랑하는데 그렇게 질투를 했어야만 했냐. 가스파르는 그건 질투가 아니라고 생각했다. 그저 변화가 싫은 것, 그뿐이었다. 모든 게 변하지 않고 일정하면 얼마나 좋을까? 폭풍 속 피난처 같은 이 집이 영원히 그 자리에, 우리를 위해, 보태어지는 사람도, 시간의 흐름도, 미래도 없이, 우뚝 서 있어준다면 얼마나 좋을까? 쌍둥이 아들이란 소식은 뜬금없기 짝이 없었다. 자식이 두 명이면 훨씬 더 많은 돈이 들 것이었다. 손도 많이 갈 것이고, 홀리에타는 계획보다 더 오랜 시간 동안 일을 할 수 없게 될 것이었다.

아기들은 제왕절개로 태어났고, 살바도르와 후안이라는 이름을 받았다. 가스파르는 그들을 향한 아주 막연한 애정, 그리고 깊은 미움 때문에 현기증이 일었다. 난 절대 자식을 갖지 않겠어, 그 아이들을 품에 안자마자 생각했다. 그저 되돌려주고만 싶었다. 우유 냄새, 감격에 겨운 미소들, 돈 걱정과 일회용 기저귀의 가격, 눈물. 마리타가 아이를 갖고 싶어 하면 어떡하지? 이 주제를 놓고 이야기한 적은 없었다. 게다가 최근 들어서는 그녀의 편집증적 상태 때문에 관계도 많이 하지 않고 있었다. 혹은 그 이상의 이유가 있을 수도 있었다. 가스파르는 몰랐다. 친구들 일로 애도의 기간을 보내고 있다는 사실에는 충분히 공감할 수 있었다. 쉽지 않은 일이었기에 그녀에게 시간을 주고 있다고 생각했다. 혹여 임신을 하고 싶은 마음이 있다면 자신에게 말해주길 바랐다. 그러면 그녀를 사랑하는 마음이 아무리 커도, 놓아줄 수 있을 테니. 아기들이 집에 왔을 때, 쌍둥이는 사람을 불편하게 만드는 울보들일 뿐이란 사실이 만천하에 드러났다. 가스파르가 보기엔 작기만 한 그 아이들이 터무니없이 많은 공간을 차지하고 있었다. 비록 큰아빠와 훌리에타가 말없이 눈으로 간청하는 게 느껴지긴 했지만, 가스파르는 아기들과 엮이지 않기로 결심했다. 그건 갈수록 집에서 시간을 덜 보내게 된다는 것을 의미했다. 있을 곳도, 잠잘 곳도 많았다. 큰아빠는 자신이 대학에 가길 바랐지만, 가스파르는 무얼 공부해야 할지도, 무엇을 위해 공부해야 할지도 몰랐기에 그저 대부분의 시간을 프린세사에서 보냈다. 파블로는 거의 그곳에 입주해 있는 수준이었다. 나도 너처럼 꼬맹이 때문에 쫓겨난 거야, 하루는 가스파르에게 말했다. 남동생은 악의 화신인 데다 우리 엄마는 우리가 엮이지 않길 바라. 내가 걜 감염시킬까 봐 두려운 거지. 프린세사는 강제 점거 상태였는데 집주인들은 단 한 번도 모습을 드러낸 적이 없었다. 그 누구도 소유권을 주장하지 않은 것이다. 도심과 꽤나 가까운 건물이었기에 가치도 상당할 것이라 예상한 마리타는 쫓겨나기도 싫지만, 그곳을 수호하기 위한 투쟁을 할 여력도 없어 뒷조사를 해보았다고 했다. 주인은 있었고, 이름도 나와 있었다. 하지만 그들이 소유권을 주장하지 않는 한 일단 그 장소는 그들에게 열려 있는 셈이었다.

주인과 관련한 이 내용은 가스파르를 불안하게 만들었다. 비야레알가의 집 또한 아무도 소유권을 주장하지 않았기 때문이었다. 그는 프린세사에서 아무런 불안 요소도 찾아내지 못했고 그런 자신의 본능적인 감각을 믿었지만, 유령 주인들만은 마음에 들지 않았다. 아무도 좋아하지 않는 집, 반쯤 감긴 눈 같은 유리창으로 사람들을 그 안으로 홀리는 집, 코너에서 길가의 창녀들처럼 다리를 벌리고 있는 집, 붉은 입과 네온 전등, 친구들이 죽어나간, 비키가 수련 중인 병원의 불빛과 같은 희박한 불빛. 아빠도 마침내 딱정벌레 같은 검은 눈—아직도 비키의 발끝에 닿곤 하는 오마이라의, 여름밤이면 비야엘리사의 집 안뜰 전등에 날아와 마구 부딪히곤 하는 딱정벌레와 같이 검고 빛나는 눈—을 하고선 병원에서 숨을 거뒀다. 이럴 땐 생각을 멈추고, 연결고리를 끊어야만 했다. 마리타는 항상 마리화나를 피우라고, 긴장을 푸는 데 도움이 될 거라고 말하곤 했다.

파블로는 시인의 얼굴을 한 애인들의 드로잉과 사진 프로젝트를 끝내고 있었다. 가스파르는 마스크 제작을 돕는 한편 시를 읽는 법도 가르쳐주었다. 모두가 삼십대 이하면 좋겠어. 이 프로젝트의 제목이 '30 빼기 30'이거든. 삼십 명의 사람들을 일부는 그림으로, 일부는 사진으로 출연시킬 거야. 지금 생각해보니 사실 여자애들 을 넣어도 될 것 같아.

가스파르는 조사를 시작했다. 서른이 되기 전에 죽은 시인을 많이 알고 있었지만, 추가 조사를 위해 도서관에 가기로 했다. 아빠의 장서들 또한 많은 도움이 되었다. 파블로의 리스트에 매일 새로운 이름이 추가되었다. 서른에 사망한 실비아 플라스는 이 콘셉트에 딱 맞았다. 가스 오븐에 머리를 박고 자살한 사람이었다. 당시 옆방에는 자식들이 있었는데, 아이들이 가스 냄새를 맡지 않도록 테이프와 수건, 옷을 사용해 방 입구를 밀봉하고 우유도 준비해두었다고 한다. 왜 자살했을까? 비키가 질문했다. 요구가 많기로 유명한 의대생인 비키는 문화센터에 자주 가지 못하고 있었다. 이혼한 지 얼마 안 돼서 우울증에 빠졌었나 봐. 에밀리 브론테도 딱 서른 살에 결핵으로 죽었어. 존 키츠. 아빠가 제일 좋아하던 시인이었고 나도 정말 좋아하는 사람이지. 스물다섯 살에 결핵으로 죽었어. 어릴 땐 그의 작품을 읽는 게 힘겨웠는데 지금은 가장 좋아하는 시인이 되었어. 토머스 채터턴은 열일곱이었는데, 비소를 먹고 자살했대. 『프랑켄슈타인』을 쓴 메리 셸리의 남편, 퍼시 셸리는 서른 살에 익사했고. 노발리스는 결핵에 걸려 스물여덟 살에 세상을 떴지. 좀 더 나이 든 사람도 있어. 서른다섯 살이었나? 런던에서 술

하늘에서 피어나는 검은 꽃

에 취한 채 쓰러져 죽은 사람이야. 잠깐만, 그 사람은 사람들이 '보시Bosie'라고 부르던 오스카 와일드의 남자 친구, 알프레드 더글러스 경의 사촌이자 정체성을 드러내지 않은 게이였어. 그 술주정뱅이의 이름은 라이오넬 존슨이었는데, 엄청난 미치광이였대. 우리 아빠의 서재엔 예이츠가 고른 그의 시선집도 있었어. 너, 예이츠는 안 읽어봤니? 노벨상도 탄 사람이야. 상관없어. 라이오넬 존슨도 거기에 넣어. 나이는 좀 많아도 잘 어울리니까. 아순시온 실바는 자기 심장에 총을 쐈지. 주치의한테 정확한 위치를 그려달라고까지 한 사람이야. 멍청한 의사 다 봤네, 그걸 알아차리지 못하다니, 비키가 말했다. 게오르크 트라클은 스물일곱 살에 코카인 과다 복용으로 죽었어. 그래, 그 당시에 그랬다니까, 믿기 어려운 일이지만. 테레사 윌름스 몬트는 칠레의 상류층 소녀였어. 스물여덟 살에 파리에서 자살했지. 그녀는 도서관에서 발견했는데, 모든 작품을 다 복사해두었어. 사진도 한 장 있는데 보자마자 사랑에 빠질걸. 이쪽 지역, 라플라타 사람도 있어. 아주 환장할 만해. 그 사람의 미라화된 시체가 톨로사 공동묘지에서 발견됐었다나 봐. 이름은 마티아스 베티야. 정신이 이상해진 상태에서 술에 취해 죽었는데, 사람들이 한동안 그 미라를 신당 같은 데 모셨었나 봐. 신도들도 있었고, 치유의 기적이 일어나서 제단을 만들어주었대. 서른 살이 좀 넘긴 했지만 스토리가 정말 대단하지 않아? 그 사람의 시도 찾아보긴 했는데, 딱하게도 실력은 젬병이더라. 그럼 실력이 뛰어난 사람들은 왜 언급하지 않는 건데? 트라클의 시 중에 엄청난 게 몇 작품 있어. 굉장히 음침하기도 하고. 그 사람의 사진과 그림하

고 인용구도 몇 줄 넣어봐. 그래, 파블로가 말했다. 하지만 너무 도
식적이고 싶지도 않아. 꼭 필요한 것만 언급하고 싶어. 인용구는
네가 골라줘, 아무래도 나보다는 훨씬 더 잘 아니까. 나중에 내가
보고 넣을 건 넣고, 뺄 건 뺄게. 그리고 아무리 스토리가 좋아도 늙
다리들은 뽑지 말아줘. 특히 그 미라 말이야. 난 미라라면 아주 질
색이야.

"시인만으로 충분할지 모르겠다. 화가들도 있어."

가스파르가 말했다.

"그쪽은 나도 잘 알아. 그리고 생각을 안 한 것도 아냐. 그런데
싫어. 모두 시인으로 할래. 무엇보다도 음악가들은 절대 포함시키
지 않을 거야. 너무 뻔하고 대중적이거든."

파블로가 말했다.

계속 찾아볼게, 가스파르가 말했다. 그는 잠든 마리타의 곁에서
몇 날 며칠을 죽은 시인들의 이름—대부분은 자살했다—에 밑줄
을 그으며 보냈다. 이따금은 침대 위에서 시를 읽어주었고, 마리타
는 다시 읽어달라고 조르곤 했다. 랭보는 안 껴준대? 그녀가 물었
다. 펑키한 사람이었잖아. 너처럼 잘생겼고. 가스파르가 코웃음을
쳤다. 젊은 사람들이어야 한대. 모두 서른 이하여야 한다나. 게다
가 이미 랭보의 얼굴을 갖고 비슷한 작업을 하는 유명한 사진작가
도 있어.

"아하, 그럼 지금 그 사람을 따라 하는 거야?"

마리타가 물었다.

"걔는 '인용한다'고 하던걸. 뉴욕에서 랭보의 얼굴을 가진 소년

들을 찾아다닌다나 봐."

가스파르가 이어갔다.

"그중 몇 장을 강변의 버려진 건물에서 찍었대. 랭보의 얼굴을 한, 엄청 마른 소년들이야. 그중 몇 명은 팔에 헤로인을 주사하고 있고, 또 어떤 애들은 신문을 읽고 있어. 또 일부는 밤에 도시를 활보하고 다니는 모습이야. 파블로가 그 사진들을 갖고 있어. 정말 아름다워."

"그 사진작가의 이름은 뭐야?"

마리타가 질문하며, 밖으로 드러나 있던 다리를 가렸다.

"기억은 안 나. 몇 년 전에 에이즈에 걸려 죽었다나."

"어휴, 죽은 사람 얘긴 이제 그만하자."

그녀는 대답하고선 가스파르에게 불을 꺼달라고 했다. 하지만 가스파르가 배를 쓰다듬으려 하자, 몸을 반대편으로 돌려 누웠다. 졸리다는 듯, 짧은 항의의 제스처 같았다. 피로나 불쾌감이 아닌 단순한 거절의 몸짓이라는 걸 가스파르는 알고 있었다. 거절을 어떻게 받아들여야 할지, 그는 스스로에게 질문했다. 하나의 단계일 뿐인지, 언젠가 지나갈 일인지, 자신을 더 이상 사랑하지 않는 것인지, 그녀에게 묻고 싶은 질문들이 방의 짙은 어둠 속을, 깜빡이는 불빛 속을, 서로 떨어져 있기를 바라 마지않지만 어쩔 수 없이 붙어 있는 두 몸뚱이의 불편함 속을 떠돌아다니고 있었다.

‡

어느 날, 마리타는 말싸움 도중에 자신도 만남에 끼어들 권리가 있다고, 이미 많은 것을 참아왔다고 소리를 질렀다. 가스파르는 그 비난을 절반 정도만 알아들었지만, 그게 질투가 아니라는 사실은 알고 있었다. 큰아빠의 말을 빌리자면 마리타는 계산서를 내밀고 있는 것이었다. 비키와 파블로와의 만남에 그녀의 존재를 허락할 수는 없었다. 그건 그들만의 것이었다. 나와 함께하지 않는 모두가 나의 적이다. 그는 큰아빠의 말을 인용했다. 루이스는 모든 상황에 대한 속담과 인용구를 알고 있는 사람이었다. 가스파르는 그가 세상에서 가장 신세대이면서도 구세대적인 사람이라고 생각했다. 그리고 큰아빠는 수년간 자신을 돌보았다는 이유로 계산서를 들이민 적이 단 한 번도 없는 사람이었다. 광기 어린 조카, 신경과, 정신과, 진단, 정신분열, 뇌전증, 환각의 세월을 견뎌온 그는 마침내 지금과 같은 연옥에 다다랐다. 그는 이 연옥이 일종의 보상이라고 말하곤 했다. 균형을 찾은 느낌에 루이스는 자신만의 가족을 꾸릴 용기를 내기도 했다. 초반 몇 개월 동안은 쌍둥이의 육아를 도와달라는 부탁을 하지 않았다. 이것도 좋은 신호는 아니었다. 루이스는 가스파르를 굳게 믿고 있었지만, 단 한 가지만은 예외였다. 아주 가끔은 몹시 심각할 정도로 분노에 휩싸일 때가 있던 가스파르는 화를 못 이길 때면 주체할 수 없을 정도로 물건을 깨부수거나 자해하곤 했다. 마치 잔뜩 겁을 집어먹은 동물 같은 느낌이 들 정도였다. 옷장을 발로 차서 부순 적도 있었다. 그 흔적은 아직도 선명히 남아 있다. 어느 날 밤에는 그리 중요하지 않은 이유로 실랑이를 한 뒤 온 집안의 접시란 접시는 전부 다 깨버리기도 했다. 옷가지들을 전부 길바닥에 버린 적도 있었고, 한번은 식탁에 앉아 있던 큰아빠 앞에서 의도적으로 자해하기도 했다. 포크로 손등을 수없이, 신경질적으로 찔러대다가 결국 손등 깊이 박히기까지 했다. 이사벨은 분노를 조절해야 한다고 말하긴 했지만 위급한 상황에 대처하는 방법까진 알려주지 않았다. 우리 딸도 내가 미치도록 혐오스럽다고 소리치곤 하는걸, 오버할 필요 없어. 아주 훌륭한 친구잖아. 가스파르는 언젠가 바비큐 파티에서 이런 대화를 듣기도 했다. 네그로는 술에 취하면 목청이 몹시 커지곤 했다. 지금까지 가스파르는 자신 외에는 그 누구에게도 폭력성을 보이지 않았다. 하지만 이따금, 수영장이나 마리타의 집 혹은 축구장에서 돌아올 때면 그냥 길거리에서 아무나 붙잡고 쌍욕을 퍼붓거나 주먹질을 해대며 화풀이를 하고 싶은 마음이 올라왔다. 무언가를, 또는 누군가를 파괴시키고 싶은 욕망은 달리기를 하고 싶은 욕구나 갈증과 비슷하게 충동적이었다. 모종의 쾌감이 있었다.

어찌 됐든, 집은 사생활을 보호받을 수 있을 만큼 널찍했다. 루이스와 일꾼 친구들은 넓은 안뜰에 그리 쾌적하진 않아도 꽤나 멋들어진 별채 하나를 세웠다. 아기들의 탄생과 함께 집에서 열리는 파티의 빈도수도 잦아들자, 가스파르가 그곳을 점령해도 아무도 이의를 제기하지 않았다. 자신만의 원룸이기도 한 그 공간은 겨울엔 따뜻했고 여름엔 시원했다. 그 작은 공간에는 히터와 선풍기도 있었다. 매트리스를 가져갔다. 오디오 장비도 가져갔고, 작은 TV

와 책들도 가져다 놓았다. 마리타와 함께 시간을 보내기에 그곳보다 더 편리한 장소가 없었다. 그녀는 팬티 몇 장, 바지 하나와 생리대 몇 장을 협탁 위에 놓고 갔다. 모든 디테일이 그녀다웠다. 검은색 마커로 하트를 그려 넣은 바지, 내용물을 알아보지 못하게 벨벳천을 덧댄 작은 검은색 파우치 안에 들어 있는 생리대.

창문을 살짝 열고 히터를 틀어놓은 그 공간의 더블 매트리스 위에서 비키와 가스파르, 파블로는 시간이 날 때마다 모였다. 꽤 자주였다. 이 회의에 마리타는 초대되지 않았다. 그들은 함께 둘러앉아 주변에서 일어나고 있는 일들을 짚어가며 이야기를 나눴다. 함께 있을 때면 기억을 되살리는 것도 그리 힘들지 않았다. 이따금 기억들이 강렬하게 다가올 때면, 가스파르는 잠시 심호흡을 한 뒤 그만해야겠다고 선언하곤 했다. 그렇게 하지 않으면 온몸을 휘감는 끔찍한 두려움 때문에 마비되고, 침대에 처박혀 동공마저도 움직이지 않으면서 모든 사고를 중단해버리는 상황이 올 수 있기 때문이었다. 한 신경과의사는 일부 뇌전증 증상 중에는 정신적인 증상, 즉 공포감—이따금은 환희—이나 데자뷔가 있으며 이로 인해 몸이 마비되는 것 같은 느낌을 받기도 한다고 설명하기도 했다. 어떤 의사도 그에게서 뇌전증이나 뇌병변의 증거를 발견하진 못했다. 연구 결과는 언제나 의심스럽고 추상적이었다. 약을 띄엄띄엄 먹었고, 대부분의 경우 먹는 척만 했는데 비키는 그런 가스파르에게 화를 내곤 했다. 의사인 비키는 이성적이었다. 오랫동안 편두통이 뇌전증의 일종으로 진단되기도 했다고 말해주기도 했다. 넌 꽤나 자주 편두통을 겪잖아. 비정상일 정도로 자주. 맞는 말이었다.

하지만 아빠도, 큰아빠도 편두통을 앓았는데도 둘 중 누구도 뇌전증을 진단받은 적은 없었다.

어쨌든 지금은 그 이야기를 하고 있는 게 아니었다. 그들은 아델라와 집에 대한 이야기를 하고 있었다. 얼마 전 집주인들의 허락을 받아 철거되었다고 했다. 집주인들은 매매를 시도했지만 끝내 팔지 못했다는 말도 오갔다. 철거를 한다고 해서 팔릴 것 같지도 않았다. 비키는 부모님이 여전히 그 근처에서 살고 계신 까닭에 그 집터에도 여러 번 오갔다고 했다. 어떤 아이들이 유일하게 남은 벽에 낙서를 해놓기도 했지만, 그리 심한 수준은 아니었다. 그 장소는 누구나 두려워하는 곳이었다. 나쁜 일이 일어난 장소라는 분위기, 혹은 앞으로 그럴 것이라는 기대감이 공기 중에 진하게 풍겼다. 악한 장소들은 악한 일이 다시 일어나기를 기다린다. 혹은 찾아다닌다.

"자석 같은 거지."

비키의 부모님을 만나러 가는 길에 그 앞을 지나간 적이 있는 파블로가 말했다.

"항상 그래왔어."

가스파르는 어린 시절을 보낸 그 동네를 다시 가보고 싶진 않다고 털어놓았다. 우고 페이라노와 리디아 페이라노에겐 죄스러운 마음도 있었다. 그들이 그립기도 했다. 내가 은혜도 모르는 녀석이라고 생각하지 않으셨으면 좋겠어, 가스파르가 비키에게 말하자 그녀는 그런 그를 다독였다. 가끔 전화나 한 번씩 하면 돼. 그럼 마음을 놓으실 거야. 가스파르는 이따금 페이라노 부부에게 스티븐이나 탈리에게 느끼는 것과 비슷한 감정이 들었다. 왜 자신을 보러 오지 않는 건지 도무지 이해되지 않았고, 아델라의 엄마 베티처럼 그들도 도망가버린 게 아닌가 하는 생각도 들었다. 마치 아빠가 그들 모두에게 자신을 귀찮게 하지 말라는 명령을 내린 것 같았다.

가스파르는 큰아빠가 설계할 때 쓰곤 하는 아주 커다란 스케치 용지 하나를 가지고 왔다. 세 사람은 대략 일 년 정도의 시간 동안 그 종이 위에 자신들의 기억의 조각을 조금씩 모으며 아델라가 사라졌을 때 보았던 그 집을 재구성했다. 파블로가 도면을 그렸다. 찬장의 위치를 잡는 데에 생각보다 오랜 시간이 걸렸다. 계단이 있던 곳. 문들. 피아노. 오래된 옷. 의학 서적들. 그 책들은 무엇이었을까? 왜 그곳에 있던 걸까? 하난 녹색이었어, 비키가 말했다. 파블로는 하늘색에 가까웠던 것으로 기억했다. 도면을 색칠하지는 않았다. 그림 옆에 '의문스러운 색상'이라고 쓰기만 했다.

"거기다가 빨간색은 아니었다고 적어놔. 미심쩍은 부분은 배제하는 편이 좋을 것 같아."

하루는 비키가 말을 꺼냈다.

얼마 전부터 그녀는 윙윙거리는 소리와 음성을 다시 듣기 시작했다. 무슨 말을 하는지는 분명하지 않았지만, 특정한 어조는 기억이 났다. 명령하는 목소리, 놀란 목소리, 단조로운 목소리.

파블로는 자신을 만진 손에 대해 이야기했다. 다른 곳보다 등을 주로 만졌다. 그다음은 팔이었다. 늘 팔을 만졌다. 비키는 생각했다. 어쩌면 복도에서 그를 만졌던 손은 유령의 손이 아니라, 둔화한 기억 아닐까.

"내게는 보였지. 너는 소리를 들었고, 쟨 느꼈어. 이걸로 우리가 무언가를 찾아낼지도 몰라."

가스파르가 말했다.

등을 벽에 기대고 있던 비키는 가장 좋아하는 음반을 튼 뒤 말했다.

"가스파르, 우린 아델라를 되찾지 못할 거야."

그는 도면을 쓰다듬다가, 혀를 차고는 그림의 완성도가 떨어진다며 불평했다. 비키의 말에 반응하진 않았다. 모두가 그녀를 찾을 수 있다고 믿고 있었다. 그렇지 않았다면 그곳에 모여서 귓전을 울리던 윙윙거리는 소리, 힘겹게 옮기던 발걸음을 되짚고 있진 않았을 것이었다.

"아."

파블로가 대화의 주제를 바꾸려 입을 열었다.

"시인을 두 명 더 찾았어. 루퍼트 브룩. 전장에서 병사했대. 스물여섯 살이었지. 1차 세계대전 말이야. 영국에서 가장 아름다운 청년이라고 불렸대. 사진을 한번 찾아봐. 「낙원의 이편」이라는 시 혹시 읽어봤어? 그가 쓴 시구가 제목이 된 시야. 너희 정말 책을 안 읽는구나. 그 사람은 게이이거나 양성애자였을 거야. 그리고 윌프레드 오언이란 사람이 있어. 제일 젊어. 전쟁이 끝나기 딱 일주일 전, 스물다섯 살에 숨을 거뒀대. 정말이야. 이 사람도 진짜 괜찮아."

"그래서 이 사람들은 어디서 찾은 거야?"

"우리 엄마 책 중에 예술과 1차 세계대전에 관한 책이 있거든. 진짜 멋진 그림들도 있어. 굉장히 우울한 책이야."

‡

그 사실을 알게 됐을 때에도 가스파르는 크게 놀라지 않았다. 마리타가 변명거리를 찾고 있다는 느낌을 받은 지 몇 개월째였다. 뭘 어떻게 해야 할지 몰랐던 가스파르는 그저 달리러 갈 뿐이었다. 오랫동안 같은 코스를 달렸다. 비야엘리사의 포장도로가 끝나고 흙길이 시작되는 곳에서 시작했다. 길의 양쪽에는 전원주택이 있었고, 그 집들을 넘어가면 공터가 펼쳐지다가 농지에 이르기까지 크고 작은 사유지들이 있었다. 되돌아오기 직전에는 잔디밭에 앉아 물을 마시곤 했다. 그는 앞으로 무슨 일이 펼쳐질지 가늠해보았다. 그녀는 자신과 아무 데도 나가지 않으려 했고, 어쩌다 마지못해 만나기로 약속을 잡은 날이면 갑작스러운 두통과 오한이 생겼다는 핑계를 대며 집에 머무르려 했다. 하루는 그가 음반 몇 장을 돌려주지 않았다는 이유로 시답잖은 말다툼이 오가던 중, 가스파르를 향해 있는 힘껏 소리를 지르며 비난을 퍼붓기도 했다. 야, 이 빌어먹을 새끼야, 그녀의 말이었다. 상처를 입히려는 목적이 분명했다. 그녀는 그가 자신을 비난할 빌미를 만들려 했다. 이제야 가스파르는 그 이유를 알게 되었다. 그녀가 자신을 배신했다는 사실은 그다지 놀랍지 않았다. 그를 놀라게 한 건 다름 아닌 스스로의 분노였다. 문제의 소년은 잘 모르는 아이였다. 기예라는 이름이었다. 두 사람의 뒤를 밟은 적이 있기 때문에, 만나고 있다는 사실은 알고 있었다. 그는 두 사람이 메리디아노라는 바에서 술을 마시는 모습을 보았다. 누군가의 아들이었는데, 정치인이든지 의원이든지 하는 사람이었던 것 같았다. 정확히는 잘 몰랐다. 키가 큰 검은 머리에, 밀리터리 재킷을 입고 부츠를 신는 사람이었다. 가스파르가 보기엔 펑크족보다는 나치에 가까웠다. 라플라타에서는 모두가 서로를 알고 지냈기에, 가스파르도 어느 정도는 알고 있었다. 8번가의 클럽에 들어가기 위해 입장권을 가지러 가던 모습을 보았고, 공연과 퍼레이드, 심지어 프린세사에서도 몇 번 본 적이 있었다. 그를 좋아하지도 싫어하지도 않았다. 사실 그 소년에 대해 깊게 생각해 본 적이 한 번도 없었다. 최소한 지금까지는 그랬다. 이젠 두 사람이 함께 있을 거란 상상만으로도 질투에 불타올랐기 때문이다. 가스파르는 바 앞에서 두 사람이 입을 맞추는 모습을 보았다. 기예는 마리타의 티셔츠 밑으로 손가락을 집어 넣고 있었다. 가스파르가 그보다 더 잘 알 수 없는 흰 바탕에 검은색 줄무늬가 있는 바로 그 티셔츠였다. 이따금은 자신이 가장 좋아하는 향수, 캘빈클라인 옵세션의 향이 물씬 풍기곤 했다. 그녀 아빠의 친구들이 가끔 우루과이를 다녀올 때 면세점에서 사서 선물해주곤 하던 비싼 향수였다. 하지만 어떨 때는 바비큐의 냄새가 나기도 했다. 마리타의 집은 환기가 잘 되지 않았고 방문을 열어놓기라도 하면 음식 냄새가 옷에 들러붙었기 때문이었다. 다른 한 손은 청바지에 올려져 있었다. 너무 꽉 끼는 바람에 벗기기가 힘들어서 가스파르가 싫어하던 바지였다. 멍청한 그놈은 그녀의 머리카락에는 손을 대지 않고 있었다. 마리타의 머리카락에서는 젖은 흙 냄새가 났다.

두 사람이 함께 있는 모습을 본 뒤론 잠에 들 수가 없었기에, 지금 가스파르는 잠 못 이루어 지친 몸을 이끌고 나와 무작정 달리고 있었다. 무릎은 부들부들 떨렸고, 가슴은 천식 환자라도 된 듯 심하게 조여왔다. 기절할 때까지 뛰고 싶었지만, 몸은 그런 식으로 작동하지 않았다. 그는 약하지 않았다. 기예와 한바탕 주먹다짐을 해야 할지, 아니면 마리타에게 전화를 해야 할지 고민하며 집에 들어왔다. 하지만 샤워기 아래에 들어가 뜨거운 물이 관자놀이에 와 닿는 걸 느끼자, 걷잡을 수 없는 야수 같은 욕망이 치밀어 올랐다. 마리타를 곁에 두는 데에 실패한 자신이었다. 그녀는 미친놈이자 병자인, 파괴된 자신과 함께하는 게 아무 의미 없다는 사실을 깨달은 것이었다. 자신이 그녀에게 줄 것이 있긴 했을까? 함께 실컷 취해본 적도 없었다. 가스파르 자신과 복용하는 약들이 즐거움을 만끽할 수 없게 방해하기 일쑤였다. 쏟아지는 졸음을 이겨내지 못했기에 일찍 잠자리에 들 때도 많았다. 그는 빈집에서 보낸 어린 시절과 시인들 이야기를 해주었다. 죽음과 영영 돌아오지 못할 길을 떠나는 친구들에 대해서는 공감했기 때문에, 그녀가 친구들의 장례식에 갈 때마다 함께해주기도 했다. 화장실 타일 벽에 이마를 부딪히며 느낀 아픔은 기쁨으로 이어졌다. 온몸이 환희로 가득 차오르는 걸 느끼며 물이 피와 섞여 떠내려가는 모습을 가만히 지켜보았다. 샤워를 마치고 나서 거울에 비친 자신을 바라보았다. 상처난 이마, 확장된 동공, 어깨를 스칠 만큼 많이 자란 머리카락. 수납장에 주먹을 날렸다. 한 번 더 했다. 산산조각을 낼 때까지 주먹질을 이어가다가, 거울 조각 하나를 꺼내 들었다. 손목을 그어봤자 동맥에 닿지 못해 소용없다는 이야기를 들었다. 팔 안쪽에 수직선을 그어야만 했다.

하늘에서 피어나는 검은 꽃

피부를 찢고 있던 그때 루이스가 화장실에 들어왔다.

"아들아, 대체 뭘 하는 거냐?"

루이스가 소리치고는 그의 손에서 거울 조각을 낚아챘다. 가스파르는 분노에 휩싸여 루이스에게 덤벼들었지만, 그는 잽싸게 가스파르를 등 뒤에서 안고는 배를 눌러 숨을 못 쉬게, 움직이지 못하게 만들고는 화장실 밖으로 질질 끌어냈다. 단 한 번의 몸짓으로 가스파르의 바지와 티셔츠도 챙겼다. 팔의 상처나 자신이 본 장면에 대해서는 아무 말도 꺼내지 않았다. 자살이나, 시도나 그 어떤 것도 언급하지 않은 채 이렇게 말할 뿐이었다.

"가스파르, 물기를 닦고 옷을 입거라. 부엌으로 가자."

가스파르는 그의 말을 들었지만, 분노는 여전했다. 부엌에 다다라서는 식탁 위에 있던 와인병을 집어 들어 땅바닥에 내리쳤다. 산산조각 난 유리병이 온 사방으로 튀었다. 훌리에타는 아이 한 명을 품에 안고는 방 밖으로 나왔다.

"지금 이게 대체 무슨 난장판이야?" 그녀가 소리쳤다.

"아무것도 아냐, 우리가 정리할게."

루이스가 차분한 목소리로 말했다.

"저 새끼 좀 어떻게 해봐. 내 말 알아들어?"

훌리에타가 방문을 쾅 닫으며 외쳤고, 루이스는 깊은 숨을 들이쉬었다.

"뭐예요? 말다툼하는 게 겁이 나서 그래요? 큰아빠 겁쟁이예요. 그래서 다른 나라로 도망친 거 아녜요?"

가스파르가 말했다.

루이스는 가스파르를 한 번에 밀쳐서 자리에 앉히고는, 자신은 가스파르와 얼굴을 맞댈 수 있는 식탁 맞은편 자리에 앉았다.

"가스파르, 넌 내 감정을 상하게 할 수 없어. 나를 열받게 할 수도 없고. 내가 무슨 일을 겪었는지 넌 알지 못하잖아. 그리고 내가 내린 결정에 대한 너의 의견은 내게 아무 상관 없어. 난 조금도 신경 쓰지 않아. 내가 널 덮치게 만들고 싶은 거라면, 잘 알아두는 게 좋을 거야. 난 절대 널 때리지 않아. 네가 원할 때마다 언제든지 날 겁쟁이라고 불러도 좋아."

가스파르는 두 손으로 머리를 감싸 쥐더니, 루이스가 일어서서 그를 막아설 틈도 없이 갑작스럽게 다친 손으로 탁자를 여러 번 힘주어 내리쳤다. 루이스는 머리를 때리려는 가스파르를 가까스로 막아섰다. 등 뒤에서 그를 껴안은 뒤 귓가에 진정하라고 여러 번 속삭였다. 어릴 때부터 그렇게 해왔다. 하지만 이제 자신과 맞먹는 키에, 다 큰 남자가 된 가스파르를 막는 게 힘에 부쳤다. 가스파르는 어디서든 눈에 띄는 큰 체격에, 훈련받은 사람의 힘을 갖고 있었다.

"아들아, 대체 뭘 원하는 거냐?"

"누군가 내게 주먹질을 해됐으면 좋겠어요."

가스파르가 말했다. 완고한 태도로 뻣뻣한 목에서 흘러나오는 목소리였지만 그 목소리가 제아무리 굵다 해도 울고 있진 않았고, 울지도 않을 것이었다.

"누가 날 좀 때려죽여 줬으면 좋겠어요. 여자애 하나를 죽였잖아요, 그래도 싸다고요. 마리타는 날 버리고 다른 남자한테 가버렸어요. 난 버러지 같은 놈이에요."

"넌 아무도 죽이지 않았어. 또 시작인 거냐?"

루이스가 한숨을 푹 쉬더니 가스파르를 놓아주었다. 가스파르는 두 손을 탁자 위에 올려놓고는 입을 꾹 닫았다.

"너는 그 아이를 그 집으로 데려갔어. 그건 그렇다 쳐도 그 아이를 죽였다니. 가스파르, 우리 이 이야기를 몇 번이나 하는 거니? 일단, 이 집에서는 네가 하지 않은 일로 널 벌주지 않을 거야. 그 여자애 때문에 몇 번이고 스스로에게 주먹질을 해대도 괜찮아. 그걸로 네 마음이 편해지기만 한다면. 하지만 세상에 널린 게 여자야. 그런 일 때문에 그렇게 화가 나 있던 거니? 그 여자애를 그렇게까지 좋아했던 거야?"

가스파르는 찬물이 든 병을 찾으려 자리에서 일어났다. 냉장고에서 꺼내 든 물병을 이마에 잠시 대고 있다가, 물을 두 잔 따랐다. 떨고 있었다. 루이스는 와인을 가져와달라고 했다. 두 사람은 한동안 침묵 속에서 와인을 마셨다.

"애야, 우리는 누구든지 실패한다. 나는 모니카를 두고 바람을 피웠어. 심지어 넌 상상할 수 없을 정도로 그녀를 사랑했는데도 말이야. 아마 너도 마리타를 용서하게 될 거야."

"이제 나와 함께 있고 싶지 않았던 거라면 그냥 시간을 달라고 하면 되는 거였잖아요. 배신은 쌍년이나 하는 짓이라고요."

"그렇게까지 할 필요 없다. 인생은 생각과는 달라."

바깥에는 땅거미가 내리고 있었다. 루이스는 가스파르에게 먹고 싶은 게 있는지 묻고는, 식사를 할 생각이면 지금 뭐라도 해주겠다고 말했다. 가스파르는 긴 안락의자에 몸을 눕히곤 밤하늘을 바라보며 음식을 기다렸다. 두통이 시작되고 있었고, 편두통이 도질 때면 늘 그렇듯 약한 환각이 보이고 있었다. 예를 들면, 지금 이 순간 그의 눈앞에 펼쳐진 별들은 빛을 묘하게 반사하고 있었다. 부르르 떨리다 활짝 열리는 갈라진 틈, 첫 꽃. 하늘에서 피어나는 검은 꽃. 그러다 갑자기 아빠의 존재감이 그를 압도했다. 자신의 등 뒤에 서 있다는 확신을 가졌지만, 두렵지는 않았다. 아빠가 자신을 만질 수 있는지 확인하기 위해 멀쩡한 손을 들어보았다.

가스파르는 안락의자 위에서 잠에 빠져들었고 큰아빠가 홀로 주방 식탁에서 저녁 식사를 들기 전, 자신에게 담요를 덮어줬을 때에도 깨어나지 않았다. 홀리에타는 방에서 나오려 하지 않았다. 화가 머리끝까지 나 있던 것이었다.

잠에서 깨어나자, 온 집안이 잔디, 우유, 홀리에타의 향수 냄새로 진동하고 있었다. 두통이 오른쪽 눈 뒤에서 사나운 기세로 돌진해왔다. 얼굴이 마비되는 한편 손가락은 펼 수조차 없었다. 하지만 한편으로는 일종의 환희가 느껴지기도 했다.

절대 헷갈릴 수 없는 큰아빠의 발소리가 들려왔다. 화장실을 가던 중이었는데, 거실을 가로질러 가야만 했다.

"여기서 뭘 하고 있니? 깜짝 놀랐구나."

화장실에서 나온 큰아빠는 침대로 돌아가지 않고 부엌에서 와인 한 잔을 들고 왔다. 그 역시도 불면의 밤을 보내고 있었다. 불을 켜놓지는 않았다. 달빛이 거실을 비추고 있었고, 마당의 불빛도 환했다. 창문의 커튼은 걷혀 있었다.

가스파르는 루이스를 향해 팔을 뻗었다. 표식이, 깊은 상처가 남긴 어두운 흉터가 남은 팔이었다.

"큰아빠, 이건 사고가 아니었어요. 아빠가 한 거예요."

루이스는 절반만 찬 와인 잔을 입으로 가져가려다, 순간 멈칫했다.

"그 아이가 네게 무슨 짓을 한 거냐?"

"유리 조각으로 제 팔을 베었어요. 물기도 했고요. 아는 건 파블로밖에 없어요."

"가스파르, 집에서 넘어져서 창문 밖으로 떨어진 거잖니."

"아뇨. 그건 제가 만든 거짓말이었어요. 제가 사건을 덮은 거예요. 아빠는 사실 그래달라고 부탁하지도 않았어요. 제기랄, 아무 신경도 안 썼다고요. 잘 모르겠어요. 신경을 썼을지도 모르겠네요. 가끔은 반드시 해야만 했던 일일 수도 있겠다는 생각도 들어요."

"세상에, 뭣 때문에 이런 게 필요하겠니? 무슨 말을 하는 거냐."

"형태가 있거든요. 보이세요? 아빠가 형태에 맞게 그리는 모습이 기억나요. 제 팔에 모양을 새기듯 상처를 입혔거든요. 유리가 뼈에 닿았을 때도 멈추지 않았어요. 아빠는 그런 사람이었어요. 저도 그 모습을 닮았을지 모르죠."

루이스는 소파에서 몸을 일으켜 가스파르의 곁으로 갔다. 포옹을 하려 했지만, 상처가 새겨진 팔이 길게 뻗어 있다는 걸 이내 알아차렸다. 자신의 접근을 막는 것이었다. 그 행동과 가스파르의 두 눈이 위로를 거절하고 있었다. 루이스는 얼마간의 시간이 지난 후 입을 열었다. 자세한 내막을 알고 싶다고 했다. 그 이야기를 이사벨에게 어디까지 털어놓았는지도 궁금해했다. 그는 가스파르를 추호도 의심하지 않았다. 가스파르는 속내를 털어놓았어도 후련하지 않았다. 오히려 그 반대였다. 상처가 불타오르기 시작한 한편, 아빠의 실망스러운 표정이 눈에 선했다. 자신을 게을러 빠진 녀석이라고, 무엇보다도 배신자라고 하는 비난이 귀에 꽂혔다. 자신이 아빠를 밀고했다는 느낌이 들었다.

‡

비키는 병원에서 첫 레지던트 수련을 보내던 그해 여름이 마음에 들었다. 심지어는 몇 시간이 넘도록 잠을 청하지 못하는 강제적인 불면으로 인한 열병 상태와 긴장감에도 불구하고, 학교보다 병원에 있는 걸 더 좋아했다. 동료들은 각성제를—대부분은 암페타민을, 모두가 카페인을, 일부는 코카인을—복용했지만, 그녀는 수면 부족이 일정 수준을 넘어가면 일종의 불타오르는 지시등 역할을 해준다는 사실을 배웠다. 에너지를 태우고 저장하면서 각성 상태를 유지할 수 있게 해주는 것이었다. 불을 당길 필요도 없었다.

병원에는 가제와 장갑이 부족했다. 낡은 매트리스에는 세월로 인한 곰팡이가 피어 올라 악취를 풍겼다. 벽에는 갈라진 틈과 누수 자국이 가득했다. 이런 열악한 환경 속에서도 모두가 뛰어난 실력을 발휘하고 있었다. 토요일 새벽이면 서로 치고받다가 온 사람들과 술 취한 주정뱅이들로 복도가 가득 찼고, 또 이따금은 응급실 대기 공간의 선 너머로 매우 폭력적으로 달려들곤 하는 부상자들의 친구들과 가족들—그들을 막는 사람도 없었고, 금지된 일도 아니었다—을 상대해야 하긴 했지만. 팀장은 자존심이 세고 매력이 넘치는 젊은 의사였다. 비키는 몇 개월 전 정오에 일어난 이상한 사건으로 그의 관심을 끌어냈다. 눈꺼풀이 처지고 무기력한 표정을 한 젊은 여성이 음식도 잘 삼키지 못한다며 내원했다. 동료 레지던트 중 한 명은 안면마비 증세라고 주장했다. 저혈압이 있으며 가끔 심한 두통을 겪곤 한다는 환자의 말을 들은 팀장은 뇌졸중 쪽으로 기울어 있었다. 빅토리아는 너무도 명확한 확신을 가졌기에 모두의 앞에서 목소리를 높이기에 이르렀다. 근무력증이에요, 그녀가 말했다. 당장에 반박을 당하진 않았지만, 팀장은 통계적으로 확률이 낮기 때문에 치료의 방향성을 이쪽으로 잡진 않을 것이라고 말했다. 지금 저 사람이 앓고 있는 병명이 바로 그거라니까요, 비키가 강조하며 고집을 피웠다. 그리고 논쟁에서 이기지 못할 거라는 게 확실시되자, 비키는 환자에게 다가가 혹시 복시 증상을 겪고 있냐고 물어보았다. 젊은 여성은 그렇다고 대답했다. 안경을 맞추러 가야 하는 줄 알았다고, 아니면 피곤해서 그런 건가 했다고 말했다. 비키의 아이디어는 몹시도 간단했다. 흉곽 엑스레이만 한번 찍어볼게요, 그녀가 말했다. 근무력증은 흉선종에 의해 발병될 수 있다. 만일 흉선종이 발견된다면 자신이 맞는다는 사실도 증명될 것이었다. 엑스레이는 이 분 정도밖에 걸리지 않는 일상적인 검사였다.

그녀의 고집엔 뭔가가 있었다. 집요한 질문 세례(예를 들면 말하는 데 어려움을 겪고 있을 경우 'R' 발음을 시켜본다든지, 이따금씩 혹은 밤마다 팔을 움직이지 못할 정도로 피로하냐는 질문을 한다든지)는 교과서에서 배우는 것을 뛰어넘는 수준이었다. 팀장은 엑스레이 촬영을 허락했다. 실제로 흉선이 부풀어 오른 모습이 관찰됐다. 비키는 축하 세례를 받으며 환희에 가득 찼지만, 얼마 후 자신이 정확하게 맞춘 그 진단이 젊은 여성에게는 재앙이나 다름없다는 사실과 자신은 그녀에게 그 발견의 의미를 제대로 설명한 적조차 없었다는 걸 깨달았다. 나중에 이 일을 파블로에게 털어놓자, 의사로서 가져야 할 여러 자질 중 공감 능력이 잘 발달되지 않아서 그렇다는 일침이 돌아왔다. 비난을 받은 느낌에 그를 밀쳐버리고 말았지만, 한편으로는 그 말에 일리가 있다는 생각에 마음이 불편하기도 했다. 실제로 자신은 병리학적 이유 이면에 사람이 있다는 사실을 종종 잊곤 했다. 엄마는 그녀가 연구 관련 전공을 선택했어야 하는 것 아니냐는 말을 하곤 했다. 가령 약대를 선택한 동생처럼. 비키는 인간적인 따스함을 연기할 수 없는 사람이었고, 그러고 싶은 마음도 없었다. 그저 자신의 역할이 아니라고 생각했다. 눈물을 닦아주고 실의에 빠진 이들을 어루만져 주는 건 타인의 일이라 여겼다. 그렇게 살기에는 주어진 일들만으로도 벅찼다.

정확한 진단은 계속 이어졌다. 시계처럼 정확한 시간대를 두고 찾아오는 건 아니었지만 그래도 동급생들이 그녀에게 품었던 존경심이 질투로 바뀌고, 팀장이 호통과 신뢰 사이를 갈팡질팡하는 한편, 병원 전체에 그녀의 능력에 대한 소문이 퍼져 '꼬마 마녀' 내지는 '수정 구슬 박사'라는 별명이 붙기에는 충분한 빈도수였다.

비키는 이 모든 걸 즐기고 있긴 했지만, 걱정이 없는 것도 아니

하늘에서 피어나는 검은 꽃

었다. 자신의 능력이 합리성의 세계 너머에서 온다는 느낌을 지울 수가 없던 것이었다. 추론적 방법론과는 거리가 멀었다. 진단명을 맞출 때마다―항상 심각한 질병이었던 것도 아니었다. 때때로 중대 질병을 위장한 영상자료의 무해성을 밝혀내거나, 천식 발작으로 입원한 소년이 심장병을 앓고 있다는 사실을 알아내기도 했다 ―머릿속에 정전이 일어난 것 같은 느낌이 들었다. 카메라 플래시가 터지는 것과 정반대의 현상인, 순간적인 정전이었다. 이런 진단을 내리고 나면 며칠간은 잠을 못 이루거나, 잠이 들더라도 그 집이나 아델라의 꿈을 꾸곤 했다. 아델라가 나오는 꿈은 엄밀히 말하자면 공포스럽진 않았다. 예를 들자면, 아델라는 응급실에 나타나 팔의 환상통을 호소하곤 했다. 꿈속의 아델라는 예전과는 다른, 다 큰 숙녀의 모습으로 자신과 같은 나이가 되어 있었다. 우연일 수 없었다. 그 집이 자신으로부터 많은 것들을 앗아갔고, 그중에 가장 친하던 친구가 포함되어 있었다. 자신이 환자들에게 느끼고 있던 거리감은 그 집이 남긴 또 하나의 후유증이었던 것이다. 가스파르가 과거에 겪었고 지금도 겪고 있는 그 정신적 붕괴처럼, 자신도 그로부터 스스로를 지키기 위해 그날 밤 공감 능력을 일부 잃었다는 느낌이 들었다. 어쩌면 그 집이 자신에게 이런 능력을 선물한 것일지도 몰랐다. 이따금은 아델라를 데려다준 데에 대해 그 집이 이런 식으로 감사 표현을 하는 것이라는 생각도 들었다. 한번 그런 식으로 진단을 내리고 나면, 언제나처럼 양말을 신는 것에 더해 담요를 머리끝까지 덮어야만 비로소 잠에 들 수 있었다. 그런 날은 의심의 여지 없이 발끝에서 죽어가고 있는 오마이라의 머리를 감각했다. 불쾌한 기억은 이 외에도 수없이 많았지만, 비키는 그 모든 것을 무난하게 관리하고 있었다.

꿈속에 나타나는 건 아델라만이 아니었다. 베티의 꿈을 꾸기도 했던 것이다. 이따금은 딸과 함께 응급실에 나타나기도 했다. 공포스럽진 않았다. 꿈에서 깨고 나면 오히려 언젠가 그녀를 만나고 싶다는 생각을 하기도 했다. 경찰은 그녀를 굳이 찾지 않았다. 모두들 그녀가 그곳을 자발적으로 떠났다고 여겼지만, 그래서 어디로 갔다는 것인가? 사라지는 건 참 간단해, 비키는 생각했다. 응급실에는 친구도, 가족도, 과거도 없는 사람들이 오갔다. 배고픔 때문에, 술 때문에, 혹은 질병 때문에 정신을 잃고 길가에 쓰러져 있던 사람들이었다. 단 한 번도 치료받지 못한, 치명적 상태의 여성 암환자를 받은 일이 떠올랐다. 엄밀히 말하면 노숙자도 아니었다. 그녀는 암인 걸 알자마자 집을 나왔다고, 치료를 받아봤자 소용 없을 것이라 생각했다고 비키에게 털어놓았다. 대략 일 년 정도 전에 일어난 일이었다. 시간 감각도 많이 감퇴한 혼란스러운 상태였다. 암이 뇌에도 전이되는 바람에 정신이 오락가락하던 그녀. 돈 몇 푼과 가방만을 들고 홀연히 도망 나온 상황이었다. 어디서 왔는지는 물론, 마지막 순간에 곁을 지켜줄 사람의 이름조차도 알리지 않았다. 자녀들과 남편에 대해서는 거리를 두는 듯 말하곤 했으나 애정이 묻어나왔다. 자신이 신문과 TV에도 출연했다고, 그들이 쓴 사진이 지금의 모습과는 완전 딴판이어서 웃음을 터뜨리고 말았다고 했다. "그 벌레들이 내 몸에 들어왔을 때부터(암을 '벌레'라고 표현하곤 했다) 난 다른 사람이 되었어요. 사람들은 날 보고도 알아보지 못하더라고요. 주유소에서 그런 일이 실제로 일어났지요." 그녀가 말했다.

실종되는 건 쉬웠다. 그 여자는 이름을 밝히지 않았다. 신분증도 지니고 있지 않았다. 그 누구도 그녀의 신분을 확인할 필요성을 느끼지 않았다. 그녀의 뜻은 명료했다. 발견되고 싶지 않았던 것이다. 그녀의 권리 중 하나였다. 지인들은 그녀를 잃은 아픔을 알아서 해결해야만 한다. 비키는 베티가 스스로 말없이 사라졌던 것처럼 언젠가 또 홀연히 나타나주길 기대하고 있었다. 하지만 그녀를 다시 만난다고 한들 알아볼 수 있을지는 몰랐다. 어느 날, 강아지들은 시멘트 바닥 위에서 뒹굴고 비키는 집 안뜰에서 엄마와 함께 대화를 나누던 중, 엄마 역시도 베티가 돌아오기를 기다리고 있다고 털어놓았다. 또 한번은 아빠가 약국 문을 닫다가 베티를 본 적이 있다는 얘기도 들었다. 그녀를 불렀지만, 베티와 닮은 그 여자는 뛰어가버렸을 뿐이라고 했다. 그녀가 유령 같다는 생각에 우고를 불안에 사로잡히게 한 건 아주 작은 디테일 하나였다. 도망간 여자는 신발을 신고 있지 않았다.

가스파르는 비키를 자주 만나러 왔다. 그의 일과 시간도 틀어져 있는 상태였다. 열다섯 살 생일 파티와 결혼식 영상 촬영을 하는 일을 시작했는데, 이따금 피곤에 절어 있으면서도 잠은 못 잔 상태로 새벽에 비키를 찾아오곤 했다. 그런 날이면 두 사람은 병원 매점에서 함께 카페콘레체를 마셨다. 하루는 비키가 병원에 오는 게 무섭지 않냐는 질문을 건넸다. 네 아빠 일도 그렇고, 네가 겪은 일도 있었잖아. 많은 게이 남자애들이 병원에 입원하면서, 너도 병문안을 자주 왔잖아. 난 솔직히 그때 네가 발작이라도 일으킬까 봐 두려웠어. 난 그렇게 뻔한 사람은 아냐. 그렇게 대답한 가스파르는 빵에 버터를 바르며 무심하게 말을 이어갔다. 우리 아빠가 병원에 입원해 있던 그 당시는 아빠와 나 사이에 있었던 최악의 순간들과는 비교도 안 되게 평화로웠어.

그러던 어느 날 아침, 식사 중이던 비키는 이상한 기분에 휩싸였고, 이제 가스파르와 그가 앓고 있다는 막연한 뇌전증에 정확한 진단을 내릴 때가 되었다는 생각이 들었다. 특별한 무언가가 필요한 건 아니었다. 손을 만지거나 잡을 필요도, 본인이 원하지 않는다면 말을 걸 필요조차도 없었다. 가스파르가 커피에 우유를 타고, 웨이터에게 감사의 미소를 짓는 동안 정전이 찾아오기를 기다렸다. 확신은 찾아오지 않았다. 오히려 정전은 예전처럼 빛나지 않았고, 비키는 어둠 속에서 반딧불 같은 광원들이 보이는 걸 느끼며 정신을 잃어갔다. 기절하기 직전이었다. 가스파르도 그걸 눈치챈 게 분명했다. 탁자 위에 올려놓은 그녀의 손을 잡아주었기 때문이었다. 비키는 그 집에서 그랬던 것처럼 가스파르에게 몸을 기대었고, 그제야 암막 커튼이 걷히는 느낌이 들었다. 마치 검은 갱도에 있다가 끌려 나온 것처럼, 누군가의 은신처를 몰래 엿보고 나온 것 같았다. 괜찮아? 그가 물어보았다. 조금 어지러웠을 뿐이야. 살인적인 당직 스케줄 때문에 좀 피곤했나 봐, 그녀가 대답했다. 햄치즈 샌드위치 하나만 주문해줄래? 병원 매점에서 주문하려면 카운터까지 직접 가야만 했다. 비키는 자신이 한숨을 돌리고 땀을 닦으려면, 특히 불편한 질문을 피하려면 일단 가스파르와 잠시 떨어져 있는 게 좋겠다고 판단했다. 가스파르는 단 한 번도 자신을 위해 진단 능력을 써달라고 요청한 적이 없었다. 그런 요청을 하지 않는다는 사실이 항상 의아했는데, 비키는 이제야 그 이유를 알 것 같았다. 가스파르는 항상 무언가를 더 알고 있었다. 그 집에서 자신들을 빼낼 수 있었던 것도 바로 그 때문이었다. 그의 침묵과 우유부단함을 존중해야만 했다. 그 이면에는 항상 이유가 있었다. 다음 시도는 가스파르가 부탁하는 경우가 아니라면 없을 것이다.

그런 새벽 중 어느 날, 가스파르는 언제나처럼 환각 이야기를 꺼냈다. 그를 담당하던 신경과의사는 저명했고 신뢰할 만했지만, 가스파르는 환각으로 나타나는 이미지 중 일부가 심하게 생생하고도 괴이하다는 고집을 굽히지 않았다. 신경과의사나 이사벨은 그런 증상이 흔하진 않아도 있을 수 있다고, 병리학적 측면에서 설명 가능한 증상이라는 주장을 펼치곤 했지만 가스파르를 설득하기에는 역부족이었다. 비키는 가스파르에게 흥미로울 거라며 19세기 말의 영국 신경학자 윌리엄 가워스가 쓴 『뇌전증Epilepsy』라는 책을 추천했다. 오늘날에는 재미로 읽힐 뿐인 책이긴 하지만, 어떤 설명들은 몹시 환각적인 측면이 있거든. 너한테는 나나 주치의들이 하는 이야기보다 더 쓸모 있을지도 몰라. 비키의 말이 맞았다. 책에서 가워스는 물망초 냄새를 맡던 한 여성에 대한 이야기를 했다. 사실 물망초는 아무런 냄새도 풍기지 않는다. B여사라는 사람은 오른쪽 귓가에서 자신의 이름을 또박또박 말하는 목소리를 듣곤 한다고, 꿈속에서 들려오는 목소리와는 전혀 다르다고 말했다. 목소리의 주인은 여자도 남자도 아니었는데, 그 목소리를 듣고 나면 경련이 이어지곤 했다고 한다.

어쩌면 아빠도 비슷한 일을 겪었던 걸지 모른다. 그래서 그 많은 오컬트와 마법 관련 서적을 수집해온 것일까? 이세계로부터 온 메시지라고 생각했던 것들이 사실은 뇌전증에서 비롯된 것이었을까? 비키에 따르면, 1950년대에 이뤄진 초기 심장병 수술 중에는 산소 부족으로 인한 뇌 손상이 흔히 발생하곤 했다. 만일 아빠가 환각을 보곤 했다면 그걸 신비주의적으로 해석하고, 평행 세계라고 생각했을 수 있다. '신성한 질병'으로 불리던 데에는 다 이유가 있다.

둘 다 맞는 이야기일지 몰라, 가스파르는 생각했다. 양립하지 못할 이유가 없었다. 아빠를 괴롭히던 건 뇌병변이 아니었다. 아델라의 실종도 망상이 아니었다. 질병으로 모든 의문을 답하는 것, 그리고 정신착란을 설명으로 제시하는 것은 위안이 되기도 했다. 하지만 사실 진실에는 수면으로 떠오르고자 하는, 피부를 할퀴려는, 목덜미를 걷어차려는 성질이 있다.

가워스의 책에는 수많은 이인증의 사례들도 등장했다. 가스파르에게도 일어나곤 하던 증상이었다. 큰아빠와 그의 친구들이 방 안에 함께 있다는 사실을 머리로는 알고 있으면서도, 정작 자신은 익숙하면서도 미지한 제삼의 장소에 있다는 느낌을 받곤 했다. 몇 초 단위였다. 이 찰나의 순간 동안 알면서도—모르는 누군가가 자신을 만지기라도 할 경우엔 방어적인 반응을 보이기도 했다. 사진 촬영에 나섰던 한 결혼식 피로연에서는 샴페인 한 잔을 마셨다가 분리를 경험하기도 했다. 알코올 섭취는 증상의 기폭제가 되기도 했다. 가스파르가 느끼기에는 술을 마시면 자신을 묶고 있던, 수년간

풀기 위해 갖은 노력을 해오던 쇠사슬이 조금 느슨해지는 것 같았다. 신부의 대부가 그에게 다가와, 신랑에게 전달할 영상 편지를 촬영해달라고 요청하던 때였다. 하지만 가스파르는 그의 말을 듣고 또 이해했음에도 아무 대답을 할 수 없었다. 자신만의 사적인 현실에서 가스파르는 호텔방 안에 머무르는 중이었고, 누군가가 다른 편 침대에 누워 있었다. 몹시도 거대했지만, 그다지 위협적이진 않았다. 무서운 건 방 한쪽에 벌거벗은 채로 앉은, 대머리 임신부였다. 그리고 가스파르가 누구인지 알아볼 수 있음과 동시에 타인으로 인식하고 있던 신부의 대부는 같이 밖으로 나가자고, 깜짝 이벤트를 해주고 싶다고 명확하게 의사를 표시하고 있었다. 취기가 조금 올라 있던 그 남자는 가스파르의 팔을 잡았는데, 가스파르는 순간적으로 그를 있는 힘껏 밀쳐버리고 말았다. 대부는 탁자 위를 미끄러지며 테이블보와 함께 나뒹굴고 말았다. 다행히 균형을 잡으려는 노력 끝에 땅바닥을 구르지는 않았지만, 접시와 술잔은 산산조각 났고 꽃장식은 모조리 흐트러졌다. 요란한 소리에 방과 침대 위의 사람, 벌거벗은 임신부는 그 남자가 몸을 추스리기도 전에 사라져버렸고, 가스파르는 그저 미안하다는 말만 반복할 뿐이었다. 어느새 한 무리의 남자들이 그들을 둘러쌌고, 금방이라도 가스파르에게 주먹질이 날아올 듯했다. 하지만 신기하게도 공격당한 남자는 거짓말에 속아 넘어갔다. 몸을 실수로 잘못 놀렸어요. 카메라가 땅바닥에 떨어지려고 하는 바람에 선생님을 밀치고 카메라를 두 손으로 받으려고 했던 건데, 힘 조절을 잘 못했어요. 나도 힘 조절을 잘 못하곤 하지, 손이 굼뜨거든. 대부가 말했다. 그는 미소를 띠고 있었다. 파티를 망치고 싶지 않았던 걸지도 모른다. 아무 일도 아니야, 그가 다른 남자들에게 말했다. 가스파르는 그를 따라 피로연장으로 가서 신랑을 향한 영상 편지를 기록했다. 이보다 심각한 일은 일어나지 않았다. 밀어내기. 그 남자는 설사 이 사건을 기억한다 하더라도 그저 한순간의 실수 혹은 오해로 치부해버릴 것이었다. 그건 확실한 데자뷔이자, 실재였다. 무언가에 대한 기억이 펼쳐진 것이었다. 침대의 그 사람이 아빠라는 건 물론 알고 있었다.

‡

파블로는 양팔을 뒤로 뻗은 채 안드레스의 침대에 몸을 늘어뜨리곤, 그가 태국에서 가져왔다는 '끈적이'(그는 오일을 '끈적이'라고 부르곤 했다)를 바를 수 있게 등을 내주었다. 눈을 감고 가스파르를 떠올리지 않으려 애썼지만 결국 실패했고, 달콤한 코코넛 향기에도 발기 상태를 이어가지 못했다. 전날 밤 두 사람은 아빠의 압축천연가스 충전소에서 일하는 직원 한 사람과 밤을 보냈다. 그 사람은 스리섬에 환장한다는 한 킬메스 출신 택시 기사 이야기를 했다. 기혼에 딸 둘이 있다면서. 두 사람은 다음번을 약속했다. 안드레스는 생각보다 훨씬 적극적이었던 반면, 파블로는 조금 더 조심스러워했다. 이성애자 남성들이 폭력적으로 돌변하곤 한다는 사실을 잘 알고 있었기 때문이었다. 그렇기에 돈을 지불한 적도 없었다. 안드레스는 값을 치른다는 사실에 더욱 흥분했다. 마흔셋의 그는 그

하늘에서 피어나는 검은 꽃

의 친구들 중 유일한 생존자였고 부자였다. 자동차 대리점을 운영하던 유대인 집안에서 태어난 소위 금수저였다. 그의 애인은 이 년 전 세상을 떴는데, 안드레스는 집 안을 그의 사진으로 도배해놓았다. 이따금 마약에 과하게 취해 있을 때면 애인을 위한 약을 제때 구하지 못했다며 한탄하고 울기도 했다. 일 년만 기다리면 됐을 텐데, 칵테일 요법을 받을 수만 있었더라면, 무슨 말인지 너는 알지, 날 이해하지. 파블로는 안다고 답했지만 사실은 잘 몰랐다. 이 년은 무척 긴 시간이었다. 그 틈 사이에 파블로는 적어도 다섯 명의 친구들, 그리고 그보다 더 많은 아는 사람들이 죽어나가는 걸 목격했다. 자신이 여태껏 감염되지 않았다는 사실도 좀처럼 믿기지 않았다. 비키는 그녀의 괴물 같은 직감을 이용해 일종의 예언을 했다. 넌 절대 감염되지 않을 거야. 그런 사람들이 있거든. 연구 대상이지. 어쩌면 연구가 진행될 수도 있고. 면역자들인 거지. 하지만 혹시 모르니까 예방법을 꼭 따라야 해. 비키가 이 말을 몇 번이나 반복했는지, 태생적으로 순종적인 파블로는 늘 예방 지침을 따랐다. 이제 그는 건강하고 외로웠다. 그와 안드레스가 외로이 남아 있었다. 한 사람은 죽은 연인에 대한 그리움을, 다른 한 사람은 이성애자 친구에 대한 연모를 품은 채. 함께 있는 두 사람은 불만족의 교과서였고, 아마 그렇기 때문에 서로가 죽이 잘 맞았을지 모른다.

파블로는 안드레스 소유의 갤러리에서 전시를 계획 중이었다. 라플라타에 위치해 있었지만, 부에노스아이레스에 있는 것만큼이나 명망이 있었다. 다름 아닌 안드레스의 소유였기 때문에, 또한 도시 외곽이라는 위치가 풍기는 일종의 '매력적인 교외'라는 이미지 때문에 꼭 발견해야만 하는 무언가라는 인식이 퍼지게 되었다. 그 사실을 잘 알았던 안드레스는 돈이 아무리 많아도 부에노스아이레스에 지점을 열지 않고 있었다. 예술계에서는 그 무엇보다 큰 가치를 지녔다 할 수 있는 그곳만의 은밀한 매력을 모두 잃고 말 것이 뻔했다. 안드레스는 전시회 제목으로 여러 가지 아이디어를 냈지만, 그중 어느 것도 파블로의 마음에 들지 못했다. 안드레스는 좀 구닥다리야. 생각해봐, 그 전시회의 타이틀을 '생존자'라고 지으면 완전 1970년대 느낌이 들지 않겠어? 하루는 파블로가 가스파르에게 답답함을 토로했다. 그러자 가스파르는 '역병의 나날들'을 제안했다. 안 돼, 넌 너무 극단적이야. 일단 파블로는 자신만의 임시 타이틀을 갖고 있었다. '죽은 자. 마약에 빠진 자. 가버린 자.' 그게 아니어도 이런 방향이면 좋을 것 같았다. 이 아이디어를 아직 안드레스에게 말한 건 아니었지만, 분명 받아들일 것이었다. 그리 변덕스러운 사람은 아니었다. 두 사람의 연애는 시작된 지 얼마 되지 않았다. 스무 살의 나이 차이가 났고, 남들 앞에서 연인이라고 밝히지는 않을 것이었다. 또한 안드레스는 파블로가 가스파르를 좋아한다는 사실을 몰랐다. 그는 끝내주는 네 친구 좀 데리고 오라는 이야기를 입버릇처럼 하곤 했다. 귀신이 씐 것도 아니고, 어쩜 그렇게 예쁘게 생겼을까. 우리 한번 그 애를 설득해보면 안 될까? 게이들에 둘러싸여 있어도 그렇게 편안해 보일 수 없던데. 난 좀 의심스러워.

설득해봤자 소용없어요, 파블로의 대답은 늘 같았다. 그리고 생

하늘에서 피어나는 검은 꽃

각했다. 설사 당신이 날 고문한다고 해도 그 애를 넘겨줄 생각은
없어.

안드레스와 함께하는 나날 중에 유일하게 불편했던 건, 바로 자
신을 붙잡는 팔이 다시 나타났다는 사실이었다. 안드레스의 집에
서 밤을 보내던 어느 날, 화장실에 가는 길이었다. 그 손의 손마디
가 분명하고도 세세하게 느껴졌다. 어린 시절과 같은 상황의 반복
이었다. 하지만 지금의 파블로는 그때와 달랐다. 두 눈을 살포시
감았다. 애써 뿌리치거나 뛰지도, 아니면 깜짝 놀란 채로 화장실
안에 숨어 있지도 않았다. 손이 자신을 만지는 걸 허락한 것이었
다. 거머쥐는 느낌, 열기, 억누른 폭력성이 오롯이 실감되었다. 이
내 손이 자신을 놓아주는 게 느껴졌다. 한참이 지난 후, 떨림 속에
서 팔을 바라보았다. 유령 손은 흔적을 남기지 않았다. 머릿속 상
상에 지나지 않을 수 있다는 의심은 버린 지 오래였다. 그 손 역시
도 어둠 속에서 길을 잃었다는 걸 깨달은 것이었다. 마치 건드리
고, 손가락으로 쥐고, 누르고, 살짝 미는 임무를 수행하고는 있지
만, 그 이상은 무얼 해야 하는지 알지 못하고 헤매는 잃어버린 기
억의 조각 같은 느낌이었다. 비키가 잠들기 위해서나 어둠 속의 공
포를 이겨내기 위해 늘 신는 양말처럼, 그 손 역시도 그 집의 잔해
이자 부작용 중 하나였다. 예를 들면, 요즘 비키는 중고 발전기 하
나를 구입하려던 참이었다. 자신도 어두운 공간 속에서 타인과 부
대끼는 상황을 극도로 꺼리고 있었다. 섹스할 때조차도 모든 불을
다 끄지 않으려 노력했고, 손에 열이 많은 사람 역시 꺼렸다. 그 유
령 손의 달뜬 손길이 연상됐기 때문이었다. 어쩌면 그 손은 일종의

경고일지 몰랐다. 비키가 자신을 면역자라고 부르는 건 틀렸을지 모른다. 적어도 과학적 관점에선 온당하지 못하다. 칵테일 요법이 개발되기 전, 파블로는 수많은 사람들—친구들, 애인들—이 병들어 죽어가는 걸 보아야만 했다. 그는 자신의 생존이 무언가 자연의 법칙을 거스르는 거라고 생각하게 되었다. 마치 그 손이 자신을 기다리는 것처럼, 그를 산 채로 보존하고 싶어 하는 것처럼, 언젠가 미래에 그에게 숙제를 안겨주기 위해 살려두는 것처럼. 아니면, 미래의 누군가에게 자신이 필요할 것이기 때문일지도 모른다.

‡

가스파르는 먹다 남은 고기를 루이스와 훌리에타의 개, 포초에게 던져주었다. 날씨가 몹시 더운 탓에 많이 먹을 수도 없었다. 쌍둥이가 구입한 지 얼마 안 된 조립식 미니 수영장에서 놀고 있었다. 그 아이들을 제외한 나머지 모두는 바비큐 그릴 주변에서 고기와 함께 바싹 익어가고 있었다. 훌리에타는 가스파르에게 화가 나 있었지만, 그는 세상 그 어떤 것과도 자신의 결정을 바꾸지 않을 셈이었다. 독립할 계획이었다. 훌리에타는 정황상 자신이 월세로 지출할 돈을 가족을 위해 쓰지 않는다는 이유로 자신을 이기주의자라 여기고 있었다. 여기서 함께 탈출해야지, 그녀의 말이었다. 네 결정은 무책임해, 라는 말을 차분하면서도 단호한 태도로 반복하기도 했다. 우리의 경제적 사정이 나아질 때까지만이라도 함께 있자. 하지만 가스파르는 일말의 여지도 두지 않았다. 이 나라에서

하늘에서 피어나는 검은 꽃

경제적 사정이 나아지는 집이 어디 있나요? 필요하면 제가 매달 돈을 빌려드릴게요, 그건 아무런 문제도 되지 않아요. 전 나가고 싶어요.

그녀는 차용 제안에 심한 모욕감을 느꼈고, 가스파르는 그 이유를 짐작하지 못했다. 말만 다르다 할 뿐이지 결국 같은 결론 아닌가. 그는 육아에 아무런 도움을 주지 않았고, 집에도 거의 들어오지 않고 있었다. 왜 자신을 붙드는 것일까? 그 요구에는 이상한 지점이 있었다. 늘 자유로운 홀리에타의 성격과는 전혀 상관없는, 무언가가 더 있었다. 만 열여덟이 된 이후 가스파르는 은행 계좌와 유산 목록을 받을 수 있었다. 혼란스러운 액수였다. 자신은 물론 루이스와 홀리에타, 그리고 쌍둥이의 인생까지도 뒤집을 수 있었다. 루이스는 돈에 대해 아무것도 알고 싶지 않아 했다. 다 네 것이다, 아들아. 모두 네 엄마가 너를 위해 물려준 거야. 홀리에타의 생각은 달랐다. 매우 불쾌한 말다툼이 오간 어느 날이었다. 가스파르는 그녀에게 자신을 보살피느라 견뎌야 했던 불편함을 돈으로 돌려받고 싶은 것 아니냐고, 원한다면 돈을 지불하겠다고 큰 소리를 냈다. 그녀는 눈물을 흘리더니, 넌 날 전혀 이해하지 못해, 라고 소리쳤다. 가스파르는 진심으로 이해할 수 없었기에 그렇다고 대답할 뿐이었다. 지금의 두 사람은 다툰 건 아니었지만 긴장감이 고조되어 있었다. 홀리에타는 단 한 번도 그의 외갓집이 어떤 가문인지 잊지 못하게 만들었다. 브래드퍼드. 레예스. 대지주. 마테차 남작. 그러면서 마치 계급이 유전자에 새겨져 있기라도 하다는 듯, 그에게서 출신 가문의 흔적을 찾아내려 애썼다. 이제 그녀는 그의 "개

인주의적 성향"―그녀가 직접 쓴 표현이었다―의 발현이 변덕의
일종이라고 믿고 있었다.

그랬기에 더욱더 집을 나와 혼자 살고 싶었다. 홀리에타와 있을
때면 포옹과 편견이, 친밀감과 감시가, 걱정과 부대낌이 공존했기
때문이었다. 그녀는 출산 이후 많이 변해 있었다. 아이들의 존재에
큰 감흥이 없다는 사실을 솔직하게 드러내기도 했지만 그리 도움
은 되지 않았다. 뭐가 어찌 됐건, 자신의 분가를 그토록 필사적으
로 막으려 하는 이유를 이해하기엔 역부족이었다. 왜 그래요? 하
루는 대놓고 질문하기도 했다. 하지만 그녀는 정답을 미처 전달받
지 못했다는 듯, 그저 침묵으로 일관할 뿐이었다.

루이스와 네그로, 가스파르 세 사람은 식사 후 같은 차를 타고
라플라타 시내로 나섰다. 세 사람은 같은 시위 장소를 향하고 있었
다. 많은 군중이 모일 예정이라 위험한 일이 벌어질 가능성이 있었
기에, 홀리에타는 아이들과 함께 집에 남기로 했다. 강제진압에 대
한 소문은 낮은 웅성거림에서 큰 외침으로 바뀌어 있었다. 이번에
통과될 예정인 새로운 교육 관련 법안은 대외 부채 상환을 위해
교육 예산을 삭감하는 데에 목적이 있었다. 아르헨티나가 멈추지
않는 회전목마에 타고 있는 꼴이지, 큰아빠는 이렇게 말하곤 했다.
예산 삭감이 국가의 모든 부문을 멍들게 하고 있었다. 돈 있는 사
람이 없었고, 임금 인상도 없었으며 늘어나는 건 실업자 수와 문을
닫는 공장들뿐이었다. 재앙이 임박했다는 느낌이 워낙 거센 탓에,
그리고 3월까지도 수그러들지 않는 한여름 더위 때문에 숨통이 조
여왔다.

하늘에서 피어나는 검은 꽃

네그로와 큰아빠는 다른 일자리를 구하지 못한 탓에, 쥐꼬리만 한 봉급을 받으며 교사로 일하기 시작했다. 네그로는 독재정권이 금지한 여러 신비주의 영화의 촬영 보조로 일한 적이 있었고, 그 때문에 망명길에 올라야 했다. 이 사실을 몰랐던 가스파르는 놀랐다. 네그로는 가스파르가 촬영한 결과물을 몇 번 본 적이 있었다. 시 낭송회, 행진, 파블로의 스튜디오에서 찍은 파블로에 관한 단편 애니메이션 등. 네그로는 그의 시각이 남다르다고 말했다. 나중에는 열다섯 살 생일 파티나 대학교 학내 행사 등과 관련된 아르바이트를 물어다 주기도 했다. 이 꼬맹이가 하는 것 좀 봐, 네그로는 가스파르가 찍은 열다섯 살 파티의 왈츠 타임 영상을 보며 감탄하기도 했다. 드레스는 꽃처럼 진분홍색인 데다가 부모들의 표정엔 뿌듯함과 놀람이 뒤섞여 있었다. 또 아직 소녀인 주인공들의 어른스럽고 과한 화장은 우스꽝스러워 보이기까지 했다. 네그로가 말했다. 얘가 해놓은 걸 좀 봐. 이 개똥 같고 엉망진창인 파티에 아름다움과 존엄성을 부여하잖아.

무더위가 심한 탓에 북소리마저도 잦아들었다. 북을 치는 사람들이 피로감을 호소했기 때문이었다. 가스파르는 노랫소리에 합류했다. "가자, 동지들이여, 투지를 가져라……" "싸우자, 싸우자. 국가와 민중을 위한 교육을 향해……." 그리고 가장 많이 들려온 외침에도 동참했다. "노동자들의 대학. 싫으면 꺼져라, 꺼져라." 가스파르는 신문방송학과 쪽 행렬에서 마리타를 보았다. 얼마 전부터 마리타는 그에게 다시 인사하기 시작했고, 두 사람은 간간이 말을 섞기도 했다. 분노는 이미 사그라든 지 오래였다. 어쩌면 다시 친구 사이로 지낼 수도 있을 것이었다. 기예와의 일은 진작에 용서했다. 그녀는 그 일이 얼마나 가스파르를 힘들게 했는지 알지 못했다. 이제 마리타는 대학 출판사에서 일하며 진지하게 운동권의 일원이 되어가고 있었다. 그녀의 새 남자 친구 우에소는 유명한 학생 운동 리더 중 한 명이었다. 가스파르와 그의 열다섯 살 파티 촬영과는 상당한 거리감이 있었다. 그는 지금 그 일을 어쨌든 아무것도 안 할 수는 없으니까, 심심하니까, 실제로 필요하지도 않은 용돈벌이를 위해 하고 있었다. 이렇듯 멀리서 다른 삶을 살아가다 보니 마리타가 더 좋아졌다. 길바닥에 앉아 포스터를 칠하는 모습, 흰색 페인트를 얼굴에 묻힌 채 웃는 모습을 보았다. 항상 심하게 낡은 부츠를 신곤 했는데, 구제 상점에서 구입한 게 분명했다. 그녀의 손가락은 페인트로 지저분했고, 손톱은 검은색 매니큐어로 칠했다. 비록 파블로에게 운영을 넘겨주긴 했지만 프린세사에도 얼굴을 자주 내비쳤다. 파블로는 그곳을 굉장히 똑똑하게 운영했고, 가스파르는 그런 그를 부려먹는 일을 상당히 즐겼다.

산마르틴 광장에서의 모임은 후원기관의 이름을 나열하는 가장 지루한 순간을 지나고 있었지만, 가스파르는 곧바로 주변을 둘러싼 경찰들의 수가 갑자기 불어났음을 알아차렸다. 게다가 대부분이 기마경찰이라는 게 더 수상했다. 말들. 큰아빠를 찾기 위해 군중 속을 파고들었고, 마침내 그와 맞닥뜨렸다. 그 역시 자신처럼 불안해하고 있었다. 일단 기다리자, 하지만 명령이 내려오는 즉시 냅다 뛰는 거야, 그가 말했다. 뒤돌아보지 말고 뛰어. 그러더니 루이스는 그의 두 눈을 똑바로 마주 보고 말을 이었다. 아니면 지금

가도 좋아, 아들아.

아무 일도 일어나지 않을지도 몰라요, 가스파르가 말했다. 신문방송학과의 누군가가 마이크를 잡으려던 그때, 마이크에서 삑 소리가 나기 시작하더니 큰 폭발음이 이어졌다. 그리고 멀리서부터 달음질이 시작되었다. 그런 달음질이 시작되는 곳이 공원이라면, 허겁지겁 나무줄기를 타며 도망치려는 사람들로 나무들이 마구 흔들리기 마련이다. 날씨까지 무덥다면 빈 공간을 짓누르는 무거운 공기의 파도가 느껴지기도 한다. 비명 소리와 발소리가 이어진다. 운 좋게도 총성은 들리지 않는다.

충격은 그날 오후 시작되었다. 기마경찰과 도보경찰이 힘을 합쳐 군중을 흩는 한편 길거리에서, 대로에서 사람들을 쫓아다녔다. 가스파르가 나중에 알게 된 사실은, 이날 잡혀간 사람들이 이백 명에 달했다는 것이었다. 하루 종일 이어진 철야 농성, 겁에 질린 부모와 친지들, 꿀 먹은 벙어리가 된 경찰, TV에 나와 말도 안 되는 헛소리를 늘어놓는 주지사가 대기 중이었다.

너무 넓고 개방된 7번가로 가는 건 좋은 생각이 아니었지만, 다른 선택지도 없었다. 가스파르의 생각은 단순했다. 우선 경제학과 건물에 도달하는 것. 가장 가깝기도 했고, 무엇보다 경찰은 자치기구인 대학 건물에 진입할 수 없었기 때문이었다. 달리다 보니 어느새 마리타와 우에소가 거친 숨을 헐떡거리며 같이 가고 있었다. 아무리 덥긴 해도 가스파르가 보기엔 모두들 너무 느리게 뛰고 있었다. 총격 소리가 들려왔다. 고무탄이었다. 이제 소리만 들어도 구분할 수 있었다. 시위 중 도망치는 게 처음이 아니었다. 멀리서 혼동 불가한 최루탄 냄새가 풍겨왔다. 그 영향에서 벗어날 수 있는 최선의 방법은 소변을 적신 천을 코에 갖다대는 것이었다. 이 방법만큼은 피하고 싶었다. 레몬을 지니고 시위에 나서는 사람들도 있었지만, 큰아빠는 항상 "아무짝에도 쓸모없다"라며, "오줌을 지리는 게 낫다"라고 말하곤 했다.

말발굽의 진동이 느껴졌고, 마리타의 신음 소리가 들렸으며 경찰의 진압봉이 보였다. 우에소에게 더 빨리 뛰어가라고 다그치며 인도 위로 그들의 뒤를 따라갔고, 타이밍에 맞춰 사람들 속에 섞여 들어갔다. 마리타는 더는 못 참겠다고 소리쳤지만, 우에소의 대답은 들리지 않았다. 이날 밤을 철창 속에서 보내고 싶지 않았다. 그리고 가능한 한 그 두 사람 역시도 잡혀가지 않도록 도울 생각이었다.

경제학과 건물은 교도소 설계 도면을 사용해서 지은 거야, 큰아빠가 설명해준 적이 있었다. 굉장히 편집증적이지 않니? 회랑이 주변을 빙 두르고 있는 한가운데 감시용 망루가 있어. 그 망루는 애초에 감시가 아닌 엘리베이터로 쓸 목적이긴 했지만, 의도는 비슷해. 그놈들은 아주 천재적으로 악랄하다니까. 가스파르는 경제학과 건물을 잘 몰랐다. 파티가 있을 때나, 여자를 만나러 몇 번 가본 게 전부였다. 어쨌든 그곳의 지도까지는 필요 없었다. 일단 그 건물 안에 몸을 밀어 넣으면 생존은 보장되었다. 경찰이 들어올 수 없는 곳이었기 때문이다.

하지만 그날 오후만큼은 경찰이 들이닥쳤다.

가스파르는 출입구 계단 앞에서 말이 고군분투하는 모습을 의심의 눈초리로 지켜보고 있었다. 높은 층의 창문에 몸을 걸치고 있는 사람들은 "시발 놈들, 시발 놈들"이라는 구호를 외치고 있었고, 헬 멧을 쓴 경찰들은 공중에 가스를 뿜어대면서 건물 안으로 들어가 라고 명령하고 있었다. 가스파르는 그럼에도 불구하고 건물 안으 로 들어서기로 마음먹었다. 마리타와 우에소가 그의 뒤를 따랐다. 학교는 사람으로 가득 차 있었고, 많은 수의 경찰이 진입했다. 학 생들은 질질 끌려 나갔다. 배가 훤히 드러난 채 끌려가는 한 여학 생이 보였다. 바닥에 끌리는 바람에 티셔츠는 말려 올라가 있었고, 주인을 잃은 샌들 한 짝이 한 교실 문 앞에 버려져 있었다. 저항하 던 소년들에겐 수갑이 채워져 있었는데, 그중 한 명의 관자놀이에 서 피가 흐르고 있었다. 당신들은 대학에 들어와선 안 된다고, 불 법 탄압이라고 우에소가 경찰들에게 외쳤고 마리타는 곁에서 제 발 닥치라고 했다. 그들은 한쪽 구석에 있었다. 경찰들은 분주하게 계단을 오르는 한편 교실들을 뒤지기 시작했다. 사람들이 마구잡 이로 잡혀가고 있었다. 가스파르는 익숙한 복도에 다다르자 방향 을 선회하기로 마음먹었다. 그곳에는 이용이 뜸한, 미화원 전용 화 장실이 있었다. 몸을 돌린 그 순간, 두 명의 뚱뚱한 경찰관들이 다 소 피곤한 기색으로 걸음을 재촉하는 모습이 보였다. 여기서 나갈 수 없어, 우에소가 말했다. 하지만 가스파르는 아랑곳 않고 '관계 자 외 출입 금지'라는 푯말이 붙은 문을 열더니, 유지보수 직원들 이 작업 도구들을 보관하는 공간으로 들어가 문을 굳게 닫았다. 세 사람은 어둠 속에서 경찰이 문을 열기만을 기다렸다. 손잡이의 흔 들림과 욕설이 들려왔다. 열쇠를 갖고 있던 거야? 마리타가 궁금해했다. 가스파르는 낮은 목소리로 아니라고 대답했다. 손잡이의 흔들림이 몇 번 더 이어졌다. 힘을 어찌나 세게 주었는지 문이 부서질 것만 같았다. 발로 차는 소리가 몇 차례 더 들려오더니 비명이 이어졌고, 분노에 가득 차 뛰어가는 발소리가 멀어져갔다. 아직 안 돼, 우에소가 말했다. 사실 그 누구도 나갈 생각은 없었다.

그저 듣고만 있었다. 소리가 명확하게 들리지는 않았다. 약간의 비명 소리와 길거리의 사이렌 소리. 총소리는 전혀 들리지 않았다. 적어도 그 근방에서는 총격은 없었다. 마리타는 바닥에 주저앉더니 주변을 살펴볼 요량으로 라이터를 꺼내 들었다. 부싯돌 소리를 들은 가스파르는—첫 번째 시도에 불이 붙지 않았다—그러지 말라고 큰 소리로 말하며 부드럽게 그녀의 팔을 붙잡았다. 그 좁은 공간에서 평정심을 유지하는 가운데 할 수 있는 가장 억제된 행동이었다. 그 방 안에는 어떤 악의 기운도 느껴지지 않았다. 등을 돌린다 해도 치아가 진열된 장식장이나 피아노, 혹은 어둠 속에서 손인사를 하는 금발의 아델라가 보이진 않을 것이었다. 하지만 마리타는 라이터를 켜는 순간 비명을 지를 게 뻔했고, 비명을 지른 후에는 두 무릎을 양팔로 감싸 쥔 채 멍한 눈빛으로 주저앉게 될 것이었다. 마리타는 순순히 따랐다. 어쩌면 경찰로부터 도망칠 전략이라고 생각했을지 모른다. 기다리는 동안 건물에서 나던 소리들도 점점 잦아들었다. 습격은 말 그대로 오랜 시간이 걸리지 않는다. 가스파르는 마리타의 팔이 자신의 팔에 닿자 두려움이 기화되는 걸 느꼈다. 그녀의 관심을 끌고 싶었고, 보호해주고 싶었다. 방에서 나갈 때 우에소가 겁쟁이며 아무짝에도 쓸모없다는 사실을,

하늘에서 피어나는 검은 꽃

그리고 자신이 그녀의 영웅이자 섹스도 더 잘한다는 사실을 깨달아주길 바랐다.

"나가자." 우에소가 말했다.

가스파르가 문을 열었다. 그 순간, 아빠가 자신의 곁에 멈추어서서 "아주 좋아. 이제 닫을 줄도, 열 줄도 아는구나. 아주 잘했다"라고 말하는 듯한 느낌이 들었다. 찰나의 순간이었고, 그 느낌은 이내 증발하여 사라졌다. 마리타는 자신들에게 닥친 엄청난 행운 ─바로 그 순간에 힘 있게 잠겨버린 손잡이─에 대해 황홀해하며 떠들고 있었다. 이게 어떻게 지금은 쉽게 열리지? 믿을 수 없어. 밖에서 잠겨 있던 거라 그래, 가스파르가 말했다. 엉뚱한 해명이긴 했지만, 공포와 아드레날린 속에 잠겨 있던 그녀를 만족시키기엔 충분했다. 그 작은 공간에서 나와 조심스레 통로를 향해 나온 그때, 마리타가 남자 친구의 손을 놓고 뒤쪽으로 다가와서는 물었다. 그렇게 어두운 곳에 갇혀서 무섭지는 않았어? 괜찮아?

괜찮았다. 약간의 불안 증세만이 있을 뿐이었다. 심호흡을 할 때면 가슴이 쿡쿡 쑤셔왔다. 하지만 그 이상은 아무것도 없었다. 마리타는 가스파르의 볼을 검은 매니큐어를 칠한 손가락으로 툭툭 건드리며 고맙다고 인사했다.

그 후 그녀와 남자 친구는 잡혀간 이들을 확인하기 위해 분주히 계획을 짜며, 복도의 전화기로 변호사들에게 전화를 돌리고 있던 동료들을 만나 그들 사이로 사라졌다. 가스파르는 플라사이탈리아를 향해 뛰어갔다. 공터를 가로질러, 진압이 있을 경우 큰아빠와 만나기로 한 바로 곧장 내달렸다. 7번가의 다른 상점들과는 달리 그곳만은 영업 중이었다. 큰아빠의 등을 알아보았다. 짧은 팔의 체크무늬 셔츠, 겨드랑이 아래에 흥건한 땀, 금빛과 오렌지빛이 절반 정도 섞여 있는 상태에서 늘어나는 새치로 점점 더 환한 빛을 띠어가는 그의 머리카락이 눈에 들어왔다.

‡

가스파르는 햇빛으로 인한 두통을 피하려 선글라스를 썼다. 파블로에게 데리러 와달라고 부탁하는 바람에 조금 늦게 도착할 예정이었다. 안드레스 시갈 사진전의 개막식에 가기로 약속하고선 깜빡한 것이었다. 전날 밤을 비키의 동료 레지던트와 아주 즐겁게 보낸 참이었다. 여의사가 술도, 담배도 그렇게 많이 할 줄은 몰랐다. 꽤나 술에 취해 있던 와중에 파블로가 오토바이를 끌고 도착했고, 헬멧 없이 올라타게 했다.

"내팽개치진 않을게."

"안 무서워." 가스파르가 말했다.

강아지 포초가 오토바이에 잔뜩 흥분한 나머지 두 사람이 포장도로에 이르기까지 약 이백 미터를 쫓아 달려왔다.

"비키 친구는 어땠어?" 파블로가 물었다.

"괜찮더라."

"그것뿐이야?"

"예뻐. 재미있고. 뭐, 잘 모르겠어."

"아, 알겠네. 넌 마리타를 사랑하니까."

"운전에나 집중해. 까딱해서 잘못하면 네 애인이 우리 장례를 치러야 할 테니까."

"애인이 아냐."

"야, 웃기지 마."

안드레스 시갈 사진전의 개막식은 큰 행사였다. 독재 말기 몇 년 동안 젊은 시절의 그가 내륙지방을 여행하며 남긴 아르헨티나의 사진들이었다. 파블로는 안드레스의 애인이었기 때문에, 그리고 자신의 전시회 날짜가 아직 확정되지 않았기 때문에, 무엇보다 화제성이 강한 전시회인 만큼 기자들이나 수집가들이 많이 모여들 예정이었기 때문에 그곳에 가야만 했다. 그를 실망시켜선 안 되었다. 안드레스는 가스파르를 데리고 와달라고 요청했다. 돈 드는 일도 아니잖아, 부탁할게. 파블로는 미리 언질을 했다. 그 사람은 너 때문에 죽으려고 해, 너 때문에 미치려고 한다고. 널 선물로 데려가면 일주일 안에 내 전시회 날짜를 잡아줄 거야. 재능있는 게이 친구를 위해 좋은 일을 한다고 생각해줘, 나중에 무슨 부탁이든 내가 들어줄게. 가스파르는 조금 웃었지만 결국엔 승낙했다. 그 역시도 사진들이 보고 싶었고, 어찌 됐든 안드레스를 좋아하기도 했다.

안드레스의 갤러리는 한때 차고로 쓰이던 곳이었다. 리모델링을 거친 그곳에는 세 개의 전시실이 있었다. 온통 흰색으로만 칠해진 건물 정면은 역시 하얀색으로 칠해놓은 묵직한 철제문과 구분이 불가능했다. 지금은 그 문이 열려 있었고, 인도에는 담배를 피우는 사람들이 있었다. 입구 근처 벽에 등을 기대고 삼삼오오 모여 있는 사람들 주위에는 포도주, 샴페인, 물, 코카콜라가 놓여 있는, 검은 천으로 덮인 탁자들이 있었다. 청바지와 티셔츠로 캐주얼한 차림을 한 웨이터 몇 명이 엠파나다를 권하며 다녔다. 가스파르는 이런 대중적인 배려가 고마웠다. 촬영에 나섰던 비슷한 행사들, 특히 예술대학의 사진 갤러리—그는 대부분의 일을 대학에서 받곤 했다—에서 열리곤 하는 행사들에서 서빙되어 나오는 카나페를 별로 좋아하지 않았다. 음주 중이었지만 아직까지 취기가 오르진 않은 사람들의 얼굴에는 조소와 사소한 잔인함이 어른거리고 있었다. 모두가 기발한 한마디를 내뱉을 시점, 정밀하고도 통렬한 비평, 비난받지 않는 선에서 상대방을 공격할 수 있을 가장 효과적인 방법 등을 생각하느라 바빴다. 한 손에는 샴페인, 혀끝에는 부탁을 달고 사는 사람들의 입장에선 그 장소에서 물의를 일으키는 건 사치나 다름없었다. 파블로는 재빨리 알고 지내던 예술가들 사이로 사라졌다. 스스로를 소개하면서 남들에게 소개되기도 하는 그의 웃음소리가 그곳의 특이한 음향효과와 뒤섞이며 울려 퍼졌다. 최근 일 년간 파블로가 몰두하고 있는 작업의 결과물은 아직 그 누구도 본 적이 없었다. 스펀지 매트리스 위에 놓인, 링거 관으로 만든 인형들, 유명을 달리한 친구들과 지인들이 먹던, 하지만 미처 다 먹지 못하고 남기고 간 약들로 만든 미니어처들, 다양한 자세의 육체를 스텐실로 새겨 넣은 수의 같은 홑이불들—그 홑이불들에 얼룩진 땀과 변은 대부분 실제였다—. 파블로가 전시를 계획하는 작품들은 이런 것들이었다. 안드레스는 친구들과 기자 몇 명에 둘러싸여 방의 반대편 끝에 있었다.

파블로는 지인들에게 입을 맞추며 인사를 한 뒤, 와인 잔을 단숨에 비우곤 음료가 놓인 탁자 가까이에 있던 가스파르에게 다가갔다. 모두가 널 만나보고 싶어 해. 내 남자 친구인 줄 알아.

"너, 사실대로 말한 거 맞지?"

"질투 좀 하라지, 뭐. 다들 독사 같은 인간들인 데다가 실력도 형편없어. 가자, 사진이나 보자고."

"그래서 몇 시쯤에 날 사진작가 선생에게 갖다 바칠 거야?"

"사진작가 선생이 널 보기만 하면 열 일을 다 제쳐두겠지만, 일단은 손님맞이를 좀 해야지."

"사귀는 사이인 게 천만다행이네. 그게 아니었으면 너, 그 사람 가죽을 이로 벗겨버렸을걸."

파블로는 어깨를 으쓱했다.

"좋은 사람이야. 다만 천재라는 칭송을 너무 좋아해."

어찌 되었든 가스파르는 그의 사진들이 천재적이라고 생각했다. 독재나 억압, 죽음 따위를 직접 저격하는 사진은 단 하나도 없었지만, 선정된 작품 모두가 마음에 동요를 일으키기엔 충분했다. 잔인한 땡볕 아래 낙후되기 그지없는 집 앞에서 포즈를 취한 군인과 연인. 1979년 작품이었다. 이 가무잡잡한 피부와 흰 치아를 가진 군인은 어떤 작전에 참여했던 걸까? 그 옆에는 비로 진흙탕이 된 길이 있었다. 산케시토를 위한 도로변 신당. 가스파르는 곁에 있던 파블로에게 살해당한 소년 성인의 이야기를 아무렇지 않게 해줄 뻔했다. 하지만 왜 그 이야기를 알고 있었는지(어린 시절 아빠에게 들었던 것일까?) 정확하게 기억나지 않았고, 또 그 사진 속 장소에서 기시감을 느꼈기에 말을 억눌렀다. 다음 사진은 손가락으로 총 모양을 만들어 놓고 있는 한 소년의 모습이었다. 아름다운 사진이었다. 나무로 만든 오두막 안, 새로 구입한 것처럼 보이는 오디오 기기 옆에서 양복을 입고 포즈를 취한 젊은 남성의 사진도 멋졌다.

"정말 좋네." 가스파르가 말했다.

파블로는 그 말에 수긍할 수밖에 없었다. 웨이터 한 명이 엠파나다를 갖다주었고, 두 사람은 그걸 받아 먹었다. 마시던 잔을 다른 쟁반 위에 올려놓은 파블로는 그때까지도 사람들에 둘러싸여 있던 안드레스가 손을 흔들며 인사하는 걸 보았다. 가스파르가 다른 사진들을 보러 발걸음을 옮긴 후였다.

두 사람은 그 사진을 동시에 보았다. 다른 사진들보다 조금 큰 사이즈였다. 파블로는 가스파르보다 뒤늦게 알아차렸다. 무엇보다 놀랐기에, 그리고 처음 맞닥뜨린 우연이었기 때문이었다. 입을 손으로 가린 채 가스파르는 말을 잇지 않았다. 사진 속엔 대여섯 살 정도의 어린 가스파르가 있었다. 지금과 다르지 않은 둥근 눈과 어두운 머리카락을 가진, 젖살이 모두 빠진 마른 모습이었다. 그리고 다크서클이 짙게 깔린 심각한 얼굴은 몹시 피로해 보였다. 아이다움이 전혀 없는 표정이었다. 아빠의 다리를 붙들고 있는 모습에선 체념과 안도감이 동시에 느껴졌다. 두 사람이 흰 벽에 기대어 있었다. 파블로는 후안 피터슨을 알아보았다. 그 사진 속 후안은 건강하고 위엄 있어 보였다. 단추 몇 개를 풀어헤친 검은색 셔츠, 주머니에 찔러 넣은 양손, 몹시 가늘고 길어 보이는 금발 머리, 그리고 그 얼굴, 결코 잊을 수 없는 사진 속 그 얼굴에는 애정과 피로가 공존하고 있었다. 하지만 눈빛만큼은 사나웠다. 죽음과 세월, 그리고 악마적인 매력을 통해 전해져오는 강렬한 포악함이었다. 후안 피터슨은 영화배우 같은 화려함이나 모델 같은 아름다움을 지니진 않았다. 그의 외모에서는 무언가 인간 같지 않은 느낌이 풍겼으며, 아빠와 아들로 구성된 이 이인조가 사랑스럽다기보다는 어딘가 위험한 느낌을 주었기에 관람객들은 이 사진 앞에서 미간을 찌푸리고 있었다. 기억을 떠올리던 파블로는 그곳이 살짝 단단해지는 걸 느꼈다. 후안 피터슨이 비밀 파트너인지 뭔지 모를 그 회색 머리 남자와 빈 거실에서 동물처럼 성교하는 모습. 그게 내겐 첫 경험이었지, 파블로가 생각했다.

파블로는 안드레스를 향해 똑바로 걸어가는 가스파르를 멈춰 세워야겠다고 생각했다. 가스파르의 걸음에 분노가 실려 있는 걸 직감했고, 갑작스러운 분노발작은 늘 꽤나 좋지 않은 귀결로 이어지곤 한다는 사실을 알기 때문이었다. 하지만 불필요한 우려였다. 가스파르가 생각을 바꾸고는 화장실로 방향을 선회한 것이었다. 파블로는 그를 따라갔다. 가스파르는 세면대 옆에 놓여 있던 의자로 화장실 문을 틀어막았다. 화가 난 것도 맞았지만, 무엇보다 충격이 컸기에 화장실로 숨어들었다. 숨 고르기가 필요했다.

"너도 본 적 있는 거야? 왜 말해주지 않았어?"

가스파르가 떨리는 목소리로 물었다.

"봤다면 당연히 말해주지 않았겠어? 저건 나도 본 적 없어."

가스파르는 열 손가락이 하얗게 질릴 만큼 대리석 세면대를 강하게 눌렀다.

"미안해."

이를 악문 채로 중얼거린 가스파르는 눈물과 사투를 벌이는 것처럼, 두 눈이 불타오르는 것처럼 손으로 거세게 눈가를 비벼댔다. 파블로는 그를 포옹했고, 문을 두드리는 소리가 들려왔을 때 "사람 있어요!"라고 소리쳤다. 가스파르의 허리를 안고 그의 단단한 복부를 느낄 수 있는 한, 그 화장실 안에 영원히 머무를 수 있을 것 같았다. 자신이 얼마나 이 아이를 사랑하는지 생각했다. 다른 그 무엇도 내게 중요하지 않아. 안드레스도, 다른 사람들도, 이 갤러리도. 너만 내 곁에 있다면. 널 위해 집을 지어줄 수도 있어. 먹여 살릴 수도 있고. 난 그 무엇도 두렵지 않아. 오토바이 뒷자리에 앉아서 내 귀에 속삭여줘. 이마에 햇빛과 바람을 느끼다가 해가 지면 밤새도록 서로를 탐하자. 영원히, 혹은 우리에게 허락된 시간 동안.

파블로가 가스파르의 이마에 입을 맞추었다. 그러는 동안 가스파르는 몸을 조금 추스르더니 부드럽게 포옹을 풀고는 종이 타월 몇 장을 꺼내 눈물을 닦았다. 유령을 본 거야, 파블로는 생각했다. 지금까지 직접 본 적은 없어도 설명은 수도 없이 들었던 그런 위기가 시작될까 봐 겁이 났다.

"미안해."

가스파르가 반복했다.

"열어줘. 안 그러면 사람들이 우리를 죽이려 들 거야."

밖으로 나간 두 사람은 화장실 옆 계단 아래, 어두컴컴한 쪽에 웅크려 앉았다. 위쪽 이 층에는 갤러리 사무실이 있었다. 가스파르가 입을 열었다.

"난 그 사진이 생각나지 않아. 이구아수 폭포에 갔을 때일지도 몰라. 그 여행 얘기는 수도 없이 해줬지. 갑작스러운 일이라서 당황한 건 맞아. 그렇지만 무엇보다도 흐릿한 듯한데 굉장히 구체적인 기억 하나가 훅 치고 들어왔거든. 어디였는지도 언제였는지도 잘 모르겠어. 그저 두통을 앓던 나를 아빠가 침대에 눕혀주는 장면이야. 더운 날이었지. 아빤 날 두고 방을 나섰지만, 내 마음은 평온했어."

"안드레스와 이야기해 볼래?"

가스파르는 얼굴을 다시 한번 닦더니 그러겠다고 대답했다. 안드레스는 두 사람이 다가오는 걸 보더니 포옹으로 인사했다. 그는 이번 전시회의 주요 작품 곁에 서 있었다. 사진의 중앙에는 성당에서 무릎을 꿇고 있는 군인들이, 초점이 흐릿한 배경에는 영성체 중인 소년들의 모습이 있었다. 그 공간의 주인답게 안드레스는 손가락 사이에 길쭉한 담배를 물고 있던 깡마른 여자와, 헤어 숍에서 갓 나온 듯 완벽하게 부드러운 헤어스타일을 한 그녀의 친구를 대번에 물리쳤다. 그 매력적인 청년이 자신의 애인이라는 사실을 몰랐던 사람들마저도 충분히 알 수 있을 만큼 오랫동안 파블로를 힘껏 껴안았다. 그 후엔 가스파르의 뺨에 입을 맞췄다. 하지만 심상찮은 그의 표정과 창백한 얼굴이 추파를 거두어들이고 진지함을 갖추게 했다.

"무슨 일이 있는 거지?"

가스파르는 손가락을 들어 사람들이 북적이고 있는 그의 뒤편, 한 사진을 가리켰다.

"저건 우리 아빠예요. 이름은 후안이죠. 저 아이는 어릴 때의 저

고요. 어디서 저 사진을 찍으신 건지 알고 싶어요. 전 저 사진이 전혀 기억나지 않아요. 아니, 정확히 말하면 당신이 이 사진을 찍었다는 걸 몰랐던 거죠. 당신을 여기서 만난 우연도 믿을 수 없고, 우리가 이미 한 번 만났는데도 모르고 있었을뿐더러 그동안 알아차리지 못한 것도 믿지 못하겠어요. 더더군다나 이 사진이 오늘 이 전시회에 등장했다는 사실도요."

"하느님 맙소사. 오늘 이 쓸데없는 짓은 다 집어치워야겠군. 위층으로, 사무실로 가자."

안드레스가 말했다.

‡

가스파르는 비야레알가의 원래 집, 그리고 아델라를 데려간 집, 두 곳의 지도를 펼쳐서 겹쳐보았다. 얼마 전부터는 안드레스 시갈이 알려준 '악마의 예배당'과 카를렌 식료품점을 바탕으로 한 새로운 지도를 그리기 시작했다. 그 신당은 실존했다. 존재 여부를 파악하기 위해 코리엔테스 관광청에 전화를 걸기도 했다. 건축학적으로 굉장히 독특한 건물이었다. 안드레스가 찍은 사진들은 상태가 그다지 좋진 않아서 따로 붙여두지는 않았다. 그의 증언에 따르면, 음험한 무언가를 만나볼 기대에 창문으로 숨어들어 보았지만 그 안에는 독특한 형태로 쌓아 올린 제단 하나와 엘 보스코를 대놓고 모방하는, 그로테스크하고 거친 특징을 지닌 부조 세공이 있을 뿐이었다. 그 후 안드레스는 아무 소득 없이 포사다스 방향으로 발걸음을 돌렸다. 후안과 가스파르가 어쩌면 국경을 넘으려 시도할 거란 직감이 들었다. 독재의 극악무도한 세월이 어느새 뒷걸음질 치던 1980년이었기에, 어쩌면 두 사람이 망명을 시도할지 모른다는 생각을 했던 것이다. 게다가 후안의 몸에 있던 흉터가 군사작전의 결과로 생긴 상처일 수 있다고도 짐작했다. 이어 안드레스가 가스파르에게 해준, 두 사람이 조부모의 집을 향해 가고 있었다는 이야기는 아빠가 자신에게 해준 이야기가 사실이라는 걸 확인시켜 주며 가스파르에게 새로운 문을 열어주었다. 사실 그 집에 대한 기억은 거의 다 사라져 있었다. 나무 위로 나 있는 목재 구름다리. 강. 난꽃 정원이 있던 공원. 그밖에는 아무것도 없었다. 인근의 동물원에는 형형색색의 새들이 있었다는 것과 할아버지를 비롯한 몇 명의 어른들과 숨바꼭질 비슷한 이상한 놀이를 했다는 것 정도가 기억났다. 안드레스는 잠시 말을 멈추더니 그에게 엄마의 성을 물어보았다. 세상에, 이 집의 명칭이 푸에르토레예스야, 그가 흥분하며 말했다. 전설적인 장소야. 사설 경비원들이 24시간 지키고 있는 곳이기에 그 누구도 들어갈 수 없고, 당연히 사진도 찍을 수 없지. 그 가문—너희 가문이겠네—은 수십 년 동안 아무도 자신들의 세계에 들이지 않았어. 역시 가문 소유이지만 그나마 일반 대중에게 공개된 공간인 동물원에서 몰래 염탐해볼 수밖에 없어. 그래 봤자 보이는 게 많진 않지만. 강이 넘쳐흐르는 걸 피하기 위해 아주 높은 지대에 지어져 있거든. 가장 가까운 길에서 그나마 보이는 게 지붕 정도야. 푸에르토이구아수 지역역사박물관에 1940년대에 찍은 사진이 있는데 아주 멋져. 네가 물려받는 거니? 왜 그쪽으로 돌아가지 않았니? 네 차지가 되면 날 좀 초대해주지 않을래? 그곳의 사진을 꼭 한번 찍어보고 싶어.

가스파르는 마치 누군가 뜨거운 왁스를 한 방울씩 떨어뜨리고 있는 듯한 느낌에, 불타오르는 팔의 상처를 긁지 않으려 애쓰는 한편 아빠가 남긴 유지를 대강 추려내어 요점 위주로 설명해주었다. 아빠, 불필요한 정보는 말하지 않을 테니 걱정 말아요, 가스파르가 생각했다. 그럼 넌 그쪽 사람들이랑 교류가 없는 거구나. 정말 이상한 가문이긴 해. 아무것도 알려진 게 없어. 숨어 사는 부자들이라는 것 외에는. 우리 가문과는 전혀 다르지. 재산은 뭐, 비교도 할수 없고 말야. 그들이야말로 이 나라의 주인이야, 정말이라고. 네가 그런 사람인 거고! 전 아무것도 아녜요, 가스파르가 말했다. 몇년 전에 그 집을 촬영해보러 갔었어. 안드레스가 말을 이어갔다. 근처에 작은 마을이 있는데, 그곳 사람들조차도 오가는 사람들을 많이 못 본다고 했어. 길이가 무척 긴 사유도로가 있는데, 백 미터도 접근하지 못했어. 정말 미스터리라고 생각한 건, 그렇게 고립되어 산다는 게 편할 리 없는데도 그 집을 고집한다는 점이지. 진짜부자들은 휴가도 다른 곳에서 보내거든. 푼타델에스테라든지, 뭐그런 곳 말이야. 그래서 사람들은 거기서 무슨 일이 일어나는지 궁금해하더라고. 다른 집들도 있어요, 가스파르가 말했다. 아마 돌아가면서 잠깐씩 지내는 것 같아요. 그래, 소유하고 있는 집들이 어마어마하게 많겠지, 안드레스가 대답했다. 푸에르토레예스는 푸에르토이구아수와 가까운 곳에 있어. 네 아빠는 날 포사다스로 보냈지. 내가 두 사람을 쫓아가지 않길 바랐었나 봐.

가스파르는 사진작가의 증언에서 그리움이 묻어나는 한편 그가 많은 디테일을 기억한다는 걸 느꼈고, 두 사람 사이에 어떤 일이 있었는지 궁금해졌다. 하지만 직접 물어보진 않을 것이었다. 파블로가 대신 질문해주길 바랐다.

가스파르는 지도를 살펴보던 중 악마의 예배당과 그로부터 살짝 북쪽에 위치한 푸에르토레예스를 찾아냈다. 갤러리에서 사진을 목격하고 대학교에서 문을 걸어 잠그는 경험을 한 뒤로 뇌전증적 환각이 더욱 자주, 전보다 더 생생하게 찾아오기 시작했다. 최근에는 눈에 보이는 모든 걸 기록하기에 이르렀다. 플라사로차 인근의, 흰색 페인트칠이 된 철제문 하나는 밤의 늪으로 연결되곤 했다. 애초에는 키 큰 갈대가 무성한 정원이라고 생각했는데, 알고 보니 문의 뒤편은 밤이었다. 달이 없었지만, 달빛이 아닌 어떤 빛이 비춘 덕분에 시야가 가리지는 않았다. 늪이기도 했지만 호수 같아 보이기도 하는 그곳에 가까이 다가갔다. 자신이 기억하는 풍경이었단 사실은 문 앞에 되돌아왔을 때, 두 눈이 뽑혀버릴 듯한 끔찍한 두통이 도지기 직전에 떠올랐다. 늪의 경계에서 그는 딱딱하게 굳고 오래된, 바싹 마르고 벌거벗은 시체가 나뭇가지에 매달려 있는 걸 보았다. 미라화가 과하게 진행되어 거무튀튀한 갈색을 띠고 있었다. 마네킹 따위일 거란 생각은 전혀 하지 않았다. 흔들리지도 않았다.

그날 밤엔 시체와 나무들의 꿈을 꾸었다. 나무에 매달린 시체들이 나오는 꿈이었다. 가족과 함께한 저녁 식사 시간에는 쌍둥이와 한 식탁에 앉아 있다는 사실이, 아이에게 미소를 짓고 바닥에 집어던진 공갈 젖꼭지를 주워 씻어주는 일조차도 죄스럽게 느껴졌다.

그날 밤의 다른 세계가, 그 미치도록 고요한 순간이, 미라화된 시체가 피부 위에 생생하게 남아 있었다. 훌리에타는 가스파르의 불편한 심기를 짐작한 듯, 또 한 번 그의 가문에 대한 묵직한 농담을 던지고는 자신들과 함께 살자고 다시 한번 종용했다. 이제야 가스파르는 깨달았다. 그건 일종의 춤이었다고. 붙잡아두고 싶어 하는 마음을 드러냄으로써 자신을 멀리하는 기술이었다고. 주변 사람을 다루는 아주 똑똑한 기술이라고 할 수 있었다. 훌리에타는 가스파르를 사랑했다. 큰아빠만큼이나 그를 살리는 데 일조한 사람이기도 했다. 하지만 지금만큼은 자신으로부터 멀어지려 하고 있었다.

증세가 심각해짐을 토로하자, 비키가 나서서 진료를 예약해주고 병원 내의 뇌전증 전문가들과 이야기를 나눴다. 명성이 매우 자자한 사람들이었기에 병원에도 가끔씩만 모습을 비추었다. 미치광이 과학자들이야, 비키가 말하곤 했다. 그리고 그들의 이야기는 믿기 힘들 정도였다. 환자들은 발작 중에 폭격을 맞아 황폐해진 전쟁터 같은 걸 보곤 한다는 것이었다. 그걸 '몽환적 풍경'이라고 불렀다. 그들과 만나 이야기를 나눠보면, 뇌전증이라고 할 게 틀림없어.

"비키, 내가 가는 신경과에서도 같은 이야기를 들었어. 그 의사도 좀 또라이 기질이 있긴 하더라."

"약 좀 먹어. 이건 장난이 아냐."

"지금은 먹고 있어. 그런데 더 악화된 거야. 아델라를 안 보고 산 지 정말 오래됐는데, 어느 날은 엘리베이터에 같이 타더라. 이가 없는 상태로 내게 쌍욕을 퍼부었어. 게다가 너희한테 일어나는 일들은 어떻게 설명할 건데? 넌 불빛이 없을 때마다 목소리를 듣는

하늘에서 피어나는 검은 꽃

다며. 파블로를 따라다니는 손은 어떻고? 직접 느낀다잖아. 뇌전증은 전염병이 아냐."

"우리에게 일어나고 있는 것들은 일종의 암시일지 몰라. 트라우마 같은 거. 쟤나 나 같은 경우는 정상 생활을 할 정도의 수준이었지만, 네게는 좀 더 정상 생활이 어려운 방식으로 발현한 걸 수 있어."

비키의 집 소파 위에 몸을 늘어뜨리고 있던 파블로가 입을 열었다. 나는 암시 따위에 걸린 것 같지 않은걸? 손을 본 적도 있어. 내가 일부러 찾아다니는 것도 아니고. 이젠 별로 무섭지도 않아. 지금은 손에 잡혀도 한동안 가만히 기다리고 있으면 알아서 놔줘. 뭘 어째야 할 줄 모르는 것같이 말이야. 불쌍하기도 해.

"그것조차 암시일 수 있지."

비키가 고집을 피우자 파블로가 한숨을 쉬었다.

"친구야, 그런 태도는 우리를 죽이고 말 거야. 네가 제대로 된 삶을 살고 싶어 한다는 거, 나도 다 알아. 우리 모두가 원하는 바이기도 하고. 나를 좀 봐. 애인까지 사귀려고 하잖아. 내가 바보 같아 보이지?"

"다 내 탓이야. 사실대로 말해줘. 혹시 증상이 심해진 거야? 너희들에게 계속 일어나고 있는 그 일들 말이야. 좀 더 심해진 게 있느냐고."

가스파르가 말했다.

"좀 더 잦아졌어. 심해졌다고 하긴 좀 그런 게, 예전처럼 무섭진 않아."

파블로가 말했다.

"심해졌어. 하지만 좋은 일들도 많아졌어. 최근 며칠 동안 진단 실적이 그 어느 때보다 좋았거든."

비키가 말했다.

파블로가 몸을 세워 고쳐 앉곤 말을 이어갔다.

"비키, 왜 네가 직접 진단해주진 않는 거야?"

비키가 불편한 기색으로 다리를 꼬았다.

"그런 식으로 하는 게 아냐. 내가 결정하는 게 아니라, 외부에서 오는 거니까."

"그런데 가스파르에 대한 진단이 한 번도 오지 않았다는 건 이 상하잖아? 한번 시도해봐. 분명 네가 조금만 힘을 써도 할 수 있을 걸?"

비키가 재차 설명을 위해 입을 열었지만, 가스파르가 치고 들어 왔다.

"안 돼. 내 머릿속에 들어오려고 시도할 생각도 하지 마. 우리 아 빠가 그랬었는데 아주 역겨워."

그가 말했다.

비키는 눈물이 가득한 두 눈으로 두 손을 바라보았다.

"시도해봤구나."

"알아차리지도 못했잖아."

"뭐가 있었어?"

"구덩이. 검은 구덩이. 다신 안 할 거야."

비키가 말하곤 고개를 들었다.

"왜 말하지 않았어? 나한테 거짓말을 해선 안 되잖아!"

"싸우지 마."

파블로가 말했다.

"우리끼리 싸우는 건 최악이야. 아무도 신경 쓰지 않을 테니까. 이런 일은 수천 번이나 겪었잖아. 비키, 아델라가 실종된 사건이 신문 기사로 제대로 다뤄지지 않았다는 거 못 느꼈어? 가스파르가 다 모아봤는데, 여섯 건만 나왔어. 딱 그것뿐이지. 다른 실없는 소식들도 그보다 네 배는 더 많이 보도될 거야. 여자애 하나가 집 안에서 길을 잃었는데 그 누구도 찾아내질 못했어. 팔 한쪽이 없는 아이. 그 후에는 엄마까지 사라지지. 공중에 매달린 식물같이 외롭게 지내던 두 사람이었어. 그리고 나는, 그냥 경험이 많아서 기술도 좋은 것일 뿐인 한 늙은이랑 시간 때우기 식으로 만나기 시작했어. 사실을 말하자면 그 인간이랑 많이 잔 것도 아냐. 이득을 보고 싶었던 건지도 모르지. 권력자잖아. 자기 갤러리도 가졌고, 이 작은 세상에서 그나마 내게 관심을 가져주는 사람이니까. 뭐, 상관없어. 그런데 이 늙은이가 날 거두어들이더니 사진전을 열었고, 거기에 가스파르가 아빠와 함께 찍은 사진이 등장했어. 깊은 인상을 주는 까닭에 꼼짝없이 눈길이 사로잡히고 마는 그런 사진이야. 큼지막하게 걸려 있지. 비키, 십 년이 지났는데도 우리는 여전히 이 똥통 속에서 벗어나질 못하고 있어. 그러니까 네가 진단을 내렸든지 못 내렸든지 그건 상관없어. 그걸 갖고 싸우지만 마. 그건 아주 사소한 문제니까."

"비키, 그런 걸 내게 숨겨선 안 돼. 그들이 다가오고 있어. 내가 뭔가를 깨닫길 바라고 있다고."

가스파르가 말했다.

"누가?"

비키가 체념하며 물었다.

"편집증 환자 같은 소리야. 파블로, 그래서 뭘 어쩔 건데? 말해 봐, 네가 하고 싶은 게 뭔데? 우리가 뭘 할 수 있는데?"

"우리가 뭘 할지는 내가 결정할 게 아냐. 대장님이 여기 있잖아. 결정은 항상 이 친구의 몫이었어."

팔짱을 끼고 앉아 있던 가스파르는 고개를 가로젓고는 말을 이어갔다.

"난 뭘 해야 하는지도, 이게 뭘 의미하는지도 모르겠어. 아직은. 하지만 일단 기다려보자. 그리고 무슨 일이 있든 서로에게 다 털어놓아야만 해. 아주 세세한 부분까지. 내 생각엔 조금 더 기다려봐도 괜찮을 것 같아."

‡

마리타는 프린세사에서의 모임이 끝난 후 맥주나 한잔하자는 가스파르의 제안을 수락했다. 그녀는 소파에 걸터앉아 담배를 피우는 그의 가는 다리와 검정 운동화, 툭 불거진 두 뺨의 섬세함, 늘 작은 상처가 나 있곤 하는 길쭉한 손가락을 몇 번이고 훔쳐보았다. 전보다 더 마른 모습이었다. 가스파르를 만난 이후 처음으로 두려움을 느꼈다. 예전과 다른 행동을 보이기 때문만은 아니었다. 시를 낭독 중이던 소녀는 극적이고 웅변적인 스타일을 선택했다. 실업, 조선소, 아르헨티나의 도로 봉쇄에 대한 시였다. 정치 시였고, 모리슨 모방꾼들에 비하면 나은 수준이긴 했어도 무지막지하게 별로였기에 웃음을 꾹 참을 수밖에 없었다. 이런 주제의 시를 낭독하는 사람 앞에서 웃음을 터뜨린다는 건 끔찍한 매너였기 때문에 밖으로 빠져나갔다. 가스파르가 그녀를 뒤따라갔다. 두 사람은 밖에서 마주쳤고, 가스파르가 먼저 두 손을 무릎 위에 올려놓고 몸을 굽혔다. 꾹꾹 눌러 참던 폭소를 터뜨리며 같은 생각을 공유하고 있다는 사실이 마리타에게는 위안이 되었다. 가스파르는 소녀의 극적인 스타일을 조금 흉내 내더니, 어느새 마리타의 곁에 앉아 오늘 완전히 망한 그 소녀처럼 최근 몇 개월 동안 프린세사의 시 낭송 행사에서 믿지 못할 일들이 일어난다고 말했다.

"더 자주 오지 그래?"

"요즘 학교 일이 너무 많아. 조교로 실습 수업도 하기 시작했어."

"그래, 돈은 한 푼도 못 받는다는 소리구나."

"나중에 쓸모 있을지 누가 알아."

"하루는 아무도 누군지 모르는 아저씨 한 명이 왔었어. 맨 처음엔 자살 시도를 했던 척하는, 한심하기 짝이 없는 시인이 피사르니크 스타일로 낭독을 했는데, 재앙이 따로 없었어. 나중엔 좀 더 평범한 소녀가 오로스코의 시를 재미없고 지루하기 그지없게 읽었고. 그러더니 이 아무도 모른다던 아저씨가 무대에 오른 거야. 네루다의 「그 이유를 말해주지」를 읽지도 않고 줄줄 암송했어. 대부분의 사람들은 그저 노망난 노인을 보듯 그를 쳐다봤어. 너도 알다시피, 그 사람들은 좀 거들먹거리잖아. 하지만 난 눈물을 흘렸어."

"뭐가 널 울게 만든 거야?"

마리타는 가스파르가 남들 앞에선 좀처럼 울지 않는다는 사실을 잘 알고 있었다.

그러자 가스파르는 자신이 기억하던 시구를 읊은 뒤, "그리고 거리는 온통 어린아이들의 피로 넘쳐흘렀다/아이들의 피처럼 천진난만하게"라는 구절로 마무리하고는 고개를 흔들었다.

"믿기지 않을 정도였어, 마리. 그리고 아무것도 모른 채 멍하니 있던 사람들이 얼마나 밉게 보이던지."

그리고 그들은 서로를 바라보았다. 건물 안에서는 노랫소리가 흘러나오기 시작되었다. 1980년대 노래였다. 브론스키 비트. 마리타는 두 사람이 곧 입을 맞추게 될 줄 알았지만, 가스파르는 병에 입을 대고 맥주를 한 모금 마셨을 뿐이었다.

"침대에서 책 읽어줄 때가 참 좋았는데." 그녀가 말했다.

"나도."

가스파르가 말하며 몸을 일으켰다. 손을 내밀어 바닥에 주저앉아 있던 마리타가 일어설 수 있게 도왔다. 함께 건물 안으로 들어간 그녀는 밤새 다른 사람들과 이야기를 나누는 한편, 가스파르를 눈으로 좇았다. 그를 좋아했지만 그건 별문제가 되지 않았다. 프린세사 밖에서 중학교를 갓 졸업한 그 아이를 처음으로 만난 날을 기억했다. 뒤로 바짝 빗어 넘긴 헤어스타일을 한 수줍고 예뻤던 모습. 별빛을 바라보는 제임스 딘이나 당구를 치는 오토바이 소년과 같이 그녀가 사랑에 빠지곤 하던 위험하고 섬세한 소년들과 똑 닮은, 비극적인 표정을 띠고 있었다. 그 첫인상은 시간의 흐름과 함께 무뎌져갔고, 함께하던 마지막 몇 달 동안은 그 아이의 우울과 분노만이 남아 있을 뿐이었다. 화를 낼 때면 비싼 물건도 거침없이 부수거나(한번은 손안에 쥐고 있었다는 이유 하나만으로 카메라를 벽에 집어 던져 부순 적이 있었다), 분노를 주체할 수 없을 땐 자해도 서슴지 않았다. 그런 긴장감이 그녀를 가스파르에게 다가가지 못하게 붙잡고 있었지만, 또 한편으로는 어느새 방 안에 붙어버린 불같은 가스파르를 외면하기도 힘들었다.

프린세사에서의 만남이 있은 지 며칠 후, 아직 비야엘리사에서 지내고 있긴 하지만 라플라타에서 아파트를 물색 중이라고 한 가스파르의 집에 방문했다. 마리타는 루이스를 인터뷰해야 했다. 일하고 있던 학보사는 페론주의적 노동조합주의자들의 저항을 주제로 책을 펴낼 계획을 세우고 있었다. 집에서 만든 피자와 대마초를 곁들인 소박한 친교모임이 준비되어 있었다. 마리타에게 그 집은 자신이나 남자 친구, 혹은 학교 동급생들이 사는 형편에 비하면 훨씬 아늑하게 느껴졌다. 가스레인지 불로 난방을 하는 바람에 방에 연기가 들어차지 못하도록 늘 환기에 신경 써야 했고, 파타고니아나 후후이 지방으로 여행을 다니며 들고 다니던 얇고 구멍이 숭숭 난 이불을 덮고 지내야 했다. 굶주린 개의 냄새가 진동을 하는 집 안에선 모두가 단 빵을 곁들인 마테차를 마시곤 했다. 그런 분위기에 염증을 느끼기도 했다. 학생운동은 놀랍도록 일관성을 유지했다. 논의는 순환적이었고, 공격의 논조도 변함없었다. 신규 회원에 대한 압박 역시도 변하지 않았다. 일 년 전만 해도 우에소가 학생

회의에서 발언을 독점하던 모습에서 일종의 자부심을 느꼈다. 하지만 지금은 다른 사람에게도 발언할 기회를 좀 주라고 소리치고 싶었다. 투표에 고배를 마신 동료들의 얼굴에 서린 패배감을 읽기 시작했고, 온 나라가 파업이 해고로, 해고가 시위로 이어지는 상황 속에서 고통받고 있는 지금, 운동권의 미사여구는 아무짝에도 쓸모없다는 생각이 점점 더 커져갔다. 당의 대학지부는 신문 기사를 통해서만 호응했다. 연대를 강조하고, 가부장제를 고발하는 한편 노동자와 학생들의 각성을 촉구했다. 하지만 노동자들은 여전히 공장 밖에서 도로를 점거한 채 조합과 협력하여 직장에 복귀하기 위해 투쟁하고 있었다. 마리타는 자신들이 그런 활동이나 시위에 온전히 몸을 던져야 한다고, 끝없는 말잔치와 이론과 마테차를 곁들인 티타임은 그만둬야 한다고 생각했다. 인터뷰 중 이러한 내용을 루이스에게 토로했다.

"방법이 없어."

와인 한 잔을 위해 집에 놀러 와 있던 네그로가 말했다.

"트로츠키주의자들이잖아. 정치를 할 줄 모를 뿐더러 일반 민중의 행복에는 아주 질색하지."

그때, 자신도 역시 행복을 누릴 권리가 있다며, 누구라도 좋으니 와서 부엌 청소 좀 돕는 꼴을 보고 싶다는 훌리에타의 외침이 부엌에서 들려왔다. 돼지처럼 먹고, 돼지처럼 더럽혀놓고선 말이야, 그녀가 말했다. 네그로는 한숨을 쉬면서도 이내 몸을 일으켜 그녀를 도우러 갔다. 돌아올 때는 후식을 준비하다가 안락의자에 온몸을 늘어뜨린 채 앉아 있던 가스파르와 함께 돌아왔다. 루이스는 일자리를 찾기 시작한 이래로 한참의 시간이 흐른 뒤인 이제야 도심의 한 빌딩에서 직장을 구했다. 무엇이든 닥치는 대로 다 하고 있었다. 공사 현장 소장으로, 절반은 엔지니어였다. 하지만 그들은 그 많은 사람들이 다 만족할 만한 임금을 주지 못하고 있었다. 가스파르는 공사가 어떻게 진행되고 있는지 궁금해했다.

"잘 되어가. 젊은이들은 말 그대로 괴물처럼 일하잖아. 게다가 기술적으로는 나보다 훨씬 나은 면도 있거든."

"뭔 기술이 필요하다고 그래?"

네그로가 끼어들었다.

"지랄하지 마. 뭔 소리를 하고 싶은 건데? 엔지니어는 채용해주지 않는단 말이야. 어쨌든 그 청년들의 팀장인 식스토는 대단히 능력 있고 직관적인 엔지니어야. 단지 사람을 더 고용할 수 없어서 죽을 지경이야."

가스파르가 마리타의 곁에 앉아 모두에게 크림을 곁들인 딸기를 권했다. 그의 움직임을 보며 마리타는 그동안 자신이 그의 향기와 탄력 있는 피부, 수영장에서 돌아올 때면 머리에 남아 있던 염소 냄새, 지금 자신들이 후식을 먹고 있는 바로 그 장소의 젖은 잔디 위에서 밤새 나누던 사랑을 그리워했다는 걸 깨달았다.

"큰아빠는 일을 많이 시키시잖아요."

가스파르가 말한 뒤, 만드는 법을 배운 지 얼마 안 된 스프리츠 칵테일을 모두에게 서빙했다.

"리큐어는 시나르하고 캄파리 중에서 뭐가 더 나은지 잘 모르겠어요. 다들 마셔보고 알려줘요."

"이건 제임스 본드가 따로 없는데. 영국 놈들의 핏방울이 느껴져."

네그로가 말했다.

"무식한 티 좀 내지 마요. 이건 이탈리아 칵테일이에요."

가스파르가 말했다.

"세상에 일자리를 구해주는 것만큼 멋진 일이 어디 있겠어? 그런데 난 매일 사람들을 돌려보내야 하지. 신물이 나. 매일 와서 일자리 좀 달라고 비는 한 꼬맹이가 있어. 다른 공사장에서 굴러다니던 헬멧을 쓰고 다니지. 사람이 필요한데도 고용을 못 하고 있어. 어떤 사람들은 욕을 퍼부으면서 자리를 박차고 나가. 그런데 차라리 그게 낫거든. 대부분의 사람들은 그저 실망한 채 등을 돌릴 뿐이야. 이 년 전만 해도 우리는 바비큐 파티를 열곤 했어. 그런데 지금은 어때, 돼지고기 샌드위치 정도밖에 못 해 먹잖아."

그날 오후, 마리타는 다시 한번 그 가족의 일원이 되고 싶다는 욕구를 느꼈다. 가스파르가 어디로 간다는 말도 없이 갑자기 자리를 비웠을 때도 일어나지 않았다. 여자를 만나러 가는 것 아닐까 하는 의심에 다다르자, 뾰족한 질투가 치밀어 올랐다. 며칠이 지난 후에야 그날 가스파르가 소고기와 소시지 몇 점을 갖고 큰아빠가 일하는 공사장을 방문했다는 사실을 알게 되었다. 마리타와 학교 식당에서 마주친 루이스가 해준 이야기였다. 그는 퍽 감동을 받은 눈치였고, 마리타는 남의 말을 듣고 생각한 뒤 아무런 사전 예고 없이 행동하는 가스파르의 여전한 방식에 미소 지었다. 요즘 별로 좋지 않아, 우울에 빠져 살고 있고. 약은 잘 먹는지도 모르겠어.

내 말은 귓등으로도 안 들어. 다 큰 어른이니까 어쩔 수도 없고. 마리타, 네가 그 애와 이야기를 나눌 일이 혹시라도 있으면 내 부탁 좀 들어주지 않겠니? 루이스가 말했다.

아직은 그 아이와 이야기 나눌 기회를 갖지 못했다. 하지만 다음 번에 다시 시도할 계획이었다.

‡

네 시간을 한 시간으로 만들기. 편집은 언제나 쉬운 작업이긴 했지만, 그 파티의 경우 십 분 정도가 적당해 보였다. 한 시간은 과한 것 같았다. 신문방송학과의 편집실엔 창문이 없었고, 가스파르는 그곳에 갇혀 있는 게 싫었다. 편집할 때면 담배를 꼭 피워야만 했는데, 그 방 안에서는 제아무리 골초라 해도 숨통이 조여오는 걸 피할 수 없기 때문이었다. 가스파르는 수업이 없는 토요일마다 편집실을 빌려 쓰는 중이었다. 그날 오후는 마리타가 곁을 지키고 있었다. 함께 맥주를 마시러 가기 전, 작업물을 보여주고 싶다며 꼭 와달라고 가스파르가 부탁했다. 그녀는 호기심을 보였다. 가스파르는 마리타가 비웃지만 않기를 바랐다. 행복해 보려고 애쓰는 것뿐인 사람들이었다. 그 모습을 비웃는 사람들을 혐오했다.

이제 그녀는 그의 곁에 앉아 있었다. 그녀의 다 낡은 청바지, 소매 없는 흰색 티셔츠, 가무잡잡한 피부, 예전보다 조금 자라긴 했지만 여전히 짧은 머리카락과 함께. 더 기르면 너무 곱슬거려서 안 돼, 마리타는 입버릇처럼 말하곤 했다. 우리 조부모님 유전자는 우루과이 쪽과 흑인이 섞여 있어. 엄청 멋진 피부를 물려주셨지만, 머릿결은 좀 아쉬워. 가스파르는 마리타가 브래지어를 차지 않는다는 사실이나 엉덩이에 딱 붙는 청바지를 입고 있는 모습을 떠올리고 싶지 않았기에, 공책 한 권을 건네 타임라인을 받아 적도록 했다. 시청각 제작 수업을 들어둔 덕분에 할 수 있는 일이었다.

열다섯 살 생일의 주인공은 발렌티나였다. 가스파르는 그 아이의 두 눈에 차오르는 눈물을 너무 많이 포착했다. 머리는 헝클어진 채, 파티가 망해가는 모습을 형용할 수 없을 정도로 완벽히 인지하고 있는 모습이었다. 어른들은 술에 취해 있었고, 아이의 아빠는 동급생들의 엉덩이에 손을 갖다 대려 하고 있었다. 엄마는 음식이 차게 식었다고, 그리고 왜 이렇게 늦게 갖다주냐며 웨이터들을 닦달하고 있었다. 디제이 또한 얼마나 형편없던지 그 누구도 춤추게 만들지 못하고 있었다.

"이렇게 우울한 건 처음 봐."

가스파르가 한 시간가량의 소소한 비극을 모두 들어내기로 결심하는 동안 마리타가 말했다. 그중에는 한 할머니가 좋은 의도로 한 실수도 들어 있었다. 겹겹이 쌓인 스펀지케이크와 머랭 위에 원피스를 입은 인형 하나가 왕관처럼 올려져 있었는데, 인형의 옷을 제대로 입혀주려다가 그만 실수로 케이크를 밀치는 바람에 쓰러지기 직전이 되고 만 것이었다. 그 상황에서 할 수 있는 건 예방적 조치뿐이었다. 가스파르는 케이크가 초대 손님들이 있는 곳으로 이동하기 전 파티장 주방에서 먼저 촬영을 진행했다. 댄스 플로어가 있던 천막은 땀 흘리는 남자들, 시기심 어린 공격을 피해 다니는 여자들, 그리고 청소년 여자아이들의 집단행동―몇몇 아이들은 주인공을 놀리고 있었다―이 뒤범벅되어 엉망이었다. 발렌티나. 예쁜 이름이었다.

"손쓸 수 없을 정도로 우울하지?"

영상을 일시 중지하기 전, 가스파르가 물었다.

"그날 밤이 다 이런 식이었어. 샴페인을 마시며 이야기를 나누던 여자애들도 찍었는데, 술을 아예 밖으로 가져가서 공원에서 마시더라고. 정말 예쁜 살롱이더라. 시티벨에 있는 라카소나라는 곳인데, 너도 가봤어? 그리고 사실, 사람들은 내게 샴페인을 권하곤 하는데 나는 일하는 중에는 술을 안 마시려고 해. 취할까 봐 그런 건아냐. 난 술에 취하지는 않지만 뒤끝이 안 좋달까. 글쎄, 여자애들이랑 같이 술을 진탕 먹는 모습을 부모가 본다고 생각해봐. 애는 열다섯 살밖에 안 되잖아. 문제는 여자애들이 항상 나랑 이야기를 나누겠다고 다가온다는 거지. 실없는 농담을 하거나 꼬시려고도해. 자기들보다 나이 든 남자들에게 으레 하듯이 말이야. 이 여자애들은 자기네가 멜초르로메로 의원에서 진료를 받고 있다고 하더라고. 섭식장애 진료로 유명한 체인 병원이야. 그제야 걔네들을 제대로 봤는데, 그렇게 깡마를 수가 없었어. 진한 다크서클로 퀭한 눈이 화장으로도 가려지지 않았고. 아주 안 좋더라고. 그날 밤은 모두 그런 식이었어. 어떤 애는 그러더라. 배고픔은 고통스럽지만 굶주림은 효과가 있다. 되게 좋은 이중언어 학교를 다니는 여자애들이었어."

"예뻤어?"

"그렇게 마른 애들은 별로 안 좋아해. 잘 모르겠어."

"사람들은 항상 너한테 무슨 이야기든 털어놓는 것 같아. 그런 분위기가 너에게 있어. '내가 어둠을 경험할 수 있게 해줄 테니, 내게 오라'라고 말하는 것 같달까."

가스파르가 재생 버튼을 눌렀다. 영상이 흔들렸다. 마리타를 바라보았다.

"잔인하게 굴지 말아줘."

"나쁜 이야기가 아냐. 너도, 비키도, 파블로도 다 그래. 네 큰아빠도 망명을 다녀오셨잖아. 네그로도 그렇고. 난 아무것도 없어. 가끔은 내가 엄청 지루한 사람이라는 생각을 해. 넌 잘 모를 거야."

마리타가 말을 이어가지 않았으므로, 가스파르는 작업을 계속했다. 영상이 한 시간 삼 분이 될 때까지 시청하고, 잘라냈다. 가스파르는 주중에 한 번 더 방문해서 본격적인 편집을 마무리 지을 것이었다. 감자튀김 두 봉지에 맥주를 여러 병 마셨지만 가스파르는 술에 취하지 않았고, 마리타만이 약간 취기가 올랐다. 중요하지 않은 이야기들만 오갔다. 특히 거식증에 걸린 여자아이들, 큼직한 사이즈의 옷을 입고 화장실에 몸을 비추어보며 배에 힘을 주며 갈비뼈를 불거지게 만들고, 자해하고, 피가 치골로 흘러내리는 모습을 가만히 지켜보는 마리타의 동급생들 이야기를 했다. 난 한 번도 그런 적이 없어, 그들이 플라사모레노를 가로질러 가는 동안 마리타가 말했다.

"왜 계속 그런 이야기를 하는 건데?"

마리타는 짧은 머리에 손을 갖다 대더니 조금 잡아당겼다.

"다른 이야기를 하고 싶긴 한데, 입 밖으로 안 나와."

"그렇게 빙빙 돌려서 얘기할 거면 나도 같이 못 다녀. 날 힘들게 만드는 새로운 방식인 것 같은데, 사실 별로 좋지 않아."

마리타는 미안하다고 사과하곤 가스파르의 얼굴을 두 손으로 감싸기 앞서 와락 껴안았다.

"그래서 나랑 함께 있었던 거야? 아무 문제도 없고 평범한, 극적인 사건을 겪지 않은 애라서?"

"그게 나쁜 일이야?"

"나쁜 건 아니지만, 찬물을 뒤집어쓴 느낌이잖아."

"난 재미없는 사람이야."

가스파르가 말했다.

"넌 아니잖아. 사람들한테 관심이 있고, 세상을 바꾸고 싶어 하고, 말도 안 되는 이유로 좌절하지도 않아. 누구든 너를 좋아해, 우리 큰아빠처럼. 사실 이보다 더 좋은 이유가 내겐 없어. 그 무엇도."

마리타가 입을 맞춰 왔다. 가스파르는 메고 있던 배낭을 벗고 심호흡을 했다.

"나 우에소와 끝냈어. 너와 함께하고 싶어. 돌아올래?"

그녀가 말했다.

‡

집을 얻어 고치는 일은 완화 작용을 해주었다. 부엌에 식탁 하나를 넣기 위해 머리를 싸매고 고민해야 했던 처음이 그랬다. 무릎을 꿇고 벽을 위에서 아래로 칠하며 꿈도, 환각도 잊을 수 있었다. 페인트를 묻히지 않으려 문가에 바른 마스킹테이프, 초저녁의 샤워 물줄기에 씻겨 내려간, 머리카락과 살갗을 파고든 냄새. 전등을 고르고, 흔들거리는 사다리의 디딤대에 불안하게 올라서서 감전될까 봐 벌벌 떠는 일. 신경과의사는 '데자뷔'라 하지만 자신은 '기억'이라 부르고 싶어 하는 그 증상이 하루에 한 번꼴로 돌아온 지금, 가스파르는 마리타와 지낼 집을 고치고 있었다. 큰아빠의 조언에 따라 일단 임대하는 편을 택했다. 넌 돈도 많고 집도 많으니 급하게 생각할 필요는 없어. 매매는 신중하게 해야 한다. 그렇게 가스파르는 마리타의 소원대로, 페이즐리 파크의 보랏빛 집처럼 벽을 보라색으로 칠하고 있었다. 칠을 마친 후에는 TV 광고에 나오는 사람들처럼 바닥에 주저앉아 와인 두 잔을 마셨고, 그 후에는 컴퓨터 프로그램을 설치했다. 그녀가 꿈 없는 깊은 잠에 들고 나면 그는 양다리를 쭉 펴고 천장을 보며 섹스에 따른 피로감, 그리고 목 주변에 무겁게 달려 있는 불행을 느끼곤 했다. 그녀가 그곳에 함께 한다는 사실은 순간적인 해소밖엔 되어주지 못했다. 따끔한 쾌감. 그를 두렵게 만드는 장면들을 그녀에게 묘사하고 싶지는 않았다. 이제 철거되어 사실상 다시는 돌아갈 수 없게 된 아델라가 사라진 그 집은 아직도 매일 꿈속에서 나타나, 백 개도 넘는 문 사이로 밤새 헤매게 만들고 있었다. 그런 이야기는 그녀에게 지금까지도 하지 않았고, 앞으로도 하지 않을 생각이었다. 무척이나 긴 그 꿈은 한 편의 영화나 다름없었다. 가스파르는 정상인들도 이처럼 긴 꿈을 꾸는지 궁금했다. 신경과의사는 그가 하나의 꿈 또는 꿈의 연속을 거쳐 시각과 감정의 플래시백을 겪는 거라고 말했다. 이것이 가장 최근의 결론이었다. 꿈의 데자뷔. 가스파르는 어떻게 그런 게 가능하겠냐며 그 결론에 반박했고, 의사는 흔하지는 않지만 그래도 뇌전증 증상에 완벽하게 들어맞는다는 둥, 흔치 않지만 완전히 새로운 케이스도 아니라는 둥 하는 말을 길게 늘어놓았다. 비키는 동의했다. 마리타는 필립 K. 딕이 쓴 SF소설에 나오는 이야기 같다고 했다. 어떻게 잊힌 꿈에 대한 데자뷔를 가질 수 있지? 다른 의사에게 가보는 게 낫지 않을까?

집을 다 고친 뒤에는 도시를 활보하고 다녔다. 이따금은 성당을 에워싼 잔디밭에 함께 눕기도 했다. 마리타가 대마초를 피우는 동안 땅거미가 지고 플라사모레노의 가로등의 불이 켜지는 걸 바라보곤 했다. 어떨 때는 대각선에 위치한 74번 도로의 바에서 맥주를 마시고 땅콩을 먹으며 연주되는 음악의 형편없음을 논하기도 했다. '보스케'라고 불리는 공원의 인공 호숫가에서 오후를 보낼 때도 있었다. 그럴 때면 마리타는 고인 물 위를 헤엄치는 생쥐들을 가리키곤 했다. 그리고 어떻게 냄새가 안 나는지 모르겠다고, 사람들은 대체 왜 기름때가 가득한 저 배를 타고 데이트를 하는 건지 모르겠다고, 그리고 저 설치류들이 들고나는 게 분명한 노점상에서 음식을 사 먹을 비위가 어디서 생기는지도 모르겠다며 혀를 내둘렀다.

마리타는 자신이 함께하지 않은 시간 동안 가스파르가 어떻게 살아왔는지 궁금해했다. 그는 자신이 주변의 일들에 점점 흥미를 잃어가게 된 과정을 이야기했다. 어린 시절 난 축구를 미친 듯이 좋아했어, 그가 말했다. 다시 돌아오지 않을 열정이야. 그게 나아, 축구광들은 미치광이나 다름없으니까. 마리타가 말했다. 그래도 난 이해해, 알지? 거기엔 무언가 기쁨이 있어. 에스투디안테스 팀이 챔피언 자리를 거머쥘 때면 우리 아빠는 진심으로 행복해해. 그 무엇도 우리 아빠를 그보다 더 만족스럽게 만들진 못해. 돈을 버는 것도, 나나 남동생이 잘 지낸다는 사실도. 특별한 행복인 것 같은데, 그걸 모두 잃었다는 건 참 우울한 일이겠네.

"그리고 지금은 그 어떤 것에도 관심을 갖지 못해. 넌 신문에 기고도 하고, 책을 집필하거나 라디오 대본을 쓸 아이디어도 갖고 있잖아. 파블로는 일과 생각에 있어서는 거인 같아. 스케치북만 일곱 권을 갖고 있다고. 비키는 천재고. 그리고 난, 실없는 영상만 찍고 있지. 그저 어릴 때 영화를 꽤나 좋아했다는 이유만으로 영상을 찍기 시작한 거야. 지금도 좋아하는 시간 때우기이긴 하지만, 예전만큼 관심이 가진 않아. 예전에는 영화관에서 울기도 했고, 좋아하는 장면을 따라 하기도 했어. 하지만 그런 일도 점점 줄어들더라고."

"자기, 정말 우울한가 보구나."

"그럼, 우울하고말고. 가끔은 내가 열다섯 살 생일 파티 영상을 찍는 이유가 그런 곳에서 무언가를 발견할 수도 있을 거란 생각을 하기 때문 아닐까 해. 뭐라 해야 할까, 나를 편안하게 해주는, 삶에 대한 아주 기초적인 신뢰 같은 것? 내 말이 너무 바보같이 들려?"

"아니, 그냥 생각 중이었어. 그래도 책은 좋아하잖아, 신나 할 때도 있고."

"유일한 거지. 맞아, 책 읽는 게 그래. 여자애들도 그렇고. 지금까지 내겐 여자들의 관심이 식은 적이 없었어."

"재수 없어."

"그런 게 아냐. 여자애들에 대해 뭔지 모를 쓸쓸함 같은 게 있었어. 극심한 거부감이랄까? 사귀지 않으려고 수천 가지 변명을 해야 했어. 감정을 거부해왔던 거지. 아니, 거부랄 것도 없는 게 사실 아무것도 느끼지 못했어. 그런데 넌 유일해. 그래서 걱정이 돼."

"왜 걱정되는 건데?"

"네가 나와 함께해선 안 되니까."

"가스파르, 그런 자기 연민이라니 정말 싫어. 5학년도 아니고. '난 너에게 좋은 남자가 아냐' '네가 아니라 내가 문제야' 같은, 남자들이 많이 하기로 가장 손꼽는 변명이잖아, 이거. 최악인데."

"그런 의미가 아냐."

"그래서 지금 당장 뛰쳐나가지는 않은 거야. 네가 우울하다는 걸 아니까. 이사벨은 뭐라 그래?"

"이사벨은 많이 늙은 데다 이제는 나를 너무 잘 알아. 의사를 바꿔야 해. 어린 시절의 의사를 고집하는 건 미성숙하다는 거고, 나도 경각심을 가져야 할 것 같아. 뇌전증 약 중에는 항우울제도 있어. 즉, 이미 치료를 받고 있었다는 거지."

"공부를 해봐. 어문학을 공부해도 좋을 거야. 교수가 되고도 남을 텐데."

"공부를 왜 해야 하는지 잘 모르겠어."

"우리 같은 중산층 아이들이 하는 일이 그런 거 아냐? 참, 넌 부자였지."

"제발, 너마저도 그러지 마."

잠들기 전, 가스파르는 그녀에게 책을 읽어주며 자신의 발견을 이야기했다. 이 사람은 스물두 살에 죽었어, 미쳤었대. 기억나는지 모르겠지만, 파블로가 그 사진전을 준비할 때 내가 시인들을 조사하며 발견한 거야. 슬로베니아 사람이었어. 이름은 발음하기가 어려운데 성은 코소벨이었지. 천 편 정도 되는 시를 썼어. 모두 다 괜찮아. 적어도 꼬맹이 한 명에게는 와닿은 셈이야. 제일 좋아하는 구절은 이거야. '관자놀이가 욱신, 욱신거린다. 그림자. 차가운 총구. 십 톤. 내 마음속 단조의 반음.' 아빠는 노트에 이름들을 휘갈기곤 했는데, 읽어보고 싶어 했던 작가들인 게 분명해. 여기 사라 티즈데일이란 이름이 쓰여 있지. 시간이 날 때마다 틈틈이 번역을 해두었어. 너무 좋아.

"있잖아, 예를 들면 영어를 가르쳐도 좋을 거 같아. 자살한 사람들과 관련된 건 그만 읽고."

"난 자살 안 해. 그리고 돈도 필요 없어. 그나마 내가 가진 유일한 장점이지."

"불쌍한 척하지 말라니까. 너한테 돈을 부친다는 계좌는 이쪽에 있는 거야? 콜로니아에 있어야 할 텐데. 콜로니아에 같이 가자. 계좌도 만들고 돈도 넣고."

"벌써 몇 년 전부터 콜로니아에 있었어."

"그래도 같이 가자. 어릴 때 가봤는데 정말 멋진 곳이었거든. 네가 번역한 시, 읽어줘."

"이곳에 별이 영원하리라. 우리가 사랑한 집과 우리가 사랑한 거리를 잃더라도."

"난 천문학을 배우고 싶었는데, 문제는 숫자가 두 자리만 돼도 나눗셈을 못 해. 그래서 신문방송학과를 택했어."

"처음 듣는 얘기네."

"좌절했다거나 한 건 아냐. 언제든 원하면 별자리의 이름들을 알려줄게. 넌 그런 거 잘 모를 게 분명하니까. 사실 사람들은 우주에 별로 관심이 없어. 콜로니아에서는 좀 더 잘 보이겠지?"

그녀가 원하는 건 다름 아닌 여행이었다. 파타고니아에 가서 웨일스 정착민들에 대한 글을 쓰고 싶어 했다. 지진이 두렵긴 해도 칠레의 발파라이소에 꼭 한번 가보고 싶다고 했다. 가수 프린스의 생가가 있는 미국 미니애폴리스도. 그녀는 더 나은 동반자를 만날 자격이 있었다. 그와 함께 있고 싶어 한다고 해도, 그 마음이 아무리 진실되더라도 상관없었다. 그녀와 헤어져야만 했고, 떠나는 건 자신이어야 했다. 아무리 힘들더라도. 같이 여행 가면 좋겠다, 그녀가 졸랐고 가스파르는 당연하지, 라고 대답하며 그녀의 목에 입을 맞추고는 두근거리는 맥박을 느끼며 입술을 그 자리에 가만히 두었다. 그리고 생각했다. 어느 장소로도 그녀를 데려가지 않겠다고. 자신이 향해야 할 곳은 오로지, 그를 필요로 하는 칠흑같이 어두운 심장이 있는 곳, 자신을 찾고 있는 자들이 있는 곳이었다. 그날이 오면 자신의 모든 바람도 마침내 이루어질 것이었다. 대적할 수 없다면, 항복만이 평화를 얻을 수 있는 유일한 길이다.

‡

홀리에타와의 소리 없이 팽팽한 긴장이 여전했지만, 가스파르
는 네그로의 생일을 맞아 비야엘리사의 집을 찾아갔다. 올해 생일
파티는 루이스의 집에서 열렸다. 큰아빠와 함께 일하는 작업자들,
네그로의 이웃과 학생들, 그리고 그의 딸이 초대되었다. 가스파르
는 이번만큼은 샐러드나 상차림을 거들 생각이 없었다. 피곤에 절
어 있을 뿐이었다. 홀리에타의 가는 입술에서 못마땅함이 묻어나
는 이유를 가스파르는 충분히 짐작했다. 가장 최근에 루이스와 말
다툼을 했을 때 가스파르가 문에 거세게 주먹질을 하는 바람에 생
긴 파인 자국이 여태까지 남아 있었다. 일주일이 지난 지금까지도
손가락에 남은 파편을 잡아 빼는 중이었다. 큰아빠는 그의 분노발
작에 평상시와 같은 반응을 보였다. 서열이 높은 동물처럼 겁먹지
않고, 손을 뻗어 목을 찾아내 숙이게 한 뒤, 가스파르가 꽉 쥔 손을
풀고 천천히 호흡을 시작할 때까지 포옹을 풀지 않았다. 어린 시
절, 아빠는 몸의 긴장을 풀어주기 위해 꽉 쥔 손바닥을 펼쳐주곤
했다. 루이스도 꽤 오랫동안 같은 행동을 반복했다. 뿐만 아니라,
이따금은 손가락을 펼쳐야 한다는 사실을 가스파르에게 상기시켜
주기 위해 식탁 밑에서 가스파르의 팔을 쓸어내리기도 했다.

홀리에타는 가스파르의 주먹질에 경악했다. 내가 알아서 해, 루
이스가 말했지만 그녀는 참지 못하고 분노가 가득한 목소리로 소
리쳤다.

"그렇게 알아서 하다간, 저 자식이 화를 못 참고 당신 자식들한

하늘에서 피어나는 검은 꽃

테까지 손찌검을 하는 꼴을 보게 되겠지. 앞뒤 분간 좀 하라고!"

루이스가 그녀를 진정시키려 따라 들어가자, 가스파르는 흘러내리는 콧물을 손등으로 쓸어 청바지에 닦은 뒤 한동안 돌아오지 않을 작정으로 집을 나섰다. 다음 날 큰아빠의 직장에 모습을 드러내 사과했고, 루이스는 언제나처럼 같은 말을 반복했을 뿐이었다. 아들아, 이제 참는 법도 배워야지. 분노를 좀 더 조절하도록 노력하든지, 치료를 더 자주 받으러 가든지 해라. 훌리에타는 아이들이 태어난 후로 많이 변했어. 호르몬 때문인 건지, 엄마가 된다는 게 원래 그런 건지, 아무튼 겁이 더 많아진 게 사실이야. 가스파르는 네그로의 생일 파티에 가지 않고 전화만 할까도 생각했지만, 무례한 짓을 하고 싶진 않았다. 그냥 식탁에 앉아서 기다리다가, 바비큐 요리사에게 박수를 쳐주는 편을 택했다. 꼬맹이들이 그 자리에 없어서 다행이었다. 와인과 싸움, 그리고 분명히 새벽녘의 울음소리로 뒤범벅이 될 어른들의 파티에 대비해 조부모의 집에 맡겨졌던 것이었다.

"내가 누굴 봤는지 알아? 호세시토 비올라 녀석이 부에노스아이레스에 잠깐 왔더라고. 지금은 프랑스에 산대. 그 녀석이랑 싸웠던 거 기억나?"

"바로 플라사프란시아에서였지."

"내가 그놈한테 락이 대기업의 문화라느니 하는 멍청한 소리를 늘어놨었거든. 세상에나, 저능아가 따로 없었던 거지. 뭐, 이제 거기 살면서 사회학 강의를 한다더군. 잘 지내는 것 같았어."

마리타는 그 이야기를 더 파고들었고, 두 아저씨들은 삼십 분이 넘도록 시간 가는 줄 모르고 1970년대 이야기를 신나게 떠들어댔다. 가스파르는 한 번쯤 대충 들어본 이야기이긴 했지만, 젊은 데다 '개념 찬'(그 두 사람은 늘 "요즘 여자들과 달리 개념 찬 네 여자 친구"라는 말을 했다—절대 아닌 것처럼 행세했지만, 사실은 뼛속까지 성차별적인 사람들이었던 것이다) 여자아이가 관심을 보이자 잔뜩 신이 난 두 사람을 보며 은근한 재미를 느끼고 있었다. 게다가 마리타는 흔치 않게도 정치에 대해 진중하고도 지속적인 관심을 보여왔기에(자신들이 가르치는 학생들을 두고 요즘 애들은 "책임감이 없다"라는 불평을 하곤 했다) 그 역시 흔치 않은 상황이었다. 마리타가 그들의 토론에 참여하는 태도는 지나치게 겸손하지도 않았고, 또 그들에게 과하게 동조하지도 않았다. 가스파르가 보기에 그녀는 그들을 정보원으로 이용하고 있었고, 본인들도 그걸 즐기고 있었다.

식사 후의 대화는 무르익어 갔고, 네그로는 잠깐 노래를 하기도 했지만 모두를 '떼창'이라고 부르는 상태로 이끄는 데에는 실패했다. 술에 잔뜩 취해 여기저기 들쑤시고 다니기 시작했을 때쯤—취기는 그를 수다쟁이로 만들곤 했다—, 다른 사람들이 자리를 슬쩍슬쩍 피하기 시작했다. 혼잣말을 되뇌던 그는 결국 고개를 주억거리기 시작했다. 이제 잠을 자러 가라고 종용할 시간이었다. 마지못해 따라갈 게 분명했다. 가스파르는 도움이 필요할 거라는 핑계로 그를 방까지 데려다주었지만, 사실은 잠시 혼자만의 시간이, 돌아가기 전 잠깐의 침묵이 필요했다. 일단 훌리에타는 그에게 친절하게 대하고 있었다. 네그로의 딸은 술 취한 아빠와 말다툼하는 걸싫어한 까닭에 먼저 돌아간 상태였다. 상황은 나쁘지 않았다. 가스파르가 화장실에서 돌아오자, 작별 인사가 오가는 중이었다. 네그로의 학생들, 루이스의 건물에서 일하는 작업자들. 가스파르는 고기 불판을 뒤적여 찾은 고기 몇 점으로 뒤늦게 샌드위치를 하나 만들었다. 홀리에타 역시 자러 가겠다고 선언했다. 새벽, 이제 그 자리에 남은 건 루이스와 가스파르, 마리타와 식탁 위를 가득 채운 지저분한 접시들과 담배꽁초로 가득 찬 세 개의 재떨이였다.

가스파르는 마리타가 돌아가자는 신호를 보내기만을 기다리다가 지루함을 이기지 못해 강아지와 놀아주기 시작했다. 녀석은 고기와 파티의 냄새, 사람들의 북적임으로 잔뜩 흥분한 상태였다. 뒹굴며 가짜 입질을 하는 녀석을 상대하느라 가스파르는 대화의 초반부를 듣지 못했다. 같이 계속 놀자며 강아지가 그를 덮쳐왔지만, 바비큐 후 남은 뼈다귀 하나로 관심을 돌렸다. 흥미로운 주제를 포착했기 때문이었다.

"그럼 파라과이로 가신 거예요?"

"브라질로 갔지. 쿠데타가 있은 지 이 개월 정도 지나서였어. 가스파르의 부모가 날 빼내준 거야. 아니, 정확히 말하면 이 아이의 엄마였지. 차로 날 데리고 가줬으니까."

가스파르가 몸을 곧게 세워 앉은 뒤 담뱃불을 붙였다.

"우리 엄마가 큰아빠를 데리고 가줬다고요? 엄마가 외국으로 빼내준 거였어요? 저한테 그런 얘기는 한 번도 하지 않았잖아요. 왜 그랬어요?"

루이스는 민망해하는 듯했다. 말을 지나치게 많이 한 것이었다. 자신의 이야기에 관심 있어 하는 누군가에게 과거를 이야기할 때면 늘 그러했듯이, 한껏 신이 나고 취해 있었다.

"모르겠다. 아들아, 굉장히 어려운 일이야."

"왜 어렵다는 거죠? 엄마가 도와준 거잖아요. 트라우마가 생길 일은 아닌 것 같은데요. 이제 비밀 따위는 질렸어요. 그것들 때문에 제가 미쳐 돌아버리기 직전이라는 거, 큰아빠도 잘 아시잖아요."

"너무 과장하지 말거라. 또 선을 넘으려 하는구나. 진정해. 이 일로 싸우지 말자."

"싸울 일인지 아닌지 확인해봐야죠. 왜 저한테 숨기고 있었는지, 말해보세요."

숙취와 졸음으로 짓눌린 안뜰의 정적은 무겁고도 침울했다. 팔짱을 끼고 식탁을 향한 가스파르의 어깨에 마리타가 손을 얹었다.

"우리 엄마가 큰아빠를 외국으로 빼냈었다고요. 그런데 저한테 이야기할 생각을 어떻게 한 번도 못 할 수 있는 거죠? 십오 년 동안이요. 아무것도, 일언반구도 없었잖아요."

"지금 말하고 있잖니. 쉽지 않은 일들이 있는 법이야."

"말하긴 뭘 말해요. 마리타에게 과시하려던 것뿐이잖아요. 이제 당신네들도, 그놈의 쉽지 않은 인생들도 넌덜머리가 나요. 정말로요."

"두 사람 다 그만해요."

마리타가 말했다.

"가스파르, 큰아빠가 지금까지 말을 못 한 건 그럴 만한 이유가 있어서겠지. 너도 마음에만 품는 것들이 있잖아. 우리 모두가 다 그래."

루이스는 사실을 이야기하며 긴장의 끈을 끊어보려 했다.

"네 부모님은 미시오네스에 있는 외가댁에 살고 있었단다. 난 여기서 네 아빠와 마주쳤고. 아니, 여기가 아니라 부에노스아이레스였지만. 우연은 아니었어. 그 아이가 내게 전화했고, 만날 곳을 정했었단다. 다른 일로 와 있었어. 병원에 들르러 왔던 것 같은데, 거짓말이었을지도 모르겠다. 내게는 어떤 이야기도 제대로 해준 적이 없거든. 너도 네 아빠가 어떤 사람이었는지 알잖니. 뭐, 본론으로 바로 들어가자면 그때 그 아이가 나보고 가방을 싸라고 했다. 내가 도망가야 한다는 걸 어떻게 알고 있었는지는 모르겠어. 전화로 이야기할 만한 내용은 아니기도 했고, 그 아이에게 아무 언급도 하지 않았었거든. 우리는 운전대를 번갈아 가며 잡으면서 미시오네스까지 갔어. 정말 환장할 여행이었어. 네 아빠가 건강이 워낙 안 좋았었고."

"저도 아빠랑 같은 길로 여행을 떠났었어요."

"알아. 어쩌면 그래서 네게 그 이야기를 꺼내지 않았던 걸지 몰라."

"무슨 상관이에요? 그럼 그 집에도 가봤겠네요."

"몇 시간이 채 안 되는 시간이었어. 샤워를 하고, 뭘 좀 먹었지. 그리고 바로 아침 일찍 나를 데리고 가주었던 거야. 네 엄마는 아순시온에서 일하고 있기도 했고, 또 네 외갓집 사람들이 군인들과 좋은 관계를 유지하고 있었기 때문에 그 국경을 수비하던 군인들과도 잘 알고 지냈어."

"우리 엄마가 큰아빠를 피신시켜 준 거였어요. 우리 엄마가. 저한테는 엄마에 대해서도, 집에 대해서도 아무 말 하지 않았잖아요. 내가 그 집의 꿈을 꾸는 것도, 그리고 집의 환영을 보는 것도 다 알고 있었으면서. 도대체 무슨 지랄맞은 악연이 있는지 모르겠지만, 그 집에 가본 적 있다는 이야기를 한 번도 하지 않았잖아요. 제가 엄마에 대해 알고 싶어 한다는 것도, 엄마에 대한 기억이 흐릿하다는 것도, 그리워한다는 것도 잘 알고 있었잖아요. 그런데 큰아빠는 엄마를 만나본 거네요. 배신자가 따로 없잖아요. 홀리에타에게 가서 말해요. 우리 엄마가 큰아빠를 빼내주었다고요. 그러면 우리 가문이나 절 헐뜯는 것도, 평가하는 것도 그만하겠죠."

"그건 허락할 수 없다, 가스파르."

"암요, 허락하지 마셔야지요. 왜 제게 얘기하지 않은 거예요? 사실을 말해봐요."

루이스가 고개를 숙이고 한숨을 쉬었다.

"후안이 절대 네게 말하지 말아달라고 부탁했고, 난 그 아이의 유지를 받든 거다. 네 아빠는 네가 외가 쪽과는 그 어떤 접점도 갖지 않길 바랐다."

가스파르가 빈 잔을 쥐었고, 마리타는 그가 집어던지지 못하게, 그날 밤이 격렬한 폭발과 함께 끝나지 않게 막으려 팔꿈치를 힘주어 잡았다. 유리잔은 탁자 위에 떨어졌지만, 깨지진 않았다.

"전 갈게요." 가스파르가 말했다.

마리타도 그를 따라가기 위해 자리에서 일어났다. 하지만 가스파르는 그녀를 기다리지 않고 빠른 속도로 혼자서 그곳을 빠져나갔고, 마리타는 어쩔 수 없이 밤거리를 뛰어갈 수밖에 없었다. 라 플라타로 돌아가기엔 늦은 시간이었지만, 가스파르는 도로에 있는 버스정류장 방향으로 쏜살같이 뛰어갔다. 마리타도 있는 힘을 다해 빠른 속도로 따라가보았지만 따라잡기란 쉽지 않았다. 큰아빠가 큰 소리로 외치는 소리가 두 사람을 뒤따랐다. 바보 같은 짓은 그만둬, 침대를 준비해두었으니 여기서 자고 가, 내일 아침 차분하게 다시 이야기하자. 가스파르는 도로를 벗어나지 못했다. 그 시간의 비야엘리사에는 콜택시도, 일반택시도 다니지 않았고 기차도 끊겨 있었다. 할 수 있는 것이라곤 한 시간에 한 대꼴로 지나다니는 버스를 기다리거나, 히치하이킹을 하거나, 마리타의 부모님 댁에서 하룻밤 신세를 지는 것이었다. 그를 따라잡았을 때, 마리타는 따귀를 한 대 칠 뻔했다. 자신을 내버려두고 혼자 드라마 주인공이라도 된 듯이 오밤중에 길거리를 미친놈처럼 내달리다니. 애써 참았다.

"지금은 아무 말도 하지 말아줘. 제발."

그가 입을 열었다.

"네 아빠가 그렇게 부탁하신 거잖아. 큰아빠의 잘못이 아냐."

"아무 말도 하지 말아줘."

마리타는 길 한복판에 우두커니 서 있다가, 라플라타로 자신들을 데려갈 하얀색과 붉은색의 버스가 백 미터 앞에서 다가오는 모습을 보았다. 믿기지 않았다.

"차를 한 대 사는 게 좋겠어." 그녀가 말했다.

버스에 올라탄 마리타는 뒷좌석에 혼자 자리 잡은 가스파르를 내버려두었다. 라플라타에 돌아와 그녀가 집 안에 들어간 후에도 가스파르는 한참 동안 혼자 길거리를 배회했다.

‡

마리타는 대학 출판사의 책임자인 에레라 교수의 연구실에 허겁지겁 뛰어 들어갔다. 분노가 머리끝까지 차오른 가스파르 때문에 잠을 제대로 자지 못한 바람에 지각하고 만 것이었다. 그리고 그녀는 일을 해야만 했다. 이따금 가스파르는 이기적인 모습을 보이곤 했다. 자신의 드라마를 그 어떤 것보다 우선시했다. 그럼에도 불구하고, 오후에 집에 돌아가면 그는 미안하다며 사과할 것이었고, 높은 확률로 침착함을 되찾았으리라는 것 또한 알고 있었다. 그녀는 이 악순환을 어떤 식으로든 끊어야 한다고 느꼈고, 적절한 치료가 유일한 길이라고도 믿었다. 어린 시절부터 보아왔던 정신과의사는 이제 맞지 않다는 가스파르의 말에도 일리가 있었다.

대학 건물의 양 복도는 종이로 뒤덮여 있었다. 슬로건이 쓰여 있는 걸개 깃발이 천장과 문마다 걸려 있었다. 선거일이 다가오고 있었고, 마리타는 입학 후 처음으로 선거 절차에 적극적으로 참여하지 않고 있었다. 그해 마리타는 대학 출판사 일에 완전히 몰두하고 있었다. 지금 당장은 1970년대 이후에 쓰였으나 잊힌 명작 단편과 에세이를 추리는 일을 맡고 있었다. 잡지나 대체 매체에 실린 이후 주목을 받지 못했다가, 시간이 흘러 작가가 유명세를 얻은 텍스트들을 발굴하는 작업이었다. 실종된 언론인들의 기록—무시된 보

하늘에서 피어나는 검은 꽃

물들―도 포함되었다. 기준은 절충적이었는데, 주임교수가 다름 아닌 에레라이기 때문이었다. 마리타가 조교로 있는 학과의 학과 장이기도 한 에레라 교수는 넘치는 카리스마로 대학 내에서 존경 과 두려움을 한 몸에 받기로 유명했다. 하지만 마리타는 그 모습이 학생들을 휘어잡기 위해 인위적으로 만들어낸 것이란 걸 잘 알고 있었다. 교실 밖에서의 그녀는 친절하기 이를 데 없었다. 마리타는 이제 마지막 책의 글 몇 편을 읽는 일을 남겨두고 있었다. 일주일 동안 휴가를 냈던 까닭에 그날 오후에는 반드시 바로 출판사로 보 내야만 했다. 그러나 휴가에서 돌아온 후에는 언제나처럼 의욕적 인 모습이 아닌, 우울하고 졸린 모습이었다. 에레라는 노력하는 모 습을 좋아했고, 마리타는 그 일을 놓치고 싶지 않았다. 적어도 앞 으로 몇 년 동안은 그 자리를 유지하고 싶었다. 아직은 무급으로 일하고 있었지만 머지않아 정식으로 채용될 가능성이 있었다. 뿐 만 아니라, 그녀는 프라이드 행진의 초기 기록과 도시를 휩쓸었던 에이즈 사태에 대해 수집한 증언들을 에레라에게 보여주고도 싶 었다. 평범하다 할 수 있는 연구 내용이었지만, 조금만 더 노력해 서 추가 자료를 수집한다면 충분히 발표도 가능했다. 하지만 지각 이 반복되고 진정성을 보이지 못한다면 일어나지 않을 일이었다.

"드디어."

에레라가 인사 없이 본론을 꺼냈다.

"이야기를 좀 하자."

마리타는 바닥에 가방을 내려놓고 아침 식사로 먹은 빵 조각이 나 커피 자국이 남아 있을까 봐 혀로 입술을 서둘러 핥았다. 프로처럼 보이고 싶었다.

"12권을 인쇄소로 보내야 해. 이번 주엔 대체자가 근무하느라 네가 교정을 보진 않았으니 네 책임은 아니지. 하지만 교정 상태가 아주 엉망이야. 이렇게 보낼 수는 없겠어. 지금 자리에 앉아 바로 작업을 해주면 어떨까?"

"교수님, 책 전체를 다 교정하기엔 시간이 없어요. 게다가 전 교정 담당이 아닌걸요."

"그럴 필요는 없단다. 책 전체를 다 봐줄 필요는 없어. 나도 그 정도로 정신 나간 사람은 아냐. 마지막에 실린 올가 가야르도의 글만 봐주면 돼. 무슨 일이 일어난 건지 도대체 모르겠지만, 중간중간 빠진 내용도 많고 아주 끔찍해. 교정 담당자만큼 깔끔하게 봐주진 못할 거란 거, 나도 잘 알아. 하지만 오늘은 출근할 수 없다니 어쩌겠니. 너와 내가 알아서 해야 해."

"좋아요."

"이 글을 읽어보았니?"

"아직요."

"사실 올가가 말년에는 몹시 특이한 모습을 보였기도 했고, 이 글을 여기 포함시킬지를 두고 한참 고민했어. 마리타, 정신질환이란 건 정말 끔찍하단다. 우리를 집어삼키지. 난 그녀가 젊었을 때 만나보았어. 당당하고 훌륭한 직업인이었지. 그 당시 누구나 그랬듯 과도한 보헤미안이기도 했었고. 결국에는 그림자가 되었지만. 네가 곧 읽게 될 이 사건에 그녀는 미치도록 집착하게 되었어. 하지만 그것뿐만은 아니더라. 세상 모든 일이 그렇듯이."

　　　　　　　　하늘에서 피어나는 검은 꽃

마리타는 올가 가야르도라는 이름을 예전에도 들어본 적이 있었다. 남자들의 세계에서 성공한 대단한 칼럼니스트로, 알코올중독자이자 자살자이기도 했다. 너무 과장된 신화라고 생각하긴 했지만, 한편으로는 세상 모두가 그녀의 탁월함을 인정하는데도 교실에서는 단 한 번도 읽히지 않았다는 사실이 불공평하게 느껴졌다. 한번은 에레라조차도 그녀의 글이 어디까지가 사실이고 어디까지가 픽션인지 불분명하다고 토로하기도 했다. 물론 언론인들에게는 도구로써의 문학적 내러티브가 권장될 뿐 아니라 의무로 여겨지는 게 사실이기도 했다. 그러나 독자들이 진실에 다가가게 돕는다는 공적인 책임과 의무는 절대 포기해선 안 될 무언가였다. 따라서 상상에 의존하는 건 언론인으로선 치명적인 죄악이었다. 마리타는 인스턴트 커피 한 잔을 탄 뒤 컴퓨터 화면에 띄워놓은 칼럼을 출력했다. '사냐르투의 구덩이'라는 제목이 붙은 그 글은 쓰인 지 몇 년이 채 되지 않았다. 그녀는 이 글을 발표한 지 얼마 되지 않아 스스로 목숨을 끊었다. 그녀의 유언장이기도 한 글이었다. 글을 읽기 위해 손에 연필을 쥐고 자리에 앉자, 형용하기 힘든 압박감이 느껴졌다. 어쩌면 미쳐 있었을 한 여자가 쓴 글이었다. 자살을 앞두고 남긴 증언. 쥐약을 먹은 끔찍한 죽음이었다. 이 역시도 그녀라는 신화의 일부가 되었다. 죽겠다는 일념으로 집을 나선 뒤 호텔에서 맞이한 고통스러운 죽음의 순간. 에레라는 등을 돌린 채 전화선을 손가락으로 꼬며 통화를 하고 있었다. 마리타는 의자에서 자세를 고쳐 앉고 밀림으로, 뼈가 가득한 구덩이로, 더위 속으로 빠져들었다.

‡

　전화기와 초인종이 요란하게 울렸다. 새것이나 다름없는 휴대폰
은 배터리가 닳아 있었지만 충전할 생각은 없었다. 누가 됐더라도
받을 생각은 없었다. 마리타도 집에서 내보냈다. 위험에 처해 있었
기 때문이었다. 그녀는 당연하게도 그 사실을 받아들이지 못했고,
당황스러워했다. 아델라가 실종된 집과 인체의 잔해 이야기가 사
실인지, 그리고 그 집의 밖과 안의 크기가 서로 달랐다는 부분이
사실인지 알고 싶어 했다. 그는 대답하고 싶지 않았다. 대답할 수
도 없었지만, 그렇다고 부인하지도 않았다. 마리타가 가스파르에
게 소리 지르는 동안, 발코니 쪽에서 비추어오는 해 질 녘의 햇빛
을 받으며 서 있는 벌거벗은 아델라가 보였다. 온몸을 핏줄기 혹은
붉은 털실로 휘감은 금발 머리 소녀의 두 눈은 검었다. 오마이라의
것처럼, 죽기 직전의 아빠의 것처럼 짙은 검은색이었다. 마리타에
게 눈길을 돌려보려 애썼지만, 커튼 근처에서 폴짝거리며 뛰고 있
는 창백하고 외설적인 소녀의 몸에서 눈을 떼기란 어려웠다. 마리
타는 고집을 피우고 있었다. 가야르도는 소설을 쓰기로 유명하다
고, 모두가 다 아는 사실이라고 말했다. 모두가, 모두가. 그래서 그
모두가 누구란 말인가? 그 여자는 가스파르 때문에 자살에 이르렀
다. 두 번째 피해자. 그 숫자가 얼마든지 늘어날 수 있다는 사실이
가스파르에게는 몹시도 분명하게 다가왔다. 그 칼럼이 마리타의
손에 들려 자신을 찾아왔다는 건 최후통첩이나 다름없었다. 그녀
에게 여러 해에 걸친 사건들과 침묵들을 설명할 수 없었기에, 내보

낼 수밖에 없었다. 당장 가방을 싸, 마리타. 난 널 충분히 보호해줄 수 없어. 정말이야, 난 널 보호할 능력이 없어. 지금 이게 어떤 상황인지 넌 상상도 못 해. 나조차도 제대로 상상하지 못하는 일이긴 하지만, 적어도 느낄 수는 있어. 아니, 사실 난 알고 있었어. 지금이 바로 끝이라는 걸, 그리고 그들이 널 찾아다닐 거라는 사실을. 하지만 너에겐 같은 일이 일어나면 안 돼. 네게 무슨 일이라도 일어난다면 난 스스로를 용서하지 못할 거야. 하지만 결국 그 일이 일어나고 말 거야. 그러니 도망가.

너 단단히 미쳤어, 지금 바로 정신과의사에게 전화하자. 마리타가 울며 소리쳤다. 가스파르는 그녀가 우는 동안 서랍을 비우고 옷장에 걸린 옷을 꺼내어, 아직 페인트칠 냄새가 남아 있는 집으로 옮겨와 짐을 푼 지 얼마 되지 않은 가방에 다시 마구 집어넣었다. 옷장을 모두 비우자 안쪽에서 머리 하나가 보였다. 정확히는 관자놀이였다. 누군가가 그 머리를 물어뜯은 듯 잇자국이 남아 있었다. 그 머리가 방향을 돌려 얼굴을 보이기 전에, 문을 세게 쾅 닫았다. 아는 사람의 얼굴일까 봐 두려웠다.

큰아빠와 달리, 칼럼을 읽자마자 달려와서 모든 걸 다 알려준 마리타에게 상을 주어야 했다. 그녀는 자신이 얽힌 일들을 숨기지 않았다. 대담했다. 놀란 나머지 눈물만 뚝뚝 흘리고 있던 그녀는 가스파르가 옷가지를 가방에 욱여넣는 동안 고성을 질러대긴 했어도 어떤 면에서는 이런 결말을 예상하고 있었다. 다른 결론은 있을 수 없었다. 가스파르는 두려움과 분노의 감정쯤은 충분히 이해할 수 있었다. 하지만 비밀만큼은 아니었다. 물론, 비밀을 밝힌 대가는 바로 이것이었다. 마리타가 돌아가고 나자 아델라는 춤추기를 멈췄다. 헐벗은 모습도 아니었다. 지금같이 춤추는 유령이 되기 한참 전, 두 사람이 친구였을 당시에 즐겨 입던 오래된 분홍색 맨투맨 티셔츠를 입고 있었다. 마리타가 다신 돌아오지 않겠다는 말을 남기고 집을 나서자, 가스파르는 안도감 외에는 느끼지 못했다. 바로 그게 자신이 바라 마지않는 일이기 때문이었다.

전화벨이 다시 울리기 시작했다. 큰아빠일 수 있었다. 혹은 비키나 파블로일지 몰랐다. 혹시 큰아빠가 푸에르토레예스에서 베티와도 만난 적이 있는 걸까? 그는 엄마를 만나보았다. 아니, 심지어는 엄마가 큰아빠의 망명을 도와준 적이 있다고 하는 마당인데, 그어떤 일도 일어났을 수 있었다. 사실 상관은 없었다. 그 글에는 외갓집의 위치가 제시되어 있었다. 너무도 가까이 다가와 있었다. 날 포위하고 있어. 그 칼럼을 몇 번이고 반복해서 읽었고, 달달 외울 지경이었다. 효율적으로 행동해야 했다. 아델라가 실종된 후로 여러 해가 지났지만, 지금이야말로 그녀에게 향하는 길과 가장 흡사한 무언가에 가까이 다가섰다는 사실을, 그리고 지금까지 일어난 일들과 자신의 이야기, 부모의 이야기, 온 가족의 이야기를 알아낼 수 있을 것이라는 걸 이해해야 했다. 가야르도에 따르면 아델라는 자신의 사촌이었다. 베티는 이런 사실을 한 번도 언급하지 않았을 뿐더러 암시조차 하지 않았다. 그 얼마나 냉정한가. 아빠에게서 기대해봄 직한 냉정함이었지만, 어째서 베티도 그랬던 걸까? 무언가 엄청난 것을 숨기고 있음이 틀림없었다. 그 시골의 호텔에 머물며 술에 취해 밀림 속에 사는 괴물 이야기를 늘어놓고 있을 베티를 상상했다.

그녀의 말은 사실이었다. 그 집, 푸에르토레예스. 그곳에 가야만 했다. 악마의 목구멍이야, 그가 생각했다. 한번은 아빠에게 자신을 그곳에 던져버릴 작정이냐고 물은 적이 있었다. 아빠는 아니라고 맹세했지만, 그조차 거짓말일 수 있었다.

가스파르는 이틀 동안 집 안에 틀어박혔고, 외출도 거의 하지 않았다. 식료품과 담배를 사고, 아우토모빌 클럽에 들러 미시오네스 지도 하나를 구입했을 뿐이었다. 큰 지도를 찾아내진 못했지만 구한 것만으로도 충분했다. 사냐르투가 지도에 표시되어 있었다. 산코스메와 푸에르토리베르타드도 보였다. 리베르타드에서 푸에르토레예스에 접근하는 게 쉬울 거라고 안드레스가 일러준 적이 있었다. 푸에르토레예스. 귀족적 대저택의『모비 딕』. 다리를 살짝 절던 할머니. 이제야 어렴풋한 기억이 떠올랐다. 그녀가 지팡이를 짚고 계단을 오르는 모습을 보았었다. 할머니 에이해브 선장*. 여행 계획을 짜야 했다. 베티는 아직 산코스메에 머물고 있을지도 몰랐다. 구덩이를 파는 작업은 이제 막바지에 접어들고 있었다. 큰아빠의 집에서 열린 어느 날의 바비큐 파티 도중, 이런 이야기가 오갔던 게 떠올랐다. 아델라의 아빠는 발견됐을까? 베티는 그를 두고 어떻게 했을까? 코리엔테스의 영안실. 그곳에도 가보아야 할 것이다. 할 일이 많았다. 베티는 푸에르토레예스에 있는 걸까? 그 집에

---

*   미국의 작가 허먼 멜빌의 소설『모비 딕』의 주인공으로, 고래와의 싸움에서 한 쪽 다리를 잃었다.

누군가가 있다면, 자신에게 문을 열어줄 것이었다. 올가 가야르도는 자신을 따라다니던 유일한 사람이 아니었다. 돌아온 탕자를 찾듯 애정을 가지고 찾는 것은 아니었다. 아직 아무것도 아는 것이 없었지만, 그 사실만은 알 수 있었다. 지금 가지 않으면, 자신을 에워싼 그 원이 점점 옥죄어올 것이다. 그들이 자신을 찾아내지 못한다면, 다른 사람들을 찾아다닐 것이다. 마리타에게까지 손길이 미친다면 삶을 유지할 자신이 없었다.

벽 콘센트에 꽂혀 있던 전화선을 뽑았다.

‡

그날의 응급실 근무는 이른 시간부터 힘에 부쳤다. 들어오자마자 최악의 상황이 펼쳐졌다. 합병증을 일으킨 임신부였다. 비키는 합병증을 동반한 출산을 극도로 꺼렸다. 가족에게 상황을 이해시키기란 애초에 불가능했기 때문이다. 화가 머리끝까지 난 그들은 피를 철철 흘리는 산모, 자세를 바꾸지 않는 역아는 물론 그나마 나은 상황인 응급 제왕절개의 책임마저도 의사들에게 돌리고 싶어 하며, 원래 출산이란 게 그런 거다, 수 세기 동안 출산 도중 사망하는 여성들은 늘 있었다는 단순 명료한 설명에는 귀 기울이려 하지 않는다. 출산이란 성스러운 것이라는 둥, 자신이 하는 말들이 다 개소리라는 사실도 받아들이지 못한다. 자신들의 행복을 망쳐버리는 그놈의 어리석은 의사들. 그녀는 보호자들을 증오했다.

임신부 다음에는 열경련을 일으키는 소년이, 자기가 의사보다 더 많은 것을 안다고 착각하며 의료진이 일을 할 수 없게 방해하는 전형적인 극성 엄마와 함께 도착했다. 그 엄마가 한 말은 얼추 옳았다. 비키는 공감 능력이 부족했다. 그녀가 원하는 건 단 한 가지, 문제 해결을 위해 혼자 있는 것이었다. 그 외에 친절함을 발휘할 이유가 무엇이란 말인가?

지금은 응급차에 환자가 실려 오기 직전이었다. 사고라고 했다. 응급실에 과연 어떤 상황이 펼쳐질지, 명확하게 전달받은 적은 단 한 번도 없었다. 병원과 응급차, 경찰 간의 소통은 재앙 수준이었다. 따라서 이번에도 타박상이든, 교통사고든, 살해든 모든 가능성이 열려 있었다.

비키는 동료들과 함께 병원 앞마당에서 필수품인 담배를 태우며 스트레스 가득한 십오 분을 다시 한번 보내기 위해 대기하고 있었다. 그때 응급대원들이 간이침대에 사고자를 태웠고, 무슨 일이냐는 질문에도 람블라 32번가에서 발견됐을 뿐, 무슨 일인지 모르겠다는 예의 틀에 박힌 대답을 했다. 비키가 가까이 다가갔다. 람블라 32번가는 빈민가와 가까워 마약을 둘러싼 칼싸움과 총싸움이 빈번한 곳이었다. 비키는 간이침대 위에 누운 남자를 보자 입을 다물지 못했다. 전혀 생각도 못 한 일이라, 처음엔 불가능한 상상을 했다. 후안, 가스파르의 아버지, 가슴의 수술 자국, 창백함, 다크서클. 눈을 깜빡인 뒤 뒷걸음을 친 다음에야 무슨 일인지 알아차릴 수 있었다. 온몸이 떨려왔다. 간이침대 위의 그 남자는 루이스 피터슨이었다. 벌거벗은 그의 가슴, 흉골 한가운데 세로로 길게 난 상처가 거칠게 봉합되어 있었다. 앞마당의 조명으로는 상처의 깊이를 가늠하기 어려웠다. 체온 39.5도, 혈압 96이라고 응급대원이 알려왔고 비키는 머릿속으로 스스로에게 따귀를 날렸다. 상처에 손을 대보았다. 표면적인 상처는 아니었다. 첫눈에는 흉부외과적 수술로 인해 흉골이 손상된 것 같아 보였다. 루이스는 의식이 없는 상태였다. 온몸이 자잘한 상처로 가득했고, 시간이 꽤 흐른 듯 피가 굳어 있었다. 가늘고 길게 이어진 자상이었다. 얼굴을 제외한 온몸이 세밀하게 난도질당해 있었다.

진단을 돕는 능력을 발휘해보았다. 최대한 빠르게 결론을 내리고자 했고, 본능이 엑스레이를 찍는 게 가장 시급하다고 알려왔다. 그 상처가 무엇인지 빨리 알아내야 했다. 피검사, 산소, 링거, 활력징후의 관리. 의식이 돌아오지 않았고 빈맥도 확실했다. 좋지 않은 징조였다. 상처는 최근의 것이 아니었고, 감염에 따른 병적인 붉은 빛을 띠고 있었다.

엑스레이 결과는 모두를 경악하게 만들었다. 인턴 한 명은 엑스레이실을 황급히 박차고 나갔다. 비키는 멀리서, 마치 꿈속에서 들려오는 듯한 토악질 소리를 들었다. 그녀와 응급실장은 엑스레이 필름을 보았다가, 서로를 보았다가, 다시 엑스레이로 눈을 돌렸다. 두 동강 나 있는 흉골은 외과용 톱으로 썰린 게 아니었다. 큼직한 가위로 마구 찔러댄 듯 불규칙한 구멍이 숭숭 나 있었다. 정확하진 않더라도 비슷한 과정을 거친 게 틀림없었다. 정원에서 쓰는 가지치기 가위 따위일 수 있었다. 뼈도 모두 드러나 있었고, 다시 덮으려 노력한 흔적이 전혀 보이지 않았다. 그저 피부를 얼기설기 꿰매두었을 뿐이었다. 흉곽의 뼈들 사이에는 팔 하나가 폐를 압박하며 놓여 있었다. 어른의 것이 아닌, 아주 작은 팔이었다. 어린아이의 팔. 제발, 부디 그의 아들의 것이 아니기를, 비키는 간절히 바랐다. 팔의 형태가 분명하게 보였다. 팔꿈치 아래쪽이 절단된 것이었다. 손가락 다섯 개와 각각의 뼈가 모두 있었다.

오 하느님, 제발 마네킹이기를. 응급실 의사가 외마디 외침을 뱉고는 그곳을 뛰쳐나갔다. 마네킹이 아냐, 비키는 생각했다. 그 의사 또한 사실을 알고 있었다. 다만 인정하고, 자기 입으로 내뱉고 싶지 않은 것이었다. 팀장은 외과의사를, 세포 배양을, 항생제를 요청했다. 패혈성 쇼크야, 비키가 혼자 중얼거렸다. 응급 수술 결과를 기다리는 동안 비키는 냉동고에 꽝꽝 얼린 소고기를 떼어내다 바비큐 칼에 손가락을 벤 남성을 치료하며 이성을 되찾았다. 그리고 루이스가 죽게 될 것이라는 사실을 명료하게 직시했다. 사람의 팔이었다. 뼈가 보였다. 심장과 폐 사이의 공간에 놓여 있었다. 염증이 신체의 모든 기관에 퍼졌을 가능성이 있었다. 그 팔은 부패가 시작된 게 분명했다. 그로 인한 패혈증이었다.

이건 문제의 시작에 불과했다. 비키는 응급실장에게 양해를 구하며 사실을 밝혔다. 쇼크 상태로 입원한 남자가 아는 사람이라고, 친구의 부친이라고, 나가봐야 할 것 같다고. 응급실장은 당연히 그래야지, 라고 대답했고 비키는 수술실 바깥쪽의 통로에 주저앉았다. 아델라에게 없던 바로 그 팔 하나를 누군가 심어놓았어, 라고 생각했다. 그해, 남부지방에서 보냈던 여름의 강변과 술에 취해 화가 머리끝까지 치밀어 올라 있던 베티. 동생과 같은 모습으로 실려온 루이스. 이건 우연이 아니었다. 일종의 공격이었다. 공격이자 통첩. 주요 수신인은 가스파르겠지만, 참조인은 그를 둘러싼 모두였다. 비키는 관자놀이에 불어오는 숨결, 귓가에 속삭이는 목소리를 느꼈다. 항상 같은 말의 반복이었다. 다음 차례는 너 아니면 파블로야. 이제 가스파르가 체스판의 말을 움직일 차례였다.

수술실을 나온 외과의사에게 비키가 다가갔다. 응급실장에게 한 이야기를 그에게도 고백했다. 외과의사는 좌절감이 서린 눈빛으로 그녀를 쳐다보았다. 실패한 의사, 또는 능력 밖의 무언가를 맞닥뜨린 사람의 좌절감이었다. 안타까움과 약간의 불신이 그 뒤를 이었다. 그 역시 이 상황이 얼마나 섬뜩한지 인지하고 있었다. 이건 흑마법이야. 마쿰바*이고 악마적이라고. 비키가 생각했다.

"선생님, 사람의 팔이에요. 그리고 패혈증이 상당히 진행되어 있어요. 가족분들을 잘 아시면 지금 빨리 전화를 걸어보시죠. 몸에 남은 상처들은 깊지 않아요. 신고도 해야 합니다. 이 환자는 고문 피해자예요."

비키는 달려 나갔다. 가스파르를 며칠 동안 만나지 못하고 있었다. 마리타와 다투고 난 뒤 그녀를 집에서 내보냈다는 이야기만 들었다. 마리타가 자신을 찾아와 울면서 이 이야기를 털어놓았지만, 그 이상의 이야기는 들을 수 없었다. 매사에 태평한 아이라는 평판이 있긴 하지만, 그럼에도 마리타 역시 복잡한 사람이라는 생각을 이따금 하곤 했다. 훌리에타에게 전화를 걸고 싶진 않았다. 무

---

* 브라질, 아르헨티나, 우루과이, 파라과이의 아프리카 민속종교를 말하며, 보통 흑마법을 뜻한다.

하늘에서 피어나는 검은 꽃

엇을, 어떻게 이야기한단 말인가? 비키는 파블로밖에는 그 누구에게도 전화를 걸 수 없었다. 파블로의 목소리가 들려오자, 수화기가 어찌나 심하게 떨리던지 두 손으로 힘주어 붙들 수밖에 없었다.

"가스파르를 병원으로 데려와. 지금 내 전화는 받지도 않으니까, 문을 박차고 들어가서 끌어내. 루이스 아저씨가 실려 왔는데, 죽어 가고 있어."

전화를 끊고 간호사 대기실로 천천히 걸어갔다. 어지럼증으로 핑핑 도는 머리를 기대고 간호사들과 함께 누워, 무슨 일인지 상상도 못 할 그녀들에게 아무 설명도 없이, 그저 지금 얼마나 엿같고 재수 없는 악몽이 일어났는지 당신네들은 모른다며 쏘아붙이고선 낮은 소리로 울고만 싶었다.

‡

눈물로 가득 찬 두 눈에서 증오가 터져 나왔고, 가스파르는 그녀가 비명을 지르며 울부짖는 소리를 가만히 들었다. 네 잘못이야, 네 두 손으로 한 짓은 아니어도 그래도 네가 한 짓이 맞아! 그녀는 가스파르가 미친 사냥꾼처럼 큰아빠의 가슴을 열어젖히고 소년의 팔—사실은 소녀의 팔이었다. 작은 손톱들이 분홍색으로 물들어 있었다고, 최소 한 명 이상의 간호사가 떠벌리고 다녔다. 산홋빛 분홍색으로 칠해진 작은 손톱들. 수다스러울 뿐만 아니라 쓸데없이 눈썰미가 좋은 간호사들이었다—을 그곳에 집어 넣었다고 생각하진 않았다. 그녀는 가스파르가 그 범죄를 자행했다고 주장하는 게 아니었다. 다만 이 사건의 책임이 가스파르에게 있다는 짧은 한마디를 반복할 뿐이었다. 다툼의 여지 없이 일리 있는 주장이었기에, 그는 자신에게 주먹질을 해대는 홀리에타를 저지하지 않았다. 얼굴을 할퀴게 내버려두었고, 입가에서 느껴지는 자기 피의 짭짤한 뒷맛을 즐겼다. 그 팔이 쌍둥이의 것이 아니라는 생각만이 머릿속에 가득 차 있었다. 그건 승리였고, 거짓 연민의 무례한 흔적이었다. 비키, 난 큰아빠를 보러 들어가지 않을 거야. 못 보겠어. 안 들어갈 테니까 그런 줄 알아. 그렇게 다시는 그를 보지 않을 것이었다. 아빠와 비슷한 모습의 유령과 만나는 꼴이 될 터였다. 두 형제는 크게 닮진 않았다. 많이 닮았다고 생각한 적은 한 번도 없었지만, 가족이 공유하는 분위기, 그리고 이렇게 병원에서 각종 관을 단 채로 있는 모습은 아빠와 똑같아 보일 것이었고, 가스파르는 그런 이미지를 간직하고 싶지 않았다. 그리고 자신의 뜻대로 그 모습을 간직하지 않게 되리라. 들어가봐야 해, 비키가 말했다. 온몸이 다 긁혀 있는데 내가 보니 무언가를 새겨 넣은 것 같아. 글씨들이야. 네가 해석해. 베껴 쓰고, 무슨 말이 쓰여 있는지 기록해줘. 사진도 찍고. 홀리에타는 의사의 불가피한 선언을 듣고 목 놓아 울부짖었다. 이제 곧 경찰이 들이닥쳐 사전 심문을 진행할 것이고, 몇 시간 후에는 흩어져 있는 끈들을 하나, 둘, 셋 모아 엮기 시작할 것이었다. 소녀의 작은 팔. 비키와 파블로와 자신, 그중에서도 특히 가스파르 자신은 아델라와 함께 그 집에 들어갔었다. 팔 없는 아델라. 소녀의 팔. 내 사촌 아델라, 같은 핏줄인 아델라. 이 핏줄에 독을 탄 게 누구란 말인가? 죽은 아빠, 죽은 큰아빠, 가슴에 같은 표식을 지닌 두 사람. 그리고 이런 일이 일어나는 동안 방 안에 틀어박혀 있던 자신. 훌리에타는 루이스가 집을 나선 지 사흘째였다고 경찰에 진술했다. 일 때문에, 아니면 첫째 아들을 보러 라플라타에 간 줄 알았어요. 네, 저 아이가 첫째 아들이에요. 입양 아들이요. 원래 조카예요. 가끔 저 아이 집에 가서 자고 오곤 했거든요. 하지만 항상 미리 알려주곤 했어요. 연락을 잊지 않았어요. 어린 자식들이 있으니까, 늘 연락을 해줬다고요. 그래서 가스파르에게 전화를 해보았지만 찾을 수 없었어요. 가스파르는 아들이자 조카예요, 저기 저 아이요. 그런데 연락이 안 되더라고요. 계속 통화 중이기만 하고. 그래서 전화가 고장 난 거겠거니, 하고 다음 날 연락이 오기만 기다렸어요. 저도 출근을 했지만 힘든 하루를 보냈어요. 일이 끝난 후 집에 전화했더니 아무도 받지 않더라고요. 남편이 일하는 현장에 가보니까 비가 와서, 비가 오면 일을 할 수 없으니 며칠 동안 작업을 쉬고 있었다고 하더라고요. 그래서 휴가를 맞아 어딘가 놀러 간 줄로만 알고 있었어요. 다른 여자 생각도 했어요. 무슨 말을 하고 있는 건지 모르겠네요. 죄송해요. 아무튼 다른 무언가가 있는 줄 알고, 화도 나더라고요. 왜 아들네 집에 가보지 않았을까요? 다른 여자가 있을 거란 생각이 자꾸 떠올라서 그랬던 걸까요? 모르겠어요. 부인하고 싶었던 걸까요? 집으로 돌아오지 않고 있다는 사실을 받아들이지 못했던 걸까요? 이런 일이 일어나고 있었어, 가스파르가 생각했다. 차는 곤넷에서 손대지 않은 상태로 발견되었다. 누군가가 라플라타로 향하던 큰아빠를 납치한 것이었다. 곤넷은 멋진 곳이다. 비야엘리사보다 더 아름답고 모던한 집들이 즐비한 곳이었는데, 다소 끔찍해 보이는 것도 사실이었다. 원래는 대로변에 나이트클럽이 있던 곳이었고, 그중 일부는 실제로 위험하기도 했다. 가스파르는 딱 한 번 그곳에 가본 적이 있었다. 마약을 한 채로 스피커 주변에서 춤추는 여자아이들이 예쁘면서도 사나워 보였다. 작은 손톱들에 색깔이 칠해져 있다고 했는데, 무슨 색깔이었지? 새먼? 코랄? 요즘에는 전통적인 '마린블루' 색을 넘어 많은 색에 해양생물의 명칭이 붙었다. 사실 마린블루의 '마린'은 바다가 아닌 해군, 즉 '네이비'에서 유래한 것이다. 이 사실을 깨닫기까지 어이없을 정도로 오랜 시간이 걸렸다. 이런 일이 일어나고 있는 동안 집에서 지도를 준비하고, 비행기표를 예약하느라 어이없이 많은 시간을 허비하고 있던 것과 마찬가지로. 그래, 곤넷이구나. 곤넷의 그 멋들어진 집들 중 하나. 큰아빠를 차에서 끌어내 데려간 집. 잡혀가던 그는 결국 자신이 납치되는 귀결을 맞이했다고 생각했으리라. 결국 납치되었으니, 그런 그의 생각은 옳았다. 흉곽을 자르기 전에 정신을 잃었을까? 분명 그러했으리라. 그는 강인했고, 끝까지 저항했을 것이기 때문이었다. 힘이 넘치는 사람이었다. 이따금은 자신을 들쳐 메기까지 했다. 진정시켜야 할 때 자신을 벽으로 밀치던 방식이나, 누구보다 빠르게 톱질을 하면서도 땀은 덜 흘리던 모습이 그랬다. 분명 그들은 큰아빠를 기절시켰으리라. 기절한 그의 몸에 가지치기 가위를 썼을 것이고, 톱도 썼을지 모른다. 그 사실은 부검을 통해 밝혀질 것이다. 살해 사건으로, 부검을 거칠 것이기 때문이다. 그렇게 곤넷의 집에서 사건이 일어났다. 몇 명이었을까? 두 명? 세 명? 누구지? 머지않아 알게 될 것이

하늘에서 피어나는 검은 꽃

다. 미시오네스에서. 그들은 아르헨티나에서 으레 그러하듯, 자신에게도 망자를 투척했다. 아르헨티나에서는 죽은 사람을 내던진다. 이제 이 말이 무슨 뜻인지 알게 되었다. 그 팔의 소녀는 어느 누구도 될 수 있다. 이미 죽은 아이의 것일 수도 있다. 이 경우, 파헤쳐진 무덤이나 병원들까지도 샅샅이 뒤질 것이다. 한 소녀가 실종됐다는 신고가 들어올 수도 있다. 그들은 밤에 일하며, 어둠 속에서 일한다. 왜 자신을 그토록 원하는가? 그들은 자신을 원했고, 다치게 만들고 싶어 했다. 상처 입히길 원했다. 상처 입은 존재는 제어하기가 손쉽다. 루이스를 보지 않으려는 이유였다. 곧 경찰에 진술해야 할 것이다. 알리바이는 없었다. 마리타는 이미 집에서 내쫓았다. 배달 음식을 시켰던가? 기억이 나지 않았다. 무언가를 사러 내려간 적은 있었다. 음식과 지도. 아우토모빌 클럽의 사내는 분명 자신을 기억할 것이었다. 마치 두 눈이 먼 사람처럼 조금 더, 조금 더 큰 것을 집요하게 요구했으니까. 알리바이가 없었지만, 중요하지 않았다. 홀리에타가 말한 건 사실이었다. 자신의 탓이었다. 죽은 자를 내던진 건, 일종의 통첩이었다. 그를 보고 싶지 않았다. 하루는 루이스가 냉동고에 미리 얼려둔 바나나를 꺼내 따뜻하게 녹인 초콜릿을 그 위에 끼얹어주었다. 값싸고 맛 좋은, 그만의 디저트 아이디어였다. TV 리모컨은 늘 가스파르에게 양보해주었다. 축구를 할 때 화를 낸 적은 단 한 번도 없었다. 언젠가 산속에 들어가 살고 싶다고 말하곤 했지만, 해변도 좋아했다. 리우데자네이루에서 살던 시절, 바닷가 근처를 배회하며 바다와 바람, 머리카락 사이를 파고든 짠 내를 느끼던 일상을 그리워했다. 두 아들의 출산을 직접 함께했고 그날 술을 마시지도 않았다. 축하한다는 인사를 건네는 사람들에게는 손사래를 쳤다. 난 아무것도 한 게 없어요. 그저 기쁠 뿐이죠. 기쁨. 그는 기쁨 그 자체였고 평온하고 달콤한 미래를 누릴 자격이 있는 사람이었다. 곤넷의 집, 그곳에 그 팔과 큰아빠를 함께 밀어 넣은 거구나. 정신을 잃은 상태였을 수도, 맨정신이었을 수도 있던 그를. 어쩌면 그를 깨워서 비명을 지르며 죽어가게 만들었을지 모른다. 거기에 먹이가 있었다. 게걸스러운 고통이 느껴져왔다. 그렇게, 팔로 인한 염증으로 펄펄 끓는 그를, 기준에 따라 도시의 시작점이기도, 종착점이기도 한 람블라 32번가에 던져놓고 간 것이었다. 고통을 잠재워줄 발라드도, 자장가도 있었지만 그는 어디에도 들어갈 수 없었고, 아무 노래도 부를 수 없었다. 모든 게 자신의 탓이었기 때문이었다. 살인하고 도륙하라는 허락을 내린 건 다름 아닌 자기 자신이었다. 홀리에타도 그 사실을 알고 있었다. 그래서 그렇게 분노에 못 이긴 모습으로 치를 떨며 눈물을 흘리고 있었던 것이다. 그녀도 그걸 알고 있기 때문에. 비키가 중환자실에서 나오더니 가스파르를 한쪽 구석으로 데려갔다. 가스파르의 얼굴을 두 손으로 붙잡고 자신의 얼굴을 마주하게 했다. 비키의 짙은 눈동자. 몹시 아름다웠다. 마리타보다 더. 그 어떤 여자들보다 더. 몸에 쓰인 문구는 오라는 말, 그 한마디야. 자상을 살펴봤더니 그래. 오라는 게 무슨 소리야? 가스파르, 바로 그거야. "오라." 좋아, 그가 말했다. 죽는 거지? 사실을 말해줘. 몇 시간 안에, 시간문제야. 좋아. 오늘 밤에 떠날 거야. 경찰에 진술도 해야지. 경찰에 진술하고 나서 갈게. 오늘 밤엔 날 잡아가진 않을 테니까.

하늘에서 피어나는 검은 꽃

잘 들어, 비키. 그리고 파블로에게도 설명해줘. 파블로는 지금 저 아래 와 있어. 개랑 이야기 나눌 시간이 없어. 그자들이 선을 넘었고, 이제 너희들과는 함께 지낼 수 없어. 내가 너희들과 계속 이렇게 어울려 지낸다면 이제 너희가 다음 차례가 될 거야. 다음 차례가 있어선 안 돼. 그들은 날 원해. 핏줄은 나야. 집 열쇠는 여기 있어. 비키는 이제 그의 말에 귀 기울였다. 집에 들어가서 침대 위를 보면, 내가 두고 나온 게 보일 거야. 너희들이 그걸 읽어줬으면 해. 올가 가야르도라는 사람이 한 신문에 기고한 칼럼이야. '사냐르투의 구덩이'라는 제목이지. 지금은 설명할 시간이 없어. 그냥 가서 읽어. 파블로에게도 읽으라고 해. 그들은 내가 사는 곳에 들어갈 수도 없고, 마리타도 돌아오지 않을 테니 아마 그 자리에 그대로 놓여 있을 거야. 루이스가 우리 아빠가 하는 말 때문에 겁을 먹곤 했다는 거, 알고 있었니? 한번은 정말 이상한 이야기를 해주었어. 우리 아빠를 보살피고 있을 때였대. 아빠가 한 여섯 살인가, 많이 어렸을 때였는데, 수술을 받은 지 얼마 안 된 아빠를 큰아빠가 돌봐주고 있었나 봐. 우리 할아버지 할머니는 글쎄, 일하고 있으셨겠지. 그건 중요하지 않잖아, 그렇지? 상관없지. 큰아빠가 말하길, 아빠를 간병하던 어느 날 아빠의 입술이 생고기를 그대로 먹은 것처럼 피범벅이 되어 있었다는 거야. 입술이 너무 거칠고 말라 있어서 물을 계속 발라줬대. 나중엔 간호사가 카카오버터를 가져왔고, 그걸 발라주니까 그제야 피가 멎었대. 그런데 피가 계속 흐를 때면 우리 아빠는 고통으로 울부짖기만 했었대. 그 당시의 진통제가 엄청 별로였나 보지. 어떻게 그 어린아이를 고통으로 몸부림치게 그

대로 둘 수가 있었을까? 어쩌면 진통제 처방이 불가능했을지도 몰라, 압력을 낮출 위험이 있거든. 비키가 끼어들었다. 압력이라고? 혈압 말이야, 가스파르. 진통제 때문에 혈압이 낮아지면 죽을 수도 있으니까. 아, 그럴 수도 있겠구나. 어쨌든, 병원에서 보내던 밤들 사이에 아빠가 끔찍한 이야기를 하곤 했대. 큰아빠도 그땐 어린아이였잖아. 아무튼, 아빠가 어느 날은 갑자기 이렇게 소리를 쳤대. 왜 아무도 뼈들이 노래하는 소리를 듣지 못하느냐고. 이 말을 질책하듯이 했고, 루이스는 무서워서 어쩔 줄 몰랐대. 우리 조부모님도 아빠를 두려워했대. 아빠는 유령을 봤던 거야. 루이스는 아니었지만. 루이스에게는 표식이 없었거든. 그를 보고 싶지 않아. 분명 똑같은 소리를 외치고 있을 거야. 이제 그들이 그에게도 표식을 남겨두었어. 하지만 생명을 유지시킬 순 없었지. 사실은 내가 그 집에 아델라와 함께 남아야만 했어. 거기서 그렇게 끝났을 거야. 이 모든 것들, 이 시간들은 중요하지 않아, 비키. 지금 이 시간은 우리의 것이 아냐. 마리타는 우리가 다른 생에서 만났어야만 했다는 걸 알아. 지금 생도, 지금 이 시간도 우리의 것이 아니라는 사실은 그녀에게 말하지 말아줘.

‡

그를 닮고 싶다는 생각을 몇 번이나 했는지 모른다. 차를 몰며 여자들을 존중할 줄 알아야 한다, 마음에 들지 않는다 하더라도 말이야, 라고 말하곤 하던 그의 매너가 떠올랐다. 어떤 일 때문에 충돌이 일어나 서로가 목소리를 높여 고함을 지르고 난 후에도, 그는 자신이 던진 농담 한마디에 쉽게 투항했고 고개를 흔들며 숨 넘어가도록 웃어주곤 했다. 아이들은 그를 잊을 것이고, 잃을 것이다. 안뜰에서 숙제를 해도 된다는 허락, 흙길에서의 달리기, 해변가 불판에서의 생선구이, 네가 쓴 글이 참 훌륭하구나, 그 선생이 보는 눈이 없는 거야. 이걸 모두 다 이해할 필욘 없지만 그러지 못한 건 좀 아쉽긴 해. 글은 맛깔나게 잘 썼는데 말이지, 게다가 이만큼이나 길게 썼잖니! 네가 쓴 단어들을 좀 봐! 아무리 정신병적이고 고약한 마음의 문제나 감정적 동요를 겪더라도, 아무리 바보 같은 짓을 하더라도 늘 한결같은 태도로 포용해줄 누군가를 아이들은 놓치고 말았다. 절대 자신을 포기하지도 물러서지도 않으며, 머리로 문과 벽을 세차게 들이박더라도 등 뒤에서 팔짱을 낀 채로 자신을 지켜보며 "괜찮아, 그럼 이제 무엇부터 고치기 시작할까. 네 뼈? 분노? 벽돌? 네가 알아서 고르거라"라고 평온하게 말해줄 사람은 이제 없다.

가스파르는 두 눈이 휘둥그레질 정도의 액수를 택시 기사에게 쥐여주며 에세이사 공항으로 가달라고 했다. 양다리 사이에 배낭을 끼워 넣고는 말없이 비행기 탑승을 기다렸다. 짐은 많지 않았다. 필요한 게 있으면 가는 길에 살 요량이었다. 혼자만의 비행은 이번이 처음이었다. 그리 많지도 않았던 지금까지의 모든 항공 여행에는 루이스가 함께였기에, 예전 일은 생각하지 않으려 애썼다. 짧은 여정이었지만, 그래도 기내식은 제공되었다. 아무것도 먹지 못하는 상태였기에 손도 대지 않았다. 다시 무언가를 먹을 수나 있을까? 병원을 나서는 자신을 바라보던 파블로의 표정이 떠올랐다. 함께 가자고 손을 내밀 뻔했다. 파블로라면 기꺼이 따라나섰을 것이다. 비키는 큰아빠의 곁을 지켜야만 했다. 그래도 확신했다. 그들은 자신을 따라나섰을 것이다. 그 두 사람은 자신이 어디를 향하는지 알고 있었다.

포사다스에 이르러서는 한 시간 동안 렌트카 업체를 찾아다녔다. 선글라스를 쓰고 머리를 몇 번이나 찬물에 적셔도 더위로 인한 두통이 가시지 않았다. 약을 삼키기 시작했다. 빈속에 먹으면 약효도 금방 돌기 마련이었다. 비교적 저렴한 클리오 차량 한 대를 발견했다. 일주일 렌트 계약을 하고, 일 킬로미터 정도를 몰며 어느 정도 운전에 적응이 된 것을 확인한 뒤 아우토모빌 클럽 지도를 펼쳐 들었다. 푸에르토리베르타드. 집 근처 동네의 이름이었다. 이구아수 근처였고, 파라나강과는 몇 미터 이내로 인접해 있었다. 강의 맞은편은 파라과이였다. 삼백 킬로미터. 삼백 킬로미터 동안 생각을 비워내야만 했다. 지도를 뒤집은 뒤, 지도도 태우지 않고 자신도 화상을 입지 않으려 애쓰며 신경 써서 담뱃불을 붙였다. 차에는 에어컨이 장착되어 있었지만, 켤 때마다 기름 냄새가 올라오는 까닭에 끌 수밖에 없었다. 자동차에 대한 지식이 전혀 없었다. 이론적으로는 뇌전증 환자이기 때문에 운전을 해서는 안 되었다. 하지만 루이스는 운전을 할 줄 모르는 사람은 완벽한 자유를 누릴 수 없다는 지론을 갖고 있었기 때문에 그에게도 운전을 가르쳐주었다. 루이스 역시도 자동차 전문가는 아니었다. 그가 구입한 자동차는 모두 깡통 신세를 면치 못했다. 차가 고장 날 때마다, 열린 보닛 사이로 풀풀 연기를 뱉어내는 차 앞에 서서 허리춤에 팔을 올리고는 "이런, 망할"을 외치곤 하던 그의 모습이 떠올랐다. 차 문제가 아냐, 네가 물을 안 넣어서 그런 거잖아. 하루는 네그로가 어이없다는 듯 쏘아붙였다. 어떤 멍청이가 차에 물을 안 넣고 다니냐, 나한테 설명 좀 해보시지. 그들은 푼타라라를 향해 가는 중이었다. 피크닉이었을까? 낚시였을까? 아이들이 태어나기 전, 임신 전이었다. 왜 아이들의 이름을 한 번도 입에 올리지 않았을까? 살바도르와 후안. 가스파르는 아빠 때문에 후안이란 이름을 붙인 줄로만 알고 있었다. 그 이야기를 들은 루이스는 몹시 당황하며, 페론을 기념하기 위해 붙인 이름이라고 고백했다. 하지만 후안 도밍고라는 풀네임을 붙이는 건 홀리에타의 반대에 가로막혔다. 라디오를 틀었다. 브라질 쪽 라디오도 손쉽게 잡혔지만 그 나라의 언어를 듣고 싶지 않았다. 당연했다. 모니카와 아이들에게도 소식이 전해질까? 찾아온 지는 오래되었지만, 신년 연하장과 생일 축하 전화는 매년 왔고, 가끔씩은 선물도 도착하곤 했다. 루이스는 그들을 보러 혼자 두어 번 브라질로 가기도 했다. 한 번에 일주일 정도밖에 머물지 않았다. 가스파르는 그렇게 홀리에타와 두 번 정도를 단둘이 보냈다. 루이스는 가로투 초콜릿과 음반과 책을 선물로 가져오곤 했다. 브라질의 제본 기술이 아르헨티나보다 훨씬 낫다는 말과 함께. 자신을 리우데자네이루에 데려가주겠다고도 약속했다. 아이들에게는 미처 하지 못한 약속이었다. 가스파르는 해변을 그다지 좋아하지 않지만, 리우데자네이루는 코파카바나 그 이상이라고 했다. 어두운 도로와 계단, 안쪽 동네들의 술집에서 보는 석양. 이 모든 것들을 자신도, 아이들도, 모두가 잃어버렸다.

"못 들어가게 할 거요."

주유소에 딸린 선술집에는 간판도 달려 있었다. 로스라파초스.

"사설경찰까지 운영하는 사람들인데, 어렵하겠소. 많은 사람들이 사진을 찍겠다며 온다오. 엄청 많은 사람들이! 왜 그렇게들 사진에 집착하는지. 길은 알려주겠지만, 들어가진 못할 거요. 혹시라도 들어가는 데 성공하면 돌아와서 알려주시오. 관심 있는 사람들이 정말 많소."

"한번 시도해볼게요. 혹시 아나요."

가스파르가 말을 한 뒤 차가운 코카콜라와 두통약을 한 번에 들이켰다. 여행 내내 이마에 햇볕이 내리쬐었지만, 생각했던 것보다 두통이 심하진 않았다. 푸른 하늘에서 검은 꽃이 피어나 시야를 온통 가릴 거라고 생각했다. 하지만 막상 두통은 가볍게 불편한 수준에 머물렀다. 식사를 한다면 잦아들 정도의 고통이었다.

"그 사람들이 나타나기도 하나요?"

"아니오. 장도 딴 데 가서 본다고 합디다. 일하는 사람들이 저기 위쪽에서 장을 보곤 한다던데, 우리 할아버지 말로는 그 사람들이 몇 년 전에는 파티도 열고 그랬다고 하오. 그때마다 자동차가 물밀 듯이 밀려들곤 했는데, 이쪽으로 오진 않았소. 그 집 사장님도 가끔 들르곤 했지. 그것도 옛날 일이지만. 술도 한잔하시고, 낚시용품도 사 가고 했지만 안 오신 지는 꽤 됐소. 사장님은 반주를 아주 좋아하는 사람이오."

사장님이라고, 가스파르가 생각했다. 할아버지구나.

중앙 대로까지 내려간 뒤 비포장도로로 진입해야 했다. 우선 조금 걸어보기로 마음먹었다. 붉은색 보도, 그보다 더 짙은 적색으로 칠해진 연석, 얼음 가게, 우산을 양산처럼 쓰는 소녀들, 끊임없이 폭풍으로 위협하는 하늘, 하얀 집들. 엄마도 이 마을을 거닐었을까? 상점에서 장을 보기도 했을까? 물어보면 기억하는 사람이 있을까? 어느 날인가, 섹스가 끝나고 난 후 마리타는 이런 이야기—그녀는 섹스 후에 무거운 주제를 꺼내곤 했다—를 꺼냈다. 그가 살기를 원한다면 죽은 사람들을 포기하고, 그들을 보내줘야 한다고. 붉은 땅엔 오토바이가 즐비했다. 운동화 밑창은 이미 새빨갛게 물들어 있었다. 생산자들과 공예가들이 모이는 시립 시장은 다른 대부분의 상점들과 마찬가지로 파한 상태였다. 성스러운 시에스타. 볼거리가 많지 않았다. 차로 되돌아와서, 대로를 달려 비포장도로에 이르는 여정을 준비하며 시원한 물 한 병을 땄다. 이쪽저쪽이 모두 빽빽한 밀림이었고, 짙고 깊은 녹음이 이어졌다. 동물은 한 마리도 보이지 않았다. 그들이 자신을 불렀으므로 가야만 했다. 길을 나서기 시작했을 때부터 이 말을 반복했다. 졸음과 배고픔, 공허함을 이겨내기 위해 계속 되뇌었다.

당신들이 날 찾았으니, 내가 여기 왔다. 죽은 자들을 보내는 법을 난 모른다.

‡

황폐함을 상상했었다. 저택까지 풀덤불 하나를 앞두고는 밀림에 갇힌 광인들, 곰팡이 핀 태피스트리, 높게 자란 잡초들을 떠올렸다. 비어 있는 경비 초소―하지만 버려진 건 아니었다. 응접실의 작은 탁자 위에는 마테차가 놓여 있었고 라디오도 켜져 있었다―를 지나 차를 세우니 멀리서 저택이 보였다. 차에서 내려 집 안으로 들어갔다. 철문―대문이라고 하는 게 더 정확했다―은 열려 있었다.

깎은 지 얼마 안 된 넓은 잔디밭이 겨자색 벽으로 둘러싸인 집 앞에 펼쳐져 있었다. 사방을 가득 메운 덩굴식물들은 방치의 표시가 아닌, 장식으로 의도된 것이었다. 미시오네스의 땅과 같은 색깔의 붉은빛 지붕, 그리고 저택 주위를 육각형으로 둘러싼 야자수와 나무들은 뒤쪽과 앞쪽에서 각 구역을 구분 짓고 있었다. 측면으로 길게 난 길을 따라 최소한 두 채의 집이 있었다. 하나는 작았고, 멀리 있는 하나는 거대했다. 잔디밭은 끊임없이 이어졌다. 뒤편에는 분수도 몇 개 있었다. 강이 흐르는 소리가 들려왔다. 구름다리는 저쪽 강 가까이에 있겠군, 가스파르가 생각했다. 그러다가 풍경이 갑자기 검기울어 하늘을 바라보았다. 우박을 품은 폭풍우를 예고하듯 펑퍼짐하고 낮게 깔린 구름이 오후의 끝자락에 매달려 있었다. 집과 마주하자, 식인적인 기세로 피어난 검은 꽃들과 함께 극심한 두통이 봇물처럼 터져 나왔다. 아빠와 엄마가 그 집 안에서 모습을 드러낼 거란 끔찍한 확신―데자뷔의 일종이었지만 그보다 더, 훨씬 더 강력한 무언가였다―이 들이닥쳤다. 야자수에 둘러싸인 유령의 집이자, 유령 부모의 집이었다. 그뿐 아니었다. 머리에 재를 뒤집어쓴 채 썩어 문드러진 팔을 손에 쥐고 공격 태세를 갖춘 회색빛 큰아빠가 나타나서는 자신의 머리와 온몸을 두드려 팰 것 같은 예감이 들었다. 차에 기대자 누군가 집 밖으로 나서는 모습이 보였다. 남자였다. 그는 가스파르에게 다가와 어깨를 붙잡고 몸을 일으켜 자신의 얼굴을 마주 보게 했다. 말쑥하게 빗어 넘긴 흰머리, 깊고 짙은 푸른 눈, 파블로가 곁에 있었더라면 그만의 남성 분류학에 따라 게르만이라 불렀을 법한 이마. 게르만, 요정, 사육사, 곰, 택시 기사, 꼰대. 파블로에 대한 기억을 떠올리다 자칫 미소를 지을 뻔했다. 아는 사람이었다. 에스테반. 거기서 다시 만날 줄은 상상도 못 했다.

집 안으로 들어서자 많은 사람들이 계단 위에 모여 있었다. 가스파르는 금빛 아우라를 동반한, 밝기가 그다지 강하지 않은 해 질 녘의 분홍빛 햇빛에 힘입어 그들의 얼굴을 또렷이 볼 수 있었다. 두 명의 여자가 있었다. 그중 한 명은 인도풍의 고급스러운 원피스를 입은, 우아한 모습이었다. 다른 한 명은 입과 턱을 모두 가리는 마스크를 쓰고 있었다. 짧은 회색빛 머리카락과 바지, 끝까지 여민 셔츠가 보였다. 하지만 그녀들의 뒤편에 도열하고 있던 대여섯 명의 사람들을 알아보기엔 가스파르가 서 있는 위치가 멀었다.

가스파르는 완력을 써서 자신의 위쪽에 있던 에스테반을 밀쳐냈다. 총을 가져오지 않은 것을 후회했지만, 어차피 총을 다룰 줄도 몰랐기에 그래봤자 무용지물이었을 것이었다. 총을 쏴본 적은 한 번도 없었다. 면도칼조차 써본 적이 없었다. 유일하게 할 줄 아는 건 맨주먹 싸움이었다. 열패감을 느꼈지만, 그래도 에스테반 정도는 감당할 수 있었다. 그래서 에스테반이 몸을 추스르는 걸 보자마자 그에게 빠르게 다가가 등에 두 팔을 얽어매곤 잔디밭에 내동댕이쳤다. 에스테반도 싸울 줄 아는 사람이었다. 중심을 잡는 데 성공한 그는 자신의 목을 감싼 가스파르의 양팔을 거의 전문적이다 할 정도의 간결한 몸짓으로 풀어냈다. 두 사람은 일 미터 정도의 거리를 유지하며 숨을 고르고 서로를 가늠했다.

그때, 문 쪽에서 우아한 여자가 환영의 표시로 두 팔을 펼치고 계단을 내려왔다. 오렌지색이 섞여 있는 백발이었고, 얼굴에는 주근깨가 가득했다. 젊은 시절에는 빨간 머리였을 것이었다. 뒤를 이어 마스크를 쓴 여자도 내려왔다. 절름발이였다. 할머니야, 가스파르가 생각했다. 대화를 나누기에 앞서 마스크를 벗었다. 난도질된 얼굴 형태에 비해, 내뱉는 말들은 매우 또렷하게 들려왔다.

"네 큰아빠를 죽이라고 한 게 바로 나다. 가만히 있어, 넌 네 아빠만큼이나 난폭하구나."

침을 흥건하게 흘리면서 말했지만, 가스파르는 할머니의 목소리를 알아차렸다. 이번에도 참지 않고 바로 그녀를 향해 몸을 날렸다. 늙었든, 가족이든 상관없었다. 질문을 채 던지기도 전에 자기 멋대로 시인한 바였다. 바닥에 내동댕이치는 데에도, 새의 뼈처럼 가벼운 골반 위에 앉는 데도 성공했다. 쉽게 죽일 수 있을 듯했다. 몇 개나 됐는지 가늠도 안 될 정도로 많은 손들이 다가와 그를 그녀로부터 떨어뜨리기 직전, 그 면상에 주먹을 날리고 그녀의 코뼈를 부서뜨리는 데에, 그리고 욕지거리를 내뱉게 만드는 데에 성공했다. 그러다가 제대로 정확한 위치를 노릴 줄 아는 노련한 경비원의 일격이 가스파르를 기절시켰다. 그 순간, 나무 뒤편으로 모습을 감추는 중이던 태양과 강물의 반짝임이 눈에 들어왔다.

‡

  망루 위로 올라가는 것도 하나의 탈출구였다. 생각보다 멀쩡할
지도 모르는 일이었고, 혹여 층계가 무너진다 해도 좋았다. 부서진
계단 사이로 떨어진다고 해도 죽음이 보장되는 건 아니었지만—
구조될 가능성은 늘 존재한다—, 구조되지 않기를 바라 마지않았
다. 끊임없는 감시에 시달리고 있었지만 빠르게 행동한다면 성공
가능성이 없진 않았다. 감시에 구멍이 생기는 순간이 반드시 올 것
이다. 곡기를 끊을 수도 있었다. 그들이 손쓸 수 없이 죽을 수 있는
또 하나의 방식이었다. 도주는 불가능했다. 강, 야간, 밀림 등 뻔한
방법은 모두 다 동원해봤지만 매번 붙잡히고 말았다. 구타는 생각
보다 잔인하지 않았고, 훨씬 효율적이었다. 그들은 위협적이지 않
은 선에서 고문하고, 고통을 자아내며 다치게 하는 법을 잘 알았
다. 한 번도 멀리 가보지 못했다. 도망치는 건 불가능했다. 그들이
원하는 건 광기였다. 그 집 안에서 그들 사이에 둘러싸여 있다는
사실은 그를 미치게 만들기 충분했다. 하지만 그들에게 승리를 내
어줄 생각은 추호도 없었다.
  특히 여자들은 그 일이 가능하다고 믿었다. 아니, 그들을 여자들
이라고 부르는 건 온당치 않았다. 플로렌스와 메르세데스였다. 할
머니 메르세데스. 입술이 없는 사람. 그녀의 윗니와 아랫니는 마치
덜덜 떠는 사람처럼 연신 부딪혔다. 마스크를 매번 쓰는 건 아니었

고, 가스파르의 앞에서는 아예 벗었다. 자신의 모습을 그가 똑똑히 봐주길 바란 것이다.

네 아빠가 한 짓이야, 플로렌스가 메르세데스의 끔찍한 얼굴과 절단된 부위를 가리키며 말했다. 네 아빠는 내 아들도 죽여놓고는 시신을 어디다 버렸는지 말해주지도 않았어. 너를 구원하고, 우리에게 복수하겠다는 계획을 치밀하게 짰다고 생각했겠지. 우리 핏줄인 그 여자아이도 우리 품에서 앗아가버렸고. 늘 우리를 무시했고, 파멸시키려고 안간힘을 썼단다. 아, 그 두 눈에 다 쓰여 있었어. **그 파충류 같은 노란 눈에.** 지금이야말로 우리가 성공했다는 걸 어디서든 보고 있기를 바랄 뿐이야. 이제야말로 우리는 메디움을 손에 넣었어. 그토록 우리에게서 빼앗아 가려 안간힘을 썼어도, 그리고 정말 효과적인 표식을 남겨놨음에도 불구하고 말이지. 늘 그랬어. 재능이 지성을 이기는 경우지. 그 아이가 난 참 안쓰러워. 메디움에게 지워진 책임이 막중해. 모두가 위험한 존재이고, 모두가 미쳐버리고 말아.

"무슨 말을 하는지 모르겠어요."

가스파르가 반복해서 말했다.

할머니가 그에게 다가왔고, 이 사이로 말소리가 새어 나왔다.

"그놈은 네가 아무것도 모르길 바랐고 네 유산도 숨겨두었어. 그래, 그게 너에게는 더 좋은 일이겠지. 하지만 나는 메디움들이 도구에 지나지 않을 뿐이라고 믿는다. 그래도 네게 몇 가지 이야기는 들려줘야겠어. 그래야 네가 생각이란 걸 좀 할 수 있을 테니. 너의 그 강아지 같은 눈빛이 역겹거든."

가스파르는 그녀의 두개골을 살펴보았다. 대머리가 되기 직전이었다. 짧은 은색 머리가 사막 같은 두피에 올올이 일어나 있었다. 입술도 없었다. 온전한 사람 같지 않은 외모였고, 어쩌면 그 때문에 그 모습이 혐오보다는 환상동물을 보는 듯한 흥미를 불러일으키는 것 같았다.

"그 녀석이 네겐 한 번도 말하지 않았겠지, 당연하게도. 하지만 기사단이 찾는 것, 그리고 우리가 강제할 것이기 때문에 너도 어쩔 수 없이 우리에게 주고 말 그것은 바로 불멸이란다. 알았어요, 플로렌스. 저분이 고개를 내젓는 건, 한 치의 오차도 없이 정확한 걸 좋아하셔서 그런 거다. 우리는 그걸 '우리의 의식을 현재의 차원에 묶어두는 것'이라고 말한다. 즉, 살아 있는 의식을 남겨두는 거지. 어둠께서 말씀하신 대로, 우리의 의식을 몸에서 몸으로 이동시킨다면 가능한 일이다."

에스테반이 방 안에 들어섰고, 가스파르는 터져 나오는 웃음을 참았다.

"어둠이 뭔데요?"

"아델라를 데려간 존재."

에스테반이 대답했다. 웃음기가 사라진 가스파르는 손으로 두 눈을 가리고 이 사람들 미쳤어, 라는 말만 반복했다.

"바로 그거야. 저기 네 아빠 친구 녀석이 네게 잘 설명해주겠구나. 쟤도 평생 동안 너에게 거짓말을 해온 거다. 너도 후안이 그랬던 것처럼 어둠을 펼쳐낼 수 있을 거다. 우리를 위해서 그렇게 할 수밖에 없을 거고. 어둠은 우리에게 의식을 어떻게 이전하는지, 영원한 삶을 누리려면 어떻게 해야 할지 그 방법을 모두 일러주셨단다. 네 아비가 너한테도 시도했을 텐데 기억이 나지 않는 모양이구나. 플로렌스, 이 아이, 아무래도 조금 덜떨어진 것 같지 않나요? 안타깝구나, 내 유일한 손자가 멍청이에다가 꼬마 아델라를 사라지게 만든 장본인이라니. 격이 있는 아이였고, 약속된 아이였는데. 어쨌든."

메르세데스가 창문 가까이에 있는 가죽 소파에 앉더니, 에어컨 리모컨을 써서 방을 시원하게 했다.

"그날 오후가 얼마나 지랄맞았는지 아니? 뭐, 적어도 우리에게는 그랬지. 네 아빠가 우리를 속이고, 네 기억을 다 지운 거야. 정말 아무것도 기억나지 않느냐? 아니면 팔에 있는 이 표식이 기억도 멀어지게 만드는 효과가 있는 걸까? 아주 훌륭한 표식이야. 정말 놀라워. 너도 이쯤 하면 네 아빠가 이 표식을 남기기 위해 일부러 널 다치게 한 걸 알고 있겠지. 널 우리에게서 떼어놓으려고 말이야. 좋아. 우리는 네 아빠를 네 몸에 이식하기 위한 의식을 차스코무스의 들판에서 실행했단다. 우리 가문이 소유한 장소이기도 한 그곳은 내가 아주 높이 사는 곳이다. 밀림 한가운데 떨궈진 이런 곳과는 차원이 다르지. 우리 아버지는 물론, 대가리 속에 뇌라는 게 조금이라도 남아 있던 시절의 우리 남편을 비롯한 이들이 모두 다 우러러보는 장소이기도 하단다. 세상에 팜파스의 광활함만 한 게 또 없거든. 정신이 오락가락하는구나, 나도 이제 늙어서 새로운 몸이 시급해. 그건 내 권리이고, 너는 그걸 결국 내게 바치게 될 거야. 우린 너희 두 사람을 그곳으로 데려갔었다. 제례에 대해 네가 반드시 알아야 할 게 한 가지 있어. 의식의 이전은 이미 여러 차례 성공을 거두었지만, 유지시키는 것만큼은 아직 해내지 못했다는 사실을 말이야. 그래서 우린 네 아빠를 믿었던 거다."

가스파르는 그녀의 말에 귀 기울였다. 낯선 침대 위에서 상처가 가득한 몸으로 깨어났던, 그래서 아빠가 자신을 해친 게 분명하다는 끔찍한 확신을 갖게 만들었던 차스코무스 사고에 대해 말하고 있었다. 비틀린 발목과, 이론적으로는 자신의 뇌전증을 유발시킨 충격을 머리에 받은 일이 기억났다. 탈리와 에스테반과 함께 수영장 곁에서 보냈던, 게으르기 그지없던 여름이었다.

"제례에 앞서 거추장스러운 준비 과정이 필요하기 하지만, 그 누구보다 특별한 메디움인 네 아빠는 딱히 준비를 할 필요도 없었지. 우린 너희 두 사람을 제단 위에 올려놓았단다. 그리고 네 아빠는 자기의 의식을 네 몸으로 옮기는 데에 성공했고. 아, 얼마나 환상적이던지! 플로렌스, 기억나요? 우리는 너희를 원형으로 에워싸고 있었어. 신성한 순간이었다. 네 몸이 두 눈을 뜨자, 후안의 눈빛이 보였어. 하지만 그 직후 저항이 시작되었지. 수용체의 거부는 늘 있는 일이야. 하지만 내가 단 한 번도 경험하지 못한 극렬한 저항이었어. 그대들은 어떤지 모르겠지만요."

플로렌스는 자신이 모든 제례에 다 참석했지만, 그토록 난폭한 저항을 본 기억은 없다며 거들었다. 그녀가 모든 일을 설명해주었다. 가스파르가 눈을 뜨자마자 후안의 눈빛이 비쳤고, 도망치려는 시도가 시작되었다. 제례 중에는 수용체를 묶어두어선 안 됐다. 말도 안 되는 일이라고 우리도 생각하긴 했지. 하지만 어둠이 정한

규칙을 반드시 따라야만 했어. 몇 번인가 그대로 따르지 않았더니 어떤 재앙이 일어났는지, 에스테반 너도 기억하지? 너도 그런 제례에 많이 들어가봤잖아. 마치 유산하는 것과 같은 일이지. 플로렌스가 늘 입버릇처럼 하는 말이었다.

"아이를 잃는 것 같지."

"우리 둘 다 자식을 잃어봤잖니. 딱 그 느낌이야. 네 엄마는 물론 되찾는 것보다 잃어버리는 게 백번 나은 년이었지만. 아무튼! 네놈이 네 아빠를 빼내겠다고 얼마나 몸부림을 쳤는지, 우리 모두가 널 붙잡고 있어야만 했어. 여기, 딱한 에스테반의 목을 물어뜯기까지 했으니, 원. 플로렌스의 작은아들 녀석도 입질을 하고 다녔지. 네가 자해하는 걸 막으려고 얼마나 분주했는지 몰라. 안타깝게도 제례의 부작용 중의 하나가 그거거든. 절망에 빠진 수용체들이 숙주를 내보내기 위해 자신을 해치고 마는 것. 그래서 우리는 널 바닥에 고꾸라뜨렸고, 그 과정에서 머리도 바닥에 내팽개쳐졌지."

"오, 아주 끔찍했어."

"처음엔 우리가 네 몸을 망친 줄로만 알았어. 그런데 아니더라고. 네가 뇌전증 환자라고? 멍청한 소리들이야."

가스파르는 자신에게 쏟아진 정보를 처리하느라 두 눈을 잠시 감았다. 그날의 사고는 그런 식으로 전개되지 않았다. 몸의 상처들은 그 광증의 결과라고 한다. 전혀 믿을 수도 없을뿐더러 말도 안 되는, 강압적인 정신의 이전이라니. 그런데 이들은 한 치의 의심도 없이 그렇게 믿고 있었다. 어쩌면 입을 꾹 닫고 있는 에스테반만은 생각이 다를지 몰랐다.

"그럼 제가 이 몸을 바치면 되는 거예요? 가져가세요. 전 상관없어요."

"아니."

플로렌스가 끼어들었다.

"우리에게 필요한 건 메디움이야. 그리고 네가 그중 하나지. 앞으로 우리가 어떻게 나아가야 할지 네가 알려줘야 해. 우리끼리는 의식을 완성시킬 수 없어. 이제 우리도 늙었어. 죽을 수도, 죽어서도 안 되지. 계시는 멈춰버렸어. 일방적으로 연결을 해제한 네 아빠의 잘못이란다. 하지만 우리는 너를 이용해서 계속할 거야."

"어떻게 하는 건지 전 몰라요."

"배우게 될 거란다. 아직 젊잖니."

가스파르는 몸을 일으키려 했지만, 어지럼증에 가로막혔다. 음식도 거의 먹지 않고 있었고, 약도 중단한 상태였다. 기력이 부족한 탓에 무릎이 후들거렸다. 하지만 그때 느꼈다. 단순히 그것만은 아니라고, 그것 때문만은 아니라고. 어지럼증이 균형을 잃게 만드는 바람에 의자에서 굴러떨어지던 그때, 할머니의 말소리가 들려왔다. "보아하니 발작을 일으킨 것 같은데, 어쩌면 별 볼 일 없는 뇌전증 환자에 지나지 않을지도 모르지." 하지만 그 누구도 가스파르에게 손을 대지 않았다. 그녀에게 자신은 단 한 번도 발작을 일으킨 적이 없다며 항변하려 했다. 그 순간, 그들이 말하는 그 '제례'에 대한 기억이 세세하게 복원되기 시작하며 자신을 마구 짓눌러대기 시작했다. 자리에 앉은 채로 눈을 뜨자 주변을 빙 두르고 있던 수많은 사람들이 눈에 들어왔다. 대부분은 나체였고, 일부는 천이나 튜닉 따위를 걸치고 있었다. 어두웠고, 몸 안에 들어온 기생충 같은 무언가를 꺼내고 싶다는 마음이 들 뿐이었다. 그러던 중 문이 눈에 들어왔고, 자리를 박차고 일어나 달리기 시작했다. 하지만 얼마 못 가 사람들이 팔다리를 붙들어 저지당했다. 왜 저들은 날 붙잡으려 하는 거지? 도대체 누구인 거지? 뭐가 문제인 거지? 도망갈래. 날 도와줘요! 지금은 널 도와줄 수가 없어. 하지만 저들과 싸우거라. 아빠의 피곤에 절은 굵은 목소리가 들려왔다. 그토록 그리웠던 그 목소리. 바닥에 주저앉아 오열하는 중에도 기억은 가혹하게 계속됐다. 너무 많아요. 여긴 어디죠? 싸워라. 끔찍한 늙은이가 한 명 있어요. 저들은 대체 뭔데요? 일어나서 도망쳐라. 다른 사람들은 가스파르를 제자리에 붙들어두려 안간힘을 썼지만 연신 실패할 뿐이었다. 자신을 붙잡아 눕히려는 몸싸움이 계속되는 동안 그들의 손톱이 와서 박혔고, 갈비뼈가 짓눌렸다. 비명을 지를 때면 공유된 몸 안에서 가스파르와 아빠, 두 사람의 목소리가 함께 터져 나왔다. 그들은 가스파르의 머리를 세게 가격해 그를 탁자, 할머니의 말을 빌리자면 제단 위에 올려놓는 일에 성공했다. 둔탁한 소리였고, 침묵이 잠시 이어졌다. 가스파르는 기억이 이렇게, 미시오네스의 차가운 방 안에 놓인 자신의 몸이 떨림을 멈추면서 끝날 줄로만 알았다. 하지만 떨림은 끝나지 않았다. 내 발을 괴물이 붙잡고 있어요. 그놈의 얼굴을 뻥 차버려. 한 번만 힘을 내서 얼굴을 걷어차버려, 내가 도와줄게. 이어 정확한 발차기 일격이 메르세데스의 목에 냅다 꽂혔다. 숨을 헐떡이며 뒷걸음질 친 그녀는 빠르게 숨을 가다듬더니 달려들어 연골이 끊어지기 직전까지 가스파르의 발목을 비틀었다. 그녀는 미소를 지으며 승리를 만끽하고 있었다. 왜 나를 이곳에 데려온 거죠? 그러다 또 한 번의 도주 시도 중 에스테반의 목에서 피가 나자, 이제 내가 나가는 게 낫겠군, 이란 말과 함께 아빠가 몸에서 떠나갔다. 갑작스러운 끝이었다. 우리 아빠가 원했다면 내 몸속에 계속 남아 있을 수 있었을 거야. 그저 본인이 원해서 나간 것일 뿐. 아빠, 제게 싸우라고 하셨죠. 제게 모든 걸 다 말해주셨어야 해요. 그럼 상황이 달라졌을 텐데. 어쩌면 이곳에 발을 들이지 않았을지 몰라요. 당신의 형도 살아 있을지 모르고요. 가스파르는 부드럽게 자신을 일으키며 물 한 잔을 권하는 에스테반의 두 손을 느꼈다. 하지만 기억이 한 가지 이미지를 더 선물했다. 다른 손, 아빠의 손이 자신을 매만지는 모습이었다. 커다랗고, 황금빛 손톱을 가졌으며 동물의 손아귀처럼 일그러진 형태였다. 물을 강권하지는 않던 에스테반을 물끄러미 쳐다보았다.

"아빠가 절 보호하려 했던 거예요?"

"어떤 상황에서도 네 몸을 차지하지 않았을 거다. 절대로."

아무 대답도 할 수 없었다.

"저 녀석, 죽지는 않겠지? 억지로라도 먹게 시켜봐. 피골이 상접해 있는 꼴이라니. 개판의 연속이군."

‡

가스파르를 위해 준비된 방에는 오후마다 사람들이 드나들었다.

그곳에서는 정원과 그 너머까지도 조망할 수 있었다. 창문으로 몸을 던지지 못하게 하려는 목적으로 일 층에 배치시켰다. 어차피 문에는 쇠창살이 쳐져 있었다. 같은 연령대로 보이는 두 명의 여자와 한 명의 남자가 영어로 대화하며 곁을 지키고 있었다. 여자들은 남자만 남겨놓고 방을 나섰다. 그는 기술을 알려주었다. **죽음의 자세야. 계시를 들이마셔라.** 그는 가스파르를 침대에 눕히고 숨 쉬는 법을 가르쳤다. 저항할 경우, 어떤 형태로든 고통을 가하며 회유할 태세를 갖춘 경비원들이 대기하고 있었다. 그 남자는 이따금 미간이나 입술을 찡그리곤 했다. 이 방식에 완전히 동의하지 않는 것일지도 몰랐다. 하지만 그 여자들이 그를 지배하고 있었으며, 또 그 이상의 무언가가, 칼럼 속 베티가 한 말에 따르면, 밀림 속에 사는 무언가가 있었다. **우리 가문이 그 존재를 수 세기 동안 섬기고 있던 거야.** 그의 가문. 그 남자는 가스파르가, 그의 아빠와 마찬가지로 밀림에 사는 존재와의 연결고리를 만들 수 있다고 믿었다. 가스파르는 그들과 말을 섞고 싶지 않았다. 사실 대화를 나누는 일이 허용되었는지도 알 수 없는 일이었다. 폭행이, 바늘로 찔러대고 손톱을 뽑아대는 일이, 머리를 물에 담그는 일이 추가될지도 모르는 일이었다. 그럼에도 그에게 말을 건넸다. **전 당신이 원하는 걸 줄 수 없어요. 전 제 아빠가 아니에요.**

남자는 마치 이 일에 자신의 목숨이 달려 있다는 듯 매달렸다. 어쩌면 정말 목숨이 달린 일이었을지도 모른다. **무의식의 뚜껑을 닫거라. 넌 어떻게 하는지 다 알고 있어. 네 아빠가 틀림없이 가르쳤을 거다.**

매일 오후가 이런 식으로 흘러갔다. 가스파르는 늙은이들의 방문을 즐기기에 이르렀다. 그들이 가르쳐주려는 건 생각을 줄이는 데 도움을 주는 일종의 명상법이었다. 하지만 남자가 돌아가고 나면 평상시 즐겨 쓰는 방식으로 다시 돌아왔다. 잠에 들기 위해 쓰는 방법이었다. 알파벳 A. A로 시작되는 시인의 성. A가 포함된 시인의 시 첫 구절 또는 생각나는 구절. 영어로 된 구절이 떠오른다면 번역해보기. 가령 A, 애시베리가 있다. 'Alone with our madness and favourite flower.' 이 얼마나 적절한가. 우리의 광기와 가장 좋아하는 꽃과 더불어 외로이. B, 블레이크. 아빠가 가장 좋아하던 시인. 뭐, 적어도 그의 구절 하나는 그랬다. 또 다른 시인. 키츠. 'He whose face gives no light, shall never become a star.' 빛을 발하지 못하는 얼굴을 가진 자는 결코 별이 될 수 없으리라. C, 상드라르. 나의 별이다, 손의 형태를 가진. D, 어려운 글씨다. D로 시작되는 이름을 가진 시인은 몹시 적었고, 아는 사람도 많지 않았다. 단눈치오. 끝이다. 더 생각나는 사람은 없다. 다리오가 있었다. 가장 뻔한 사람. '공주는 슬픔에 잠겨 있다……. 공주에게 무슨 일이 있는 걸까?' E, 엘리엇. 한 줄만 더. 'Fiddle with pentagrams/Or barbituric acids, or dissect/The recurrent image into preconscious terrors/To explore the womb, or tomb, or dreams.' 무덤과 꿈. 카드. 펜타그램. 아빠가 소장하던 엘리엇의 책은 밑줄이 얼마나 많이 쳐져 있었는지, 글씨를 제대로 읽기조차 어려웠다.

이따금은 할아버지의 방문도 있었다. 휠체어를 타고 왔지만, 가스파르는 그가 다리를 움직일 수 있다는 걸 눈치챘다. 빨대를 꽂은 컵을 냉차처럼 들고 다니던 그는 사실은 위스키를 들이켜는 것이었다. 그의 피부는 말기 알코올중독자처럼 누렇게 떠 있었다. 할머니의 방문은 잦았다. 그녀의 말은 이해하기 어려울 때가 많았다. 혓바닥은 치태가 잔뜩 끼어 하얗게 보였다. 손길을 받았던 여자애였는데, 네 아비가 널 이용해 우리에게서 빼앗아 갔어. 그놈이 값을 치러야 해. 그 자식 때문에 우리 자식들이 희생되었어. 우리가 목숨을 살려줬는데도 말이야. 배은망덕한 놈.

매일 밤마다 저택 뒤편, 나무들 사이로 숨어들기 충분한 거리의 빈터로 끌려가기도 했다. 기억 속에 남아 있는 정원을 가로질러, 아직 출입이 허락되지 않은 구름다리—높은 철망이 설치되지 않았기 때문이었다—로부터 멀리 떨어진 밀림 한가운데였다. 책 속에서 보곤 하던 '숲속의 빈터'라는 건 결국 이런 모습이었다. 지정된 장소에 이르러 그를 벌거벗긴 뒤, 영어로 말하는 남자가 그에게 할 말과 행동들을 지시했다. 가스파르는 순순히 따랐다. 우스웠다. 기대감에 가득 찼다가 실망하기를 거듭하는 그들을 보았다. 키는 조금 더 작고 나이는 훨씬 많은 빨간 머리 여자가 한 명 더 있었다. 에스테반은 나무 그림자 사이에 얼굴을 숨기고 있었다. 본체에 살지 않으며 밤이 되면 별채로 이동하곤 하던 젊은 남녀들도 참석했는데, 수는 그때그때 달랐다. 그들은 정원을 관리하고, 저택의 청소와 상태를 관리하는 책임을 맡아 수행했다. 벌거벗었다는 사실이 부끄럽진 않았다. 살은 시시각각 빠지고 있었다. 식사를 강요받았지만 저항했으며, 굶어 죽겠다는 계획은 성과를 보이고 있었다. 밤이 되면 열이 끓어올라 잠에 들 수 없었다. 어찌 됐든 단식투쟁은 며칠이고 더 이어갈 수 있었지만, 두려움이나 폭행, 절망보다 더 견디기 힘든 건 목마름이었다. 게다가 아무것도 마시지 않는다면 링거를 꽂겠다는 으름장도 있었다.

경비원들은 여덟 시간 단위로 근무 교대를 했다. 책을 읽거나 TV를 보는 것, 라디오를 듣는 것도 모두 금지되어 있었다. 집 안을 돌아다니는 건 가능했다. 매일 하는 일이었다. 에스테반을 찾아다녔다. 그를 다시 만나지 못하고 있었다. 밤에 열리는 의식에 오곤 했지만, 그것도 매일은 아니었다.

망루는 괜찮은 아이디어였다. 자신이 올라가겠다고 하면 경비원들이 따라붙을 것이었다. 부지 내에서만큼은 별다른 제약을 받지 않았지만, 누군가가 반드시 동행했다.

수국과 물망초로 둘러싸인 길이 망루로 이어지는 모습을 일 층의 방 창문을 통해 볼 수 있었다. 이 층의 창문 역시 철창이 둘러쳐져 있었다. 하지만 이 집은 자신의 소유이기도 했다. 자신의 소유. 망루. 밤의 폭풍 가운데 불빛이 비치는 모습은 마치 빛이 희미한 등대 같았다. 시야가 닿는 곳까지는 철창이 보이지 않았다. 경비원들이 재빠르게 움직이면 자신을 막을 수도 있을 것이었다. 그들보다 더 빠르게 행동해야만 했다. 단 한 번의 움직임, 단 한 번의 뜀박질, 그리고 끝.

‡

그들과 따로 말을 섞을 필요도 없었다. 그저 망루 쪽으로 앞서 나갔을 뿐이었다. 경비원들은 자신을 따라나섰고, 계단 앞에 다다르자 그중 한 명이 앞장섰다. 가스파르는 그의 뒤를 따라 안쪽 구조물을 향해 발걸음을 옮겼다. 작은 창문 여러 개가 빛을 비추고 있었다. 빨리, 빨리. 도착하자마자 난간을 향해 똑바로 뛰어간 다음 아무 망설임 없이 몸을 던져야 했다. 아무도 없었고, 아무것도 없었다. 푸에르토레예스의 방 이전의 삶은 중요하지 않았다. 그뿐 아니었다. 이제 숲속 빈터에서의 밤들은 분노로 점철되어 있었다. 입술도 없이 그저 동물처럼 울부짖는 할머니, 지시와 따귀를 번갈아 가며 내리는 플로렌스, 침 뱉는 젊은이들. 과거란 없었다. 그 누구도 자신을 찾으러 오지 않았다. 설령 왔다 해도 죽었을 것이다. 죽이고도 남을 자들이었다. 내가 네 큰아빠의 죽음을 명령했다, 네 엄마의 죽음도 그랬지. 배신자 년. 메르세데스가 한 이야기였다. 가스파르는 물었다. 왜 우리 큰아빠여야 했나요? 예전엔 너 같은 놈들을 잘 대해주어야 한다고 생각했어. 하지만 이젠 우리도 알아. 네 녀석들은 그저 도구야. 도구일 뿐이라고.

플로렌스는 그 말을 들으며 미소 지었다. 이번엔 틀림없어. 난 네가 누군지 알아. 우리 모두가 네 정체를 알지. 원하는 걸 얻어낼 방법이 우리에게 있어.

그렇지만 그들은 원하는 걸 손에 넣을 방법이 없어, 그게 사실이니까. 가스파르는 계단을 오르며 생각했다. 실제로 그러했다. 그렇지 않았더라면, 지금 당장 죽는 것 외에는 아무것도 생각하지 못하는 가스파르에게서 진작에 뭐라도 뽑아냈을 것이었다. 이젠 뇌전증이란 허상이 가져다주는 위안도 없었다. 사라져 있었다. 그 저택으로부터 치료받은 것이었다. 집 안 그 어느 구석에서도, 아무것도 느낄 수 없었다. 죽은 곳이었다. 폐허였고, 자신이 죽을 장소이자 무덤이었다.

망루의 꼭대기에 도착하자 테라스가 하나 보였다. 앞서가던 남자가 잠시 한눈을 판 그때, 가스파르는 전속력으로 달려 발 하나를 난간에 디뎠다. 순간 다른 쪽 발이 나무 꼭대기 위쪽의 허공으로 떠올랐다. 강의 냄새가 코를 찔렀다. 새 한 마리가 깍깍댔고, 가혹한 태양 빛이 눈을 파고들었다. 두 눈을 감았다.

‡

멍청이들. 가스파르가 바닥에 누워 상황을 파악하는 동안, 귓가에 말소리가 들려왔다. 팔 두 개가 자신의 도약을 방해했지만 그건 경비원들의 것이 아니었다. 정확하고 품위 있는 동작으로 그의 몸을 붙잡은 사람이 있었다. 망루에 누군가가 대기하고 있었다. 도망치겠다는 일념으로 집중하느라 미처 알아차리지 못한 누군가.

에스테반이었다. 경비원들을 등지고 자신을 바라보며 입술 모양으로 "가스파르, 제발"이라고 말하는 모습이 눈에 들어왔다. 그러고는 "지금 당장 의사를 찾아와. 애가 다쳤다고 말하고. 곧 우리 어머니가 책임을 물으러 오실 거다"라고 말했다.

경비원 한 명이 다급하게 뛰어 내려갔고, 가스파르는 벽에 등을 대고 앉아 허공에서 느꼈던 잠깐의 자유, 폭풍우를 품은 하늘, 낙하의 아름다움을 생각했다. 지금은 다시 시도할 엄두가 나지 않았다.

네 아빠가 계책을 하나 썼었지. 에스테반이 말했고, 그의 목소리의 변화를 감지한 가스파르는 집중할 수밖에 없었다. **지금 해보고 있어. 너랑 내가 말하는 동안, 여기 이 멍청이는 다른 내용을 듣게 될 거야. 보자, 제대로 작동하는지 모르겠네. 네 아빠가 죽기 전에 이걸 남겨두겠다고 했었는데. 여기를 봐봐, 머리에 이 표식을 남겨두었어. 아무하고나 할 순 없는 기술이야. 게다가 연습할 기회도 많지 않고. 탈리는 더 이상 하고 싶지 않아 하거든.**

- 대체 무슨 말이에요?

- **넌 죽고 싶지 않을 거야. 설사 그렇다고 하더라도, 여기서 탈출할 방법은 있어.**

가스파르는 경비원을 보았다가, 다시 에스테반을 바라보았다. 무거운 물건을 들고 있는 듯 땀범벅이 되어 있었다. 아빠도 같은 걸 하곤 했는데, 지금 에스테반이 그걸 시도하고 있는 것이었다. 머릿속을 파고드는 일. 어린 시절의 가스파르는 그저 두 명의 사람이 흔히 쓸 수 있는 일종의 일대일 소통 방식이라고 생각했다. 이상하다는 느낌은 수년이 지난 뒤에야 분명하게 구체화되었다.

- **저자는 우리가 하는 말을 듣지 못해. 뭘 들을지는 나도 몰라. 어쨌든 자, 우리에게는 시간이 많지 않아. 내겐 이 기술이 굉장히 고통스러워. 질문을 해봐, 어서.**

- 왜 저자들과 함께 있죠?

- **저들의 편에 있는 건 아냐, 네가 알고 싶은 게 이거라면. 저게 우리 가문이야. 네 가문이기도 하지. 그들을 위한 계획이 있어. 너는 그걸 종결시켜야 해.**

- 아저씨를 못 믿겠어요.

하늘에서 피어나는 검은 꽃

- 그래봤자 네게 남은 선택지는 많지 않아, 가스파르. 나를 믿어야 해.

- 왜 우리 큰아빠를 죽인 거예요? 왜 아델라를 데려간 거죠?

- 루이스에게 일어난 일은 내가 손쓸 수 없었어. 그런 일이 있는 줄도 몰랐고. 아델라는 어떤 식으로든 떠날 운명이었어. 게다가, 네 마음은 아프겠지만 네가 직접 그 아이를 그곳에 데려간 거야. 수십 년의 역사를 의사가 도착할 때까지, 십 분 남짓한 시간 동안에 다 요약할 수는 없어. 내 힘도 떨어져가고. 아델라의 실종을 결정한 건 네 아빠였다. 너를 저들로부터 구해내려 너를 도구로 이용한 거지. 그러던 와중에 미지의 힘들이 터져 나온 것 같더구나.

가스파르는 자기 의지와는 상관없이 미소를 지었다.

- 그 구원이라는 게 상당히 삐걱거리네요, 제가 보기엔요.

- 농담을 하는구나. 최소한, 그래, 며칠간 네가 보여온 체념과는 다른 반응이야. 내 기억 속의 너는 아주 똘똘하고, 강단 있는 아이였어. 우리 가문은 잔혹해, 가스파르. 연약함에 널 내어주지 마. 넌 단 한 번도 약하지 않았어.

- 그건 아주 오래전 이야기예요. 아저씨를 친구처럼 생각했어요.

- 감상주의는 접어두자. 정신 차려, 가스파르. 넌 저들이 널 데려가는 곳, 밀림 속에서는 아무것도 할 수 없을 거야. 할 수 있는 일은 따로 있어. 문을 느껴본 적 있니?

가스파르는 땀을 비 오듯 흘리고 있는 이 남자를, 흠뻑 젖은 그의 회색 머리를 바라보았다. 경비원에게로 눈을 돌렸다. 안절부절못하고 있는 모습이었지만, 자신들에게 큰 관심을 두고 있지는 않았다. 경비원은 길을 바라보고 있었다. 에스테반이 옳았다. 두 사람의 대화를 듣지 못하거나, 이해하지 못하는 게 분명했다.

- 이 집 안에선 아무것도 느껴지지 않아요.

**- 전부를 다 둘러본 건 아니잖니. 건물이 두 채 더 있어. 데려가달라고
해도 돼.**

갑자기 가스파르의 다리가, 그다음에는 양손이 사시나무처럼 떨
리더니 바닥에 풀썩 쓰러졌다. 네 발로 망루의 계단을 기어올랐다.

**- 몸이 떨리는 건 자연스러운 증상이야. 아드레날린 때문이니 걱정하
지는 말거라. 자, 이제 비밀 대화는 여기서 끝내마. 괜찮지? 지금부
터 할 일은 크게 중요하지 않아. 이제 우리 엄마 아들 역할로 돌아가
는 것뿐이야.**

- 엄마요?

- 빨간 머리. 그게 우리 엄마야.

에스테반이 연결을 끊었고, 가스파르도 느꼈다. 얼굴에 불어오
던 뜨거운 바람이 잦아든 느낌이었다. 마치 히터 옆에 오랫동안 갇
혀 있다가, 마침내 바깥 공기를 쐰 기분이었다. 두 명의 경비원이
불필요하게 과보호를 하며 그를 맨 아래층까지 데려갔다. 두통은
없었다. 추락의 충격을 줄여주려 에스테반이 자신의 몸을 내던진
것이었다. 그들에게 몸을 맡겼다. 서두르는 소리, 영어로 오가는
말소리가 들려왔다. 넌 친구이자 연인이었지. 널 신뢰할 수 없다. 지금
제가 그 애를 구했잖아요. 물론 그것만으로는 충분하지 않겠죠. 하늘을
바라보자, 편두통과 함께 검은 꽃들이 피어나며 하늘을 뒤덮고 있
었다. 추락의 충격 때문이 아니었다. 몸을 던진 그 순간, 그리고 에
스테반이 선보인 기술로 인해 이중으로 분비된 아드레날린 때문

이었다. 육성으로 나누는 비밀 대화라니. 비현실적이란 생각이 들면서도 한편으로는 몹시 익숙한 느낌이었다. 진찰을 받은 뒤에는 그들이 내린 명령을 순순히 따랐다. 모든 단계 하나하나가 아빠의 죽음 직전에 일어났던 거짓 교통사고를 떠올리게 했다. 이젠 알았다. 교통사고는 자신의 몸을 훔쳐 가려 한, 그 가증스러운 제례로부터 자신을 숨기기 위해 계획된 연극이었단 것을. 그 느낌이 너무도 생생하고 분명해서 의심의 여지가 없었다. 기억을 하느냐 마느냐의 문제일 뿐이었다. 이제 여기에 집중해야만 했다. 자신이 목격하지 못한 것도 기억해내야 했다. 다시 숟가락을 들게 될지도 모를 일이었다. 에스테반이 말했다. 넌 죽고 싶지 않을 거야, 그리고 탈출할 방법이 있어.

문을 찾아야 했다.

‡

가스파르와 단둘이 만날 기회를 찾기란 쉽지 않았다. 물론 핏줄이었기 때문에, 그리고 이미 많은 핏줄이 희생된 상황이었으므로 원하기만 하면 가스파르에게 접근할 수 있었다. 하지만 스티븐은 그 어떤 의심도 사고 싶지 않았다. 망루에서의 만남은 직감이었다. 스티븐은 별채에서 지냈다. 창밖으로 공원을 조망할 수 있는 곳이었다. 가스파르와 경비원들이 누가 보더라도 뛰어내리기에 가장 좋은 장소를 향하고 있었다. 그 모습을 본다면, 사람들과의 접촉이 전무한 정신병자들만이 그 청년의 자살 의지를 알아차리지 못할 것이었다. 파멸한 가스파르의 모습은 가히 충격으로 다가왔다. 준수하고 건강한 겉모습을 가진 스물다섯 살 청년은 죽음을 짊어지고 있었다. 망루에서 만난 그의 굵은 목소리는 후안의 목소리를 듣는 듯했다. 단식투쟁으로 광대뼈가 툭 불거져 나온, 고대 로마 신화 속 파우누스의 얼굴을 한 그의 입에서 들려온 낮은 목소리는 예상치 못한 남성미를 드러냈다. 굵고 긴 손가락마저도 후안을 닮아 있었다.

그가 별채로 들어가는 걸 본 후, 스티븐은 다음 날 탈리와 만나기 위한 준비를 시작했다. 기사단은 아돌포의 딸인 그녀가 후안의 죽음 후 스스로 목숨을 끊었다고 여기고 있었다. 그녀의 부친이 직접 시신을 확인했지만, 사실은 다른 여자의 것이었다. 술에 취해 인사불성이었던 그는 돼지와 사람을 분간하지도 못할 정도였다. 물론 탈리가 로사리오에게 물려받은 영광의 손을 이용하면서 그 혼란이 더 증폭될 수 있었다. 내 동생, 에디의 손. 스티븐은 생각했다. 그래, 그 손이 탈리의 말대로 '은밀하게' 살 수 있게 해줬다면 좋은 일인 거지. 그녀는 집과 신전을 떠나기 힘들어 했지만, 신뢰할 만한 사람들의 손에 맡기는 데 성공했고 가치 있는 성물들 역시 모두 챙겨 갔다. 멀리 간 건 아니었다. 예전보다 살기에는 좀 더 좋은 곳이기도 했다. 천성이 불신으로 똘똘 뭉친 메르세데스는 그녀의 죽음 역시 의심했지만, 찾아다닐 생각은 단연코 없었다. 그 인디오 여자애가 드디어 지옥 불에 떨어졌구먼, 이라고 구시렁거릴 뿐이었다.

스티븐은 계획을 진행시켰다. 공원을 지나 메르세데스의 사무실

하늘에서 피어나는 검은 꽃

로 들어갔다. 그곳에는 자신이 해결해야 할 결재 서류와 절차들이 산적해 있었다. 이따금은 기사단의 일원 중 누군가가 동행하기도 했다. 가끔은 지루함을 못 이겨 부에노스아이레스에서 시간을 보내러 온 아돌포 레예스가 직접 사무실을 찾아올 때도 있었다. 마스크와 선글라스를 착용한 메르세데스의 모습은 살인 곤충 같아 보였다. 몹시 게으른 그녀 또한 속이기 쉬웠다. 스티븐은 수년간 가스파르에게 재산을 증여하는 절차를 진행해오고 있었다. 아돌포의 서명만으로도 충분했기에 메르세데스의 서명은 필요하지도 않았다. 그리고 늘 술에 절어 있던 아돌포는 무얼 들이밀든 간에 손쉽게 서명해주었다. 이제 그 집의 주인은 한 명이 아니게 되었다. 아르헨티나에 경제적 재앙이 들이닥치는 것에 대비해 계좌의 모든 돈을 우루과이와 영국에 나누어 맡겼다. 이 일을 스티븐이 직접 하지는 않았다. 회계사와 변호사들이 도처에 있었다. 회사, 마테차 사업, 부동산의 명의를 변경하는 일은 나중엔 훨씬 수월해졌다. 죽을 때까지 기다릴 필요도 없었다. 그들이 누리고 있던 그 모든 것들 역시도 누군가로부터 물려받은 것이었기에, 젊은 손자에게 대물림되는 건 누가 봐도 일리 있는 일이었다. 주인 부부가 모습을 드러내지 않은 지 오래였지만, 스티븐은 회의 때마다 아돌포 레예스의 알코올중독증과 메르세데스의 광기를 상기시켰다. 변호사와 회계사, 관리인들은 가스파르의 부재를 다행스럽게 여겼다. 모든 걸 엉망으로 만들어버리는 바람둥이 청년을 상상했기 때문이었다. 막대한 재산의 관리자로 스티븐을 지정하게 된 배경에는, 이제 얼마 남지 않은 가문의 생존자들에 대해 메르세데스가 보이는 무한

한 신뢰가 있었다. 기사단의 일원이 그 일을 책임져주기를 원했던 것이다. 플로렌스에겐 이런 강박이 없긴 했지만, 남의 일에 왈가왈부하는 사람도 아니었다. 그녀는 메르세데스의 왕국에 아무런 신경도 쓰지 않았다. 플로렌스는 자신을 불멸의 존재로 믿고 있었고, 양복을 입고서 은행과 사무실을 오가는 타인이 개입해 가문의 권력과 영향력을 무너뜨릴 수도 있다는 걸 상상조차 하지 않았다. 요약하자면, 스티븐이 하는 일을 쓸모없게 여겼기에 개입할 생각도 하지 않은 것이었다.

"우리 손주 녀석은 덜떨어진 실패작이었어. 이젠 도망치려고도 하지 않아."

메르세데스가 말했다.

메르세데스의 언어를 풀이하자면, 들판에 사냥개를 풀어놓아 멋진 추격극을 펼치는 것으로 자신의 가학적 욕구를 충족시킬 수 있는 기회를 놓치고 있다는 의미였다. 스티븐은 메르세데스가 터널에 숨겨놓은 존재들에 대한 이야기를 아직 가스파르에게 털어놓지 않았다.

"어쨌든 곧 소환에 이르게 될 거야. 난 기다리는 게 싫어. 내 사전에 인내란 없다고!"

"오늘 밤엔 외출할 계획입니다. 더 필요한 게 있으면 말씀하세요. 이 근처에 있을게요."

메르세데스는 손짓 한 번으로 그를 보낸 뒤 듬성듬성하게 남은 자신의 머리숱을 쓰다듬었다. 스티븐은 사십 년 전 이곳에서 보았던 그녀를 떠올렸다. 당시 아직 어린아이였던 그는 그녀가 몹시 혐오스럽다고 생각했다. 후안은 항상 이렇게 말하곤 했다. 메르세데스는 혐오스러운 신들을 섬기는 사제야. 우리는 우리가 섬기는 신들과 닮기 마련이지.

떠나기 전, 가스파르를 만나고 싶었다. 망루에서 나눈 대화 덕택에 가스파르가 별채를 방문할 수 있었다. 그가 문을 발견하리라는 확신을 갖고 있었다. 단 한 번도 '다른 곳'의 땅을 밟을 엄두를 내지 못한 자신마저도 느낄 정도였다.

신경을 곤두세운 경비원들을 대동한 가스파르를 강변에서 맞닥뜨렸다. 강에 가까이 다가섰다는 사실이 그들의 경계심을 일깨운 것이었다. 새로 들어온 경비원들이었다. 자살 소동이 있은 뒤, 플로렌스는 경비원의 교체를 명령했다. 그녀는 심지어 가스파르가 방을 나설 때마다 경비원 중 한 명과 수갑을 채워 동행하게 하자는 제안까지 했다. 하지만 그 아이디어는 가스파르가 식사를 수락하고, 저택 내부를 새로운 호기심으로 탐색하는 모습을 보이면서 폐기되었다. 플로렌스는 바보가 아니었다. 가스파르가 자기 자리를 스스로 찾아가야 한다는 사실 정도는 알고 있었다. 아빠와 같은 장소에서 소환을 할 수 있을 거란 가정은 가능성이었지, 확신은 아니었다. 만일 그곳에서의 시도가 성공을 거두지 못한다면, 가스파르를 놓칠 위험을 무릅쓰고 세계 일주를 시킬 생각도 갖고 있었다. 깊은 낙심 이후에는 힘이 흩어져 사라지는 게 느껴졌다. 힘을 지켜내기 위해 반드시 메디움이 필요했다. 후안은 그녀를 두 번 실망시켰다. 죽었을 뿐 아니라, 자기 아들의 몸을 차지하지 못함으로써 메디움의 불복종, 내지는 기사단의 가장 강력한 일원마저도 신이 지시한 기술을 온전히 수행해내지 못했다는 사실을 만천하에 드러낸 것이었다. 그녀는 굴복하지 않았다. 지침이 아직 완벽하게 내려온 것이 아니라는 고집을 굽히지도 않았다. 그걸 완성하기 위해 자신들에겐 메디움이 필요했다. 다른 육체로 의식이 옮겨 가는 찰나의 순간에 목을 매기 시작했다. 유지되는 시간은 저마다 달랐다. 몇 분이 채 안 되는 경우가 압도적으로 많았다. 아주 흔치 않은 경우에만 수 시간 동안 지속되었는데, 그럴 때마다 그녀는 눈물을 참지 못했다. 힘이 그녀의 손가락 사이로 점점 빠져나가고 있었고, 그녀의 생명 역시 도망치고 있었다.

스티븐이 가스파르에게 다가가 그의 곁에 말없이 섰다. 경비원들은 불편해하며 그에게 말했다. 플로렌스 여사님께서 만나지 못하게 하라고 하셨어요. 나도 알아, 스티븐이 그들에게 말했다.

– 이제 말해도 돼.

잠시 후 그가 가스파르에게 말했다.

– 기술을 좀 더 연마하는 게 낫지 않겠어요? 저 사람들이 아예 아무 말도 못 듣게요.

– 싸우자는 거냐? 좋구나, 내가 알고 지내던 그 소년이 떠오르는걸.

– 절 제대로 안 적 없잖아요. 아저씨를 믿지 못하겠어요. 위층 복도에 있어요. 두 번째 문이고요. 그림 몇 점이 있는 곳.

– 그자들을 거기로 데려가야 해.

– 설득이 되겠어요?

– 네가 직접 아델라에게 문을 열어줬다는 사실을 그들도 알아. 문 뒤 저편에 뭐가 있는지, 그 규모에 대해서는 아무것도 짐작하지 못하고.

- 저도 모르겠는걸요.

- 함께 알아가면 돼. 같이 알아보자. 곧이어 네가 해야 할 일을 할 때가 올 거야.

- 모두들 날 따라올 거란 걸 보장해줘야 해요. '다른 곳'으로 향하는 문을 넘어가본 적 있어요?

- 네 아빠처럼 말하는구나.

- 향수병이 도졌나 보네요. 전 잊지 않아요. 그들이 우리 큰아빠의 가슴을 생닭처럼 열어젖힌 그날, 아저씨는 그들을 막지 않았죠. 아빠가 아저씨를 용서할 것 같나요?

- 네 아빠도 내 동생을 죽였지만, 난 용서했어.

- 못 믿겠어요. 지금 당장은 유일한 제 편이니까 어쩔 수 없지만, 알고 보면 아저씨는 그냥 개새끼예요. 아저씨 동생 이야기는 제겐 아무 상관도 없어요. 죽었든 말든. 그래서 문 뒤편으로 가본 적 있냐고요. 전 돌아올 줄 알아요. 아저씨가 돌아올 수 있게 도와줄지는 저도 잘 모르겠어요. 위험은 감수해야 할 거예요.

가스파르가 팔을 들었다.

- 이걸 좀 더 오래가게 할 순 없는 거예요?

- 아니, 그리고 안전하지 않아.

- 기사단 단원들을 모조리 불러들일 수 있어요?

- 아니. 많기도 하고, 얼마나 있는지는 나도 몰라.

- 그럼 우선 여기 있는 사람들에게 작게 시연 행사를 열어볼게요. 이제 꺼요.

스티븐은 느린 걸음으로 강변을 빠져나왔다. 종이 될 운명이었군, 그는 생각했다. 가족을 섬기고, 후안을 섬기고, 이제 가스파르를 섬긴다. 종, 그리고 배신자. 지금은 불을 붙이기 직전이었다. 지평선 너머에서 불꽃이 보일 날이 머지않았다.

‡

가스파르가 앞장서는 행렬이었다.

숨을 헐떡이며 몸을 끄는 소리가 들려왔다. 그는 탈진을 가장한 채, 수풀 사이에 나 있는 길을 따라 절망적으로 늪지를 건너가는 그들을 바라보며 즐기고 있었다. 수풀 속에서 손이 불쑥불쑥 나왔기 때문에 다른 사람들은 그곳을 헤쳐 나가기 힘겨워했다. 파블로를 건드리던 것과 같은 손. 그 손을 처음으로 본 때를 떠올렸다. 아빠의 팔에 표식을 남긴 손. 그것들은 가스파르만은 건드리지 않았다.

초심자 몇 명이 수풀 속으로, 물속으로 손과 함께 빨려 들어갔다. 그들이 서로를 부를 때 쓰는 호칭이었다. 가스파르는 들려오는 말들에 의지해 그들만의 은어를 배웠다. 에스테반은 자신에게 종의 운명이 주어졌다고 말했다. 아니었다. 자신이야말로 종이었다. 에스테반은 검은 양에 가까웠다. 당신은 검은 양이에요. 탕아죠. 가문의 수치. 그래서 순응하는 것도 가능한 거예요. 저는 할 수 있는 게 반역밖에는 없어요. 우리 아빠도 그랬었고요. 반항은 노예가 아닌 자들만 할 수 있는 거예요. 나머지에게는 투쟁밖에 없어요.

손에 잡혀 숲으로, 늪지로 빠져 들어가는 사람들은 황홀한 표정을 지으며 비명도 지르지 못하고 순식간에 사라졌다. 네 아빠는 식

하늘에서 피어나는 검은 꽃

사라는 표현을 썼었어. 저들은 알아차리지 못한다고도 했지. 알아차리더라도 기꺼이 신의 먹이가 되겠다고 나서겠지만. 가스파르는 그의 말에 주의를 기울이지 않았다. 손들은 그를 만지지 못했다. 그가 가까이 다가서면 갑자기 멍청해지고, 느려지는 것 같았다. 스티븐은 그 손들을 피하려면 가스파르를 가까이 두어야 한다는 사실을 깨달았다.

늪지를 빠져나온 뒤, 가스파르는 뒤돌아서서 잠시 펼쳐진 풍경을 바라보았다. 불빛의 부재가 색깔마저 모두 지워버린 그곳은, 그럼에도 아름다웠다. 확 트였지만 넓지는 않은 공터에 다다랐다. 속이 텅 비어 있는 세계였고, 사막의 외로움이 느껴졌다. 그 사막에는 방문객들을 위한 기념품이 남겨져 있었다. 작은 것들이 공터 한가운데, 잘 보이는 곳에 놓여 있었다. 직접 가서 가져와야만 했다. 기념품을 가져오겠다고 자원한 초심자들은 한없이 작고 겁에 질려 보였다. 기념품은 다양했다. 보석 같아 보였는데, 반지나 팔찌처럼 보이기도 했다. 첫 번째 탐험에서 그것이 뼈로 만들어진 것이라는 걸 깨달았다. 그 후에는 무슨 일이 일어날지 가스파르는 전혀 알 수 없었다. 탐험이 끝나고 나면 모두가 휴식을 취하기 위해 흩어졌고, 본인도 마찬가지였다. 탈진한 척했다. 하지만 사실은 전혀 피곤하지 않았다. 경비원들은 문 안쪽으로 발을 들이지 않았다.

엄마는 그 뼈들이 글씨라고 말하던데. 이제 다시 신과 이야기를 나누고 있다고 생각하는 것 같아. 에스테반이 설명해주었다. 그래서 무슨 이야기를 들었대요? 나는 그 회의에 들어가지 않아, 에스테반이 대답했다. 이제 두 사람의 만남도 훨씬 수월해졌다. 탐험이 끝날 때마다 기사단 단원들은 탈진해서 쓰러졌고, 두 사람을 저지할 수 있는 건 경비원들뿐이었다. 하지만 정작 경비원들은 문 안쪽으로의 탐험에 초대받지 못했다는 사실에 불만을 품었고, 플로렌스가 막고 싶어 했던 두 사람의 만남을 본체만체하고 있었다.

그들이 아직 보지 못한, 그리고 가스파르가 보여주지 않은 게 한 가지 있었다. 작은 계곡을 지나 숲이 시작되는 곳에 있는 나무 한 그루에 걸려 있는 남자 하나였다. 미동도 없이 매달린 남자. 문 뒤편에는 바람이 불지 않았다. 어느 순간부터인가 가스파르는 그 남자의 꿈을 꾸기 시작했다. 꿈속에서 그 남자는 목에 감긴 밧줄을 풀고, 나무에 매달린 뼛조각 열매들을 마구 땄다.

어느 날 밤, 잠에서 깬 가스파르는 방 안에 들어온 할아버지와 맞닥뜨렸다. 술에 진탕 취한 그는 휠체어에 앉아 있었다. 늙은이는 아무 말 없이 이불 위에 기념품 하나를 툭 던졌다. 식물 섬유 따위로 엮여 있는 작은 뼛조각들이었다. 가스파르는 그것을 달빛에 비춰 보았다. 팔에 새겨진 것과 똑같은 형태였다. 경비원들은 아무런 조치도 취하지 않았다. 침입자가 다름 아닌 아돌포 레예스인 상황에서, 그들은 뭘 어찌해야 할지 몰라 우왕좌왕하고 있을 뿐이었다. 그리고 침대 위에 던져진 물건이 무엇인지 역시 그들은 알지 못했다.

"거기서 꺼내 와선 안 돼. 그런 곳에서 물건을 가져와선 안 돼."

늙은이가 말했다.

아돌포 레예스가 잔뜩 취했다고 판단한 경비원들은 그를 끌어냈다. 그렇게 아돌포 레예스는 내 손주라고, 내가 손주랑 말하겠다는데 네놈들이 뭔 지랄이냐고 고래고래 소리를 지르며 멀어져갔다.

하늘에서 피어나는 검은 꽃

가스파르는 푸에르토레예스의 무거운 침묵이 다시 펼쳐질 때까지 그의 고함 소리를 가만히 듣고만 있었다. 그리고 보석을 양손 안에 쥐었다. 많은 기념품들을 꺼내 왔다. 몇 번이나 다녀온 거지? 여섯 번, 혹은 일곱 번이었다. 이미 그 땅은 오염되어 있었다. 엮여 있는 뼛조각들을 입 가까이로 가져온 뒤 속삭였다. 아빠, 당신이죠. 당신이 여기 와 있었던 거죠. 이 장소를 잘 아시죠.

숲 안에 들어가야 해요, 이어진 탐험 도중 그들에게 말했다. '다른 곳'에 있을 때면 그들과 이야기했고, 그들보다 앞서갔으며 이끌어갔다. 플로렌스와 메르세데스는 그를 따랐다. 그들의 협박은 통하지 않았고, 복종을 연기하지도 않았다. '다른 곳'에서는 가스파르에게 주도권이 있었다. 게다가 한 가지 중요한 비밀도 가지고 있었다. 모두가 탈진 직전까지 가지만, 자신은 아니라는 사실이었다. 노인들은 무너져 내렸다. 숲을 건너 풀밭에 다다르기까지의 거리는 오백 미터가 채 되지 않았지만, 거의 혼절 상태로 돌아오곤 했다. 특히 기력이 다 빨린 할머니를 보는 게 즐거웠다. 입을 벌리고 숨을 몰아쉬는 그녀의 모습이 굉장하다고도 생각했다. 마치 지옥의 한 장면 같았다. 아빠는 어떻게 이 여자를 해칠 수 있었던 거지? 왜 그랬을까? 답은 머지않아 얻을 수 있었다. 얼마 남지 않았다.

숲으로 가야 해요, 가스파르가 말하며 자신을 따르게 만들었다. 경비원들은 밖에서 대기 중이었다. 그들의 입장은 한 번도 허용되지 않았다. 이건 가스파르가 에스테반과 함께 나가야만 한다는 의미이기도 했다. 그는 싸움을 할 줄 알았다. 그가 필요했다. 그를 필요로 하고 싶지 않았고, 다시는 아빠를 또 가지고 싶지 않았다. 경비원들이 아니었다면 그를 '다른 곳'에 두고 왔을 것이다. 하지만 그는 아빠의 삶을 증언해줄 몇 안 되는 사람이었다. 그와 탈리. 그를 살려두어야만 했다. 이야기할 것이 많았다.

숲은 우거진 편이 아니었다. 나무들은 꽤나 듬성듬성 심겨 있었다. 기사단 단원들은 매달린 남자를 보았다. 미라였다. 피부는 바싹 말라 있었고, 미동도 없었다. 가스파르는 뒷걸음치며 그들을 앞세웠다. 각자가 무언가에 매료되어 있었다. 메르세데스는 손으로 된 나무, 즉, 딱딱하게 굳은 손들이 끼워 맞춰져 있는 나무를 바라보고 있었다. 일부는 미라였고, 일부는 썩어 있었다. 레예스 할아버지는 가는 나무 밑동에 꽂힌 사람 상체를 바라보고 있었다. 그런 형태가 수도 없이 많이 펼쳐져 있었다. 그중 몇몇의 머리는 동물의 머리로 교체되어 있기도 했다. 누군가가 문 뒤편에서 신나게 즐기고 있는 게 분명했다. 가스파르는 아델라가 사라진 집에서부터 그 사실을 알 수 있었다. 작은 손톱들, 치아들이 가득 담긴 장식장에서 수집가스러운 무언가가 느껴졌다. 아빠가 보여주었던 눈꺼풀 상자도 떠올랐다. 정신이 팔려선 안 됐다. 종결을 지어야만 했다. 팔, 자신의 팔이 어디로 향할지를 알려주고 있었다. 상처가 불타올랐다. 팔을 따라가자. 조금만 더. 숲을 지나자. 자신이 무얼 찾고 있는지 몰랐지만, 적어도 어딜 향할지는 알고 있었다.

플로렌스의 비명 소리가 숲속 여정의 목표에 도달했음을 알리고 있었다. 그의 뒤에 있던 에스테반이 팔을 움켜잡았다.

사람이 매달린 나무들이 펼쳐져 있었다. 첫 번째 남자는 미라였고, 목이 매달려 있었다. 키가 무척 큰 그 사람에게는 팔 하나가 없었다. 매달린 모든 남자와 여자들은 같은 자세를 취하고 있었다. 가스파르는 그 자세를 알아차렸다. 머리를 아래로 향한 채 거꾸로 매달린, 타로 카드의 '매달린 남자' 자세였다.

"이 시체가 내 동생이야." 에스테반이 말했다.

플로렌스는 비명을 그친 후 땅바닥에 주저앉았다. 그녀는 창백한 피부의 매달린 남자가 자신의 아들이라는 사실을 증명하듯 얼굴을 가까이 들이밀어 마주했고, 죽어 있는 머리와 대화를 나누기 시작했다. 부패한 것 같진 않았지만 눈동자는 고정된 채 움직이지 않았고, 목은 부러진 채 꺾여 있었으며, 얼굴과 긴 머리카락에는 피가 엉겨 붙어 있었다. 건초처럼 바싹 말라 있는 붉은 머리카락. 가스파르는 약간의 동정심이 솟아오르는 게 느껴졌다. 플로렌스는 더 이상 헐떡거리지 않았다. 아들의 입에 자신의 입을 맞추는 모습이 젊어 보이기까지 했다. 왜 썩지 않은 걸까? 몇 살이었던 걸까? 청소년이었어, 가스파르가 눈치챘다. 양팔은 몹시 얇았고, 목은 시커멨다. 시간이 아무리 흘러도 목이 졸리면서 생긴 멍은 사라지지 않은 듯했다. 우리 아빠가 한 일이구나. 에스테반이 설명해주겠지.

플로렌스는 마치 자장가를 부르듯, 자기 나라 말인 영어로 소년에게 말을 건네고 있었다. 나의 마법 같은 아이야, 이 신들의 세상에서 얼마나 많은 것들을 배웠을까? 그녀가 연신 중얼거렸다.

주변 사람들에게 아들을 끌어내려 달라고 요구했지만, 아무도 대답은커녕 몸을 움직이지도 않았다. 메르세데스는 다른 매달린 자들을 가리켰다. 군인들의 무덤처럼, 전사자의 계곡처럼 지평선 끝까지 펼쳐져 있었다.

플로렌스는 탈진과 절망에 빠진 가운데 있는 힘을 모두 모아 아들을 끌어 내리는 일에 몰두했다. 모두가 다 자기 주변에서 일어나는 일에 아무런 관심을 두지 않았다. 에스테반과 함께 천천히 멀어져가는 가스파르에게도 마찬가지였다.

단 한 명, 메르세데스만은 아니었다. 그녀는 야수의 얼굴을 하고선 공기 중에 풍겨오는 냄새를 맡고 있었다. 매달린 사람들이 펼쳐진 들판, 그리고 무엇보다 실종된 상속자, 에디의 출현으로 어안이 벙벙해져 있던 다른 이들은 알아차리지 못한 변화에 그녀만은 예민하게 반응했다. 문 뒤편의 공간에서는 지금까지 아무런 냄새도 나지 않았다. 하지만 지금은 공기가 심한 입냄새로 가득했다. 오래된 고기와 햇볕에 덥혀진 지하실, 상한 우유, 생리혈, 굶은 이의 입냄새, 더러운 치아 등에서 날 법한 썩은 내가 진동했다. 불결한 입의 호흡이었다.

돌아가야 해, 그녀가 말했지만 아무도 관심을 주지 않았다. 그녀에게 귀 기울이는 사람은 아무도 없었다. 그곳이 입이라는 사실을 그녀는 깨달았다.

할머니와 눈을 마주친 가스파르는 고개를 끄덕였다. 그녀의 말이 맞았다. 돌아갈 시간이었다. 메르세데스는 기사단원들 몇 명의 등을 무작정 떠밀었지만 그들은 어찌해야 할지 모른 채, 뛰기 시작한 가스파르를 잡으려는 시도도 하지 않았다. 에스테반이 그의 뒤를 뒤늦게 따랐다. 몇 명이 그들을 뒤따랐지만, 산소가 충분치 못한 그곳에서의 몇 미터 차이란 절대적인 것이었다. 뛰기는커녕, 가스파르를 제외하면 숨을 쉬지도 못했다. 이에 가스파르는 몸을 돌려 풍경을 관조하는 여유를 부릴 수도 있었다. 그들의 무용한 노력을 보다가, 문득 달이 없는 밤을 보려 고개를 들었다. 그리고 달도 별도 없는 그곳에 어떻게 그런 희끄무레한, 흐린 아침 햇살 같은 빛이 비칠 수 있는지 자문했다. 수풀에 다다르자 늪지의 악취가 밀려 들어와 속을 뒤집어놓았다. 뒤편에서는 에스테반의 기진맥진한 기침 소리가 들려왔다. 그를 도와주고 싶지 않았지만, 문밖으로 나선 뒤 경비원들과 싸울 생각을 하니 데려갈 수밖에 없었다. 그를 찾으러 되돌아가서 팔을 붙잡아 끌어내곤 앞으로 밀었다. 풀밭에 무릎을 꿇고 헐떡거리며 쓰러져가는 기사단원들에 비해 시간은 충분했다. 하지만 자신들을 에워싼 이 세계가 재생될 때까지 시간이 얼마나 남았는지는 알 수 없었다. 모든 것이 깨어나며 기어다니기 시작했다. 흘러가거나 혀를 내밀며 침을 흘리기도 했다. 아무 바람도 느껴지지 않는데도 목매단 사람들은 흔들리고 있었다. 물소리가 들려왔다. 늪을 가로지르는 길에 나타나던 손들이 자취를 감춘 것을 깨달았다. 그들이 지나갈 수 있게 비켜준 것이었다. 가스파르가 산처럼 곧게 서 있는 돌벽에 손을 대자 짧고 높은 터널 하나가 나타났고, 길의 끝에 다다르자 문의 손잡이가 보였다. 그 너머는 푸에르토레예스 별채의 복도였다.

경비원들은 여전히, 언제나처럼 바깥쪽에 있었다. 가스파르는 힘을 주어 단번에 에스테반을 밖으로 끌어당겼다. 보라색에 가깝도록 붉은 낯빛을 띤 그의 얼굴이 바닥에 부딪혔다. 등 뒤의 문을 닫고 나니 경비원들이 눈빛으로 그를 심문했다. 그들에게 아무 말도 하지 않았다. 혼란에 빠진 경비원들은 에스테반에게 몰려갔지만, 숨도 쉬지 못할 정도로 숨이 가쁜 그는 아무 말도 하지 못했다.

가스파르는 자신이 할 일을 알아차렸다. 너무도 단순했다.

"당신들을 데리러 온 거예요. 플로렌스 여사님이 당신들도 우리가 목격한 걸 보러 와야 한다고 하셨어요."

가스파르가 말했다.

그리고 그들을 위해 문을 열어주었다. 잠시 그들을 뒤쫓아 갈 생각을 하기도 했다. 늪지까지만이라도. 그들을 고인 물에 밀어 넣거나, 또 다른 상체가 추가되기만을 기다리고 있는 나무 밑동까지만이라도 인도해줄까 싶었다. 하지만 그 살육은 자신의 것이 아니었다. 그리고 그들을 따라가는 건 위험할 수 있었다. 그들이 건너가자마자 문을 닫았다.

에스테반은 몸을 일으켜 창문 밖으로 몸을 반쯤 내밀고 있었다. 숨을 쉬려 애쓰고 있었다. 그의 헐떡거림을 제외하면 집은 적막으로 가득했다.

"이 다음은 뭐죠?" 가스파르가 물었다.

"내일은 이 문 앞에 벽돌 벽을 쌓자."

가스파르는 양손이 떨려오는 것을 느꼈다. 처음엔 가볍게 시작되었다가, 나중에는 사시나무 같은 떨림으로 이어졌다. 격렬한 구역감이 몰려오는 바람에 바지와 나무 바닥을 온통 토사물로 적셔버렸다. 긴 머리가 얼굴에 들러붙었다. 두 눈을 감았다 뜨자, 혼자였다. 불안한 마음을 안고 별채를 나섰다. 바깥쪽에서는 무지하고 어리석은 태양이 빛나고 있었고, 어느 곳에서도 에스테반을 볼 수 없었다.

‡

    그를 기다리고 있었고, 보고 싶어 했다. 안 된다고 말했다. 비키는 전화를 걸어 그 집에 아무 말 없이 나타나겠다고, 이미 한 번 우리와 멀어지려 했지 않느냐고, 그랬더니 이런 일이 일어나서 이런 귀결로 이어진 거라고 으름장을 놓았다. 돌아와도 돼. 널 찾는 사람은 아무도 없어. 루이스의 사건과도 아무 연관이 없다는 사실이 밝혀졌고. 내 앞에서 루이스의 이름을 입에 담지 마, 가스파르가 소리쳤다. 다시는. 이 전화번호는 누가 알려준 거야? 탈리가. 비키가 대답했고 가스파르는 그녀를 떠올리지 않았다. 그저 전화국에 전화를 걸어 번호를 바꾸든지 전화선을 아예 끊든지 해야겠다는 생각뿐이었다. 파블로가 펼치는 주장에는 자신감이 보다 결여되어 있었다. 자신들을 보고 싶지 않다면, 오라는 요청을 하지 않는다면 굳이 가지 않겠노라고 했다. 통화 중에는 늘 팽팽한 긴장감이 감돌았다. 가스파르는 마지막 통화를 끊고 난 후 다시는 아무 연락도 받지 않았다. 스티븐—그의 요청에, 이제 이렇게 부르기 시작했다—은 별말 없이 집 안을 돌아다니곤 했지만, 가스파르가 필요할 때마다 이야기를 들어주었다. '다른 곳'—아빠가 잘 모르던 상태에서 그곳을 명명한 그대로 부르고 있었다—은 파블로와 비키에게 보상을 내주었다. 두 사람은 좋은 인생을 살고 있었다. 그걸 무너뜨리고 싶지 않았다.

    "이제 넌 그 아이들이 필요치 않아. 이 모든 게 다 네 것이야. 곧 결정을 하게 될 거야."

스티븐이 말했다.

네 이모도 만났어, 비키가 말했다. 너랑 함께 사는 남자가 그녀가 있는 곳을 알려주길래 가봤지. 집 근처에 오지 못하게 하더라고. 우린 그 말을 따랐고. 가스파르는 갑작스레 분노가 치밀어 오르는 걸 느꼈다. 탈리. 그녀를 생생하게 기억했다. 아빠는 그녀가 엄마의 동생이라는 사실을 단 한 번도 말해준 적 없었고, 그녀 역시 일언반구도 없었다. 또 한 명의 거짓말쟁이였다. 왜 스티븐이 주소를 떠벌리고 다닌 거지? 당장은 그녀와 다투고 싶지 않았다. 탈리의 얼굴을 보는 것도, 변명을 듣는 것도 지금으로선 불가능했다. 자신의 편일 수는 있겠지만, 아직은 아니었다.

스티븐은 그를 버리지 않았다. 가스파르가 자신의 가족을 모두 죽였고 집 안을 비틀거리며 방황하고 다녀도, 떠날 의도는 전혀 보이지 않았다. 그러다 날 총으로 쏴 죽여도 할 말이 없겠지, 가스파르가 생각했다. 그럼에도 살았다는 느낌이 들었다. 자신이 스티븐과 뭘 어떻게 해야 할지 모르는 것처럼, 스티븐 또한 자신을 등져야 할지 말지 모르고 방황하는 것 같았다. 당장은 현실적인 문제를 해결하는 게 우선이었다. 마을에 가서 식사를 하고, 식료품을 사는 일. 푸에르토리베르타드의 바에 가서, 반쯤 취한 상태로 대화를 나누는 일. 스티븐은 아빠 이야기를 꽤나 완곡하게, 그러면서도 상당히 자세하게 풀어내곤 했다. 집안일을 봐줄 인력도 고용해야 했다. 국가의, 그리고 지역의 실업률이 하늘 높은 줄 모르고 치솟고 있는 상황이라 어려운 일은 아니었다. 하지만 가스파르는 자장가를 불러주며 자신을 재워주었던, 헝겊 누더기 앞치마를 입은 한 여자를 기억했다. 이름은 기억하지 못했어도 스티븐이 알려주었다. 마르셀리나. 찾아낼 수 있을 거야. 네가 원하는 건 무엇이든 해도 돼. 보고할 사람은 아무도 없어.

"'다른 곳'에 있는 사람들이 살아 있지 않다는 게 사실이에요? 돌아오지 못하는 거죠?"

"너도 알잖아, 아무것도 남지 않았다는 걸. 그 장소는 굶주림에 헐떡이고 있었어."

밤이 되어 강변에 담배를 피우러 나간 가스파르는 자신이 이끈 탐험대를 떠올렸다. 아델라 때와 마찬가지로 희생제물을 그곳에 바친 꼴이었지만, 적어도 이번엔 자신이 무얼 하는지 정확하게 인지하고 있었다. 후회는 없었다. 복수도 두렵지 않았다. 이제껏 경험해보지 못한 안도감과 함께 잠에 들었다. 하지만 자신의 아빠와 함께 그 살육을 수도 없이 계획했을 것이며, 자신을 이끌어 간 스티븐은 마치 멸종 위기의 언어를 구사하는 마지막 생존자처럼 고독한 모습이었다. 어느 날, 가스파르는 그가 아빠의 '권능의 자리'로 향하는 길을 헤매는 걸 보았다. 그러더니 몇 시간 후, 폭발음이 터져 나왔다. 달려갔다. 지하에서 일어난 폭발이었다. 철문이 설치되어 있던 터널 쪽이었다. 스티븐에게 왜 그 터널을 폭파시킨 거냐고 물었더니, 여러 기억이 떠올라서 그랬다고 얼버무렸다. 비어 있었어, 라는 말을 덧붙이며. 가스파르는 그를 완전히 믿진 않았지만, 안전하다는 확신이 드는 날이 오면 그 폐허를 방문하기로 마음먹었다. 폭파 이후 스티븐은 여러 날을 밖에서 보냈다. 탈리를 만나고 올게, 그의 말이었다. 어쩌면 다른 애인이 있을지도 모를 일이었다. 일주일간의 부재, 딱 그만큼만이었다. 집에서 그는 적게 먹고, 많이 취했다. 어느 이른 아침, 강변을 거닐다가 강물이 되돌려준 스티븐의 시신을 발견하게 되어도 이상하지 않을 것 같았다. 그게 아니라면 고요한 집 안에서 비밀을 간직한 채, 몇 년이 지나도록 잠들지 못한 채, 바람에 흔들리던 매달린 남자에게 그림자가 없었다는 사실을 잊지 못하는 모습으로 살아가다 발견된 두 남자로 남게 될지도 모를 일이었다.

가스파르는 매일 밤 담배를 피우고 난 뒤, 구름다리로 돌아가 난꽃 정원을 통과하여 망루와 별채를 잇는 길을 산책하곤 했다. 이층으로 올라갔다. 스티븐의 고집에도 불구하고 문을 막아두진 않았다. 음각이 새겨진 나무, 황동 손잡이, 복도의 적막이 그대로 있었다.

아직 문을 다시 열어보진 않았다. 매일 해온 것처럼, 수줍게 문을 두드려보았다.

"아델라." 그가 말했다.

아무 대답도 들려오지 않았다. 두 눈을 감았다. 금발 머리를 하고 헐벗은 여자아이가 별이 없는 하늘을 걸어 다녔다. 길을 잃었어도 겁을 먹진 않은 모습이었다. 그녀가 붉은 흙길에서 춤을 추고 있는 모습도 보았다. 양팔과 다리에 걸친 붉은 털실이 하늘하늘 흐느적거렸다. 강 위에 떠 있는 검은 행성도 보았다. 입술과 코가 없는 할머니의 모습도, 숲속에 즐비한 촛불과 뼈 위를 네 발로 기어다니는 젊은 여성도, 도륙된 모습으로 이리저리 뛰어다니는 남자들과 여자들도 보았다. 모두 다리가 없는 채로 몸을 질질 끌거나,

제자리에서 빙글빙글 돌고 있는 모습이었다. 굶주린 흰색 개 한 마리의 등을 보니 금속 구체 하나가 허리에 박혀 있었다. 붉은 원피스를 입은 한 소녀는 늪지에 걸터앉아 있었다. 물속에서 나온 무언가가 그녀의 다리를 먹어치우고 있었지만, 아무 불평도 없었다. 노란 꽃이 가득한 들판 위에는 창백한 상체 하나가 놓여 있었다.

가스파르는 그 땅을 드나들며 찾고 싶은 것을 찾아다닐 수도 있었다. 자신만은 그 땅의 환영을 받았다. 아델라가 아직 그곳에 있다면, 찾아낼 수 있었다. 아직 소녀의 모습 그대로일까? 무얼 먹이며 키웠을까? 그 장소가 그녀에게도 입이었을까? 확신이 필요했다. '다른 곳'에서의 시간은 달랐다. 그녀를 찾아낼 수 있었다.

문에서 몸을 뗐다.

"아델라."

문을 두드리는 소리도, 아델라의 목소리도 들려오지 않았다. 이제 더는 그녀의 목소리를 기억하지도 못하지만. 부재자들이 남기고 간 것 중 가장 먼저 사라지는 건 그들의 목소리다.

"돌아올게."

그가 말했다.

"시간이 필요해. 난 단 한 번도 용감하지 못했어. 이제야 그 방법을 배우고 있어."

그렇게 문과, 복도와, 별채를 뒤로했다. 매일 울리는 전화벨 소리는 무시했다. 비키나 파블로일 것이다. 아직 전화선을 뽑지는 않았다. 그들이 항복하기를, 전화벨 소리 사이의 간격이 길어지기를, 밀림의 사이렌이기를 포기하기를, 그저 공기 중에 흩어져주기만을 기다렸다. 비가 올 때면 공원을 가로질러 달리는 일을 거르기도 했다. 미시오네스의 난폭하고 짧은 비가, 붉은 흙이 뒤섞여 흐르는 강이, 하늘에서 두근대는 별들과 함께 들려오는 검고 더운 밤의 전주곡이 좋았다. 마치 탈진한 심장 같은 광채 한 번, 뒤이은 적막, 그리고 또 한 번의 광채.

하늘에서 피어나는 검은 꽃

폴 하퍼와 에밀리에게 감사를 전합니다.

(각자의 몫에 따라) 많은 도움과 열정, 검토, 제안, 토론,

수고를 아끼지 않은 아리엘 알바레스, 마우리시오 바츠,

살바도르 비에드마, 아리아드나 카스테야르나우,

로드리고 프레산, 마리아 린츠, 산드라 파레하,

카롤리나 마르쿠치, 바니나 오시, 실비아 세세에게도

고마움을 전합니다.

우리 몫의 밤 2

초판 1쇄 인쇄 2024년 1월 24일
초판 1쇄 발행 2024년 1월 31일

지은이 마리아나 엔리케스
옮긴이 김정아

펴낸이 정은선
책임편집 허유민

펴낸곳 ㈜오렌지디
출판등록 제2020-000013호
주소 서울특별시 강남구 선릉로 428
전화 02-6196-0380
팩스 02-6499-0323
ISBN 979-11-7095-101-8 (03870)

www.oranged.co.kr

〈부록〉 가사단 가문 가계도

레예스가

- 메인드라
- 호세 레예스
- 키릴라나 (탈리)
- 이올프 레예스
- 메인드라
- 문사권오 레예스 브레드퍼드
- 메르세데스 브레드퍼드

브레드포드가

- 클리엄 브레드퍼드
- 산티아고 브레드퍼드
- 훌로헤 브레드퍼드
- 마르타 브레드퍼드
- 베이트리스 브레드퍼드(베티)

메디옹

- 스크롤랜드의 젊은이
- 율리나
- 엥기론나서론
- 후인 파티슨
- 기스파르 파티슨

메티스가

- 토마스 메티스
- 크리스토퍼 메티스
- 조지 메티스
- 정소 메티스
- 블로렌스 메티스
- 스팀블 메티스 (에스테반)
- 에디 메티스

마르기랄가

- 메드로 마르기랄

━━━ 직계
━━━ 결혼
‥‥‥ 정부

검은 줄에 있는 사람들은 같은 세대 사람입니다.
점선으로 박위진 네모 칸은 이름이 등장하지 않는 비중 적은 것입니다.